D1873528

KNAUR

Über die Autorin:
Charlotte Roth, Jahrgang 1965, ist Berlinerin, Literaturwissenschaftlerin und seit zehn Jahren freiberuflich als Autorin tätig. Mit diesem Roman, der auf einem Stück ihrer eigenen Familiengeschichte basiert, hat sie sich einen langgehegten Traum erfüllt. Charlotte Roth hat Globetrotter-Blut und zieht mit Mann und Kindern durch Europa, hält an ihrem Koffer in Berlin aber unverbrüchlich fest.

Charlotte Roth

ALS WIR UNSTERBLICH WAREN

Roman

KNAUR

Besuchen Sie uns im Internet:
www.knaur.de

Originalausgabe Mai 2014
© 2014 Knaur Taschenbuch
Ein Unternehmen der Droemerschen Verlagsanstalt
Th. Knaur Nachf. GmbH & Co. KG, München
»Soldatenlied«, »Der Barbara-Song«, »Erinnerung an Marie A.«, »Die Ballade von der Judenhure Marie Sanders«, »Einheitsfrontlied«, aus: Bertolt Brecht, Die Gedichte. © Bertolt-Brecht-Erben / Suhrkamp Verlag 2000
»Meine Brüder, die sind tot«, aus: Bertolt Brecht, Trommeln in der Nacht, in: ders., Werke. Große Kommentierte Berliner und Frankfurter Ausgabe, Band 1: Stücke 1. © Bertolt-Brecht-Erben / Suhrkamp Verlag 1988
»Ermutigung«, Copyright © 1966 by Wolf Biermann
Alle Rechte vorbehalten. Das Werk darf – auch teilweise – nur mit Genehmigung des Verlags wiedergegeben werden.
Ein Projekt der AVA International
Autoren und Verlagsagentur
www. ava-international.de
Redaktion: Dr. Gisela Menza
Umschlaggestaltung: ZERO Werbeagentur, München
Umschlagabbildung: © Malgorzata Maj / Trevillion Images, akg-images
Satz: Daniela Schulz, Puchheim
Druck und Bindung: CPI books GmbH, Leck
ISBN 978-3-426-51206-7

4 5

Zuerst für Margarethe
(1900–1997)
Danke für alles

Für Carl, Daniela, Manfred, Katja, Cyril,
Alexander, Ivica und Maren – für uns alle.
Zur Erinnerung an den Sommer 1989.

Und für vier Berliner Kinder:
Lotti, Manni, Dieter und Dorle

»Und weil der Mensch ein Mensch ist,
Drum braucht er was zu essen, bitte sehr.
Es macht ihn ein Geschwätz nicht satt,
Das schafft kein Essen her.
Drum links, zwei, drei, drum links, zwei, drei,
Wo dein Platz, Genosse, ist.
Reih dich ein in die Arbeitereinheitsfront,
Weil du auch ein Arbeiter bist.«

Bertolt Brecht, »Einheitsfrontlied«, *1934*

ALEXANDRA

Berlin-Karlshorst

November 1989

*»Du, lass dich nicht erschrecken
in dieser Schreckenszeit.«*

Wolf Biermann, »Ermutigung«

1

9. November

Wenn dein Haus über dir zusammenstürzt, hörst du es vorher in den Wänden knacken«, hatte Momi zu Alexandra gesagt, als sie etwa fünf Jahre alt gewesen war. »Das Knacken sollte Warnung genug sein, aber kein Mensch achtet darauf.«
Von den Kindern, die mit Alex in die Tagesstätte gegangen waren, hatte keines eine Großmutter gehabt, die ihm von einstürzenden Häusern erzählte. Die anderen Kinder wohnten auch nicht bei ihren Großmüttern, sondern hatten Eltern, die ihnen aus buntbebilderten Kinderbüchern Geschichten vom ersten Schultag und von Ferien an der Ostsee vorlasen. Alex und Momi fuhren nicht in die Ferien, und in der Nacht vor Alex' erstem Schultag konnte Momi nicht schlafen, weil sie es in den Wänden knacken hörte.
»Ihnen sollte man nicht erlauben, ein Kind aufzuziehen«, hatte Frau Rimbach, die Nachbarin, geschimpft. »Mit Ihren Schauermärchen machen Sie dem armen Wurm ja Angst vor dem Leben. Eigentlich müsste man das melden, damit jemand die Kleine hier wegholt und ihr ein ordentliches Zuhause gibt.«
Angst vor dem Leben hatte Alex durchaus, auch Alpträume und manchmal Bilder im Kopf, die ihr einen tiefen Schrecken einjagten, ohne dass sie wusste, woher sie stammten. Aber sie war sicher, dass das alles nichts mit Momis einstürzenden Häusern zu tun hatte, sondern mit Frau Rimbachs Drohung, jemand könne kommen und sie wegholen – weg von Momi und dem einzigen Zuhause, das sie kannte. Andere Kinder hatten Mütter, Väter, Tanten und ganze Geburtstagspartys voller Cousins. Alex hatte nur Momi. Eine Großmutter, die ihr weder Ferienreisen noch Bilderbücher bot, die aber immer für sie da war und sie vor dem Knacken in den Wänden warnte, auf das kein Mensch achtete.

Hatte Alex vor jenem Abend auf das Knacken geachtet? Hatte sie sich je gefragt, wie stabil die Wände ihrer Welt waren, auf was für einem Fundament sie standen und was womöglich in den Fugen lauerte? Wenn sie später versuchte sich zu erinnern, fiel ihr nichts dergleichen ein. Alle anderen – ihre Freundin Meike, ihre Kommilitonen im Institut für Völkerkunde, die Journalisten, die im Fernsehen um die Wette schwatzten – behaupteten, die Zeichen hätten in der Luft gelegen, man habe gespürt, dass der große Knall bevorstand. Alex aber hatte nichts gespürt. Sie hatte an jenem Abend mit Momi am Küchentisch gesessen, in ihren Bratkartoffeln mit Mettwurst gestochert und an nichts Besonderes gedacht.

Dann war Meike gekommen. War in die enge Wohnung gefegt wie der Sturm, der vor den Fenstern tobte, hatte schnaubend nach Atem gerungen und die durchnässten blonden Locken geschüttelt wie in der Shampoowerbung im Westfernsehen. »Du glaubst nicht, was passiert ist!«, war sie ohne Begrüßung herausgeplatzt. »Wie kannst du da sitzen und dir schlaffe Kartoffeln in den Mund schaufeln, während in diesem Staat das Recht zum Teufel geht?«

Alex hatte nicht geschaufelt, sondern nur gestochert, und die Kartoffeln waren nicht schlaff. Sie gab sich immer Mühe, sie kross zu braten, weil sie eins von zwei Dingen waren, die Momi liebte – Bratkartoffeln und Bohnenkaffee, der für Leute ohne Westverwandte schier unerschwinglich war. Meike schimpfte weiter. Ihr Gesicht war gerötet und vom Regen nass. Momi ließ sich beim Essen nicht stören, und auch Alex blieb ruhig. Sie kannte Meike und ihre dramatischen Ausbrüche seit der Grundschulzeit. Vielleicht war ihre Freundschaft ja so haltbar, weil die eine besaß, was der anderen fehlte. Wo Meike lichterloh brannte, reagierte Alex kühl und scheinbar unbeteiligt. Gegen Meike war sie eine Langweilerin, doch es machte ihr nichts aus. Es war sicherer so, barg weniger Gefahr.

»Was ist denn überhaupt los?«, fragte sie, als Meike eine Pause einlegen musste, weil ihr die Luft ausging.
»Was los ist?« Meikes atemlose Stimme schraubte sich in die Höhe. »Verdammt, Alex, lass jetzt endlich diesen Fraß stehen und hör mir zu. Sie haben Hugo verhaftet. Wir müssen irgendwas tun.«
Alex zuckte zusammen. Dass Leute verhaftet wurden, behaupteten Reporter im Westfernsehen seit langem, aber soweit Alex wusste, entsprach davon nichts der Wahrheit. Außerdem – wie konnte so etwas in ihrem eigenen behüteten Leben geschehen?
»Ich dachte, du bist mit Hugo zurückgekommen«, murmelte sie.
Hugo war Meikes Freund, ihr Traummann, wie sie Alex bei jeder Gelegenheit wissen ließ. Sie hatte ihn am Institut für Lehrerbildung kennengelernt, und alle paar Tage quetschte sie sich mit ihm und seinen Freunden in seinen Trabbi und fuhr auf Demonstrationen, um für eine Freiheit zu kämpfen, die Alex sich nicht vorstellen konnte. Vor drei Tagen war sie in Leipzig gewesen, auf der größten Massenkundgebung in der Geschichte des Landes. Hinterher hatte sie sich über die aufgeheizte Atmosphäre ereifert, doch von einer Verhaftung hatte sie kein Wort erwähnt.
»Was soll das heißen, ich bin mit Hugo zurückgekommen?«, herrschte sie Alex an. »Wir wollten uns heute Abend treffen, mit ein paar Leuten vom Neuen Forum. Es ging um Strategien für die nächsten Tage, aber Hugo ist nicht einmal aufgetaucht.«
Momi spießte die Gabel in ihre Kartoffeln, schob sich ein Stück in den Mund und drückte es in ihre Backentasche. »Und daraus schließen Sie, er ist verhaftet worden?«, fragte sie und hob die bleigrauen Brauen in die Stirn.
»Was soll ich denn sonst daraus schließen?«, fragte Meike.
Müde zuckte Momi mit den Schultern. »Warum werden Frauen eigentlich nie klüger, warum macht sich jede Generation denselben Unsinn vor? Ihr Hugo hat Sie versetzt. So einfach ist das.«

Meikes nasses Gesicht wurde bleich. Mitleid erfasste Alex. »So einer ist Hugo nicht«, warf sie ein, obwohl sie den Mann kaum kannte. »Politik ist sein Ein und Alles, und ohne triftigen Grund würde er kein Treffen mit dem Neuen Forum sausenlassen.« Sie brach ab. Meikes Blick verriet ihr, dass dies die falsche Erklärung gewesen war.

Momi verzog die Lippen zu einem bedauernden Lächeln. »Eine andere Frau ist immer ein triftiger Grund«, murmelte sie. Ehe Meike zu Widerspruch ansetzen konnte, schüttelte sie den Kopf und schob ihren Teller beiseite. »Ihr beide macht, was ihr wollt. Von mir aus zieht los und sucht diesen Hugo. Wie groß die Versuchung ist, weiß ich, obwohl man sich hinterher fühlt wie ausgespuckt. Als hätte eine Frau keinen Wert mehr, wenn sie einem Mann nicht genügt.« Alex sah die faltigen Lider der alten Frau sich senken, wie sie es jetzt häufig taten, wenn ihre Gedanken in die Ferne wanderten, in ein Land, in das Alex ihr nicht folgen konnte.

»Hier geht es nicht um banale Liebesgeschichten«, protestierte Meike. »Es geht um die Lage in unserem Land, und die betrifft uns alle, egal, ob wir neunzehn oder neunzig sind.«

»Ich bin dreiundneunzig«, entgegnete Momi. »Glauben Sie mir, wenn Sie dreiundneunzig sind, betrifft Sie gar nichts mehr. Da wird alles banal. Selbst die Liebe.«

Der Novemberwind ließ die Fensterscheibe klappern. Flüchtig war Alex zumute, als würden Kälte und Schwärze von draußen in die trüb erleuchtete Küche dringen. Momi stand auf. Dass sie bald ein Jahrhundert in sich hatte, sah man ihrem zähen, aufrechten Körper auf einmal an. »Geh mit ihr, wenn du willst, Süppchen«, sagte sie zu Alex. »Ich räume ab, dann setze ich mich vor den Fernseher.« Früher hatte Momi nie ferngesehen, aber in letzter Zeit fiel ihr das Lesen schwer. »Wenn man sich in keine Geschichte von anderen Leuten mehr flüchten kann, wird die Stille im Kopf so laut«, hatte sie gesagt und Alex gebeten, ihr den

Fernseher einzuschalten. Seither schlief sie abends auf dem Sofa ein, während Bilder von fremdem Leben über den Bildschirm tanzten.

Alex sprang auf, nahm ihr die Teller weg und trug sie zur Spüle. »Wolltest du zum Thälmann-Saal zurück?«, fragte sie Meike. Plötzlich widerstrebte es ihr, Momi allein zu lassen und hinaus in die scheußliche Nacht zu ziehen, verloren, ohne Ziel und Plan. Meike ließ die Schultern hängen, als hätte sie der Mut verlassen. »Erst mal den Fernseher anschalten ist keine schlechte Idee«, murmelte sie. »Kann ja sein, dass die was bringen.«

Dass das Fernsehen etwas über die Verhaftung irgendeines Lehramtsstudenten brachte, hielt Alex für ausgeschlossen, doch über den Aufschub war sie froh. Eilig setzte sie den Kessel für Momis Hagebuttentee auf, dann folgte sie den beiden in den kleinen, vollgestellten Raum, den Momi Stube nannte. Die paar Gegenstände, die es neben dem alten Mobiliar dort gab, nannte sie »Gerümpel, das von meinem Leben übrig ist«. Über dem Sofa, wo bei anderen alten Leuten ein Ölschinken prangte, hing bei Momi ein verbeultes Blechschild. Alex' Freunde fanden die Aufschrift amüsant, während Alex nie darauf geachtet hatte, weil sie das Schild von klein auf kannte.

Der Fernseher lief schon. Er war ebenfalls alt, ein Erbstück von Frau Rimbach, dessen Schwarzweißbild an den Rändern flimmerte. Bis in den letzten Muskel gespannt, saß Meike auf der Sesselkante. Hoffte sie tatsächlich, aus der Sendung etwas über Hugos Verbleib zu erfahren? Soweit Alex, die den Tee aufgoss, es mitbekam, ging es um einen Beschluss des Ministerrats, der derzeit alle naselang irgendwelche Beschlüsse fällte. Günter Schabowski, einer der altbekannten Männer aus dem Politbüro, stellte sich einer Pressekonferenz und beantwortete mehr schlecht als recht Fragen, mit denen Journalisten ihn bombardierten.

»Das ist live«, stellte Meike verblüfft fest. »Die bringen das echt live und ohne Zensur.«

Alex schob Momi ihre Tasse hin und warf dabei einen Blick auf den Fernseher. Die Konferenz war offenbar beendet, die Journalisten begannen in den Bänken hin und her zu rutschen und Papiere in Aktentaschen zu stopfen. Da erhob sich ein Mann in einer hinteren Bank. Kein Deutscher, konstatierte Alex automatisch, romanischer Herkunft, Italiener vermutlich, vielleicht sogar aus jenem Pompeji, aus dem ein langes, bleiches Stück Gips auf der verwohnten Anrichte lag. Alex studierte Völkerkunde, weil eine seltsame Sehnsucht nach fremden Ländern in ihr brodelte, obgleich sie wusste, dass sie in keins von ihnen je einen Fuß setzen würde. »Noch eine Frage«, bat der italienische Journalist mit schwerem Akzent. »Glauben Sie nicht, dass es war ein Fehler – diese Reisegesetz, den Sie haben vorgestellt vor wenigen Tagen?« Reisegesetz – das war eins der Schlagworte, mit dem Leute wie Meike und Hugo auf die Straße zogen. Sie verlangten die Freiheit, um den Erdball zu reisen, Pompeji und London zu sehen und in Westberlin Bananen zu kaufen. Und wenn es so käme?, durchfuhr es Alex. Unwillkürlich schüttelte sie den Kopf. Sie besaß kein Talent, sich selbst zu belügen, und wusste, dass sie insgeheim froh war über die engen Grenzen ihrer Welt. Ohne jene Grenzen hätte sie den Mut aufbringen müssen, ihre Traumreisen in die Tat umzusetzen, und bei dem Gedanken überlief sie eine Gänsehaut.

»Schalten Sie um!«, schrie Meike und schreckte Alex aus ihren Gedanken. »Da ist was passiert, ein ganz großes Ding – schalten Sie in den Westen, ins Erste, das kriegen Sie doch rein?«

Momi reagierte nicht. Reglos starrte sie auf den Schirm, auf dem das Bild gewechselt hatte. Statt der Pressekonferenz war jetzt der Nachrichtensprecher zu sehen, der belanglose Neuigkeiten vom Blatt las. Ehe Meike noch einmal losschrie, trat Alex vor das Gerät und streckte die Hand nach dem Drehknopf. Sekundenlang zögerte sie. Hatte sie in diesem Augenblick das Knacken in den Wänden gehört, das den Einsturz nicht nur ihres Hauses, sondern ihrer Welt ankündigte? Der Empfang war katastrophal, das Bild ein Flimmern, und die Stimme des Sprechers knirschte verzerrt. Den Schriftzug, der sich vom Anzug des Mannes abhob, konnte Alex dennoch einwandfrei lesen, auch wenn sein Sinn sich ihr entzog. »Die Mauer ist offen«, stand dort, und beim zweiten Lesen blieben die Worte dieselben: »Die Mauer ist offen.«

Meike sprang vom Sessel. In der Bewegung erstarrt, einen Arm nach vorn und einen nach hinten gestreckt, erinnerte sie Alex an die Menschen von Pompeji, die sie aus Momis vergilbtem Bildband kannte – zweitausend Jahre alte Tote, die von der Katastrophe überrollt und unter mörderischen Wogen begraben worden waren.

»Wir müssen dahin«, sagte Meike wie in Trance. »Die lassen uns rüber. Wir müssen dahin.«

Der Sender zeigte jetzt Aufnahmen von der Pressekonferenz, die sie gerade verfolgt hatten. Günter Schabowski las stockend eine Zeile von einem zerknitterten Zettel ab: »Privatreisen nach dem Ausland können ohne Vorliegen von Gründen beantragt werden. Ausreisen können über alle Grenzübergänge der DDR zur BRD beziehungsweise Berlin-West erfolgen.«

»Und wann tritt das in Kraft?«, fragte einer der Journalisten.

»In Kraft?«, wiederholte Schabowski, als verstünde er die Sprache nicht. »Also nach meiner Kenntnis gilt das … sofort … also unverzüglich.«

»Wir müssen dahin!«, schrie Meike. Sie nestelte an den Knöpfen ihrer Jacke und schlang ihr Batiktuch um Hals und Mund. Unter den Journalisten entstand ein Tumult. In Trauben ballten sie sich um Schabowski und ließen sich wieder und wieder bestätigen, dass das, was auf dem Zettel stand, der Wahrheit entsprach.

Der neuen Wahrheit. Die alte gab es nicht mehr.

»Gilt das auch für Berlin-West?«, rief ein Mann mit hochgeschlagenem Mantelkragen.

»Für Berlin-West?« Schabowski schien sich zu ducken, nach einem Spalt im Boden zu suchen, in den er hätte abtauchen können. »Ja, ja, ich denke, für Berlin-West gilt das auch.«
»Wir müssen dahin«, wiederholte Meike. »Los, zieh dich an. Von hier draußen sind wir doch ewig unterwegs.«
»Wohin denn?«, fragte Alex und kam sich vor wie ein Kind.
»Na, wohin wohl?« Im hohen Bogen wies Meike auf den Fernsehschirm. »In den Westen«, jubelte sie.
»Das können wir doch nicht machen«, murmelte Alex. Sie fühlte sich, als wären ihre Sohlen mit dem Teppich verwachsen. Um keinen Preis wollte sie aus diesem engen, überheizten Zimmer fort.
»Und ob wir das können!« Meike stemmte die Hände in die Hüften. »Was ist mit dir los, Alex? Ich weiß, du bist ein Stubenhocker sondergleichen, aber nicht einmal du darfst die wahnsinnigste Nacht deiner eigenen Geschichte versäumen.«
»Quark«, erfolgte wie aus der Pistole geschossen die Antwort von Momi. Sie hatte sich aufgerichtet und sah nicht Meike, sondern Alex ins Gesicht. Dem Blick aus ihren Nebelaugen ließ sich nicht ausweichen. »Es macht überhaupt nichts, wenn du wer weiß wie viele Nächte deiner eigenen Geschichte versäumst«, fauchte sie leise und gefährlich. »Der Geschichte ist das egal. Die lässt sich von dir sowieso nicht aufhalten, und wenn du dich mit all deinen Kräften dagegenstemmst.«
»Das, was heute Nacht passiert, will aber keiner aufhalten!«, rief Meike. Von der Verzweiflung, mit der sie vorhin hereingeplatzt war, war nichts mehr zu spüren. »Darauf haben wir gewartet, dafür haben wir unser Leben lang gekämpft …«
»Unser Leben lang«, fiel ihr Momi spöttisch ins Wort. »Ich kann nur für Sie hoffen, dass Sie sich mit dem Unfug, für den Sie da kämpfen, nicht ein Leben lang abschleppen müssen. Und überhaupt, wollten Sie nicht Ihren Hugo suchen?«
»Die müssen Hugo ja jetzt freilassen«, antwortete Meike verun-

sichert. »So wie bisher können die doch nicht mehr weitermachen – sonst laufen ihnen nämlich die Leute weg.«

»Tun Sie, was Ihnen passt«, sagte Momi. »Aber hören Sie auf, Alex unter Druck zu setzen. Du musst selbst entscheiden, Süppchen. Wenn da draußen eine Lawine losbricht, kannst du genauso gut im Warmen sitzen bleiben und warten, bis sie dich überrollt. Wozu ihr entgegenlaufen?«

»Sie sperren Alex ein, wissen Sie das?« Meikes Stimme kippte auf der Spitze. »Sie machen ein verschrecktes Häschen aus ihr, das sich ans Leben nicht traut. Und warum? Weil Sie Angst haben, Alex könnte einfach losziehen, Leute kennenlernen und Sie allein in dieser Rumpelkammer sitzen lassen!«

»Wer sich ans Leben traut, hat keine Ahnung davon«, konterte Momi. Dann wandte sie sich an Alex: »Meinetwegen musst du nicht hierbleiben, Süppchen. Mir macht es nichts aus, in meiner Rumpelkammer zu sitzen. Es ist mir lieber, als wenn ich hinaus in diese Nacht müsste. Du tu, was du für richtig hältst.«

»Macht es dir wirklich nichts aus?«, fragte Alex hastig. »Ich glaube, dann gehe ich mit Meike.« Sie wollte nichts weniger als das. Sie wollte in der Geborgenheit der Wohnung bleiben, sich in ihr Bett verkriechen und von dem, was draußen geschah, nichts hören. Es machte ihr Angst, auch wenn sie keine Ahnung hatte, warum. Es war jene unbestimmte Angst, die sie von klein auf begleitete, das Gefühl, dem Leben außerhalb der engen vier Wände nicht gewachsen zu sein.

Dass sie sich dennoch mitschleifen ließ, lag an Meike. Alex wusste, die Freundin würde nicht nachgeben, sondern fortfahren, Momi zu attackieren, und Momi würde jeden Hieb mit einem noch schärferen parieren. Der Streit würde eskalieren, und am Ende würde Meike verlangen, dass Alex Partei ergriff. Dass sie sich rechtfertigte, für ihre Liebe zu Momi, für ihr stilles, ereignisloses Leben, das Alex nie in Frage stellen wollte. Lieber nahm sie die Kälte der Novembernacht in Kauf.

»Ich bin nicht spät zurück«, warf sie Momi hin, wagte aber nicht, die Großmutter noch einmal anzusehen, ehe sie sich in den Flur stahl und vom Garderobenhaken ihre Jacke angelte.
»Hut ab, Mädchen«, zischte Meike ihr mit triumphalem Grinsen zu. Im Treppenhaus brannte nur eine Birne, und es roch nach Bohnerwachs und längst verkochtem Eintopf. Selbst das ist besser als die Nacht da draußen, dachte Alex. Sie begann zu schaudern, noch ehe Meike die schwere Pforte aufgezogen hatte und ein Windstoß Regen in den Hausflur trieb.
Es war der 9. November 1989, einer jener Tage, von denen es später hieß, sie seien in die Geschichte eingegangen. Für die ganze Welt wurde es der Tag, an dem die Berliner Mauer fiel, und danach war nichts mehr wie vorher. Für Alex blieb es der Tag, an dem sie Oliver traf, doch auch für sie war danach nichts mehr wie vorher, kein Stein auf dem anderen und keine Wand mehr intakt.

Wie befürchtet, wusste Meike nicht, wo sie hinwollte. »Vielleicht sollten wir doch noch einmal zum Thälmann-Saal und nach Hugo sehen«, schlug Alex vor. Die kleine Wohnstraße lag menschenleer. Ihre Laternen stammten aus der Zeit vor dem Krieg und warfen spärliche Lichtkegel auf die glitzernden Fäden des Regens.
Meike schüttelte den Kopf, dann senkte sie den Blick und gab Alex zu verstehen, dass sie das Thema Hugo besser nicht mehr ansprach. Stattdessen richtete sie sich jäh auf und wies nach der Straßenecke. »Da vorn sind Leute! Ich wette, die haben dasselbe vor wie wir.« Von der Hauptstraße drangen Stimmen herüber, laut und ausgelassen, als zöge die Schar auf ein Fest. »Los, komm mit«, befahl Meike, packte Alex am Ärmel und zerrte sie hinter sich her.
Hinter der Kreuzung hatte sich eine Traube von Menschen gebildet, die johlend in Richtung S-Bahnhof zog. Ohne sich um

den Verkehr zu kümmern, marschierten sie die Fahrbahn entlang. »He, ihr!«, brüllte Meike und schwenkte die Arme. »Wohin geht's?«

»Grenzübergang Bornholmer Straße!«, ertönte übermütig die Antwort. Meike fackelte nicht länger, sondern drängte sich mit Alex in den Pulk. Umringt von hupenden Autos, strebten sie dem Bahnhof entgegen.

Die Waggons der S-Bahn waren bis zum Platzen vollgestopft. Alex wurde zwischen zwei Männer gequetscht, die sich über ihren Kopf hinweg unterhielten. So dicht, wie die Leute standen, hätte nicht einmal ein Toter umfallen können. Als ihr übel wurde, schloss sie die Augen, doch es half nichts. Hinter ihrer Stirn ballten sich aus Fetzen die Bilder, die sie von klein auf kannte und nicht einordnen konnte – Menschen, die eine Straße entlangjagten, ein Schuss und dann ein Mann, der getroffen stürzte. Mehrere, die nachfolgten, fielen auf ihn nieder, andere trampelten über die am Boden Liegenden hinweg. Alex' Herz raste, und in den Schläfen hämmerte das Blut. Irgendwann musste ihr etwas geschehen sein, das diese Panik auslöste, aber Momi hatte ihr nie etwas erzählt. Als sie umstiegen, wurde nichts besser. Im nächsten Zug drängten sich die Menschen noch dichter, und an jeder Station kamen neue hinzu.

An den Grenzübergängen, die hinüber in den Westteil der Stadt führten, war Alex nie gewesen. Selbst für Leute, die Verwandte drüben hatten, war es so gut wie unmöglich, ein Visum zu erhalten, und Momi und Alex hatten keinen Menschen dort. »Die Mauer hat Familien zerrissen«, lautete einer der Sprüche, die Meike gern von sich gab, aber Alex' Familie bestand aus Momi und ihr, aus niemandem sonst. »Wir leben unser Leben hier«, pflegte Momi zu sagen. »Was hinter der Mauer ist, geht uns nichts an.«

Jetzt aber hatte der Zug sie an der Mauer ausgespuckt, vor dem Grenzübergang, auf den sie inmitten einer Menschenhorde zutrieb. Eine Autoschlange reihte sich vor einem der Gebäude, während sich vor dem zweiten Leute drängten, die wie Meike und Alex zu Fuß gekommen waren. Der Lärm war unbeschreiblich. Gelächter, Rufe, Sprechchöre und Schimpfworte, alles mischte sich zu einem dunklen Grollen, das den Grenzpolizisten vor dem Schlagbaum galt. »Macht das Tor auf! Los, lasst uns raus!« Kaum angekommen, stimmte Meike ein: »Lasst uns raus! Lasst uns raus!«

Die Polizisten kontrollierten einzelne Pässe, steckten die Köpfe zusammen und bliesen Atemwolken in die Dunkelheit. Dann zogen sie sich in die verglaste Kabine zurück, kamen kurz darauf wieder und waren sichtlich so ratlos wie zuvor. Ansagen durch Megaphone gingen im Gegröle unter, ein Wagen der Volkspolizei wurde zum Bremsen gezwungen und zurückgedrängt. Die Menschenströme rissen nicht ab, immer enger und bedrohlicher erhob sich die Mauer aus Leibern. Sie verspürte ein Würgen in der Kehle, doch zum Erbrechen war nirgendwo Platz.

Eine Zeitlang wärmte die Nähe der Menschen, dann kehrte die Kälte zurück und kroch ihr unter die Kleider. Ihre Hände froren steif, und auf ihre Schultern senkte sich bleischwer die Müdigkeit. Ab und an wurde ein Auto durch die Sperre gewunken, doch die Scharen, die zu Fuß gekommen waren, harrten bewegungslos aus. Alex schlug die Arme um den Leib, vergrub das Gesicht im Kragen und trat von einem Fuß auf den anderen. Irgendwann half nichts mehr. Sie würde Meike sagen, dass sie nicht länger warten konnte. Vor dem endlosen Heimweg graute ihr.

Alex war klein. Sie musste sich auf die Zehenspitzen recken, um Meike zu erspähen. Die Freundin hatte sich ein Stück weit vorgekämpft und redete wild gestikulierend mit zwei Männern. Aus Leibeskräften rief Alex ihren Namen. Fremde, die in der Nähe standen, lachten und schlossen sich an. »Meike, Meike!«, drang es vielstimmig durch die unwirkliche Nacht.

Endlich bemerkte Meike, dass die Rufe ihr galten. Sie schwang herum, doch ehe Alex ein Wort herausbekam, ging ein Ruck durch die Menge und schleuderte sie nach vorn. Im selben Augenblick brach ein Jubel los, wie Alex ihn im Leben nicht gehört hatte. Stehen zu bleiben oder gar zu fliehen war unmöglich. Sie wurde weitergeschoben, mitgerissen, musste laufen, wenn sie nicht stürzen wollte.

Leiber trieben gegen sie, drückten sie in Richtung Kontrollgebäude. Erst als sie es beinahe erreicht hatten, glaubte Alex zu begreifen, was vor sich ging – die Grenze war offen. Die Polizisten hatten dem Druck nicht länger standgehalten und den Schlagbaum hochgezogen.

Ich habe meinen Personalausweis nicht dabei, fiel ihr ein, obwohl das keine Rolle spielte. Die Polizisten würden alle zurückschicken, ob sie Pässe bei sich hatten oder nicht. Dort drüben, hinter dem geöffneten Schlagbaum, lag das verbotene Land. Der Menschenstrom würde gegen eine unsichtbare Mauer prallen und zurückgeworfen werden, in die nächtlichen Straßen, in überfüllte S-Bahn-Wagen und endlich in die Wohnungen und Betten. Noch während sie den Gedanken zu Ende dachte, wurde sie unter dem Schlagbaum hindurch auf die andere Seite gespült. Die Polizisten hielten sich am Rand, und kein Mensch fragte sie nach ihrem Pass.

Auf der Brücke hinter der Grenze wartete eine weitere Menschenmenge mit Blumen und Transparenten. Alex' Gesicht wurde zwischen ihnen eingeklemmt. Lärm brauste ihr in den Ohren, sie rang nach Atem, und beim Versuch, den Kopf hochzureißen, schwanden ihr die Sinne. Längst hatte sie Meike aus den Augen verloren, und die Versammelten waren zu sehr mit dem Strudel der Ereignisse beschäftigt, um auf eine Frau zu achten, die der Lage nicht gewachsen war. Ihre Knie gaben nach. Alle Kraft wich aus den Muskeln der Beine wie Luft aus zerstochenen Reifen. »Willkommen in Westberlin«, dröhnte eine Männerstimme verzerrt aus einem Lautsprecher. Dann gab es kein Halten mehr. Alex würde auf das regennasse Pflaster stürzen, und die Nachfolgenden würden über sie hinwegtrampeln wie in den alptraumhaften Bildern.

Ehe ihr Körper auf den Boden prallte, fingen zwei Hände sie auf. Kraftvoll wurde sie in die Höhe gehoben. Ihr Retter schlang stützend die Arme um sie und bahnte ihnen rückwärts einen Weg durch den Menschenpulk. Erst als er stehen blieb und sie noch immer festhielt, bemerkte sie, dass sie die Augen zugekniffen hatte. Sie schlug sie auf. Regen glitzerte im Licht von Scheinwerfern, und über den Himmel zogen dichtgeballte Wolken. Sie standen am Rand, am Brückengeländer, und ließen die endlosen Ströme vorübertreiben. Der Mann war groß. Alex reichte ihm nicht einmal bis zum Hals. Er hatte schwarzes Haar, das ihm durchnässt in die Stirn fiel, und er lächelte nicht, sondern sah sie nur an. Bitte sag nicht willkommen im Westen, flehte Alex stumm.

»Ich bin Oliver«, sagte er.

2

Wer behauptet, an die Liebe auf den ersten Blick nicht zu glauben, hat nie gewartet und war nie bereit.

In der Mitte der Brücke fielen Fremde einander in die Arme. Alex stand in den Armen eines Fremden und fühlte sich nicht fremd. Ihr war noch immer übel, sie war durchnässt und zitterte vor Kälte. Dennoch wollte sie stehen bleiben. Alles war besser, als die Brücke zu verlassen und den Mann, der Oliver hieß, aus den Augen zu verlieren. Unaufhörlich schoben sich Menschen an ihnen vorbei. Die Nacht roch nach feuchten Kleidern und Autoabgasen.

Eine kleine Ewigkeit lang sprachen sie beide kein Wort. Dann sagte Oliver: »Ich sollte dich fragen, ob du in Ordnung bist, oder? Und ob ich dich irgendwo hinbringen kann.«

Alex schüttelte den Kopf.

Seine Brauen hoben sich schräg in die Stirn, formten ein Dach und stellten eine Frage.

»Ja, ich bin in Ordnung«, murmelte Alex hastig. »Ich komme nur mit großen Menschenmengen nicht gut klar.«

»Kommt irgendwer damit klar?«

Alex lächelte und wies mit einer Kopfbewegung hinter sich. »Wie es aussieht, jeder außer mir.«

»Mein Glück.« Er lächelte auch. Mit den Augen mehr als mit dem Mund. Alex ertappte sich dabei, dass sie ihn anstarrte, jede Regung seiner Züge verfolgte. Es hätte ihr peinlich sein sollen, und dennoch wollte sie nicht mehr damit aufhören.

Er tat dasselbe. Hörte nicht auf, sie anzusehen. »Dir ist kalt«, sagte er und legte eine Fingerspitze auf ihre zitternde Oberlippe.

Alex nickte. Vorsichtig, um seinen Finger nicht von ihrer Lippe zu verlieren, und am liebsten hätte sie ihn mit den Zähnen festgehalten.

»Willst du gehen?« In seiner Stimme schwang dieselbe Furcht, die auch sie verspürte. »Zurück?«

»Nein«, hörte sie sich sagen. Ihre Zähne klapperten, aber es gab viel Schlimmeres.

»Ich wohne nicht weit von hier.« Er wies die Brücke hinunter. »Im Wedding. Wenn wir es schaffen, uns durch diese Haufen zu schlagen, sind wir in ein paar Minuten da.«

Er fragte sie nicht, warum sie zum Grenzübergang gekommen war, und sie fragte ihn auch nicht. Die Nacht war verrückt, sie stand außerhalb jeder Normalität, und das war ihr Glück, denn kein Mensch verlangte in dieser Nacht von einem anderen Vernunft. Oliver legte den Arm um sie, damit sie sich im Getümmel nicht verloren, und sie legte den Arm um ihn. Es war nicht das erste Mal, natürlich nicht. Sie hatte in der Schule Freunde gehabt, auch eine Geschichte mit einem Kommilitonen, schon um nicht aufzufallen, nicht immer anders zu sein. Das Risiko, sich zu verlieben, war sie jedoch nie eingegangen. Das Leben erschien ihr auch ohne solche Verwicklungen furchteinflößend genug. Jetzt ging sie mit Oliver wie ein Tier auf vier Beinen, spürte die Form seiner Hüfte durch den Mantelstoff und dachte: Das hat mir gefehlt. Das, das, das.

Sie mussten lange gehen, ehe der Lärm der Feiernden verklang. Die Straße, in die sie einbogen, lag zwischen schwarzen Häuserfronten, und die Laternen, die kümmerliches Licht verteilten, wirkten so alt wie die in Karlshorst. Oliver schloss ein Tor auf und führte sie über zwei stockdunkle Höfe in ein Hinterhaus. Die Treppe war so eng, dass sie sich aneinanderpressten, die Stufen ausgetreten, die Malerei an den Wänden blass. Olivers Wohnung lag im vierten Stock, und beim ersten Schritt durch die Tür war Alex begeistert davon.

»Hier unterm Dach wird es nie richtig kalt«, sagte Oliver, und in der Tat schlug ihnen Wärme entgegen. Die Wohnung besaß ein einziges Zimmer mit hohen weißgetünchten Wänden. War bei

Alex alles eng und vollgestopft, so war Olivers Zimmer riesig und nahezu leer. Ein Brett auf zwei Böcken diente als Schreibtisch, eine Matratze als Bett. Daneben gab es nur noch einen Schrank, Regale voller Bücher und eine mannshohe Phönixpalme.

Oliver zog die Vorhänge zu und schaltete über dem Bett eine Lampe an. Aus der Küche holte er eine Flasche roten Wein und zwei Gläser. Von den Leuten, die Alex kannte, hatte niemand Wein zu Hause. Einmal hatte sie Momi gefragt, ob sie welchen kaufen sollte, aber Momi hatte den Kopf geschüttelt. »Manchmal hilft Wein beim Vergessen«, hatte sie gesagt. »Aber was man in meinem Alter nicht allein vergisst, Süppchen, kriegt auch der Wein nicht weg.«

Alex wollte den Wein trinken, damit er ihr half zu vergessen, dass ihre Großmutter sie Süppchen nannte und vor Sorge verrückt werden würde, wenn sie heute Nacht nicht nach Hause kam. Ich bin dreiundzwanzig, beschwor sie sich. Keine Frau in meinem Alter ruft ihre Großmutter an, wenn sie bei ihrem Freund schläft. Bei ihrem Freund – der Gedanke klang nicht einmal sonderbar.

Oliver trug einen riesenhaften Mantel aus Wolle, der Alex ausnehmend gut gefiel. Er zog ihn aus und nahm ihr die triefende Jacke ab. Als er bemerkte, wie nass ihr Sweatshirt war, sagte er: »Zieh das auch aus. Mach dir keine Sorgen.«

Sie machte sich keine, sah ihm zu, wie er sein Hemd aufknöpfte, und streifte das Sweatshirt über den Kopf. Er setzte sich neben sie und legte eine Decke um sie beide. Seine Haut rieb gegen ihre, und der Wein schmeckte herb und warm. Komisch, dachte Alex, wir sitzen hier und schweigen, aber es ist uns nicht peinlich. Vielleicht lag es an der Nacht, daran, dass die Wände ihrer Welt zerbrochen waren und keine Regel mehr galt. Vielleicht lag es an ihnen beiden, vielleicht war gar nichts peinlich mit Oliver. Irgendwann fingen sie an zu sprechen und zwischen Schlucken vom Wein einander Fragen zu stellen. Oliver hatte auf einer Party von der Öffnung der Grenzen gehört und war mit Freunden zum Übergang gelaufen, hatte diese aber im Gewühl verloren. Er studierte Geschichte, schrieb an seiner Magisterarbeit über die Gründung der Weimarer Republik, vor der es Alex graute, und fuhr Taxi, um die Wohnung zu bezahlen. »Warum wohnst du nicht bei deinen Eltern?«, fragte Alex. Ihre Kommilitonen wohnten, wenn sie keinen Platz im Wohnheim hatten, alle bei den Eltern.

Oliver zuckte mit den Schultern. »Mit meinem Vater verstehe ich mich nicht besonders. Ich wollte so schnell wie möglich raus. Und du? Wohnst du bei deinen Eltern?«

Alex schüttelte den Kopf. Oliver sah sie noch eine Zeitlang an, dann begriff er, dass sie nichts mehr dazu sagen wollte.

Sie waren müde und überwach zugleich. Irgendwann begannen sie wieder zu frieren. »Gehen wir ins Bett?«, fragte Oliver und legte eine Hand an ihr Gesicht. Seine Augen waren braun, voller Wärme und Leben. »Ich möchte gern mit dir schlafen. Aber es muss nicht heute Nacht sein.«

Erleichtert ließ sie sich gegen ihn fallen. Sie hatte dasselbe gedacht: Ich möchte alles mit dir. Aber heute Nacht bin ich für noch mehr Neues zu erschöpft. Sie schälten sich aus dem Rest der Kleider, krochen unter das Federbett und schlangen Arme und Beine umeinander. Alex war sicher, nicht schlafen zu können, aber sie schlief tief und wohlig und erwachte erst, als der trübe Novembermorgen durch den Spalt zwischen den Vorhängen kroch.

Oliver, mit nichts als dem Hemd vom Vortag bekleidet, lief zwischen Küche und Zimmer hin und her und deckte das Schreibtisch-Brett als Frühstückstisch. Dass sie wach war, schien er im Rücken zu spüren, denn er drehte sich um und lächelte sie an. »Es ist nicht zu Ende, oder? Das mit dir und mir?«

»Nein«, hörte Alex sich sagen.

Olivers Lächeln wurde breiter. »Ich glaube, ich muss dich etwas fragen.«
Sie bekam Angst und wusste nicht, wovor.
»Sagst du mir, wie du heißt?«
Erlöst entfuhr ihr ein Lachen. »Alex«, sagte sie und fügte, weil er es genau wissen sollte, hinzu: »Alexandra Liebermann.«

3

Er hieß Oliver Schramm. In seinem Kühlschrank, der vor Altersschwäche brummte, bewahrte er spanischen Ziegenkäse und belgische Fleischtomaten auf, und seinen Kaffee bereitete er mit einer Prise Kardamom in einer italienischen Metallkanne zu. Er ließ beim Frühstücken gern die Sonne in sein Fenster, und den Blick auf die vertrockneten Sträucher, die Mülltonnen und die Klopfstange fand er nicht trostlos. »Es steckt so viel Geschichte darin«, sagte er. »Das hier war das Herz des Roten Weddings, eine Hochburg der Arbeiterbewegung – diese Häuser wurden als Mietskasernen vor hundert Jahren gebaut.«

Über Alex' Rücken lief ein Schauder. Schon in der Schule hatte sie Geschichte nur gemocht, wenn sie sich mit längst versunkenen Epochen befasste oder mit Ländern am anderen Ende der Welt.

Oliver hielt inne. »Ich möchte das alles wissen«, sagte er.

»Was?«

»Alles, was dich betrifft. Warum du bei manchen Worten zusammenzuckst. Warum du allein durch Nächte streifst und mir nicht sagst, mit wem du lebst. Aber du musst es mir nicht jetzt erzählen. Von mir aus hast du Jahre dazu Zeit.«

Alex sah zu Boden, auf die gebeizten Dielen. »Ich lebe bei meiner Großmutter«, sagte sie. »Ich nenne sie Momi, weil ich als Kind eine Mutti und eine Omi haben wollte, und sie nennt mich Süppchen, weil ich die Suppe bin, die andere ihr eingebrockt haben. Sie ist sicher krank vor Sorge, weil ich noch nie über Nacht weg war.« Trotzig blickte sie wieder auf. Jetzt sag mir, dass du dir ein derart unreifes Ding samt seniler Greisin nicht ans Bein binden willst, forderte sie ihn im Stillen auf. Sag: Herrgott, Mädchen, so kannst du doch nicht leben. Rede mit mir, wie Meike und die anderen es tun.

»Ruf sie an«, sagte Oliver.
»Wen?«
»Deine Großmutter. Ruf sie an und sag ihr, du bleibst ein paar Tage bei mir. Ich kann dich noch nicht gehen lassen, Alex. Ich muss erst sicher sein, dass du wiederkommst.«
»Wir haben kein Telefon«, entgegnete sie, beugte sich vor und küsste ihn auf den Mund. »Ich gehe trotzdem noch nicht. Du hast recht, erst muss ich sicher sein, dass ich wiederkommen kann.«
Sie schalteten den Fernseher ein, und Oliver ging, um Zeitungen zu kaufen. Die Mauer blieb offen. Berliner reisten von einem Teil der Stadt in den anderen, aber das machte Alex und Oliver nicht sicher genug. Sie mussten noch tagelang beieinanderbleiben, um zu begreifen, dass das, was sie erlebten, wirklich war.

Am Anfang war es völlig verrückt gewesen, der Wahnsinn einer Nacht, die die Welt veränderte. Mit der Zeit aber schien es geradezu normal: Sie waren Alex und Oliver, zwei Studenten, die sich verliebt hatten und zusammenbleiben wollten. So wie Meike mit ihrem Hugo. So wie alle Welt.
»Jetzt wächst zusammen, was zusammengehört«, hatte irgendein westlicher Würdenträger gesagt. »Glaubst du, er meint uns?«, fragte Oliver, und Alex nickte. Sie wuchsen zusammen, und es war leicht, weil sie zusammengehörten.
Drei Tage lang blieben sie verborgen in ihrem Kokon und hatten genug daran zu tun, einander kennenzulernen. Oliver borgte ihr T-Shirts von sich und ein Paar Jeans von einer Sandra – »die gibt's hier schon lange nicht mehr, nur ihre Hose ist noch da«. Die Jeans war Alexandra zu groß. »Du bist so eine starke Frau«, sagte Oliver, »in so einer kleinen Verpackung.« Um ein Haar hätte Alex ihm gesagt, dass in dem, was er kleine Verpackung nannte, eine unsäglich schwache Frau steckte, doch dann ließ sie es. Für ihn war sie anders – eine Alex, die sie noch nicht kannte.

Nur zum Einkaufen ging er nach unten, »zum Türken an der Ecke«, und er kochte für sie. Das Gemüse, das er auf der Arbeitsfläche ausbreitete, leuchtete wie bemalt, und von manchen Sorten kannte sie nicht einmal den Namen. Da, wo sie herkam, gab es keinen Türken an der Ecke. Die Gerichte, die er ihr servierte, dufteten fremd und hatten Namen, die umwerfend klangen – Spaghetti Puttanesca, Moussaka, Chili con Carne. Am vierten Tag sagte sie, sie wolle auch einmal für ihn kochen, ob er ihr von seinem Türken ein paar Dinge mitbringen könne. Geld brauchte sie nicht. Er hatte erklärt, das bisschen, was sie esse, könne er sich spielend leisten. In der Zeitung wurden Besucher aus dem Osten aufgefordert, sich auf einer der Banken hundert Westmark zur Begrüßung abzuholen, doch das wollte Alex nicht. Sie war keine Besucherin aus dem Osten. Mochten die anderen hundert Westmark bekommen. Sie hatte Oliver.
Er tippte auf einen Posten auf ihrer Liste und schüttelte den Kopf. »Mettwurst. Die hat kein Türke, da muss ich zum Leo. Erzählst du mir, was das wird, was du kochst?«
»Nichts Besonderes«, erwiderte Alex und schämte sich. »Bratkartoffeln mit Mettwurst. Wenn du's nicht magst, lassen wir's.«
Er lachte und hob die Hände. »Soll ich ehrlich sein? Ich will dir beim Kochen zuschauen. Was dabei herauskommt, ist mir eher egal.«
Erleichtert ließ sie sich küssen. »Du isst das sonst nie?«
»Alleine nicht«, antwortete er. »Bei meinen Eltern gibt's das öfter, und meine Oma schnauzt dann meine Mutter an: ›Tust du wohl ordentlich Mettwurst dran? Wir sind doch nicht bei armen Leuten.‹ Bei gelber Erbsensuppe genauso. Sie muss zwei Paar Knacker drin haben, oder es ist ein Armeleuteessen.«
Alex lachte. Momi war das Gegenteil. »Die halbe Wurst genügt doch, Süppchen. An mein altes Gerüst musst du kein Vermögen mehr verfüttern.« – »Du hast auch noch eine Oma?«, fragte sie.
»Und ob.« Oliver grinste. »Einen Besen mit Haaren auf den

Zähnen. Sie ist neunundachtzig, aber noch immer der einzige Mensch, vor dem mein Vater sich fürchtet.«

Sie lachten beide. »Meine ist dreiundneunzig.« Dann schrak sie zusammen. Momi wusste auch weiterhin nicht, wo sie sich befand. Fragend sah Oliver sie an, und unter seinem Blick straffte Alex die Schultern. »Ich rufe meine Freundin an«, erklärte sie entschlossen. »Sie hat mich schon öfter wegen ihres Freundes um einen Gefallen gebeten. Ich werde sie bitten, Momi Bescheid zu sagen.«

»Gute Idee.« Er legte den Arm um sie.

»Und zum Einkaufen komme ich mit – zum Leo, wer immer das ist«, meinte sie.

Es war gut so. Es war an der Zeit, und sie war bereit. Der Leo war kein Mensch, sondern ein Verkehrsknotenpunkt namens Leopoldplatz, wo sich ein riesiges Kaufhaus ans andere reihte und in der Mitte ganz unbeteiligt eine alte Kirche stand. Vielleicht war dieser Tag am Leopoldplatz der schönste von allen. Während sie mit Oliver inmitten des Trubels stand, hatte sie plötzlich diesen seltsamen Gedanken: Womöglich erzähle ich davon noch in fünfzig Jahren – Damals am Leopoldplatz …

Momi erzählte nie von etwas, das mit *damals* anfing, aber das war auf einmal nicht mehr wichtig. Sie war nicht Momi, war auch kein Teil von ihr. Sie war Alex, die in Oliver verliebt war und im Menschengewühl auf dem Leopoldplatz einfach sie selbst sein durfte. Immer hatte sie dieses Gefühl der Unsicherheit begleitet, wenn sie mit irgendwem irgendwo hinging: Was wird von mir erwartet, was mache ich falsch, wenn ich den Mund auftue, was mache ich falsch, wenn ich schweige? Sie war dieses Gefühl so gewohnt, dass sie es im Grunde vorzog, allein zu sein.

Eine Sekunde lang überkam sie das Gefühl auch jetzt. Die Etagen der Kaufhäuser waren voll von Ostberlinern, die sich mit Ausrufen der Begeisterung auf Verkaufstische stürzten, und von Westberlinern, die Kameras zückten und wie Weihnachtsmänner strahlten. Eine Sekunde lang dachte Alex: Oliver wird enttäuscht sein, weil ich nicht hingerissen kreische, weil ich so wenig Freude zeige. Er wird enttäuscht sein, weil ich so wenig dankbar bin. Dann aber blickte sie zur Seite und sah Olivers Gesicht. Er schaute ihr zu, und sein Blick versicherte ihr, dass es ihm gut mit ihr ging, dass sie in Ordnung war, so, wie sie war.

Auf einmal sprach auch nichts mehr dagegen, über den gewaltigen Überfluss, den ein Mensch unmöglich brauchen konnte, zu staunen, sich an der Vielfalt ein wenig zu berauschen und da und dort irgendeinen Unsinn zu kaufen. Sie begann Oliver von ihrem Studium zu erzählen und von den Reisen, die sie sich als Kind erträumt hatte, und wunderte sich über sich selbst. Zwischendurch wandten sie sich immer wieder einander zu und fielen sich in die Arme, so als hätten sie gerade erst entdeckt, dass sie einander besaßen, und wären unendlich dankbar dafür.

Im obersten Stock des Kaufhauses aßen sie ein köstliches Gebäck namens Quiche Lorraine, weil sie daheim keine Zeit mehr haben würden, Bratkartoffeln mit Mettwurst zu kochen, tranken jeder ein hohes Glas Cidre dazu und blickten über das quirlige Treiben der Stadt. »Du magst den Leo«, stellte Oliver mit einer Art von Besitzerstolz fest.

Heftig nickte Alex.

»Kannst du dir vorstellen, dass das einmal ein brandneu angelegter Schmuckplatz war, mit dem Kaiser Wilhelm die schmuddeligen Teile seiner Hauptstadt aufpeppen wollte? Dort drüben, die Nazarethkirche stammt aus der Zeit.«

Er zeigte ihr das hohe, dunkle Gebäude, dann wies er auf die Fahrbahn, die sich zwischen Häuserriesen dehnte. »Die Arbeiter haben sich ihren Wedding trotzdem nicht nehmen lassen. Bis heute nicht. Das da ist übrigens die Müllerstraße, und dort hinten steht die Zentrale der SPD, Sozialdemokratische Partei Deutschlands.«

»Vielen Dank.« Alex grinste schief. »Ich bin zwar aus dem Osten, aber nicht von hinter dem Mond.«
»Sorry.« Er grinste mit. »Ich bin da Mitglied, weißt du.«
Alex drehte ihr Glas in den Händen. »Ich fürchte, ich habe von Politik keine Ahnung.«
»Ich auch nicht viel«, erwiderte er. »Ich glaube, ich bin da nur eingetreten, weil mein Vater sich darüber aufregt. Und hier im Wedding wohne ich, weil meine Oma sich darüber aufregt. Armeleutegegend, da wohnt man doch nicht. Aber mir gefällt es hier.«
Alex gefiel es auch. Sie stellte das Glas ab und sandte ihm ein Lachen. »Wir beide mit unseren Omas.«
Eine Weile schwiegen sie, während draußen die Straßenlaternen angingen und die Autos die Scheinwerfer einschalteten. »Ich hab dir schon so viel gesagt«, bemerkte Oliver dann, »aber das Wichtigste noch nicht. Du bist schön.«
Alex war einen Meter sechsundfünfzig klein, eher dünn als schlank, hatte grünliche Augen und braunes Haar, das sie von jeher praktisch und kurzgeschnitten trug. Von Kleidung verlangte sie, dass sie warm war und nicht auffiel, und hatte nie bedauert, keine West-Jeans zu besitzen, weil sie den Unterschied sowieso nicht bemerkte. Was Oliver da zu ihr sagte, kam so unerwartet, dass sie nach Luft schnappen musste. Dann blickte sie auf. Seine Brauen, die noch schwärzer schienen als sein Haar, bildeten wieder das Dach. Seine Lippen waren gerade, seine Wangen schmal. Dort, wo sein ausgeleierter Pullover verrutscht war, sah sie ein Stück von seinem Schlüsselbein. »Du auch«, sagte sie.
»Wollen wir gehen?«
»Ja.«
Der Rest der Quiche Lorraine blieb stehen.
In dieser Nacht schlief Alex zum ersten Mal mit einem Mann. Dass sie um etliche Jahre zu alt dafür war, machte ihr nichts aus.

Es war schön, es war am Morgen noch spürbar, so als wären ihre Körper noch nicht getrennt. Meike hatte gesagt, beim ersten Mal sei es für niemanden schön, aber vielleicht war das anders, wenn man älter war, oder es war anders, weil sie Alex und Oliver waren. Wenn ich ein Kind bekomme, nenne ich es Leo, dachte Alex, als sie mit feuchten Schenkeln ins Bad ging. Leo vom Leopoldplatz.

Nach dem Frühstück rief sie bei Meike an. Meikes Mutter nahm den Hörer ab und kreischte »Alexandra!«, kaum dass sie ihre Stimme erkannte. »Mein Gott, Kind, wir haben uns solche Sorgen gemacht. Meike hat deiner Großmutter gesagt, sie soll zur Polizei gehen, aber das alte Frauchen hockt bis ins Mark verängstigt in dieser scheußlichen Wohnung und ist zu nichts in der Lage. Und uns hilft man ja nicht weiter. Weil wir mit dir nicht verwandt sind.«

»Es tut mir leid«, sagte Alex knapp. »Kann ich Meike sprechen?«

Die Mutter gab noch ein paar entrüstete Laute von sich, dann rief sie Meike an den Apparat. Die war schlimmer als ihre Mutter. Geballte Wut gellte aus dem Hörer, aber sie erreichte Alex nicht. Durch die geöffnete Tür sah sie Oliver zu, der die Küche aufräumte, und wartete, bis Meike fertig war. »Kannst du bitte zu Momi fahren und ihr sagen, dass es mir gutgeht?«, fragte sie dann.

»Bin ich dein Trottel?«, schrie Meike. »Habe ich nichts Besseres zu tun? Woran ist eigentlich dein letzter Sklave gestorben?«

»An einem Herzanfall«, antwortete Alex. »Er hat sich zu sehr aufgeregt.« Hatte wirklich sie das gesagt? Für gewöhnlich war es Momi, die solche Antworten gab. Ihr selbst fielen zwar oft welche ein, aber sie hätte sie nie im Leben ausgesprochen.

»Also gut, die dämliche Meike, die ja sonst nichts zu tun hat, fährt raus nach Karlshorst und beruhigt die durchgedrehte Oma. Aber was soll ich ihr überhaupt sagen? Ich weiß doch selbst nichts. Meine Freundin Alexandra hält es ja nicht für nötig, mir

irgendwas zu erzählen, weder, wo sie abgeblieben ist, noch, was sie da treibt oder wann sie gedenkt, nach Hause zu kommen.«
»Ich habe jemanden kennengelernt«, erklärte Alex. »Oliver. Sag Momi, ich komme so bald wie möglich zurück und bringe Oliver mit.« All das hatte sie innerhalb eines Atemzugs beschlossen. Sie mussten in ihr Leben zurückkehren, an die Uni, zu den Menschen, die sich um sie sorgten. Aber nicht mehr allein. Wer zu Alex gehörte, zu dem gehörte künftig auch Oliver.
»Oliver«, wiederholte Meike in beißendem Ton. »Hört, hört. Und darf man fragen, wer dieser illustre Herr Oliver ist?«
»Du wirst ihn kennenlernen. Bald.«
»Wie überaus gnädig. Und wer sagt dir, dass ich ihn kennenlernen will?«
Dir hat ja auch keiner gesagt, dass ich Hugo kennenlernen will, durchfuhr es Alex. Und den Hugo davor und davor und davor.
»Du musst nicht«, entgegnete sie. »Gibst du bitte Momi Bescheid?«
»Kannst du mir einen Grund nennen, warum ich das tun sollte?«
»Weil du meine Freundin bist«, erwiderte Alex. »Weil du mich um solche Dinge gebeten hast und weil ich jetzt dich bitte. Weil du immer gesagt hast, dass Freunde so etwas füreinander tun.«
Meike gab keine Antwort. Alex glaubte zu hören, wie sie mit den Zähnen knirschte. »Ist es wenigstens schön?«, fragte sie dann.
»Es ist das Schönste«, antwortete Alex.
»Ein Westler, ja?«
Alex nickte, obwohl Meike sie nicht sehen konnte.
»So viel Schwein müsste unsereins haben. Aber das eine sag ich dir, Alex: Wenn deine Momi einen Herzknacks bekommt und stirbt, dann weiß ich, wer schuld daran ist.«
Alex stockte. Ausgerechnet Meike sagte das zu ihr, Meike, die ihr vorgeworfen hatte, sie weigere sich, an Momis Tod zu denken, sie tue so, als müsste eine Dreiundneunzigjährige ewig leben.
»He, jetzt krieg dich wieder ein«, sagte Meike. »Die alte Hexe

macht sich Sorgen um dich, aber ansonsten ist die kiebig wie eh und je. Zu meiner Mutter hat sie gesagt, sie soll die Jauche vor ihrer Tür wegschaufeln, bevor sie bei anderen Staubkörner zählt.«

Alex atmete auf. Das klang durch und durch nach Momi. »Sie ist wirklich in Ordnung?«

»Klar doch. Die überlebt uns alle.« Meike seufzte. »Also schön, ich spiele den Postboten für dich und lasse mich von der rasenden Rentnerin zur Sau machen. Und was habe ich davon?«

»Nichts«, sagte Alex. Oliver kam mit zwei Tassen eines dampfenden, schaumigen Getränks und küsste sie auf den Kopf.

»Das habe ich befürchtet.«

»Wie geht es Hugo?«, fragte Alex.

Meike schnaubte und ließ die Frage ohne Antwort.

Also hatte Momi recht, Hugo hat eine andere, und Meike war allein. Der Gedanke jagte ihr einen Schmerz bis in die Kehle. Sie umfasste Olivers Gelenk und hielt ihn fest. »Es tut mir leid«, sagte sie zu Meike. »Danke, dass du mir hilfst. Ich hab dich lieb.«

»Bist du krank?«, fragte Meike. »Ich möchte wirklich gern wissen, was dieser Westler-Typ mit dir gemacht hat.«

Vielleicht hatte sie es tatsächlich noch nie zu irgendwem gesagt. *Ich hab dich lieb.* Sie erinnerte sich auch nicht daran, dass irgendwer es zu ihr gesagt hatte. »Ich liebe dich«, sagte sie zu Oliver, legte den Hörer auf und ließ ihn los. Dich und Meike und Momi. Meine Welt. Mein Leben.

Oliver stellte die Tassen ab und begegnete ihrem Blick.

»Du musst wieder an die Uni, nicht wahr?«, fragte Alex. »Dein Taxi fahren. Und dich bei deinen Leuten melden.«

Hilflos kaute er auf seiner Unterlippe. »Ich sollte mich darum kümmern, ja. Aber du bist wichtiger. Klingt es albern, wenn ich sage, dass mir noch nie etwas so wichtig war?«

Es klang albern, weil jeder es sagte. Wahr blieb es trotzdem. »Mir war auch nie etwas so wichtig. Aber alles andere verschwindet ja nicht. Ich würde deine Leute gern kennenlernen.«

»Ehrlich?« Ein Lächeln überzog sein Gesicht. »Und wenn sie grässlich sind, liebst du mich dann trotzdem noch? Mein Vater, fürchte ich, ist ziemlich grässlich.«

Alex lachte und fiel ihm um den Hals.

»Und mein Cappuccino auch«, gestand er. »Ehrlich gesagt, mache ich den zum ersten Mal.«

Alex probierte und hätte am liebsten in die Tasse gespuckt. »Der ist widerlich. Meine Großmutter sagt: Die Bitterkeit des Lebens ist nichts gegen guten Kaffee. Wie kann Kaffee süß sein?«

Oliver lachte, nahm beide Tassen und leerte ihren Inhalt in den Topf der Phönixpalme. »Die Großmutter will ich kennenlernen«, sagte er. »Und ihren Kaffee trinken.«

»Bei uns zu Hause gibt's kaum je Bohnen.«

»Macht nichts.« Er küsste ihre Stirn. »Wir kaufen welche am Leopoldplatz.«

Für den nächsten Sonntag meldete Oliver sie zum Besuch bei seiner Familie an. »Am Nachmittag. Dann stopft dich meine Mutter zwar mit Kuchen voll, aber wir haben den Abend für uns und können uns erholen.«

Mit wechselnden Verkehrsmitteln fuhren sie endlos durch die Stadt. Olivers Familie wohnte in einem entlegenen Bezirk namens Buckow, in einer Straße, die sich totenstill zwischen Blöcke von Hochhäusern quetschte. An der Haustür hing ein Strohkranz mit Plastikfrüchten. Kaum hatte Oliver am Gartentor geklingelt, wurde die Tür aufgerissen, und eine Frau mit unglaublich blonden Locken und einem teigigen Gesicht erschien. »Da seid ihr ja endlich«, bekundete sie vorwurfsvoll. »Wir dachten, ihr hättet uns vergessen.« Ohne Oliver zu begrüßen, streckte sie Alex die Hand hin. »Na, dann mal herein in die gute Stube. Du musst Monika sein.«

»Alexandra«, verbesserten Alex und Oliver gleichzeitig.
»Und wenn schon«, erwiderte die Blonde. »Diese ganzen neumodischen Namen kann ich mir nicht merken.«
»Ich freue mich, Olivers Mutter kennenzulernen«, sagte Alex.
Die blonde Frau kreischte auf. »Himmel, hilf! Seine Mutter sitzt drinnen und sieht zu, wie die Eierschecke eintrocknet. Ich bin nur die Tante. Gudrun Schramm.«
Alex war froh darüber. Dass die üppige Blondgefärbte überhaupt mit Oliver verwandt war, erschien verwunderlich genug.
Nicht anders als Momis Wohnung, war das Haus in winzige Räume aufgeteilt. Das Wohnzimmer, das Tante Gudrun wie Momi Stube nannte, war mit dem Kaffeetisch, der wuchtigen Anrichte und einem gigantischen Fernseher bis zum Bersten gefüllt. Um den Tisch saßen Olivers Vater, seine Mutter und Großmutter. Der Vater stand auf, vollführte eine Verbeugung und reichte Alex die Hand. »Schramm«, sagte er. »Sehr erfreut.« Er hatte graues, an den Kopf pomadisiertes Haar und wirkte schwammig um Taille und Hüften. Ein Zug um die Augen aber verriet Ähnlichkeit mit Oliver.
»Ich bin Alex«, sagte sie.
Olivers Mutter sprang auf und begann wortlos einen gelben Kuchen in Stücke zu schneiden und auf zu kleine Teller zu verteilen. Sie war eine unscheinbare Frau mit Bauchspeck und Dauerwelle, die sich vor den anderen zu fürchten schien. Die Großmutter saß in ihrer Ecke und musterte Alex, als müsste sie sie kaufen. Im Vergleich zu der kerzengeraden Momi wirkte sie in ihrem cremeweißen Ensemble krumm und verkümmert. Zum Ausgleich war ihr silbrig blondiertes Haar zu einem wahren Kunstwerk aufgebauscht.
Als Alex' Name genannt wurde, fragte sie dreimal nach wie eine Schwerhörige. »Alexandra interessiert mich nicht. Der Nachname, wie war der? Biedermann?«
»Liebermann.«

»Ja, richtig«, sagte sie, fragte aber gleich darauf noch einmal: »Liebermann? Wirklich Liebermann?«
Alex war unendlich dankbar, als Oliver ihr den Arm um die Schultern legte und sie zum Tisch führte. Noch dankbarer war sie, als er nach zwei Stunden aufstand. »Vielen Dank, länger halten wir euch nicht auf. Ihr wollt ja morgen sicherlich früh raus.«
Draußen, im Regen, umarmten sie sich und lachten Tränen vor Erleichterung.
»Ich habe dir doch gesagt, sie sind grässlich. Gib's zu, du findest, sie sind heillose Spießer, und jetzt überlegst du, wie du den Sohn der Spießersippe loswirst, oder?«
Sie verschränkte die Hände in seinem Nacken. »So schlimm sind sie doch gar nicht.«
»Du lügst.«
Er hatte recht. Sie hatte die ganze Zeit gedacht, wie schlimm es gewesen sein musste, in diesem Haus aufzuwachsen. Auf einmal war sie stolz auf Momi, die dort, wo bei Olivers Eltern der Ölschinken prangte, ein verbeultes Blechschild hängen hatte.
»Mein Vater ist der schlimmste Mensch, den ich kenne. Wenn du's genau wissen willst – er ist im Grunde seines Herzens ein Faschist.«
Das Wort erschreckte Alex. Wenn Momi jemanden einen Faschisten nannte, hieß das, dass er für sie kein Mensch mehr war. Olivers Vater hatte ihr unentwegt Fragen über den Fall der Mauer gestellt: Ob sie nicht heilfroh sei, dem kommunistischen Gefängnis entkommen zu sein, wie ihr das Leben in Freiheit gefalle und ob die vielen Ausländer sie schockierten. »Von denen sind Sie drüben ja verschont geblieben. Das verdammte Gesockse weiß schon, dass es bei uns mehr zu holen gibt.«
»Halt besser den Mund, Sigmund«, war die Großmutter ihm dazwischengefahren. »Es muss ja nicht jeder merken, dass du lieber redest als denkst.« Ihr Gesicht glich einer Trockenpflaume, aber ihr Sohn gehorchte ihr aufs Wort.

»Bist du mir böse, wenn ich keine Lust habe, über meine Familie zu reden?«
»Überhaupt nicht!«, rief Alex.
»Und ich darf immer noch deine Momi kennenlernen?«
»Du darfst nicht, du musst.«
»Wundervoll.« Er schlang den Arm um sie und lief mit ihr durch den Regen. »Komm, mein Schatz, wir fahren in unseren verkommenen Wedding. Ich lade dich zum Essen ein.«
Sie lehnte im Laufen den Kopf gegen ihn. »Am Leopoldplatz?«
»Und ob! Bei dem verdammten Gesockse.«

Am nächsten Morgen schrieb sie Momi eine Postkarte: »Es tut mir leid, dass Du in Sorge warst, aber weißt Du noch, wie Du zu mir gesagt hast, als Du jung warst, hättest Du Dich von niemandem aufhalten lassen? So war es jetzt für mich. Wenn Du Oliver erst kennst, wirst Du es verstehen. Wir kommen am Freitagabend nach Karlshorst, und übers Wochenende bleibt Oliver bei uns. Er ist gespannt auf Dich, und ich vermisse Dich. Alex.«
In der Woche ging Oliver wieder zur Uni und fuhr Taxi, um die Haushaltskasse aufzufüllen. Alex vertrieb sich die Zeit mit seinen Büchern oder ging in der Gegend spazieren und kaufte Geschenke für Momi. Ein Pfund Bohnenkaffee. Ein Tuch in Nebeltönen, das zu Momis Augen passte. Noch immer drängten sich Ostberliner in allen Geschäften. Eine Frau in der Kassenschlange schimpfte, sie könne ihren Kindern keine Adventskalender kaufen, denn »die Ostler« hätten alles weggekauft. »Irgendwann muss Schluss sein«, sagte sie zu Alex. »Wir können denen doch nicht alles in den Rachen schmeißen, so viel haben wir schließlich selber nicht.«
»Die Party ist zu Ende«, sagte auch Oliver, als er nach Hause kam. »Allmählich fangen sie an sich zu fragen, was denn nun werden soll aus Deutschland-West und Deutschland-Ost.«

Er sagte es, als ginge es sie beide nichts an. Was aus ihnen werden sollte, was aus ihnen längst geworden war, wussten sie – ein Ganzes. Eines, das sich nicht mehr trennen würde.
Der Freitag kam, und mit Olivers Übernachtungsgepäck überquerten sie zum ersten Mal die Grenze, die es nicht mehr gab. Auf der Mauer tanzten junge Männer, die Sektflaschen schwangen. Vor drei Wochen hatte die Öffnung ihrer Welt Alex in panische Angst versetzt. Jetzt freute sie sich auf Momi und darauf, Oliver und Momi zusammen zu erleben.
Karlshorst wirkte still und dunkel wie ein verlassenes Dorf. »Gebaut wurde es als Villenkolonie«, erklärte sie Oliver. »Irgendwann vor dem Krieg. Aber jetzt sind die meisten Häuser in Wohnungen geteilt.«
»Mir gefällt's«, sagte Oliver. »Es steckt voller Geschichte, so wie mein Wedding.«
Alex hatte dasselbe gedacht und einen Schauder über ihrem Rücken gespürt. Dann sah sie das Licht, das aus Momis Fenster auf die Straße fiel. »Da oben ist es.«
Oliver nahm ihre Hand. »Ich freu mich.«
Alex wollte sich auch freuen, doch auf der Treppe glaubte sie ein Knacken in den Wänden zu hören, als stünde dem Haus der Einsturz bevor. Ehe sie ihren Schlüssel ins Schloss schieben konnte, wurde die Tür schon aufgezogen. Trübes Licht fiel ins Treppenhaus, und nach der ondulierten Wolke von Olivers Großmutter fand sie Momis eisgraues Kurzhaar regelrecht schön.
»Hallo, Mömchen«, begann sie und streckte die Arme aus, aber in der Bewegung erstarrte sie. Dasselbe geschah mit Momis Gesicht. Es gefror. Grotesk standen sie alle still und brachten kein Wort heraus, bis Momi »nein« flüsterte. »Nein, nein, nein.«
Im selben Moment begriff Alex, was die Veränderung ausgelöst hatte: Momi hatte Oliver gesehen. Sie sah noch immer nichts als ihn. Etwas Eisiges legte sich Alex um den Nacken.
»Guten Abend«, ertönte Olivers Stimme so unbefangen, wie sie

es von ihm kannte. »Ich bin Oliver, und ich habe so viel von Ihnen gehört, dass ich Sie unbedingt kennenlernen wollte.«

»Nein«, flüsterte Momi, der alle Farbe aus dem Gesicht wich. »Nein, nein, nein.«

»Momi«, probierte Alex und legte ihr die Hand auf den Arm, aber es war, als ob man eine Statue berühren würde, ein Ding, das nicht lebte.

»Dürfen wir reinkommen?«, fragte Oliver. Momi wich nicht von der Stelle. Ihre Augen waren so weit aufgerissen, dass man die purpurn geröteten Ränder sah. Vielleicht ist sie einfach wütend, weil ich ihr nicht Bescheid gesagt habe, versuchte Alex sich zu beruhigen, doch sie scheiterte. Wenn Momi wütend war, wurde sie sarkastisch oder unnahbar, aber sie stand nicht schreckstarr in der Wohnungstür und wisperte vor Angst. Wut passte zu Momi, Angst nicht, genauso wenig wie Tränen.

Es war Oliver, der eine Entscheidung traf. Sachte schob er sich an Alex vorbei und zog sie hinter sich in die Wohnung. Momi blieb nichts übrig, als zurückzuweichen. »Ich kann verstehen, dass Sie nicht begeistert sind«, sagte er. »Aber wollen wir uns nicht erst einmal in Augenschein nehmen? Vielleicht bin ich ja nicht ganz so grässlich, wie es auf den ersten Blick den Anschein hat.«

Mit jedem Schritt, den er voranging, wich Momi weiter durch den Flur zurück. Dabei ließ ihr Blick aus schreckensweiten Augen Oliver nicht los. »Gehen wir ins Wohnzimmer«, murmelte Alex.

Vor der geöffneten Tür blieb Momi stehen. Mehrmals schüttelte sie den Kopf und öffnete den Mund, als würde sie nach Luft schnappen. »Wie … wie heißt er?«, flüsterte sie.

»Oliver«, antwortete Alex. »Das habe ich dir doch geschrieben.«

»Oliver Schramm«, ergänzte Oliver freundlich.

»Nein!« Momis Stimme war eine Mischung aus Flüstern und Schrei. »Nicht Schramm. Nicht Schramm.«

»Besonders klangvoll finde ich den Namen auch nicht«, sagte

Oliver. Momi wich vor ihm in das Zimmer zurück. Alex' Herz begann in rasendem Tempo gegen ihre Rippen zu hämmern. Oliver drückte Momi auf das Sofa nieder, auf ihren Lieblingsplatz unter dem Blechschild. »Wollen Sie sehen, was wir mitgebracht haben?«, fragte er und öffnete den Rucksack. »Alex hat Kaffee für Sie gekauft. Sie hat mir erzählt, dass Sie ihn nur mögen, wenn er bitterer als das Leben ist.«

»Schwarz wie unsere Seelen«, flüsterte Momi, »und bitter wie Liebe und Tod.« Mit dem letzten Wort sprang sie auf. »Geh weg!«, schrie sie und zeigte mit gestrecktem Arm auf Oliver. »Geh endlich aus meinem Leben weg und komm nicht mehr zurück!« Dann brach sie zusammen und stürzte vornüber auf ihr Gesicht.

»Den Notarzt!«, rief Oliver. Er fiel auf die Knie, drehte Momi auf den Rücken und schob ihr zwei Finger in den Mund. »Hat irgendwer im Haus ein Telefon?«

»Frau Rimbach«, murmelte Alex und machte sich auf den Weg. Ihre Beine schienen wie mit Blei gefüllt, und ihr Blick wanderte hinauf zu dem absurden Blechschild.

In der altmodischen Schrift, die kaum noch jemand lesen konnte, stand darauf:

»Hier dürfen Familien Kaffee kochen.«

PAULA

Berlin-Wannsee

August 1912

»Ja, da muss man sich doch einfach hinlegen,
Ja, da kann man doch nicht kalt und herzlos sein!
Ja, da musste doch viel geschehen.
Ja, da gab's überhaupt kein Nein.«

Bertolt Brecht, *Dreigroschenoper,* »Barbaras Song«

4

Hier dürfen Familien Kaffee kochen.«
Neben der Bude, an der Fassbrause, Bier und Heißgetränke ausgeschenkt wurden, stand der Kocher mit den Kesseln. Darüber, an der Mauer, hing das Blechschild. Man musste Schlange stehen, denn der Kocher war für Leute gedacht, die sich an der Bude nichts leisten konnten und nur ihren Wassergroschen in den Napf werfen wollten. Von denen gab es Unzählige im Strandbad. »Die Zeiten sind brutal«, hatte Paulas Vater ihr erklärt. »Zwischen Arm und Reich zieht sich ein Graben, der mit jedem Tag tiefer wird.«
Dass sie selbst auf der Seite der Reichen stand, wusste Paula, auch wenn ihr Vater gelegentlich das Schulgeld schuldig blieb, weil er einen Bericht nicht pünktlich abgeliefert hatte, und auch wenn der Fahrer von Bimmel-Bolle sich ab und an weigerte, noch länger anzuschreiben. Der Zustand währte schließlich nicht ewig. Wenn das Geld für Vaters Artikel kam, kauften sie den Bolle-Wagen und obendrein den Konditor leer, einerlei, ob die Preise in den Himmel stiegen. Sie wohnten in einer schönen Wohnung mit Stuckdecken, in einer Straße mit hohen Linden. Paula trug zuweilen Manfreds Kleider auf, doch zum Ausgleich besaßen sie so viele Bücher, wie junge Leute es sich nur wünschen konnten. Fehlte doch mal eines, so schaffte der Vater es umgehend an. »Gespart wird an der Wurst«, lautete seine Devise, »an Büchern nicht.«
Nein, zu den armen Leuten, die den Kaffee an der Bude nicht bezahlen konnten, gehörten sie und Manfred wahrlich nicht. Und ihre Freunde noch weniger! Harrys Vater war ein erfolgreicher Musikalienhändler, und den Eltern von Clemens kam das Geld aus den Ohren. Behauptete Paulas Vater. Das Mädchen, das Clemens mitgebracht hatte, die grässliche Clivia, sah ebenfalls

nicht nach Armut aus. Dennoch ging Clemens mehrmals täglich zu dem Kocher neben der Bude. »Hier dürfen Familien Kaffee kochen.« Tatsächlich kam es Paula im Lauf des schweren, süßen Sommers vor, als wüchsen sie zu einer Familie zusammen. Zu einer Einheit. Zu etwas, das für immer zueinander gehörte.
Natürlich betraf das nicht Clivia oder eins der anderen Mädchen, die alle paar Tage aufkreuzten, Clemens anhimmelten und Paula die Stimmung verdarben. Es galt nur für Manfred, Harry, Clemens und sie selbst. Manfred war Paulas Bruder. Er war vier Jahre älter als sie, aber weil Manfred zu seinem Leidwesen erst seit kurzem eine Handbreit größer war als sie, hielten die meisten Leute sie für Zwillinge. Harry und Clemens waren seine Freunde. Er hatte sie am Königlichen Wilhelms-Gymnasium kennengelernt, ihnen ewige Freundschaft geschworen, und nach dem Sommer würde er mit ihnen zum Studium an die Berliner Universität gehen.
Ein wenig gehörte auch Harrys jüngerer Bruder Joachim dazu, den Harry des Öfteren mit ins Strandbad brachte. Paula mochte es, wenn Joachim mitkam, denn dann war sie nicht mehr die Jüngste, das *Wickelkind*. Joachim war gerade erst elf, Paula dagegen schon so gut wie sechzehn. Sie konnte schneller schwimmen als Joachim, gewann in sämtlichen verbotenen Kartenspielen und wusste viel mehr über Politik.
Heute aber war nicht Joachim gekommen, sondern diese Clivia, die goldblonde Pest. Der Badeanzug aus weißer Serge bedeckte ihre Schenkel nur knapp, so dass jeder ihre eleganten Knie bewundern konnte. Wie schaffte man es, einen glutheißen Sommertag in einem Strandbad zu verbringen, Eis zu lecken, Clemens' höllischen Kaffee zu trinken und dabei auszusehen wie aus einem Ei gepellt? Paulas eigener Badeanzug war marineblau, aus einem alten von Manfred zurechtgeschneidert und am Bauch mit zwei Flecken verziert, die jeder Wäsche standhielten.
Aus dem Augenwinkel warf sie Clivia einen hasserfüllten Blick

zu. Warum gab es Mädchen, an denen ein alberner Badeanzug wie ein Modellkleid wirkte? Warum gab es Mädchen, in deren Haar sich jeder Sonnenstrahl, aber nie ein Windstoß fing? Warum hießen solche Mädchen Clivia, nie Berta oder Lotte, und warum ließ Clemens Kamphausen sie neben sich auf seiner Pflaumenkiste sitzen und duldete ihren Arm um seine Taille?
Paula platzte vor Wut, doch am wütendsten war sie auf sich selbst. Wie dumm war es, sich den goldenen Tag mit dieser Clivia zu verderben! Kein Sommer dauerte ewig – wenn es morgen regnete, war dies vielleicht ihr letzter Tag. Seit Anfang Juli waren sie so gut wie täglich hergekommen, und jetzt war es fast September. Nächsten Montag begann die Schule und nicht viel später die Universität. Wenn sie nicht mehr ins Strandbad kamen – würde sie Clemens überhaupt wiedersehen?
Auf einmal war Paula sterbenselend zumute. Sie blickte sich um und sah die bunte, eisleckende Pracht vor sich verblassen. Nie zuvor war sie so glücklich gewesen, ja, es kam ihr vor, als hätte ihr Leben in diesem Sommer im Strandbad erst begonnen. »Ich fahre mit Harry und Clemens an den Wannsee«, hatte Manfred am ersten Ferientag zum Vater gesagt, und der hatte erwidert: »Warum nehmt ihr nicht Paula mit? Sie hat ein bisschen Spaß verdient.«
So hatte es angefangen. Und jetzt sollte alles zu Ende sein?
Das Strandbad war brandneu. Erst vor kurzem hatten die Behörden das Baden in dieser Ausbuchtung der Havel gestattet und Umkleidezelte aufstellen lassen. Eine Menge Leute – todlangweilige Leute wie ihre Portiersfrau Kuhlke – fanden Baden in offenen Gewässern unanständig, und gerade das war das Schöne daran. Paula fand es auch unanständig – sie fand es unwiderstehlich! Für immer andauern sollte dieses Leben, und sämtliche Clivias sollten sich verziehen wie der Wind, der kühle Schauer über sonnenwarme Haut jagte.
Ihr Blick wandte sich wieder Clemens zu. Er saß auf der Holzkiste mit der Aufschrift »Brandenburger Pflaumen«, die er am ersten

Tag zu seinem Stammsitz erklärt hatte, die Beine ausgestreckt, die Füße nackt im Sand. Sein Hemd hatte er sich über die Schultern geworfen, wohl weil er wusste, dass ein Mann im blau-weiß geringelten Badeanzug keine allzu gute Figur abgab. Dabei hätte er sich darum keine Sorgen machen müssen! Clemens war ein Mann, nach dem Frauen sich die Hälse verdrehten – die ledigen wie die mit Gatten und fünf Kindern. Vielleicht war er der einzige Neunzehnjährige, der wie ein Mann aussah, nicht wie ein Jüngelchen, das erst noch Fisch oder Fleisch werden wollte.
Wie üblich fiel das Haar ihm in die Stirn und warf Schatten, die seinem scharf geschnittenen Gesicht ein Geheimnis verliehen. Seine Schultern wölbten sich unter dem Stoff, und seine ganze Haltung drückte eine Art von Gespanntheit und Lebenskraft aus, die Großes versprach. Clemens hätte einer der Athleten sein können, die in Stockholm um olympische Medaillen gekämpft hatten, doch sein Talent war für Höheres bestimmt.
Das war das Wundervollste an Clemens – nicht, dass er ein schöner Mann war, sondern, dass nichts an ihm banal war. Er würde sein Leben nicht auf läppische Alltagssorgen vergeuden, sondern Grandioses damit anfangen. Die Welt verändern. Zu Manfred, der Philosophie studieren wollte, nicht wie seine Freunde Rechtswissenschaften, hatte er gesagt: »Ihr Philosophen könnt die Welt nur beschreiben. Aber wer verändert sie?«
»Das überlasse ich dir«, hatte Manfred kleinlaut erwidert und seine Brille geputzt. »Wenn es bei mir zum Beschreiben reichen sollte, bin ich mehr als zufrieden.« Paulas Bruder wollte Journalist werden wie ihr Vater. Er war mit Mut und Körperkraft nicht gesegnet und dachte lieber nach, als zuzupacken. Zudem ertrug er keine Ungerechtigkeit und war schon als kleiner Junge in Tränen ausgebrochen, sooft ein Stärkerer einem Schwächeren Leid zufügte. Als Journalist würde er für alle Benachteiligten kämpfen können, ohne dass seine körperliche Schwäche ihn behinderte.
Jetzt saß er neben Harry auf der Decke und blätterte in der

Vossischen Zeitung. Wie auf ein Zeichen hob er den Kopf und nahm die Brille ab. »He, Zwerg! Was soll der Weltschmerz im Blick?« Seit er ihr endlich über den Kopf gewachsen war, hatte er sich angewöhnt, sie Zwerg zu nennen. Paula hätte ihm dafür liebend gern eine Schaufel voll Sand an den Kopf geworfen.
Harry blickte ebenfalls auf und sandte Paula ein Lächeln. »Vielleicht denkt sie daran, dass unser Sommer vorbei ist«, sagte er. »Ab nächste Woche gibt's nur noch Regen und graue Himmel und dazu fleißiges Büffeln und Pauken.«
»Eure Sorgen möchte ich haben. Vor allem bei dreißig Grad Hitze.« Elegant wand Clemens sich aus Clivias Arm und ließ sich von der Kiste gleiten. »Wie sieht es aus? Noch einen Kaffee, ehe Regengüsse und Weltschmerz euch den Garaus machen?«
Seine eigene Zeitung stopfte er lässig in die Tasche – den *Vorwärts,* das Blatt der Sozialdemokraten. Anfang des Jahres war die Partei der Arbeiter stärkste Fraktion im Reichstag geworden. Kein Mensch konnte sie mehr verbieten, doch noch immer haftete ihr etwas Verruchtes, Gefährliches an. So wie Clemens' langen Beinen unter dem offenen Hemd. Während Harry und Manfred sich mit einem Sonnenbrand quälten, war er braun wie ein Pirat.
»Einen Kaffee nähme ich gerne«, bemerkte Clivia mit gespitzten Lippen. »Allerdings bezeichne ich schwarzes Gift, in dem der Löffel steht, nicht als Kaffee, und wie man solches Gebräu ohne Zucker hinunterbekommt, wird mir auf ewig ein Rätsel bleiben.«
Clemens kniete im Sand und begann seine Utensilien – die Dose mit gemahlenen Bohnen, den Filter, die silberne Kanne – im Picknickkorb zu verstauen. Harrys Mutter packte ihnen immer ein Picknick ein, und wenn es verspeist war, benutzte Clemens den Korb für seine Gänge zum Kocher. Er sandte Clivia sein böses Lächeln. »Schwarz wie unsere Seelen«, sagte er. »Und bitter wie Liebe und Tod – alles andere ist kein Kaffee, meine Schöne.«
Dass er Clivia seine Schöne nannte, verzieh ihm Paula im Nu. Sie sprang auf die Füße. »Soll ich dir tragen helfen?«

Clemens erhob sich und sah auf Paula hinunter wie auf den kleinen Joachim, wenn der beim Spielen den Ball fing. »Die Offerte ist nobel, macht mir aber Sorge – sehe ich etwa aus, als würde ich unter dem Gewicht zusammenbrechen?«
Clivia brach in schrilles Gelächter aus, und Paula spürte, wie ihr die Hitze in die Wangen stieg. Zornig schwang sie herum und wandte ihm den marineblauen Rücken zu. »Vielleicht hätte einer von uns gewöhnlichen Sterblichen zum Kaffee gern Bienenstich gehabt«, fauchte sie. »Aber sicher ist es unter deiner Würde, an etwas so Belangloses wie Blechkuchen auch nur zu denken.« Fang ja nicht an zu heulen, Paula Thomas, warnte sie sich. Sonst blüht dir ein Donnerwetter, das du dein Lebtag nicht vergisst.
Weich wie eine Hundeschnauze tippte ihr etwas auf die Schulter. »He, Kleine. Ich bin ein Ekel, ich weiß. Hilfst du mir trotzdem, die Zentnerlasten belanglosen Blechkuchens zu tragen?«
Sie schoss herum und sah in Clemens' belustigtes Gesicht. »Ich bin nicht deine Kleine.«
»Aber du heißt Paula.«
»Na und?«
»Paula ist lateinisch und bedeutet Kleine.«
Die anderen lachten. Vor Paulas Augen verschwammen Clemens' Züge.
»Ach Gott, Paula Klein. Du brichst mir ja das Herz.« Mit einem Finger fuhr er unter ihrem Auge entlang und zerrieb die Nässe. »Ich hab's nicht böse gemeint.«
»Doch, das hast du.«
»Zur Strafe bezahle ich den Bienenstich, in Ordnung?«
Ehe sie sich hindern konnte, trottete sie hinter ihm her. Unter dem Hemdstoff zeichneten sich seine Schulterblätter ab, und Paula hasste sich, weil sie keinen anderen Ort zum Hinschauen fand. Vermutlich lachte sich Clivia auf der albernen Kiste über sie kaputt, und das gesamte Strandbad lachte mit.
Vor dem Kocher stand eine Frau, die auf die andere Seite des

Grabens gehörte. Statt eines Strandkostüms trug sie abgewetzte Straßenkleidung, der ein Geruch wie beim Fischhändler entströmte. An ihrem Rock hingen drei Kinder, die alle gleichzeitig nach etwas quengelten. Paula sah die winzige Menge Kaffeepulver, das die Frau in den Filter löffelte. Er war feucht und pappte zusammen – schon einmal benutzt und mit Zichorie gestreckt.
Für gewöhnlich scherte sich niemand darum, was die Leute am Kocher trieben. Jetzt aber sprang der wahrhaft riesenhafte Kerl, der in der Bude bediente, heraus und schlug der Frau den Löffel aus der Hand. »Erst blechen, dann bechern«, raunzte er und wies auf den Napf mit den Wassergroschen. »Jeschnorrt wird hier nicht.«
Auf einen Schlag verstummten die Kinder. Die Frau ließ Kopf und Arme hängen und drehte sich schwerfällig um. Sie wollte an Clemens und Paula vorbeitrotten, aber Clemens hielt sie auf. »Hilft Ihnen das etwa?«, fragte er den Riesen, der sogar ihn um einen halben Kopf überragte. »Wenn Sie getreten werden – hilft es Ihnen, jemanden zu treten, dem es noch übler ergeht? Falls nicht, dann frage ich mich, warum Sie sich so betragen? Die Dame ist ja wohl kaum schuld an den horrenden Lebensmittelpreisen, unter denen Sie vermutlich ebenso leiden wie sie.«
Vor Verblüffung hörte der Riese auf, das Pulver vom Kocher zu wischen. »Nu machen Se mal halblang«, murmelte er und rieb sich den Schweiß von der Stirn. »Wenn Se nich' so'n vornehmet Hemde anhätten, würd' ick meinen, ick hätt' eenen von die Sozis vor mir.«
»Da meinen Sie richtig«, erwiderte Clemens. »Sie schulden der Dame einen Kaffee.«
»Ick schulde wem wat?«
»Sie haben ihr den Kaffee verschüttet«, sagte Clemens und wies auf die Krumen. »Zum Ersatz sollten Sie ihr zumindest einen neuen aus Ihrer Verkaufsbude holen.«
»Herrgott, jetzt bezahl ihr den verfluchten Kaffee und mach ein Ende mit dieser Schmierenkomödie.«

Paula fuhr herum, während Clemens lediglich den Kopf wandte. Um sie hatte sich ein Ring von Menschen gebildet, und auf der Stufe zur Promenade stand Clivia. Sie trug ihr Strandkleid, lindgrün mit einer Schärpe aus Seidengaze, hatte die Locken zurückgeworfen und sah ebenso zornig wie umwerfend aus.
»Ja, ich denke, ich mache ein Ende«, erwiderte Clemens. »Da Ihr Kaffee sich besser für den Abwasch eignet, erlaube ich mir, der Dame eine Tasse von meinem anzubieten.«
Er ließ einen Groschen in den Blechnapf fallen, dann holte er seine Zutaten aus dem Korb und begann mit der Zeremonie der Kaffeezubereitung. An das feingemahlene Pulver gab er eine Löffelspitze geriebene Eierschale, eine Prise Salz und ein Gewürz, das Frau Kuhlke in den Teig für Lebkuchen tat. Er füllte den Filter, wartete, bis das Wasser im Kessel polterte, und goss den Kaffee auf. Der Duft war betörend. »Sie sind auch eingeladen«, sagte er zu dem Riesen, der sich verstört den Bart strich und den Blick nicht von ihm wenden konnte. »Und für meine Damen geben Sie mir bitte drei Stück Bienenstich, die ich natürlich bezahle. Schließlich sind Sie an den Wucherpreisen so wenig schuld wie ich – es sei denn, Sie finden es gut, dass Millionen in die Rüstung fließen, während Leute, die ihre Arbeit tun, sich kein Brot leisten können.«
»Nee«, murmelte der Riese tief in Gedanken. »Daran find ick nischt jut … jar nischt jut.«
»Umso besser. Ich habe mir doch gedacht, dass wir als Kaffeetrinker am Ende einer Meinung sein würden.«
Als sie sich mit Kaffee und Bienenstich zum Gehen wandten, brachen die Zuschauer in Applaus aus. Paula hielt sich an Clemens' Seite und balancierte mit stillem Stolz das Kuchenpaket. Sein Körper schien vor Spannung zu zittern, so sehr genoss er den Triumph. Sie selbst kam sich vor wie die Gefährtin eines siegreichen Helden – und dass Clivia allein hinterdreinstolpern musste, machte den Geschmack auf ihrer Zunge doppelt süß.

Die schwarzen Wolken bemerkte Paula erst, als sie ihren Platz erreichten. Hier, in einer Kuhle im weißen Sand, hatten sie sieben Wochen lang selig die Tage vergeudet, doch morgen würde ihr Platz verlassen sein. Manfred und Harry rollten die Decken auf. »Ich fürchte, das war's«, murmelte Harry und sah Paula an wie ein trauriger Spaniel. »Da oben verdampft unser Sommer.«
»Mir passt es ganz gut«, sagte Clemens. »Ich muss ab morgen in den Wedding. Die Kohlearbeiter haben sich endlich entschlossen zu streiken.«
»Und was tust du dabei?«, fragte Harry.
»Kaffee kochen«, warf Clivia gehässig ein.
»Warum nicht?«, erwiderte Clemens. »Jeder, wie er kann.«
Clivia blitzte ihn an. »Vielleicht lassen sie dich auch wie einen Sozi Reden schwingen.«
»Ich bin ein Sozi«, entgegnete Clemens ruhig. Einzig Paula bemerkte, wie er die Wirkung der Worte auskostete. »Gestern bin ich eingetreten.«
Während Harry und Manfred noch wie die Ölgötzen starrten, strich er sich das Hemd von der Schulter und ließ es in den Sand fallen. Auf Paulas Wange zerplatzte ein Regentropfen und gleich darauf ein zweiter. »Was ist? Kommt noch jemand mit ins Wasser – den Sommer abbaden?«
»Es regnet«, bemerkte Clivia.
Manfred hingegen stürmte los und fiel dem Freund um den Hals. »Du hast es wirklich getan? Du Teufelskerl, ach, du unglaublicher Mensch! Du wirst es allen zeigen, und morgen früh bin auch ich dabei, darauf hast du mein Wort.«
Sein Gesicht war schweißnass, und seine Stimme klang nach einem Kloß im Hals. Ein wenig verlegen klopfte Clemens ihm die Schulter. »Und ob du dabei bist, mein Alter. Und ob.«
Baden wollte niemand mehr. Nur Clemens und Paula. Nebeneinander rannten sie durch den Regen ins Wasser, das die Wärme des Sommers noch in sich trug.

5

Winter

Warte doch, Manni! Ich komme mit!« Paula riss ihren Mantel vom Haken. Ein jähes Ratschen verhieß nichts Gutes. Und richtig, als sie das teure Kleidungsstück überwerfen wollte, entdeckte sie zwischen Kapuze und Rückenteil einen hässlichen Riss. Sei's drum. Paula stöhnte. Wer brauchte überhaupt Mäntel?

»Du kannst gehen, Manfred.« Paula schoss herum. Im Türrahmen seines Arbeitszimmers stand ihr Vater, der mit einem Blick die Lage erfasste. »Deine Schwester bleibt hier.«

»Auf keinen Fall!«, rief Paula entsetzt. Wenn das ihre Strafe sein sollte, dann war sie entschieden zu hart. Clemens und seine Genossen trafen sich im Arbeiterviertel Moabit, um Streikende zu unterstützen, die um ein paar Pfennige Lohnerhöhung kämpften. August Bebel, der berühmte Parteivorsitzende, wollte eine Rede halten, und Manfred hatte ihr versprochen, sie mitzunehmen. Das durfte der Vater ihr nicht verbieten! Außerdem hatte er es nie geschafft, seine Kinder für ihre Vergehen zu bestrafen, und jetzt, so fand Paula, war es entschieden zu spät, um damit anzufangen.

»Geh, Manfred.«

»Aber sie möchte doch so gern mit.« Unschlüssig schob Manfred seine Brille auf dem Nasenrücken auf und ab.

»Wo wollt ihr überhaupt hin?«, fragte der Vater.

»Zum Eislaufen«, rief Paula hastig. »An den Halensee.«

Manfreds Blick traf sie. Seine grauen Augen bettelten um Verzeihung, und sofort wusste Paula, was nun kam: Manfred, dieser Hasenfuß, brachte keine Lüge über die Lippen. »Ich fahre nach

Moabit«, murmelte er. »Bei Kupfer wird doch wieder gestreikt, weil die Arbeiter nicht menschenwürdig bezahlt werden.«

»Bei Kupfer wird seit Tagen gestreikt«, bestätigte der Vater ruhig. »Ich frage mich allerdings, was du damit zu tun hast. Ich dachte, du wolltest Nietzsche und Kant studieren, nicht Kohle schaufeln.«

»Hegel«, erwiderte Manfred mit gesenktem Kopf und so leise, dass Paula ihn kaum hörte. »Aber vor allem studiere ich die Punkte, die Karl Marx an Hegel kritisiert und weiterentwickelt …«

»Schön«, unterbrach ihn der Vater. »Ich will mich über das, was du tust, nicht streiten, Manfred. Ich bin lediglich der Ansicht, dass Arbeitskämpfe, die sich zu Straßenschlachten entwickeln, nicht zu den Aufgaben eines Philosophen gehören.«

»Aber Philosophen können die Welt nur beschreiben«, rief Paula dazwischen. »Es kommt darauf an, sie zu verändern.«

Der Vater wandte sich ihr zu. »Sagt wer?«

»Clemens Kamphausen«, antwortete Paula und spürte, wie sie errötete.

»Hört, hört«, bemerkte der Vater beißend. »Ich war überzeugt, den Satz im Kommunistischen Manifest von Marx und Engels gelesen zu haben. Doch wie auch immer – könnt ihr Herrn Kamphausen seinen Zirkus beim Kohlestreik nicht allein aufführen lassen? Ich weiß, jeder kleine Napoleon lechzt nach Anbetung, aber müssen ausgerechnet meine Kinder den Boden küssen, über den dieser Gernegroß geht?«

»Clemens ist kein kleiner Napoleon!« Der sonst so stille Manfred fuhr auf wie ein wütendes Tier. »Weißt du, wie diese Menschen leben? Zu acht in zwei Zimmern, das Klosett auf dem Hof, die Wände feucht, dass ihre Kinder an der Schwindsucht sterben! Und wenn der Kalkmörtel endlich getrocknet ist, müssen sie ausziehen und sich was anderes suchen, noch dunkler, noch enger und noch feuchter. Das ganze Kaiserreich mit seinem

Glanz und Gloria ist eine Lüge auf dem Rücken der Massen. Ein Kohlearbeiter verdient in der Stunde dreiundvierzig Pfennige – wie soll man davon heute seine Familie auch nur halbwegs satt bekommen?«

»Und Clemens Kamphausen bekommt sie satt?« Der Vater blieb ruhig. Etwas Bedauerndes lag in seinem Ton.

»Clemens unterstützt sie«, erklärte Manfred. »Sie brauchen jemanden, der ihnen seine Stimme leiht, und einen Besseren als Clemens könnten sie nicht finden. Du weißt nicht, wie er Menschen mitreißt, Vater, du weißt nicht, was für ein Feuer er entfacht.«

»Nein, das weiß ich nicht«, erwiderte der Vater. »Aber ich fürchte, ich ahne es, und ebendas macht mir Angst.«

Im nächsten Augenblick knirschte der Schlüssel im Schloss, dann erhielt die Wohnungstür einen Stoß und prallte Manfred in den Rücken. »'n Abend, Herr Thomas.« Ins Licht der Diele trat Frau Kuhlke, die Portiersfrau, die sich ein Zubrot verdiente, indem sie ihnen den Haushalt führte. »Ein Brot und zwei Kohlköpfe«, knurrte sie und schwenkte den Einkaufskorb. »Mehr war nicht zu holen.«

»Kohl?«, fragte der Vater entgeistert. Auf seine Kleidung legte er keinen Wert, doch er aß gern gut, und der Geruch von Kohl tat seinem Magen weh.

»Sie wissen ja selbst, wat Sie mir mitgegeben haben«, empörte sich die Kuhlke und hielt als Corpus Delicti ihre Geldbörse hoch. »Für die paar Piepen gibt's keinen Pfifferling mehr. Beim Schmidtke haben se schon wieder die Preise erhöht. Fuffzich Pfennig für'n halbes Dutzend Eier – entweder Sie müssen in Zukunft was drauflegen oder halt dankbar für 'nen Topf mit Kohlsuppe sein.«

»Aber warum sind Sie denn nicht zu Bimmel-Bolle gegangen?«, fragte der Vater. »Der schreibt doch an.«

»Hat sich was mit Bimmel-Bolle«, trumpfte die Kuhlke auf. »Die

Bengels streiken auch. Nächstens streikt noch der liebe Gott, und uns knallt der Himmel auf den Kopp.«

»Ach was«, warf der Vater ein. »Dann plündern wir eben die Kartoffelkiste, und ein Zipfel Wurst findet sich bestimmt. Machen Sie uns Bratkartoffeln mit Mettwurst – bei solchem Armeleuteessen schmeckt's besser als an den Tischen von Junkern.«

»Ich würde jetzt gern gehen, Vater«, murmelte Manfred, wurde jedoch von der Kuhlke übertönt.

»Tut mir leid, Herr Thomas, aber mit ›machen Se uns‹ ist jetzt Schluss. Unsereins muss auch von wat leben, und Sie schulden mir den Lohn von sechs Wochen.«

»Nicht heute, Frau Kuhlke.« Der Vater hob die Hände.

»Dann suchen Se sich 'ne andere Dumme! Von nischt kommt nischt.« Damit ließ sie den Korb auf den Boden plumpsen, warf den Schlüssel dazu und stampfte ihres Weges.

Paula und Manfred schwiegen, beider Blicke auf den Vater gerichtet. »Dann eben Kohl«, brummte der und ging mit schleppenden Schritten, um den Korb aufzuheben. »Du kannst jetzt gehen, Manfred. Wenn du mich fragen würdest, würde ich dir raten, bei dem Wetter das Rad hierzulassen, aber du fragst mich ja nicht, also tu, was du willst.«

Ertappt bückte sich Manfred und rückte die Radklammer an seinem Hosenbein zurecht. Das Fahrrad war sein Stolz. Er war schlecht zu Fuß und schämte sich dafür, doch auf dem Rad fuhr er allen voran. Er hatte es sich von seinem Verdienst als Zeitungsjunge erspart. »Mich nimmst du auf den Gepäckträger, ja?« Kurzerhand riss Paula die Kapuze ab und schlüpfte in den Mantel.

»Du bleibst hier, Paula.« Die Stimme des Vaters klang scharf und fremd. »Ich habe mit dir zu reden.«

Für gewöhnlich hätte Paula protestiert, doch etwas zwang sie zu schweigen. »Tut mir leid, Zwerg«, murmelte Manfred und schlüpfte aus der Tür. Der Vater ließ den Korb mit dem Kohl fallen und ging Paula voran ins Arbeitszimmer.

»Setz dich.« Auf einem Teetisch in der Mitte des Raums häuften sich Berge von Ordnern, Zeitungen und Broschüren, die auf dem Schreibtisch keinen Platz gefunden hatten. Paula war gern in diesem Zimmer. Es roch nach den Büchern, die sich in Regalen bis zur Decke türmten, nach des Vaters Pfeife, nach Druckerschwärze und nach dem Holz im Kamin. Es war ein behagliches Zimmer, das Wärme ausstrahlte und das Wesen ihres Vaters spiegelte. Als kleines Mädchen war sie in dieses Zimmer geflohen, wenn eine Sorge sie überwältigte, und ihr Vater hatte seine Arbeit unterbrochen, um mit ihr zum Kamin zu gehen. »Nimm ein Stück Papier, wickle deine Sorge ein und wirf sie ins Feuer. Sieh dem Flackern zu! Ist dir jetzt schon leichter?«
Ihr war jedes Mal leichter gewesen, während die Sorge Funken schlug und knisternd verbrannte. Auch jetzt fiel etwas von ihr ab. Die Kuhlke würde sich wieder beruhigen, in den nächsten Tagen würde ein Geldsegen aus der Redaktion eintreffen, und nach dem Gespräch würde der Vater sie nach Moabit gehen lassen. Der Winterhimmel bezog sich schwarz, doch zur Not wäre Paula bei Nacht durch die gesamte Stadt gerannt.
»Würde es dir etwas ausmachen, wenn ich mir ein Glas Wein einschenke?«, fragte ihr Vater.
»Ich möchte auch eins!«, rief Paula. Das war töricht. Natürlich würde der Vater es ihr verbieten.
»Ja«, sagte er gedehnt und nahm eine Flasche und zwei Gläser vom Rollwagen. »Vermutlich können wir es beide gebrauchen.«
Der Wein war honiggelb. Um ein Haar hätte Paula gespuckt, als sie statt der erwarteten Süße Säure schmeckte, vor der ihr Gaumen sich zusammenzog. Ihr Vater lachte, doch er wirkte nicht froh.
»Daran gewöhnst du dich. Wenn das Leben dir Saures gibt, hilft saurer Wein beim Vergessen.«
Paula wollte nichts vergessen. Sie wollte hellwach sein, sich Wissen einverleiben, um mit Clemens und den anderen für eine bes-

sere Welt zu kämpfen. Sie ging nicht gern zur Schule. Unter den Mitschülerinnen fühlte sie sich wie ein Fremdkörper, und der Stoff erschien ihr sinnlos und veraltet. Warum ging es in der Geschichtsstunde ständig um Schlachten längst verblichener Könige und Kaiser, nie um Kämpfe und Revolutionen jüngerer Zeit? Von der Frauenbewegung ganz zu schweigen. Ihre verknöcherten Lehrerinnen wussten vermutlich nicht einmal, dass derlei existierte.

Dennoch lernte sie mit allem Eifer, denn sie hatte ein Ziel. Im nächsten Herbst wollte sie den Gymnasialkurs besuchen, der nur den Besten eines Jahrgangs offenstand. Anschließend würde sie Geschichtswissenschaften und Ökonomie studieren wie die grandiose Rosa Luxemburg. Erst seit wenigen Jahren waren Frauen überhaupt an Universitäten zugelassen, und nun galt es, diese Chance zu nutzen.

»Paula?«

Sie schreckte auf. Ihr Vater beobachtete sie.

»Eben hast du wie deine Mutter ausgesehen. Woran hast du gedacht?«

»Nur an die Schule«, erwiderte Paula vage. An ihre Mutter besaß sie kaum noch Erinnerung. Ein zärtliches Lachen, eine Stimme, ein paar Zeilen eines Liedes. Sie war am Tag vor Paulas viertem Geburtstag gestorben, von einer Kutsche erfasst und überrollt, als sie, bepackt mit Geschenken, nach Hause eilte. Seither feierte keiner von ihnen mehr Geburtstag, weder der Vater noch Paula oder Manfred.

Auf einen Zug trank der Vater sein Glas halbleer. »Um die Schule geht es.«

Paula horchte auf. Hatte die Rektorin bereits an den Vater geschrieben? Paula war Klassenbeste. Womöglich war die Zulassung zum Gymnasialkurs schon jetzt, im Januar, erteilt worden, und das ungewohnte Glas Wein war zur Feier des Tages gedacht.

»Du musst abgehen«, sagte der Vater. »Es ist kein Geld mehr da.

Ich weiß, um ehrlich zu sein, nicht einmal, wie lange es noch für Manfreds Studium reicht.«

In Paulas Kopf ballten sich die Worte zu einer wattigen Masse ohne Inhalt und Sinn. Wie Haferbrei. Schleimig und unmöglich zu schlucken.

»Hast du gehört, was ich gesagt habe, Paula?«

Ja, sie hatte es gehört, doch sie begriff kein Wort.

»Ich verstehe, dass du enttäuscht bist«, sagte er, als ginge es um einen Besuch im Varieté. »Aber wer weiß, vielleicht hat es letzten Endes sein Gutes. Bei uns in der Redaktion können sie dich unterbringen. Dort lernst du alles von der Pike – zuerst als Stenotypistin und später vielleicht als Redaktionssekretärin. Du wirst dein eigenes Geld haben, mehr als Manfred mit seinen Zeitungen. Vermutlich sogar mehr als ich.« Er seufzte und trank sein Glas leer. »Zum nächsten Ersten fängst du an. Aber wenn du vorher vorbeikommen und dich umschauen willst – ich kann jederzeit etwas für dich ausmachen.«

Die wattige Masse teilte sich und zwang Paula zu begreifen: Sie würde nicht mehr zur Schule gehen. Sie würde nicht studieren. Wie die Mädchen in ihrer Klasse, die von der Hochzeit mit einem Traumprinzen träumten, würde sie aufhören zu lernen. Alle Türen, die ihr noch eben offen gestanden hatten, fielen mit einem Schlag ins Schloss. Sie wollte den Vater anschreien, das Glas voll saurem Wein nehmen und gegen die Wand aus Büchern schleudern. Stattdessen saß sie auf ihrem Hocker wie erstarrt. Nur nicht losheulen, befahl sie sich stumm, doch die Gefahr bestand nicht. Ihre Augen waren so trocken, dass sie brannten.

»Paula?« Der Vater stand auf und berührte ihre Schulter.

Paula schüttelte ihn ab. »Ich will studieren«, erklärte sie mit steifer, fremder Stimme. »So wie Manfred. Hast du nicht immer gesagt, nur weil ich ein Mädchen bin, bin ich nicht weniger wert? Gilt das jetzt nicht mehr? Bin ich auf einmal doch nichts wert, ist Manfreds Studium wichtiger als meines?«

»Um Wert geht es ja nicht.«
»Worum dann?«
»Nun, Manfred wird einmal eine Familie ernähren müssen …«
»Und ich?« Jetzt endlich schrie sie, sprang auf und stieß einen Stapel Papiere vom Tisch. »Muss ich heiraten, um versorgt zu sein, auch wenn ich gar nicht will?«
»Warum solltest du denn nicht wollen?«
Sein Lächeln, das sie so sehr gemocht hatte, kam ihr auf einmal dümmlich vor. »Rosa Luxemburg ist ledig!«, schleuderte sie ihm entgegen. »Sie hat studiert und ernährt sich selbst.«
Der Vater hörte auf zu lächeln. Er zog Pfeife und Tabaksbeutel aus der Westentasche, stellte jedoch fest, dass der Beutel leer war. »Und dieses plötzliche Interesse an Luxemburg, Marx und Genossen ist auf dem Mist von Clemens Kamphausen gewachsen, ja? Kannst du mir bitte sagen, was der Enkel eines ostelbischen Junkers in der Partei der Arbeiter verloren hat? Nein, bemüh dich nicht, Schwämmchen. Dass ich von Clemens Kamphausen so wenig halte wie von heißer Luft in Tüten, wird dich nicht daran hindern, ihn in den Himmel zu heben. Auch wenn er ein so kostbares Mädchen nicht verdient hat, dieser Arbeiterführer, der in seinem Leben keinen Handschlag Arbeit tun wird.«
»Und du?«, fauchte Paula. »Wie viel Arbeit tust du? Offenbar nicht genug, um für die Bildung deiner Kinder aufzukommen, und sogar den Kohl in der Diele hat die Kuhlke bezahlt!« Entsetzt brach sie ab. Hatte wirklich sie das gesagt? Sie, die wusste, wie hart der Vater schuftete, wie er nächtelang um jede Zeile kämpfte, die nicht so geraten war, wie er sie wollte? »Es tut mir leid«, presste sie heraus. »Ich wollte das nicht sagen. Es ist nicht deine Schuld.«
»Doch, das ist es«, sagte der Vater. »Du hast schon recht, auch wenn ich immer geglaubt habe, ich bringe uns irgendwie durch. Eine Zeitlang ist es ja auch ganz ordentlich gelaufen, aber irgendwann wird eben jeder Scharlatan entlarvt. Ich bin nicht

mehr gut genug. Bin zu langsam und habe zu wenig Esprit, selbst für die alte Tante Voss.« Tante Voss, so nannte er seine Zeitung, die *Vossische*, die zu den größten der Hauptstadt zählte.
»Aber du bist doch leitender Redakteur«, stammelte Paula. »Sie haben dich doch nicht entlassen?«
»Nicht ganz.« Der Vater drehte das Glas in den Händen. »Ein paar Artikel darf ich weiter für sie kritzeln, nur meine Redaktion haben sie einem jungen Kollegen übertragen. Einem, der studiert hat und mit scharfem Pulver schießt, wenn jetzt die Wochenschauen uns den Kampf ansagen. Ein alter Stümper wie ich kann da nicht länger mithalten.« Ehe Paula auffahren konnte, schüttelte der Vater den Kopf. »Nein, ich habe nicht studiert. Das bisschen, was ich kann, habe ich mir selbst beigebracht, mit einem Schädel voll Starrsinn und der selbstlosen Hilfe deiner Mutter. Ich war ein Niemand. Ein Drechslersohn aus einem Kuhdorf in Brandenburg, aber sie war verrückt genug, an mich zu glauben. Aufgebaut hat sie mich. Ihr Erbe in mich investiert und von Luft und Liebe gelebt, bis ich endlich vorankam. Zum Ausgleich hätte ich wenigstens gut für ihre Kinder sorgen müssen, nicht wahr? Es tut mir leid, Schwämmchen. Auch dass dein Bild von deinem Vater jetzt zusammenbricht. Ich habe nicht einmal das Recht, dir den Umgang mit Clemens Kamphausen zu verbieten, auch wenn mir bei der Vorstellung der Magen grollt. Von Manfreds Freunden erschien mir immer Harry als der Diamant und Clemens als der aufpolierte Strass.«
Halbblind starrte Paula in die Flammen, die sich blau färbten, ehe sie erstarben. Es war alles wahr. Der Kohl, das Ende ihrer Studienträume und das, was der Vater ihr erzählt hatte. Sie würde damit leben müssen, sich irgendwie in ihr Schicksal fügen, so dass zumindest Manfred nicht zu Schaden kam.
»Wenn du willst, geh zu ihm«, sagte der Vater. »Es steht mir nicht zu, dich aufzuhalten. Darf ich dich wenigstens um einen Gefallen bitten?«

Mechanisch stand Paula auf und nickte.
»Nimm die Straßenbahn. Und pass auf dich auf. Ich war gestern selbst vor Ort – weder Polizisten noch Streikbrecher scheuen sich, ihre Knüppel und Säbel auch gegen Mädchen einzusetzen.«
»Die Straßenbahn kostet Geld«, erwiderte Paula.
Der Vater langte in die Tasche seiner Hausjacke, deren Geruch sie als Kind geliebt hatte. »Bitte«, sagte er und förderte eine Handvoll Münzen zutage. »Ich habe Angst um dich.«
Paula nahm das Geld und steckte es ein. Sie würde es morgen der Kuhlke geben, als Anzahlung auf den geschuldeten Lohn. Ohne ein weiteres Wort wandte sie sich zum Gehen.
»Gute Nacht, mein Mädchen«, sagte ihr Vater. »Mein kleiner Schwamm, der das Leben aufsaugt. Ich liebe dich.«

6

Es war kaum acht Uhr durch, doch der Himmel verdüsterte sich, und auf dem Pflaster überfroren Reste von Schnee. Schneidender Wind trieb Paula entgegen und pfiff ihr in den ungeschützten Ohren. Sie war nicht gegangen, um sich den Streikenden noch anzuschließen, sondern weil sie die Nähe ihres Vaters nicht ertrug. Auf seltsame Weise tat die peitschende Kälte ihr wohl.

Ziellos eilte sie durch Straßen – nur weg von den Menschen, die hier, im belebtesten Teil Charlottenburgs, ihren Abend genossen, weg von Kneipen und Restaurants, aus denen Musik und Gelächter drangen, weg von dem Leben, das sie von heute an ausschloss. Dass die Häuserschluchten dunkler wurden, enger und stiller, war ihr recht. Angst hatte sie nicht. Was hätte ihr an diesem Tag noch geschehen sollen?

Erst als die schwarzen Fassaden der Häuser immer höher aufragten, als kein Baum mehr den Gehsteig säumte und aus den Fenstern kaum noch Licht fiel, wurde ihr bewusst, dass sie doch in den Westen Moabits unterwegs war. Kurz tröstete sie die Aussicht, Manfred zu treffen und mit ihrem Kummer nicht mehr allein zu sein. Dann fiel ihr ein, dass sie Manfred kein Wort von alledem sagen durfte. Wenn er erfuhr, was für ein Opfer sie brachte, würde er sich weigern, es anzunehmen, und damit wäre alles umsonst.

Er würde sein Studium abbrechen und Geld verdienen wollen, den Platz des Beschützers einnehmen, den der Vater verlassen hatte. So war Manfred, er besaß das Herz eines Helden, aber er war für die Rolle nicht gemacht. Von ihnen beiden war immer er der Schwächere gewesen. Er hatte eine Kinderlähmung überstanden und litt seither bei jeder Anstrengung Schmerzen, auch wenn er es niemandem eingestand. Manfred war der mit dem Kopf in den Wolken, der Denker und Träumer, der für die Klippen des Lebens nicht taugte. Er sollte unbeschwert studieren können. Paula würde ihm erzählen, sie habe beschlossen, eine Lehre anzufangen, und dabei würde sie lachen wie eine, die sich auf ihre Zukunft freute.

Warum also kehrte sie nicht um? In einem hatte der Vater ja recht, ihre Schwärmerei für Clemens war töricht, eine Kinderei aus einem längst vergessenen Sommer. Für eine wie sie, ein Lehrmädchen, das Vater und Bruder den Haushalt versah, hatte Clemens in seinem Leben keinen Platz. Und was war mit der Partei, dem Kampf für eine gerechte Welt, der ihr so wichtig geworden war? In der gerechten Welt hätte ihr ein Studium offengestanden. In der gerechten Welt hätte man einem Mann wie ihrem Vater nicht einfach seine Redaktion entreißen dürfen, und kein Mensch brauchte Angst um das Dach über seinem Kopf zu haben, um Wurst und Kartoffeln und ab und an eine Tasse Kaffee.

Die gerechte Welt war den Kampf wert. Aber was sollte sie dabei – ein ungebildetes Mädchen, das Geschäftsbriefe tippte und abends mit schweren Beinen nach Brot anstand? Die Partei verfügte über Männer wie August Bebel und Frauen wie Rosa Luxemburg – brillante Redner, geistsprühende Denkerinnen! Eine wie Paula Thomas hatte dort so wenig Platz wie in Clemens Kamphausens Leben. Kehr um, beschwor sie sich, geh heim, brüh deinem Vater einen Tee! Aber ihre Beine, diese wieselflinken Glieder, liefen weiter wie Geschöpfe mit eigenem Willen.

Ihr Ziel, die Gegend um den Beussel-Bahnhof, kannte sie. Sie war schon mehrmals hier gewesen, zu Kundgebungen in dem aus dem Boden gestampften Viertel, in dem sich Industriebetriebe und Mietskasernen aneinanderdrängten. Sie hatte Parteivertreter zu den Arbeitern sprechen hören und sich von ihrem Kampfgeist mitreißen lassen. Man musste einfach kämpfen wollen, wenn man sah, wie Menschen im Beussel-Kiez lebten – in enge Räume gepfercht, auf Hinterhöfen ohne Licht und Farbe, krank und ausgemergelt, ohne Chance, ihr Leben zu genießen. Die Partei wollte all das ändern. Die Partei gründete Theater für Arbeiter, Sportverbände, eine Versicherung und Konsumvereine. Jede dieser Gründungen war nur ein Tropfen auf den heißen Stein, doch jeder einzelne schenkte ein Stück Hoffnung. Paula rannte gegen den Wind an, der ihr jetzt Schnee in dünnen Flocken ins Gesicht trieb. Die Partei wollte viel mehr – freie Wahlen für alle, selbst für Frauen, gerechte Entlohnung, eine Welt ohne Fürsten und Bettler, ohne Herren und Sklaven. Paulas Ohren schmerzten von der Kälte. Die Kundgebung war gewiss längst vorüber, und in dem dunklen Kiez würde sie vergeblich einen Menschen suchen.

Sie hatte noch nicht zu Ende gedacht, da schlugen ihr Lärm und Licht entgegen. Aus der Sickingenstraße drang tanzender Feuerschein, begleitet von Stimmen, die wie im Fieber johlten. Paula war außer Atem, doch noch immer rannten ihre Beine wie von selbst. Kaum war sie um die Ecke gebogen, sah sie die Menge im Licht von Laternen. Allem Anschein nach hatte sich ein Ring aus Schaulustigen gebildet, doch was in ihrer Mitte geschah, blieb Paula verborgen. Anfeuernde Rufe ertönten, Fäuste wurden in die Luft gereckt. Auf einem Podium stand ein verschüchterter Redner, dem kein Mensch zuhörte. Im Geschrei vernahm Paula ein Donnern, unter dem der Boden erzitterte. Gleich darauf verstummte es, und die Menge brach in tosenden Jubel aus.

Paula hüpfte in die Höhe, doch es nützte nichts. Die Mauer aus Leibern versperrte ihr die Sicht. Was ging es sie auch an? Die abenteuerlustige Paula, die nachts im Bett mit den Beinen zappelte, weil ihre Gier auf Leben sie nicht losließ, war heute gestorben. An ihre Stelle war die vernünftige Paula getreten, die hier nichts verloren hatte, sondern froh sein konnte, wenn sie ihr bisschen Leben in den Griff bekam.

Ihre Beine gehorchten ihr wieder. Schwerfällig machte sie kehrt, um den langen Weg zurückzutrotten, da hallte ein Geräusch durch die Nacht, das den Donner übertönte. Im nächsten Moment begannen Leute zu schreien. Einige versuchten sich auf das Podium zu retten, andere flohen in Höfe und Seitengassen, und wieder andere wichen zurück, bis ihnen die Häuserfront den Weg abschnitt. Jetzt erst sah Paula, wie viele Frauen unter ihnen waren, Mütter, die ihre Kinder mit sich schleppten, junge Mädchen und gebrechliche Alte. Flüchtig erhaschte sie einen Blick auf die Männer, die mit ihren Hämmern auf der Straße knieten. Offenbar hatten sie vor dem Lagerhof der Kohlehandlung Kupfer das Pflaster aufgerissen, hatten Steine in die Höhe gehoben und unter dem Jubel der Menge zur Seite geschleudert. Jetzt aber jubelte niemand mehr. Dem ersten Geräusch folgte ein zweites. Schüsse.

»Paula!« Über den Lärm hinweg gellte ihr Name. »Komm aus der Schusslinie, um alles in der Welt!« Im nächsten Augenblick fühlte sie sich gepackt und von der Straße weggerissen.

»Harry«, stammelte sie, dann übertönte polternder Hufschlag ihre Stimme. Eine Einheit berittener Polizisten brach in die Menge und trieb Menschen wie aufgescheuchte Tiere auseinander. Wer nicht schnell genug rannte, lief Gefahr, von Pferdehufen zertrampelt zu werden. Bewaffnete Fußtruppen folgten. Ein Reiter hieb seinen Säbel nieder und traf einen Fliehenden an der Schulter. Der Verletzte schrie und wollte weiterstolpern, doch zwei Schutzmänner ergriffen ihn und drehten ihm die Arme auf den Rücken.

»Wir müssen hier weg!«, rief Harry, umfasste Paula und zog sie mit sich bis an die Mauer, die den Lagerhof umgab. »Sie schießen, Paula – ich halt's nicht aus, wenn dir etwas passiert!«

Der Knall, der folgte, war ohrenbetäubend. Durch den silbrigen Schneefall blitzte das Geschoss. Einer der Männer, die das Pflaster aufrissen, konnte sich gerade noch zur Seite rollen, ehe die

Kugel neben ihm einschlug. Entsetzensschreie gingen über in Wutgebrüll. Ein Pulk aus Männern und Frauen stürzte sich auf den Schützen, dass sein Pferd sich bäumte und ein schrilles Wiehern in die Nacht stieß. »Zurück!« Einer der Schutzmänner hob den Säbel, doch drei, vier Arbeiter warfen ihn zu Boden.
»Nichts wie weg.« Harry schob sich mit Paula an der Mauer entlang. Einer der Reiter feuerte auf einen Mann, der vom Pflaster hochsprang, um zu flüchten. Der Laut, mit dem sein Körper auf den Boden prallte, hallte Paula in den Ohren. Blut sickerte dunkel in den verdreckten Schnee, und ihr Magen ballte sich zusammen. »Hör doch, Paula, wir müssen aus diesem Kessel«, bettelte Harry, aber Paula starrte auf den getroffenen Mann. Aus einer Seitenstraße stürmte eine weitere Polizeieinheit heran. Durch die Düsternis blitzten Klingen von Säbeln und Läufe erhobener Gewehre. Feuer loderte, und aus der Flamme schnellte schon wieder ein Geschoss.
»Haltet ein! Nicht schießen!« Ein Mann sprang vor den Verletzten, mitten hinein in den Lauf der Kugel. Sie zischte so dicht an ihm vorbei, dass ihm der Kopf zur Seite flog. Sofort fasste er sich wieder und richtete sich auf. »Wir sind Berliner wie Sie. Wollen Sie das wirklich – dass Berliner auf Berliner schießen?«
Mit ruhigen Schritten stieg er auf das Podium, warf eine Kiste zu Boden und stellte sich darauf. Groß war er ohnehin, doch jetzt überragte er alle. Es war Clemens. Er trug Smoking, Cape und Plastron, als ginge er auf eine Abendgesellschaft. »Ich bin sicher, Sie wollen das nicht«, rief er den Polizisten zu. »Männer umbringen, die versuchen sich das Nötigste zum Leben zu erkämpfen. Sie zu Märtyrern machen. In dieser Stadt einen Krieg entfachen, der auf Monate nicht endet und in dem es nur Verlierer geben kann.«
»Schnauze halten!«, schrie einer der Polizisten. »Mit Verbrechern wird hier nicht verhandelt, da wird kurzen Prozess gemacht!« Einer der Reiter, offenbar ihr Kommandant, tippte ihm mit der Gerte auf die Schulter und gebot ihm, still zu sein.

»Wir sind keine Verbrecher«, sagte Clemens. Seine Stimme war schön – dunkel und ruhig, und mit einem stillen Ton von Traurigkeit.
»Wenn du dich mit Verbrechern gemeinmachst, bist du einer von denen«, brüllte ein Polizist zurück.
»Ich mache mich mit Männern gemein, die genau wie Sie ihre Arbeit tun wollen. Sie verlangen keinen Reichtum dafür, sie kämpfen um Pfennige, die sie brauchen, um wie Menschen zu leben. Glauben Sie, diese Männer hätten mitten in der Nacht nichts Besseres zu tun, als Steine aus dem Pflaster zu hacken, wenn man ihnen eine Wahl ließe?« Die Menge johlte. Clemens hob die Hand und brachte sie zum Schweigen. »Die Kohlearbeiter greifen niemanden an«, fuhr er fort. »Sie bleiben der Arbeit fern, weil man ihnen die Verhandlung verweigert. Vielleicht wäre es zu einer Einigung gekommen, hätten nicht gekaufte Streikbrecher die Aktion boykottiert und, beschützt von Polizisten, Kohle ausgefahren. Was bleibt den Männern übrig, wenn sie nicht samt ihren Familien zugrunde gehen wollen? Sie reißen die Straße auf, damit die Kohlewagen morgen nicht fahren können. Nicht um zu randalieren, sondern um der Stadt zu zeigen: Seht endlich her! So groß ist unsere Not!« Erneut folgte Gejohle, doch nur Minuten später herrschte wieder Ruhe. »Wir gehen nach Hause, wenn Sie auch gehen«, sagte Clemens. »Wir bringen den Schaden am Pflaster in Ordnung, wenn Sie uns eine andere Möglichkeit geben. Sie wollen nicht, dass dieser Streik auf andere Betriebe übergreift, dass die Arbeiter von AEG und Loewe sich uns zu Tausenden anschließen. Und Sie wollen auch keine Schlachten in unseren Straßen. Also hören Sie auf, Streikbrecher zu schützen, damit die Herren Kupfer sich unseren Forderungen stellen. Lassen Sie die Verhafteten nach Hause gehen – sie haben Familien zu versorgen wie Sie.«
Clemens stieg von der Kiste. »Brandenburger Pflaumen«, glaubte Paula im Licht der Laternen auf dem Holz zu lesen. Er rieb

sich Schweiß von der Stirn, zeigte seinen Gegnern offen, wie erschöpft er war. Vielleicht war dies die Geste, die den Kommandanten bezwang. »Du kannst quatschen wie ein Buch, was, Bürschlein?«, rief er zu Clemens hinüber.

Clemens verzog den Mund. »Eher wie ein Zeitungsroman. Fortsetzung folgt.«

»Soso. Und wer garantiert mir, dass diese Schweinerei morgen wirklich behoben ist? Wen mache ich haftbar, wenn hinter deinem Gequatsche nichts steckt?«

»Mich«, sagte Clemens und sprang vom Podium. Mit drei schnellen Schritten war er bei dem Reiter und reichte ihm ein Papier. »Ich bin Clemens Kamphausen, Student der Rechte. Nehmen Sie meine Immatrikulation als Pfand.«

Der Reiter riss ihm das Papier aus der Hand und schnappte sichtbar nach Luft. »Kamphausen? Der Wäsche-Fritze?«

»Wäsche-Richard«, verbesserte Clemens und klopfte dem Pferd den Hals. »Aber Sie haben recht, Miederwaren-Kamphausen ist das Unternehmen meines Vaters.«

Der Polizeikommandant drehte das Papier in den Händen. »Also schön«, brummte er schließlich. »Packt euch, Leute, kein Herumlungern, oder es knallt. Und du stehst mir gerade, wenn hier morgen früh nicht Ordnung herrscht. Wäre ich dein feiner Herr Papa, ließe ich es mir nicht nehmen, dir in deinem Alter noch gepflegt die Hosen strammzuziehen.«

»Ich werde es ihm ausrichten«, sagte Clemens. »Kümmern Sie sich um Ihre Leute, die Arbeiter überlassen Sie mir. Und bitte schicken Sie uns einen Arzt.«

»Kommst du für die Kosten auf?«

Clemens nickte, wandte sich ab und ging durch die Menge zu dem Verletzten. Gekrümmt und reglos lag er zwischen den Löchern im Pflaster. Auf seiner Jacke schmolz frisch gefallener Schnee.

Paula hörte, wie Harry verzweifelt ihren Namen rief, doch sie sah nur Clemens, der im Schnee niederkniete und seinen seidenen Schal unter den Kopf des Verletzten schob. Als ein Mann zu ihm trat und seine Schulter berührte, hob er den Kopf und wechselte ein paar Worte mit ihm. Der Mann ging und schickte die Versammelten nach Hause: »Geht, Leute. Nicht stehen bleiben. Morgen ist auch noch ein Tag.« Die Polizisten formierten sich, um den Platz zu räumen. Paula richtete sich auf, riss sich von Harry los und lief hinüber zu Clemens.

7

Der Schneefall wurde dichter. Clemens und Paula harrten auf Knien bei dem Verletzten aus, bis ein Wagen der Ambulanz eintraf. Der Mann war an der Schulter getroffen worden und hatte vor Schmerz oder Schwäche das Bewusstsein verloren. Er würde nicht sterben, aber vermutlich auf Wochen nicht arbeiten können. Wenn er Familie hatte, so stand sie ohne Einkommen da. Clemens half, den Mann auf die Trage zu schnallen und auf den Wagen, den zwei müde Pferde zogen, zu verladen. Zuletzt nahm er sein Cape, mit dem er den Verwundeten zugedeckt hatte, und legte es Paula um die Schultern. Erst jetzt bemerkte sie, dass sie am ganzen Leib zitterte. Dankbar hüllte sie sich in den weichen Wollstoff. Es war so laut auf der Straße gewesen und war jetzt so still. »Du bist ein dummes Mädchen, Paula Klein«, sagte Clemens. »Warum hast du nicht Harry erlaubt, dich nach Hause zu bringen?«

Sie blickte zu ihm auf und vergaß jedes Wort, das sie sich zurechtgelegt hatte. Ihr Hals war steif gefroren und schmerzte, und sie konnte ihm nichts als die Wahrheit sagen: »Ich wollte bei dir bleiben. Sicher sein, dass der Mann versorgt wird und nicht stirbt.«

Sie war wirklich ein dummes Mädchen. Er würde sie heimschicken und endlich tun, worauf er brannte – seiner Clivia nachlaufen. Mitten im Durcheinander, während die Arbeiter und Polizisten den Platz räumten, hatte sie plötzlich hinter ihm gestanden. Eine goldblonde Schönheit im weißen Kapuzenmantel mit Besatz aus Nerz. »Wie lange soll ich eigentlich noch hier stehen und mich lächerlich machen?«, hatte sie gefragt und ihre Atemwolke wie eine Drohung ausgespien. »Du hast gesagt, du hörst dir Bebel an, und hinterher gehen wir ins Theater. Davon, dass du selbst die Hauptrolle spielst, war wie üblich keine Rede.«

Hatte er den Sommer über nicht die Mädchen gewechselt wie die Hemden? Dass Clivia immer noch da war, traf Paula wie ein böser kleiner Giftpfeil in die Brust. Gleich darauf schämte sie sich. Vor ihr lag ein Mann in seinem Blut, dessen Kinder morgen vor leeren Tellern sitzen würden – was zählte dagegen, dass der wundervollste Mann der Welt eine andere liebte?
»Fürs Theater ist es zu spät«, hatte Clemens zu Clivia gesagt. »Warum fährst du nicht zu Bauer essen? Ich komme nach, wenn ich kann.«
»Und das, meinst du, muss ich mir gefallen lassen?«
»Das ist deine Entscheidung«, hatte Clemens erwidert, sein Taschentuch in den Schnee getaucht und dem Verletzten Schweiß von der Lippe getupft.
Du bist der wundervollste Mann der Welt, dachte Paula. Und wenn du mich jetzt heimschickst, nehme ich es dir nicht übel. Du kannst schließlich nicht wissen, dass ich kein Heim mehr habe. Das Weinen, das seit Stunden auf sich hatte warten lassen, kam plötzlich und schüttelte ihren Körper durch wie einen leeren Sack. Clemens' Cape reichte nicht aus, um das Zittern zu beenden, da schloss er die Arme um sie und wärmte sie an seinem Körper. »Ach Gott, Paula Klein. Du brichst mir ja das Herz. Wolltest du auf der Straße erfrieren, ohne mir ein Wort zu sagen? Was glaubst du, was Manfred aus mir gemacht hätte? Im besten Fall Schabefleisch.«
Sein Lächeln war so, dass sie mitlachen musste. Dann hielt sie inne. »Wo ist Manfred?«
»Er hat einer Dame geholfen, der übel wurde. Du kennst doch Manfred, wenn jemand Hilfe braucht, ist er nicht mehr zu halten. Der Mann der Dame ist niedergeschlagen und verhaftet worden, und sie sah aus, als bekäme sie jeden Augenblick ein Kind.«
Von neuem brach Paula in Schluchzen aus.
Clemens bettete ihren Kopf an seine Brust. »Du musst ins Warme«, sagte er leise und führte sie die leere Straße hinunter. Sie

schmiegte sich in seinen Arm und hatte sich nie im Leben so sicher gefühlt.

In Charlottenburg gab es an jeder Ecke Lokale, aus denen auch um diese Zeit noch Licht auf die Straße fiel. Hier aber herrschten Stille und Dunkel. Clemens wanderte mit ihr durch menschenleere Straßen bis zu einer Einfahrt, neben der Stufen hinunter zu einer windschiefen Tür führten. Ein Fenster gab es nicht, doch über dem Eingang beleuchtete eine trübe Birne den Schriftzug »Bei Kalli«.

Clemens schob die Tür auf und zog Paula hinterher. »Na komm, Paula Klein. Das Café Bauer ist es nicht, aber dafür rümpft auch keiner die Nase, wenn ich ein Kind im Schlepptau habe.«

»Ich bin kein Kind!«, rief sie und verpasste ihm einen Boxhieb, der ihr sofort darauf leidtat.

Er rieb sich den Arm und verzog das Gesicht. »Freut mich, dass es dir bessergeht.«

Paula streckte die Hand aus und ließ sie auf der Stelle ruhen, auf die sie ihn geschlagen hatte. Ihr Herz raste. »Ich bin sechzehn.«

Clemens lachte. »Sage ich doch. Ein Wickelkind.«

Auch in der Wirtschaft war die Beleuchtung trübe, doch die Wärme tat unendlich wohl. Das Lokal bestand aus einem einzigen Raum, nicht größer als Paulas Wohnzimmer daheim. Kerben und Glasabdrücke zierten die Tische, von denen nur einer besetzt war. Drei Männer dösten über halbleeren Biergläsern und einem angefangenen Kartenspiel. An den Wänden hingen Bilder, Aufrufe, Urkunden, ungerahmt, mit Nadeln festgesteckt. Hinter der Theke hatte ein Mann den Kopf auf die Arme gebettet und schlief. Als Clemens und Paula eintraten, schreckte er auf. Auch die Biertrinker drehten die Köpfe. »Oho, Graf Koks«, bemerkte der Wirt.

»Lass ihn in Frieden, Kalli«, fuhr ihm einer der Biertrinker dazwischen. »Er hat heute gezeigt, aus was für Holz er ist. Und für seine Sippe kann er nischt.« Der Sprecher erhob sich und klopfte

Clemens auf die Schulter. »Würde dir 'n Bier ausgeben, wenn in der Kasse nich' Ebbe wär. Den Schneid, den du hast, den soll dir erst mal einer nachmachen – und eine Rede haste gehalten, Mensch, Jungchen, wie unser Bebel.«
»Schwatz nicht, Herbert. Dein Bier wird schal«, brummte Clemens, doch Paula bemerkte die feine Röte, die sein Gesicht überzog, und das ganz kurze, ungläubige Lächeln.
»Mach meinem Kumpel und seiner Kleinen ein Bier«, sagte der Mann, der Herbert hieß, zu dem Wirt. »Sei ein Genosse und schreib's an.«
»Graf Koks wird ja wohl blechen können«, protestierte der Angesprochene.
»Er kann.« Clemens ging zur Theke und schob dem Wirt das Geld hin. »Eine Runde für Herberts Tisch und für uns einen Tee mit etwas Warmem. Die Kleine ist die Schwester meines Freundes. Sie ist halb erfroren.«
Die Männer sprangen auf, schoben Paula den Stuhl vor den bollernden Ofen und vollführten übertriebene Kratzfüße. »So angenehm, Fräulein Gräfin? Noch ein Kissen für den Rücken?«
Paula lachte. »Ich bin Paula«, sagte sie.
Alle drei verbeugten sich vor ihr.
»Herbert Stiller.«
»Fritz Böhme.«
»Alfred Schmidt.«
Clemens kam mit zwei Tassen aus dickem Porzellan. »Halt das Gesicht darüber. Der Dampf macht dir warm.«
Die Männer ließen sie allein.
»Ich habe heute Wein getrunken«, verkündete Paula. Dann verstummte sie, weil sie klang wie das alberne Kind, das sie war.
»Der Wein, den du hier bekommst, verätzt dir die Kehle«, sagte Clemens. Es konnte unmöglich noch ein Mensch auf der Welt ein so zauberhaftes Lächeln haben und dazu eines, das nie frei von Traurigkeit war. »Und warum hast du heute Wein getrunken?«

»Weil er hilft zu vergessen«, antwortete Paula.
»Trink deinen Tee. Wenn überhaupt etwas hilft, dann der.«
Paula versuchte es und hätte die heiße Flüssigkeit um ein Haar ausgespuckt. »Was ist da drin?«
»Rum. Vierzig Prozent.«
Sie trank noch einen Schluck, entschlossen, das Gebräu göttlich zu finden.
»Und? Hilft es?«
Ehe sie lügen konnte, schüttelte sie den Kopf.
Er berührte ihre Hand. »Ach Gott, Paula Klein. Willst du's mir erzählen, das, was du so unbedingt vergessen musst?«
Sie wollte nicht. Der Kampf der Arbeiter, der Streik, die Partei, das alles war wichtiger. Sie wollte ihn nicht mit ihren belanglosen Problemen belästigen, doch im nächsten Moment sprudelte das Elend aus ihr heraus. »Ich muss von der Schule abgehen und Stenotypistin werden. Mein Vater hat seinen Posten verloren. Er weiß nicht mal, ob das Geld für Manfreds Studium reicht.«
Sie erzählte ihm alles. Zum ersten Mal schilderte sie einem Menschen ihre Träume, die sie hegte, seit sie Rosa Luxemburg als Rednerin gehört hatte. Clemens unterbrach sie nur hier und da, um eine Frage zu stellen.
»Du hast Rosa Luxemburg gelesen?«
Paula nickte. »Ihre Schrift *Sozialreform und Revolution.* Ich lese alles. Mein Vater sagt, ich bin sein Schwämmchen, das ein Meer aussaugen würde, wenn man es ließe.«
»Ich gebe dir etwas Neues von ihr«, sagte Clemens. »Einen Artikel aus dem *Vorwärts.* Es ist ihr bester Text, finde ich.«
Paula trank Tee und atmete auf. Das Leben mochte grau sein, doch es war nicht mehr tintenschwarz. Vom Rum wurde ihr leicht im Kopf, und Clemens würde ihr einen Text von Rosa Luxemburg geben, obwohl sie keine Studentin, sondern nur Stenotypistin werden würde. In einem einzigen mutigen Anlauf erzählte sie ihm den Rest. Die Lüge ihres Vaters, die grenzenlose

Enttäuschung. »Ich habe gedacht, er ist der klügste Mann der Welt. Der geniale Journalist, den ganz Berlin bewundert. Aber in Wirklichkeit ist er nur der Sohn eines Drechslers, und auf der Universität war er nie!«

Ängstlich hielt sie inne. Sie fand seine Augen überwältigend, hätte die Zeit anhalten und sich an ihnen sattsehen wollen. Zugleich aber zappelten ihr die Beine vor Furcht. Was würde er sagen? Unvermittelt stand er auf, trug ihre Tassen zur Theke und brachte sie aufgefüllt zurück. »Weißt du, was August Bebel von Beruf ist?«, fragte er und stellte den Tee vor sie hin.

Paula schüttelte den Kopf.

»Drechsler«, sagte Clemens. »Er war Waise und hatte für ein Studium kein Geld. Was er weiß, hat er sich selbst beigebracht.«

Paula war sprachlos. So, als könnte sie nie wieder ein Wort herausbringen.

»Wenn mein Vater Drechsler wäre, wäre ich stolz«, fuhr Clemens fort. »Und wenn mein Vater es aus eigener Kraft zu einer Stellung bei der *Vossischen* gebracht hätte, würde ich vor Stolz vermutlich platzen. Du und Manfred, ihr habt allen Grund, stolz zu sein. Ihr habt keine leichte Zeit vor euch, aber alles, was ihr schafft, habt ihr euch selbst zu verdanken. Was bin ich dagegen? Graf Koks. Das verwöhnte Söhnchen, dem sein Geldsack von Vater Zucker in den Hintern bläst.«

»Das ist nicht wahr!«, rief Paula und sprang vom Stuhl. »Verwöhnte Söhnchen kratzt es nicht, wie es Kohlearbeitern in Moabit ergeht. Die springen nicht dazwischen, wenn ein Polizist auf einen Streikenden feuert. Hast du nicht gehört, was der Herr Herbert gesagt hat? Den Schneid, den du hast, den macht dir niemand nach. Und verwöhnte Söhnchen kümmern sich auch nicht um dumme Mädchen, die in kaputten Mänteln im Schnee sitzen und sich die Augen aus dem Kopf heulen.«

Clemens' Augen ließen sie nicht los. Er sah sie an, wie um jeden Zug zu studieren, und am Ende lächelte er.

»Habe ich etwas Dummes gesagt?«

»Vermutlich schon. Aber schön war es trotzdem. Danke, Paula Klein.« Gewandt beugte er sich hinüber und küsste sie. Sie glaubte die Spitzen seiner Wimpern auf der Haut zu spüren, dann spürte sie seine Lippen federleicht auf ihren, und dann war es vorbei. Mit einer Kraft, die weh tat, wünschte sie sich den Augenblick zurück.

»Du kannst studieren«, sagte er. »Du bist ein kluges, begabtes Mädchen, du bekommst einen Platz an der Parteischule. Meinst du nicht, wenn du Nationalökonomie bei Rosa Luxemburg studierst, lernst du mehr als an einer Universität voller Kaisertreuer?«

»Aber ich habe doch kein Geld«, stammelte Paula, während in ihren Ohren das Echo seiner Worte gellte: »Du bist ein kluges, begabtes Mädchen.« Das Leben war nicht grau. Es war golden und voller Wendungen.

»Die Partei kommt für deinen Unterhalt auf, solange du die Schule besuchst«, erwiderte Clemens. »Es geht darum, die Bewerber mit dem größten Talent auszubilden, nicht die mit den reichsten Vätern.«

»Aber warum sollen sie denn ausgerechnet mich nehmen?«, rief Paula. »Bewerben sich nicht die klügsten Leute, die in der Stadt herumlaufen?«

»Allzu viele kluge Leute laufen ja gar nicht in der Stadt herum«, sagte Clemens. »Lass es uns wagen. Du füllst den Antrag aus, und ich suche jemanden, der dir eine Empfehlung schreibt.«

Sekundenlang war Paula nichts als glücklich. Clemens glaubte an sie, er saß mit ihr in einer verrauchten Kneipe, während die goldblonde Clivia im Café Bauer vergeblich auf ihn wartete. Sie beide gehörten hierher, gleichgültig, wer ihre Väter waren – zu Herbert Stiller, Fritz Böhme und Alfred Schmidt, die todmüde ihre Karten ausspielten, und zu dem Wirt Kalli, der das Lokal eröffnet hatte, um nach seiner Entlassung aus der Fabrik von irgendetwas zu leben. Sie blickte auf und sah, wie Clemens die Arme um sich schlang. »Ist dir kalt?«, fragte sie erschrocken. »Ich habe dir deinen Mantel weggenommen.«

»Behalt ihn«, erwiderte er und strich sich über die Stirn. »Ich bin nur müde. Und wenn du mich fragst, gehörst du auch längst ins Bett.«

Die Streikenden fielen ihr ein, das zerstörte Pflaster und die Polizei. »Wir müssen etwas wegen der Straße unternehmen!«, rief sie. »Du stehst der Polizei im Wort – sie haben deine Papiere.«

Clemens zuckte mit den Schultern. »Ein paar Tage im Gefängnis werden mich nicht umbringen.«

Paula entfuhr ein Laut des Entsetzens.

»Im Gegenteil«, fuhr er fort, »vielleicht tut es mir gut, einmal zu erleben, wovon wir eigentlich reden. August Bebel hat im Gefängnis gesessen, Karl Liebknecht, Rosa Luxemburg ...«

»Aber im Gefängnis werden Menschen verprügelt!«, rief Paula. Ihr Vater hatte einen Bericht dazu verfasst, den seine Zeitung nie gedruckt hatte. »Es ist kalt und schmutzig, das Essen schimmelt, und die Leute werden krank!«

»Vielleicht nehmen die Genossen mich dann endlich ernst«, erwiderte Clemens. »Vielleicht bringt es sie dazu, mir zu vertrauen, was sie andernfalls in hundert Jahren nicht täten.«

»Das ist nicht wahr«, fuhr Paula auf. »Natürlich vertrauen sie dir. Glaubst du, sonst hätten sie da draußen getan, was du verlangt hast, und wären ohne Widerspruch nach Hause gegangen?«

»Gewehre sprechen eine ziemlich überzeugende Sprache«, entgegnete Clemens. Sein Blick traf sie. »Revolution *ist* Blutvergießen. Hätte ich heute die Fronten aufeinanderprallen lassen, hätten wir morgen einen Märtyrer gehabt, und der Streik hätte sich ausgeweitet. In den Straßen werden erbarmungslose Kriege toben müssen, wenn wir jemals vorankommen wollen.«

»Aber das ist doch grausam! Diese Leute haben alle nur ein

Leben, sie wollen im Winter auf Pfützen schlittern und im Sommer ins Strandbad gehen. Keine Märtyrer sein.«
»Glaub mir, ich halte das nicht besser aus als du.« Clemens' Augen glänzten. »Weinende Schwangere, zu Tode erschrockene Kinder, Männer, die im Dreck verbluten. Aber letztendlich führt kein Weg daran vorbei. Wir wollen ja keine gnädigen Zugeständnisse, keinen Balsam auf Wunden, die morgen wieder aufgerissen werden. Wir wollen eine neue Welt.«
»Aber nicht ohne Menschen«, versetzte Paula trotzig. »Ich bin froh, dass du das Töten nicht aushältst. Ich bin froh, dass du die Leute heute Nacht beschützt hast. In der neuen Welt, die ich mir wünsche, braucht niemand auf einen anderen zu schießen. Und niemand schlägt einem anderen den Kaffee aus der Hand.«
Eine Bewegung ging über sein Gesicht. »Die Welt wünsche ich mir auch, Paula Klein. Und jetzt ist Schluss. Du gehörst nach Hause, und ich sollte mit dir nicht über solche Dinge reden.«
»Warum nicht? Weil ich erst sechzehn bin? Wie alt warst du, als du in die Partei eintreten wolltest?«
»Das weiß ich nicht mehr. Ich glaube, ich habe mich immer irgendwo auf einer Kiste stehen und Volksreden halten sehen.«
Paula musste lachen. Seine Miene hatte etwas Ertapptes, Verlegenes, das sie bezauberte. »Und dein Vater verbietet es dir nicht? Ich dachte immer, Familien wie deine wären die Stützen des Kaiserreichs, und ihre Söhne würden strenger als in den Kasernen bewacht.«
Er zog sie hoch und legte ihr einen Finger auf den Mund. »Keine Fragen mehr, hörst du? Ich setze dich jetzt in eine Kraftdroschke, und du fährst wie ein wohlerzogenes Mädchen nach Hause.«
»Und was machst du?«
»Scht.« In gespieltem Zorn furchte er die Brauen. »Wohlerzogene Mädchen lassen Männern ihre Geheimnisse.«
Er reichte ihr seinen Arm, rief den Kartenspielern und dem Wirt ein »Gute Nacht« zu und führte sie aus der Kneipe. Als sie ins

Freie traten, lag die Straße, die vorhin schmutzig und grau gewesen war, weiß verschneit. Der Schnee schien alles zu dämpfen, jedes Geräusch, jeden Lufthauch. Sie liefen endlos, ohne einen Platz mit Droschken zu finden, so dass Clemens schließlich aufgab und sie zu Fuß nach Hause brachte. Vor ihrem Haus wollte sie ihm etwas sagen, doch er schob sie mit einem Lachen in die Tür. »Nein, ich bringe dich nicht nach oben. Wer allein durch Arbeiterviertel stapfen kann, kann auch allein ein paar Treppen steigen. Gute Nacht, Paula Klein. Geh dir nicht verloren.«
Die Enttäuschung traf sie wie ein Schlag. Wollte er sie nicht wiedersehen, nicht einmal, um ihr den Antrag für die Schule und den Text von Rosa Luxemburg zu bringen? Erst vor der Tür ihrer Wohnung ließ der Schmerz nach. In ihrem Nacken fühlte sie weichen Wollstoff, der sich um ihre Haut schmiegte. Sie hatte etwas von ihm bei sich. Sie trug noch immer sein Cape.

Die Anträge und den Artikel sandte er ihr eine Woche später durch Manfred, der ihr auch berichtete, dass Clemens in allem recht behalten hatte. Die Streiks griffen auf die benachbarten Großbetriebe über, in Moabit tobten Straßenschlachten, und im Beussel-Kiez hatte es zwei Tote gegeben. Für Clemens allerdings war der Kampf vorerst zu Ende. Er verbüßte eine sechswöchige Haftstrafe im Zellengefängnis in der Lehrter Straße.

8

1. Mai 1913

Ich liebe sie, dachte Harry. Seit einer halben Stunde sah er ihr zu, während sie in kurzer Entfernung vor ihm herging – den Fesseln, die verwegen unter dem Rocksaum hervorlugten, dem blauen Rock, der bei jedem ihrer Schritte wippte, dem Hinterteil, das reizend war, auch wenn er sich für seine Freude daran schämte. In den Bund des blauen Rocks hatte sie ein Hemd ihres Bruders gestopft, und über dem Kragen schwang das dichte, lockige Haar. Dieses Haar betrachtete Harry am liebsten. Es war wie Paula, fand er. Leuchtend und voller Kraft. Ein wenig schade war, dass sie es so gnadenlos kurz schneiden ließ, doch auch das passte zu ihr. Sie war Paula, die kurz und klein schnitt, was sie behinderte, Paula, die ihren Weg ging.

Ich liebe sie.

Erst als Manfred, der die Fahne trug, den Kopf wandte, wurde Harry klar, dass er die Worte ausgesprochen hatte. »Tut mir leid«, stammelte er, was die Sache kein bisschen besser machte.

Manfred stöhnte unter der Last der Fahnenstange. »SPD Ortsgruppe Charlottenburg« stand auf dem roten Stoff, der in der Maisonne leuchtete. Die Mädchen hatten sie ihnen für die Maikundgebung genäht, Paula und ihre Gefährtinnen, mit denen sie im Pulk ging, eine bei der anderen untergehakt. Entzückende Mädchen – ihr Lachen, ihr Haar voller Sonnenflecken, die Lebensfreude in jedem ihrer Schritte. Die Kameradschaft mit ihnen gehörte für Harry zu den schönsten Seiten des Parteilebens. Es gab nichts Steifes zwischen den Geschlechtern wie auf den Gesellschaften seiner Eltern. Sie hatten ein gemeinsames Ziel und lachten, redeten, stritten, wie es ihnen in den Sinn kam.

Unbekümmert marschierten sie die Charlottenburger Chaussee entlang und quer durch den Tiergarten, ein endloser Zug von Menschen mit Fahnen, Pappschildern und Transparenten. An diesem strahlenden Tag fiel es leicht zu glauben, dass ihnen die Zukunft gehörte. Immer wieder stimmte einer von ihnen ihr neues Lied an:

»Dem Morgenrot entgegen,
Ihr Kampfgenossen all.«

Und zum Refrain fielen Hunderte, ja Tausende ein:

»Wir sind die junge Garde
Des Proletariats!«

Ein Anflug von Verlegenheit packte Harry. Zum Proletariat gehörte er als behüteter Sohn aus dem Mittelstand so wenig wie seine Freunde, aber galt nicht dasselbe für Karl Liebknecht, Rosa Luxemburg und etliche andere? Nicht woher einer kam, zählte, sondern woran er glaubte. Und woran glaubst du?, durchfuhr es ihn. »Verkürzte Arbeitszeit in den Fabriken!«, riefen die Genossen zu seiner Linken. Das klang gut, aber was verstand er davon? Er las kluge Schriften, doch in einer Fabrik gearbeitet hatte er niemals und würde wohl auch nie dazu gezwungen sein.

»Gerechte Entlohnung!«, hallte es vom Ende des Zugs herüber. Ja, dachte Harry, von Gerechtigkeit verstehe ich etwas. Von dem Gefühl, nicht sein zu dürfen, was man sein könnte, weil man unter einem falschen Stern geboren ist. Vielleicht war es das, was ihn zu einer Partei zog, hinter der seine bodenständigen Eltern das ewige Verderben fürchteten – Gerechtigkeit. Eine Gemeinschaft, die niemanden ausschloss und Wege öffnete, statt sie abzuschneiden.

»Kein Geld für Rüstung!«, forderten jetzt die Genossen von vorn wie von hinten. »Krieg dem Krieg!«

»Krieg dem Krieg!«, fiel Harry ein, doch seine Stimme klang lasch. Das mochte daran liegen, dass er sich Krieg so wenig vorstellen konnte wie Arbeit in der Fabrik. Er rief sich zur Ordnung.

Schluss mit den sinnlosen Grübeleien! Heute war ein Feiertag, und er war teuer erkämpft. Viele der Männer, die im Zug mitmarschierten, würden morgen entlassen werden, weil sie der Arbeit ferngeblieben waren.
Harrys Blick, sosehr er ihn zu zügeln suchte, blieb von neuem an den Fesseln von Paula Thomas hängen. Nach der Kundgebung würden sie im Grünen, an der Krummen Lanke weiterfeiern. Auf seinem Rücken spürte er das Gewicht des Picknicks, das seine Mutter ihm aufgeschnürt hatte, und Freude machte ihm die Kehle eng. Vielleicht ergab sich ja dort die Gelegenheit, ein paar Worte mit Paula zu wechseln, und wenn es nur über die eingelegten Pflaumen und den kalten Truthahn seiner Mutter war. Im Sommer hatte Paula kalten Truthahn geliebt. Sie warf den Kopf in den Nacken und fiel wieder in den Refrain des Liedes ein.
Gleich darauf entdeckte Harry, dass Manfred ihn durch halb beschlagene Brillengläser immer noch ansah. »Tut mir leid«, wiederholte er so sinnlos wie beim ersten Mal.
»Vor mir braucht dir nichts leidzutun«, erwiderte Manfred. »Auch wenn es mir keiner zutraut – ich weiß, wovon du sprichst.«
Tatsächlich war Harry verblüfft. Jeder Mann ihres Alters war verrückt nach Mädchen, aber Manfred war nicht wie gewöhnliche junge Männer. Er stürzte sich mit so viel Fleiß in sein Studium, dass Harry sich wie ein Faulpelz vorkam. Obendrein musste er Geld verdienen, weil sein Vater seinen Posten verloren hatte, und was ihm an Zeit und Kraft übrig blieb, widmete er seinen Schriften für die Partei. Wann hätte Manne ein Mädchen kennenlernen sollen? Harry war selbst kein Draufgänger, Manfred jedoch war von geradezu schmerzhafter Schüchternheit.
»Das dachte ich mir«, sagte er jetzt und stöhnte erneut unter dem Gewicht der Fahnenstange.
»Was dachtest du dir?«, fragte Harry.
»Dass du mir keine Ahnung von der Liebe zutraust.«

»So ist es nicht«, warf Harry eilig ein.
Manfred lachte traurig. »Du hast ja recht, ich bin nicht gerade ein Held, von dem die Mädchen in schlaflosen Nächten träumen. Wenn du einen Rat zur Eroberung brauchst, frag besser Clemens, aber wenn du dein Herz über Liebesleid ausschütten willst, bin ich der richtige Mann.« Noch einmal lachte er, dann lud er sich mit einem Ächzen die Fahne auf die andere Schulter.
»Sag mal, soll ich dir das Ding da abnehmen?«, entfuhr es Harry.
Manfred sah ihn an, als hätte er ihn geschlagen. Er war schmächtig, und nach längerem Gehen begann er das linke Bein nachzuziehen. Nie war Harry in den Sinn gekommen, er könne unter seiner körperlichen Schwäche leiden. »Ach nein, schlepp lieber du dich damit ab«, rief er schnell. »Als Herkules fühle ich mich nicht berufen.«
»Und als Romeo?«
Flüchtig trafen sich ihre Blicke. Dann drehte Harry den Kopf nach Paula.
»Meine Schwester?«, fragte Manfred leise.
Harry nickte und starrte zu Boden.
»Sie ist noch ein Kind«, sagte Manfred. »Auch wenn sie schuften muss wie eine Erwachsene, sie denkt noch nicht an solche Dinge.«
»Glaubst du das wirklich?« Paula war sechzehn und hatte noch nicht gelernt, jene Raffinesse einzusetzen, die Männer zu willenlosen Hanswursten machte. Dennoch lag in ihrem geradezu knabenhaften Wesen eine Weiblichkeit, die Harry überwältigend fand.
»Andere Mädchen in ihrem Alter haben längst Verehrer«, erwiderte Manfred, »aber Paula ist anders. Sie macht ihre Arbeit, lernt für ihre Kurse, und wenn sie abends noch in der Küche steht, singt sie Arbeiterlieder, keine Liebesweisen.«
»Sie hat den Kopf voll«, stimmte Harry zögerlich zu. »Aber ein junges Mädchen ist sie trotzdem, und irgendwann wird sie ihr Herz für einen Mann entdecken.«

»Das wünsche ich ihr«, fiel Manfred ein. »Nur kann ich eben noch nichts davon entdecken. Wenn dir an Paula liegt, wirst du Geduld brauchen, Harry.«

»Die habe ich reichlich!« Geduld war nicht Harrys Problem. Wenn er dem süßen Geschöpf im blauen Rock zusah, fragte er sich vielmehr, ob ihm nicht längst jemand zuvorgekommen war. Und selbst wenn nicht, weshalb sollte das zauberhafteste Mädchen ausgerechnet ihn erwählen? Was hatte er zu bieten, womit konnte er Staat machen? Er gehörte zu den Menschen, die stundenlang im Pulk mittrabten, ohne irgendwem aufzufallen. Niemand störte sich an ihm – doch es hätte gewiss auch niemanden gestört, wenn er daheimgeblieben wäre. Sein Gesicht war weder hübsch noch entstellt, man sah es an und vergaß es.

Um seine Geistesgaben war es ähnlich bestellt. Er kam mit seinem Studium leidlich voran, war kein Dummkopf, doch noch weniger ein sprühender Denker. Dank eines Polsters, das sein Vater für ihn erspart hatte, würde er sich nach dem Examen als Rechtsanwalt niederlassen und einer Frau ein angenehmes Auskommen bieten können. Was aber hatte er darüber hinaus zu bieten? Seine Freunde schätzten seinen Humor, seine Fähigkeit, sich auf die Schippe zu nehmen. Er selbst hätte als seine wertvollste Eigenschaft vermutlich Treue genannt, und damit lockte man keinen Hund hinter dem Ofen hervor. Geschweige denn eine schöne Frau. An Paulas Seite sah er einen schillernden Abenteurer, der ihr die Welt aus den Angeln hob. Solche Männer brachen Frauen das Herz, aber langweilig waren sie nie.

Wenn einer dir das Herz bricht, bringe ich ihn um, beschloss Harry, ehe er über den pathetischen Unsinn grinsen musste. Einer wie er brachte niemanden um. Einst hatten Männer seines Volkes nicht einmal Waffen tragen dürfen. Jäh verspürte er unter den Rippen einen Stich. Selbst wenn sein Mangel an Feuer Paula nicht abschreckte, wie hätte sie einen Mann seiner Herkunft wählen können?

Dass er so dachte, war schändlich. Sein Vater hatte mit allen Mitteln gekämpft, um ihm ein neues Selbstbewusstsein auf den Weg zu geben. Harry aber konnte kein Mädchen wie Paula betrachten, ohne sich unterlegen zu fühlen. Was war er in den Augen der Leute, mit denen er lebte? Ein Mensch zweiter Klasse, dem selbst der Kampf der Arbeiter nichts nützen würde. »Und nun zu dir«, sagte er zu Manfred, um die schwarzen Gedanken abzuschütteln. »Wer ist denn die Schöne, die dir das Herz bricht?«
»Klara«, antwortete Manfred. An seinen Händen auf der Fahnenstange traten die Knöchel weiß hervor. Seine Antwort klang, als gäbe es nur ein einziges Mädchen auf der Welt. Offenbar stand für ihn fest, dass Harry jene Klara kennen musste, dem aber fiel beim Teufel keine ein, die in Frage kam. »Klara Mundt«, half Manfred ihm schließlich. »Die Frau des Kohlearbeiters, den sie in der Nacht im Beussel-Kiez verhaftet haben.«
»Die Schwangere?«, entfuhr es Harry.
»Inzwischen ist sie Mutter einer Tochter«, klärte Manfred ihn auf. »Aber ihr Mann ist noch immer nicht frei, und sie hat niemanden, der für sie sorgt.«
»Dich hat sie offenbar«, erwiderte Harry trocken.
»Beim Himmel, Harry, die Arme ist völlig verzweifelt. Sie hat ein paar Pfennige aus der Streikkasse bekommen, aber jetzt steht sie mit der Kleinen ohne einen Pfennig da.«
»Also hilfst du ihr aus. Obwohl du selbst nichts hast.«
»Ich wünschte, ich wäre kein so jämmerlich armer Schlucker«, presste Manfred hervor. »Eine Frau wie Klara hätte ein leichteres Leben und auch ein wenig Freude verdient.«
»Sag mal, dich hat es aber böse erwischt, was?« Besorgt musterte Harry seinen Freund von der Seite.
Manne nickte. »Ich weiß, ihr Mann sitzt für unsere Sache im Gefängnis, und ich dürfte nicht einmal an sie denken. Aber ich denke an kaum etwas anderes. Versprich mir, dass du niemandem ein Wort davon sagst. Schon gar nicht Paula oder Clemens.«

»Dass du Paula nichts sagen willst, ist verständlich«, bekundete Harry. »Aber Clemens kann dir ja wohl kaum Moral predigen. Laut der Einladung, die auf unserem Kaminsims steht, verlobt er sich im September mit Clivia Meyer zu Köcker. Die Dame, mit der er gestern im Metropol auftauchte, war jedoch keinesfalls die holde Clivia. Und ein taufrisches lediges Mädchen war sie auch nicht …«
»Das ist etwas anderes«, unterbrach ihn Manfred. »Clivia passt nicht zu Clemens, und außerdem …« Er stockte und krallte die Hände noch fester um die Fahne. »Ich kann es nicht erklären. Ich möchte einfach nicht, dass Clemens übel von mir denkt.«
Harry nickte. Nur allzu gut wusste er, wie sehr Manfred sich wünschte, Clemens zu imponieren, und ihm selbst war dieser Wunsch nicht fremd. Was aber Frauen anging, erschien ihm Clemens wahrlich nicht als leuchtendes Vorbild. Hätte Harry eine Schwester gehabt, hätte er Clemens Kamphausen auf Meilen von ihr ferngehalten.
Wie so oft schien Clemens zu spüren, wenn von ihm die Rede war. Mit einem Schwung, der sie beide nach vorn stieß, drängte er sich zwischen sie und warf ihnen die Arme um die Schultern. »He, ihr zwei Helden des Arbeiterkampfes, amüsiert ihr euch?«
Daran, dass Clemens sich amüsierte, bestand kein Zweifel. Seine Kleidung – schlicht geschnittene Leinenhosen und ein Hemd ohne Kragen – hatte er dem Aufzug der Arbeiter angepasst, doch die gediegenen Stoffe verrieten ihren Preis. Zudem hätte Clemens vermutlich auch in Sack und Asche elegant ausgesehen. Die Wochen im Gefängnis hatten seiner Attraktivität keinen Abbruch getan. Im Gegenteil, er war noch sehniger und zäher geworden, noch mehr wie ein hungriges Raubtier auf dem Sprung.
»Es ist großartig«, beantwortete Manfred Clemens' Frage. »Wir sind so viele. Uns kann keiner mehr niederwalzen, und gegen unseren Willen kann auch kein Kaiser einen Krieg beginnen.«
»Krieg dem Krieg!«, ertönte wie auf Verabredung ein Ruf, der

sich durch den ganzen Zug fortpflanzte. »Kampf dem Wettrüsten, Kampf dem Imperialismus!«

Clemens klopfte Manfred auf die Schulter. »Recht hast du. Und dich walzt auch keiner mehr nieder. Deinen Ausbeutern kannst du sagen, sie sollen dich küssen, wo du schön bist. Einer wie du ist zu schade, um für die alte Tante Voss den Laufburschen zu spielen.«

Manfred verharrte im Schritt. »Heißt das …?«

»Ja, das heißt es«, erwiderte Clemens. »Nachher am See trinken wir Champagner darauf. Du fängst morgen beim *Vorwärts* an.«

»Mensch, Manne«, murmelte Harry. Dann sprang er vor und packte in letzter Sekunde die Fahnenstange, die Manfred von der Schulter rollte.

Der fiel Clemens um den Hals. »Das vergesse ich dir nie, weißt du das? Du hast etwas bei mir gut, und irgendwann werde ich auch in der Lage sein, es dir zurückzuzahlen.«

»Na, na.« Ein wenig verlegen klopfte Clemens ihm den Rücken, doch seine Freude war nicht zu übersehen. »Was habe ich schon groß dabei getan? Mit ein paar Leuten geredet, ein paar Texte herumgezeigt, mehr nicht. Du wirst genommen, weil du gut bist, Manfred. Schreib dir das endlich hinter die Ohren.«

Ja, Manfred war gut. Er besaß nicht Clemens' Brillanz, doch er recherchierte seine Artikel gründlich und legte sein ganzes Herzblut in die Zeilen. Noch immer hielt er die Arme um Clemens' Hals geschlungen. Ein wenig wirkten die beiden wie ein Liebespaar, und in gewisser Weise waren sie auch eines. Die engsten Freunde, einander verschworen wie die Blutsbrüder in den Karl-May-Romanen, die sie als Jungen verschlungen hatten. Gegen den Stachel der Eifersucht war Harry machtlos. Er konnte bei diesem Gespann nur der Dritte im Bunde, das zusätzliche Rad am Wagen sein.

»Du hast viel zu viel für uns getan«, sagte Manfred. »Für mich wie für Paula. Wo wir ohne dich stünden, möchte ich nicht wissen.«

»Dann denk nicht darüber nach«, versetzte Clemens. »Lass uns lieber machen, dass wir weiterkommen. Die Mädchen sind uns längst meilenweit voraus.«
»Ja, natürlich.« Manfred riss Harry die Fahne aus den Händen und stapfte, so schnell er konnte, los. Dass er nach wenigen Schritten ein Bein nachzog, bemerkte nur Harry. »Ich bin so unbeschreiblich froh«, sagte er zu Clemens. »Nicht nur für mich, sondern noch mehr für Paula. Wenn ich mehr Geld heimbringe, braucht sie doch nicht mehr so viel zu arbeiten. Sie beklagt sich nie, aber ich bemerke doch, was in ihr vorgeht.«
Harry sah Paula ein Stück weiter vorn mit wippendem Rock einhermarschieren. Der Wunsch, ihr das Leben leichter zu machen, war übermächtig, nicht anders, als es Manfred mit seiner Klara erging.
»Deine Schwester passt in die Welt«, sagte Clemens. »Mach dir um sie keine Sorgen. Paula Klein ist eine, die erreicht, was sie will.«
Manfred wollte etwas erwidern, doch Clemens verharrte und straffte sich, um über den Pulk hinwegzublicken. Gleich darauf platzte Lärm los, und vor dem Block der Mädchen entstand ein Tumult. Eine Einheit von Schutzleuten mit Knüppeln trampelte aus der Seitenstraße und brach mitten in den Zug. Damit hatten sie rechnen müssen, immerhin hatte die Regierung ein Verbot ausgesprochen. Im Handumdrehen war eine Keilerei im Gang, die sich, begleitet von Geschrei, nach hinten ausbreitete. Auf die Mädchen, auf Paula zu! Manfred entfuhr ein Laut. Im selben Augenblick rannte Clemens los.
Während jeder, der konnte, zurückwich, stürmte er auf das Getümmel los. »Lassen Sie die Leute in Frieden!«, rief er. »Ist es in diesem Staat verboten, sein Recht zu fordern?«
Es ist lächerlich, durchfuhr es Harry. Die Genossen mochten ihm applaudieren, doch von den Polizisten, die mit ihren Knüppeln auf Demonstranten eindroschen, hörte ihn kein Mensch. Er jag-

te weiter, durchmaß den Block der Mädchen und drängte Paula zurück. Erleichtert sah Harry, dass sie vernünftig genug war, im Hintergrund zu bleiben. Clemens hingegen rannte weiter, bis ihm jemand in den Weg sprang.

»Bleib da weg!«, schrie Clivia, die einen riesigen Hut mit Seidenfrüchten trug. »Oder willst du morgen wieder im Gefängnis landen?«

»Wenn es nicht anders geht«, warf Clemens zurück und wollte an ihr vorbei. Sie aber sprang zur Seite und hielt ihn auf. Er hätte sie umrennen müssen, um zu den Polizisten zu gelangen.

»Soll ich schon wieder meinem Vater erklären, warum du dich nicht benimmst, wie es sich für Menschen deines Standes schickt? Weißt du, wie viele Lügen ich um deinetwillen erzählt habe, fragst du dich jemals, was es mich kostet, mich ständig zum Narren zu machen und nie zu wissen, was mir als Nächstes blüht?«

»Es zwingt dich ja niemand, diese Zumutung auf dich zu nehmen«, erwiderte Clemens gelassen.

Clivia riss sich den Hut vom Kopf und schleuderte ihn Clemens ins Gesicht.

Die Geste war kläglich. Der weiche Hut fügte Clemens nicht den geringsten Schmerz zu, nur die seidenen Früchte lösten sich und segelten dem Rest voran in den Straßendreck. Clemens brauchte keine Sekunde, um sich zu fassen. Dann schob er die erschütterte Clivia beiseite und zog seines Weges. Der Tumult mit den Polizisten war mittlerweile so gut wie erstorben, aber Clemens erhielt immerhin noch Gelegenheit, einen schmächtigen Schutzmann einzuschüchtern, der vor Schreck seinen Gefangenen freiließ. Wie üblich zollten die Genossen ihm Beifall, Harry aber verspürte zu seiner Verblüffung einen Anflug von Mitleid mit Clivia.

Am Knie, dem Knotenpunkt, an dem die Straßenbahnlinien sich kreuzten, fand die Kundgebung ihr Ende. August Bebel, der verehrte weißbärtige Parteivorsitzende, hielt eine Rede an die

Versammelten. Sie fiel kurz aus. Krankheit und Erschöpfung standen dem alten Mann ins Gesicht geschrieben. Gerüchten nach wollte er sich demnächst in die Schweiz in ein Sanatorium begeben. Harry gönnte es ihm, doch es machte ihm auch Angst. Bebel war die leuchtende Gestalt, zu der sämtliche Mitglieder der Partei aufschauten, einerlei, ob sie dem rechten Flügel angehörten oder wie Karl Liebknecht und Rosa Luxemburg dem linken. Wenn Bebel abtrat, mochten innerhalb der Partei Kämpfe losbrechen, die wertvolle Kräfte kosteten.

»Die Einigkeit ist unsere stärkste Waffe!«, beendete August Bebel denn auch seine Rede. »Wir dürfen sie uns nicht aus den Händen nehmen lassen – von nichts und von niemandem.«

Tosender Applaus folgte, während Hugo Haase, der zweite Vorsitzende, Bebel vom Podium half. Die meisten Genossen zerstreuten sich in Gruppen, um bei einem Ausflug ins Grüne den Rest des Tages zu genießen. Harry und seine Freunde wollten das erste verbotene Bad im See nehmen – den Sommer anbaden, wie die Berliner es nannten. Der Tag war wie geschaffen dafür, auch wenn Harry bei dem Gedanken an das eisige Wasser schauderte.

Manfred und ein paar andere warteten beim vereinbarten Treffpunkt neben dem Wurstverkäufer. Zwei Mädchen waren auch dabei, Johanna und Ilse, ein rotblondes Zwillingspaar, von denen eine Harry eine Bockwurst zum Abbeißen hinhielt. Als er den Kopf schüttelte, rief sie: »Ach, ich vergaß, das darfst du ja nicht essen.«

Harry durfte essen, was er wollte. Seine Mutter hielt die Speisevorschriften ein, weil sie die Führung eines Haushalts auf solche Art gelernt hatte, doch wenn seine Tante zu Familientreffen einen ganzen Schinken mitbrachte, vergaß sie meist sogar, die Nase zu rümpfen. Er mochte keine Bockwurst – hätte aber Paula sie ihm angeboten, hätte er vermutlich hineingebissen.

Als er sich umdrehte, sah er sie kommen. Clemens trug die Fahne, die vorhin Manfred geschleppt hatte, lässig wie einen Birkenzweig auf der Schulter, und Paula lief wie ein kleiner Hund in seinem Schlepp. »Heute unbeweibt, Clemens?«, rief ihm jemand entgegen. »Die sternenäugige Dame Clivia kommt wohl nicht mit?«

Clemens grinste und drehte sich gespielt nach allen Seiten um. »Wie es aussieht, hat sie etwas Besseres zu tun.«

»Sie soll bleiben, wo der Pfeffer wächst«, fauchte Manfred. »Zu uns gehört sie nicht – schon auf der Kundgebung hatte sie nichts zu suchen.«

Die anderen lachten. Nur Harry nicht.

»Fahren wir los?«, wandte Clemens sich an ihn. »Ich schwitze wie ein Bullentreiber und kann es nicht erwarten, ins Wasser zu kommen.« In der Tat klebte ihm das Hemd auf Brust und Schultern. Um den Hals hatte er sich ein rotes Tuch geknotet, zweifellos das Geschenk einer Frau.

Bedauernd schüttelte Harry den Kopf. »Ich muss erst Joachim von der Schule abholen. Er kommt mir die Bismarckstraße hinunter entgegen, aber wenn ihr schon vorgehen wollt ...«

»Unsinn«, unterbrach ihn Clemens. »Wir gehen alle. Schließlich sind wir es doch gewohnt, auf das Kleingemüse aufzupassen.« Damit legte er lachend einen Arm um Paula und zog mit ihr den anderen voran. Harry sah den zwei Rücken zu, die sich in der Bewegung aneinanderschmiegten. Manfred hat unrecht, dachte er, Paula ist kein Kind mehr. Der schöne Tag war ihm auf einen Schlag verleidet. Am liebsten wäre er umgekehrt, irgendwohin gegangen, wo er nicht Paula und Clemens zusehen musste. Paula, dem Mädchen seiner Träume, und Clemens, der nicht einmal bemerkte, wie wundervoll sie war. Noch ein paar Schritte lang sann er voll Qual darüber nach. Dann hatte er keine Zeit mehr dafür.

Geschrei und das unverkennbare Geräusch von Faustschlägen hallte ihnen entgegen. Beim ersten Ton wusste Harry, dass es sein Bruder Joachim war, der schrie, auch wenn die Stimme vor Panik unkenntlich war. Mit einem dumpfen Laut prallte etwas aufs Pflaster. Ein Tornister erst. Dann etwas Schwereres. Ein Leib. »Jude Itzig Lebertran / Hat im Darm 'ne Rodelbahn«, skandierten grölende Jungenstimmen. Blindlings rannte Harry los. Es war lange nicht mehr vorgekommen. Schon Monate nicht. Aber es hörte nie auf. Harry hatte es in seiner Schulzeit ebenfalls durchlitten, doch hatte er meist Clemens und Manfred bei sich gehabt, und an einen, der Clemens Kamphausen zum Freund hatte, traute sich die feige Rotte nicht heran.

Joachim lag am Boden. Sein Besitz – Tornister, Jacke und die neue blau-weiße Mütze – war über das Pflaster verstreut. Eine Schar Mitschüler umringte ihn. Einer spuckte. Ein anderer johlte. »Warum flitzt du nicht, Jude? Das isses doch, was deinesgleichen am besten kann, den Schwanz einkneifen und 'ne Sause machen!«

Hohngelächter brandete auf und erstickte. Clemens erreichte die Gruppe als Erster, packte den größten der Burschen am Kragen und schleuderte ihn gegen eine Litfaßsäule. Kaum schlug dem Jungen mit dumpfem Knall der Kopf an, zog Clemens ihn wieder hoch, um ihn ein zweites Mal gegen die Säule zu stoßen. »Fühlt ihr euch mutig, zu fünft gegen einen? Ich würde dir Kakerlake gern das Hirn ausblasen, nur leider hast du ja keines im Kopf!«

Der Junge war älter als die Übrigen, vermutlich ihr Rädelsführer, der bei Gleichaltrigen keine Anerkennung fand und sie daher bei Jüngeren suchte. Er war pummelig, hatte ein teigiges Gesicht und trug einen verschossenen Pullunder. Entschlossen trat Harry dazu und umfasste Clemens' Ellbogen. »Lass ihn laufen, Clemens. Er ist nur ein dummer Bengel, der für sein Elend einen Sündenbock braucht, und du willst ihn doch nicht umbringen.«

»Nein«, erwiderte Clemens wie in Trance und gab den Jungen

frei. »Es ist widerlich, eine Kakerlake zu zerquetschen. Aber wenn er Jo noch einmal anrührt, hält mich nichts mehr ab.«
Der Junge schnappte sich seinen Tornister und rannte seinen Kumpanen hinterher. Kaum war er außer Clemens' Reichweite, blieb er jedoch noch einmal stehen und drehte sich nach ihm um. Seinen Blick würde Harry nie vergessen. Wie Rosinen in einem Neujahrskuchen steckten seine Äuglein im Teig des Gesichtes, doch der Blick strafte die harmlose Hässlichkeit Lügen. Er war eine Drohung. Wir sehen uns wieder, sagte der Blick, und dann werde ich es sein, der dich zerquetscht. Clemens beachtete ihn nicht. Harry atmete durch und ging zu seinem Bruder.
Joachim lag noch immer auf dem Pflaster, war aber dabei, sich auf die Knie zu rappeln. Blut verschmierte ihm Mund und Kinn, doch das sah schlimmer aus, als es war. »Komm«, sagte Harry liebevoll und traurig und reichte ihm die Hand.
»Sie haben meine Mütze zertreten.«
»Vergiss es.« Harry hob die ramponierte Mütze auf und stopfte sie in seine Hosentasche. »Mutter näht dir eine neue.«
»Aber auf der war das Emblem von Hertha!«
Fußball, das wilde Spiel aus England, war bei Jungen in Joachims Alter gerade das Thema Nummer eins. Und seit die Männer des Weddinger Fußballvereins Hertha eine englische Wundermannschaft besiegt hatten, waren sie zu Joachims Idolen aufgestiegen. Die Mütze hatte er nach einem Spiel auf dem Schebera-Platz geschenkt bekommen und wie einen Augapfel gehütet. »Steh auf«, sagte Harry, weil er dem Bruder so wenig helfen konnte wie einst sich selbst. »Willst du mit uns an den See?«
Joachim schüttelte den Kopf. Er war ein hoch aufgeschossener Zwölfjähriger, jetzt jedoch sah er wieder wie der kleine Junge aus, der auf dem Balkon eine tote Amsel gefunden und verzweifelt darum gekämpft hatte, nicht zu weinen.
»Geht ihr alleine«, murmelte Harry. »Ich bringe Joachim nach Hause.«

Clemens ging an ihm vorbei, ohne ihn zu beachten, und stellte Joachim behutsam auf die Füße. »Wir bringen dich alle nach Hause, ja? Und von jetzt an holt dich jeden Tag einer von uns ab. Wir sind viele. Viel mehr als diese Feiglinge. Die werden dir nichts mehr tun, darauf hast du mein Wort.«
»Mach doch nicht so einen Wirbel«, brummte Harry, der sah, wie Joachims verschmiertes Gesicht sich aufhellte. »Es kommt eben ab und an vor, aber es gibt schließlich Schlimmeres.«
Clemens fuhr herum. »Wie meinst du das, es kommt ab und an vor – ist es schon oft passiert?«
Harry und Joachim nickten.
»Dir auch?« Ungläubig wölbte Clemens die Brauen.
»Ja, mir auch«, erwiderte Harry unwillig. »Allen Juden. Wir haben immer damit gelebt, und das werden wir auch weiter tun.«
Clemens ließ Joachim los, packte Harry, wie er zuvor den Peiniger gepackt hatte, und begann ihn zu schütteln. »Dir ist es auch passiert? Dich, meinen Freund Harry, haben sie in den Dreck geworfen und mit Füßen getreten, und du hast mir nie ein Wort davon gesagt?«
Harry wurde schwindlig. »Beim Himmel, nein, ich bin ja nicht davon gestorben.«
Clemens gab ihn frei und strich ihm die Ärmel geradezu zärtlich wieder glatt. »Es wird nie mehr geschehen«, sagte er. »Keinem von euch. Wenn unser Kampf erst gewonnen ist, wird kein dreckiges Schwein, das sich an einem Juden vergreift, mehr davonkommen.«
»Mach dir nichts vor«, murmelte Harry. »Ich weiß, du meinst es gut. Ihr meint es alle gut, aber auch den Sozialdemokraten sind die Juden im Grunde einerlei.«
»Du bist ein Sozialdemokrat!«, fuhr Clemens auf.
Harry lächelte. »Ja. Zweiter Klasse.«
»Hugo Haase ist auch Jude.«
»Und hast du ihn mal gefragt, ob es ihm nicht geht wie mir?«

Ein Zucken lief über Clemens' Schultern. »Ich habe deinem Bruder mein Wort gegeben, und ich gebe es dir«, sagte er rauh. »In der Welt, für die wir kämpfen, haben solche Schweinereien keinen Platz. In unserer Welt werdet ihr sicher sein und von niemandem mehr gedemütigt werden – oder der ganze Kampf war nichts wert.«

9

August

In diesem Sommer trafen sie nur noch selten alle im Strandbad zusammen. Manfred hatte keine Zeit, er arbeitete Tag und Nacht für den *Vorwärts*. Wenn er nicht im Zeitungsviertel war, saß er über seinem Schreibtisch und wurde noch dürrer und bleicher, als er von Natur aus war. Nur selten gönnte er sich eine Stunde Freizeit, und dann verriet er Paula nicht, wohin er ging. »Ich muss mal für mich allein sein«, behauptete er, obwohl er zum Alleinsein wohl kaum seinen aufgebürsteten Anzug und einen gestärkten Stehkragen brauchte. Er war ihr fremd, wenn er sich so herausputzte und das Haar mit Zuckerwasser an den Kopf kämmte.

»Das steht dir nicht«, sagte Paula. »Wenn dein Haar sich so störrisch nach allen Seiten sträubt, siehst du viel netter aus und mehr nach dir selbst.«

»Was verstehst du denn davon?«, versetzte Manfred schroff, wie sie es nicht von ihm kannte. Er griff sich seine Jacke vom Haken und eilte aus dem Haus.

Er ist verliebt, dachte Paula. Und er macht sich lächerlich, wenn er glaubt, ich verstünde weniger davon als er. Es kränkte sie, dass der Bruder sie ausschloss, aber betrieb sie nicht dieselbe Geheimniskrämerei? Was sie empfand, wenn sie im Strandbad vergeblich auf Clemens wartete, und was für eine Woge durch ihren Körper jagte, wenn er Arm in Arm mit Clivia auftauchte, erzählte sie keinem Menschen, am wenigsten ihrem Bruder.

Manchmal sehnte sie sich danach, mit jemandem davon zu sprechen. Andere Mädchen hatten Freundinnen, aber Paula war immer nur Manfred nah gewesen. Mit ihren Kolleginnen bei der

Zeitung schwatzte sie in den Pausen, doch über Belanglosigkeiten gingen ihre Wortwechsel nie hinaus. Unter den Genossinnen fühlte sie sich vertrauter, sie hatten gemeinsame Ziele und redeten sich über Politik die Köpfe heiß. Mit den jungen Frauen aber von Männern zu sprechen, schien undenkbar. Ilse zum Beispiel war schon seit Jahren verlobt, sie wollte heiraten, sobald ihr Heinz seine Gesellenprüfung in der Tasche hatte, doch ihre Gefühle für ihn erwähnte sie nie. Sie ging Arm in Arm mit ihrer Schwester Johanna, nie mit dem sommersprossigen Bäckerlehrling, dessen Ring sie trug.
Vielleicht passte es einfach nicht zu einer Genossin, Kraft auf Zärtlichkeit zu vergeuden. »Liebe ist etwas für die bürgerliche Klasse«, hatte Johanna einmal gesagt. »Die hat Zeit für läppisches Geplänkel, denn der knurrt nicht der Magen dabei.«
Paula wollte nicht läppisch sein. Ihren Kursen an der Parteischule widmete sie sich mit allem Ernst. Zwar konnte sie kein komplettes Studium absolvieren, weil ihr Vater kaum noch Geld heimbrachte, doch was immer sich ihr bot, sog sie in sich auf. Sie war kein weltfremdes Dummchen, das mit verklärten Blicken Schlager trällerte, aber war denn wirklich jede Liebe läppisch und bürgerlich? Ihre zu Clemens erschien ihr stark und voll Leben, und sie war ebenso ein Teil von ihr wie der Kampf für eine bessere Welt. Paula, die auf Harrys Gepäckträger saß und alle Muskeln spannte, um in der Fahrt die Beine stillzuhalten, blickte an sich hinunter. Wie konnte ein Teil von ihr läppisch und weltfremd sein, wenn der Rest vor Wirklichkeit strotzte?
Harry und Joachim, die beide neue Räder mit abfallendem Rahmen besaßen, holten sie oft nach der Arbeit zur Fahrt ins Strandbad ab. Die Parteischule machte Sommerferien, und die beiden Brüder hatten ohnehin frei. Am Wannsee erwarteten sie Ilse, Johanna und ein Haufen weiterer Mädchen. Männer kamen nur wenige, denn die meisten hatten zu arbeiten, bis sie todmüde in ihre Betten fielen.

Während sie das Picknick von Harrys Mutter hinunter zu ihrem Platz schleppten, winkte Kurt, der hünenhafte Betreiber der Kaffee-Bude, ihnen zu. Im vergangenen Herbst, kurz nach der Szene beim Kocher, war er in die Partei eingetreten und hatte es seither als »Kaffee-Kutte« zu einiger Berühmtheit gebracht. An Clemens wie an Paula hing er mit einer seltsamen, rührenden Treue. Über den Winter hatte das Blechschild, das an der Mauer hinter dem Kocher hing, eine Delle davongetragen. »Wenn du willst, beule ich dir das wieder aus«, hatte Clemens ihm angeboten.

Kutte hatte gelacht. »Du mit deinen schnieken Klavierspielerfingern? Kannste überhaupt 'nen Hammer halten?«

»Ich brauche nicht mal einen«, hatte Clemens behauptet, und Kutte hatte ihn beim Wort genommen und um ein ganzes Pfund Kaffeebohnen mit ihm gewettet, dass er das Schild nicht mit bloßen Händen ausbeulen konnte. Seither aber war Clemens nie wieder ohne Clivia gekommen, und so war die Delle noch immer da. Paula setzte sich in den Sand und sah dem Treiben vor dem Kocher zu.

»Lust auf einen Kaffee?«, fragte Harry, der Truthahn-Brötchen und mit Pudding gefüllte Eclairs auf den Plattformen einer Etagere anordnete. Harrys Mutter war einfach reizend! Sie schreckte nicht davor zurück, den Freunden ihrer Söhne Familienerbstücke zum Picknicken mitzugeben, nur damit sie es behaglich hatten. Paula war gern bei Harry daheim. Wie es in einem Haushalt zuging, in dem eine Mutter mit geradezu erdrückender Liebe ihre Familie umsorgte, hatte sie nie erlebt.

»Paula? Hast du mich nicht gehört?«

Sie bemühte sich um ein Lächeln. Harry war so nett, er hatte Besseres von ihr verdient. »Nein danke, ich möchte keinen Kaffee.«

»Vielleicht willst du vor dem Essen ja noch rasch ins Wasser?« Er wies auf die Umkleidezelte. »Ich komme mit, wenn du magst.«

Paula schüttelte den Kopf. »Nein, ich glaube, ich bade heute nicht.« Sie liebte das Wasser, aber Baden im Wannsee hieß für sie Herumtollen mit Clemens, Spritzen, Tauchen, um die Wette schwimmen – seine festen Arme unter dem nassen Stoff des Badeanzugs und hinterher die Blicke entrüsteter Besucher, wenn sie triefend und lachend aus dem Wasser wateten.

»Ich wollte euch etwas fragen«, begann Harry zögerlich. »Du und Manfred, habt ihr schon ein Verlobungsgeschenk für Clemens und Clivia? Wenn ihr nämlich keines habt, könnten wir uns zusammentun. Meine Mutter würde gern vier Servierschüsseln für ein Meißener Service mit Zwiebelmuster schenken, aber da der Preis doch deftig ist, hätte sie gern, dass jemand sich beteiligt.«

Die Wahrheit war: Harry und seine Mutter wussten, dass Manfred und Paula kein Geld für ein angemessenes Geschenk hatten, und wollten ihnen mit ihrem Angebot aus der Klemme helfen.

»Was ist ein Meißener Service mit Zwiebelmuster?«, herrschte Paula ihn grundlos an. »Die Leute, die du deine Freunde und Genossen nennst, glaubst du, die haben von solchem Unsinn schon gehört?«

»Nein, bestimmt nicht«, gab Harry zu, »aber es lässt sich ja nun nicht leugnen, dass Clivia und Clemens ein anderes Leben führen werden als die meisten Genossen.«

»Clemens ist Sozialdemokrat!«

»Ja, natürlich. Auf dem Papier gilt das sogar für Clivia …«

»Sag nicht, sie haben sie in die Partei gelassen?«, platzte Paula ihm ins Wort.

»Doch, das haben sie«, erwiderte Harry. »Im letzten Winter.«

»Aber sie glaubt nicht an unsere Ziele!«, rief Paula. »Sie findet, alles, was wir tun, ist Unfug, und Clemens hätte härter erzogen werden müssen, um ihm solche Eskapaden auszutreiben!«

Harry lachte. »Damit hat sie nicht ganz unrecht, was? Soweit ich weiß, ist er überhaupt nicht erzogen worden – aber bestimmt hat niemand ihm beigebracht, dass man ein Mädchen mit Respekt behandelt.«

Paula sprang auf. Sand stob auf Harrys Picknick-Arrangement, doch das kümmerte sie nicht. »Behandelt sie ihn denn mit Respekt?« Vor Zorn zitterte ihr die Stimme. Wie konnte Clemens ausgerechnet diese aufgeblasene Gans heiraten? Wie er erzogen worden war, war ihr gleichgültig. Er sprach nie über seine Eltern und schnitt jedem das Wort ab, der danach fragte. »Wenn sie die Dinge, für die er lebt, missachtet, muss sie eben einen anderen heiraten, der nachts von Porzellan mit Zwiebelmuster träumt.«

»Sie missachtet diese Dinge ja nicht.« Harry stand ebenfalls auf und trat noch mehr Sand auf die appetitlichen Brötchen und Kuchenstücke. »Wäre sie sonst in die Partei eingetreten? Wenn ihr Vater davon erfährt, wird er sie enterben oder Schlimmeres tun. Ich verstehe, dass du Clivia nicht magst, aber so zänkisch, wie sie sich gibt, ist sie nicht, und sie bringt Opfer für Clemens, die wohl nur eine liebende Frau bringen kann.«

»Wenn du sie so heiß verehrst, warum heiratest nicht du sie?« Seine Hand, die er ihr auf den Arm gelegt hatte, schüttelte sie ab. Heiser lachte er auf. »Um ehrlich zu sein, ist mir neu, dass sie mich in die engere Auswahl zieht. Aber jetzt lass uns nicht streiten. Wenn dich Clivia so wütend macht, weshalb reden wir dann über sie, statt in Frieden unser Souper zu genießen? Petit Fours mit Wannsee-Sand, das dürfte eine exquisite Note ergeben.«

»Aber nur auf Meißener Tellern mit Zwiebelmuster!«, fauchte Paula. »Esst allein. Mir ist der Appetit vergangen.« Ehe die kindischen Tränen kamen, rannte sie den Strand hinauf.

»Oho«, rief Harry ihr hinterher, »offenbar ist Clivia nicht die Einzige, die gern die Zänkische spielt. Habe ich dir eigentlich etwas getan, oder brauchst du nur jemanden, um deine schlechte Laune auszuleben?«

Er hatte recht. Paula drehte sich um. »Es tut mir leid.«

»Muss es nicht«, entgegnete Harry. »Dass diese Verlobung ein böser Schlag für dich ist, verstehe ich vermutlich besser, als du denkst.«

Sie stockte. »Du weißt es?«

Harry nickte. »Ich bin ja nicht meine alte Tante aus Schmöckwitz. Spätestens am 1. Mai ist es mir wie Schuppen von den Augen gefallen.«

»Ich habe gedacht, keiner von euch bemerkt es«, sagte Paula. »Für euch war ich doch immer nur Manfreds kleine Schwester. Das Kleingemüse.«

»Für mich nicht«, erwiderte Harry. »Wollen wir am Wasser ein Stück gehen, willst du dem guten Onkel Harry dein Herz ausschütten?«

Joachim spielte mit ein paar Jungen Ball, und die Mädchen machten sich über das versandete Picknick her, während Harry und Paula am Ufer entlanggingen und das Wasser über ihre Füße lecken ließen. Paula hatte keine Freundin. Aber sie hatte Harry, was tausendmal besser war. Obwohl sie ständig nach Worten suchte und kaum einen ordentlichen Satz herausbrachte, verstand er, was sie sagen wollte. Und er gab Antworten, als hätte er das alles selbst durchlebt. Sie drehten erst um, als es Zeit war, Joachim nach Hause zu bringen.

»Es tut mir leid, dass ich mich vorhin wie ein verzogenes Kind benommen habe«, sagte Paula. »Ich wollte nur weg, damit du nicht siehst, wie ich anfange zu heulen – und weil ich dachte, ich müsste um jeden Preis allein sein.«

»Manchmal ist zu zweit allein sein besser.«

Paula nickte. »Aber ich glaube, jetzt wäre ich gern noch eine Weile für mich. Sei mir nicht böse, nein?«

»Ich kann dich doch nicht allein im Strandbad lassen!«, protestierte Harry. »Die Bude macht zu, und ich habe Manfred versprochen, dass ich dich bis vor die Haustür bringe.«

»Das mit Manfred regle ich«, versprach Paula und versuchte sich an einem Lachen. »Ich will nur noch ein bisschen hier sitzen und meine Wunden lecken. Dann nehme ich die Bahn nach Hause, und ab morgen bin ich wieder die vernünftige Paula, die ihren Sparstrumpf plündert und dir Geld für das edle Zwiebelmuster gibt.«

Befreit lachte er mit. »Das versprichst du mir? Dass du nichts Dummes anstellst, sondern nach Hause fährst?«

»Was soll ich denn Dummes anstellen? Mich im Wannsee ertränken? Mein Lieber, ich bin eine bessere Schwimmerin als du!«

Sie lachten zusammen, dann liefen sie zu ihrem Platz, wo die anderen zum Aufbruch rüsteten. Die hellen Wolken waren schwarzen gewichen, und die kleine Schar würde sich beeilen müssen, wenn sie daheim sein wollte, ehe der Regen losbrach. Paula setzte sich ans Wasser, aus dem die Badenden flohen, und sah zu, wie die ersten Regentropfen Krater in die Oberfläche schlugen.

Sie würde darüber hinwegkommen, natürlich würde sie das. Ihr Leben war prall und bunt, und es stand erst am Anfang. Rosa Luxemburg war ledig und lebte nur für den Kampf. Warum sollte Paula nicht ein ebensolches Leben führen? In der dünnen Bluse begann sie zu frösteln, und auf ihren Armen bildete sich Gänsehaut. Sie schüttelte sich, doch es half nicht.

Sie drehte sich um, weil jemand ihren Namen rief. Nicht »Paula«, sondern »Paulinchen«, wie es sich Kaffee-Kutte in diesem Sommer angewöhnt hatte. Er kam den Strand hinuntergerannt, in einer seiner riesigen Pranken ein Geschirrtuch, in der anderen den Kessel vom Kocher. »Ick mach die Bude jetzt zu, Paulinchen! Ist ja kein Mensch mehr hier, und mir isset jar nich' recht, dass du da noch sitzt wie bestellt und nich' abjeholt.«

Der bärtige Hüne hockte sich neben sie in den Sand. Sein grobes Gesicht war nass vom Regen, doch er sah aus, als hätte er geweint. »Lass mich noch eine kleine Weile hier sitzen«, bat Paula. Sie hatte eine Schwäche für Kutte. Er gehörte zu ihrem seligen

Sommer, zu dem Tag unter dem Blechschild, als sie begriffen hatte, dass sie Sozialdemokratin werden wollte. *Zu dem Tag, an dem sie begriffen hatte, dass sie Clemens Kamphausen liebte.*
»Ojemine, Mädchen, heulste ooch um den armen August?«
Paula horchte auf. »Um welchen August?«
»Mein Genosse Maulheld möcht' sich die Augen aus dem Kopp heulen«, antwortete Kutte und wies nach oben, auf die lange Steintreppe, die vom Waldweg hinunter an den Strand führte. »Aber er traut sich nicht. Muss ja immer den strammen Maxen markieren.« Genosse Maulheld nannte er Clemens, doch es schwang nichts als Bewunderung darin. Kutte, der mit seinen Körpermaßen auf dem Jahrmarkt hätte auftreten können, folgte Clemens wie ein Hündchen und wäre für ihn durchs Feuer gegangen.
Paula wandte den Kopf und sah durch die Fäden des Regens Clemens auf der Treppe stehen. Er trug Weiß wie meist. Sein Blick war aufs Wasser gerichtet, als würde er dort die Antwort auf eine unbegreifliche Frage suchen. Jetzt wusste Paula, von welchem August Kutte gesprochen hatte. Sie sprang auf, winkte dem Riesen noch einmal zu und rannte los.
Auf der untersten Stufe rief sie seinen Namen. Erst sah er sie an wie eine Luftspiegelung, an die er nicht glauben konnte. Dann sagte er: »Ach, Paula Klein«, und ihre Blicke trafen sich.
»Unser Bebel ist gestorben?«
»Im Sanatorium in der Schweiz«, brach es aus Clemens heraus. »Dieses prachtvolle Herz, das er hatte, hat einfach versagt. Ich benehme mich wie ein Narr, oder?«
»Nein«, sagte Paula und legte die Arme um ihn, wie er es bei ihr getan hatte, im Winter, als sie so sehr gefroren und geglaubt hatte, ihr Leben sei zu Ende. »Du benimmst dich wie ein Mann, der einen Freund verloren hat.«
»Ich habe ihn kaum gekannt.«
»Scht«, machte Paula und streichelte sein nasses Haar. »Die

meisten von uns haben ihn gar nicht gekannt, und trotzdem ist uns heute vermutlich allen zumute, als hätten wir einen Freund verloren. Einen, der für uns eintrat und uns beschützte.«

»Vor allem vor uns selbst«, murmelte Clemens und zog sie an sich. »Ich habe eine verdammte Angst vor dem, was jetzt mit unserer Partei geschieht. Wenn keiner aus dem Boden wächst, der die raufenden Flügel vereint, bricht sie in der Mitte auseinander. Und das in einem Augenblick, in dem die Kaiserlichen uns mit ihren Kriegsabsichten überrollen wollen.«

»Was ist mit Hugo Haase?«, fragte Paula. In der Parteischule genoss der kluge Jurist hohes Ansehen, weil ihm die Grundsätze der Bewegung heilig waren.

»Ein guter Mann«, stimmte Clemens zu. »Aber er hat dasselbe Problem wie ich. Er ist kein Arbeiter, die Genossen vertrauen ihm nicht – schon gar nicht die auf dem rechten Flügel, die den Kriegstreiber Ebert wählen werden. Außerdem ist Hugo alles andere als ein guter Diplomat.«

»Muss er denn ein guter Diplomat sein? Genügt nicht, dass er ein guter Sozialdemokrat ist?«

Clemens sah sie lange an, als läse er in ihrem Gesicht. »Ich wünschte, das würde genügen«, sagte er. »Und jetzt erklär mir bitte, warum ich immer wieder mit dir über diese Dinge spreche. Warum belaste ich ausgerechnet dich mit solchem Zeug?«

»Weil ich deine Genossin bin«, sagte Paula. »Weil es nicht nur deine Partei ist, um die es hier geht, sondern meine auch.«

Dann standen sie still, Leib an Leib, und ließen den Regen auf sich niederprasseln, so lange, bis Kutte kam und mit seinem röhrenden Bass wie ein Rohrspatz schimpfte. »Wollt ihr euch den Tod holen, ihr Kindsköppe? Der August hat den Löffel abjegeben, und wenn's jetzt noch Genosse Maulheld erwischt, wer quatscht uns dann die Hucke voll?« Er scheuchte sie in seine Bude, gab ihnen Geschirrtücher zum Haaretrocknen und servierte dampfende Becher seines dünnen Kaffees. »Nicht meckern, trinken«, schnauzte er Clemens an, ehe der den Mund aufbekam. Clemens grinste und gehorchte. Hinterher holte er Kuttes Blechschild herunter und versuchte es mit bloßen Händen auszubeulen. Er arbeitete sich in Schweiß und schaffte es, das Blech zu biegen, doch seine Bemühungen machten die Delle nur noch schlimmer. Da, wo sie am höchsten war, platzte die Farbe des »f« von »dürfen« ab – »Hier düren Familien Kaffee kochen«. »Dat kostet dir ein janzes Pfund Bohnen«, triumphierte Kutte und hängte das Schild verbeult, wie es war, wieder auf.

Als der Regen nachließ, gingen Paula und Clemens Arm in Arm den Waldweg hinunter zum Bahnhof. Dunkelheit senkte sich, und außer ihnen war in diesem stillen Teil Berlins kein Mensch mehr unterwegs. Ehe der Wald sich lichtete, blieb Clemens mit ihr stehen. »Ich hab dich ja lieb, Paula Klein«, sagte er mit einem leisen Schrecken in der Stimme. »Und was fangen wir damit jetzt an?«

»Was immer dir einfällt«, erwiderte Paula.

»Wünsch dir etwas.« Er senkte seinen Kopf auf ihren.

»Wie bitte?«

»Ich weiß nicht, was wird, auch wenn ich es wissen sollte. Wünsch dir irgendetwas, das ich dir versprechen kann.«

Paula verstand. »Ich wünsche mir, dass du dich im nächsten Jahr wieder hier mit mir triffst«, sagte sie. »Im Strandbad. Einerlei, was wird.«

Im Dunkeln erkannte sie nicht mehr als den Glanz in seinen Augen. »Einverstanden«, sagte er und küsste sie auf die Wange. »Im nächsten Jahr wieder unter Kuttes Blechschild. Schick mir Nachricht, an welchem Tag – einerlei, ob unsere Welt noch steht.«

10

Herbst

Clemens, mein Liebling! Wie schön, dass du kommst, wie wunderschön!« Sie sprang vom Stuhl, lief ihm entgegen und warf ihm die Arme um den Hals. Wer sie laufen sah, ihre zarte Figur und ihre Trippelschritte im weißseidenen Humpelrock, der hielt sie für ein junges Mädchen. Sie roch nach einem Parfum, das Eau de Kananga hieß, ein verfliegender Duft zerbrechlicher exotischer Blüten. Sie roch schon so, solange Clemens denken konnte. »Komm, setz dich. Ariane hat gerade erst aufgetragen.«

Setzen konnte er sich nicht – zumindest nicht, ohne sie von sich zu stoßen. Sie war eine kleine Frau mit gefährdeter Gesundheit, doch die Kraft, mit der sie sich an ihn klammerte, hätte ihre Ärzte verblüfft. Über ihre Schulter hinweg sah er, dass nicht nur sein Platz am Tisch leer geblieben war. Auch sein Vater glänzte wie so oft durch Abwesenheit. Einzig Edu, Clemens' Onkel, saß vor dem mit Petersilie garnierten Hummerparfait, das die Köchin Ariane offenbar als Vorspeise serviert hatte. Seine Krücke lehnte am Stuhlrücken. Gelangweilt und ein wenig angewidert blickte er auf seinen Teller hinunter.

»Warum hast du denn nicht angerufen, Liebling?«, schalt seine Mutter zärtlich und fuhr ihm über die Wange. Vermutlich war sie der Ansicht, alle Welt habe ein Telefon im Haus. »Du weißt doch, wie mein Magen mir zusetzt, wenn ich Angst um dich habe.«

»Ja, das weiß ich«, murmelte Clemens. Er war drei Tage lang nicht zu Hause gewesen, und das nicht zum ersten Mal. In der Tat kam er nur noch nach Hause, wenn sein Gewissen ihm keine

Ruhe ließ. »Setzen wir uns zum Essen?«, fragte er. »Ariane hat sich nicht all die Mühe gemacht, damit das Parfait in sich zusammenfällt.«
Widerstrebend ließ seine Mutter sich zum Tisch führen. »Ich liebe dich«, sagte sie. »Du wirst nie wissen, wie sehr. Du bist mein ganzes Leben, mein funkelnder Stern, alles, was ich besitze.«
Wer sich umsah, hätte behaupten können, dass Veronika Kamphausen, geborene von Hahn, einiges mehr besaß als einen einzigen missratenen Sohn. Das herrschaftliche Haus in Dahlem beispielsweise, das hinter dem neu errichteten Bahnhof in einer der vornehmsten Straßen der Villenkolonie lag. Dieses Dahlem war eins der Wohngebiete, die der Kaiser hatte anlegen lassen, um seinem Geldadel ein Idyll zu bieten, abgeschirmt vor dem Elend der Stadt. Wer sich umsah, die Seidentapeten, die kostbaren Teppiche und die Möbel aus Nuss- und Birnenholz betrachtete, hätte behaupten können, dass Veronika Kamphausen mehr besaß als die meisten ihrer Mitbürger. Und wer sich an ihre üppig bestückte Tafel setzte und erlebte, welche Mengen von erlesenen Speisen die magenkranke Hausherrin in den Abfall gehen ließ, kam zu dem Schluss, dass sie entschieden mehr besaß, als sie brauchte.
In fliegender Hast wurde ein Gedeck vor Clemens hingestellt, und gleich darauf eilte Ariane mit seinem Parfait herbei. Clemens rührte es nicht an, nahm sich nur von dem zartbitteren Sherry in der geschliffenen Karaffe. Onkel Edu riss ihm das Gefäß förmlich aus den Händen und füllte sich sein Glas bis über den Rand.
»Ariane, holen Sie dem jungen Herrn einen Hausrock«, befahl seine Mutter. »Was hast du denn mit deinem Rock gemacht, Funkelstern? Hast du ihn in der Universität hängen lassen?«
»Die Universität ist noch bis Montag geschlossen«, erwiderte Clemens. »Und Sie bemühen sich bitte nicht, Ariane. Es ist heiß wie im Gewächshaus. Das Letzte, was ich brauche, ist ein Rock.«

»Aber wo bist du denn dann gewesen?«, rief seine Mutter.
Er sah sie an. Wer ihr Gesicht betrachtete, hielt sie nicht länger für ein junges Mädchen, sondern für älter, als sie war. Es waren nicht nur die endlosen Krankheiten, die sie gezeichnet hatten, sondern tiefes Leid. Clemens' Gewissen schlug ihm in die Magengrube. Um seinetwillen hielt sie es in einem inhaltslosen Leben aus. Ihm hatte sie alle Liebe gegeben, und weil er ihr nichts davon zurückgab, glich ihr Gesicht einer ausgewrungenen Hülle. Einst war sie schön gewesen. So schön, dass ein italienischer Dichter ein Sonett auf sie verfasst hatte, und so, dass Clemens sich als kleiner Junge die Seele aus dem Leib gebrüllt hatte, wann immer sie von ihm getrennt worden war.
Sie war oft von ihm getrennt worden. Um auf Bälle, Empfänge und in die Oper zu gehen – um zu tun, was sich für eine Gattin ihres Standes schickte. Mit ihrem kleinen Sohn über den Boden zu robben oder auf der verbotenen Mundharmonika für ihn zu spielen, gehörte nicht dazu. In Clemens' Erinnerung hatte sie so laut gebrüllt wie er selbst. Er aber war irgendwann zu groß geworden, um weiter wie ein Wickelkind zu brüllen und zu weinen.
Aus dem linken Auge seiner Mutter rann eine einzelne Träne. Sie hatte längst begriffen, dass sie auf ihre Frage keine Antwort bekommen würde. Ihr Löffel stocherte hilflos im Parfait, ihr Blick jedoch hing allein an ihrem Sohn.
Bei seiner Geburt war sie dreiunddreißig Jahre alt gewesen und hatte die Hoffnung auf ein Kind bereits aufgegeben. Einst war sie die schönste Blüte ihrer adligen Familie gewesen, der Augenstern ihres Vaters, der sonst nur Pferde liebte, seine Prinzessin, um die der reiche Industrielle Richard Kamphausen ein volles Jahr lang hatte werben müssen. Seitdem aber war eine halbe Ewigkeit vergangen, in der die teuer erkämpfte Prinzessin ihren Gatten nichts als enttäuscht hatte. Als der ersehnte Stammhalter sich doch noch einstellte, versetzte er die Mutter in Entzücken.

Der Vater hingegen bemerkte im Nu, dass ihm ein Windei ins Nest gelegt worden war. Einmal, als Achtjähriger, hatte Clemens ihn zur Mutter sagen hören: »Ich habe dich gekauft, damit du mir gibst, was ich allein nicht erringen konnte. Und was habe ich bekommen? Einen Bankrott, einen Skandal und ein einziges missratenes Kind.«

Den Bankrott hatte ihr Vater Hermann, genannt der Cherusker, verursacht. Trotz aller Hilfe des betuchten Schwiegersohnes kam das ostelbische Gut samt der heiligen Pferdezucht unter den Hammer, wofür der Cherusker seinem Sohn die Schuld gab. Selbiger Sohn war der Skandal, saß Clemens gegenüber und hieß Onkel Edu. Und das missratene Kind war er selbst.

Edu hatte als Einziger sein Parfait gegessen. Geräuschvoll stieß er Magensäure auf und wandte sich Clemens zu. »Weshalb sagst du deiner Mutter nicht, was du in diesen hübschen Herbsttagen getrieben hast, werter Neffe? Wieder einmal die tumben Massen mit den Perlen deiner Redekunst beglückt? Die niederen Klassen sollten ihrem Schöpfer danken, weil er ihnen den Menschenfreund Kamphausen junior schickt, den Schlangenbeschwörer, der ihnen mit hohlen Worten den Verstand einlullt.«

Ich muss hier raus, dachte Clemens. Es musste eine Möglichkeit geben, in der Stadt eine Wohnung zu mieten – da, wo Leben war, wo sich Menschen bewegten und miteinander sprachen. Wo man atmen konnte.

»Ob ich wohl den nächsten Gang auftragen dürfte?«, wagte sich Ariane eingeschüchtert vor.

Edu zündete sich eine seiner süßlichen, dunklen Zigaretten an und stippte die Asche in die Kristallschüssel. »Tun Sie, was Sie nicht lassen können«, sagte er zu Ariane.

»Beim Essen zu rauchen ist widerlich«, wandte Clemens' Mutter ein, während die Köchin ging, um die Suppe zu holen.

»Tatsächlich?« Ihr Bruder legte den Kopf schräg. »Und weshalb erzählst du mir das jeden Tag aufs Neue? Glaubst du, was der

Knotenstock des Cheruskers mir nicht beigebracht hat, lehrt mich im Alter von sechzig Jahren dein piepsiges Stimmchen?«
Die Mutter stützte das Gesicht in die Hände. Ich muss hier raus, dachte Clemens noch einmal. Wie aber sollte er einen Auszug bewerkstelligen? Der Gedanke, seinen Vater um Geld für eine Wohnung zu bitten, verursachte ihm solche Übelkeit, dass er auch die Suppe – eine Lady Curzon mit Sahne und Curry – nicht würde anrühren können. Und wenn er in der Partei darüber sprach? Er erledigte mehr Arbeit als die meisten bezahlten Mitarbeiter und ließ sein Studium dafür schleifen. Vielleicht ließe sich über ein Gehalt verhandeln, eine geringe Summe, die für das Nötigste genügte?
Er sah an sich hinunter. Das kragenlose Hemd war ungebügelt, und die Hose schrie nach einer Reinigung, aber dass sie maßgeschneidert waren, ließ sich nicht übersehen. Er machte sich nichts vor, der Luxus, an den er gewöhnt war, hatte unleugbar Vorzüge – guter Kaffee, gediegene Kleidung, Segeln im Potsdamer Yachtclub und Reiten auf der Galoppierbahn im Grunewald. Wenn er aber lernen musste, auf all dies zu verzichten, wenn er lebte wie die Menschen, für die er kämpfte – würde das nicht der Zerrissenheit ein Ende setzen, von der er manchmal glaubte, sie nicht länger zu ertragen?
Seine Mutter schluchzte. Clemens' Herz zog sich zusammen. Wie konnte er auch nur erwägen, ihr ins Gesicht zu sagen: Ich gehe fort und lasse dich zurück. Was sie vorhin behauptet hatte, entsprach der Wahrheit – sie besaß nur ihn. Ihr kläglicher Rest von Leben drehte sich einzig und allein um seine Existenz.
»Dein Herr Vater hat übrigens einen mittleren Kampfhahn mit dir zu rupfen«, verkündete Onkel Edu. »Ich bin ja immer heilfroh, wenn du wieder etwas ausgefressen hast, denn dann bin ich aus der Schusslinie. Du gehst besser gleich zu ihm. Er wartet seit drei Tagen darauf, dir das Fell über die Ohren zu ziehen, und ein Kamphausen senior, den man warten lässt, ist kein Vergnügen.«

»Jetzt lass Clemens doch essen!«, fuhr seine Mutter auf. »Ich habe eigens sein Leibgericht zubereiten lassen – Kalbsmedaillons in Madeira, so zart, dass sie auf der Zunge zergehen.«

»Du wusstest doch gar nicht, dass ich komme«, sagte Clemens, der keine Kalbsmedaillons mehr sehen konnte.

»Ich bin deine Mutter«, hielt sie fest, wie immer ohne zu erklären, was das eine mit dem anderen zu tun hatte. Stattdessen begann sie wieder zu weinen.

Clemens stand auf und ging zu ihr. Dankbar schmiegte sie sich an ihn, und eine Wolke von Eau de Kananga stieg ihm in die Nase. Er liebte sie. Auch wenn er sie kaum noch ertrug. Etwas in ihm hörte noch immer ein Lied, die zärtlichen Töne der verbotenen Mundharmonika in den Sternennächten, in denen der Vater weit fort war. Etwas an ihm besaß noch eine Spur Erinnerung an Liebe ohne Bedingungen. Und eine Sehnsucht danach, die nie schwieg.

»Es geht dir doch gut, mein Funkelstern, nicht wahr?«, wisperte sie an seinem Leib. »Und das Studium ist doch sicher ein Kinderspiel für dich, es ist ja das, was du immer wolltest! Du wirst noch allen zeigen, was in dir steckt. Deine Mutter glaubt an dich, und deine Mutter weiß, du wirst sie nicht enttäuschen.«

»Ich spreche dann besser mit dem Vater«, presste Clemens heraus, »ich habe nicht viel Zeit.« Dabei wusste er nicht einmal, wo er an diesem Abend noch hinsollte. Mit Fritzi, dem Mädchen, das ihn die letzten drei Nächte beherbergt hatte, war er im Streit auseinandergegangen. Ob vielleicht Harry ihn unterbringen konnte? Manfred zu bitten wäre leichter gewesen, doch das verbot er sich. Fritzi hatte ihn ein Schwein ohne Anstand genannt, und damit hatte sie vermutlich recht. Wenn er aber an Manfreds Schwester dachte, wünschte er sich jäh, ein Mann mit Anstand zu sein. Lieber hätte er sich unter einer Spreebrücke schlafen gelegt, als mit Paula Thomas unter einem Dach zu nächtigen.

Seine Mutter streichelte seine Hand. »Du weißt doch, was der Vater mit dir besprechen will, nicht wahr, mein Liebling?«
»Ja, ich fürchte, das weiß ich.«
»Und du wirst das doch geradebiegen können? Ich meine, du bist ja noch jung, es ist gar nicht notwendig, dass du jetzt schon eine Ehe eingehst. Wenn du dem Vater erzählst, wie schön du mit dem Studium vorankommst, wird diese Sache aus der Welt zu schaffen sein. Ihr seid schließlich Vater und Sohn – einen besseren Freund als seinen Vater findet ein Mann im Leben nicht.«
Schnaufend lachte Edu auf. Sein eigener Vater, der Cherusker, hatte geschworen, ihn auf dem Pferdemarkt in Breslau zu verkaufen, sofern jemand auch nur den Schweif eines halbwegs ordentlichen Fohlens für ihn bot. Vielleicht hätte Clemens' Vater gern dasselbe getan, aber er war kein ostelbischer Junker, bei dem man darüber hinwegsah, wenn er sich wie die Axt im Walde benahm. Im Gegenteil, als Emporkömmling musste er um seinen Platz in der Gesellschaft kämpfen und war besessen von der Angst, einen falschen Schritt zu tun. Der einzige falsche Schritt, der ihm unterlaufen ist, bin ich, dachte Clemens, löste sich von der Mutter und wandte sich zum Gehen. »Liebling«, rief sie ihm hinterher, aber er drehte sich nicht noch einmal um.
An seines Vaters Zimmertür hatte er immer anklopfen müssen, selbst an seinem Geburtstag, um sich sein Geschenk abzuholen. Einmal hatte er es vergessen und damit das Geschenk verspielt. Im Jahr darauf hatte er kein gottverdammtes Geschenk mehr haben wollen, aber mit Weinen und Flehen hatte die Mutter ihn wiederum zu der würdelosen Zeremonie bewegt. Jetzt klopfte er automatisch und verfluchte sich dafür.
»Herein.«
»Guten Abend, Vater«, sagte Clemens.
»Nicht zu fassen«, erwiderte der Vater. »Du hast dich tatsächlich daran erinnert, dass du ein Elternhaus besitzt, das dich ernährt.«
»Ich hatte zu tun.«

»Du hattest zu tun?« Hinter dem Schreibtisch stand sein Vater auf. Es war ein imposantes Möbelstück aus Eiche, auf dem eine Schreibgarnitur mit bronzenem Adler thronte. Der Adler breitete die Flügel aus wie jener, den der Kaiser auf seiner Pickelhaube trug. Als Junge hatte Clemens sich eine Tracht Prügel eingehandelt, weil er den majestätischen Vogel so schön fand und ihn ein einziges Mal berühren wollte. Jetzt sah er, wie hässlich er war, wie protzig und falsch. Das Symbol einer Welt, die mit Pomp gegen ihren Untergang kämpfte. Sein Vater räusperte sich. »Ist es gestattet zu fragen, was mein Herr Sohn so Wichtiges zu tun hatte?«

»Gestattet ist es«, hörte Clemens sich sagen, »aber ich muss dir darauf keine Antwort geben.«

Sein Vater brauste nicht auf. Das hatte er nie getan. »Hier haben wir eines der sechs Kennzeichen eines Versagers, wusstest du das?«, sagte er. »Frechheit – dumme Dreistigkeit, weil ihm die Worte fehlen. Vermutlich hat dir auch darin wieder dein Onkel Eduard ein leuchtendes Beispiel gegeben.«

Ohrfeigen mit der Hand hatte sein Vater ihm sparsam und abgezählt verabreicht. Mit Worten hingegen war er freigiebig, und seine Worte trafen härter als seine weichen, wohlgepflegten Hände, rissen tiefere Striemen als sein Stock. »Ich bin nicht hergekommen, um mich von dir abkanzeln zu lassen«, entrang Clemens sich mühsam.

»Weshalb du hergekommen bist, ist mir gleichgültig. Mich interessiert, weshalb ich dich herbeordert habe. Das Stichwort lautet Clivia Meyer zu Köcker. Hast du mir dazu etwas zu sagen?«

»Nicht viel«, erwiderte Clemens. »Das Stichwort ist abgehakt.«

»So, meinst du?«

Clemens schwieg.

»Dass die Kaufhauskette Köcker zu meinen wichtigsten Kunden gehört, ist dir bewusst, richtig? Als du erklärt hast, du habest vor, mit der Alleinerbin dieses Imperiums ein Verlöbnis einzugehen,

bin ich wahrhaftig dem Irrglauben aufgesessen, du wolltest ein einziges Mal in deinem Leben etwas für deine Familie tun.«
Vielleicht war es so auch gewesen. Vielleicht hatte er sich noch ein letztes Mal der Hoffnung hingegeben, er könnte etwas vollbringen, das seinem Vater gefiel. Abgesehen davon hatte es einen Heidenspaß gemacht, die spröde Clivia zu erobern. Eine Zeitlang war er sicher gewesen, eine Heirat mit ihr sei keine schlechte Idee. Sie war nicht dumm, auch wenn sie sich gern so gab, und mit den Beweisen ihrer Liebe hatte sie ihn mehr als einmal verblüfft.
Dann aber war der Tag gekommen, an dem er gewusst hatte, dass er kein Leben mit Clivia ertragen konnte. Was sollte er seinem Vater zur Erklärung sagen? Ich kann Clivia nicht heiraten, weil sie einen Menschen aus mir machen will, der ich nicht bin. Ich bin gezwungen, sie zu enttäuschen, wie ich mein Leben lang euch enttäusche – und noch mehr Menschen zu enttäuschen hält mein Gewissen nicht aus. Ich kann Clivia nicht heiraten, weil ich von einem kleinen Mädchen namens Paula träume. Von einem kleinen Mädchen, das zu schade für mich ist, das aber unverzagt glaubt, ich wäre in Ordnung so, wie ich bin.
»Ich warte auf eine Antwort«, fuhr die Stimme seines Vaters in die Stille.
»Du hast nichts gefragt«, gab Clemens zurück.
»Ich dachte, die Frage stünde im Raum, ohne dass ich sie dir vorkauen muss. Aber meinetwegen: Ich wüsste gern, was du zu tun gedenkst, um die Scharte auszuwetzen. Dass die junge Dame zutiefst gekränkt ist, dürfte dir bewusst sein. Du hast dich wieder einmal in einen Schlamassel laviert, aus dem du ohne meine Hilfe kaum herausfinden wirst. Ich schlage also vor, wir setzen zwei Briefe auf und bitten sowohl Fräulein Clivia als auch ihren Vater um Vergebung für deinen Fauxpas. Alsdann legen wir schnellstmöglich ein neues Datum für die Verlobung fest, wobei die Kosten natürlich zu meinen Lasten gehen. Du und ich können später besprechen, wie du mich dafür zu entschädigen gedenkst.«

»Ich gedenke nicht, dich zu entschädigen«, sagte Clemens. »Ich werde Clivia nicht heiraten.«
»Interessant. Und wer entscheidet darüber, was du tust oder lässt? Etwa du?«
»Ich wüsste nicht, wer sonst.«
»Der, der dafür bezahlt«, erwiderte sein Vater.
Clemens hörte sein Herz schlagen und das Blut in seinen Ohren rauschen. Dennoch blieb er im Innersten ruhig. Nur seine Fingerspitzen fühlten sich kalt an und zitterten ein wenig. »Du hast genug bezahlt«, erklärte er. »Ich falle dir nicht länger zur Last.«
»Sag mal, weißt du überhaupt noch, was du redest?« Jetzt schrie der Vater doch, und Clemens verspürte eine traurige Art von Triumph. »Hast du vergessen, dass du deine Füße unter meinen Tisch stellst und dass es mein sauer verdientes Vermögen ist, das für deine Spielerei von Studium herhält?«
»Ich stelle meine Füße nicht mehr unter deinen Tisch«, entgegnete Clemens und spürte, wie seine Schultern sich strafften. »Ich bin nur hier, um meine Sachen abzuholen. Das heißt, falls du die nicht lieber behalten willst, da sie ja mit deinem Geld bezahlt worden sind. Warum lässt du sie nicht als Spende der Heeresleitung zukommen? Die neue Wehrvorlage sieht vor, die Truppenstärke auf neunhunderttausend Mann aufzustocken, da wird dein Kaiser ja wohl reichlich Kleidung brauchen.«
Er wusste nicht, woher ihm der Mut kam. Während er zusah, wie die Gesichtsfarbe des Vaters von einem fahlen Graugelb zu Rot wechselte, drehte er sich um und setzte einen Schritt auf die Tür zu. Wo ich heute Nacht schlafe, ist egal, versicherte er sich. Das hier ist alles wert.
»Bleib stehen«, rief der Vater.
Clemens blickte über seine Schulter zurück.
»Weißt du, wie viel Hoffnung ich bei deiner Geburt in dich gesetzt habe? Weißt du, wie viele meiner Träume an dir hingen?«

Nein, dachte Clemens. Ich wusste nicht einmal, dass du Träume hattest.

»Mein Sohn sollte alles bekommen, wonach ich mich als Junge gesehnt hatte. Ich weiß noch, wie du mit deinem kleinen Racket das erste Mal zum Tennisspielen gingst. Da geht ein Stück von mir, habe ich gedacht – durch meinen Jungen kann ich das, was mir das Leben vorenthalten hat, erleben. Aber du hast das teure Racket bald darauf in die Ecke geworfen, und als ich dich voll Vaterstolz beim Training besuchen kam, hocktest du mit Edu in der übelsten Kaschemme. So war es mit allem, was ich dir schenken wollte. Du hast es mit Füßen getreten. Dir war nichts etwas wert.« Die leise, wie gebrochene Stimme war schlimmer als Zorn. »Wirfst du jetzt auch noch das Letzte weg – dein Elternhaus? Hat dir nicht einmal das etwas bedeutet?«

Es hat mir zu viel bedeutet, dachte Clemens. Deshalb muss ich gehen, bevor dieses Haus mir die Kraft aussaugt.

»Keine Antwort?«

»Nein.«

»Nun gut.« Sein Vater seufzte. »Mit dem, was du mir und meinem Ruf zufügst, werde ich zu leben wissen. Aber was hat dir eigentlich deine Mutter getan?«

Wie aufgepeitscht fuhr Clemens herum. »Was hat sie denn dir getan?«, warf er seinem Vater ins Gesicht. »Ist es ihre Schuld, dass ihr Vater sein Gut verloren hat und dass ihr Bruder in deine hochedlen Kreise aus Wucherern und Kriegstreibern nicht passt? Und daran, dass ich ein Schuss in den Ofen bin, gibst du ihr auch die Schuld, denn sie hat mich in deinen Augen ja verzogen und verweichlicht. Aber sie kann dafür so wenig wie für all das andere. Ich bin einfach eine miese Laune der Natur, und meine Mutter ist mit dem Leben, das sie führt, gestraft genug.«

Nichts von alledem hatte er sagen wollen, doch dass der Vater die Mutter ins Spiel gebracht hatte, war der eine Tropfen zu viel. Er ging, ohne sich umzudrehen. Vor der Tür wäre er fast mit Edu

zusammengestoßen. Der Onkel stand auf seine Krücke gestützt. »Da ist Besuch für dich«, sagte er. »Wartet im Windfang. Deine Mutter ist in keinem Zustand, Leute zu empfangen.«
Hinter ihm erspähte Clemens seine Mutter, die über den Tisch gebeugt saß und mit zuckendem Rücken weinte. In ihrem weißen Seidenensemble sah sie aus wie ein trauriges kleines Gespenst. Er wusste, wenn er gehen wollte, musste er es jetzt tun, ohne noch einmal zuzulassen, dass sie ihre Arme um ihn schlang.
»Ich bin schon unterwegs«, sagte er zu Edu. »Der Besuch kommt mit mir, wer immer es ist.«
»Es ist das dürre Bürschlein mit den dicken Brillengläsern«, erwiderte Edu. »Wenn du mich fragst, ein Kerl, der zehnmal mehr taugt als du.«
Wenn du mich fragst, auch, dachte Clemens, der sich manchmal wunderte, warum ein so feiner Mensch wie Manfred mit ihm befreundet war. Er trat zur Seite, um an Edu vorbeizugehen. Der streckte die Hand aus und packte ihn am Ärmel.
»Ich weiß nicht, was du vorhast«, sagte sein Onkel, »und ich will es auch nicht wissen. Zudem kratzt dich das, was ich von dir halte, vermutlich so wenig wie mich deine Meinung von mir.«
Es gab einmal nichts Wichtigeres für mich als das, was du von mir hieltest, dachte Clemens. Er hatte in schummrigen Kneipen gesessen und zu dem Onkel aufgeschaut, zu Eduard von Hahn, der von seinem Vater verstoßen worden war, weil er während der Wohnungsnot von 1872 eine Barrikade gebaut hatte und hinaufgestiegen war, um der Klasse des Cheruskers seinen Hass entgegenzuschreien. Als Polizisten die Barrikaden stürmten, war er gestürzt und hatte sich die Hüfte so verheerend gebrochen, dass er seither an Krücken ging. In dem Mann, der verruchte Lieder sang, billige Zigaretten rauchte und aus Sektkelchen Schnaps trank, hatte Clemens seinen Helden gesehen, den strahlenden Kämpfer, der für sein Ziel das schmerzlichste Opfer auf sich nahm. Jetzt sah er einen alten Mann, dessen verlebte Züge von

durchsoffenen Nächten kündeten. »Ich möchte gehen«, entgegnete er müde.
»Du gehst nicht, ehe du dir angehört hast, was ich dir zu sagen habe«, erwiderte der Onkel. »Von mir wird behauptet, ich sei ein zynischer Menschenhasser, dem keine Seele einen Hosenknopf wert ist. Falsch ist das nicht, zumal ich keinen Hosenknopf mein Eigen nenne. Dennoch gibt es ein Wesen, das meinem verkommenen Herzen etwas bedeutet, und dieses Wesen ist meine kleine Schwester. Ich habe ihr einmal versprochen, sie zu schützen, und das tue ich jetzt noch, als der versoffene Krüppel, der ich bin. Lass dir das gesagt sein, Kamphausen junior: Wenn du dem armen Mädchen, das dich auf die Welt gebracht hat, noch mehr Schmerz zufügst, dann nimm dich vor Edu Hahn in Acht.«
Der Onkel erlitt einen Hustenanfall. Clemens nutzte die Gelegenheit und trat an ihm vorbei. Er musste gehen, oder er kam aus dem Zimmer, in dem es nach Eau de Kananga, Zigarettenrauch und Angstschweiß stank, nicht mehr hinaus. Auf der Bank im Windfang warteten zwei Leute. Einer sprang auf, als er eintrat. Manfred.
»Bitte entschuldige, dass wir dich hier belästigen«, stammelte er. »Wir wussten uns keinen anderen Rat.«
Zur Erklärung, wen sein »wir« mit einschloss, wies er auf die zweite Person, eine Frau in einem schäbigen Hauskleid, die Clemens vage bekannt vorkam. Erst jetzt sah er, dass das Bündel, das sie im Arm hielt, ein Kind war, das im Schlaf schwer atmete.
»Klaras Hauswirt hat sie auf die Straße gesetzt«, sagte Manfred. »Was in der Wohnung war, hat er einbehalten, für den Mietrückstand. Ihr ist nichts geblieben, und die Kleine ist krank. Wir wussten einfach nicht, wo wir sonst hinsollten.«

11

1914

Ich verbringe mein Leben im Galopp, dachte Paula, sooft sie die Lindenstraße hinunterhastete, um nach dem Unterricht in der Parteischule zur Abendschicht bei der Zeitung zu gelangen. Zum Glück hatte sie es nicht weit. Seit Anfang des Jahres erschien die *Vossische* beim Ullstein-Verlag, im Zeitungsviertel, nur ein paar Schritte von der Parteizentrale entfernt. Hinterher, wenn sie todmüde und mit Einkäufen bepackt nach Hause lief, machte ihr der Weg erheblich mehr zu schaffen.

Häufig war es Mitternacht, ehe sie heimkam. Meist war ihr Vater noch wach, und Paula stellte sich an den Herd, um ihm ein Abendessen vorzusetzen. Seine Bratkartoffeln mit Mettwurst liebte er, und mit ein paar schlesischen Gurken und gebuttertem Schwarzbrot gaben sie eine nahrhafte Mahlzeit ab. Niemals hätte der Vater von ihr verlangt, dass sie so spät noch für ihn kochte. Er verlangte überhaupt nichts, aber sie wusste, dass er tagsüber kaum etwas aß. Außerdem tat es ihr gut, für ihn zu kochen und ihm von ersparten Pfennigen ein wenig Pfeifentabak mitzubringen. Es half ihr, eine Schuld abzutragen.

Sie hätte ihm gern gesagt, dass sie im Unrecht gewesen war, in jener Nacht während des Kohlestreiks, aber wann immer sie es versuchte, blieben ihr die Worte in der Kehle stecken. Also briet sie ihm stattdessen die geliebten Kartoffeln und strich Butterstullen. Hinterher fiel sie ins Bett und schlief oft noch in den Kleidern ein.

Anderntags begann der Galopp von vorn – morgens zur Frühschicht bei der Zeitung, dann über den Markt am Schlesischen Tor, um das Nötigste einzukaufen, hinterher mit Sack und Pack in die Schule und abends, sooft sie noch einmal Schicht hatte, zurück in die Redaktion. Es war anstrengend, an manchen Tagen so sehr, dass sie in ihrer Bank im Unterrichtszimmer einschlief. Aber es war auch gut. Es war ihr Leben, prallvoll bis zum Rand, und es enthielt keinen Augenblick Sinnlosigkeit.

Wider Erwarten gefiel es ihr, Geld für die Familie zu verdienen und ihren Haushalt zu führen. Mit den Frauen auf dem Markt bildete sie bald eine nahezu schwesterliche Gemeinschaft. Gab es früh ein Sonderangebot für Butter, kaufte die, die als Erste da war, für alle ein, und das nächste Mal revanchierte sich eine andere beim Gemüse. Es war schön, mit den Frauen zu schwatzen und von ihren Nöten, Sorgen und Hoffnungen zu hören. Der Humor der Frauen war schärfer als ein Bratspieß und machte halt vor nichts.

»Meechen, du kippst mir ja gleich aus die Latschen«, rief die feiste Frieda, eine wahre Walküre, die stets mit einer winzigen Frau unterwegs war, die sie »Kiki mein Kusinchen« nannte, wenn Paula wieder einmal übernächtigt und außer Atem auf den Markt kam. »Komm, stell dir bei mir. Denn kann ick nachher deine Leiche an die Wissenschaft verhökern.«

Der Unterricht an der Schule war nach wie vor Paulas Höhepunkt des Tages, und Rosa Luxemburg blieb ihr Vorbild. Die polnische Sozialistin hinkte und erschien mit derangierten Kleidern, aber ihre Ausstrahlung war überwältigend. Sie brachte einen Saal voll erregter junger Leute zum Schweigen, zum Denken und oft genug zum Jubeln. In letzter Zeit sprach sie fast nur noch von der Bedrohung durch den Militarismus. Die Partei müsse alle Kräfte vereinen, um einen Krieg in Europa zu verhindern, forderte sie. Krieg bedeutete Tod, und es waren die Arbeiter, die in Scharen sterben und wie Dreck verscharrt werden würden.

Neben den zweihundert Männern, die an der Parteischule unterrichtet wurden, war Paula eine von nur zwanzig Frauen. Dass sie stolz darauf war, konnte sie nicht verhehlen. Die meisten der

Männer wurden für eine Zukunft als Parteifunktionäre ausgebildet, doch was sie selbst anfangen wollte, wusste sie noch nicht. Die Welt war im Umbruch, und irgendwo in der neuen Ordnung würde sich ein Platz für sie finden. Dass sie gern unterrichten würde, dachte sie manchmal. Weitergeben, was sie geschenkt bekam.

Für ihre Freunde blieb Paula nie genug Zeit, aber das tat ihrer Freundschaft keinen Abbruch. Im Gegenteil, dass ein jeder von ihnen auf seinem Platz sein Bestes gab, schmiedete sie fester zusammen. Sie gingen gemeinsam auf Kundgebungen gegen Krieg und Rüstungswahn, verteilten in Arbeitspausen Flugblätter, und an seltenen freien Abenden trafen sie sich bei Harry.

Harrys Familie wohnte im Westend, im obersten Geschoss eines Jugendstilhauses. Für Paula und ihren Freundeskreis wurde die weitläufige Wohnung zur Insel, zum Zufluchtsort. Manfred war ohnehin ständig dort, seit Harrys Eltern Klara Mundt samt ihrer kleinen Tochter aufgenommen hatten, und Clemens hatte sein Elternhaus verlassen und war als Kostgänger in eine der Dienstbotenkammern gezogen. Er wich Paula aus. Wann immer sie kam, sprang er auf und musste zu einer Verabredung. Wenn sie sich angekündigt hatte, konnte sie sicher sein, dass er gerade gegangen war.

Dennoch blieb Harrys Wohnung der Ort, an dem sie ihn ab und an zu Gesicht bekam. Er wirkte überarbeitet, geradezu ausgezehrt, doch auch zäher, gesünder und schöner als je. Obwohl es ihr weh tat, dass er sie mied, bewahrte sie Ruhe. Etwas in ihr war seiner sicher. Sie hatte einen Trumpf in der Tasche, den sie ausspielen würde, sobald der Tag gekommen war. Wenn sie ihm Nachricht sandte, würde er sich am Wannsee mit ihr treffen.

In der Zwischenzeit betätigte sie sich als das Schwämmchen, als das sie zur Welt gekommen war, und nahm mit, was sie bekommen konnte – Lehren, die ihr die Welt, in der sie lebte, erklärten, aber auch ausgelassene Abende, an denen sie sich in Harrys

Zimmer die Köpfe heißredeten und in schillernden Farben ihre Zukunft ausmalten. Frau Deborah, Harrys reizende rundliche Mutter, die sich nie beim Nachnamen rufen ließ, stellte ihnen Tabletts voller Köstlichkeiten hin, wünschte: »Guten Hunger, meine Lieben«, und zog sich zurück. Oft nahm Ilses Bräutigam Heinz seine Gitarre, spielte ein Lied, und alle stimmten ein, und gelegentlich gesellte sich Harrys Vater, Herr Jakub, mit seinem Akkordeon dazu. Klara Mundt wiegte ihr Kindchen, und Joachim sah selig zu, wie der blau-weiße Schal wuchs, den Johanna ihm strickte.

»Auf eine Weise sind wir doch glücklich«, hatte Harry eines Abends zu Paula gesagt, »in dieser seltsamen, wilden, überbordenden Zeit.«

Paula behielt den Klang des Satzes im Ohr. Als sie ihm Tage später nachlauschte, war er immer noch da.

Ilses Heinz hatte seine Gesellenprüfung bestanden, und Ende Mai sollte Hochzeit sein. Eifrig sparte Ilse auf Kranz und Kleid und hatte Paula gebeten, neben Johanna ihre Brautjungfer zu sein. »Ich weiß, das ist alles bürgerlicher Flitter«, sagte sie verlegen, »aber ich lieb eben meinen Heinz, und unser Tag soll ein besonderer sein.«

An diesem Abend war Clemens noch nicht zum nächsten Termin entwischt. Er stellte eine Flasche Champagner in ihre Mitte. »Für das Brautpaar.« Obwohl Manfred erzählt hatte, dass Clemens von seinem Vater keinen Pfennig mehr bekam, gelang es ihm noch immer, aufzutreiben, was kein anderer sich leisten konnte. Er sah auch noch immer elegant aus, obwohl sein Pullover gestopft war. »Ich muss dann los«, sagte er und stand auf.

»Nichts da!«, rief Ilse, sprang auf und umarmte ihn. »Du bleibst hier und stößt an – auf uns und auf dich. Dieses rotzfreche Pamphlet, das du gegen die Kriegstreiberei der zwei Kaiser in Wien und Berlin verfasst hast, ist ein Meisterwerk. Und dann wollen Heinz und ich dich bitten, uns den Trauzeugen zu geben. Du

machst dich im Frack so dekorativ – außerdem bist du der Einzige von uns, der einen hat!«
Gelächter platzte los.
»Also wenn es nur um den Frack geht, hätte ich auch einen aufzubieten«, rief Harry.
»Dann übertrage ich die Ehre dir«, sagte Clemens und strich Ilse über das brandrote Haar. »Mit Harry als Glücksboten wählt ihr den besseren Mann. Was die Ehe betrifft, würdet ihr euch mit mir eher einen Fluch als einen Segen an den Hals holen.«
»Mumpitz«, begann Ilse, doch ihre Schwester hatte den friedlich dösenden Harry am Arm gepackt und fiel ihr ins Wort.
»Damit ist es beschlossene Sache – Harry ist euer Mann. Und ich als Brautjungfer mache von meinem Recht Gebrauch, mir den Trauzeugen als Tischherrn zu wählen.«
Ein kleiner Tumult entstand, in dem jedermann nicht dem Brautpaar, sondern Harry gratulierte. Clemens löste sich von Ilse und verteilte winzige Mengen des Champagners auf Gläser. Sitzen blieben nur Manfred, Klara Mundt und ihr Kind, und weil sie als Einzige saßen, fielen sie Paula auf. Die arme Klara, deren Tochter an Dauerhusten litt und sie die Nächte über wach hielt, war eingeschlafen. Das geschah öfter. Heute aber hatte Manfred vor aller Augen den Arm um sie gelegt. Ilses Heinz hob seine Gitarre auf und spielte ein Walzerliedchen, das im Metropol-Theater Triumphe feierte und an jeder Ecke gesungen und gepfiffen wurde:
»Lieber Freund, man greift nicht nach den Sternen,
Die für uns in nebelhaften Fernen.
Lieber Freund, man muss sich hübsch bescheiden,
Man muss oft meiden,
Was man liebt.«
Heinz war nicht unbegabt an der Gitarre. Was er einmal aufgeschnappt hatte, spielte er im Handumdrehen nach. Johanna griff sich Harry und fand stolpernd mit ihm in den Walzerschritt. Der

baumlange Kutte schwenkte den kleinen Joachim umher, und Ilse gewann mit sanftem Zwang Clemens, bei dem der Tanz aussah, als wäre er dazu geboren.

Paula ging nie ins Metropol. Lieder wie das vom Greifen nach den Sternen erschienen ihr meilenweit von ihrer Welt entfernt. Jäh fühlte sie sich vom Kreis der Freunde ausgeschlossen, obgleich Kutte und Jo die Hände nach ihr streckten, um sie in ihren Schwenk hineinzuziehen. Frau Deborah klopfte, und alles stob auseinander. »Nur ein paar Häppchen«, rief sie. Wie üblich trug sie ihr nachtschwarzes Haar zur Krone auf den Kopf getürmt und die Wimpern zu glänzenden Bögen geschminkt. »Ich bitte um Entschuldigung, wollte das junge Volk auf keinen Fall stören.«

Mit einem Seufzen löste Harry sich von Johanna und nahm seiner Mutter das Tablett aus den Händen. Sodann machte er mit den Buchweizenpfannkuchen, die mit schmelzender Butter und saurer Sahne gefüllt waren, die Runde und sorgte damit für ein Ende des Tanzvergnügens. Clemens nutzte die Gelegenheit zur Flucht und verabschiedete sich mit einer geschmeidigen Umarmung von Frau Deborah. Die schlug ihm zärtlich über beide Wangen. »Wann kommt eigentlich eine und legt dir Zügel an, mein Lieber? Wenn du noch lange frei herumläufst, hat ja bald in ganz Berlin kein Mädchen mehr ein heiles Herz.«

Er küsste ihr die Hand. »Wenn Sie nicht verheiratet wären, Frau Deborah …«

Sie lachte, verpasste seiner Wange noch einen Klaps und drückte ihn an sich, wie sie ihre Söhne drückte. Paula sah der Szene zu und dachte: Er flirtet und tauscht Liebkosungen mit allen. Nur mit mir nicht. Clemens ging, und Frau Deborah bahnte sich einen Weg zu ihr. »Du hast nichts gegessen, Paula. Und du hast ein Gesicht wie der Wettersturm über Hiob. Glaubst du etwa, was diese verrückten Jungen dir einreden wollen, dass es Krieg geben könnte in unserem schönen, zivilisierten Berlin?«

»Aber nein«, beeilte sich Paula zu versichern. Harrys Mutter, die sie aus riesigen Augen anfunkelte, war ein Segen und sollte sich keine Sorgen machen. »Mit den Sozialdemokraten wird es keine Kriegskredite geben. Und damit auch keinen Krieg.«

»Da hör einer unser Paulinchen!«, rief Kutte. »Kannste so wat Schlichtes, Knackiges nich' mal unserm Genossen Maulheld beibringen?«

Ins allgemeine Gelächter fragte Paula: »Warum ich?«

Kutte grinste. »Auf wen hört der denn, wenn nich' auf dir?«

Frau Deborah ging, Heinz griff noch einmal nach der Gitarre, und Harry und ein paar andere sangen, wenn auch keiner mehr tanzte. Johanna ließ sich neben Paula auf einen Hocker plumpsen. »Stimmt schon«, brummte sie, »Clemens Kamphausen zieht umher und bricht Herzen. Aber der Einzige, der das kann, ist er nicht.«

Unwillkürlich wanderte Paulas Blick zurück zu ihrem Bruder und Klara. Manfreds Kopf war der jungen Frau an die Schulter gesunken, eine Strähne, die sich aus ihrem Haarknoten gelöst hatte, fiel über seine Wange. Die drei sahen aus wie eine jener Familien, die man auf Bahnhöfen, Fürsorgeämtern und in Suppenküchen sah – erschöpft und entmutigt, doch unleugbar zusammengehörig. Aber Klara und die kleine Rieke waren nicht Manfreds Familie. Sie hatte einen Mann, um dessen Begnadigung die Genossen seit Monaten kämpften.

»Du hörst mir nicht zu, was?« Johanna stieß ihr den Ellbogen in die Rippen und seufzte. »Du hast gut lachen, weil dich die Männer nicht kratzen. So wie du hab ich auch mal gedacht – das ganze Geschwätz von der Liebe, alles bürgerlicher Schmalz …«

»Und jetzt denkst du nicht mehr so?«, fragte Paula, die sich an Johannas Reden im letzten Sommer noch allzu gut erinnerte.

Johanna verdrehte die hellblauen Augen. »Was hat denn das mit Denken zu tun? Glaubst du, meine Schwester denkt noch, wenn sie ihr sauer Erspartes für den Brautfetzen rauswirft, um ihrem

Heinz zu gefallen? Ich tät eben auch gern einem gefallen. Bin ja nicht immer nur Genossin, sondern auch mal ein junges Ding mit einem dummen Herzen, das keinen größeren Traum hat, als einem Mann und einem kleinen Jungen Reibekuchen auszubacken.«
Schon wieder wanderte Paulas Blick zu ihrem Bruder. Auch der zurückhaltende Manfred war letzten Endes ein junger Mann und hatte ein Herz, das im Begriff stand, eine Dummheit zu begehen. »Gefällst du dem denn nicht, dem du die Reibekuchen backen willst?«, fragte sie Johanna und kam sich kindisch vor.
»Sieh ihn dir doch an!« Mit einer heftigen Kopfbewegung wies Johanna nach Harry, der neben Heinz saß und sang. »Man könnte meinen, mein künftiger Schwager gefällt ihm besser als ich.«
»Ach je.« Eilig legte Paula den Arm um die Gefährtin. Sie kannte Harry so lange, dass er ihr fast wie ein zweiter Bruder erschien. Dass sich ein Mädchen wie die kecke Johanna in ihn verliebte, war schwer vorstellbar. »Willst du, dass ich einmal mit ihm spreche? Harry ist schüchtern, auch wenn er den Witzbold mimt. Ich denke, er ginge ganz gern mit dir zum Tanz in den Mai oder äße deine Reibekuchen. Vielleicht traut er sich nur nicht, dich zu fragen?«
Johannas hübsches Gesicht schien zu leuchten. »Du bist ein Goldschatz, Paula, weißt du das? Wenn ich dasselbe einmal für dich tun kann, sag nur Bescheid, und ich bin unterwegs!«
Wie schön, wenn das möglich wäre, dachte Paula, lehnte sich zurück und fühlte sich ein wenig allein. Harrys Worte hingen dennoch im Raum und behielten Bestand: Auf eine Weise sind wir doch glücklich in dieser seltsamen, wilden, überbordenden Zeit.

Der Tanz in den Mai wurde in einer Tanzdiele im Wedding gefeiert, die zwei Ortsgruppen gemeinsam angemietet hatten. Manfred verschwand mit Klara Mundt, noch ehe die Kapelle zu spielen begann, und Clemens tanzte mit jeder, nur nicht mit Paula.

Den aufregend neuen Tanz, den Tango, bei dem sich die Beine der Tänzer umeinanderschlangen, tanzte er mit einer silberblonden Schönheit, die sich einen Schlitz ins Kleid geschnitten hatte, um Schenkel in schwarzen Strümpfen zu zeigen. Hinterher forderte Harry, der sich aus Tanz nichts machte, Paula zum Walzer auf. »Das trifft sich gut, ich wollte schon lange mit dir reden«, sagte sie.

»Ich mit dir auch.«

»Tanzen müssen wir gar nicht.«

Er lächelte schief und führte sie zu einem Büfett aus zwei Tischen, auf denen Glaskübel mit Maibowle standen. Den Waldmeister dafür hatten sie selbst gepflückt, unter dem Niederholz an der Krummen Lanke. An den Wänden lehnten die frisch gemalten Transparente, die sie morgen in die Kundgebung tragen würden: »Nieder mit dem Imperialismus«, »Für Frieden zwischen den Völkern«, »Kein Krieg«.

»Fällt dir das auf?«, fragte Paula. »Im letzten Jahr sind wir für Arbeitszeitverkürzung eingetreten, für gerechte Löhne und Änderung des Wahlrechts, in diesem Jahr dreht sich alles um ein einziges Thema. Kann es denn sein, dass Krieg kommt, Harry? Ich meine, die Balkankrise ist doch fürs Erste überstanden, und der Kaiser hat praktisch geschworen, dass der Zweibund mit Österreich ein reines Verteidigungsbündnis ist. Außerdem muss er doch wissen, dass er an uns keine Kriegskredite vorbeibekommt.«

»Wolltest du darüber mit mir sprechen?«

»Nein«, gab sie zu.

»Das ist gut«, sagte Harry und füllte ihnen Gläser. Seine Stimme klang unsicher, als hätte er Mühe, die Silben zu treffen. »Du musst es nicht den anderen sagen, aber bei diesem Thema fühle ich mich immer ein bisschen fremd unter euch.«

»Warum?«

»Weil ich Jude bin«, erwiderte Harry so knapp, dass deutlich wurde: Er wollte kein Wort mehr darüber verlieren.

Bilder vom letzten Jahr stiegen in Paula hoch: Joachim, der mit blutender Nase auf dem Boden lag. Der Kerl mit dem teigigen Gesicht, der Beleidigungen grölte, und sein hasserfüllter Blick, den sie nie vergessen würde. Im Alltag dachte sie nie daran, dass Harry und seine Familie Juden waren. Frau Deborah bezeichnete sich selbst spöttisch als Drei-Tage-Jüdin, weil sie nur die drei höchsten Feiertage ihres Volkes beging und eine Synagoge aufsuchte. Zu Weihnachten schmückte sie eine Tanne mit Engelshaar und Kerzen, und ihre Söhne bekamen mehr Geschenke als sämtliche Christenkinder der Nachbarschaft. »Ich wollte über Johanna mit dir sprechen«, sagte Paula.

»Ilses Schwester? Was ist mit der?«

»Sie ist in dich verliebt«, platzte Paula heraus. Gleich darauf fauchte sie sich schweigend an: Du bist eine schreckliche Diplomatin, Paula Thomas. Viel schlimmer als Hugo Haase.

»Wirklich?« Harry lachte nicht. »Das schmeichelt mir. Aber vor allem tut es mir leid.«

»Warum?«

»Warum? Weil ich nicht meine alte Tante aus Schmöckwitz bin, sondern weiß, wie weh es tut, wenn man verliebt ist und seine Liebe nicht zurückbekommt. Ich dachte, du wüsstest es auch.«

»Aber warum solltest du denn nicht in Johanna verliebt sein?«, rief Paula. »Sie ist doch so nett und so lustig, und sie sieht so hübsch aus mit ihrem roten Haar …«

Harrys Blick brachte sie jäh zum Schweigen. Er hob sein Bowlenglas an die Lippen, sah sie beim Trinken jedoch weiter an. »Weißt du, was ich an dir und deinem Bruder so bemerkenswert finde?«, fragte er. »Ihr seid zwei der klügsten Menschen, die ich kenne, aber zugleich kenne ich keinen, der sich derart blind und töricht stellen kann wie Manfred und Paula Thomas.«

»Vielen Dank«, versetzte Paula gekränkt. »Ich weiß nicht, was daran blind und töricht ist, wenn man einem netten Mann erzählt, dass ein nettes Mädchen ihn liebt. Du bist mein bester

Freund, und Johanna ist mir unter den Genossinnen die liebste – ich hätte mich für euch beide gefreut.«

»Und wenn ich dir erzählen würde, dass ein netter Mann dich liebt?«, fragte Harry lauernd. »Einer, den du magst, mit dem du gern über Gott und die Welt schwatzt, der nur leider den Nachteil hat, nicht Clemens Kamphausen zu sein?«

Paula schwieg und spürte Hitze in den Wangen. »Aber das mit dir und Johanna lässt sich doch nicht vergleichen«, brachte sie schließlich hervor. »Du liebst ja kein anderes Mädchen.«

»Sagt wer?«, fragte Harry.

Kurz überlegte sie. »Wenn du es tätest, hättest du es mir erzählt«, rief sie dann.

»Hätte ich?«

»Du bist mein Freund«, erwiderte Paula. »Du weißt alles von mir, mehr als mein eigener Bruder. Du hast gesagt, für dich bin ich nicht nur Manfreds kleine Schwester, und ich habe geglaubt, du vertraust mir. Aber wenn dem nicht so ist …«

Ein wenig schwankend hob Harry die Hand, um sie zum Schweigen zu bringen. Er hatte sein Bowlenglas geleert und schöpfte sich ein neues voll. »Soll ich's versuchen?«, fragte er in undeutbarem Ton. »Willst du wirklich wissen, was dem guten Onkel Harry so im Herzen rumort?«

»Frag nicht so dumm.«

»Ich liebe dich«, sagte Harry.

»Sehr komisch«, versetzte Paula patzig.

»Irgendwie schwante mir, dass du das sagen würdest.« Er leerte das zweite Glas, nahm ihr das ihre ab und knallte beide auf den Tisch. Dann umfasste er sie, bog ihren Körper hintüber und neigte sich über sie. Seine Augen flackerten, und die Kapelle spielte wieder einen Tango. »Nun, Señorita, wie wär's mit uns beiden?« Hart drängte er sie in die Höhe und führte sie auf die Tanzfläche.

»Lass den Unsinn, Harry. Ich mag so wenig tanzen wie du.«

»Und wer sagt dir, dass ich nicht tanzen mag?«
Er steuerte sie in ein anderes Paar hinein, dann trat er ihr auf den Fuß. Paula versuchte sich zu befreien, doch sein Griff hielt sie erstaunlich fest. »Was ist eigentlich mit euch Männern los?«, fragte sie. »Heinz hat vorhin mit Ilse gestritten, Manfred verdrückt sich einfach, und du benimmst dich wie ein versoffener Idiot.« Dass Clemens sie behandelte, als wäre sie Luft, ließ sie weg.
»Das ist der Krieg«, lallte Harry und schwankte. »Was der Krieg aus uns Männern macht, wie er uns berauscht und einlullt, das versteht ihr süßen Sirenen ja nicht.«
»Halt den Mund«, fuhr sie ihn an. »Es gibt überhaupt keinen Krieg, und wenn dein verdrehtes Gerede jemand hört, fliegst du am Ende hochkant aus der Partei.«
»Ja, die Partei, die Partei …« Harry, der unmöglich nur die zwei Gläser Bowle getrunken haben konnte, verlor den Halt und stolperte gegen sie. »Hast ja recht, mein Süßchen, es gibt keinen Krieg. Und wenn doch, dann wissen wir wenigstens: Auf unsere Art waren wir vor dem Tod doch glücklich und haben unsere Feste gefeiert, haben geliebt, uns vor Lachen gewunden und geweint in dieser seltsamen, wilden, überbordenden Zeit.«
Auf ihren Armen lastete sein Körper so schwer, dass sie ihn nicht mehr halten konnte. Ehe er zu Boden fiel, vernahm sie die dunkle Stimme, die ihr trotz ihrer Lage ein Knistern in den Magen sandte. »Komm her, ich nehme ihn dir ab. Was ist denn los mit ihm? Ist er in die Bowlenschüssel gefallen?« Clemens löste sich von Johanna, mit der er getanzt hatte, und hob Harry aus ihren Armen. Als seine Schulter sie streifte, erstarrte sie. Er erstarrte auch. Nur einen Herzschlag lang, mit Harrys Gewicht zwischen sich, standen sie Seite an Seite. »Tut mir leid, Genosse«, lallte Harry.
»Tut mir alles ganz mächtig und entsetzlich leid.«
»Leg ihn drüben auf die Bank«, sagte Johanna zu Clemens. Ihre Stimme klang niedergeschlagen. »Ich kümmere mich um ihn.«

»Das mache ich«, widersprach Clemens. »Ich besorge uns einen Wagen und bringe ihn nach Hause. Um die Angelegenheit braucht weiter kein Wind gemacht zu werden. Ein Mann betrinkt sich eben mal. Das ist kein Weltuntergang.«
Er schleppte Harry fort und ließ Paula und Johanna stehen. Der spanische Walzer war längst zu Ende. »Ich fürchte, ich hab's verpatzt«, sagte Paula kleinlaut. »Ich bin ein noch mieserer Diplomat als Hugo Haase, aber ich weiß beim besten Willen nicht, was eigentlich schiefgegangen ist.«
»Weißt du das wirklich nicht?« Johannas Stimme klang bissig.
»Nein.«
»Gott oder wer immer dafür zuständig ist, segne deine Unschuld«, versetzte Johanna und ging.

Auf die Maikundgebung kamen mehr Menschen als je zuvor zu einer Demonstration. »Krieg dem Kriege«, hallte es durch die Häuserschluchten von Charlottenburg bis Moabit. Aber anders als im letzten Jahr gab es auch Leute, die sie vom Straßenrand oder aus ihren Fenstern beschimpften. »Vaterlandsverräter!«, grölte ein Mann, und von den Balkonen und Simsen stimmten weitere ein. »Roter Dreck, Verräter am eigenen Volk!«
»Verräter am Vaterland genannt zu werden – das tut weh«, hörte Paula einen ihrer Lehrer zu Wilhelm Pieck, einem älteren Mitschüler, sagen.
»Vor allem ist es Unsinn«, erwiderte Pieck. »Man braucht kein Nationalist zu sein, um sein Vaterland zu lieben. Und wer sein Vaterland liebt, der kann ihm unmöglich Krieg wünschen.«
»Aber die, die uns von da oben beschimpfen, sind unsere eigenen Leute – Arbeiter wie du und ich. Sie stehen längst nicht mehr alle hinter dem, was wir fordern.«
»Weil man ihnen mit Geschwätz vom Platz an der Sonne und vom Feld der Ehre die Hirne vernebelt. Umso mehr müssen wir zu ihnen sprechen, um jeden Einzelnen ringen.«

Die beiden blieben zurück, um einen weiteren Genossen ins Gespräch zu ziehen, und Paula hörte nicht mehr, was sie sagten. An sich selbst bemerkte sie, dass die Fröhlichkeit des letzten Jahres sich nicht einstellen wollte und dass ihr nicht danach war, an der Krummen Lanke den Sommer anzubaden. Clemens kam ohnehin nicht mit. Er hatte einen Aufruf für den *Vorwärts* abzufassen, der in letzter Zeit ständig Extrablätter herausgab.

Fünf Tage vor Ilses Hochzeit verlor ihr Bräutigam seine Arbeit. Sein Meister erklärte, er wolle »in der großen Entscheidungszeit für unser Deutschland keine Sozis und Rebellen mehr beschäftigen«. Ilse war außer sich. Die beiden hatten im Wedding, an dem brandneuen Schmuckplatz mit der Nazarethkirche, eine Wohnküche gemietet und Möbel auf Abzahlung gekauft. Jetzt saßen sie mit den Schulden da. Sie beschwor Heinz, sich eine andere Arbeit zu suchen, doch das war leichter gesagt als getan. »Kommt mir vor, als hätten sämtliche Bäcker der Stadt meinen Namen auf der schwarzen Liste«, klagte Heinz.

»Ach was, du bist einfach zu träge«, wies ihn Ilse zurecht. »Heutzutage will man Leute, die ein bisschen Schmiss haben.«

Die Hochzeit, in Kallis Kneipe, wurde zu einer traurigen Angelegenheit. Der Bräutigam hing im geborgten Anzug wie ein Schluck Wasser, die Braut hatte rotgeweinte Augen, und als Geschenke flatterten unbezahlte Rechnungen ins Haus. Mitten im Brauttanz, einem Schneeballwalzer, für den der Raum zu eng war, stürzte ein verspäteter Gast mit der Nachricht herein, im St.-Lorenz-Strom seien zwei Schiffe zusammengestoßen und Tausende von Menschen ertrunken. Niemand von ihnen wusste, wo der St.-Lorenz-Strom lag, doch die Katastrophennachricht legte sich wie Blei auf die Gemüter. Ilse brach den Walzer ab. »Als wenn ich noch ein übles Omen nötig hätte!«, rief sie und stampfte mit wehendem Schleier von der Tanzfläche.

»He, schöne Braut«, rief Clemens ihr nach, »Sozialdemokraten glauben nicht an Omen.« Von der Theke schnappte er sich eine Kiste mit Gläsern und drehte sie um. Nur ein Glas zerbrach. »Das bringt Glück«, bekundete er, obwohl Sozialdemokraten nicht an Omen glaubten. Die Kiste stellte er auf den Boden und stieg hinauf. »Ich habe auch noch eine gute Nachricht für euch. Unser Genosse Horst Mundt hat es überstanden. Seiner Begnadigung ist stattgegeben, er wird morgen auf freien Fuß gesetzt und kann endlich seine hübsche Tochter kennenlernen.«

Jubel brach aus. Clemens und ein paar andere beeilten sich, den verbliebenen Sekt auf Gläser zu verteilen. Wo sind Manfred und Klara?, durchfuhr es Paula. Sie reckte sich und blickte sich im Gedränge um, konnte ihren Bruder aber nirgends entdecken.

»Sie wissen es schon.«

Paula wirbelte herum und stand vor Harry, der ihr seit der Maifeier verlegen aus dem Weg ging. »Wer weiß was?«

»Manfred und Klara wissen, dass sie sich nicht mehr sehen dürfen. Wir haben heute Morgen Klaras Sachen in ein Zimmer gebracht, das mein Vater für die Familie gefunden hat.«

»Wo ist er?«

»Im Beussel-Kiez, nicht weit von hier, am alten Lagerhof von Kohle-Kupfer.«

»Was will er denn da?«

»Sie haben sich dort kennengelernt«, erwiderte Harry und zuckte mit den Schultern. »Sie haben sich immer wieder dort getroffen, für sie war es der schönste Ort der Welt.«

Jäh musste Paula an das Strandbad denken. Zwar hatte sie Clemens dort nicht kennengelernt, aber dennoch hatte an dem schmalen Streifen Sand, in ihrem goldenen Sommer, alles angefangen. Wenn sie an Clemens dachte, sah sie Kuttes Bude mit dem Blechschild vor sich. Es war der schönste Ort der Welt.

Sie ging, ohne sich von jemandem zu verabschieden. Die rote Stola, die sie sich eigens für die Hochzeit gekauft hatte, vergaß sie. Sie brauchte sie nicht, denn der Abend war warm und der

Himmel von Sternen übersät. Seit Anfang Mai war jeder Tag so gewesen, und die Berliner sprachen bereits vom Sommer des Jahrhunderts. Dabei hatte der Sommer noch nicht einmal begonnen.

Die Kohlehandlung Kupfer hatte den Lagerhof im Beussel-Kiez aufgegeben. Allzu häufig war es dort zu Zusammenstößen mit Arbeitern gekommen, so dass das hohe Tor jetzt verrammelt in die Nacht ragte. Im Pflaster davor klafften noch immer Löcher, wo die Beschädigung notdürftig ausgebessert worden war. Es ist Manfreds Ort, dachte Paula, aber meiner ist es auch. Ihr Bruder saß neben einer Kutscherlampe auf dem Gehsteig und rauchte eine Zigarette. Paula hatte Manfred noch nie rauchen sehen.

»Zwerg«, sagte er ohne Ausdruck. »Wo kommst du denn her?«

»Von der Hochzeit. Ich habe gehört, was geschehen ist, und wollte bei dir sein.«

»Zwerg«, sagte Manfred noch einmal und starrte auf den Boden. Paula setzte sich neben ihn, nahm ihm die Zigarette ab und zog daran. Tapfer unterdrückte sie den Drang zu husten.

»Ich mag nicht sagen, es tut mir leid«, begann sie. »Denn wie könnte es mir leidtun, dass der arme Mann, den sie hier verhaftet haben, endlich freigelassen wird? Aber für dich tut es mir leid. Ich habe dich mit Klara gesehen, und ich fand, dass ihr zusammen schön aussaht. Sie war deine erste Liebe, ja?«

»Sie *ist* meine Liebe«, verbesserte Manfred. »Die erste und die einzige. Du denkst vielleicht, das ist Unsinn. Harrys Vater hat auch schon gesagt, dass noch etliche Frauen zum Lieben kommen, aber für mich kann es immer nur Klara geben.«

»Ich finde, Harrys Eltern sind nett«, unterbrach ihn Paula. »Wenn der Sohn ihnen lauter fremde Leute ins Haus schleppt, nehmen sie sie ohne Federlesens auf und kümmern sich um sie. Und wenn einem Freund des Sohnes das Herz weh tut, bekommt er bei ihnen Trost. Weißt du was, Manni? Ich glaube, unser Vater wäre auch gern so. Er würde gern wissen, was in unserem Leben vor sich geht, aber er wagt nicht zu fragen, weil er sich schämt. Wir sollten ihm sagen, dass er dazu keinen Grund hat und dass alles gut ist, wie es ist.« Sie spürte, wie sehr der Vater in ihrer Runde fehlte. Er hätte sich mit ihnen auf den Boden gehockt, er hatte das immer getan, zum Indianerspielen, zum Geschichtenerzählen und zum Tränentrocknen. Dass sie nur zu dritt waren, hatte das Band zwischen ihnen umso fester geknüpft.

»Ja, das sollten wir«, murmelte Manfred.

»Entschuldige«, sagte Paula. »Du hast jetzt dafür gar keinen Kopf, nicht wahr?«

»Ich fürchte, nicht.«

»Übrigens denke ich nicht, dass du Unsinn redest. Und dass du nicht etliche, sondern nur eine lieben kannst, glaube ich dir.«

Manfred hob den Kopf. Über sein Gesicht liefen Tränen. »Und ich habe gedacht …«

»Ich weiß, was du gedacht hast. Dass ich noch ein Kind bin und von der Liebe nichts verstehe. Aber was verstehen wir denn alle von der Liebe? Wir können schließlich an keine Parteischule gehen, um zu lernen, wie diese dumme Chose funktioniert!«

Manfred lachte mit nassem Gesicht. »Ich wünschte, wir könnten es. Warum verbindet man sich einem Menschen so unauslöschlich, wenn man ihn doch nicht haben kann? Warum weiß man, man müsste loslassen, und krampft die Hände nur noch fester zusammen? Warum hat man das Gefühl, man könnte morgen schon tot sein und will wenigstens gelebt haben, wenn auch nur für einen Tag und eine Nacht?«

»Mir macht das Angst«, sprach Paula ins Dunkle. »Das Gerede vom Tod. Alle sprechen davon, während vor ihren Türen der Frühling tobt und die ganze Welt wuchert und sprießt. Als ich Ilse zur Hochzeit Glück gewünscht habe, hat sie gesagt: ›Lass bloß stecken – wann kann unsereins schon mal glücklich sein? Wir beißen ins Gras und haben kein bisschen Leben geschmeckt.‹«

»Davon können wir auch nichts auf der Parteischule und schon

gar nichts auf der philosophischen Fakultät lernen«, sagte Manfred. »Von der Liebe nicht und nicht vom Tod.«
»Aber wir sind doch jung! Weshalb fühlt sich das Leben auf einmal so bedroht an? Weil wir zu viel über Kriege nachdenken, über Waffenkäufe und Flottenausbau und all das Geld, das zum Töten hinausgeworfen wird?«
»Ja, vielleicht«, sagte Manfred. »Es ist, als säße man in einem Haus, das wackelt, und würde schon das Knacken im Gebälk hören, aber man bliebe doch sitzen und könnte nichts tun.«
»So fühlst du dich?«, fragte Paula verstört. Sie fühlte sich ganz und gar nicht so, und von Manfred, der von früh bis spät für den Kampf unterwegs war, hätte sie solche Resignation nie erwartet. Manfred schüttelte den Kopf. »In den Nächten, in denen ich hier mit Klara saß, habe ich mich unsterblich gefühlt, einerlei, ob es kalt war, ob uns der Magen knurrte, ob wir wussten, was morgen sein wird. Ich habe mich so stark gefühlt, wie ich nie gewesen bin, und als könnte nichts mir etwas anhaben – kein Krieg, kein Kaiser und kein Tod. Jetzt, wo Klara weg ist, weiß ich wieder, dass ich der Schwächling Manfred Thomas bin. Eine leere Hülle, die morgen überrollt werden kann.«
»Quatsch!«, rief Paula rebellisch. »Morgen gehen wir wieder auf die Straße und verteilen Flugblätter gegen den Rüstungswahn. Wir lassen uns nicht überrollen. Und du bist nicht schwach.«
»Doch«, sagte Manfred. »Wäre ich stark, hätte ich Klara nicht zu ihrem Mann zurückgehen lassen. Er ist kein Mann für sie. Klara ist das empfindsamste Geschöpf, das mir je begegnet ist. Sie ist klug, sie geht mit hellwachen Augen durch die Welt – jedes Buch, das ich ihr gebracht habe, hat sie verschlungen, und mit wenigen Worten sagt sie unendlich viel. Ihr Mann dagegen ist ein behäbiger Klotz, der dafür kämpft, dass er abends sein Bier zu trinken hat und am Sonntag einen Korn. An seiner Seite ist sie krank vor Einsamkeit. Ich hätte sie nie zu ihm zurückschicken dürfen.«

»Aber was hättest du denn tun sollen? Sie ist doch nun einmal seine Frau, und die Kleine ist sein Kind.«
»Ich weiß nicht«, gab Manfred zu. »Wenn alles so weitergeht wie bisher, hast du wohl recht, und mir bleibt nichts zu tun. Aber wenn morgen wirklich Krieg käme? Wenn die Partei mit ihren Flügelkämpfen es nicht fertigbrächte, sich mit vereinten Kräften dagegenzustemmen?«
»Warum malst du dir so etwas aus? Hast du die Maikundgebung nicht gesehen, den Riesenstrom von Menschen? Da gab es keine Flügelkämpfe. Die Partei mag ihre Querelen austragen, aber wenn uns ein Krieg drohen würde, liefe sie geschlossen Sturm.«
»Sicher täte sie das.« Kraftlos nickte Manfred. »Eigentlich wollte ich ja nur sagen: Wenn wir nicht wüssten, wie viele Tage uns noch bleiben, müssten wir dann nicht jeden einzelnen nutzen, egal, was eine starre, menschenferne Moral von uns verlangt?«
Eine Weile saß Paula still und überlegte. Dann wurde es kalt, und ehe das Licht in der Lampe sich zu Tode zuckte, stand sie auf und streckte ihrem Bruder die Hand hin. »Komm, Manni, gehen wir nach Hause. Du bist müde, und wenn man vom Müdesein überwach ist, kommt einem immer alles so dramatisch vor.«
»Dir auch?«
»Ja, mir auch.«
Sie gingen die dunkle Straße hinunter.
»Zwerg«, begann Manfred, »hast du denn auch schon einen geliebt.«
»Ja«, sagte Paula. »Aber das spielt keine Rolle, denn er liebt mich nicht.«
»Wer?«
Paula wollte ausweichen, doch die Nacht war zu klar, um zu lügen. »Clemens Kamphausen«, sagte sie. Sein Name gegen Sterne, Stille, schwarze Häuserschluchten.
Manfred blieb stehen und nahm ihren Arm. Beinahe ehrfürchtig

sah er ihr ins Gesicht. »Clemens«, murmelte er. »Meine Schwester und Clemens – weißt du, wie glücklich mich das machen würde?«

»Es ist ja nichts«, wehrte Paula ab, aber Manfred schien sie nicht zu hören.

»Manchmal kann ich kaum glauben, dass Clemens mein Freund ist«, sagte er. »Ich wäre nichts ohne ihn, und er ist das Beste, was einem Menschen passieren kann. Clemens wird nicht ruhen, solange noch ein Mensch in diesem Land zu Unrecht leidet. Er wird die Revolution voranbringen, und wenn ich einen Wunsch frei hätte, dann wünschte ich mir, ihm auf seinem Weg ein wenig helfen zu dürfen.«

Das wäre dein Wunsch?, wunderte sich Paula. Kein Liebesglück mit deiner Klara, sondern ein Liebesdienst für Clemens? Aber sie fragte ihn nicht mehr danach, denn sie spürte, wie erschöpft er war, und auch sie selbst war zu müde, um noch klar zu denken.

12

Anfang Juni ging die Parteischule in die Sommerpause. Auf einmal hatte Paula wieder Zeit. Es herrschte Strandbadwetter, jeden Tag sengende, flirrende Hitze, dass einem die Kleider auf der Haut klebten, aber ihr stand der Sinn nicht danach. Harry fragte nur noch selten an, ob sie mitfahren wolle, und meistens wollte sie nicht. Heinz und Ilse hatten andere Sorgen, Manfred vergrub sich in Arbeit, und zwischen ihr und Johanna stand seit der verpatzten Hochzeit eine Wand.

Was Clemens betraf, so brauchte sie nach ihm nicht einmal zu fragen. Er hatte anderes zu tun. Ende Mai war er in den Vorstand der Jugend-Sektion gewählt worden, und zudem schrieb er mehr und mehr für den *Vorwärts*, da die Leser seine sprachlichen Feuerwerke liebten. Anders als Manfred, dessen Artikel als intellektuell und schwer lesbar galten, gelang es Clemens, einen Ton zu treffen, der die Leute im Innersten berührte. Wie es aussah, zahlte die harte Arbeit sich aus, und sein Wunsch begann sich zu erfüllen. Die Genossen lernten, ihm trotz seiner Herkunft zu vertrauen. Was sollte er da noch im Strandbad? Und was sollte sie dort, wenn sie doch nichts tat, als sich nach ihm zu sehnen?

Stattdessen bot sie bei der *Vossischen* an, eine weitere Schicht zu übernehmen. Sie konnten das Geld gut brauchen, denn ihr Vater verdiente nichts mehr. Er hatte es nicht ertragen, sich von dem jungen Redakteur vorschreiben zu lassen, wie die Arbeit zu tun war, die er sein Leben lang allein erledigt hatte.

Paula bekam eine Frühschicht am Morse-Telegrafen. Ihre Aufgabe war es, die Meldungen, die über den Telegrafen eingingen, abzutippen und den einzelnen Redakteuren zuzuordnen. Eilmeldungen gingen direkt über die Rohrpost in die Setzerei. Die Arbeit war anstrengend, erlaubte nicht eine Minute des Abschweifens, und wenn sie aufbrach, rauchte ihr der Kopf vom Geklapper der Schreibmaschinen. Aber es war auch interessant. Nachrichten aus aller Welt gingen durch ihre Hände, ehe die Journalisten entschieden, was Einzug in die Zeitung halten und was in den Papierkorb wandern sollte. Es verlieh ihr ein rauschhaftes Gefühl der Macht. Wenn sie einen Meldungsstreifen unter den Tisch fallen ließe, statt ihn zu übertragen und in den entsprechenden Korb zu sortieren, mochte niemand von der Eröffnung des Hohenzollernkanals zwischen Havel und Oder erfahren, und niemand wüsste um den Triumph eines Mannes namens Pancho Villa, der im fernen Mexiko die Revolution zum Sieg geführt hatte.

Bei manchen Nachrichten hätte sie besonders gern Schicksal gespielt. Was, wenn sie die jüngste Ansprache des kaisertreuen Reichskanzlers Bethmann Hollweg unterschlug? Stattdessen könnte sie eine zum Frieden mahnende Rede Hugo Haases unterschieben, und wenn sie es tat – würde es den Fluss der Ereignisse aufhalten, den Lauf der Geschichte ändern? Natürlich nicht. Die Idee war töricht, denn die anderen Zeitungen erhielten ja dieselben Meldungen. Ihre Gedankenspielerei verkürzte Paula aber immerhin die Zeit.

Sie machte sich Sorgen um ihren Bruder, der nichts mehr tat, als zu arbeiten, sie machte sich Sorgen um ihren Vater, der nichts mehr tat, als reglos ins Leere zu starren, und von all den Sorgen lenkte ihre Arbeit sie ab. Also hämmerte sie emsig in ihre Maschine, dass der österreichische Thronfolger Erzherzog Franz Ferdinand beschlossen habe, der bosnischen Hauptstadt Sarajevo einen Besuch abzustatten. Eine Provokation, behaupteten manche Genossen, doch Paula erschien es eher wie ein Versuch, erhitzte Gemüter zu beruhigen. Erhitzt war auch die Luft in dem mit Arbeitstischen vollgestellten Raum. Immer träger schleppten sich die Kollegen, die sonst flitzten und Witze rissen, durch die Gänge. Paula konnte hören, wie das Geklapper der Tasten

neben ihr an Kraft und Tempo verlor, und ihre eigenen Finger blieben schweißnass auf der Oberfläche kleben. Ein Gewitter lag in der Luft, aber es brach nicht aus. Am nächsten Morgen war es noch immer schwül, und keine Wolke zeigte sich am Himmel.
Paula hatte die Schicht mit einer Kollegin getauscht, die dringend zum Arzt wollte. Anneliese, die kein Jahr älter war als Paula, litt unter ständiger Übelkeit und musste fürchten, schwanger zu sein. Somit arbeitete Paula vom späten Vormittag an bis in den Abend. Es versprach ein ruhiger Tag zu werden. Keiner der Redakteure ließ sich blicken, um die Mädchen anzutreiben, denn dazu war es zu heiß. Statt Anneliese saß heute Erna, die Dienstälteste, neben ihr. Einmal, als sie den Kopf nach einem Geräusch wandte, sah sie, wie Erna einen Streifen aus der Ausgabe ihres Telegrafen riss und im Papierkorb verschwinden ließ. Als sie den Kopf wieder hob, blickte sie Paula ungerührt in die Augen. »Das war Käse«, sagte sie. »Irgendwelche Forschungen über Karnickelseuchen, das will doch kein Mensch lesen.«
Paula nickte nur und wandte sich wieder ihrer Ausgabe zu.
»Brauchst dich gar nicht so zu mucksen«, sagte Erna. »Damit, dass ich so was aussortiere, spare ich der Zeitung gutes Geld. Die wissen schon, was sie an mir haben, schließlich haben die mir erst letzten Monat das Gehalt erhöht.«
Erneut nickte Paula und gab sich Mühe, sich auf ihre Tipparbeit zu konzentrieren. Viel Interessantes kam nicht in der nächsten Stunde, und Paula, die in der Hitze zerfloss, hatte Mühe, sich wach zu halten. Vor ihren Augen zerrannen die Buchstaben, doch inzwischen war sie geübt genug, um nahezu im Schlaf zu tippen.
Und dann ergab der Code auf dem Auswurfstreifen auf einmal wieder einen Sinn. Sie erfasste ihn erst, als sie ihn Wort für Wort in die Tasten tippte. »Sarajevo« lautete die erste Folge von Silben. Das war üblich. Der Ort, an dem etwas geschehen war, stand immer zuerst, dann folgten Tag und Zeit und dann die Zusammenfassung in einer Zeile. »Österreichischer Thronfolger Franz

Ferdinand und Gemahlin von serbischem Attentäter ermordet«, tippte Paula. Weil ihr Verstand sich weigerte, es zu begreifen, tippte sie dieselbe Zeile noch einmal: »Österreichischer Thronfolger Franz Ferdinand und Gemahlin von serbischem Attentäter ermordet.«

Der Balkan war ein Pulverfass, so ging es seit Jahren durch sämtliche Zeitungen. Wieder und wieder war von Sprechern der österreichischen Regierung zu vernehmen, man müsse gegen die serbischen Nationalisten ein Exempel statuieren, den Rebellen einbleuen, wer die Macht in den Händen hielt. Die Serben aber hatten ihre slawischen Brüder in Russland im Rücken, und an Russland hingen Frankreich und Großbritannien. Allein konnte die Donaumonarchie einen Vorstoß gegen eine solche Übermacht nicht wagen, doch im Bund mit dem Deutschen Reich sähe die Sache anders aus.

Die Meldung gehörte in die Rohrpost, daran bestand kein Zweifel. Sie musste ohne Verzug in die Setzerei und in Extrablättern gedruckt werden. Paulas Finger aber standen wie gebannt über ihrer Schreibmaschine still.

Der Zweibund mit Österreich ist ein Verteidigungsbündnis, versuchte sie sich zu beruhigen, während Schweiß ihr den Rücken hinunterströmte. Der Kaiser hatte sich bisher auf dem Balkan herausgehalten, und er würde auch jetzt nichts tun, was die Mehrheit seines Reichstags nicht mit ihm trug.

Ein Laut ließ Paula zusammenfahren. Hatte etwa jemand bemerkt, dass ihre Finger nicht mehr tippten? Es herrschte ein so seltsames Schweigen im Saal, eine wie gelähmte Stille, nur durchbrochen vom müden Klappern der Schreibmaschinen. Nein, keine Maschinen, nur noch eine Maschine war es, die klapperte! Vorsichtig sah Paula sich um. Lene, die zu ihrer Linken saß, war auf ihrem Hocker eingenickt und schnarchte leise gurgelnd vor sich hin. Nur Erna, ihr zur Rechten, tippte weiter, die kurzsichtigen Augen starr geradeaus gerichtet. Paula hielt den

Atem an und zerrte mit steifen Fingern den Streifen mit der Meldung aus der Ausgabe. Ihre Hand ballte sich um das Stück Papier und knüllte es zu einem Ball zusammen. Über dem Korb unter dem Arbeitstisch öffneten sich ihre Finger. Der Papierball fiel hinunter und verschwand. Auf Paulas Rücken erkaltete der Schweiß.

Ich habe ein Stück Geschichte ausgelöscht.

Sie konnte nicht sitzen bleiben. Als sie aufstand, zitterten ihr die Beine. Sie hielt sich an der Tischkante fest. Im selben Moment blickte Erna auf. »Mir ist übel«, stammelte sie. »Könntest du wohl kurz ein Auge auf meinen Telegrafen haben?«

Erna brummte etwas, aber Paula hörte schon nicht mehr hin, sondern stolperte aus dem Saal. Sie lief durch den Gang. Merkwürdig war es, sich derart benebelt zu fühlen, unfähig, einen Gedanken zu fassen, während zugleich der Verstand glasklare Entscheidungen traf. An der Tür der Telefonzentrale klopfte sie nicht an, sondern stürmte, ohne innezuhalten, in den Raum. Am letzten Tisch vor dem Fenster saß Hilde, ein Mädchen, das ein Verhältnis mit einem verheirateten Journalisten aus dem Sportressort hatte. Paula hatte schon mehrmals für sie das Alibi gespielt, damit ihre Eltern ihr nicht auf die Schliche kamen. Sie hatte Glück. Hilde blickte gleich auf und entdeckte sie. Wild gestikulierend gab Paula ihr zu verstehen, dass sie sie sprechen musste. Eine kleine Ewigkeit lang stöpselte Hilde an ihrem Telefon Kabel um, ehe sie endlich aufstand und zu ihr kam.

Paula zog sie in den Gang und schloss die Tür bis auf einen Spalt.

»Wie siehst denn du aus? Bist du krank?«, fragte Hilde.

»Ich brauche eine Telefonverbindung«, erwiderte Paula. »Jetzt sofort. Es geht um Leben und Tod.« Sie hasste es, wenn jemand Dinge dramatisierte, doch in diesem Fall fühlte es sich so an. Sie konnte unmöglich mit dem, was geschehen war, allein bleiben. Mit dem, was sie getan hatte. Und mit dem, was daraus werden würde.

»Was denn für eine Telefonverbindung?«
»Mit dem *Vorwärts*«, sagte Paula und hoffte inständig, dass sie damit richtiglag.
»Mit dem *Vorwärts?*«, wiederholte Hilde. »Der Sozi-Zeitung? Die sitzt in der Lindenstraße, das ginge also über das Amt am Moritzplatz …«
»Kannst du die Verbindung für mich herstellen?«, drängte Paula. »Ich muss dort dringend jemanden sprechen, es kann nicht warten.«
»Wer hat das denn autorisiert?«, fragte Hilde.
»Niemand«, platzte Paula heraus. Um sich zu verbessern, war es zu spät. »Es ist für mich selbst.«
»Tut mir leid, ohne Autorisation darf ich niemanden verbinden. Du brauchst einen gelben Schein von einem der Redakteure.«
»Herrgott, ich bekomme aber keinen verdammten gelben Schein!«, fuhr Paula sie an. »Ich habe dir doch gesagt, ich muss dringend jemanden sprechen – so dringend, wie du dich letzten Freitag nach der Arbeit mit deinem Viktor treffen musstest.«
Hilde sah aus, als wäre sie gezwungen, eine Aufgabe höherer Mathematik zu lösen. »Ach, mit einem Mann«, murmelte sie endlich.
»Nein, mit einem verseuchten Karnickel«, fauchte Paula.
»Du brauchst gar nicht so ekelhaft zu werden«, fauchte Hilde zurück. »Ich mache hier nur meine Arbeit, und wegen Viktor habe ich schon Ärger genug.«
»Tut mir leid«, murmelte Paula. »Ich würde dich wirklich nicht belästigen, aber ich weiß mir keinen anderen Rat. Ich werde es dir nie vergessen, wenn du mir in dieser Sache hilfst.«
»Und wenn wir erwischt werden?«
»Dann sagen wir, ich hätte den gelben Zettel gefälscht.«
Darauf war Hilde bereit, sich einzulassen. »Warte hier«, instruierte sie Paula. »Und wie heißt jetzt der Mann, den du so unbedingt sprechen musst?«

Paula sagte es ihr. »Ich muss ihn gar nicht selbst sprechen. Richte ihm einfach aus, er soll zum Treffpunkt kommen, dann weiß er Bescheid.«

Hilde ging, und Paula flehte zu sämtlichen Mächten des Schicksals, sie möge Erfolg haben. Nach einer weiteren Ewigkeit, in der die Kollegin etliche Male ihr Telefon ein- und wieder ausstöpselte, in den Hörer schrie und mit ihrer Nachbarin schwatzte, legte sie endlich auf und kam zu Paula zurück. »Der Herr Kamphausen, den du sprechen wolltest, ist nicht da«, verkündete sie.

Paula war es, als würde ihr die Luft aus dem Körper gesaugt. Jeden Augenblick würde sie leer zusammensacken.

»Aber die Martha, die neben mir sitzt, hat gehört, wie ich nach dem verlangt habe. Und da hat sie mir erzählt, sie hatte vorhin einen Anruf aus dem *Vorwärts*, von genau diesem Herrn. Der wollte dich sprechen, bloß hat die Martha ihm gesagt, mit den Mädchen aus dem Telegrafensaal dürfe sie nicht verbinden.«

Hildes Redeschwall war noch nicht am Ende, aber Paula bekam nichts mehr mit. Clemens hatte versucht sie zu erreichen. Clemens erging es wie ihr – er wollte bei ihr sein. Hastig bedankte sie sich und machte sich davon. Um zur Treppe zu gelangen, musste sie noch einmal durch den Telegrafensaal. »Ich dachte, du kommst überhaupt nicht mehr wieder«, schimpfte Erna ihr entgegen.

»Ich bin krank«, erwiderte Paula. Ihre Kehle war so trocken, dass sie die Übelkeit nicht zu spielen brauchte. »So elend, wie mir ist, gehe ich besser gleich zum Arzt.«

»Aber dafür brauchst du …«

Paula hörte nicht hin, sondern lief einfach weiter. Ihre Stelle würde sie ohnehin verlieren, und das, was ihr noch gestern wie eine Katastrophe erschienen wäre, war jetzt ihre letzte Sorge auf der Welt. Quer durch die Stadt, in der die Hitze wie in einem Kessel brodelte, schlug sie sich ihrem Ziel entgegen. Aus dem Fenster der Hochbahn sah sie Menschen in Trauben an Straßenecken stehen und erregt miteinander debattieren. Taten Menschen das immer? Oder war die Nachricht, die Paula mit ihren lächerlichen Kräften hatte aufhalten wollen, längst zu ihnen vorgedrungen? Sie klammerte sich an die Haltestange, während Frauen mit Badetaschen und kleinen Kindern gegen sie prallten. Die halbe Stadt schien ins Strandbad zu streben.

Der Wald leuchtete ihr entgegen. Vor ihr, den langen schattigen Weg entlang, gingen drei junge Männer, von denen einer Mundharmonika spielte, während die anderen sangen. Irgendein Fahrtenlied übers Wandern, das, obwohl die Männer den Text veralberten, berührend und schön klang. Vielleicht sind sie in vier Wochen tot, durchfuhr es Paula. Sie fand sich albern und melodramatisch, aber sie bekam sich nicht in die Gewalt. Vielleicht war sie ja deshalb hergekommen, weil sie einmal schwach sein musste, ehe sie wieder stark sein konnte.

Vom Absatz der Treppe sah das Strandbad aus wie ein riesiges Brennglas, das alle Farbe der Umgebung eingefangen hatte. Das Wasser glitzerte, und die bunten Anzüge der Badenden setzten ihm leuchtende Punkte auf. Bälle flogen in die Höhe, die Luft hallte wider von Rufen und Gelächter, und über allem goss die Sonne ihr Licht aus, als könnte nichts dem Sommer etwas anhaben.

Ein einzelner Mensch in diesen wimmelnden Massen war eine Stecknadel im Heuhaufen, aber Paula entdeckte Clemens sofort. Er stand ein paar Stufen oberhalb der Promenade, trug Weiß wie im letzten Sommer und um den Hals sein rotes Tuch. Paula fiel ins Rennen, doch sie rief seinen Namen nicht, damit kein anderer sie hörte. Als sie noch drei Stufen von ihm entfernt war, drehte er sich um, und sie las in seinem Gesicht, dass er so sehr gewartet hatte wie sie. Im nächsten Augenblick lag sie in seinen Armen.

Natürlich gehörte es sich nicht, einen Mann zu küssen, wenn drum herum die halbe Stadt Eis leckte, Ball spielte, Kinder fütterte oder im Wasser planschte. Schon gar nicht gehörte es sich, einen Mann zu küssen, wenn gerade ein Mord geschehen war, der ganz Europa in einen Krieg hetzen mochte. Jeden Augenblick konnte Kutte mit seinen Kaffeebechern auftauchen oder sogar Harry mit Joachim und dem Rest der Horde. Aber das war gleichgültig. Wenn man zwei volle Jahre darauf gewartet hatte, einen Mann zu küssen, war vieles gleichgültig. Und wenn man es zum ersten Mal in seinem Leben tat, umso mehr.

Paula und Clemens küssten sich. Es dauerte keine kleine Ewigkeit, sondern eine große, und war trotzdem viel zu schnell vorbei. Ihre Münder lösten sich, weil sie sprechen mussten. Sprechen war wichtig. Aber Küssen auch. Wenn ich nicht mit ihm sprechen könnte und wenn ich ihn nicht küssen könnte, würde ich verrückt werden, dachte Paula. Es bringt den Verstand zurück, Küssen und Sprechen, obwohl man sich beim Küssen vorkommt, als wäre das Denken umsonst erfunden worden.

»Du weißt es?«, fragte sie ihn.

Er nickte. »Es kam über den Telegrafen. Beim *Vorwärts* bereiten sie schon ein Extrablatt vor, aber als ich es gehört habe, wollte ich nur noch hierher.«

»Du hast bei uns im Verlag angerufen.«

»Ja, aber das Fräulein in der Telefonzentrale ließ sich nicht erweichen. Also musste ich hoffen, du wüsstest auch so Bescheid.«

»Gibt es Krieg, Clemens?«

Ihre Blicke trafen sich. Die Tatsache, dass sie sich alle Zeit der Welt nehmen durfte, um seine braunen Augen anzusehen, machte jede Antwort erträglich. »Ich würde dir gern sagen, dass es keinen gibt«, antwortete er.

»Aber das kannst du nicht?«

Er strich ihr Haar von der Wange und schüttelte den Kopf. »Wir müssen abwarten, Paula Klein. Dass Österreich Serbien den Krieg erklären wird, steht so gut wie fest. Offen ist aber, wie der Kaiser entscheidet – hält er Deutschland noch einmal aus dem

Irrsinn heraus, oder tut er, worauf er im Grunde seit seiner Thronbesteigung brennt? Wenn er sein Verteidigungsbündnis in einen Blankoscheck verwandelt, bekommt er seinen Krieg.«

»Und der Reichstag, Clemens? Die Partei? Wenn sie ihm die Kredite verweigert, kann sie ihn nicht aufhalten?«

»Doch, das könnte sie wohl.« Er brach ab, obwohl es mehr zu sagen gab.

Ehe Paula nachfragen konnte, sah sie die Schatten unter seinen Augen und die Kerben um die Mundwinkel. Sacht strich sie ihm über die Wange. Sie hätte es wieder tun wollen und wieder und wieder. »Du hattest einen furchtbaren Tag, nicht wahr? Willst du dich ausruhen, wollen wir einen Kaffee trinken?«

»Ich habe nichts dabei«, erwiderte Clemens und spreizte in komischer Verzweiflung seine leeren Hände.

Paula küsste ihm die Handflächen. »Ach komm, sei kein solcher Snob. Kaffee überlebt man auch mal ohne Salz, und wir können ja Kutte bitten, einen Löffel mehr Pulver in den Filter zu geben.«

»Ich wüsste wenig, das ich lieber täte, als mit dir einen Kaffee bei Kutte zu trinken«, sagte er und küsste sie links und rechts in die Mundwinkel. »Solange dir die dürre Brühe nichts ausmacht …«

Sie zog ihn an sich, legte ihr Gesicht an seine Schulter und spürte sein Herz. »Willst du wissen, was mir etwas ausmacht, Clemens? Bestimmt kein Kaffee von Kutte.«

»Sag's mir.« Er vergrub sein Gesicht in ihrem Haar.

»Die Angst, du könntest wieder aus meinem Leben verschwinden. Versprich mir, dass es damit jetzt vorbei ist, ob es Krieg gibt oder was sonst geschieht. Ich weiß, ich bin keine erregende Schönheit wie Clivia zu Köcker, sondern nur Manfreds Schwester Paula Klein. Vielleicht bist du deinem Schicksal böse, weil du ausgerechnet mich liebhaben musst, aber du tust es eben, und ich tue es auch. Wirst du dazu stehen? Jetzt, wo unsere Welt wankt, darf ich sicher sein, dass wir nicht wanken?«

Er nahm ihr Gesicht in die Hände und zwang sie, ihn anzusehen.

Seine Fingerspitzen zeichneten jeden ihrer Züge nach. »Weißt du denn, worauf du dich einlässt, süße Paula Klein? Du bist Manfreds Schwester, du bist ganz und gar unglaublich, und ich habe bis zum Wahnsinn Angst, dir weh zu tun. Du kennst mich ja nicht. Du weißt nicht, wie viel Schwärze in mir steckt.«

»Doch, ich kenne dich«, erwiderte Paula. »Du bist Clemens Kamphausen, der im Alter von fünf Jahren auf eine Obstkiste gestiegen ist, damit die ganze Welt ihn hört. Und ich bin Paula, die heute die Meldung über die Ermordung des Erzherzogs aus dem Telegrafen geklaubt und im Papierkorb versenkt hat, weil sie dachte, sie könnte die ganze Welt damit retten. Wir passen zusammen. Und ob halb Berlin einen Gott in dir sieht, ist mir egal. Für mich brauchst du keiner zu sein.«

Sie spürte, wie seine Finger sich fester um ihre Wangen schlossen. »Schenkst du mir das für immer? Darf ich es behalten, einerlei, was ich tue? Mir hat nie ein Mensch etwas gesagt, das so phantastisch war.«

»Aber ja«, erwiderte Paula leichthin. »Wenn es nicht für immer wäre, wäre es kaum wert, so große Worte drum zu machen.«

Er lächelte. Als zöge jemand einen Grauschleier von seinem Gesicht. Dann ließ er ihre Wangen los und küsste ihre Augen. Hinterher war das Lächeln fort, und sein Blick begann zu flackern.

»Ich weiß nicht, was die Partei tun wird«, sagte er.

»Natürlich weißt du das – sie wird gegen die Kredite stimmen und den Krieg verhindern, wie sie es seit Jahren verspricht.«

»Ich weiß es nicht«, wiederholte er. »Für den linken Flügel ist es keine Frage. Aber es gibt andere, die das, was wir erreicht haben, nicht gefährden wollen. In diesen letzten Jahren ist es immer nur vorwärtsgegangen, und der Gedanke, jetzt wieder zurückzufallen, tut weh. Es ist möglich, dass die Partei verboten wird, wenn wir die Kriegskredite verweigern. Vielleicht müssen wir ins Ausland fliehen oder im Untergrund arbeiten, und so mancher Genosse ist dazu nicht bereit.«

»Und wozu bist du bereit?«, fragte Paula. Dann spürte sie, wie sein Körper sich versteifte. »Vergiss die Frage«, sagte sie und legte die Arme um ihn. »Gehen wir Kaffee trinken. Ich weiß, dass du tun wirst, was du für das Beste hältst, und das ist mir genug.« Arm in Arm gingen sie die Promenade entlang und scherten sich nicht um die Menschenströme. Offenbar befand sich das Strandbad im Aufbruch. Dass sich das Licht veränderte, bemerkte Paula erst jetzt. Kutte winkte ihnen. Er stand auf der Leiter und nahm das Schild von der Mauer. »Hier düren Familien Kaffee kochen.« Das »f« von »dürfen« war noch immer nicht neu gemalt.

»Was hast du mir eigentlich vorhin erzählt?«, fragte Clemens. »Du hast die Meldung über das Attentat in Sarajevo in den Papierkorb geworfen? Ohne sie abzutippen?«

Paula nickte und spürte das verhasste Brennen in den Wangen. Allzu kindisch erschien ihr jetzt ihre Tat. »Ich werde meine Stellung verlieren. Wir werden die Miete nicht zahlen können, und das alles nur, weil ich mir eingebildet habe, ich säße am Hebel der Macht.«

»Aber nicht doch.« Sein Lächeln bebte vor Zärtlichkeit. »Schlag nicht so gnadenlos auf dich ein. Sicher hat überhaupt kein Mensch gemerkt, dass du ein bisschen Gott spielen wolltest. Beim *Vorwärts* haben wir innerhalb einer Stunde zwölf Telegramme allein zu den Vorfällen in Sarajevo bekommen, und bei der *Vossischen* dürften es noch mehr gewesen sein. Wenn wir zurück in die Stadt fahren, wirst du an jeder Ecke Jungen sehen, die Extrablätter feilbieten.«

»Glaubst du das wirklich?« Der Himmel über ihnen bezog sich, aber Paula sah nur den Rest Sonne, der einen Flecken in der Schwärze zum Leuchten brachte.

»Und ob.« Clemens küsste ihr Haar. »Und den Wunsch, etwas ungeschehen zu machen, es einfach abzureißen und wegzuwerfen, verstehe ich besser, als du denkst.«

Sie lehnte sich an ihn. Ihre Stirn berührte sein Schlüsselbein, und sie dachte: Ich möchte dieses Schlüsselbein streicheln, ohne dass Stoff mich dabei stört. Ich möchte in eins der Zelte mit ihm kriechen, wenn alle Leute daraus fort sind, ich will ihn ganz bei mir haben, während sich draußen der Himmel schwarz bezieht. War es eine Untat, sich an der Liebe zu berauschen, statt dem Krieg ins Auge zu sehen, oder machte das eine das andere erträglich?

»He, ihr zwei Hübschen!«, rief Kutte und schwenkte zum Gruß das gewichtige Schild. Er wusste noch nichts – im Strandbad Wannsee gab es keine Extrablätter. Selig wie immer, wenn er Clemens und Paula sah, strahlte er ihnen von der Leiter herunter entgegen. »Wollt ihr Kaffee? Denn macht hinne. Einen brüh ick euch noch auf, bevor der Wolkenbruch uns erwischt.«

Nur ein Wolkenbruch. Kein Weltuntergang. Paula hielt ihr Gesicht in den Himmel und spürte den ersten Tropfen unter ihrem Auge. Sie hätte rennen müssen, um trocken nach Hause zu kommen, doch der Regen machte ihr nichts aus.

ALEXANDRA

Berlin-Karlshorst

Dezember 1989

»Du, lass dich nicht verbittern
in dieser bitt'ren Zeit.«

Wolf Biermann, »Ermutigung«

13

Sie hätte rennen müssen, um trocken nach Hause zu kommen, doch der Regen machte ihr nichts aus. Alex hielt ihr Gesicht in den Himmel und spürte den ersten Tropfen unter ihrem Auge. Gleich darauf zerplatzten die Wolken, und der Sturm brach los. Ohne den Kopf zu ducken, ging sie langsam weiter bis zu ihrer Haltestelle.

In den Westen war sie nicht mehr gefahren, sie hatte weder Zeit noch Interesse daran. In Bussen und Straßenbahnen aber sah man jetzt täglich Besucher aus dem Westen, erkennbar an gut geschnittenen Jeans und Winterjacken, die nicht glänzten. Viele jüngere Leute trugen einen Button, eine Deutschlandfahne mit der Aufschrift »Nimm Zwei«. Alex hatte keine Ahnung, wofür der Button stand und was die Worte bedeuten sollten. Es war ihr gleichgültig. Wer unter den Trümmern seines eingestürzten Hauses feststeckte, hatte mehr als genug mit sich selbst zu tun.

Ihr Seminar über die Kultur der Arawak war ihr ebenfalls gleichgültig. Wer konnte, wenn er nicht mehr wusste, wer er selbst war, Interesse für die Ureinwohner Kubas aufbringen? Zur Universität fuhr sie trotzdem, weil sie die Tage irgendwie herumbringen musste, ehe sie ins Krankenhaus konnte. Alles war besser, als in der stillen, dunklen Wohnung in Karlshorst zu sitzen.

Momi lag auf der Intensivstation, weil sie ständige Überwachung brauchte. Immer wieder wurde sie an ein Gerät angeschlossen, das Defibrillator hieß und ihrem Herzen Stromstöße verpasste, so stark, dass sie den Tod in die Flucht schlugen. Aus eigener Kraft war ihr Herz nicht mehr in der Lage, sie am Leben zu halten, und was in ihrem Hirn los war, wusste kein Mensch. Alex durfte nicht zu ihr, weil sie ab und an nieste, was der Chefarzt als Erkältung eingestuft hatte. Sie musste an der Scheibe stehen bleiben und von dort auf die graue, leere Momi-Hülle starren, die nichts mehr gemein hatte mit der aufrechten, streitbaren Frau. Aber Momi durfte nicht sterben. Der Satz hallte Alex wie mit Hammerschlägen durch den Kopf: Sie darf nicht sterben. Momi darf nicht sterben.

Als die Bahn ihre Haltestelle erreichte, war das Unwetter vorüber. Alex schlängelte sich aus dem Wagen und eilte die dunkle, vom Regen glänzende Straße entlang. Zu Hause – in der Wohnung, die sie ihr Zuhause nicht mehr nennen mochte – wollte sie sich nur rasch umziehen und dann nach Lichtenberg in die Klinik fahren. Obwohl ihr den ganzen Tag kalt war, klebten ihr die Kleider am Körper. Dass kein Licht aus Momis Fenster fiel, erschreckte sie noch immer. Es erinnerte sie an das, was aus ihrem Leben geworden war – ein Dunkel, in dem sie sich fürchtete wie als kleines, vereinsamtes Kind.

Im Hausflur brannte die funzelige Birne. Vermutlich lauerte Frau Rimbach wieder auf ihrem Treppenabsatz, um Alex abzufangen und mit Fragen zu bestürmen. Gab es etwas Neues? Wie geht es der armen Frau Liebermann? Was sagten die Ärzte? Hinter all dem Geschwafel und dem geheuchelten Mitleid wartete lediglich das eine – ist sie tot? Bin ich die Erste, die davon erfährt?

Sie darf nicht sterben. Nicht jetzt. Momi darf nicht sterben.

Frau Rimbach wartete nicht auf ihrem Treppenabsatz. Alex erklomm die nächste Stufe und zog ihren Schlüssel aus der Tasche, da erlosch das Licht. Ehe sie die Hand nach dem Schalter strecken konnte, sprang es wieder an. Also musste dort oben, auf ihrem eigenen Treppenabsatz, jemand warten. Alex blickte zwischen den Streben des Geländers hoch und entdeckte Oliver. Im Nu war sie oben. Fast schrie sie: »Geh!«

Er hatte auf dem Boden gesessen und den Rücken an die Wohnungstür gelehnt. »Ich muss dich sprechen, Alex«, sagte er und stand auf. »Ich halte es nicht mehr aus.«

»Ich will dich aber nicht sprechen. Du hast kein Recht, mir aufzulauern.« Er tat es nicht zum ersten Mal. Vor dem Eingang ihrer Fakultät hatte er gestanden, auf dem S-Bahnhof und in der Mensa. Auf unerfindliche Weise war es ihm gelungen, Meikes Bekanntschaft zu machen und sie nach den Orten zu fragen, an denen Alex zu finden war. Seither bestürmte Meike sie mit Anrufen.
»Hör mal, Alex, dein Westler ist ein Goldstück, und du benimmst dich wie die letzte Idiotin. Was kann der arme Kerl denn dafür, dass deine Momi bei seinem Anblick einen Herzknacks bekommt? Verdammt, Alex, deine ewige Momi ist dreiundneunzig! An irgendwas muss sie mal sterben, auch wenn du darauf bestehst, sie als unsterbliches Dornröschen zu betrachten!«
Sie darf nicht sterben. Momi darf nicht sterben.
»Dein Olli kann dir doch helfen. Sei froh, dass dir ein so netter Kerl über den Weg gelaufen ist, der dir die halbtote Oma ins Krankenhaus karrt und sich dann noch die Nacht um die Ohren schlägt. Der Ärmste dreht halb durch, weil er sich solche Sorgen um dich macht. Unsereins wäre ja im siebenten Himmel, wenn …«
Alex hatte aufgelegt, weil sie nicht wissen wollte, worüber unsereins im siebenten Himmel wäre. Sie war außer sich vor Wut auf Oliver, weil er Meike von der Nacht mit Momi erzählt hatte. Sie war auch jetzt außer sich vor Wut, weil er ihr Kraft und Zeit raubte. Und auf einmal fiel ihr auf, wie neu das war. Sie hatte etliche Gefühle an sich gekannt, Angst in allen Variationen, Liebe und Sehnsucht, aber keine Wut.
Ja, Oliver hatte in jener Nacht von Frau Rimbachs Wohnung aus den Krankenwagen gerufen. Er hatte vor dem Haus gewartet, bis die Rettungssanitäter kamen, und hatte sie in die Wohnung gelotst, damit sie Momi Erste Hilfe leisten konnten. Alex hätte nichts von alledem zustande gebracht. Es war, als wäre sie im Geiste gar nicht dabei gewesen, sondern hätte ohnmächtig wie Momi auf dem Boden gelegen. Als Momi transportfähig war,

bestand Oliver darauf, mit Alex im Krankenwagen mitzufahren. Vielleicht hätte sie ihm dafür dankbar sein sollen, denn allein hätte sie es vermutlich nicht geschafft. Aber sie war nicht dankbar. Niemandem.

»Verschwinde«, herrschte sie Oliver an und stieß ihn aus dem Weg. Er war größer und schwerer als sie, doch er hatte mit dem Stoß nicht gerechnet und taumelte zur Seite. Alex schloss die Tür auf, quetschte sich durch den Spalt und schlug sie hinter sich zu. In der Bewegung spürte sie einen Widerstand, wahrscheinlich sein Gesicht, doch es kümmerte sie nicht.

»Zum Teufel, Alex«, schrie er durch die Tür. »Das, was du hier machst, ist doch irre, das bist nicht du – du bist der vernünftigste Mensch, der mir je begegnet ist.«

»Woher willst du das wissen?«, schrie Alex zurück. »Du kennst mich doch gar nicht – so wie ich dich nicht kenne und keine Ahnung habe, warum meine Großmutter dich kennt.«

»Sie kennt mich nicht.« Seine Stimme sackte in sich zusammen. »Sie bildet sich nur ein, mich zu kennen. Sie hat mich mit irgendwem verwechselt, dem ich vermutlich ein bisschen ähnlich sehe. Bitte glaub mir doch, Alex, ich habe sie an dem Abend zum ersten Mal gesehen, und es tut mir unendlich leid, was passiert ist, aber mit dir und mir hat es nicht das Geringste zu tun.«

»Mit dir und mir hat es nichts zu tun? Meine Großmutter fängt wild an zu schreien, sobald sie dich zu Gesicht bekommt, sie gerät in Panik, als sie deinen Namen hört, und bricht zusammen – aber das alles hat mit dir nichts zu tun?«

»Ich kann es mir ja auch nicht erklären. Sie muss mich verwechselt haben. Alte Leute verwechseln doch öfter mal etwas. Meine Großmutter hat neulich …«

»Momi ist nicht deine Großmutter«, schrie Alex. »Und Momi ist nicht alte Leute! Sie ist Momi, und sie hat ein Elefantengedächtnis. Wen sie einmal gesehen hat, den vergisst sie nie.« Das Geschrei nahm ihr die letzten Kräfte. Sie aß kaum, schlief noch weniger, und allmählich versagte ihr Körper ihr den Dienst. Im Dunkeln ließ sie sich auf den Boden und atmete in schnellen Stößen. Aus ihrem Haar rann ihr eisiges Wasser in den Nacken, und mit einem Schlag wurde ihr bewusst, wie absurd sie sich benahm. In einem hatte Oliver recht, das war nicht sie, die Frau, die durch Türen schrie und hysterisch wurde, nur weil jemand seine Großmutter erwähnte. Dennoch wollte sie um keinen Preis die Tür öffnen und gezwungen sein, Oliver anzusehen. Es tat zu sehr weh, und dass sie keine Ahnung hatte, woher dieser Schmerz sie anfiel, machte es noch schlimmer. »Bitte geh«, sagte sie so ruhig wie möglich. »Ich bin durcheinander, in meinem Leben steht kein Stein mehr auf dem anderen. Ich muss mit mir selbst fertig werden und sehen, was mit Momi wird. Für alles andere habe ich jetzt keine Kraft.«

»Alex«, sagte er. Seine Stimme klang, als hätte er den Mund ans Holz der Tür gelegt, als wollte er ihr ins Ohr sprechen und dabei ihr Ohrläppchen küssen, wie er es vor jener Nacht des Schreckens getan hatte, in Wind und Trubel auf dem Leopoldplatz. »Alex, weißt du, dass es derzeit vielen Leuten so geht? Sie finden Menschen wieder, von denen sie nicht einmal wussten, dass sie zu ihnen gehörten, sie decken Teile ihrer Familiengeschichte auf, die ihnen völlig fremd sind, und müssen feststellen, dass andere, auf die sie gebaut hatten, erfunden und erlogen sind. Du hast recht, in unserem Leben steht kein Stein mehr auf dem anderen. Ein bisschen war die Mauer wie die Rückwand unserer Welt, oder? Jetzt, wo sie einbricht, kann alles Fremde, Furchterregende in unser Haus. Meiner Großmutter macht das derart entsetzliche Angst, dass sie sich in ihrem Zimmer einschließt und meine Tante anschreit, sie soll dem Postboten die Tür nicht öffnen.«

Während er sprach, kam sie zu Atem. Gegen ihren Willen stellte sie sich die winzige, weiß ondulierte Großmutter vor, die hinter einer Tür auf dem Boden kauerte wie sie selbst. »Ich mag deine Großmutter nicht«, entfuhr es ihr.

»Ich weiß. Aber mir tut sie leid. Sie hat viel durchgemacht, und ich glaube, sie war nie eine glückliche Frau.«

Sie wollte, dass er aufhörte, von seiner Großmutter zu reden, während sie nicht wusste, ob ihre eigene noch lebte. Ob sie noch einmal zu sich kommen würde, um Alex die Erklärung zu geben, die sie um jeden Preis brauchte.

»Kann ich nicht auf zehn Minuten zu dir in die Wohnung kommen?«, fragte Oliver. »Es ist verdammt kalt hier draußen, ich bin nass bis auf die Haut, und du fehlst mir. Ich finde es selbst verrückt, aber seit ich dich getroffen habe, kommt es mir vor, als könnte ich mit keinem anderen Menschen mehr sprechen, nichts, was über Smalltalk hinausgeht.«

Alex war nicht sicher, was Smalltalk war, aber ihr kam es genauso vor. Sie konnte mit keinem Menschen mehr sprechen. »Geh nach Hause«, sagte sie zu Oliver. »Ich bin in Eile, ich muss ins Krankenhaus, mir ist das alles zu viel.«

»Ich kann nicht gehen«, erwiderte er kläglich. »Nicht, solange ich nicht weiß, ob ich dich wiedersehe.«

»Das weiß ich auch nicht«, entgegnete Alex. Momi wusste es. Vielleicht war Momi schon tot, und Alex würde es nie erfahren. »Gib mir Zeit. Wir kommen so nicht weiter.«

Durch das Holz hörte sie, wie er sich schwerfällig erhob. »Wenn du mich brauchst, ruf mich an«, sagte er. »Ich komme, wohin du willst. Zum Leopoldplatz. Weißt du, dass ich wie ein Irrer auf dem Leopoldplatz herumlaufe, als könnte ich dich dort irgendwo finden? Als könnte ich die Tage wiederfinden, als wir auf diesem verdammten Platz völlig blödsinnig glücklich waren.«

Alex sagte nichts mehr. Sie wartete ab und kämpfte gegen die Enge im Hals.

»Bitte ruf mich an«, sagte Oliver. »Lass uns reden und versuchen diesen Wahnsinn aufzulösen, ob er nun mit uns zu tun hat oder nicht. Gute Nacht, liebste Alex.«

Alex schwieg weiter. Erst nachdem seine Schritte auf der Treppe verhallt waren, zwang sie sich, die Steifheit aus den Gliedern zu schütteln und aufzustehen. Sie hatte duschen wollen, doch dazu war ihr zu kalt. Statt die Kleider zu wechseln, zog sie ihren wärmsten Rollkragenpullover über ihr durchnässtes Sweatshirt. Die dick vermummten Arme bekam sie kaum in die Ärmel der Jacke gequetscht, und dabei zitterte sie noch immer vor Kälte. Ehe sie endlich ging, warf sie Blicke aus sämtlichen Fenstern – aus dunklen Zimmern auf die dunkle Straße, die menschenleer vor ihr lag.

14

Das Oskar-Ziethen-Krankenhaus war die nächstgelegene Klinik, die über eine Notaufnahme verfügte. Notfälle aus Karlshorst wurden routinemäßig hergebracht, hatte ihr der Rettungssanitäter erklärt. Alex mochte das Krankenhaus nicht, und sie war sicher, dass Momi es nicht gemocht hätte. Die Gebäude stammten aus der Zeit vor beiden Kriegen und sahen aus, als wären sie in schludriger Eile restauriert worden. Um solche Häuser hatte Momi einen Bogen gemacht: »Vor denen graut es mir.«

Alex graute es auch. Hier hatte sie eine ganze Nacht auf einer Bank im Gang gesessen und auf Nachricht von Momi gewartet. Oliver hatte sie in den Armen gehalten und sie gestreichelt, um ihren Körper zu wärmen, aber sie hatte alles wie eine leere Hülle über sich ergehen lassen. Noch immer hatte sie sich gefühlt, als läge sie in Ohnmacht, zwar imstande, wahrzunehmen, was um sie geschah, aber nicht, darauf zu reagieren. Als das fahle Morgenlicht durch die Fenster fiel, war eine Traube bekittelter Männer gekommen, um ihr mitzuteilen, dass Momis Zustand kritisch, aber stabil sei. Sie darf nicht sterben, hatte Alex gedacht. Sie muss mir erklären, was geschehen ist. Es war seit Stunden das erste Mal, dass ihre Gedanken einen verständlichen Satz formulierten.

Dabei war es bis heute geblieben. Die Ärzte sprachen mit gerunzelten Stirnen über Momis Zustand, und Alex dachte: Sie darf nicht sterben. Wenn sie stirbt, ohne zu sich zu kommen, werde ich nie erfahren, wer sie eigentlich war.

Und wer bin dann ich?

Heute war etwas anders. Schon von weitem sah sie das Bett auf dem Gang vor den Doppeltüren der Intensivstation stehen. Sie

fiel ins Rennen, Fußgetrappel gegen das Rauschen in den Ohren, und wollte rufen: Das da im Bett darf nicht Momi sein! Dass Momi gestorben ist, darf nicht sein.
Eine Schwester sah sie kommen, setzte ein Lächeln auf und fing sie ab. »Sie sind Frau Liebermanns Enkelin? Nur keine Sorge, Ihrer Großmutter geht es besser. Sie hatte überhaupt kein Flimmern mehr, und vielleicht legen wir sie morgen runter auf die normale Station. Im Moment haben wir sie hierhergestellt, weil wir drinnen umbauen müssen. Es kommt noch ein Patient und ein anderes Gerät und dann ein bisschen Weihnachtsklimbim. Warum setzen Sie sich nicht zu ihr? Erkältet sind Sie doch nicht mehr?«
»Ich war überhaupt nie erkältet.«
»Umso besser. Aber sicher ist sicher, also legen Sie den lieber um.« Die Schwester reichte ihr einen in Plastik geschweißten Mundschutz und riss die Verpackung halb auf. »Sie erkennt Sie zwar nicht, aber Sie sind doch sicher froh, wenn Sie ein bisschen Zeit mit ihr verbringen können.«
»Sie erkennt mich nicht?« Alex befestigte den Mundschutz, durch den ihre Stimme wattig und gedämpft klang.
»Leider nein.« Die Schwester ließ das Lächeln vom Gesicht rutschen und eine Miene routinierten Mitleids folgen. »Sie erkennt niemanden. Wenn wir in ihre Nähe kommen, gerät sie in Unruhe, da können wir machen, was wir wollen. Aber wir müssen sie ja nun mal versorgen, und sie wird sich schon gewöhnen. Irgendwann, vor allem, wenn sie erschöpft sind, gewöhnen sie sich alle.«
An der Kopfleiste von Momis Bett hing ein Tannenzweig aus Plastik. Tatsächlich geriet Momi in Unruhe, sobald die Schwester auf zwei Schritte herangekommen war. Sie sah noch immer aus wie am Tag ihrer Einlieferung, aschfahl und leblos, doch auf einmal ballten sich ihre Hände zu Fäusten, dass die Kanülen aus den Handrücken ragten, und der schlaffe Körper krümmte sich vor. Der heisere Schrei, der ihr entfuhr, ging Alex durch und durch.

»Das ist gar nichts«, bemerkte die Schwester leichthin. »Sie brummelt und brabbelt den ganzen Tag vor sich hin.«
Eine seltsame Scheu hemmte Alex' Schritte. Aber Momi erkannte sie, erkannte etwas an ihr. Kaum nahmen ihre halb geschlossenen Augen wahr, dass Alex hinter der Schwester stand, löste sich eine der zitternden Fäuste, und der Arm streckte sich nach ihr aus. Momi schrie nicht mehr, doch ihre Lippen bewegten sich ohne Unterlass. Ängstlich setzte Alex einen Schritt auf sie zu. Dann noch einen. Als sie direkt vor dem Bett stand, krallte Momis Hand sich im Saum ihrer Jacke fest.
»Schwester«, wisperte Momi so leise, dass Alex sich niederbeugen musste, um sie zu verstehen. »Bitte, Schwester, helfen Sie mir. Niemand sonst will mir helfen.«
Sie hatte zwar nicht erfasst, dass ihre Enkelin vor ihr stand, begriff aber immerhin, dass sie der Besucherin vertrauen durfte.
»Sie brauchen keine Angst zu haben«, flötete die Schwester von hinten und stieß Alex einen Hocker in die Kniekehlen.
Alex setzte sich und zwang sich, Momis Hand in ihre zu nehmen. Momi hatte kräftige, sehnige Hände. Sie war keine zärtliche Frau, keine, die ihre Enkelin nach der Schule an der Wohnungstür empfing und in die Arme schloss, sondern eine, die am Herd stehen blieb und in der Suppe rührte. Manchmal aber, wenn sie abends beide über einem Buch gesessen hatten, hatten sich ihre Hände unmerklich ineinandergeschoben, und mit verschränkten Fingern waren sie sitzen geblieben, bis es Zeit war, ins Bett zu gehen. Und dann hatte es Nächte gegeben, in denen die Bilder des Schreckens Alex aus dem Schlaf gerissen hatten. Wenn sie zu sich gekommen war, hatte Momi an ihrem Bett gesessen, so wie jetzt sie bei Momi saß. Momi hatte nie Trostworte gemurmelt oder Lieder gesungen, aber sie hatte Alex' Hände in ihren gehalten.
»Ich verstehe, dass du Angst hast«, hatte sie gesagt. »Ich habe auch manchmal solche Angst.«

Alex schloss die Hände um Momis verkrampfte Finger und spürte, wie sehr Momis Hände ihr Halt gegeben hatten. »Dir muss doch was fehlen«, hatte Meike gesagt, »so ohne Eltern und Geschwister.« Aber Alex hatte nichts gefehlt. In ihrer Wohnung war es immer warm gewesen, sie hatte ihr kleines, behütetes Leben geführt und sich an Momis Händen festgehalten. Jetzt suchten die Hände verzweifelt selbst Halt. »Bitte helfen Sie mir«, presste Momi krächzend heraus. »Ich bin hier, um meinen Vater zu besuchen, aber man lässt mich nicht zu ihm.«

»Lassen Sie sie reden«, tuschelte die Schwester in Alex' Rücken. »Von diesem Vater faselt sie die ganze Zeit. Geben Sie ihr einfach recht, sagen Sie, der Vater wird gerade frisch verbunden oder was weiß ich.«

»Dein Vater ist tot«, sagte Alex. »Du bist nicht hier, um ihn zu besuchen, sondern weil du einen Herzinfarkt hattest, den kein Mensch sich erklären kann.«

»Nein, nein, nein«, widersprach Momis Flüsterstimme. »Das ist eine Verwechslung. Er ist nicht tot, er ist hergebracht worden, weil er von einem Wagen gestürzt ist und sich das Bein gebrochen hat. Er ist nicht sehr geschickt, müssen Sie wissen. Ich weiß nicht einmal, warum sie ihn auf diesen Wagen überhaupt gesetzt haben.«

»Du bist dreiundneunzig Jahre alt«, sagte Alex. »Dein Vater muss seit einer Ewigkeit tot sein. Du hast mir nie von ihm erzählt – du hast mir nie von irgendwem erzählt.«

Momi hörte ihr nicht zu, sondern krallte sich in ihre Hand. »Sie werden mir helfen, nicht wahr, Schwester? Ich bin doch hier richtig? Mir wurde mitgeteilt, man hätte Vater ins Windhof-Lazarett Heuchelheim gebracht.«

»Richtig bist du«, sagte Alex. »Aber du liegst im Oskar-Ziethen-Krankenhaus in Lichtenberg.«

»Wenn ich ihn nicht sehen kann – könnten Sie ihm dann bitte etwas von mir ausrichten? Von seiner Tochter. Nur ein paar Worte.«

»Was?«, fragte Alex tonlos hinter dem Mundschutz.
»Dass ich ihn liebe«, wisperte Momi. »Bitte sagen Sie ihm, seine Tochter ist hier gewesen, sie ist eigens aus Berlin gekommen und lässt ihm ausrichten, dass sie ihn liebt. Sagen Sie …« Jäh brach die Rede ab. Bellend begann Momi zu husten, und aus ihrem Mundwinkel rann etwas Weißes, wie Schaum. Sie bäumte sich auf, dann fiel ihr der Kopf ins Kissen zurück. Entsetzt sprang Alex auf.
»Keine Sorge.« Im Nu war die Schwester bei ihr, legte das Stethoskop an und ertastete mit der freien Hand den Puls. »Das passiert schon mal. Sieht schlimmer aus, als es ist. Jetzt wird sie erst mal wieder ein paar Stunden schlafen.«
Ehe Alex eine Frage stellen konnte, glitten die Türen der Intensivstation auseinander. »Oh, Dr. Gerlach«, rief die Schwester. »Das trifft sich ja bestens. Die Enkelin von Frau Liebermann ist jetzt da.«
Alex, die auf Momis verzerrtes Gesicht gestarrt hatte, fuhr herum. Vor der Tür, die sich bereits wieder schloss, stand ein Mitglied der Ärzteschar. Sie sah in ein altersloses, bebrilltes Gesicht unter schütterem Haar.
»Der Herr Doktor würde nämlich gern mal mit Ihnen sprechen«, erklärte die Schwester.
Der Arzt nickte. »Wenn Sie einen Moment Zeit hätten …«
Ohne noch einen Blick auf Momi zu werfen, wandte Alex sich ab, um ihm zu folgen. Er trat nach rechts in einen Gang und wies auf eine Tür am Ende. Unterwegs streckte er ihr seine Hand hin. »Wolfram Gerlach, schön, Sie kennenzulernen. Ich bin hier Oberarzt. Ihre Großmutter ist meine Patientin.«
Alex murmelte etwas, das er vermutlich nicht verstand.
»Sie können den Mundschutz jetzt abnehmen«, sagte er.
Sie gingen in ein Sprechzimmer, das nach Desinfektionsmittel roch und mit grünen Polstermöbeln ausgestattet war. Hässlich, fand Alex, die früher, vor Oliver, über die Möblierung von Zim-

mern nie nachgedacht hatte. Auf einem niedrigen Teetisch lag der gleiche Plastiktannenzweig, der über Momis Bett hing. Daneben stand ein Teller mit eingetrockneten Weihnachtsplätzchen.

»Bitte setzen Sie sich.« Gerlach wies auf einen der Sessel und nahm ihr gegenüber Platz. »Sie sind Frau Liebermanns nächste Verwandte, ist das richtig?«

»Ihre einzige«, sagte Alex.

»Ihre Eltern – ich meine, Frau Liebermanns Sohn oder Tochter – leben nicht mehr?«

»Tochter«, erwiderte Alex. »Nein, meine Mutter lebt nicht mehr. Sie ist vor eine U-Bahn gefallen, als ich ein Baby war.«

»Oh.« Die Bestürzung in seinem Gesicht wirkte überraschend echt. »Das tut mir leid.«

»Muss es nicht. Ich habe ja nichts davon mitbekommen.«

Gerlach strich sich das dünne Haar aus der Stirn. »Und Ihr Vater, wenn ich das fragen darf?«

Alex zuckte mit den Schultern. »Fragen dürfen Sie, was Sie wollen. Ich fürchte nur, ich habe nicht viele Antworten. Mein Vater war ein Ungar namens Zoltan, den meine Mutter an einer Bushaltestelle kennenlernte. Wie er noch hieß außer Zoltan, hat weder meine Mutter noch meine Großmutter je sonderlich interessiert.«

»Und Sie auch nicht?«

»Nein, mich auch nicht.«

Durch die Brillengläser suchte er etwas in ihrem Gesicht. »Bemerkenswert«, stellte er fest.

»Was ist bemerkenswert?«

»Wie Sie allein zurechtgekommen sind, Ihre Großmutter und Sie. Ihr Lebensgefährte konnte Sie heute wohl nicht begleiten?«

»Ich habe keinen Lebensgefährten«, versetzte Alex. »Wollten Sie über meine Art, mein Leben zu führen, mit mir sprechen? Dann möchte ich jetzt gern nach Hause. Ich bin müde.«

»Ich auch«, sagte er, nahm die Brille ab und rieb sich die Augen. »Bitte entschuldigen Sie. Ich wollte über Ihre Großmutter mit Ihnen sprechen. Wenn es noch jemanden gäbe, der zu Ihnen gehört, hätte mir das die Sache erleichtert.«

»Es gibt nur mich. Was wollten Sie mir also sagen?«

»Etwas, das mir als Arzt nicht zusteht«, begann er. Seine Augen waren rotgerändert und tränten. »Wir haben den Fall Ihrer Großmutter heute in der Konferenz besprochen. Wie Sie gesehen haben, bereiten wir ihre Verlegung vor. Eine Mehrzahl der Kollegen ist der Ansicht, dass die Katheterbehandlung von Erfolg war und mit Stabilisierung zu rechnen ist. Eine koronare Erkrankung liegt nicht vor, und für den Infarkt gibt es strikt gesprochen keinen Grund. Insgesamt bedeutet das, dass Ihre Großmutter operationsfähig wäre. Unser Chefarzt hat noch einmal betont, in welch gutem Allgemeinzustand sie sich befindet.«

Es klang nicht, als spräche er von Momi. Es klang, als ginge es um ein Auto, für das irgendein Bekannter auf dem Schwarzmarkt ein Ersatzteil besorgen würde, weil man auf ein neues ein halbes Leben lang warten musste. »Und was ist mit ihrem Gehirn?«, platzte Alex heraus. »Sie redet wirr. Sie weiß nicht mehr, dass sie alt ist, in einem Krankenbett liegt und eine Enkelin hat.«

»Doch«, sagte der Arzt, »ich denke, das weiß sie. Sie kann es nur im Augenblick nicht zuordnen. Wenn sie versucht sich zurechtzufinden, wirft ihr Gehirn ihr Bilder hin, die aus dem falschen Album stammen. Ich gehe aber davon aus, dass all diese Bilder tatsächlich in ihrer Erinnerung gespeichert sind und dass sie es auch schaffen kann, sie wieder in die richtige Ordnung zu bringen. Vorausgesetzt, das Gehirn hat durch die Unterversorgung keinen allzu großen Schaden erlitten und es gelingt, das Herz auf Dauer zu stabilisieren. Ebendeshalb sind meine Kollegen der Ansicht, ich solle mit Ihnen über eine Einwilligung zur Operation reden.«

»Zu was für einer Operation?«

»Inzwischen beinahe ein Routineeingriff«, antwortete Gerlach. »Selbst bei Patienten im Alter Ihrer Großmutter wird er heutzutage durchgeführt. Wissen Sie, dass mir das immer wieder auffällt? Diese Frauen, die zwei Kriege durchgemacht haben und nie schlappmachen durften, behalten ihre bärenstarken Körper und etwas Eisernes, das sie im Leben hält, bis zum Schluss.«

Alex verlor die Beherrschung. »Worum zum Teufel geht es?«

Gerlach räusperte sich. »Meine Kollegen sind der Meinung, dass Ihrer Großmutter ein Herzschrittmacher implantiert werden sollte. Die Sache ist nicht ohne Risiko, aber sie ist beileibe auch nicht ohne Aussicht auf Erfolg.«

In Alex' Hirn wirbelten Worte und Informationen durcheinander. Sie brauchte Zeit, um zu begreifen, worum es überhaupt ging. »Weshalb haben Sie vorhin gesagt, Sie dürften als Arzt nicht mit mir darüber sprechen?«, fragte sie endlich.

»Oh, bis hierher habe ich Ihnen lediglich mitgeteilt, worauf Sie als Angehörige ein Anrecht haben«, entgegnete er. »Mit dem, was ich Ihnen jetzt sage, sieht es allerdings anders aus. Ich überschreite meine Kompetenzen. Sie könnten mich meinen Vorgesetzten melden oder noch ganz andere Stellen in Kenntnis setzen. Aber ich glaube, wir wissen alle, dass man zuweilen trotzdem tun muss, was das eigene Gewissen einem vorschreibt.«

»Kommen Sie bitte zur Sache«, fiel Alex ihm ins Wort. Sie glaubte die Anspannung in sämtlichen Nervensträngen zu spüren und hatte Mühe, ihn nicht anzuschreien.

Wieder nahm er die Brille ab. Die Farbe seiner wässrigen Augen ließ sich nicht bestimmen – sie waren weder grün noch blau. Alex musste an Momis Augen denken, an das schillernde Grau, wie Sonnenstrahlen unter Nebelschwaden. »Ich hätte gern, dass wir uns gegen den Herzschrittmacher entscheiden«, sagte Gerlach. »Auch wenn man mir das als unterlassene Hilfeleistung auslegen kann. Ich bin der Ansicht, im Menschenleben gibt es für alles eine Zeit. Für Ihre Großmutter ist jetzt nicht die Zeit, sich operieren zu lassen. Für Ihre Großmutter ist es Zeit zu sterben.«

Das Wort verpuffte nicht, wie es Worte für gewöhnlich taten, sondern blieb hart und solide im Raum. Es war eins der seltenen Worte, die Schweigen geboten, eine Pause im gehetzten Atem der Welt. Das Schweigen breitete sich in Alex aus und machte ihr begreiflich, dass er recht hatte. Momis Leben war zu Ende. Was immer es darin gegeben hatte, ein Grauen, über das sie nie sprach, das aber immer präsent war – sie hatte es so gut wie überstanden.

Aber ich nicht, schrie etwas in Alex auf. Sie darf nicht sterben. Nicht, solange sie mir einen Teil meiner Geschichte schuldet, ohne den ich mich in meinem Leben nicht zurechtfinden kann.

»Ich bitte Sie«, begann der Arzt behutsam, »lassen Sie Ihre Großmutter in Frieden und in Liebe sterben.«

»Sie wollen also, dass ich die Einwilligung zu dieser Operation verweigere«, fuhr Alex auf. »Und was passiert dann? Stirbt sie heute Nacht, stirbt sie, ohne noch einmal zu sich zu kommen?«

»Das wäre möglich«, erwiderte Gerlach. »Aber ich fürchte, mit der Verweigerung der Einwilligung ist es nicht getan. Ihre Großmutter braucht noch mehr von Ihnen.«

»Was?«

Sein Blick suchte ihren. Alex hatte nie zuvor Augen gesehen, die derart nackt wirkten. »Haben Sie sich angeschaut, was sie mit ihren Händen macht? Wie sie die Finger verkrampft? Ihre Großmutter kann nicht sterben, weil sie an etwas in ihrem Leben festhält. An etwas Unvollendetem.«

»Und was soll das sein?«

»Das müssen Sie Ihre Großmutter fragen«, erwiderte er mit der Spur eines Lächelns.

»Aber sie redet doch nur wirres Zeug!« Alex sprang auf, weil ihr das tatenlose Sitzen auf einmal unerträglich war. »Sie wissen selbst, dass man mit ihr nicht mehr sprechen kann und auf keine

Frage Antwort erhält. Ich habe selbst Fragen. Es gibt Dinge, die ich dringend von ihr wissen muss, aber sie ist ja in eine Zeit zurückgefallen, in der es mich überhaupt noch nicht gab. Ihre einzige Sorge gilt ihrem Vater, der sich sein Bein gebrochen hat!«

»Hat sie Ihnen das erzählt? Dass ihr Vater sich sein Bein gebrochen hat?«

»Das hat sie allerdings. Und mich hält sie für eine freundliche Schwester in irgendeinem Lazarett.«

An dem hässlichen Couchtisch vorbei machte er einen Schritt auf sie zu. »Bitte setzen Sie sich noch einmal hin«, sagte er. »Sie müssen furchtbar erschöpft sein. Wenn Sie erlauben, sorge ich dafür, dass jemand Sie nach Hause fährt.«

»Und meine Großmutter? Was ist, wenn sie heute Nacht stirbt?«

»Was ist, wenn jemand stirbt, müssen Sie einen Pfarrer fragen. Ich bin Arzt und kann Ihnen nur sagen, was meine Erfahrung mich lehrt. Ich denke, sie wird sich ans Leben klammern, bis dieses Unvollendete erledigt ist. Und ich denke, es wird ihr gelingen, sich Ihnen verständlich zu machen. Sie will es um jeden Preis, und sie hat die Kraft der Frauen, die dieses mörderische Jahrhundert überlebt haben. Wenn Sie ihr helfen, wird sie einen Weg finden.«

»Aber ich weiß ja nicht einmal, was dieses Unvollendete sein könnte.«

»Eine nie beglichene Schuld«, erwiderte Gerlach. »Ich weiß, das klingt melodramatisch, doch in der Praxis erlebe ich es nicht selten. Ihre Großmutter kann die Tür ihres Hauses nicht schließen, ehe darin Ordnung herrscht. Lassen Sie sich jetzt heimfahren, und versuchen Sie das alles zu überschlafen. Können Sie sich morgen freinehmen? Dann sorge ich dafür, dass Sie in der Frühe zu Ihrer Großmutter dürfen und so lange bleiben können, wie Sie wollen.«

Eine nie beglichene Schuld, hallte es in Alex' Ohren. Aber an wem sollte Momi, die so zurückgezogen lebte, schuldig geworden sein, und was hatte Oliver damit zu tun? Der Arzt hatte

recht, sie war so müde, dass ihre Gedanken zu taumeln schienen.
»Ja, ich kann mich frei machen«, antwortete sie mühsam. »Und jetzt würde ich gern nach Hause fahren.«
»Eine vernünftige Entscheidung«, lobte Gerlach. »Ich gebe unserem Fahrdienst Bescheid, und dann lasse ich Ihrer Großmutter noch eine Trinklösung geben. Man glaubt gar nicht, wie oft Wasser für unsere Gehirnleistung Wunder wirkt.«
»Vielen Dank.«
»Keine Ursache.« An der Tür drehte er sich ein letztes Mal um. »Eine Frage noch. Haben Sie Angst, zu hören, was Ihre Großmutter Ihnen sagen könnte?«
»Nein. Warum sollte ich?«
»Es war nur ein Gedanke. Vielleicht bringt Ihre Großmutter ihre Geschichte nicht über die Lippen, weil sie nicht weiß, ob Sie damit fertigwerden.«
Damit nickte er ihr zu und zog die Tür auf, um den Fahrdienst zu verständigen.
Alex war froh. Wie eine dumpfe Drohung stieg ihre Furcht vor Menschenmassen in ihr auf. Der Enge der Straßenbahn fühlte sie sich heute nicht gewachsen.

PAULA

Berlin-Charlottenburg

August 1914

»Soldaten wohnen
Auf den Kanonen«

Bertolt Brecht, *Dreigroschenoper,* »Soldatenlied«

15

Der Enge der Straßenbahn fühlte sie sich heute nicht gewachsen. Zum ersten Mal verspürte Paula eine dumpfe Furcht vor Menschenmassen, die ihr sonst nichts ausmachten. Die neue Untergrundbahn, die vom Knie bis zu den eleganten Kaufhäusern des Kurfürstendamms führte, benutzte sie sonst mit Vergnügen. Heute dagegen erfüllte der Gedanke sie mit Schaudern. Wenigstens fuhr die Straßenbahn über der Erde. Kurz kniff Paula die Augen zu und sprang in den vollgequetschten Wagen. Hinter dem Knie bewegte sich die Bahn nur noch in ruckenden Stößen vorwärts. Über ihre Schienen marschierte ein endloser Tross junger Männer, die Fahnen schwenkten und lauthals sangen. Paula, für die jeder Augenblick zählte, erwog, die Tür aufzureißen und den Rest der Strecke zu laufen, aber dazu hätte sie sich zwischen schwitzenden Leibern einen Weg bahnen müssen, und außerdem waren die Türen in der Fahrt verriegelt. Ihr würde nichts übrigbleiben, als auszuharren, bis die Bahn im Schleichtempo den nächsten Halt erreichte, auch wenn sich jede ihrer Sehnen, jeder ihrer Nervenstränge bis zum Zerreißen gespannt anfühlte.

Sie musste doch nach Hause, musste unbedingt Manfred sprechen! Zum *Vorwärts* war sie als Erstes gelaufen, doch dort hatte sie weder ihren Bruder noch Clemens angetroffen. Clemens, so erklärten ihr die Genossen, war als Vorsitzender der Jugend-Sektion zum Reichstag gefahren, wo eine Sondersitzung mit der Fraktion stattfand. Wo jedoch Manfred war, wusste kein Mensch. »Könnte er nach Hause gefahren sein?«, hatte sein Redakteur vermutet. »Tut mir leid, Paula, genau weiß ich es nicht. Er hat es mir sicher gesagt, aber in diesem Durcheinander bekommt ja niemand etwas mit.«

Das war nicht verwunderlich. Am Morgen hatte das Deutsche Reich Russland den Krieg erklärt.
Die Ereignisse hatten sich überschlagen in diesen brütend heißen Wochen seit dem Attentat von Sarajevo. Zuerst hatte der Kaiser Anfang Juli Österreich den gefürchteten Blankoscheck erteilt – das Versprechen unbedingter Unterstützung, auch in einem Angriffskrieg. Mit seiner Vermutung hatte Clemens richtiggelegen. Sofort darauf hatte Österreich Serbien den Krieg erklärt. Damit war Russland gezwungen zu handeln, hatte der Zar doch geschworen, keinen Angriff auf dem Balkan zu dulden. Von seinem Bündnispartner Frankreich verschaffte er sich einen Blankoscheck, wie ihn Österreich vom Deutschen Reich erhalten hatte, und ordnete am nächsten Morgen die Mobilmachung an.
Die Partei würde sich dem Krieg widersetzen, und dafür mochte der Kaiser sie verbieten. Wer im Land blieb, musste damit rechnen, verhaftet zu werden. Sie würden lernen müssen, im Untergrund weiterzukämpfen und mit äußerster Vorsicht zu agieren. »Das ist das Wichtigste«, hatte Clemens Paula eingeschärft. »Vorsichtig sein, jedes Wort überdenken. Wer sich jetzt unbedacht äußert, sitzt im Handumdrehen im Gefängnis, wo er niemandem nützt. Es wird nicht leicht für uns werden.«
Schon gar nicht für Manfred, war Paula mit Schrecken eingefallen. Manfred, der nicht lügen konnte und aus seinem Herzen keine Mördergrube machte. Manfred, dessen Artikel dafür kritisiert wurden, dass sie in ihrer Direktheit abschreckten. Er würde außer sich sein. Von all den Übeln der Welt war ihm der Krieg das abscheulichste. Paula musste ihn finden und zur Besonnenheit mahnen. Nicht auszudenken, was ihm blühte, wenn er inmitten der kriegsberauschten Massen seine Meinung aussprach.
Je mehr Sorgen sie sich machte, desto langsamer schien der Tross sich vor der Straßenbahn einherzuwälzen. Zwei Trommler führten ihn an, und an den Straßenrändern grüßten ihn jubelnde Mädchen in Sommerkleidern. Sie winkten mit Sonnenschirmen

und Hüten, als zöge ein Zirkus oder eine Mannschaft stattlicher Athleten vorbei. Viele von ihnen warfen den Marschierenden Kusshände zu. Gerade als Paula sicher war, es nicht länger auszuhalten, erreichte der Zug doch noch seine Haltestelle. »Lassen Sie mich durch, ich muss hier raus«, keuchte sie, schob hemmungslos Leiber aus dem Weg und sprang aus dem Waggon.

Kaum im Freien, sah sie, dass hinter der Bahn ein noch viel längerer Rattenschwanz von Mitläufern folgte. Ihr Lärm war ohrenbetäubend. Was immer ihnen in die Hände fiel, griffen sie auf und benutzten es als Rasseln, Trommeln, Pauken, während sie sich die Kehlen heiser brüllten:

»Jeder Schuss ein Russ',
jeder Stoß ein Franzos'!«

Was trieb all diese jungen Kerle dazu, einen Krieg zu bejubeln, der nichts als Tod und Not für sie bereithielt? Die meisten von ihnen waren Arbeiter, einfache Leute, die es besser hätten wissen müssen. Hatte ihre Ortsgruppe nicht unermüdlich Flugblätter und Broschüren verteilt, hatten sie nicht gegen Rüstungswahn und Völkerhass demonstriert? Wo um alles in der Welt kam diese Kriegsbegeisterung her?

Zwei Arme umfingen Paula von hinten. Sie verlor den Halt, und ehe sie sichs versah, lag sie einem stämmigen Burschen an der Brust. »Holla, Kleene! Jetzt geht's ins Feld für unser Vaterland!« Er beugte sich nieder und drückte ihr unter dem Applaus seiner Kameraden einen schnalzenden Kuss auf den Mund. Seine Lippen fühlten sich an wie zwei Schnecken, aber Paula ließ es über sich ergehen. Ein Teil von ihr hätte den Burschen zurückküssen wollen, all den blinden Wahn und das Kampfgebrüll aus ihm herausküssen, bis er zur Vernunft kam und heim zu seiner Mutter ging.

»Wie sieht's aus, Zuckerschnute? Denkste mal an mir, wenn ick da draußen bin und mir die Kugeln um den Kopp sausen?«

»Wie heißt du?«, fragte Paula.

»Icke? Mir hamse Diethelm jetauft, aber für dir bin ick der Dieter.«

Ohne Grobheit schob Paula ihn von sich. »In Ordnung, Dieter. Ich denke an dich.«

»Feiner Zug von dir, Kleene. Zu Weihnachten sind wir in Paris und zum Silvesterpunsch wieder hier!«

Paula sah ihm nach, bis sein Kopf mit dem Bürstenschnitt in der Menge untertauchte. Vor ihren Augen verschwamm das Bild. Bist du eine Memme, Paula Thomas?, fuhr sie sich an. Wenn du jetzt schon heulst, wie willst du dann durchstehen, was noch kommt?

Sie fühlte sich von einer Welle überrollt. Hastig wollte sie sich abwenden und endlich nach Hause laufen, da entdeckte sie inmitten des Menschenstroms ein Gesicht, das sie kannte. »Joachim«, brüllte sie und drängte sich blindlings in den Tross, der die letzten Töne eines Marschliedes sang. »Kannst du mir mal sagen, was du hier machst?« Harrys Bruder, der in den letzten Monaten wie ein Hanfstengel aufgeschossen war, trug den von Johanna gestrickten Schal und seine neue Mütze von Hertha. Sein Gesicht, das zu dem schlaksigen Leib noch kindlich wirkte, glühte vor Stolz. Paula packte ihn am Arm. »Bist du von allen guten Geistern verlassen? Dein Bruder ist Sozialdemokrat, er geht für diesen Krieg auf die Straße, und du lässt dich von solchem Irrsinn anstecken?«

Joachim schrak zusammen und blieb stehen. »Hast du denn den Kaiser nicht gehört?«, fragte er verstört. »Er hat gesagt, er kennt keine Parteien mehr, er kennt jetzt nur noch Deutsche.«

»Allerdings«, fauchte Paula und schluckte mühsam hinunter, was sie über die Rede des Kaisers noch zu sagen hatte.

»Nur noch Deutsche«, wiederholte Joachim, und der Stolz kehrte in seine Stimme zurück. »Deutsche Brüder. Damit hat er uns alle gemeint, Paula – die Juden auch!«

Einen Moment lang war Paula zu erschüttert, um Worte zu fin-

den. »Und davon lässt du dich fangen?«, setzte sie an, brach aber gleich wieder ab. An Joachims Seite war ein weiteres Gesicht aufgetaucht, und dessen Anblick machte ihr die Kehle eng.
»Was ist, Joachim? Willst du mit Weibern schwatzen oder mit Männern für den Kaiser marschieren?« Es war der Junge mit dem teigigen Gesicht und den zu kleinen Augen. Der, der Joachim zusammengeschlagen und ihm die Mütze zertreten hatte.
»Ich komm gleich, Georg!«, murmelte Joachim eingeschüchtert. »Geht schon vor, ich hol euch wieder ein.«
Der Teigige, der Georg hieß, rührte sich nicht vom Fleck. Statt Joachim anzusehen, stemmte er die Hände in die Hüften und fixierte Paula. Er musste etwa in ihrem Alter sein und war nicht sonderlich groß, aber schwer und bullig gebaut. Hinter ihm gingen seine Kameraden in Stellung, und in seinen Augen glitzerte Hass. Erinnerte er sich an jene Szene auf der Straße? Hatte er Paula dort überhaupt wahrgenommen oder in seinem Hass nur Clemens erfasst? Ihr Mund wurde trocken. Sie gab sich einen Ruck und riss Joachim weg. »Du kommst mit mir«, befahl sie, ohne den Teigigen noch eines Blickes zu würdigen. »Wir holen Manfred ab, und dann bringe ich dich zu deiner Mutter, die dir die Leviten lesen soll.«
Rücksichtslos bahnte sie sich ihren Weg und zerrte Joachim hinter sich her. »Das kannst du nicht machen!«, jammerte der Junge. »Warum verstehst du denn nicht? Jetzt endlich lassen sie mich mitmachen, jetzt wollen sie mich zum Freund, sogar der Georg, der schon achtzehn ist und den alle bewundern!«
Im nächsten Augenblick hob der Zug von neuem an zu singen, noch lauter und leidenschaftlicher als zuvor:
»Deutschland, Deutschland über alles,
Über alles in der Welt.«
Joachim blieb stehen, schloss halb die Augen und stimmte ein.
»Du bist ein Idiot, Jo.« Paula gab ihm eine Backpfeife, die ihr zärtlicher als jede Liebkosung vorkam. »Solche Freunde brauchst

du nicht. Freunde sind zum Leben da. Wenn sie nur zum Sterben taugen, sollen sie dich küssen, wo du schön bist.«
Sie lief wieder los, zog mit aller Kraft an Joachims Arm und flehte stumm, er möge zur Vernunft kommen. Er war erst dreizehn. Er war Harrys kleiner Bruder. Sie würde ihn niemals diesem Georg und seinen Horden überlassen, und wenn sie sich hier auf der Straße dafür prügeln musste. Ihre blinde Entschlossenheit schien zu helfen. Ohne Gegenwehr stolperte Joachim hinter ihr her, und schließlich gelang es ihnen, sich auf den Gehsteig vorzukämpfen.
Im Laufen strich sie Joachim die Tränen und das schweißnasse Haar von den Wangen und rückte ihm die Mütze zurecht. »Warum singst du das, he?« Jeder Gedanke an Vorsicht war vergessen. »Warum soll Deutschland über allem stehen, was ist an Deutschland wertvoller als an Frankreich, Russland und jedem anderen Land? Gibt es nicht überall Leute wie uns, die nur ihr Leben leben wollen, ohne Angst vor dem Morgen zu haben? Sollten all diese Leute nicht zusammenstehen?« Sie sah ihn an und erkannte, dass er nichts davon verstand. Er war nur ein Junge, der gern Ball spielte und endlich einmal dazugehören wollte.
»Du hast andere Lieder, Jo«, brachte sie mit rauher Kehle heraus. »Das von der jungen Garde des Proletariats oder von mir aus auch dieses:
›Blau-weiße Hertha,
Ich hab dich siegen geseh'n.
Blau-weiße Hertha,
Das war wunderschön.‹«
Ohne recht zu wissen, was sie tat, grölte Paula gegen die Nationalhymne an. Vielleicht würde gleich jemand auf sie einprügeln, vielleicht würden Schutzleute kommen und sie gefesselt in die nächste Zelle schleppen, doch das war es ihr wert – Joachim lachte! Er ließ zu, dass sie sich bei ihm einhakte, und stimmte in ihr Singen ein.

Niemand verprügelte sie, und niemand kam, um sie zu verhaften. Stattdessen sangen etliche mit. Sie waren Arbeiter, junge Kerle, die nach Feierabend im Hinterhof mit Lumpenbällen spielten, und dem Fußballverein aus dem Wedding konnte keiner widerstehen.

»Blau-weiße Hertha,
Ich hab dich siegen geseh'n.«

Wir sollten sämtliche Männer auf diesem Planeten Fußball spielen lassen, dachte Paula. Vielleicht genügt ihnen das – Grölen, Singen und Bolzen, ohne dass einer ernsthaft verletzt wird. Vor allem ohne dass einer, der noch kaum gelebt hat, nicht mehr nach Hause kommt.

16

Joachim und Paula hämmerten gegen die Wohnungstür, doch niemand machte ihnen auf. Paula musste nach ihrem Schlüssel kramen. Ihr Vater schlief manchmal tagsüber, vor allem nach zu viel von dem Weinbrand, den er neuerdings trank, aber wo war Manfred? Sie stürmte in die Wohnung, durchsuchte alle Räume und fand nichts als Leere. Das Schlafzimmer des Vaters wirkte, als wäre er sofort nach dem Erwachen aus dem Haus gerannt. Von Manfred fehlte jede Spur. Er hatte den Rucksack mit den Arbeitsunterlagen nicht abgestellt, und sein Rad stand nicht im Hof. Vermutlich war er also gar nicht hier gewesen.

»Vielleicht ist er ja zum Baden gefahren bei der Hitze«, schlug Joachim hilflos vor.

»Mein Bruder Manfred?« Paula schüttelte den Kopf. »Wenn der an dem Tag, an dem in diesem Land ein Krieg ausbricht, baden geht, dann heiße ich Erdmute und fresse einen Besen.«

»Ist das denn wirklich so schlimm mit dem Krieg?«, fragte der Junge leise.

»Der Krieg«, erwiderte Paula bestimmt, »ist das Schlimmste, was es gibt.«

»Aber der Georg sagt, wir müssen unser Vaterland verteidigen. Sonst steht zu Weihnachten der Russe hier und schändet unsere Mädchen, unsere Schwestern und Mütter.«

»Ja und weißt du, was dein Georg noch sagt?«, versetzte Paula. »Die Juden sind unser Unglück. Einen feinen Ratgeber hast du dir da ausgesucht. Außerdem hast du überhaupt keine Schwester und ein Mädchen schon gar nicht. Und deine Mutter wird dem Georg was husten, wenn der ihr seine Greuelmärchen ins Ohr blasen will.«

Joachim senkte den Kopf und errötete. Ich hab dich so gern,

dachte Paula. Dich und all die blöden Jungen da draußen. Nur die Georgs nicht.
»Du findest, ich rede dummes Zeug, nicht?«
»Ja, das finde ich. Aber ich bin dir dankbar. Bisher war immer ich die Kleine, deren dummes Geschnatter kein Mensch ernst genommen hat. Jetzt darfst gern du für eine Weile diese Rolle spielen.«
»Paula?« Seine Ohren waren noch immer knallrot. »Bist denn du schon … Ich meine, bist du von jemandem das Mädchen?«
Ja, ja, ja, wollte sie rufen. Wenn es nach ihr ging, sollte alle Welt wissen, wessen Mädchen sie war. Aber da Clemens es niemandem sagte, wollte er es vermutlich vor den anderen geheim halten. »Vielleicht«, antwortete sie und presste die Lippen aufeinander.
»Und ein Junge, der dir gefällt, dürfte der …« Joachim brach ab und schluckte. »Dürfte der denn auch Jude sein?«
Er war lang und schmal, während Harry eher kurz und stämmig war, doch sie hatten beide dieselben grünbraunen Augen, die schöner wurden, je länger man sie ansah. Paula legte die Arme um ihn. »Ein Junge, der mir gefällt, dürfte herzlich gern Jude sein. Dann hätte er eine Mutter, die so toll kocht wie deine. Aber von mir aus dürfte er auch Christ oder Monist oder Muselmann sein oder was immer ihm sonst einfällt. Nur Kriegstreiber dürfte er nicht sein, Jo. Keiner, der mit jedem Schuss einen Russen oder mit jedem Stoß einen Franzosen töten will, auch wenn der genauso Hunger hat oder verschossene Pullunder trägt wie er selbst und nur irgendwo anders auf die Welt gekommen ist.« Noch einen Atemzug lang hielt sie ihn fest, dann machte sie sich frei. »Und jetzt komm. Ich muss unbedingt Manfred finden, aber erst bringe ich dich nach Hause.«
»Das musst du nicht, du hast doch anderes zu tun.«
»Doch, das muss ich. Wer weiß, von wem du dich sonst wieder einfangen lässt.«
Vor dem Haus fragte er: »Darf ich dir noch etwas sagen, Paula?«

»Warum versuchst du's nicht?«
»Du bist das tollste Mädchen, das ich kenne«, sagte er mit dem Blick zu Boden. »Du bist so toll, du könntest sogar das Mädchen von Clemens sein.«

Die Wohnung von Harrys Familie glich einem Verschiebebahnhof. In sämtlichen Zimmern wimmelte es von Leuten. Paula erzählte Frau Deborah nicht, wo sie deren jüngeren Sohn aufgelesen hatte, aber die lebenskluge Frau ahnte es auch so. Sie drückte Paula an ihre vollen, festen Brüste. »Wie gut, dass du kommst. Dieses ganze Haus ist voll Mannsvolk, das den letzten Rest Verstand verloren hat.«
Zu dem Mannsvolk gehörten Deborahs drei Neffen, die sich samt und sonders beim Bezirkskommando freiwillig melden wollten. Ihr Bruder, ein runder Physik-Professor mit polierter Glatze, saß im Ohrensessel und strahlte vor Stolz. Eine betagte Dame saß auch bei ihnen – vielleicht Harrys alte Tante aus Schmöckwitz.
»Schau dir diese vernagelten Holzköpfe an.« Frau Deborah fasste sich an die Stirn und stöhnte. »Weil der Kaiser ihnen gnädigst gestattet, sich für ihn totschießen zu lassen, glauben sie, sie wären künftig seine Brüder und keine Menschen zweiter Klasse mehr.«
»Die Arbeiter betragen sich genauso«, sagte Paula. »Sie ziehen feiernd durch die Straßen, als würde der Kaiser ihnen statt Uniformen und Gewehren trockene Wohnungen und ordentliche Löhne übereignen.«
Frau Deborah verzog das Gesicht. »Männer eben, was wollen wir da tun? Aber dein Clemens wird ihnen schon den Kopf zurechtsetzen. Zum Glück haben wir ja einen, der weiß, wie er diese wild gewordenen Affen anzupacken hat, wenn er nur nicht überall zugleich sein müsste, sondern endlich käme!«
Dein Clemens, hatte sie gesagt. Paulas Herz, das so verwirrt war, vollführte einen Sprung.

Frau Deborah strich ihr über die Wange. »Du brauchst nicht rot zu werden, meine Liebe. Schließlich müsstest du aus Stein sein, um an solch blitzsauberem Mannsbild keine Freude zu haben – und unser Clemens wäre ein Dummkopf, wenn er sich ein Juwel wie dich entgehen ließe.«

Paula blickte auf. »Sie sind sehr nett.«

»Nur zu dir. Den Herren der Schöpfung würde ich gern samt und sonders die Hintern versohlen, dass es kracht.«

Sie lachten beide, obwohl keiner von ihnen leicht ums Herz war. Herr Jakub erschien mit einem Teewagen voller Kristallflaschen, um mit seinem Schwager und dessen heldenhaften Söhnen anzustoßen. Der kleine Mann, der sogar zu Hause immer einen seidenen Querbinder trug, strahlte, als wäre ihm ein Preis verliehen worden. Er liebte Musik, er konnte eine Beethoven-Sinfonie auf der Mundharmonika spielen und jeden Walzer der Saison auf dem Akkordeon. In seinem Geschäft in einer Seitenstraße des neuerdings so beliebten Kurfürstendamm hatte er Maultrommeln auf dem Ladentisch, die er an Kinder verschenkte. Was zog einen solchen Mann zum Krieg, einen Mann, der gewiss in seinem Leben keinem Wesen ein Haar gekrümmt hatte?

»Du willst sicher erst einmal deinen Bruder sprechen«, sagte Frau Deborah. »Harry hat ihn und die arme Frau Klara in Frau Klaras Kammer gebracht.«

»Manfred ist hier?«, fragte Paula verblüfft. »Und Klara auch?«

»Und die kleine Rieke.« In ihrer wundervollen Gestik schlug Frau Deborah sich die Hände an den Kopf. »Wir werden sie nun wohl wieder hier wohnen haben, und mir soll es recht sein, denn die beiden sind reizende Geschöpfe. Aber was soll denn daraus werden, Paula? Wie sieht für sie und deinen Bruder denn die Zukunft aus?«

Paula, die keine Ahnung hatte, was vorgefallen war, zuckte mit den Schultern. »Manfred weiß, dass er ihre Ehe zu achten hat«, murmelte sie halbherzig.

»Aber wenn der Mann sie schlägt!«, rief Frau Deborah so laut, dass die Männer am Teetisch aufblickten. »Man kann doch von unserem Manfred nicht erwarten, dass er das arme Ding zurückschickt, wo er nicht weiß, ob sie nach den nächsten Prügeln überhaupt noch lebt.«

»Wie bitte?«

»Warte, ich schaue mal, wie es steht.« Frau Deborah berührte ihre Schulter. »Schließlich ist dir nicht geholfen, wenn eine alte Unke dir mehr Sorge auflädt, als du ohnehin schon hast.« Erstaunlich elegant bewegte sie ihre füllige Gestalt über das Parkett und verschwand im Flur. Gleich darauf erschien ihr Kopf wieder in der Tür. Sie winkte Paula heran. »Geh ruhig zu ihnen. Lass mich wissen, wenn ihr etwas braucht.«

Während sie ging, hörte Paula die Türglocke schellen. Noch mehr Leute kamen. An einem Tag wie heute wollte niemand allein sein. In der Kammer, die Klara bis vor kurzem bewohnt hatte, saß ihre Tochter Rieke auf dem Leopardenfell und ließ sich von Harry mit belgischen Pralinen füttern. Dabei quiekte sie vor Vergnügen, ein Bild von heiler Welt inmitten schwarzer Sturmwolken. Das Gegenstück dazu fand sich auf dem Bett – Manfred und Klara. Die rechte Gesichtshälfte der hübschen, aschblonden Frau war schwarzblau verschwollen, das Auge geschlossen, die Lippe aufgeplatzt und blutverkrustet. Trotz der Hitze war sie in eine Decke gehüllt und zitterte. Manfred saß totenbleich neben ihr und hielt den Arm um ihre Mitte gebreitet.

»War das deinetwegen?«, entfuhr es Paula. Gleich darauf hätte sie sich für die dumme Frage ohrfeigen wollen.

Harry, Klara und Manfred hoben die Köpfe. Nur das Kind stopfte sich unbeirrt einen goldbraunen Trüffel in den Mund. »Nein, nicht wegen Manfred«, antwortete Klara. Mit der verletzten Lippe bekam sie kaum ein verständliches Wort heraus. »Er hat mir geholfen, aber er hat nichts damit zu tun.«

»Lass das, Klara«, fiel ihr Manfred ins Wort. »Meine Schwester weiß, wie ich zu dir stehe, und demnächst wird es die ganze Welt wissen. Zu diesem Tier lasse ich dich nicht zurück.«

»Fräulein Thomas«, bemühte sich jetzt wieder Klara. Ihr zerschundenes Gesicht verzerrte sich bei jedem Wort. »Es tut mir leid, dass Ihr Bruder da hineingezogen wurde. Meine Nachbarin hat ihn beim *Vorwärts* verständigt, weil sie dachte, mein Mann tut mir etwas an …«

»Ihr Mann hat Ihnen ja auch etwas angetan!«, unterbrach Paula empört. »Oder wie nennen Sie das, wenn ein Mann seine Frau so verprügelt, dass sie kaum noch den Mund aufbekommt?« Erst jetzt sah sie, dass die Hand der Frau notdürftig verbunden war. »Sie muss zu einem Arzt, Manfred«, herrschte sie ihren Bruder an.

»Sie will doch nicht«, erwiderte Manfred hilflos.

»Und ich wollte auch nicht, dass du von alledem erfährst«, versetzte Klara, ehe sie sich wieder an Paula wandte: »Fräulein Thomas, bitte sagen Sie Ihrem Bruder, dass er zum Reichstag fahren soll, wie er es schon seit Stunden vorhatte. Ich bin ihm dankbar für alles, was er für mich getan hat, aber da draußen gibt es einen Krieg zu verhindern. Das ist wichtiger als ein bisschen häusliches Gezänk.«

»Hör endlich damit auf!« Manfreds Lippen bebten. »Und wenn da draußen die Welt untergeht, ich bleibe hier bei dir. Was wäre ich für ein Mensch, wenn ich dich jetzt alleine ließe?«

»Aber deine Flugblätter – wenn du sie nicht hinbringst, wer soll sie denn verteilen?«

»Das lass meine Sorge sein«, murmelte Manfred gepresst.

»Um was für Flugblätter geht es?«, fragte Paula.

Harry schob die kleine Rieke von seinem Schoß und stand auf. Die Beine seiner grauen Leinenhose waren über und über mit Schokolade beschmiert. Er wies auf einen Schemel, auf dem ein in Stoff gewickelter Packen Papier lag. »Manfred wollte sich mit ein paar Genossen vor dem Reichstag treffen, um die zu verteilen«, sagte er. »Kannst du das nicht für ihn erledigen?« Paula zog eines der

Blätter heraus. Sie arbeitete lange genug bei der Zeitung, um zu erkennen, wie schlecht der Druck war und wie billig und minderwertig das Papier. »Die sind vom *Vorwärts?*«

»Keine Stimme unserer Fraktion für die verdammenswerten Kriegskredite«, prangte als Schlagzeile oben auf dem Bogen. »Mit den Sozialdemokraten gibt es kein imperialistisches Schlachten unter der Arbeiterklasse Europas.« Den Text hatte zweifelsfrei Manfred formuliert. Er steckte voller Leidenschaft, aber er besaß keinen Klang und prägte sich nicht ein.

»Zweimal nein«, sagte Harry, nahm ihr das Blatt aus der Hand und schob es wieder unter den Stoff. »Nein, ich möchte diese Blätter nicht für ihn verteilen, und nein, sie sind nicht vom *Vorwärts.* Manfred und ein paar andere haben sie auf einer alten Presse im Keller des Verlags gedruckt, weil sie fürchten, die Partei könnte nicht in ihrem Sinn entscheiden.«

»Aber die Partei hat doch längst entschieden – die Fraktion stimmt gegen die Kriegskredite, und wenn der Kaiser daraufhin ein Verbot erlässt, gehen wir in den Untergrund. Das mit diesen Blättern ist selbstmörderischer Unsinn, Manfred. Du wärst in null Komma nichts verhaftet, und bei den Genossen machst du dich mit solchen Alleingängen nicht beliebt.«

»Ich bin ja nicht allein!«, rief Manfred, ohne den Arm von Klara zu lassen. »Karl Liebknecht hat ebenfalls Angst, dass die Fraktion ins Wanken gerät, wenn Kriegstreiber wie Ebert, Scheidemann und der verdammte Noske die Oberhand gewinnen.«

»Ich habe für Ebert und Scheidemann auch nichts übrig, geschweige denn für Noske«, bekannte Paula, »aber deshalb sind sie noch lange keine Kriegstreiber.«

»Wer den Krieg nicht bekämpft, der fördert ihn«, erwiderte Manfred. »Männern wie denen geht es nicht um das Leben von Tausenden, sondern um ihre Macht. Zumindest Noske geht dafür über Leichen. Deine verehrte Rosa Luxemburg denkt übrigens genauso. Ihr steht dafür sogar ein Strafprozess bevor.«

»Das weiß ich«, sagte Paula weit ruhiger, als ihr zumute war. »Aber Karl Liebknecht und Rosa Luxemburg zerstören nicht mit verrückten Einzelvorstößen das geschlossene Bild der Partei. Hast du vergessen, was Bebel gesagt hat? Die Einigkeit ist unsere stärkste Waffe. Jetzt mehr denn je, Manfred. Hab Vertrauen zu unseren gewählten Funktionären. Wenn du die Anspannung nicht mehr aushältst, dann fahr zum Reichstag und lass dir von Clemens berichten, wie die Dinge stehen. Aber diese Blätter wirf in den Abfall. Spätestens morgen wird der *Vorwärts* eine Erklärung herausgeben, und wie stehst du mit der deinen dann da?«

»Ich frage mich, wie du Wirrkopf zu einer derart gescheiten Schwester kommst«, sagte Harry. »Ich fahre mit dir. Mit den Rädern sind wir im Handumdrehen da.«

»Ich kann Klara nicht allein lassen.« Manfred war anzumerken, wie gern er aufgesprungen und gefahren wäre. Paula hatte richtiggelegen, er hielt es vor Anspannung kaum noch aus.

»Um Klara und Rieke kümmere ich mich«, sagte sie. »Ihr fahrt los, aber seid so nett und kommt zurück, sobald ihr könnt, damit wir auch Bescheid wissen.« Im Inneren fühlte Paula sich nicht weniger angespannt als Manfred. Sie hätte unendlich viel darum gegeben, jetzt mit Clemens zu sprechen, Clemens nahe zu sein.

»Um mich braucht sich niemand zu kümmern!«, rief Klara so heftig, dass ihr Mundwinkel aufplatzte und zu bluten begann. »Weshalb macht ihr solchen Wind? Ihr in euren schönen Wohnungen, in euren reizenden Familien – wisst ihr, wie viele Frauen Nacht für Nacht in Moabiter Mietskasernen verprügelt werden? Das ist so viel Geschwätz nicht wert. Man wäscht sich das Blut ab, zieht sich das Kopftuch ins Gesicht und macht sich an seine Arbeit. Tut nur alle, was ihr zu tun habt. Ich gehe morgen früh zu Hotte zurück und falle euch nicht länger zur Last.«

Ehe einer der Männer etwas sagen konnte, war Paula vor Klara hingesprungen. Eine Wut erfüllte sie, von der sie nicht ahnte, woher sie kam. »Aha. Sie gehen also zu Ihrem Hotte zurück und

lassen sich weiter verprügeln, weil es ja kein Geschwätz wert ist, wenn eine Frau verprügelt wird. Und wenn Ihre Tochter eine Frau ist? Sagen Sie der dann auch, dass sie sich prügeln lassen und darum nicht solchen Wind machen soll?«
Mit ihrem zerschlagenen Gesicht blickte Klara zu ihr auf. Manfred wollte sie an sich ziehen, doch sie stand auf und legte die Arme um Paula. Beinahe lautlos begann sie zu weinen.
»So ist es schon besser«, sagte Paula. »Und ihr zwei macht jetzt, dass ihr zum Reichstag kommt. Wir drei Mädchen finden uns hier schon zurecht.«
Harry und Manfred zögerten nicht, sondern brachen auf. Klara weinte noch eine Weile, dann wischten sie und Paula dem übermüdeten Kind die Schokolade vom Gesicht und brachten es zu Bett. »Ist das wahr, was du vorhin gesagt hast?«, fragte Paula, als die Kleine eingeschlafen war. »Werden wirklich Nacht für Nacht Frauen verprügelt in euren Häusern in Moabit?«
Müde nickte Klara. »Den Männern geht es so wie Hotte – den ganzen Tag lassen sie sich schinden und zur Schnecke machen, und das, was sie dafür nach Hause bringen, reicht weder zum Leben noch zum Sterben. An irgendwem müssen sie's auslassen. Beim einen erwischt es die Frau, die schlecht gekocht hat, beim anderen die Tochter, die irgendwo im Weg steht.«
Paula nahm ihre Hand. »Und die Frauen können nirgendwohin? Wenn deine Nachbarin nicht Manfred geholt hätte – wohin wärst du gegangen?«
Klara zuckte mit den Schultern. »Wo sollen wir denn hin? Zu Lilli, meiner Nachbarin, bin ich ein paarmal geflüchtet, aber durchfüttern kann die uns ja nicht.«
»Wir müssen etwas dagegen tun«, sagte Paula. »Einen Ort schaffen, wo Frauen mit ihren Kindern sicher sind.« In ihr war eine seltsame Art von Gewissheit. Sie hatte sich oft gefragt, was sie mit ihrer Zukunft anfangen wollte. Sollte sie unterrichten wie Rosa Luxemburg, schreiben wie Clemens und Manfred oder

sehen, dass sie bei der Zeitung weiterkam? Nichts von alledem hatte sich wie das ihre angefühlt, aber dieses tat es. Es war ihre Aufgabe.

»Was sollen wir denn da machen?«, fragte Klara. »Darum, dass ein Mann seine Frau schlägt, kümmert sich doch kein Gericht.«

»Dann müssen wir die Gerichte dazu bringen, sich zu kümmern!«, rief Paula. »Wozu gehören wir eigentlich einer Partei an, die Menschen das Recht auf ein glückliches Leben zuspricht, wenn unser eigenes Geschlecht davon ausgeschlossen bleibt?«

Klara wischte sich die Tränen von der heilen Wange. »Die Partei hat doch für so was keine Zeit. Immer gibt es so viel, das wichtiger ist, und jetzt mit dem Krieg erst recht.«

Vorsichtig legte Paula ihr den Arm um die Schulter. »Was ist wichtiger, als dass ein Mensch gequält und gedemütigt wird und um sein Leben fürchten muss? Denk jetzt nicht weiter darüber nach, lass mich machen, und wenn ich so weit bin, komme ich mit meinem Plan zu dir. Du und Rieke, ihr bleibt ein paar Tage hier und ruht euch aus. So bald wie möglich holen wir euch dann zu uns. Wir müssen ein bisschen zusammenrücken, aber es wird schon gehen. Die Frau, die zu Manfred gehört, ist schließlich Teil der Familie.«

Klaras verletzte Hand schob sich scheu auf ihren Schenkel. »Weißt du, dass ich mich nie getraut habe, mit dir zu sprechen? Ich dachte, du hasst mich, weil ich deinen Bruder zerstöre. Wenn es mich nicht gäbe, könnte er die Frau finden, die er verdient.«

»Liebst du Manfred?«, fragte Paula. »Würdest du ihn lieben, wenn dein Mann kein Schläger wäre und du kein Leben im Elend führen müsstest?«

Klara sagte nichts. Nur der Griff der verletzten Hand um Paulas Bein verstärkte sich.

»Dann soll es mir recht sein«, sagte Paula. »Ich kann nicht behaupten, ich hätte mir immer eine Schwester gewünscht, aber gerade habe ich gedacht, es könnte schön sein, eine zu haben.«

17

Es war bereits dunkel, und Klara war neben ihrer Tochter eingeschlafen, als die Türglocke noch einmal schellte. Frau Deborah klopfte leise, dann schob sie den Kopf ins Zimmer. Selbst die formidable Grande Dame wirkte heute Abend derangiert, und scharfe Falten um Mund und Augen verrieten ihr Alter. »Ich bringe dir deinen Clemens«, sagte sie und stieß ihn förmlich durch die Tür.

Er trug Gehrock, Binder und steifen Kragen, in denen er sich sichtlich unwohl fühlte, und seine Augen waren vor Müdigkeit geweitet. Paula war so froh, ihn zu sehen, dass sie alles vergaß. Sie lief zu ihm und schloss ihn in die Arme. Er senkte den Kopf, dass sein Haar ihm übers Gesicht fiel. Paula strich es zurück und hielt es in den Fingern, sein schimmerndes schwarzes Haar.

»Soll ich euch sagen, was ihr nötig habt, meine Lieben?«, fragte Frau Deborah. »Einen Ort, an dem ihr allein sein könnt. Du weißt, du bist mir willkommen wie ein eigener Sohn, Clemens, aber deiner Paula zuliebe solltest du dich nach einer Wohnung umsehen. Es ist ihr kaum zuzumuten, sich ständig durch Menschenscharen zu kämpfen, wenn sie ihrem Liebsten einen Nasenstüber oder einen Kuss verpassen will. Und über eine Verlobung solltest du auch nachdenken, mein Lieber. Dieses Mädchen hat nicht verdient, dass irgendwer sich über sie den Mund zerreißt.«

»Nein«, murmelte Clemens. Ihre Hände trafen sich auf seiner Taille, und die seine schloss sich so fest um ihre, dass es weh tat.

»Jetzt marsch in deine Kammer mit euch beiden. Für die nächsten zwei Stunden sorge ich dafür, dass niemand euch stört.«

»Das dürfen wir nicht annehmen«, sagte Clemens.

Frau Deborah gab ihm einen forschen Klaps auf die Wange, wie

sie es immer tat, wenn sie ihn streicheln wollte. Sie ist eine jener Frauen, dachte Paula, die zehn Kinder hätten großziehen können und noch immer Liebe übrig hätten. »Du darfst noch ganz anderes von mir annehmen, du prächtiges Stück Mensch. Wenn du es fertigbringst, mir meinen Harry zu Hause zu halten, wirst du von mir annehmen müssen, was immer du dir wünschst.«
Clemens löste sich aus Paulas Armen. »Ich weiß nicht, ob ich das fertigbringe«, sagte er und sah aus, als hätte jemand ihn geschlagen. »Es tut mir leid. Ich wäre Ihnen Besseres schuldig.«
Paula sah, wie Frau Deborahs Augen sich mit Tränen füllten. »Vergiss es«, sagte sie fest. »Wir verlangen dir zu viel ab. Du hast ein mächtiges Kreuz, aber darunter steckt wie bei meinem Harry noch ein halbes Kind, dem man eins hintendrauf geben, aber keine Welt auf die Schultern laden darf. Los, verzieht euch, kommt ein bisschen zur Ruhe. Allzu viel davon ist euch ja nicht vergönnt.«
Über Frau Deborahs Haarkrone hinweg suchte er Paulas Blick. Sie fand seine müden braunen Augen schön und nickte ihm zu. »Danke«, sagte er zu Frau Deborah und küsste ihr die Hand. Dann legte er den Arm um Paula und führte sie hinüber in seine Kammer.
Der Raum musste der kleinste der Wohnung sein. Mehr als ein Bett hatte im Grunde nicht Platz, aber Clemens hatte noch den Schreibtisch hineingequetscht, und unter der Dachschräge hingen seine Kleider. Er schob Paula zum Bett und ließ sie sich setzen.
»Hast du zu Abend gegessen? Willst du etwas trinken?«
Sie schüttelte den Kopf. »Das ist nicht nötig.«
»Aber du willst?« Ihre Miene war ihm Antwort genug. Er ging vor dem Bett in die Knie, hob mit einem Arm ihre Beine und zog einen Bettkasten heraus, um eine gelbliche Flasche zutage zu fördern. Sein Griff um ihre Schenkel sandte ihr ein Kribbeln bis in Leisten und Bauch. Er stellte ihre Füße ab, und sie beugte sich

vor und küsste ihn, egal, wohin sie traf. Er hielt inne und legte eine Hand auf die Stelle unter dem Auge, wo ihr Kuss gelandet war. »Ist das wahr, was Frau Deborah sagt? Bin ich dein Liebster, Paula Klein? Auch noch, wenn ich alle enttäusche, sogar Manfred und dich?«

»Ach, Clemens.« Wie er sich quälte, tat ihr weh. Sie legte die Arme um ihn und zog ihn zwischen ihre Beine. »Erzähl's mir. Alles.«

Sein Körper war steif. Die Flasche ließ er stehen. »Und was soll ich dir erzählen? Dass die Fraktion gegen die Kriegskredite stimmt? Das steht leider nicht in meiner Macht. Hast du die Scharen auf den Straßen gesehen, die wie blöde Hammel auf den nächsten Truppentransporter springen? Mehr als die Hälfte davon sind unsere Leute. Was, glaubst du, machen die mit uns, wenn wir dem Vaterland, dem sie sich in die Arme schmeißen, das Geld zu seiner Verteidigung verweigern?«

»Aber es hat doch niemand dieses Vaterland angegriffen.«

»Das ist ein Weg, es zu sehen«, erwiderte Clemens. »Aber es gibt noch andere.«

»Joachim hat mir von diesem Humbug auch erzählt«, fiel Paula ein. »Wenn wir nicht in den Krieg ziehen, überrollen uns die Russen und schänden deutsche Frauen. Aber unsere Aufgabe ist es doch, mit den Menschen zu sprechen, ihnen klarzumachen, dass sie getäuscht und aufgehetzt werden.«

»Hast du versucht mit ihnen zu sprechen?«, fragte Clemens. »Hätten sie dich heute auch nur angehört?«

Sie schwieg, weil er recht hatte. Was hier ins Rollen geriet, war kein Stein, sondern eine Lawine. Dennoch musste die Partei sich mit allen Mitteln dagegenstemmen. »Wir müssen trotzdem die Kredite ablehnen«, sagte sie. »Wir haben unser Wort darauf verpfändet. Das können wir nicht brechen, als wäre es nichts wert.«

Er hob den Kopf. »Und was, meinst du, passiert, wenn wir den

Krediten nicht zustimmen? Glaubst du, der Kaiser pfeift seine Zinnsoldaten zurück und bedankt sich, weil wir ihn zur Vernunft gebracht haben? Den Teufel tut er. Unsere Fraktion fliegt aus dem Reichstag, unsere Partei wird verboten, und die Soldaten marschieren trotzdem weiter. Was hingegen passiert, wenn wir uns einsichtig zeigen, ist der Fraktion heute dargelegt worden. Unsere Vertreter würden in sämtliche Ausschüsse berufen und an jeder Entscheidung beteiligt. Den Sozialdemokraten würden sich Türen öffnen, die ihnen bisher verschlossen waren.«

»So wie den Juden, ja?«, fuhr Paula auf. »Der Kaiser erlaubt uns, mitzuspielen, also tun wir brav wie die Gliederpuppen, was er von uns verlangt. War es etwa das, was wir erreichen wollten?«

»Dasselbe hat dein Bruder heute durchs Foyer des Reichstags gebrüllt«, erwiderte Clemens und stand auf. »Wir wollen dem Kaiser nicht schöntun, hat er gebrüllt. Wir wollen ihn stürzen!«

»Aber das ist ja Hochverrat!«, rief Paula entsetzt. »Wo haben sie ihn hingeschleppt, was haben sie ihm getan?«

Clemens schüttelte den Kopf. »Niemand hat ihm ein Haar gekrümmt.« Da der Raum keinen Platz bot, um ihr auszuweichen, blieb er stehen und lehnte die Hüfte an den Schreibtisch. »Man fasst uns derzeit mit Samthandschuhen an. Von Konsequenzen sah man in Anbetracht der Lage ab und erteilte mir die Erlaubnis, mein Sektionsmitglied aus dem Gebäude zu entfernen.«

»Und das hast du getan? Aber Manfred hatte doch recht!«

Seine Augen wurden schmal. »Und was wäre dir lieber gewesen? Hatte ich ihn den Knüppeln der Polizisten überlassen sollen?« Steif wandte er sich zur Tür. »Ich denke, ich sorge jetzt besser dafür, dass du nach Hause kommst. Es ist spät, in der Stadt ist die Hölle los, und das hier bringt keinen von uns weiter.« Unter dem schwarzen Stoff des Gehrocks spannten sich seine Schultern. Die Kränkung machte seine Stimme rauh und hallte nach.

»Ist mit Manfred alles in Ordnung?«, fragte Paula.

»Ich hoffe es«, antwortete Clemens. »Er hat sich halbwegs beruhigt, und Harry hat ein Auge auf ihn. Ich bin früher gegangen, weil ich dich nicht länger ohne Nachricht lassen wollte.«
»Und was wird jetzt geschehen?«
»Ich weiß es nicht«, erwiderte er mit dem Gesicht zur Tür. »Wie es aussieht, ist eine Mehrzahl von Fraktionsmitgliedern dafür, die Kredite zu bewilligen. Sie hoffen, in den Ausschüssen dafür sorgen zu können, dass der Krieg vor Weihnachten zu Ende ist.«
»Aber Clemens, daran wird die Partei auseinanderbrechen!«, rief Paula und sprang auf. Dicht vor ihr hob und senkte sich sein Rücken mit jedem seiner Atemzüge. Was soll er denn tun?, durchzuckte es sie. Er war kein Fraktionsmitglied, sondern nur der, der den Kopf für eine unsägliche Entscheidung hinhielt. Hatte sie ihm nicht versprochen, dass er für sie kein Gott zu sein brauchte, sondern nur ein Mann, der sein Bestes tat?
»Wenn sie auseinanderbricht, hat sie den Kampf verloren«, sprach er gegen die Wand. »Aber das wird nicht geschehen, nicht, wenn wir Vernunft bewahren. Haase und Liebknecht sind natürlich gegen die Bewilligung, doch sie haben signalisiert, dass sie um der Einigkeit willen dafür stimmen könnten, solange feststeht, dass wir es einmal tun und nie wieder.«
»Können wir das?«, fragte Paula. »Werden wir, wenn wir es einmal getan haben, noch dieselben sein?« Dann schloss sie die Arme um ihn und lehnte ihr Gesicht an seinen Rücken. »Sei mir nicht böse, Clemens. Der Gedanke ist nur so furchtbar, dass man all diesen Jungen da draußen ein Gewehr in die Hand drückt und dass wir nichts tun können, um sie vorm Töten oder vorm Sterben zu bewahren. Aber daran bist ja nicht du schuld. Ich muss lernen, dich nicht zu betrachten, als könntest du die ganze aus den Angeln geratene Welt geraderücken.«
Er drehte sich um. »Ich habe dir gesagt, ich werde dich enttäuschen.«
Sie legte ihm die Hände an die Wangen, zog sein Gesicht zu sich

und küsste seine Lippen. Etwas wie ein Stromstoß brach sich durch ihren Körper Bahn. Jäh wollte sie nicht mehr vom Krieg sprechen, sondern mit dieser enormen Kraft den Krieg zunichtemachen. Sie krallte die Hände in seine Schultern und legte ihm die Lippen ans Ohr. »Red keinen Unsinn. Ich werde dir immer Fragen stellen, und ich werde nie lockerlassen, aber das heißt nicht, dass du mich enttäuschst. Komm her zu mir. Du hast einen schlimmen Tag hinter dir, und ich will nur noch das, was Frau Deborah gesagt hat. Mit dir allein sein, Liebster.«

Tief atmete er auf. Als fiele eine Fessel von ihm ab, umschlang er Paula und begann wie einer, der Hunger leidet, sie zu küssen. Seine Gier berauschte sie, seine Nähe, sein Duft, seine Liebeslaute zwischen Küssen. Ehe sie begriff, zerrten ihre Hände ihm das Hemd aus dem Bund und tasteten über glatte, schweißbedeckte Haut. Er setzte noch einen Schritt vor, und sie stürzten aufs Bett. Die gelbe Flasche fiel um. Nicht einmal zum Lachen war Zeit, und schon gar nicht, um sich zu fürchten.

Warum trug ein Mann so viele Schichten steifer Kleider, wenn er darunter so hinreißend war? Paulas Finger mühten sich mit den Westenknöpfen, mit den Ösen des Binders und den Hosenträgern, bis ihr ein Fluch entfuhr. Im Licht der Straßenlaterne sah sie Clemens' Gesicht, das flüchtige Lächeln, voll Belustigung und voll Genuss. Sie biss ihm ins Ohr. »Zieh dich allein aus, du Schuft.«

Schallend lachte er auf. Im selben Augenblick spürte sie durch die gottverfluchte schwarze Hose die Härte zwischen seinen Beinen. Sie war ein Berliner Mädchen, daheim unter den Weibern der Marktplätze, und das, was vor sich ging, war kein Mysterium der Menschheit für sie. Dennoch war es wert, einen Herzschlag lang den Atem anzuhalten, ehe sie ihre Hand darauflegte und Finger für Finger darum schloss. Schauer liefen über ihre Haut und hörten nicht mehr auf. Im Licht der Laterne, das zu flackern begann, weil ihr das Gas ausging, betrachtete sie sein Gesicht,

den süßen Schmerz, mit dem er die Augen schloss. Dann befreite er sich in Sekundenschnelle aus den verbliebenen Kleidern und schälte sie mit geübten Fingern aus ihren. Von ihrer Brust küsste er sich bis hinauf in ihr Gesicht. »Du bist ja gefährlich«, raunte er ihr ins Ohr. »Und ich habe gedacht, du wärst …«
»Ein Kind.«
»Ja, vielleicht. Du bist so heil, Paula Klein. Alles an dir ist fürs Leben gemacht, und wenn kein Krieg käme, dürfte ich nichts daran zerstören.«
Sie fand keine Zeit mehr, ihm mit Worten darauf Antwort zu geben. Mit einer geschmeidigen Wendung beugte er sie nieder und kam zu ihr, um sie zu lieben. Nach dem Spiel seiner Schultern hatte sie sich zwei Jahre lang gesehnt, nach der schmalen Taille, der sehnigen Kraft seiner Bewegungen, und jetzt bekam sie alles auf einmal, Haut und festes Fleisch ohne Schutz. Sie hatte sich dies hier so sehr gewünscht, dass sie kurz fürchtete, sie könnte es verderben, aber es war ganz leicht.
Als er in sie drang, umarmte er sie und drehte sich mit ihr um, so dass er unter ihr lag und sein Gewicht ihr nicht weh tat. Er behielt die Augen offen, und während sie sich liebten, sah sie sich an seinen schönen Augen satt. Er schwang mit ihr. Wie auf der Schiffsschaukel, auf dem Rummelplatz, in den seligsten Momenten der Kindheit. Immer schneller, immer weiter, immer näher an den Himmel. Auf dem Höhepunkt presste er die Lippen aufeinander und legte ihr die Hand auf den Mund, damit sie das Haus nicht weckten. Seine Hüften wölbten sich und trieben ihn so tief in sie hinein, dass etwas in ihr zerriss. Statt zu schreien, biss sie ihn in die Hand. Vor Schmerz und Lust verzog er das Gesicht, und dann war es vorbei, und sie fiel in seine Arme. Er drehte sich mit ihr auf die Seite, küsste lautlos noch einmal ihren Mund und lag bei ihr still.
Sobald sie zu Sinnen kam, begann sie wie ein stolzer Besitzer ihn zu streicheln. All die Frauenblicke, die diesen Schultern, diesem

Rücken, diesen schlanken Hüften hinterdreingelechzt hatten, bereiteten ihr jetzt ein köstliches Vergnügen. Sie setzte sich auf und berührte ihn dort, wo jene Frauen ihn gern berührt hätten, auf dem ersten Wirbel des Nackens, auf dem Ansatz der Hinterbacken und auf den langen Muskeln der Schenkel. Dann tat es ihr auf einmal leid, dass sie ihn betrachtete wie einen Hauptpreis in der Lotterie. Scharf und klar erkannte sie, wie verletzlich ein nackter Mensch war, selbst einer mit breitem Kreuz, und sie dachte wieder an den Krieg. Um vor der jähen Kälte zu fliehen, rollte sie sich in seine Armbeuge und tupfte ihm kleine Küsse auf die Brust. Das Licht der Straßenlaterne war ausgegangen.

Er beugte sich zu ihr und strich ihr Strähne für Strähne das Haar aus dem Gesicht. »Bitte sorg dich nicht, Paula Klein. Wenn du ein Kind bekommst, heirate ich dich.«

»Und wenn nicht?«

Aus der Tiefe der Kehle hörte sie ihn stöhnen. Seine Stirn war schweißnass. »Ich weiß, Frau Deborah meint, ich müsse mich mit dir verloben, und vermutlich gibt sie's mir mit der Klopfpeitsche, wenn ihr dieses Bett vor Augen kommt. Aber ich will mich nicht verloben. Nicht so. Ich habe noch nichts erreicht und dir nichts zu bieten. Nicht den kleinsten Erfolg und keine Welt, die es wert ist.«

»Keine Welt, Clemens?« Sie strich ihm über den Rücken, in dem schon wieder jeder Muskel sich spannte. Das war es, was ihn so mager und zäh machte, die ständige Spannung, unter der er stand. »Eine ganze Welt musst du mir bieten? Ist das nicht größenwahnsinnig?«

»Schon möglich. Und wenn ich größenwahnsinnig bin, hast du mich dann noch lieb?« Ehe sie antworten konnte, hatte er sie gepackt und an sich gezogen. »Solange du mich verachten musst, kann ich dich nicht heiraten. Noch einen Menschen, der einen Versager in mir sieht, ertrage ich nicht.«

»Hast du den Verstand verloren?« Sie riss sich los und setzte sich auf. »Wer könnte dich denn verachten, und wer um alles in der Welt sieht einen Versager in dir?«

Er drehte sich weg und sprach gegen die Wand: »Was glaubst du von mir? Dass ich dieses Dessous-Imperium meines Vaters weiterführe, das jetzt zweifellos die Kollektion auf lange Unterhosen für Soldaten umstellt? Darauf besteht keine Hoffnung. Mein Vater enterbt mich. Und falls du meinst, ich könnte mich als Anwalt etablieren wie Harry, muss ich dich schon wieder enttäuschen. Ich habe mit dem Studium so sehr geschlampt, dass es kaum noch wert ist, dort aufzutauchen. Das einzige Pferd, auf das ich setzen kann, ist die Partei, die mir noch immer nicht weiter traut, als sie mich werfen kann. Ich bin ein kleiner Funktionär, der aus Mitleid ein paar Pfennige für seinen Unterhalt bezieht. Bist du jetzt stolz auf mich, Paula? Soll ich mit solchen Leistungen bei deinem Vater vorsprechen, der mich am liebsten in seiner Pfeife rauchen würde?«

»Dreh dich wieder zu mir«, sagte Paula.

Er gehorchte und hielt sich im nächsten Augenblick verblüfft die Wange. Paulas Ohrfeigen, die ihr in den Straßen Berlins Respekt verschafft hatten, waren alles andere als zimperlich. »Was ich von dir glaube, fragst du mich? Was glaubst du eigentlich von mir, du Idiot? Dass ich dich will, damit ich mir von deines Vaters Wäschevermögen ein lustiges Leben machen kann? Seidenkleidchen und Sommerhütchen kaufen wie Clivia von Köcker und im Café Bauer das Geld zum Fenster rausschippen? Habe ich dir je einen Grund gegeben, das von mir zu glauben?« Sie holte noch einmal aus, hielt aber inne, und den Augenblick nutzte er, um ihre Hand zu fangen.

»Tut mir leid«, murmelte er kleinlaut, umschlang ihre Taille und vergrub seinen Kopf in ihrem Schoß. »Bitte schlag mir keinen Zahn aus – und vor allem sei nicht so fürchterlich böse auf mich.«

»Ich bin aber böse.« Die Hand, die er freigab, sank wie von selbst in seinen Nacken, und ihre Finger verflochten sich mit seinem Haar. »Wie kannst du glauben, ich wäre nicht stolz auf dich, weil die Partei dir keine Zeit für dein Studium lässt? Du arbeitest Tag und Nacht, du denkst nie daran, dich zu schonen, und da soll ich nicht stolz auf dich sein? Der Kampf, in dem du dich aufreibst, ist auch meiner, Clemens, und wenn du mir das nicht endlich glaubst, hast du das falsche Mädchen bei dir. Ich gehöre dieser Partei nicht an, um dir zu gefallen, sondern weil ich an das, was sie erreichen will, glaube. Ein Leben in Reichtum brauche ich nicht. Du verdienst ein paar Pfennige, ich verdiene ein paar Pfennige, damit geht es uns besser als Heinz und der armen Ilse und den meisten Genossen. Ist das nicht genug?«

»Doch. Aber dein Vater …«

»Mein Vater ist ein feiner Mensch, der sich meinem Glück nicht in den Weg stellen wird. Und dass du kein verhätscheltes Herrensöhnchen, sondern ein wundervoller Mann bist, wirst du ihm schon noch beweisen.«

Er hielt sich an ihr fest. »Etwas muss ich ihm beweisen«, stieß er heraus. »Ihm und den anderen. Ich kann dich nicht heiraten, solange alle Welt meint, ich sei deiner nicht wert.«

»Dann lass es eben bleiben.« Obwohl es so warm war, zog sie die Decke über seinen Rücken, wie um ihn vor sich selbst zu schützen. »Du bist mein Liebster. Und morgen ist Krieg. Ob wir heiraten, ist mir egal, solange du mir nicht verlorengehst.«

Als er den Kopf hob, hatte er Blut im Gesicht. Erschrocken sah sie hinunter und entdeckte, dass es von ihren Schenkeln stammte und dass noch immer Nässe aus ihr heraussickerte. Clemens hatte recht, Frau Deborah würde außer sich sein, wenn sie den Zustand des Bettes bemerkte. »Bitte lass es mich beweisen«, sagte er. »Bitte versuch es mir zuzutrauen.«

»Wie kannst du nur ein solcher Dummkopf sein? Die halbe Stadt hält dich für überheblich, und mich bittest du, dir etwas zuzutrauen?«

»Tust du's?«
»Aber ja doch, mein Dummkopf. Ich traue dir alles zu, was du willst.«
»Und bleibst du heute Nacht bei mir?«
»Was ist mit Frau Deborah?«, fragte Paula.
»Das lass meine Sorge sein. Ich rede mit ihr.«
»Das heißt, du wickelst sie um deinen Finger.«
Er grinste schief und hob die gelbe Flasche vom Boden. Nur eine kleine Pfütze der sämigen Flüssigkeit war auf das Parkett geflossen. »Trinken wir einen, damit er uns beim Schlafen hilft?«
»Was ist das?«
»Likör aus Zitronen. Ein Genosse, dessen Mutter aus dem Golf von Neapel stammt, hat ihn mir mitgebracht. Er hat gesagt, ich soll dorthin fahren, jetzt sofort, noch ehe der Krieg ausbricht. Da unten sagen sie: Vedi Napoli e poi muori – sieh Neapel und stirb, weil es so schön ist, dass kein Mensch sterben soll, ohne es gesehen zu haben.«
Unter dem Bett angelte er einen Becher hervor, goss ihn halbvoll und gab ihn Paula. Der Duft nach Zitronen breitete sich in der Kammer aus, und seine Worte weckten eine nie gekannte Sehnsucht. »Ich wünschte, wir könnten das tun«, entfuhr es ihr.
Clemens küsste ihre Augen, nahm ihr den Becher fort und trank. Dann setzte er ihn ihr an die Lippen. Herbe, spritzige Süße füllte ihr den Mund und weckte den Wunsch, ohne Sorge zu sein. »Wenn der Krieg vorbei ist«, sagte er und wiegte sie, »und wenn dieses Volk die Regierung hat, die es verdient, dann fahren wir nach Neapel. Wenn wir den Kampf gewonnen haben, frage ich dich auf dem Vulkan, ob du so wahnsinnig sein und mich heiraten willst.«
Sie tranken den Becher leer und legten sich engumschlungen zum Schlafen. Aber Paula fand keinen Schlaf. Im Wechsel von Finsternis und dem aufglimmenden Licht der Kutscherlampen lag sie wach und spürte die Nässe, die ihr die Schenkel hinunter-

lief. Irgendwann hörte sie den Schlag der Tür und die flüsternden Stimmen von Harry und Manfred. Flüchtig verspürte sie Erleichterung, weil sie unter dem Dach dieser vor Wärme brodelnden Familie geborgen waren. Dann begann Clemens sich im Schlaf zu krümmen. Sein Atem ging schwer, und aus dem stimmlosen Stöhnen sprach eine Qual, die Paula den Magen umdrehte. Wenn sie noch eine Bestätigung brauchte, so bekam sie sie jetzt. Dem Mann, der ihr gerade den größten Glücksrausch ihres Lebens geschenkt hatte, saß ein Dämon im Nacken.

Aber Paula war jung. Paula war eine unerschrockene Berliner Pflanze und vor Liebe bärenstark. Wenn ich es mit einem Krieg aufnehmen kann, dachte Paula, mit einem Kaiser und dem Kapitalismus, dann ja wohl erst recht mit einem rotzfrechen Dämon, der meinen Liebsten in den hübschen Nacken zwickt.

18

In ihr Jungenzimmer, das Harry mit Joachim teilte, stellte ihre Mutter ein Feldbett, wann immer jemand über Nacht blieb. Seit der Mobilmachung baute Harry das Bett nicht mehr ab. Es stand in der Zimmerecke bereit, als die beiden Freunde sich lange nach Mitternacht in die Wohnung schlichen. An den Kissen, die blütenweiß im Dunkel leuchteten, erkannte Harry, dass seine Mutter es frisch überzogen hatte. Joachim lag auf dem oberen Stock des Etagenbettes und schnorchelte im Schlaf.

»Kann ich wirklich schon wieder bei euch bleiben?«, flüsterte Manfred. »Ich muss meinen Schlüssel beim *Vorwärts* vergessen haben, und Paula und den Vater will ich nicht aus dem Schlaf klingeln.«

»Klar bleibst du. Du weißt doch, meine Mutter kann das Haus nicht voll genug haben.« Auch ohne das Schlüsselproblem hätte Harry ihn nicht gehen lassen. Von dem endlosen Tag war Manfred so erschöpft, dass ihm bei jedem Schritt sein schwaches Bein zitterte. Vor allem aber hatte Harry Angst, dass der Freund noch einmal die Beherrschung verlor und dass ihn dann niemand mehr vor den Folgen schützen konnte.

Ausgerechnet Manfred, der Stillste, Schüchternste von ihnen, brachte sich mit seinem Mundwerk in Teufels Küche. Und wer konnte ihm einen Vorwurf machen? Manfred war ein Idealist, einer, der an das Gute glaubte, das es unter Menschen nicht geben konnte. In der Gluthitze dieses Augustes brach ihm sein Weltbild zusammen. Auch heute hatte er wieder einen höllischen Tag hinter sich, den schlimmsten in einer Reihe höllischer Tage.

Am Samstag hatte der Kaiser Mobilmachung befohlen, und gleich darauf war die Kriegserklärung an Russland erfolgt. Bereits am nächsten Tag hatten deutsche Truppen Luxemburg be-

setzt und dem neutralen Belgien ein Ultimatum gestellt. Am selben Tag hatten die Gewerkschaften sich bereit erklärt, für die Dauer des Krieges sämtliche Streiks einzustellen. Damit hatte der wichtigste Verbündete der Partei sich auf den Burgfrieden, den der Kaiser forderte, eingelassen. Manfred war bis ins Mark erschüttert gewesen, doch dieser Schritt war erst der Anfang.
Gestern früh hatte Belgien das Ultimatum abgelehnt. Noch ehe ein Angriff erfolgte, erklärte Großbritannien als Belgiens Verbündeter dem Deutschen Reich den Krieg. Das Reich seinerseits übersandte seine Kriegserklärung an Frankreich. Nur ein weltfremder Träumer konnte hoffen, jetzt noch etwas aufzuhalten. Der Flächenbrand hatte ganz Europa erfasst.
Am Abend hatte die Reichstagsfraktion der Partei noch einmal eine Sitzung abgehalten, um über die Lage zu beraten. Hugo Haase und Karl Liebknecht hatten sich für eine Ablehnung der Kredite ausgesprochen, aber die Woge des Kriegsrauschs hatte ihre leisen Stimmen längst überrollt. Gustav Noske, ein Vertreter des rechten Flügels, hatte mit »bestialischen Kosakenhorden« gedroht, die über deutsche Frauen herfallen würden, wenn das Vaterland nicht »ohne Wenn und Aber verteidigt würde«.
Harry graute vor dem Hass in den Worten, doch er begriff, warum die Genossen sich nicht länger entziehen mochten. Allzu verlockend war es, sich dem Strudel hinzugeben, endlich dazuzugehören, statt ewig gegen den Strom zu schwimmen. Manfred hingegen verstand die Welt nicht mehr, und heute war sie endgültig über ihm zusammengebrochen. Dass er aus dem Foyer stürmte und versuchte Noske bei seinem Wagen zur Rede zu stellen, war ihm nicht zu verdenken. Im Plenum hatten sämtliche Abgeordneten für die Bewilligung der Kredite gestimmt, um die Einigkeit der Partei zu erhalten.
Harry sah, wie Manfred sich an der Wand abstützte, und klopfte einladend auf die Matratze. »Jetzt pflanz dich schon nieder, ehe du umkippst und ich dich ins Bett schleppen muss.«

»Danke«, murmelte Manfred und ließ sich in die Kissen sacken. »Weißt du, was ich mich frage? Warum ihr beide, du und Clemens, noch nicht genug von mir habt.«
»Wir haben ja genug von dir.« Im Dunkeln grinste Harry ihm zu. »Aber so ist das eben mit alten Freunden, sie kleben auf einem wie Fliegenleim.«
Unfroh lachte Manfred auf. »Ob du mir glaubst oder nicht, es tut mir leid, dass ich euch so viel Ärger mache.«
»Mir machst du keinen Ärger«, erwiderte Harry. »Ich bin dazu nicht wichtig genug. Clemens dürfte sich allerdings bei Noske ein paar Punkte verscherzt haben. Vor allem, als er ihm an den Kopf warf, du könntest nicht aus der Partei gejagt werden, denn du stündest als Einziger zu ihrem Wort.«
Manfred nahm die Brille ab, und flüchtig trat ein wenig Glanz in seine Augen. »Ich möchte wissen, woher Clemens den Mut nimmt.«
Harry schnaufte. »Ein bisschen weniger Mut wäre derzeit für euch beide gesünder.«
»Ihm geschieht doch nichts, Harry?« Erschrocken packte der Freund seinen Arm. »Er kämpft so hart darum, in der Partei seinen Weg zu machen, und ich schlage ihm alles kaputt. Ich frage mich, wie ich ihm je wieder unter die Augen treten soll.«
»Indem du dich morgen zum Umtrunk bei Kalli einfindest«, erwiderte Harry trocken. »Clemens weiß, was er tut. Er kann reden wie ein Wanderprophet, und ein paar Kapriolen lässt man einem Hoffnungsträger wie ihm schon durchgehen. Aber dich selbst hast du in einen schönen Schlamassel manövriert. Beim *Vorwärts* trittst du besser einen Kriechgang nach Canossa an, damit sie dich in Gnaden wieder aufnehmen. Du hast deinen leitenden Redakteur einen Verräter an den Arbeitern geschimpft.«
Manfred schüttelte den Kopf. »Ich gehe nicht mehr zum *Vorwärts.* So, wie die Dinge jetzt stehen, könnte ich dort sowieso keine Zeile mehr schreiben.«

»Bist du noch bei Trost? Was willst du denn anfangen?«

Manfred blickte auf. »Ein paar Genossen, denen es ähnlich geht, haben überlegt, zusammen eine neue Zeitung zu gründen.«

»Aha. Und wer finanziert dieses illustre Unternehmen? Rothschild? Neue Zeitungen schießen wie Pilze aus dem Boden, du Holzkopf, doch für gewöhnlich bezahlt kein Mensch deren Mitarbeitern auch nur einen Pfennig.«

»Nein, am Anfang natürlich nicht«, druckste Manfred herum. »Beim *Vorwärts* hat in den ersten Jahren ja auch niemand die Redakteure bezahlt.«

»Aber die Redakteure beim *Vorwärts* waren keine Hungerleider, die ihre Familien nicht ernähren konnten«, versetzte Harry. »Was ist mit deiner Schwester? Soll die auch nachts noch am Telegrafen sitzen? Und dein Vater? Und Klara und Rieke, womit willst du die durchfüttern? Mit der Druckerschwärze von deiner Zeitung?« Manfred schwieg, und Harry schämte sich. Woher nahm er das Recht, dem Freund vorzuwerfen, dass er ohne Rücksicht auf seine Familie entschied? Spielte nicht er mit dem Gedanken, dasselbe zu tun? »War nicht so gemeint«, brummte er und setzte sich neben Manfred aufs Bett.

»Nein, du hast recht«, erwiderte Manfred. »Ich lasse sie alle im Stich und bürde es Paula auf, damit fertigzuwerden. Aber Paula hat gesagt, sie versteht, dass ich nicht anders kann. Und mein Vater …«

»Wie geht es dem überhaupt in diesem ganzen Wirbelsturm?«

»Keine Ahnung.« Manfred zuckte mit den Schultern. »Ich habe ihn seit Tagen nicht gesehen, es war ja ununterbrochen etwas los. Aber ich bin sicher, er wird mich ebenfalls verstehen.«

»Ich verstehe dich auch«, sagte Harry. »In gewisser Weise bewundere ich dich sogar, und wenn ihr Hilfe braucht, wisst ihr, dieses Haus steht euch offen.«

Manfred nickte. »Ihr habt uns schon so viel geholfen. Ich wünschte, ich könnte dir auch einmal helfen.« Er stockte und

wandte Harry sein Gesicht zu. »Harry, ich muss dir das jetzt sagen. Wenn du noch immer an Paula denkst, ich meine, wenn du Paula noch immer liebhast, dann musst du versuchen sie zu vergessen. Bitte versteh das nicht falsch. Es ist nur so, dass Paula – nun, sie hat ihr Herz an einen anderen verloren.«
»Das weiß ich«, erwiderte Harry und verspürte den vertrauten Stich in der Brust. »Aber den anderen kann sie nicht haben. Vielleicht bin ich verbohrt wie meine alte Tante aus Schmöckwitz, aber ich gebe die Hoffnung nicht auf, dass sie, wenn sie das erst einmal begriffen hat, auf den guten Onkel Harry zurückkommt.«
»Warum soll sie den anderen nicht haben können?«, fragte Manfred.
»Weil der andere Clemens Kamphausen ist, den keine haben kann«, antwortete Harry. »Nicht einmal Paula, die ohne Frage das wundervollste Mädchen auf der Welt ist.«
»Und deshalb passt sie zu Clemens«, trumpfte Manfred auf. »Ein Mann wie er braucht keine Diva wie Clivia, sondern eine Gefährtin, die sein Leben teilt und ihm in seinem Kampf zur Seite steht.«
»Du redest, als wären die beiden schon ein Paar.«
Manfred biss sich auf die Lippe, doch er war ja nicht fähig, zu lügen oder die Wahrheit für sich zu behalten. »Clemens kann keine Verpflichtung eingehen, solange in diesem Land Krieg und Not herrschen«, sagte er, »aber ein Paar sind die beiden trotzdem, wenn auch nicht offen und vor aller Augen.«
Harry hatte die Zeichen selbst bemerkt und sich lediglich geweigert, sie zu deuten. »Ich fürchte, Clemens kann überhaupt keine Verpflichtung eingehen«, entgegnete er. »Er ist ein Prachtkerl, sicher. Wenn ich ein taufrisches Mägdelein wäre, würde ich ihm ohne Frage verfallen, und nicht einmal meine Mutter kann ein Wort mit ihm wechseln, ohne ihn fortwährend irgendwo zu tätscheln. Aber er ist auch ein Getriebener. Einer, der so viel Platz braucht, dass eine Frau sich daneben kleinmachen muss, und

einer, der keinen Halt geben kann, weil er selbst keinen hat.« Erschrocken verstummte er. Nichts von alledem hatte er sagen wollen.

»Du bist eifersüchtig.« Manfreds Augen hinter den Brillengläsern blitzten. »Dafür hast du sogar mein Verständnis, aber gibt es dir das Recht, deinen Freund schlechtzumachen? Dass Clemens keinen Halt hat, dass sein Vater ein Tyrann ist, der ihn brechen wollte, und dass seine Familie diesen Namen nicht verdient – willst du ihm ausgerechnet daraus einen Strick drehen?«

»Nein, will ich nicht«, erwiderte Harry und fällte im selben Moment den Entschluss, über den er vier Tage lang nachgegrübelt hatte. »Sicher liegst du richtig, ich bin eifersüchtig auf unseren Clemens, der bei knallharten Politikern wie bei bezaubernden Frauen die besseren Karten hat. Morgen bei Kalli gebe ich ihm einen aus, weil er sich die süßeste Berliner Pflanze gepflückt hat. Aber ich sage ihm auch, dass ich ihm die Ohren abschneide, wenn er meiner Paula ein Leid zufügt.«

Manfred lachte, wurde aber gleich darauf wieder ernst. »Was ist das für ein Umtrunk bei Kalli? Ich werde nicht kommen, Harry. Ich schäme mich wirklich, und außerdem finde ich, es ist keine Zeit zum Feiern.«

»Du wirst aber kommen und feiern müssen«, versetzte Harry, stand auf und ging zum Stockbett. Er zog seinem Bruder die Decke bis über die Ohren und fuhr ihm flüchtig durch das wirre Haar. »Heinz wünscht es sich. Er will noch einmal mit allen einen heben, ehe es übermorgen Richtung Lothringen geht.«

»Übermorgen? Ja, ist denn Heinz schon eingezogen?«

»Alle Reservisten sind eingezogen«, antwortete Harry. »Aber Heinz hat sich gemeldet, noch ehe der Befehl da war. Er hofft, dass er dadurch schneller vorankommt, vielleicht sogar Unteroffizier werden und seiner Ilse statt dem bisschen Löhnung ein richtiges Gehalt heimschicken kann.«

»Und wenn er stirbt? Wenn ihn beim ersten Einsatz eine Granate erwischt, wer schickt dann seiner Ilse das Gehalt?« Manfred packte Harrys Arm. »Was ist eigentlich mit uns? Bleiben wir denn weiter verschont, auch wenn das Reich im Krieg steht?«

Keiner von ihnen hatte bisher seinen Wehrdienst abgeleistet, da sie als Studenten Zurückstellung beantragen konnten. Harry schluckte, doch es war kein Speichel da, der ihm die Kehle feucht machte. »Ich denke, es gibt Mittel, sich ausmustern zu lassen«, sagte er. »Eine schwache Gesundheit zum Beispiel.«

»Das ist mir bewusst«, erwiderte Manfred scharf. »Aber was ist mit Clemens? Und mit dir?«

»Clemens ist Clemens«, sagte Harry. »Der wird schon einen Ausweg finden. Und meine Wenigkeit geht morgen zum Bezirkskommando und tut, was meine Vettern getan haben.«

»Deine Vettern?«

Harry presste Joachim die Hände und die Decke auf die Ohren. »Ich melde mich an die Front«, sagte er.

19

September

Er traf sich heimlich mit ihr. »Nur bis alles sich beruhigt«, hatte sie beteuert, doch inzwischen war ein Jahr vergangen. Es war entwürdigend für sie beide, das hatte er ihr mehr als einmal gesagt. »Ich weiß, mein Liebling«, hatte sie hastig erwidert und ihre Wange an seine gelehnt, »aber was soll ich denn tun?«

»Ihm sagen, wohin du gehst und mit wem du dich triffst.«

»Du hast ja recht«, hatte sie mit einem Seufzen zurückgegeben, »aber ich bin keine gesunde Frau, und du weißt nicht, wie ich leben muss, wenn er davon erfährt.«

Inzwischen sagte er nichts mehr, nahm sich zwar jedes Mal vor, den heimlichen Treffen ein Ende zu setzen, tat es aber nie. Sie sandte ihm ihre cremefarbenen Visitenkarten, auf denen sie Zeit und Ort vorschlug, und er kam, wenn er konnte, oder schickte jemanden mit einer Absage. Diesmal hatte sie ein Café neben der Kroll-Oper vorgeschlagen. Sie liebte die Kroll-Oper, und sein Vater, der Opern hasste, würde ihnen hier nicht über den Weg laufen. Dass das Gebäude abgerissen werden sollte, um einem prunkvolleren Opernhaus Platz zu machen, störte sie nicht. Sie hatte ihre Erinnerungen hier, ihre seligen Momente. Caruso hatte sie bei Kroll gehört, in *La Bohème.* »Mit dir, mein Liebling. Weißt du noch, wie wir beide geweint haben, als die arme Mimi starb?«

Clemens wusste es nicht mehr oder wollte davon nichts mehr wissen. Er betrat das dunkle, niedrige Café und schüttelte sich die Nässe aus dem Haar. Es regnete endlich. Das Café schien mit der Kroll-Oper dem Niedergang entgegenzusehen. Bei Kriegsbeginn hatte man die Abrissarbeiten eingestellt, und der Blick aus den Fenstern führte auf die geradezu gespenstische Ruine. Außerdem sparten die Berliner, wo sie konnten, und kaum jemand ging noch in Cafés. Seine Mutter, die in weißer Seide in einer plüschigen Nische saß, war der einzige Gast. Er ging zu ihr und nahm ihre Hand, um sie zu küssen, doch sie stand auf, umarmte ihn und hüllte ihn in ihre Wolke aus Eau de Kananga. »Ach, mein einziger Liebling. Mein Sternenkind mit deinen schönen schwarzen Augen.«

Verlegen drehte Clemens sich nach der Kellnerin um, die hinter ihm auf die Bestellung wartete. Als er sah, dass sie sich das Lachen verbiss, verzog er den Mund zum Grinsen. »Ich rühme mich einer Länge von einem Meter sechsundachtzig«, sagte er, »aber als meine Mutter mich zum letzten Mal vermessen hat, passte ich vermutlich noch in ihren Stubenwagen.«

Die Kellnerin, ein ansehnliches Geschöpf mit Grübchen wie Halbmonden und rostbraunen Locken, krauste vorwitzig die Nase. »Ich finde, Ihre Mutter hat recht. Sie haben schöne Augen.«

»Das liegt an dem, was sie betrachten«, behauptete er und hielt ihren Blick fest, bis sie blinzeln musste. »Wenn das Bild, das sie spiegeln, allzu schön ist, färbt von der Schönheit etwas auf die Augen ab.«

Sie lachte und warf den Kopf in den Nacken. »Von wegen Stern, ein Meteor sind Sie! Einer, vor dem man auf der Hut sein muss.«

»Nehmen Sie jetzt wohl unsere Bestellung entgegen?«, platzte seine Mutter dazwischen. Bedauernd zuckte Clemens mit den Schultern und sandte dem Mädchen mit den Grübchen noch ein Lächeln. Seine Mutter wollte Moselwein, weil Champagner als Produkt eines Kriegsgegners nicht länger salonfähig war. Damit sie die Flasche nicht allein trank, schloss er sich an, obwohl er gern etwas gehabt hätte, das stärker war und bitterer schmeckte.

»Wie siehst du nur aus, mein Liebling«, rief sie, sobald die Getränke gebracht worden waren, und zupfte an seinem Revers.

»Kannst du dir keinen neuen Anzug leisten? Warum hast du mir nichts davon gesagt? Ich hätte doch Geld aufgetrieben, irgendwie hätte ich es schon geschafft.«

Geld fehlte ihm an allen Ecken und Enden – für die Wohnung im Wedding, die er gemietet hatte, für die Wohnung, die Paula mieten wollte, um Frauen in Nöten unterzubringen, für Manfred, der seine Zeitung nicht drucken lassen konnte, und für einen Rosenstrauß, den er der armen Frau Deborah gern gebracht hätte. Geld für einen Anzug brauchte er nicht. Er mochte den, den er am Leib trug und der sich den Formen seines Körpers angepasst hatte. Der Stoff war abgewetzt, was seiner Qualität jedoch keinen Abbruch tat.

»Liebling? Ich schicke dir morgen Ariane mit dem Geld. Edu, wenn er mich abholen kommt, kann ich nichts davon sagen, aber Ariane ist eine verlässliche Seele, die schweigt wie ein Grab.«

»Ich habe alles, was ich brauche, Mutter.«

»Nun zier dich nicht. Ich weiß, die Gerüchte, denen dein Vater aufsitzt, sind nichts als freche Lügen, und du arbeitest hart, um deiner Mutter Ehre zu machen. Warum sollst du also nicht gekleidet gehen, wie es einem Mann deines Standes entspricht – noch dazu einem so schönen Mann! Weißt du, dass ich, als du klein warst, immer Angst hatte, eine der anderen Damen könnte dich mir stehlen, weil du tausendmal hübscher warst als deren Kinder? Du hast so schönes Haar, aber es braucht einen Schnitt, Schatz. Und versprich, dass du dich ordentlich rasieren lässt. Der Barbier, den du aufsuchst, versteht offensichtlich nichts von seinem Handwerk.«

»Es ist Krieg«, sagte Clemens. »Wenn du keine anderen Sorgen als meine Behaarung hast, würde ich gern gehen.«

Ihre Hände schossen vor und krallten sich um seine Gelenke. »O mein Liebling, weißt du, dass ich Tag und Nacht Angst habe, sie holen dich in diesen Krieg und schießen dich mir tot? Ich kann nichts mehr essen deswegen. Mein Magen bringt mich um.« Er hatte diese Hände geliebt, erinnerte er sich. Ehe sie Krallen geworden waren. Weiße, schlanke Hände, nach denen er sich gesehnt hatte, sooft sie ihm entzogen wurden. Vielleicht sehnte er sich noch immer, aber die Hände waren andere geworden. »Ich würde es nicht ertragen«, sagte seine Mutter. Aus ihren Augen quollen die ersten Tränen. »Du bist das Einzige, das mir in diesem Leben gelungen ist. Der Vater sagt, du machst mir Schande, aber davon ist kein Wort wahr. Du bist mein Stern. Meine Sonne. Wenn dieser Krieg dich mir nimmt, ist meine Kraft zu Ende. Dann gehe ich in die Spree.«

Clemens schauderte. Sie sagte das, solange er denken konnte. Nicht: Dann will ich nicht mehr leben. Oder: Dann bringe ich mich um. Sondern: Dann gehe ich in die Spree. Sie konnte nicht schwimmen, und das Wasser des Flusses schimmerte unter den Brücken schwarz. »Warum gehst du nicht endlich?«, pflegte sein Vater darauf zu erwidern, aber Clemens hatte noch mit fünfzehn Jahren Alpträume von seiner Mutter gehabt, die leblos unter Brücken über den schwarzen Fluss trieb.

»Du musst mit dem Vater sprechen, Liebling.« Ihr Klammergriff presste ihm den Blutstrom ab. »Versprich mir, dass du das tust. Ich weiß, er glaubt diese furchtbaren Dinge von dir, aber für dich ist es doch ein Leichtes, ihn vom Gegenteil zu überzeugen. Schließlich ist er dein Vater, der dich mehr als jeden Menschen liebt.«

»Mein Vater liebt keinen Menschen. Am wenigsten mich.«

»Das ist doch Unsinn, Schatz. Wie soll denn ein Vater sein Kind nicht lieben, seinen einzigen Sohn, den er sich so sehr gewünscht hat? Du weißt nicht, wie furchtbar es für mich war, ihn leiden zu sehen, weil ich ein vertrockneter Zweig war und ihm seinen Wunsch nicht erfüllen konnte. Ein umso größeres Wunder war es, als der Himmel uns schließlich doch noch dich schenkte.«

Und ein umso kälteres Entsetzen, als sich zeigte, dass der Himmel euch übertölpelt hatte, dachte Clemens. Dass das Wunderkind eine Missgeburt war, ein Versager. Er wollte weg, egal, wohin. Nur weg von Eau de Kananga, süßem Wein und der zentnerschweren Last der Vergangenheit. »Ich wüsste nicht, worüber ich mit meinem Vater sprechen sollte«, sagte er.

»Über den Krieg!«, rief seine Mutter. Ihre Fingernägel bohrten sich ins Fleisch seiner Gelenke, während sie die Stimme bis zum Flüstern senkte. »Du kannst dich nicht länger zurückstellen lassen, die Studenten melden sich in Scharen zu den Fahnen. Der Sohn von Waldschmidts ist gleich zu Anfang mitgezogen und jetzt schon zum Leutnant befördert.«

»Aha.« Am liebsten hätte Clemens in den widerlichen Wein gespuckt. Die Waldschmidts gehörten zu dem Kreis eingesessener Geldfamilien, mit denen sein Vater sich schmückte. An die Front kam der zum Leutnant beförderte Sohn dank der Beziehungen seiner Sippe bestimmt nicht. Nicht dorthin, wo Clemens' Gefährten lagen, die Menschen, an die er nicht denken durfte, wenn er vor Angst nicht verrückt werden wollte – Heinz Schulz mit seiner Gitarre, der Riese Kutte vom Wannsee, sein verfluchter, verbohrter Freund Harry. Wenn du stirbst, bringe ich dich um, dachte Clemens wie immer, wenn er Harrys Gesicht vor sich sah.

»Willst du gleich morgen kommen?« Seine Mutter hatte offenbar weitergeredet. »Ich sage dem Vater, dass du ihn um Verzeihung bitten willst. Er wird sich freuen, Liebling. Er trägt dir nichts nach.«

»Ich will ihn nicht um Verzeihung bitten. Ich habe keinen Grund dazu.«

»Aber du musst doch wegen des Krieges mit ihm sprechen!« Noch tiefer gruben sich ihre Nägel in sein Fleisch, bis die Knöchel ihrer Hände weiß heraustraten. »Liebling, es darf nicht sein, dass die Leute von dir sagen, du seist ein Feigling, der sein Vaterland verrät. Ich rede ja dagegen an, ich versuche ihnen zu erklären, dass diese Partei von dir anders ist als damals die Barbaren von Edu, die jede Ordnung umstürzen wollten. Deine Partei stützt ja den Kaiser, das weiß ich, aber es nützt doch nichts, wenn sie mich dann heimtückisch fragen: Und wann meldet Ihr Sohn sich zu den Fahnen, Frau Kamphausen? Wann leistet Ihr Sohn seinen Dienst zum Schutz des Vaterlandes?«

Clemens sprang auf, doch nicht einmal dadurch gelang es ihm, seinen Arm aus den Krallenhänden zu befreien. »Was willst du eigentlich? Erst erzählst du mir, du willst nicht mehr leben, wenn der Krieg mich holt, und jetzt sagst du, ich soll mich um jeden Preis melden, damit du dich vor deinen Bekannten nicht blamierst, weil du keinen toten, sondern nur einen feigen Sohn vorzuweisen hast.«

»Aber Liebling!« Sie schlug die Hände vors Gesicht und gab ihn endlich frei. Über sein Handgelenk zogen sich drei blutrote Striemen. »Wie kannst du denn derart grausam sein und so mit deiner Mutter reden?«

Die Tränen strömten. Resigniert setzte Clemens sich wieder hin. Er konnte ohnehin nicht gehen, ehe Edu kam. Edu war ein Krüppel und niemals nüchtern, aber ohne männliche Begleitung würde seine Mutter das Café nicht verlassen. In all den Jahren hatte sie allein in der Stadt keinen Schritt getan. Vermutlich hätte sie auch nicht allein in die Spree gehen können, sondern hätte Edu dazu gebraucht. »Wieso bin ich grausam?«, fragte er. »Du sagst doch zu mir, ich soll mich totschießen lassen, damit deine teuren Bekannten keinen Grund zur Klage haben.«

»Wie kannst du nur?«, schluchzte sie. »Nie im Leben habe ich gesagt, mein liebster Funkelstern soll sich totschießen lassen. Eher sterbe ich selbst, als dass ich so etwas sage.«

Wenn er als Kind so geweint hatte und wenn niemand sie dabei gesehen hatte, war sie gekommen und hatte ihn in die Arme genommen. Sie hatte ihn gewiegt und leise ihr Lied für ihn gesungen, bis die wilde Tränenflut versiegte. Warum vergaß man so etwas nie, warum gab es kein Mittel, um es zu vergessen? Clemens ging zu ihr und nahm sie in die Arme.

»Darf ich Ihnen noch etwas bringen?«, drang die Stimme der Kellnerin an sein Ohr.
Er drehte sich um und hob bedauernd eine Schulter. »Einen Whisky. Single Malt. Ohne Wasser und Eis.«
»Tut mir leid, so was führen wir nicht mehr.«
»Das habe ich befürchtet.«
»Darf's ein Korn sein?«
»Nein«, erwiderte Clemens, »nicht mal fürs Vaterland. Ich nehme mit einem treudeutschen Rotwein vorlieb, wenn möglich, trocken wie Knochenstaub und dunkel wie ein Leichenwagen.« Er sandte ihr ein Lächeln und fuhr fort, seine Mutter zu wiegen. Die Kellnerin spitzte die Lippen, als hätte sie ihn gern über die Distanz hinweg geküsst.
»Dieses Mädchen ist widerlich aufdringlich«, sagte seine Mutter. »Man sollte sich beim Inhaber beschweren.«
»Trink lieber deinen Wein.« Er schenkte den Rest aus der Flasche in ihr Glas. Erst als die Kellnerin ihm den Rotwein brachte, kehrte er zurück auf seinen Platz. Auf einen Unterteller hatte sie ihm eine in Glanzpapier gewickelte Praline gelegt, die er nicht essen, aber einstecken würde, um das Mädchen nicht zu kränken.
»Ich will nicht, dass du dich totschießen lässt«, sagte seine Mutter. »Gerade deshalb sollst du mit dem Vater sprechen. Der Vater sorgt dann schon dafür, dass du einen sicheren Posten bekommst, in der Etappe, hinter der Front, genau wie Theo Waldschmidt. Und du bist doch tausendmal klüger als der, du wirst im Nu befördert und hast ihn übertrumpft.«
Kutte, Heinz und der Starrkopf Harry lagen im Schützengraben zwischen zu Brei geschossenen Toten. Theo Waldschmidt und Clemens Kamphausen aber hockten auf sicheren Posten in der Etappe, wurden befördert und übertrumpften sich gegenseitig. Clemens wurde so übel, dass er das Glas mit dem dunklen Wein nicht einmal in die Hand nehmen konnte.
»Du darfst nicht sterben«, wisperte seine Mutter. »Aber du

darfst mir auch keine Schande machen. Edu hat meinem Vater Schande gemacht, und mein Vater ist daran zugrunde gegangen. Wenn du mir Schande machst, wenn all die, die mich mit ihren Worten zerfetzen, recht behalten, gehe ich daran zugrunde wie er.«

»Ich mache dir keine Schande«, sagte Clemens so kalt, wie er sich fühlte. Abends würde er Paula treffen und sie zum Essen einladen, Aal grün mit Gurkensalat, den sie so gern aß und für den sie kein Geld hatten. Geld ist egal, würde er zu ihr sagen, ich bin morgen nicht mehr da. Die Partei hatte ihn als unabkömmlich freistellen lassen, und er hatte ihr versprochen, daran festzuhalten, aber das war nicht länger möglich. Er musste gehen, um zu Harry, Heinz und Kutte zu gehören, nicht zu den Theo Waldschmidts, vor denen es ihn ekelte.

Seine Mutter deckte ihre Hand über seine. »Das weiß ich doch, mein Liebling, deine Mutter weiß das doch. Aber du darfst mir auch nicht böse sein. Wenn du hören würdest, wie diese Leute mir zusetzen, würdest du verstehen, weshalb mir manchmal törichte Gedanken kommen. Kannst du dir vorstellen, was für Greuel sie sich ausdenken, nur weil sie neidisch sind, weil sie mir noch immer meinen schönen Jungen stehlen wollen?«

»Nein«, sagte Clemens und hegte nicht den geringsten Wunsch, es sich vorzustellen.

»Sie sagen, deine Partei wird dem Vaterland in den Rücken fallen, während unsere tapferen Soldaten ihr Leben opfern.«

Ich wünschte, sie täte es, dachte Clemens.

Die Augen seiner Mutter füllten sich erneut mit Tränen. »So reden sie mit mir, tagaus, tagein, und dein Vater zwingt mich, mir das anzuhören. Aber ich weiß, dass jedes Wort aus Tücke erfunden ist. Du tätest deiner Mutter so etwas nie an, zwischen uns beiden gibt es ein Band, das von diesen Weibern keine versteht. Niemand versteht es. Nicht einmal dein Vater. Es war immer da, das Band, seit dem Tag deiner Geburt.«

Und es wird immer dableiben, dachte Clemens. Bis es mich eines Tages erdrosselt.

»Ich weiß, du wirst all diese Schandmäuler Lügen strafen und mehr erreichen, als ihre mittelmäßigen Söhne sich auch nur erträumen. Dafür lebe ich, mein Funkelstern. Für diesen Tag halte ich alle Torturen und Strapazen aus.«

Wie erlöst spürte Clemens den Luftzug, der verriet, dass jemand die Tür geöffnet hatte. Er drehte sich um und sah Edu mit seiner Krücke im Eingang lehnen. Am Rand der Straße wartete die Kraftdroschke.

»Schönen Abend, werter Neffe«, rief der Onkel und entblößte eine halbe Reihe Zähne. »Und was haben wir heute noch vor? Ziehen wir durch den wilden Wedding und hauen Arbeiter übers Ohr? Oder treffen wir uns bei Kaisers zum Soupieren und beraten, wie viele tumbe Trottel wir als Nächstes verraten, verscherbeln und an unsere Kanonen verfüttern können?«

Clemens stand auf und holte die Stola seiner Mutter von der Garderobe. »Du musst jetzt gehen.«

»Aber ich sehe dich doch morgen, nicht wahr?« Sie hielt sich an ihm fest. »Morgen kommst du nach Hause, ich lasse Ariane gespickten Rehrücken in Wacholdersauce machen oder deine Kalbsmedaillons, was immer du dir wünschst.«

»Ach, der werte Neffe gibt sich die Ehre!«, rief Edu von der Tür her. »Ich wollte morgen eigentlich Billard spielen, aber das Schlachtfest lasse ich mir nicht entgehen.«

Clemens stand still und ließ sich von seiner Mutter mit ihren Küssen und von Edu mit seinen Spitzen überschütten, bis sie endlich von dannen hinkten, er an seiner Krücke und sie in ihrem Humpelrock. Er wünschte sich nur eines, sie abzuschütteln und zu Paula zu fliehen, sich von Paula lieben zu lassen, bis all dies, was wie mit Bleigewichten an ihm hing, versunken war.

Aber er konnte es nicht. Er hatte es nie gekonnt. Stattdessen würde er eine Wahnsinnstat begehen, damit seine Mutter sich nicht in der Spree ertränkte. Er wartete, bis das Auto davongefahren war, dann verließ er das Lokal und bedauerte, dass es aufgehört hatte zu regnen.

»Herr Funkelstern!« Mit fliegenden Locken lief die Kellnerin ihm hinterher. »Verwandte kann man sich nicht aussuchen, was? Ist nicht einfach, was Sie da zu schultern haben. Wenn Sie denn also ein bisschen Zerstreuung suchen – in einer Stunde wär ich frei.«

»Ich bedaure von Herzen«, sagte Clemens und meinte es aufrichtig. »Leider habe ich schon eine Verabredung.«

»Mit einem Mädchen?«

»Nein«, erwiderte er, »mit dem Bezirkskommando.«

20

1915

Nicht abstellen, tragt es gleich da nach drüben in die Kammer!«, rief Paula den vier Frauen zu, die das eiserne Bettgestell die Treppen hinaufgeschleppt hatten. »Wenn mir hier jeder alles in den Flur knallt, kommen höchstens noch die Mäuse durch.«

Klara und Johanna, die vorn gingen, vollzogen eine scharfe Wende und quetschten sich mit dem Bett durch den Türrahmen. Ilse und Lilli, Klaras Nachbarin, die sich ihnen vor Weihnachten angeschlossen hatte, stolperten hinterher. Das Bett, das sie aus einem Nachlass billig erworben hatten, war riesig und füllte die enge Kammer bis zum Rand. Es würde einer Frau mit drei Kindern, die derzeit noch im Flur kampierte, Platz zum Schlafen und einen kleinen Hort des Friedens bieten.

Lautstark ließ Klara das Bett auf die Dielen krachen und setzte sich auf den Rand. »Genossinnen, meldet diese Paula Thomas der Gewerkschaft«, rief sie. »Die ist die reinste Leuteschinderin.«

»Recht hat sie«, fiel Lilli ein, als Paula sich mit einem Stapel Betttücher in den Raum schob. »Mädchen, das kannst du jetzt nur noch mit einer Runde von deinem Silvesterpunsch gutmachen.«

»Und mit einer Zigarette!«, rief wieder Klara und räkelte sich auf den nackten Bettfedern.

»Wo gibt's denn so was?«, gab sich Ilse pikiert. »Mädchen, die rauchen, und Hähnen, die krähen, sollte man nächtens die Hälse umdrehen!«

Alle vier brachen in etwas aus, das Paula Kriegslachen nannte –

viel zu wild und zu laut für den kümmerlichen Witz, aber endlos wohltuend, weil es deutlich machte: Wir sind noch da, wir sind nicht kleinzukriegen, wir lachen noch, und wir sind nicht allein.
»Also wie sieht's jetzt aus mit dem Punsch?«, rief Johanna und steckte Klara die begehrte Zigarette zu. »Hast du ein Herz, oder müssen wir armen ausgebeuteten Weiber verdursten?«
Klara zündete die Zigarette an und blies den Rauch in kleinen Ringen aus. Sie trug ein blaues Kleid, das ihr zu groß war, und das aschblonde Haar bis unter die Kieferlinie kurz geschnitten. Sie war schön geworden, fand Paula. Alle Wunden verheilt, alles Ducken und Krümmen vergessen, eine Frau, die wusste, was sie wert war.
»Wollt ihr das scheußliche Gebräu wirklich trinken?«, fragte sie. Silvester lag drei Tage zurück, und es hatte weder Orangen noch Zitronen gegeben, um ordentlichen Punsch zu brauen. Frieda vom Markt hatte Paula erzählt, sie rühre Quitten als Ersatz hinein und statt Zimt einen Löffel Rübensirup. Das Zeug schmeckte grauenhaft, und Rum war auch nicht darin, doch dafür eine ganze Flasche teuersten Cognacs, den Clemens aus Frankreich eingeschmuggelt hatte. Das war ihr Weihnachtsgeschenk gewesen, drei Tage zu früh – eine Flasche Courvoisier, ein Clemens, der nicht ganz so blitzsauber roch wie gewohnt, und eine Nacht, von der ihr Hören und Sehen verging. Dann war er wieder fort, ihr Liebster, irgendwo hinter der französischen Grenze, wo er sich im besten Fall Ruhr und Wanzen und im schlimmsten eine Kugel in den Bauch oder die Sprengladung einer Granate holte.
»Aber klar doch!«, rief Ilse. »Es steigt zu Kopp und hilft gegen's Grübeln, also her damit!«
Paula ging in die Küche, um den Punsch zu holen. Viel war nicht mehr in dem Tontopf, aber ein Becher für jede würde noch herauskommen. Und das war mehr, als so viele hatten! Wir sind reich, dachte Paula. In drei Wochen wird das Brot rationiert, Kartoffeln kosten schon jetzt so viel wie Kronjuwelen, und Ilse und

ich haben unsere Liebsten im Feld. Aber reich sind wir trotzdem. Wir haben uns, wir wilden Weiber, das ist ein unglaublicher Reichtum, und wir bewegen etwas in einer Zeit, die vor Entsetzen erstarrt. Wir haben ein Dach, auch wenn diese Wohnung aus den Nähten platzt, und wir kommen mit vollen Körben heim und quirlen Rübensirup in unseren Punsch. Wenn ich noch meinen Clemens bei mir hätte, wäre ich die reichste Frau der Welt. Aber die bin ich auch so. Wer sollte die sonst sein?

Jener Abend im September, ehe Clemens in den Krieg gegangen war, hatte sie zur reichsten Frau der Welt gemacht. Er war mit ihr nach Zehlendorf gefahren, in ein Waldlokal für Ausflügler, das Onkel Toms Hütte hieß und für sie zu teuer war. Ohne eine Wimper zu zucken, hatte er ihr Aal grün und einen spritzigen Weißwein bestellt. »Hast du in der Landeslotterie gewonnen«, hatte sie ihn gefragt, »oder warum schippen wir Geld, das wir nicht haben, zum Fenster raus?« In der Woche zuvor hatte er die Wohnküche am Leopoldplatz, die Ilse und Heinz nicht mehr bezahlen konnten, übernommen, und sie selbst suchte verzweifelt nach einer Wohnung, um misshandelte Frauen unterzubringen.

»Nichts, was du so selig in dich hineinstopfst, mein Hamster, ist aus dem Fenster geschippt«, erwiderte er, nahm ihre Hände und küsste jede Fingerspitze. »Außerdem habe ich dir etwas zu sagen. Ich dachte mir, wenn ich dich an einen öffentlichen Ort entführe, entkomme ich vielleicht deinen grausamen Ohrfeigen.«

»Die kassierst du auch hier, wenn es schlimm ist«, drohte sie ihm und fürchtete auf einmal, er könnte sie betrogen haben. Hatte er nicht mehr Mädchen als Wechselwäsche gehabt? Wie sollte sie es ertragen, wenn er jetzt wieder andere hatte, wenn das, was sie beide verband, nicht alles für ihn war?

»Es ist viel schlimmer«, murmelte er, und sein Ton schnitt ihr ins Herz. Er hatte sie nicht betrogen. Sie ließ ihr Lieblingsessen stehen und zog ihn in die Arme. »Ich gehe in den Krieg, Paula Klein, und ich kann dir nicht einmal erklären, warum.«

Er konnte es doch, auch wenn der köstliche Aal auf ihrem Teller kalt wurde und es noch die halbe Nacht dauerte, erst in Onkel Toms Hütte und dann in ihrem kleinen Idyll über den Dächern des Leopoldplatzes. In ihren Armen, zwischen Küssen und Liebesworten hatte er ihr von seinem Vater erzählt, der beim Schlagen Marschlieder pfiff und sich einen Sohn aus demselben Stahl gewünscht hatte, aus dem er selbst gegossen war. Er erzählte ihr von dem Onkel, zu dem er sich geflüchtet hatte, einem Onkel, der für den Kampf um eine bessere Welt zum Krüppel geworden war und dem er hatte nacheifern wollen, was immer es ihn kostete. »Aber für Edu bin ich ein noch größerer Reinfall als für meinen Vater. Er nennt mich Kamphausen junior. Mein Vater nennt mich Eduards gottverdammtes Ebenbild.«
Paula hatte ihn anders genannt, ihn geliebt und gehalten, bis er ihr auch noch das Schlimmste erzählte, das von seiner Mutter.
»Edu und mein Vater haben mich abgeschrieben und werden nicht daran sterben, aber meine Mutter ist dazu verdammt, mich zu lieben. Wenn ich sie enttäusche, ersäuft sie sich in der Spree.«
Sie hatte ihn nicht gehen lassen wollen. Keine zwei Wochen war es her, dass sie begriffen hatte, in welcher Gefahr ihr Vater schwebte, und sie erschien sich beileibe nicht stark genug, auch noch um Clemens zu bangen. Aber zugleich fühlte sie sich mit Glück und Liebe überhäuft. »Hast du das, was du mir heute Nacht erzählt hast, schon einmal irgendwem erzählt?«
Er schüttelte den Kopf. »Ich wünschte, ich hätte es dir auch nicht erzählt.«
»Und ich wünschte, ich könnte dich bei mir behalten. Aber warum ich das nicht kann, hast du mir erklärt. Ich bin so stolz auf dich, dass ich platze, Clemens.«
»Stolz, Paula Klein? Auf mich?«
Sie zog ihn an sich und küsste seine Schläfe. »Ständig steht in der Zeitung, wer alles stolz darauf ist, dass ihm der Bruder, Sohn und Bräutigam für den Kaiser gestorben ist. Ich bin stolz, weil

dich kein Kaiser kratzt, sondern Harry, Heinz und Kaffee-Kutte. Stirb mir nicht, hörst du?«
»Ich habe Harry geschworen: Wenn er stirbt, bringe ich ihn um.«
Zärtlich strich Paula ihm über die Wangen und konnte nicht länger verhindern, dass sie weinte. »Ich schwöre dir, Clemens, ich bin viel grausamer. Ich schlag dich tot, wenn du stirbst.«
Sie weinte auch jetzt. In einer Reihe stellte sie die fünf Punschbecher auf ein Tablett und nippte von jedem ein paar Tropfen, weil es sonst nicht auszuhalten war. Man durfte keinen Gedanken zu Ende denken, sich keine Frage stellen, die mit *Was wäre, wenn* begann. Es war viel schwerer, als sie es sich je hätte vorstellen können, aber solange sie ein bisschen Punsch und einen Haufen Freundinnen hatte, würde sie nicht schlappmachen.
Sie hatte sich in Arbeit gestürzt. Ihr Unterricht an der Parteischule war des Krieges wegen ausgesetzt, doch der Hilfsdienst für misshandelte Frauen forderte ihre ganze Kraft. Zusätzlich leistete sie ihre Schichten bei der *Vossischen* ab, auch wenn ihr Vater jetzt reichlich Geld für den Haushalt schickte. Er war, ohne mit jemandem zu sprechen, losgezogen und hatte sich als Kriegsberichterstatter bei der Messter-Wochenschau beworben. Manfred und Paula hatten erst mitbekommen, dass er fehlte, als aus der Garnisonsstadt Gießen sein erster Brief eintraf. Es gehe ihm wie einem Fisch im Wasser, schrieb er, jetzt, wo er seinen Beruf wiederhabe, und verdienen würde er mehr als bei der *Vossischen*. Manfred und Paula könnten endlich ein wenig jung sein und ihr Leben genießen. Von Gefahren schrieb er nichts – kein Wort darüber, dass er fast sechzig Jahre alt war und davon gut vierzig hinter einem Schreibtisch verbracht hatte.
Paulas Gewissen setzte ihr zu. Hätte sie ihm gesagt, dass sie ihn liebe und dass er ihr nichts beweisen müsse, hätte sie ihn aufhalten können? Sie schrieb ihm nichts davon, dass Manfred seine Stellung verloren hatte, ging sparsam mit seinem Geld um und leistete fleißig ihre Schichten ab. Wenn er auf Heimaturlaub

kam, wollte sie ihn bitten zu bleiben. »Dein Leben ist uns zu kostbar«, würde sie sagen und ihm seine krossen Kartoffeln braten, mit reichlich Mettwurst darin. »Wir lieben dich, und was Geld betrifft, so haben wir etwas auf der hohen Kante.« Für ihren Hilfsdienst rührte sie sein Geld nicht an, sondern nutzte ihren eigenen Verdienst oder bettelte mit ihren Freundinnen um Spenden.

Ihren ursprünglichen Plan, eine Wohnung zu mieten, in der die Frauen Zuflucht finden konnten, hatte sie aufgeben müssen. Zu Preisen, die sie sich leisten konnte, gab es nur düstere Löcher oder vor Nässe triefende Behausungen zum Trockenwohnen. Da sich aber bereits herumsprach, dass verprügelte Frauen sich an Paula um Hilfe wenden sollten, drängte die Zeit. Eine Mutter mit vier Kindern, der ihr Mann Kiefer und Arm gebrochen hatte, suchte ein Versteck. Kurzerhand nahm Paula sie in ihre Wohnung auf und quartierte sie in ihrem Zimmer ein. Sie selbst zog ins Arbeitszimmer, wo sie sich Büro und Schlafraum gleichzeitig einrichtete. Dabei war es geblieben. Manfred, Klara und Rieke teilten sich sein Jungenzimmer, und die drei übrigen Zimmer und jetzt auch die Dienstbotenkammer wurden für die Frauen und ihre Kinder genutzt.

Klara hatte nicht übertrieben. Es gab Scharen von Frauen, die Hilfe brauchten. Blau geprügelte Augen, gebrochene Glieder, Rücken, die sich nie mehr aufrichten würden. »Und jetzt ist Krieg«, sagte Klara. »Die meisten Männer sind wie Hotte im Feld, und in den Fabriken werben sie Frauen an, die lernen, dass sie sich selbst erhalten können. Was soll erst werden, wenn die Männer zurückkommen und mit ihren zu stark gewordenen Frauen fertig werden müssen?«

»Wir brauchen keine Wohnung, sondern 'ne Villa, um die alle unterzukriegen«, hatte Ilse pariert. »Aber die besorgt uns Paula, hab ich recht? Wenn der Krieg aus ist, wird Paulas Herzliebster Finanzminister, und unser Paulchen lebt in Saus und Braus.«

»Falls ihr keine französische Granate den Herzliebsten in Fetzen reißt«, wandte Johanna ein. Sie war blass und hatte Schatten um die Augen. Allzu leicht vergaß man, dass sie sich um Harry ängstigte wie Paula um Clemens und Ilse um Heinz. Nur dass Johanna keine Feldpostbriefe erhielt, nicht einmal ab und an ein Wort, das Hoffnung machte.

»Ach was, Clemens ist zum Überleben gemacht«, versetzte Ilse leichthin. »Sagt ehrlich, Mädchen, so viel hübsche Unverfrorenheit darf doch nicht in einem Massengrab verrotten. Der windet sich mit seinem Charme schon durch, und dann kriegen wir ihn zurück und haben im Handumdrehen unsere Villa im Grünen!«

Dieses eine Mal lachte Paula nicht mit, weil sie daran denken musste, wie Clemens nackt an ihrer Seite lag, wie er im Schlaf stöhnte und wie verzweifelt er sich wünschte, etwas zu beweisen. Rasch nippte sie ein letztes Mal am Punsch und schrieb auf den gefalteten Zettel, den sie immer bei sich trug und den sie später in einen Feldpostumschlag stecken würde:

»Clemens, mein Liebster, viel zu weit weg.

Bei dem, was ich gerade trinke, würde Dein verzärtelter Magen sich umstülpen: Punsch mit Quitten und Rübenpampe und Deinem ganzen teuren Cognac obendrauf. Was trinkst Du? Ich weiß nicht, ob ich das wissen möchte, auch wenn mein Magen abgehärtet ist. Stirb nicht, Liebster, oder ich ersäufe Dich in Rübenpunsch. Wir sind hier Weiber ohne Zahl, die sich nach Dir verzehren.«

Meist schrieb sie ihm derlei Blödsinn in einer Handvoll Zeilen. Alles, was kein Blödsinn war, nahm den Atem und war zu hart, um es in Worte zu fassen. Er schrieb ihr zurück:

»Geliebteste Paula Klein.

Hätte ich Dir nicht das Gegenteil gelobt, so wäre ich heute Nacht eines traurigen Todes gestorben, denn um mich im Graben liegen fünfzehn Mann, die weißen Bohneneintopf gegessen haben. Geschosse werden bis in den Morgen abgefeuert, und das Anlegen der Gasmaske ist verboten.

Ewig der Deine und zum Himmel stinkend, C.«

Paula drückte flüchtig das Papier an ihre Wange. Über die Partei schrieb sie ihm nichts, kein Wort von dem Bedrückenden, dem Unverständlichen, das geschehen war. Womöglich hätte er ohnehin kein Wort davon lesen dürfen. Immer wieder hörte man davon, dass Briefe stichprobenartig zensiert würden und dass ein schwarzer Balken alles unleserlich machte, was als unpatriotisch und schädlich für die Moral der Truppe galt.

Davon, dass der Krieg zu Weihnachten zu Ende sein würde, war auf einmal keine Rede mehr gewesen. Immer weniger Hehl machte die Regierung daraus, dass sie auf Eroberungen aus war, auf Machtgewinn, und dass es ihr dafür auf ein paar tausend Menschenleben nicht ankam. Noch immer wurden Siege triumphal gefeiert, doch immer weniger Berliner feierten mit. Dazu hatten zu viele inzwischen ein Telegramm auf gelblichem Papier erhalten, das ihnen in dürren Worten mitteilte, dass der Sohn, der Mann, der Bruder »für Kaiser und Vaterland gefallen« sei. Paula hasste dieses Wort »gefallen«. Wer gefallen war, stand wieder auf.

Mehr und mehr Genossen begriffen, dass sie betrogen worden waren und gegen die Lawine anstürmen mussten, wenn sie ein Schlachten von nie gekanntem Ausmaß verhindern wollten. Karl Liebknecht veröffentlichte eine Kampfschrift gegen die Gier der Wirtschaft, die hinter dem Krieg stand, und etliche stimmten ihm zu. Alle Kräfte mussten auf Frieden dringen, zumal die Versorgungslage täglich schlechter wurde. Zu Weihnachten konnte kaum eine Hausfrau die traditionellen Bockwürste auftischen, die Rationierung von Brot stand bevor, und mancher munkelte, den deutschen Städten drohe eine Hungersnot.

Manfred war in jenen Novembertagen regelrecht aufgeblüht und zweifelte nicht daran, dass die Partei endlich ihren Kurs ändern würde. Dass auch andere Stimmen laut wurden, die von

Noske zum Beispiel, der unverblümt Landgewinn für Deutschland forderte, überhörte er. War Paula ehrlich, so hatte sie es auch überhört, weil das andere so viel Hoffnung versprach. Umso härter traf sie alle der Schlag, als am 2. Dezember die Fraktion erneut den Kriegskrediten ihre Bewilligung erteilte. Ein Einziger hatte den Mut besessen, dagegen zu stimmen, Karl Liebknecht, der dafür öffentlich von der Partei gerügt wurde.

»Ich habe Angst, Zwerg«, hatte Manfred zu Paula gesagt.

»Vor dem Krieg?«

»Nein, vor mir selbst. Die Partei, die ich vor mir sehe, ist nicht mehr die, der ich beigetreten bin.«

»Das ist doch Unsinn, Manni. Wir sind in einem Ausnahmezustand, in dem alles kopflos reagiert, aber die Genossen werden sich schon fangen.«

»Hand aufs Herz, glaubst du das selbst?«, hatte er sie gefragt. »Auch wenn Liebknecht eingezogen wird und Rosa Luxemburg ins Gefängnis muss, wenn Noske und Ebert an Boden gewinnen?«

»Liebknecht ist doch Abgeordneter, er kann gar nicht eingezogen werden. Und Rosa Luxemburg bleibt sicher verschont.«

»Wenn die Fraktion ihn nicht schützt, kann er sehr wohl eingezogen werden, genau wie sie Rosa ins Weibergefängnis schicken werden, wenn in der Parteispitze niemand protestiert.«

»Aber weshalb sollte denn niemand protestieren? Hast du vergessen, dass zur Parteispitze noch immer Hugo Haase gehört?«

»Und hast du vergessen, dass Haase für die Kredite gestimmt hat? Zum zweiten Mal, all den schönen Worten zum Trotz.«

Paula wollte sich von seiner Panik nicht anstecken lassen. Sie brauchte Kraft für ihre Arbeit mit den Frauen, die nicht nur untergebracht und verköstigt, sondern auch getröstet und beraten werden mussten, damit sie sich aufrichten und ihr Leben in eigene Hände nehmen konnten. Sie musste Ruhe bewahren, doch wenn sie tief in sich hineinhorchte, wusste sie, dass Manfred recht hatte.

Von alledem schwieg sie in ihren Briefen an Clemens. Er hatte genug mit dem Wichtigsten zu tun – mit dem Überleben. Alles andere hatte zu warten, bis sie ihn wieder bei sich hatte, in ihren Armen, in Wärme und Sicherheit.

»Liebster Clemens,

ich wünsche Dir das allerschönste, heilste neue Jahr der Welt. So viel Glück, wie ich Dir wünsche, hältst Du gar nicht aus, weshalb Du alles bis auf das kleinste Fitzelchen mit mir teilen musst.

Deine Paula, die Kleine, die nicht allzu allein ist, aber viel zu sehr ohne Dich.«

Sie wollte ihn bei sich haben. Sie wollte ihm sagen, dass sie sich Sorgen um Manfred machte und dass er mit ihm sprechen sollte. Es war so schwer, das, was sie beschäftigte, nicht mit ihm zu teilen, aber dabei blieb es: Sie schrieb ihm nichts von ihren Nöten, und er schrieb ihr nichts vom Krieg. Vor ihren Augen verschwamm der Punsch in den Bechern.

»Kleine Paula, hamsterndes Lieblingsmädchen,

ich wünsche Dir, dass Du im neuen Jahr schon zum Frühstück Aal grün bekommst, zum Kaffee Bienenstich und zu jeder Mahlzeit Küsse, aber nicht von anderen Männern, weil mir sonst das Herz zerbricht. Kutte wünscht Dir, dass Du Kaffee ohne Salz trinken darfst, aber das wünsche ich Dir nicht, denn welcher Mensch mit Geschmack trinkt Kaffee ohne Salz? Mein liebstes Mädchen, im Golf von Neapel liegt die verschüttete Stadt Pompeji, wo seit Tausenden von Jahren Liebespaare unter Lava schlafen. Dorthin möchte ich mit Dir, und dann schlafen wir uns gründlich aus.

Du fehlst mir. C.«

»Paula?«

Sie fuhr herum und sah Klara vor sich stehen. Mit einem Blick erfasste die Freundin, was los war, nahm ihr die feucht geweinten Zettel weg und zog sie in die Arme. »Ach, Paulchen, du Armes.«

»Tut mir leid.«
»Dummes Zeug. Nicht einmal du kannst unentwegt tapfer sein. Ich danke jeden Abend dem Schicksal, dass Manfred ausgemustert ist, und schaffe es trotzdem, mich mit Angst um ihn um den Schlaf zu bringen. An deiner Stelle wäre ich längst verrückt.«
Ein bisschen musste Paula lachen. »Weißt du was? Ich glaube, ich bin verrückt. Es merkt nur keiner.«
»Weil die Welt verrücktspielt. So verrückt können wir Weiber gar nicht sein, dass wir unter all den Verrückten nicht ziemlich gesund wirken.«
Sie lachten beide. Kriegslachen. »Das Schlimmste ist, dass es so schnell geht«, sagte Paula und nahm Klara die Feldpostbriefe fort, um sie in ihren Händen zu glätten. »Heute noch bekommst du dieses quietschlebendige Liebesgesäusel von einem heißgeliebten Kerl, den du abwechselnd beuteln und küssen möchtest, und einen Tag später hältst du diesen schäbigen Umschlag in der Hand, in dem gar kein Leben mehr steckt, nur dieser eine Satz …«
Sie brach ab. Klara barg ihr Gesicht an ihrer Brust. »Ja, du armes Paulchen, das ist im Kopf nicht auszuhalten, und ich habe keine Ahnung, wie du dazu noch so viel arbeiten und dich um uns alle kümmern kannst.«
»Ihr kümmert euch doch um mich!«, protestierte Paula. »Ihr schleppt und schuftet, und du stehst hier und tröstest mich, und ich habe euch noch nicht mal den ekelhaften Quittenpunsch gebracht. Ich wollte zum Markt, damit wir die Kartoffelkisten vollbekommen, ehe die Preise wieder erhöht werden, ich wollte meinen freien Tag nutzen, um die neue Kammer herzurichten, und was tue ich? Hocke in der Küche und heule um meinen Clemens, der schließlich ein mächtiges Kreuz hat und allein auf sich aufpassen kann.«
»Ach je, welcher Mann kann schon auf sich allein aufpassen?«
Es hatte ein Scherz sein sollen, aber es klang nicht wie einer.

»Klärchen«, fragte Paula, »sagst du mir, weshalb du Angst um Manfred hast?«
»Vergiss das doch! Du hast ganz andere Sorgen.«
»Manfred ist mein Bruder.«
»Es ist vielleicht nicht der Rede wert«, murmelte Klara. »Nur fürchte ich manchmal, er könnte es so weit treiben, dass er aus der Partei ausgeschlossen wird, und ich bin nicht sicher, ob er das aushält.«
»Wie kommst du denn darauf? Ja, der rechte Flügel führt sich despotisch und selbstgerecht auf, aber keiner wird so weit gehen, verdiente Genossen aus der Partei zu werfen. Und Manfred ist nicht einmal ein hoher Funktionär. Sie müssten ja Leute in Scharen ausschließen, wenn sie bei einem so kleinen Licht wie Manfred anfangen.«
»Gerüchte gehen, dass sie genau das vorhaben«, versetzte Klara düster. »Und vergiss nicht, Manfred gibt eine Zeitung heraus, wenn auch nur ein verkümmertes Blättchen, dem ständig das Geld für die nächste Ausgabe fehlt. Das könnte schon morgen anders aussehen. Wenn sich namhafte Leute vom *Vorwärts* lösen, werden sie eine Plattform brauchen, ein Presseorgan.«
»Aber das ist doch Wahnsinn, Klara! Wenn es damit einmal anfängt, spaltet sich die ganze Arbeiterbewegung. Und wenn die ihre Einigkeit verliert, haben uns die andern im Handumdrehen untergebuttert.«
Zögernd nickte Klara. »Damit wirst du schon recht haben, und Manfred glaubt ja im Grunde nichts anderes. Aber du kennst ihn. Er hält Unehrlichkeit nicht aus, und ich habe Angst, dass dieser Kampf darum, das Richtige zu tun, ihn ebenso zerreißt wie die Partei.«
»Verflucht, Klärchen, wieso hört sich bloß das, was du da sagst, so sehr nach Manfred an?«
Klara lachte. »Weil Männer leichter zu durchschauen sind als Frauen. Ach Gott, ich wünschte, dein Clemens käme zurück. Für

dich, weil du es verdient hast, und für meinen Manfred, weil es sonst keinen gibt, von dem er sich ein wenig leiten lässt.«

Paula wollte noch etwas sagen, da hämmerte es an der Tür. Jedes Mal vollführte ihr Herz einen Satz, weil sie fürchtete, es könne der Bote sein, der das Telegramm mit der vernichtenden Nachricht brachte. Dabei war das Unsinn. Eine Todesmeldung würde Clemens' Eltern zugestellt, nicht ihr. Gleich darauf erkannte sie den Rhythmus der Schläge – es war Joachim, der nach der Schule für sie den Boten spielte. Seit dem Tag der Mobilmachung klebte er Paula wie ein treues Hündchen an den Fersen und riss sich förmlich darum, ihr zu Diensten zu sein. Manchmal holte er Frauen vom Marktplatz ab, wo die feiste Frieda, Kiki, das Kusinchen, und die übrigen Kameradinnen die Kunde von Paulas Hilfsdienst verbreiteten. Dann wieder saß er unten in der Portiersloge und half Frauen, die verletzt oder eingeschüchtert waren, nach oben in die Wohnung.

»Du lieber Himmel«, stöhnte Klara, »hoffentlich keine Neuzugänge. So muss sich Noah gefühlt haben, als die Arche ihm aus den Nähten platzte und unbedingt noch zwei Elefanten an Bord wollten.«

Paula lachte. »Arche Noah, das passt wie die Faust aufs Auge. Von jetzt an heißt dieser komische Verein hier die Arche Noah. Die Taufe mit Quittenpunsch folgt auf dem Fuß.«

»Nach uns die Sintflut!«, rief Klara. Lachend liefen sie miteinander zur Tür, um zu sehen, wen Joachim ihnen brachte.

In den Monaten, seit sie den Hilfsdienst eröffnet hatten, hatte Paula Dinge gesehen, die sie bis ins Mark erschütterten, doch noch vor keiner Besucherin war sie erschrocken wie vor dieser. Warum, ließ sich später kaum erklären. Vielleicht, weil sie viel jünger war als die Frauen, die sonst kamen. Vielleicht, weil sie vollkommen anders war, obwohl sich auch das später kaum erklären ließ. Die Frauen, die für gewöhnlich vor der Tür standen, trugen zerrissene Kleidung in Grau oder Braun. Diese trug Weiß, und bevor ihr geschehen war, was sie hergetrieben hatte, war ihr Kleid gestärkt und sauber gewesen. Jetzt war die gesamte Front vom hochgeschlossenen Kragen bis zum Rocksaum mit Blut beschmiert.

Die meisten Frauen starrten zu Boden und ließen Joachim für sich sprechen. Diese aber hob den Kopf mit der blonden Hochsteckfrisur, kaum dass Paula die Tür geöffnet hatte. Ihr Gesicht war eines von denen, die man einmal sah und nie vergaß. Die Haut weiß und fein, die Form ein perfektes Herz, der Mund eine kleine, volle Blüte. Ihre Lider mit den gewölbten Wimpern schlugen auf wie bei den teuren Puppen, die im Kaufhaus des Westens in den Schaufenstern saßen. Ihre Augen waren rund und vollkommen blau. Das linke war von einem Schlag verschwollen, wie Paula es dauernd zu sehen bekam, aber die Verletzung war nicht frisch, sondern heilte bereits gelblich ab.

Frisch war nur das Blut.

»Sie stand unten, als ich vom Markt kam«, berichtete Joachim und schwenkte seinen Korb. »Ohne Schal und Mantel bei der Hundekälte.«

»Ich möcht etwas melden«, unterbrach ihn das Mädchen. Sie konnte nicht älter als vierzehn oder fünfzehn Jahre alt sein. Ihre harte Aussprache verriet die Herkunft aus einem der Berliner Arbeiterbezirke, doch den Dialekt, den die meisten freimütig sprachen, unterdrückte sie.

Paula trat vor und streckte ihr die Hand hin. »Ich bin Paula Thomas, und dies hier ist meine Freundin Klara Mundt. Komm erst mal herein, du musst ja völlig durchgefroren sein.« Sie wusste, sie waren bereits überbelegt und hätten niemanden mehr aufnehmen dürfen, aber sie konnte dieses halbe Kind unmöglich vor der Tür stehen lassen. Dass sie und ihre Freundinnen nur ein paar Jahre älter waren als das Kind, erschien unglaublich. Die Zeit, in der sie jung gewesen waren, lag vor dem Krieg und war lange her.

Das Mädchen schüttelte den Kopf.

»Du brauchst keine Angst zu haben.«

Heiser lachte sie auf. »Ich hab keine Angst. Vor ein paar Weibern in schnieken Kleidern und einem kleinen Bengel schon gar nicht.« Dann bemerkte sie Paulas Blick, der am Brusteinsatz ihres Kleides hing. »Mein Blut ist das nicht«, sagte sie. »Und meinetwegen komm ich nicht her. Ich hab nur auf dem Markt gehört, dass ihr euch um Frauen kümmert, denen was passiert ist, und da dacht ich mir: Liegen lassen kann ich die nicht, und hierherkommen ist besser als zur Polizei.«

»Wen kannst du nicht liegen lassen?«

»Meine Nachbarin«, sagte das Mädchen. »Jette Brimme. Die liegt im Hof und ist tot.«

21

Sie hieß Stefanie. Es passte zu ihr, weil in Moabit, wo sie herkam, niemand Stefanie hieß und niemand aussah wie sie. Sie war bereit, den kleinen Trupp Frauen zu der angeblichen Toten zu führen, doch als Paula darauf drängte, die Polizei zu holen, wurden ihre blauen Puppenaugen schmal. »Die Polizei holt ihr ohne mich, verstanden? Wenn die auftauchen, seht ihr mich nicht wieder, und wenn die mir Fragen stellen, kommt aus mir kein Wort.« Schließlich entschieden sie sich, mit ihr zu gehen, alle fünf, während Joachim die Wohnung hütete. Noch vor ein paar Wochen hätten sie zu solchem Gang einen Mann als Begleiter aufgetrieben, doch jetzt, wo immer weniger Männer zur Verfügung standen, mussten sie die Dinge allein anpacken. Berlin ist eine Stadt der Frauen geworden, dachte Paula. Wo man hinschaute, vor den Fabriktoren wie an den Karren der Dienstleute, sah man Frauen, die versuchten so gut wie möglich die Plätze ihrer Männer auszufüllen. Ein wenig Schnee fiel. Paula zerrte eilig ihre Jacke mit der zerrissenen Kapuze von der Garderobe und legte sie Stefanie um die schmalen Schultern.

»Die behalten Sie mal«, sagte Stefanie, obwohl ihr die Zähne klapperten. »Die ist kaputt, und Braun gefällt mir nicht.«

Verdattert tauschten die Frauen Blicke, und Ilse tippte sich an die Stirn.

Nach dem Wortwechsel über die Jacke stapften sie schweigend in den Kiez um die Huttenstraße, hinter der neuen Turbinenfabrik der AEG. »Hier«, sagte Stefanie vor einem der hohen, düsteren Häuser, die in winzigen Parzellen vermietet wurden und bis zu fünf Hinterhöfe besaßen. Dieses hatte drei. Im ersten spielten in der Dämmerung noch Kinder, bewarfen sich mit Geschossen aus Schnee und Schlamm.

»Verreck, du Franzosendreck!«
»Du Sauruss pass auf deine Rübe auf!«
Im zweiten Hof stand ein Mann mit gespreizten Beinen und pinkelte. Als er den kleinen Zug kommen sah, drohte er Stefanie mit der Faust und grinste den Übrigen zu.
»Kennst du den?«, fragte Ilse.
»Ja«, sagte Stefanie und ging weiter.
Im dritten Hof lag die Tote. Johanna entfuhr ein Schrei, und ein paar Spatzen, die im Schnee gepickt hatten, flatterten auf.
»Wie ist das passiert?«, fragte Klara, die vermutlich mehr schwerverletzte Frauen gesehen hatte als die vier anderen zusammen.
»Sie ist aus dem Fenster gefallen«, antwortete Stefanie und wies nach oben. Das Fenster im vierten und höchsten Stock stand offen. Es besaß einen schmalen Vorsprung, auf den man hinaustreten konnte, um am Geländer Wäsche aufzuhängen.
»Wie will die denn da rausgefallen sein?«, wunderte sich Ilse. »Ich meine, richtig hoch ist das Geländer zwar nicht, aber so leicht geht man doch da nicht drüber.«
Paula konnte nichts sagen, sondern nur die Tote anstarren. Ihr Gesicht war zur Seite gedreht, und das, was ihr Hinterkopf gewesen war, lag zerschmettert im Schnee. Die graue Masse, die zwischen den Splittern austrat, war das gewesen, was ihre Gedanken geformt hatte, was einen Menschen aus ihr gemacht hatte, den es nie wieder geben würde. Ihre Glieder waren verdreht und zerbrochen. Unvorstellbar, dass sie am Morgen auf diesen Beinen noch umhergelaufen und in diesen Armen jemanden gehalten hatte. In einer Woge von Mitleid trat Paula zu Stefanie, die scheinbar teilnahmslos vor der Leiche stand. Hatte dieses arme Kind die Tote entdeckt, die außer ihr niemand beachtete? War sie mit ihr allein geblieben, hatte sie mit ansehen müssen, wie sie gestorben war?
Sie legte Stefanie den Arm um die Schultern, doch das Mädchen schüttelte sich frei. »Kommt ihr klar? Kann ich jetzt gehen?«

Sie wollte loslaufen, aber Ilse vertrat ihr den Weg. »Mir ist immer noch nicht klar, wie die Frau aus diesem Fenster gefallen sein soll. War sie betrunken? Nicht richtig im Kopf? Sie muss doch rückwärts nach hinten gekippt sein, sonst hätte sie so nicht aufschlagen können. Wer weiß denn nicht, wo in der eigenen Wohnung die Fenster sind, und stolpert rücklings in den Tod?«

»Vielleicht hat sie sich umgebracht«, murmelte Johanna.

»Verdammt, was geht's euch an?« Stefanie sprang zurück wie ein Tier. »Warum kümmert ihr euch nicht um euren eigenen Dreck?«

Ehe sie davonlaufen konnte, packte Ilse sie am Arm. »Moment mal, Frolleinchen. Du hast uns hergeholt, und jetzt erzählst du uns gefälligst auch, was sich hier abgespielt hat, oder wir besprechen das alles auf der Polizeiwache, und wenn du die hundertmal fürchtest wie der Deibel das Weihwasser.«

Kurzentschlossen schob sich Paula zwischen sie. Als sie Stefanies Arm umfasste, ließ sie vor Schreck wieder los. Das Glied war so dürr, dass sie fürchtete, es zu zerbrechen, und es fühlte sich starr an wie der Arm einer Toten. Im schwindenden Licht sah sie, dass das Gesicht des Mädchens keineswegs so makellos war, wie es ihr vorhin vorgekommen war. Neben der verblassenden Schwellung wies es Abschürfungen an Stirn und Kinn und eine scharfe Narbe im rechten Augenwinkel auf. Kälte und Abwehr in den puppenblauen Augen waren jetzt nur noch nackte, flackernde Angst. Paula schwor sich, dass sie das Mädchen nicht hier zurücklassen würde, was immer ihm widerfahren war. Sie wollte es in ihrer warmen, hellen Wohnung wissen, wollte ihm Kürbissuppe wärmen und eine Decke um die klapperdürren Schultern legen.

»Stefanie, wir müssen wissen, was hier geschehen ist, damit wir entscheiden können, was zu tun ist«, sagte sie. »War deine Nachbarin allein in der Wohnung? Hat sie Familie?«

»Drei Bälger«, blaffte Stefanie. »Wo sollen die denn hin, wenn die den Alten wegholen und 'nen Kopp kürzer machen?«

»Welchen Alten?«, drängte Paula. »Stefanie, was ist deiner Nachbarin passiert?«
»Verdammt, was soll ihr schon passiert sein?«, schrie das Mädchen. »Kein Geld hat sie gehabt wie wir alle, das ist das Einzige, was hier passiert. Und ihr Alter hat auch kein Geld. Der fuhr früher den Wagen vom Gemüsehändler, war keiner von den Schlechten, hat uns manchmal vom Wagen was runtergegeben, Gurken und Tomaten, wenn die ein bisschen angefault waren.«
»Und dann?«
»Und dann und dann!«, äffte das Mädchen sie nach. »Dann ist der verdammte Krieg gekommen, und die verdammten Wagen sind beschlagnahmt worden, und verdammtes Gemüse gibt's hier schon lange nicht mehr.«
Klara stellte sich zu ihnen. Als sie ihr Wolltuch um Stefanies Rücken breitete, wehrte das Mädchen sie nicht ab. »Dein Nachbar hat seine Arbeit verloren, ja? Er hatte eine Frau und drei Kinder sattzukriegen von den paar Pfennigen, die er als Fahrer verdiente, und plötzlich war gar nichts mehr da, ist es so gewesen?«
»Wie soll's denn sonst gewesen sein? So ist es doch immer. In den Krieg haben sie den nicht geholt, weil er's auf der Lunge hat, der ist kein Drückeberger wie mein Vater. Hat ja auch versucht was zum Arbeiten zu finden, hier mal was und da mal was, und das Geld hat er seiner Alten gegeben und gesagt, die soll's in den Zwiebeltopf stecken. Aber wie soll sie das denn machen, wenn drei Bälger brüllen, dass sie was zu fressen wollen?«
»Ihr wohnt nebenan, ja? Du hast das alles gehört?«
Stefanie schüttelte den Kopf. »Nicht alles. Wenn meine Brüder brüllen, hör ich nichts von nebenan.«
»Wie viele Brüder hast du?«
»Sechs«, sagte Stefanie. »Drei sind im Krieg.«
»Das tut mir leid«, bekundete Klara.
»Mir tut's leid, dass sie die andern drei nicht auch noch holen«, erwiderte Stefanie.

»Erzähl mir, was heute geschehen ist«, bat Klara. »Du hast nebenan Gebrüll gehört, ja? Aber nicht von den drei Kindern?«
Stefanie schüttelte den Kopf. »Von dem Alten.«
»Wegen des Geldes im Zwiebeltopf?«
Sie nickte. »Der wollte vorn in die Kneipe. Die gehen da ja alle hin, wenn sie was in der Tasche haben, fünf Pfennig für ein Glas Schnaps.«
»So viel kostet es in unserer Kneipe auch«, sagte Klara. »Aber das Geld war nicht mehr im Zwiebeltopf?«
»Nein, da war's nicht.« Das Mädchen senkte den Kopf und sprach in den Schnee. »Gib's mir, hat er geschrien, und sie hat zurückgeschrien, sie hat's nicht, sie hat's da reingetan, und jetzt weiß sie nicht, wo's ist.«
»Und er?«
»Gib's mir, gib's mir«, ahmte Stefanie die grollende Stimme des Mannes nach und dann die schrille, spitze der Frau: »Ich hab's nicht, ich hab's nicht. Und so sind sie durchs Zimmer, er immer, gib's mir, gib's mir, und sie, ich hab's nicht, ich hab's nicht, und dann haben noch die Bälger mit dem Brüllen angefangen.«
»Hat er sie geschlagen?«
»Was weiß ich. Geschlagen wird er sie wohl haben, wollt ja sein Geld wiederkriegen, und sie hat ihn doch angelogen. Hätt sie gesagt, ich hab's für Milch für den Kleinen ausgegeben, vielleicht hätt er ja aufgehört. Aber sie schrie immer nur: Ich hab's nicht, Fritze, glaub mir, ich hab's nicht. Und er wieder: Gib's mir, gib's mir. Und er ist vor, und sie ist zurück, und so immer weiter …«
»Bis zum Fenster?«
»Weiß nicht. Muss ja wohl. Ist doch eh kaum Platz in dem Zimmer, wo soll denn eine da hin?«
»Also ist sie bis vor das Fenster zurückgewichen, und als er ihr weiter nachkam, ist sie hintübergestürzt?«
»Gib's mir, gib's mir«, äffte Stefanie und begann mit ihrem dürren Leib vor und zurück zu schwanken. »Ich hab's nicht, ich

hab's nicht. Sie hätt ja steh'n bleiben können. Der Fritze hat sie nicht totmachen wollen. Für fünf Pfennig in die Kneipe wollte der.«
»Ja, Stefanie«, sagte Klara und fing das Mädchen auf, ehe es in den Schnee stürzte. »Nur eine Frage noch. Der Mann, der vorn im Hof stand und dir gedroht hat – war das der Mann von deiner Nachbarin? Der Fritze?«
Mit letzter Kraft schüttelte Stefanie den Kopf. »Der Fritze droht mir nicht. Der ist da oben. Guckt ja sonst keiner auf die Gören. Der da im Hof war mein Vater, aber jetzt ist der nicht mehr da.«
Stefanie sank in ihren Armen zusammen. »Ich nehme sie mit in unsere Arche Noah«, sagte Paula. »Vorn in der Kneipe finde ich sicher jemanden, der uns einen Wagen holt. Könnt ihr zur nächsten Wache gehen und die Polizei verständigen?«
»Geht klar«, antwortete Ilse. »Aber nimm mein Schwesterherz mit. Der geht das zu sehr an die Nieren.«
»Die arme Frau wird aus dem Fenster geworfen, und keinen Menschen kratzt's«, murmelte Johanna fast unhörbar vor sich hin und nickte Paula dankbar zu.
Klara übergab ihr Stefanies federleichtes Gewicht. »Bist du sicher, dass du das übernehmen willst?«, fragte sie.
Paula nickte.
»Wenn sie dich abweist, selbst wenn sie schlägt und beißt, nimm es dir nicht zu Herzen«, sagte Klara. »Du hast einen Narren an ihr gefressen. Aber in ihren Augen bist du auf der Sonnenseite zur Welt gekommen und wirst ihresgleichen nie begreifen.«

22

März

Kaum war das Brot rationiert, schnellten die Preise für Kartoffeln in astronomische Höhen. Der Gemüsehändler, für den Fritz Brimme gearbeitet hatte, war nicht der Einzige, der seinen Laden schließen musste, weil es nichts mehr zu verkaufen gab. Fleisch war zu zäh, um es zu kauen, und zu teuer, um es auf den Müll zu werfen, Sahne war überhaupt nicht zu haben, und für Milch und Eier zahlte man horrende Preise. Luxusartikel, die Zigaretten, die Klara liebte, und der Kaffee, bei dem Paula an Clemens dachte, waren nur noch auf dem Schwarzmarkt erhältlich, nicht für wertloses Geld, sondern gegen Tauschgut wie Pelze, Schmuck und Tafelsilber. In der Arche Noah gab es sechs Frauen und zehn Kinder durchzufüttern. Paula und ihre Freundinnen mussten sich erfinderisch zeigen, wenn sie nicht wollten, dass jemand Hunger litt.

Wie die feiste Frieda, Kiki, das Kusinchen, und die meisten Frauen, die Paula vom Markt her kannten, hatte auch Ilse Arbeit in einer der Moabiter Fabriken angenommen, bei Borsig, wo sie die Hälfte des Lohns erhielt, den vor dem Krieg ein Mann verdient hatte. Johanna aber, die tagsüber Zeit hatte, lernte, in der Anfahrt auf Züge zu springen, und fuhr hinaus ins Brandenburgische, um alles, was sie in der Wohnung entbehren konnten, bei Bauern gegen Lebensmittel einzutauschen – Hülsenfrüchte, aus denen sich ein haltbares Mus kochen ließ, die begehrten Kartoffeln, deren geriebene Schalen sogar für eine Art Streuselkuchen taugten, und Grieß und Milch, die durch unermüdliches Rühren einen Sahneersatz ergaben und Suppen nahrhafter machten.

»Räumt meine Wohnung auch leer«, sagte Clemens, als er Anfang März auf drei Tage heimkam. Es würde Paula weh tun, die Kleidungsstücke, die sie an ihm liebte, wegzugeben, das weiche Tweedjackett mit den Ausbuchtungen seiner Schultern und die weißen, weit fallenden Hemden, die nach Sommer rochen. Noch schmerzhafter würde es sein, ihr kleines Liebesnest, in dem sie sich drei selige Tage stahlen, seines Inventars zu berauben, ihre Decken und Kissen auf den Tauschmarkt zu schleppen, aber Clemens bekniete sie geradezu: »Leg das ganze Gelump in Bienenstich an und vergiss nicht, jedes Mal, wenn ich mir vorstelle, wie mein Hamster sich die Backen vollstopft, geht es mir da drüben wie dem Mops im Paletot.«

Er war verwundet worden, ein Steckschuss im linken Oberarm, den er nicht genug bejubeln konnte, weil er ihm Urlaub in der Heimat eingetragen hatte. Dass er zudem zum Korporal befördert worden war und für Tapferkeit ein Eisernes Kreuz zweiter Klasse erhalten hatte, wollte er nicht einmal erwähnen. »Ich wünschte, ihr könntet das blöde Blechding auch verscherbeln«, knurrte er. »Aber für den wertlosen Flitter bekommt ihr keine Runkelrübe.«

»Dafür habe ich ja dich, du Runkelrübe«, erwiderte sie und zog ihm die Haut von der Bauchdecke, die stehen blieb, weil darunter kein Gramm Fett mehr saß. Er hatte etwas von seiner Schönheit eingebüßt, das überwältigende Strahlen, den lässigen Stolz und die Eleganz, der Paula vor einer Ewigkeit am Wannsee nachgestarrt hatte, um zu entdecken, dass sie vom Kind zur Frau geworden war. Seine Augen wirkten riesig und schwarz in dem ausgezehrten Gesicht. »Ich liebe dich so«, sagte Paula. »Ich dachte, ich kann dich unmöglich noch mehr lieben, aber ich kann es noch viel, viel mehr.«

»Wenn ich nur wüsste, warum.«

»Wenn du das nicht weißt, bist du ein Dummkopf. Weil du es verdienst, Clemens. Tausendmal.«

Er hatte den Kopf über ihren Bauch gebeugt, dass das Haar über sein Gesicht fiel, und hatte ihr Krümel von der Haut geküsst. Unvermittelt hielt er inne und sah auf. Er muss unbedingt mehr zu essen bekommen, dachte sie. »Und wenn ich es nicht verdiene, Paula Klein?«

Sie wusste nicht, wovon er redete, zog seinen Kopf zwischen ihre Brüste und zerraufte sein Haar. »Musst du über sinnloses Zeug nachgrübeln, Liebster? Du verdienst alle Liebe der Welt, nicht für dein Eisernes Kreuz, sondern weil du dein Eisernes Kreuz am liebsten in die Spree schmeißen möchtest.«

»Nicht in die Spree.«

Ihre Blicke trafen sich.

»In den Wannsee, einverstanden?«

Mit einer Spur Wehmut lachte er auf und küsste ihren Mundwinkel. »Ich habe Kutte versprochen, dorthin zu fahren und nach dem Rechten zu sehen. In der Eile mit der Einberufung hat er vergessen, sein Schild abzuhängen. Unser Kutte, diese riesige wandelnde Zielscheibe, liegt im Schützengraben, krabbelt unter Leichen hervor und macht sich Sorgen um sein Schild.«

»Hier düren Familien Kaffee kochen?«

»Und ob«, sagte Clemens. »Übrigens liebe ich dich, Paula Klein. Auch wenn du Besseres verdienst.«

Es lag noch Schnee, als sie zum Wannsee fuhren und in dem menschenleeren, totenstillen Strandbad Kuttes Schild abhängten. »Das tausch nicht ein«, sagte Clemens leise.

»Hast du den Verstand verloren?«

Er zuckte zusammen. Sie hatte vergessen, dass er es nicht mehr ertrug, wenn sie laut mit ihm sprach. »Ich wette, wenn wir diesen Krieg überstehen, haben zwei Drittel der deutschen Männer einen Gehörschaden«, hatte er gesagt.

Sonst sprach er nicht vom Krieg. Nicht davon, was in einem Menschen vorging, wenn ein Geschoss auf den eigenen Körper zuraste, wenn das Geschoss sich ins eigene Fleisch grub und er nicht mehr sicher sein konnte, ob er noch lebte oder schon starb.

Jäh straffte Paula die Schultern. »Dieser Krieg muss aufhören«, rief sie. »Bitte sag mir, was wir tun können, damit er aufhört.«
»Wenn ich das wüsste, Lieblingsmädchen, würde ich es augenblicklich tun.«
Sie hielten sich aneinander fest und sahen hinaus auf ihren Wannsee, auf dem Eisschollen trieben. Clemens scharrte mit der Stiefelspitze Schnee beiseite, hob eine Handvoll Sand auf und stopfte ihn Paula in die Manteltasche. »Versprich's mir wieder«, flehte sie ihn an. »Versprich mir, dass wir uns im nächsten Jahr hier treffen, einerlei, ob der Rest der Welt noch steht.«
»Mein kleines Herz, das kann ich doch nicht.«
»Du musst«, schrie sie, auch wenn es seinen Ohren weh tat. Ihr taten die Augen weh. Sie waren tränenblind. »Du musst, oder ich bringe dich um, und ich warne dich, Clemens, ich meine es ernst.«
Er nahm ihr Gesicht in die Hände. Als sie sich die Tränen wegblinzelte, sah sie das Rinnsal, das ihm über die Wange lief. »In Pompeji«, flüsterte er. »Dieser kleine Genosse mit der italienischen Mutter, der neben mir im Zelt liegt, hat mir das erzählt. In Pompeji haben die Toten dort, wo die Lava sie begrub, einen Abdruck in der Erde hinterlassen, und wenn die Archäologen darauf stoßen, gießen sie den Hohlraum mit Gips aus und erkennen nach zweitausend Jahren noch, wie sie ausgesehen haben. Unsere Toten verrotten auf den Feldern. Wir müssen sie liegen lassen, weil uns sonst die nächste Ladung Granaten erwischt, und falls sie nach dem Krieg einer findet, lässt sich nicht mehr erkennen, wie sie ausgesehen haben.«
»O Gott, Clemens.« Sie reckte sich auf Zehenspitzen und schlang ihm die Arme wie eine Klammer um den Hals. »Ich weiß, wie du aussiehst, mein Liebster, und ich werde es noch wissen, wenn ich mit neunzig oder hundert Jahren sterbe, das verspreche ich dir. Eher vergesse ich meinen eigenen Namen.«
Er sandte ihr ein Lächeln. »Mit dem kann ich dir aushelfen. Du heißt Paula Klein.«

»Ich vergesse dich niemals, Clemens. Nichts von dir, nicht einmal das Sandkorn, das dir an der Lippe klebt.«
»Wenn wir den Krieg überstehen, hängen wir Kuttes Schild wieder auf und fahren in den Golf von Neapel, um uns die ewigen Toten anzusehen?«
»Sieh Neapel und stirb nicht«, sagte Paula und küsste ihn so behutsam, wie sie konnte, um das Sandkorn nicht von seiner Lippe zu streifen.

Hinterher kauften sie am ausgestorbenen Bahnhof Wannsee einer Blumenfrau den letzten struppigen Strauß Nelken ab und gingen Harrys Eltern besuchen. Frau Deborah war außer sich vor Glück, sie zu sehen. Auch sie musste mittlerweile Zichorie in ihren Kaffee rühren und ihre Honigkuchen mit Rübenkraut backen, aber aus unerfindlichen Gründen schmeckte es bei ihr so köstlich wie eh und je.
»Jetzt schaut einmal, was ich euch zeigen muss, meine Lieben«, rief sie, nachdem sie Paula und Clemens um ihren Teetisch plaziert und bewirtet hatte. Sie war sichtlich gealtert, doch die Freude trieb ihr eine mädchenhafte Röte in die Wangen. Flink lief sie ins Nebenzimmer und kehrte mit einem gelblichen Umschlag zurück. Paula erstarrte, doch es war nur ein gewöhnlicher Feldpostbrief. »Seht euch das gut an, ihr beiden. Meinem Harry haben sie das Eiserne Kreuz zweiter Klasse verliehen – für Tapferkeit vor dem Feind. Was sagst du dazu, Clemens, mein Lieber, wo du ja selbst weißt, wie hart man euch Burschen da draußen das Leben macht? Ist das ein Held?«
»Und ob«, erwiderte Clemens. »Ihr Harry ist ein Teufelskerl. Einer unter Millionen.«
Frau Deborah strahlte, und Paula streichelte unter dem Tisch Clemens' Hand.
»Wenn dieser Wahnsinn erst vorbei ist, wenn wir euch wieder daheim haben, gebe ich meinem Harry ein Fest, aber nicht nur

einen Tanztee oder ein gewöhnliches Abendessen, sondern einen Ball! Einen Hausball, als wären wir die oberen Zehntausend. Wenn mein Harry nach Hause kommt, ist es mir das wert.«
Später kam Herr Jakub und brachte mit, was er neuerdings in seinem Geschäft verkaufte, beidseitig bespielte Schallplatten der Marke Odeon. »Obwohl niemand es sich leisten kann, reißen mir die Leute die Scheiben aus der Hand«, erzählte er. »In solchen Zeiten braucht der Mensch Musik wie die Luft zum Atmen.« Auch seine Kriegsbegeisterung hatte sich gelegt, seit am Bild seines ältesten Neffen auf dem Sims der Trauerflor steckte. Er ging zum Grammophon und legte eine der Platten auf, den zärtlichen, wehmütigen Walzer, der vor dem Krieg das Publikum des Metropol begeistert hatte.
»Lieber Freund, man greift nicht nach den Sternen,
Die für uns in nebelhaften Fernen.
Lieber Freund, man muss sich hübsch bescheiden,
Man muss oft meiden,
Was man liebt.«
Paula begriff nicht, warum sie dieses süße, friedliche Lied damals nicht gemocht hatte. Herr Jakub forderte sie zum Tanz auf, und Clemens tanzte mit Frau Deborah, und hinterher tauschten sie und spielten das Sternenlied noch einmal. Zum Abschied weinte Frau Deborah. »Gib auf dich acht, mein Lieber«, sagte sie zu Clemens, »und falls dir mein Harry begegnet, gib auf ihn auch acht. Er soll nicht ganz so tapfer sein, sondern lieber heil nach Hause kommen.«
»Und ob«, erwiderte Clemens gepresst und küsste ihr die Hände.
Dieser Krieg muss aufhören, dachte Paula. Sie dachte es jetzt bei allem, was sie tat.
»Harry ist mir begegnet«, erzählte ihr Clemens in der Nacht, nach der Liebe. »Vor ein paar Wochen.«
»Wurde er in deine Korporalschaft versetzt?«
Clemens schüttelte den Kopf. »Nein, in meiner Einheit habe ich

nur den unbezahlbaren Kutte und Heinz, unseren Spielmann, der gegen Geschützfeuer ansingt. Aber mit Harrys Einheit haben wir in Lothringen ein paar Nächte kampiert. Ich habe ihm von deinem Hilfsdienst erzählt, und er hat mir eine Liste von Anwälten gegeben, die dir in rechtlichen Fragen von Nutzen sein können. Du sollst dich auf ihn berufen. Die Leute schätzen ihn, denn er hat sich im Studium bereits einen Namen gemacht. Ich wollte, ich hätte wenigstens halb so viel Fleiß darangesetzt wie er.«

»Fang nicht wieder damit an«, warnte sie ihn. »Sieh lieber zu, dass du Harry in deine Einheit bekommst, damit du Frau Deborah beruhigen und auf ihn achtgeben kannst.«

»Glaub mir«, sagte Clemens, »das Letzte, was Harry will, ist, dass ich auf ihn achtgebe.«

Paula horchte auf. »Weshalb sagst du das in diesem Ton? Stimmt etwas nicht zwischen euch?«

Clemens zuckte mit der unverletzten Schulter. »Harry ist mein Freund, aber im Grunde traut er mir so wenig über den Weg wie dein Vater, mein Onkel und die Mehrheit der Genossen. Außerdem ist er zweifellos der Ansicht, für dich sei ich pures Gift.«

»Wenn du nicht sofort aufhörst, setzt es heiße Ohren«, rief sie und richtete sich auf. »Harry weiß genau, was du für mich bist. Das Glück meines Lebens. Außerdem verehrt und bewundert er dich – so wie die meisten Menschen, die mir über den Weg laufen.«

»Frauen«, versetzte Clemens bitter. »Und auch die tun es nur, solange sie mich nicht kennen. Der einzige Mensch, der starrsinnig weiter an mich glaubt, obwohl er mich kennt, ist dein Bruder Manfred, und mit dem muss ich morgen unbedingt sprechen. Ich vertröste ihn schon, seit ich angekommen bin.«

Dafür, dass er mit Manfred sprechen wollte, war sie ihm dankbar, aber das andere konnte sie nicht stehenlassen. »Und was ist mit mir? Bin ich vielleicht kein Mensch, oder zählst du mich zu den Frauen, die dich bewundern, weil sie dich nicht kennen?«

Mit einem Ruck, der dem verletzten Arm weh tun musste, richtete er sich ebenfalls auf, und der fast schwarze Blick seiner Augen traf sie. Der Hunger, der darin brannte, stammte nicht vom kargen Essen, und die Verzweiflung war älter als der Krieg. »Bitte glaub an mich, Paula Klein. Auch wenn ich dir keinen Grund dazu gebe.«

Dieser Krieg muss aufhören, dachte Paula, schloss ihn in die Arme und streichelte seinen Nacken. Ich brauche dich bei mir, in unserer Höhle, damit ich dir die Dämonen austreiben kann, ehe sie dir gefährlich werden.

Der nächste Tag war ihr letzter. Am frühen Abend traf er sich mit Manfred und kam spät und ausgelaugt zurück. »Vielleicht gehört Manfred jetzt auch zu den Leuten, die nicht mehr an mich glauben«, sagte er.

»Habt ihr euch gestritten? Bitte nimm es nicht zu schwer, Manfred streitet sich in letzter Zeit mit uns allen. Die Lage ist schuld. In Wirklichkeit ist er nicht auf uns wütend, sondern auf die Parteispitze. Er sagt, wenn Noske redet, glaubt er, er hört einen Imperialisten vom Alldeutschen Verband.«

Der Alldeutsche Verband war ein Zusammenschluss nationalistischer Kräfte, die gegen alles, was ihnen als nicht deutsch galt, zum Kampf aufriefen – an erster Stelle gegen die Juden. Seit Kriegsbeginn gewann der Verband an Einfluss. In seinen Hetzschriften wimmelte es von Forderungen nach rassischer Reinheit und Erweiterung des deutschen Lebensraums.

»Ja, das hat er mir auch an den Kopf geworfen«, bekannte Clemens. »Wenn wir nicht unser Äußerstes tun, um diesem Krieg ein Ende zu machen, sind wir nicht besser als der Alldeutsche Verband, hat er gesagt.«

»Ich habe dir doch erklärt, er meint nicht dich, sondern Noske und Konsorten!«, beschwor ihn Paula. »Clemens, ihr dürft nicht im Streit auseinandergehen, Manfred braucht dich so sehr, du bist sein leuchtendes Vorbild – so wie dein Onkel es für dich war. Bitte stoß ihn nicht weg, wie dein Onkel es mit dir getan hat.«

»Ich ihn?« Clemens schnaubte. »Er hat doch mich als Alldeutschen beschimpft, nicht umgekehrt.« Gleich darauf aber zog er sie wieder an sich und küsste ihren Scheitel. »Mach dir keine Sorgen, Liebste, wir sind nicht im Streit auseinandergegangen. Im Grunde sind wir uns ja einig, nur nicht über den Zeitpunkt, zu dem das Äußerste getan werden muss, um zum Erfolg zu führen.«

»Was meint er überhaupt mit diesem Äußersten?«, fragte Paula. »Die Verweigerung der Kriegskredite ja wohl kaum, denn damit ist es doch längst nicht mehr getan.«

Clemens hielt sie von sich ab und sah ihr in die Augen. »Die Revolution«, sagte er.

Es war dieses Wort, das ihr in den Ohren nachhallte, als ihr Liebster an die Front zurückgekehrt war. Dieser Krieg muss aufhören, dachte sie bei jedem Schritt, und das Wort gab ihr eine vage, kaum fassliche Hoffnung – Revolution.

23

In den Wochen, die folgten, schmolz der Schnee, und eine Hiobsbotschaft reihte sich an die andere. Karl Liebknecht wurde von den Militärbehörden einberufen und als Armierungssoldat – als Gemeiner ohne Waffe – an die Front geschickt. Wenige Tage später wurde Rosa Luxemburg beordert, ihre Haft im Weibergefängnis in der Barnimstraße anzutreten. Ihre Gegenwart fehlte an allen Ecken und Enden, ihre kämpferischen Ansprachen, ihr ungebrochener Mut. Wenn Manfred recht hatte und die Parteispitze die Verhaftung zugelassen hatte, um dem linken Flügel Kraft zu rauben, so hatte der Plan seinen Zweck erfüllt.

Hoffnungen auf ein Ende des Krieges erfüllten sich nicht. Stattdessen weiteten die Kämpfe sich beständig aus. Das Seegebiet um Großbritannien wurde zur Kriegszone erklärt, und die deutsche Marine eröffnete den U-Boot-Krieg. Das Leben in dauernder Erwartung einer Todesnachricht zermürbte die Menschen, und die Versorgungslage tat ein Übriges. Preise für Lebensmittel schnellten derart in die Höhe, dass Paula ihren Haushalt nicht mehr sattbekam. Hinzu kam, dass sie Geld für Gerichtskosten brauchte, denn immer wieder tauchten Männer auf, die ihre Frauen wiederhaben wollten. In solchen Fällen musste Paula einen Anwalt zu Rate ziehen, der nachwies, dass das Leben der Frau bedroht war, wenn sie zu ihrem Mann zurückkehrte.

Der Anwalt, ein Jude namens Kain, stand ganz oben auf Harrys Liste und war Sozialdemokrat wie sie. Er hielt große Stücke auf Harry und arbeitete für Paulas Arche Noah, ohne etwas dafür zu verlangen, doch es fielen Gebühren und Fahrtkosten an, und schließlich blieb ihr keine Wahl, sie musste das Geld ihres Vaters angreifen. Ihr Gewissen schmerzte doppelt. Nie fand sie Zeit,

dem Vater zu schreiben, und jetzt gab sie auch noch das Geld aus, das ihm die Heimkehr hätte sichern sollen.
Aber wenigstens hatte sie Geld, das sie ausgeben konnte. Die meisten Frauen, die sie kannte, kamen bei aller Knauserei nicht zurecht. Von dem, was in der Küche der Arche Noah zubereitet wurde, nahmen Ilse und Johanna einen Henkeltopf voll für ihre Mutter mit, weil sie sie von Ilses Verdienst nicht hätten durchfüttern können. Wenn Paula durch die Stadt ging, kam es ihr vor, als würde die Luft an jeder Ecke brodeln, als hätte ein Funke genügt, um diese brodelnde Luft in Brand zu setzen.
Die feiste Frieda fegte mit ihrem klapprigen Kusinchen über den Marktplatz, als zöge sie in eine Schlacht. »Jehste ooch beim Fleischer?«, fragte sie Paula, wenn sie morgens vor der Schicht bei den Ständen zusammentrafen. »Dollet Anjebot, sag ick dir: Heute hamse keen Schabefleisch, aber morgen, hat der mir fest versprochen, da hamse keene Koteletts.« Kusinchen Kiki in ihrem Schlepptau röchelte beim Sprechen. »Die hat die Schwindsucht«, zischte Gerti, eine Bekannte der beiden. »Und wenn die weiter nischt zu essen kriegt, dann is' die vor Ostern hin, und denn kannste die Frieda gleich mit begraben.«
Zuweilen ekelte Paula sich regelrecht vor der Zeitung, für die sie emsig weitertippte, vor allem vor den salbungsvollen Reden des Kaisers, die regelmäßig auf der Titelseite landeten. Darin schwärmte er von den »heldenhaften Opfern«, die sein tapferes Volk so bereitwillig brachte, und versprach ihm überreiche Entschädigung, sobald das Vaterland den Sieg errungen hatte. Dachte dieser Kaiser überhaupt je darüber nach, was jene Opfer für sein Volk bedeuteten?
Der nächsten Reichstagsabstimmung zu den Kriegskrediten sah Paula in einem Wechselbad aus Angst und Hoffnung entgegen. Klara erging es nicht anders. »Wenn sie diesmal nein sagen, bekomme ich meinen Manfred vielleicht wieder einmal zu Gesicht«, sagte sie. »Inzwischen frage ich mich, ob er noch weiß,

wie ich aussehe.« Paula war es auch aufgefallen. Immer häufiger blieb Manfred bis tief in die Nacht aus, ohne wissen zu lassen, wohin er ging. Er liebte Klara, und er betrachtete die kleine Rieke als sein Kind, doch sein Kampf trieb ihn ständig von beiden fort.

Wenn er über Nacht fort war, schlief Klara mit Rieke in Paulas Zimmer, weil es ihnen allen wohltat. In diesen Nächten überließ sie ihr Zimmer Stefanie, die sich an niemanden anschloss und es hasste, mit den anderen Frauen einen Raum zu teilen.

Stefanie lebte nicht ständig in der Arche, sondern kam und ging. Oft verschwand sie von einem Tag auf den anderen und tauchte Wochen später mit frischen Blessuren wieder auf. Zweimal war ihr Vater erschienen, um seine Tochter zurückzufordern. Paula wollte ihm Stefanie um keinen Preis herausgeben. Der Gedanke an die Prügel, die dem zarten Mädchen bei ihm drohten, versetzte ihr Inneres in Aufruhr. Klara aber machte ihr deutlich, dass sie rechtlich keine Handhabe hatten, und die Entscheidung traf Stefanie. Sie raffte ihre Habe zusammen und verkündete: »Ich gehe mit meinem Vater.«

»Lass sie gehen«, riet ihr Klara. »Sie ist zäher, als du glaubst, und wir haben andere Sorgen.«

In der Tat, sie hatten andere Sorgen. Dennoch konnte Paula sich nicht verkneifen zu bemerken: »Manchmal kommt es mir vor, als ob du Stefanie nicht magst.«

»So gern wie du mag ich sie in der Tat nicht«, versetzte Klara. »Vor allem aber mag ich sie nicht so gern wie dich.«

»Und was soll das nun, bitte schön, heißen?«

»Nichts, bestes Paulchen. Zerbrich dir nicht den Kopf, lies lieber deinen Feldpostbrief. Stefanie weiß, wo sie uns findet, und wenn ihr danach ist, wird sie wiederkommen.«

Sie kam tatsächlich immer wieder, nicht, weil sie sich in der Arche wohl fühlte, sondern weil sie die Ruhe, die sie dort fand, zum Lernen nutzte. Paula war selbst eine fleißige Schülerin gewesen, aber sie hatte nie jemanden erlebt, der sich mit solcher Verbissenheit ins Lernen stürzte. Stefanie las jedes Buch, das sie in die Hände bekam, ließ sich die Unterlagen aus Paulas Lehrzeit geben und übte unermüdlich. Einmal fragte Paula sie, was für Pläne sie habe, was sie mit all ihrem Lernen erreichen wolle.

»Ich will hier raus«, erwiderte Stefanie knapp.

»Aus unserer Arche?«

»Aus meinem Leben«, erwiderte sie und ging.

Paula seufzte. Klara hatte recht, sie tat besser daran, ihren Brief zu lesen.

»Liebste Paula, armer Hamster mit leeren Backen.

Uns hat es in den dunkelsten Wald verschlagen, wo uns hoffentlich heute eine ruhige Nacht winkt. Heinz hockt neben mir und bläst Herrn Jakubs Mundharmonika wie weiland Tamino seine Zauberflöte. Würde ihn gern bitten, mir einen kleinen Liebeswalzer von nicht zu greifenden Sternen zu spielen, aber dann fange ich vielleicht an zu weinen, und das wäre mir peinlich, weil sich das für große Jungen und erst recht für deutsche Helden nicht gehört.

Schlaf schön, mein Stern.

Weinerlich küsst Dich Dein C.«

Dieser Krieg musste zu Ende gehen. Noch vier Monate, dann hatte er ihnen ein ganzes Jahr gestohlen.

Am Abend fand die Abstimmung über die Kriegskredite statt. Da Paula es zu Hause nicht aushielt, lieh sie sich kurzerhand Joachims Fahrrad und fuhr zum Reichstag, um auf Nachricht zu warten. Sie war nicht die Einzige. Auf dem Rasenplatz rings um den Springbrunnen standen Berliner in Trauben. »Verratet uns nicht noch einmal«, brüllte ein Mann in Zimmermannskluft, der mit seinen Kameraden am Bismarck-Denkmal vorbeimarschiert war und sich vor dem Westportal postiert hatte. Unwillkürlich wanderte Paulas Blick nach oben, zum Giebel des Gebäudes. In Stein gehauen prangte das Reichswappen unter der Spitze, doch

die Fläche darunter war leer. Clemens hatte ihr erzählt, dass Paul Wallot, der Architekt, für diese Fläche die Inschrift »Dem deutschen Volke« vorgesehen habe, dass aber der Kaiser sich geweigert habe, sie anbringen zu lassen.
Heftig wie nie zuvor wünschte sich Paula, dass das Gebäude eines Tages dem deutschen Volk gehören sollte, dass in seinen Sälen nie mehr etwas entschieden wurde, das über das Schicksal des Volkes hinwegging wie über eine Lappalie, die nicht zählte.
Wie die Nachricht aus dem Sitzungssaal nach draußen gelangte, wusste niemand. Die Zimmerleute schnappten sie auf und schrien sie den übrigen Wartenden zu. In einem Pulk vor dem Springbrunnen entstand eine Keilerei und breitete sich in Windeseile aus. Paula stieg auf ihr Rad und machte sich auf den Heimweg. Sie fühlte sich wie betäubt und wusste nicht, was sie mit dem Ergebnis anfangen sollte. Dreißig Abgeordnete der Sozialdemokraten hatten das Plenum verlassen, was als Enthaltung gewertet wurde. In der Partei bewegte sich etwas, doch für die Männer, die in den Schützengräben auf den Tod warteten, war diese langsame Bewegung ein Hohn.

Am nächsten Morgen fühlte sich Paula so elend, dass sie beschloss, sich bei der *Vossischen* krankzumelden. Stattdessen würde sie auf den Markt gehen und ihre Vorräte auffüllen. Sie brauchte dringend etwas, das sie zu Brotaufstrich verarbeiten konnte, und vielleicht ließ sich ja ein Schinkenknochen ergattern, der mit Graupen und Rüben einen Eintopf ergab. Der Einkauf mochte sie von ihrer Sorge ablenken. In der vergangenen Nacht war Manfred wieder nicht nach Hause gekommen. Weder Paula noch Klara hatten eine Ahnung, wo er war.
Von Ablenkung konnte an diesem Tag jedoch keine Rede sein. An den Verkaufsständen standen nur vereinzelt Kunden nach überteuerten Waren an, während sich die Masse der Marktbesucherinnen um die Wasserpumpe drängte. Im Näherkommen sah

Paula, dass neben der Pumpe eine Gestalt stand und eine Zeitung in die Höhe hielt, auf die sie immer wieder mit der Faust drosch. Die Zeitung war die *Vossische.* Und die Gestalt war die feiste Frieda.

»Habt ihr euch das hier durchjelesen?«, vernahm Paula ihre Stimme. »Habt ihr das wirklich alle jelesen? Unsereins is' ja keen Zeitungsleser, unsereins hat Besseret zu tun, aber das hier musste als Berlinerin einfach jelesen haben!«

Gerti, Friedas Bekannte, reichte Paula schweigend eine Zeitungsseite. »Das hier« war, wie Paula erwartet hatte, der Artikel über die gestrige Abstimmung. Der Verfasser bejubelte die geschlossene Haltung der Abgeordneten und behauptete dreist, das Volk habe bewiesen, dass es bereit war, zu kämpfen und zu siegen. Wer aber hatte das Volk denn überhaupt befragt, wer hätte sich seine Antwort angehört? Dass dieses Geschmiere Frieda in Wut versetzte, konnte Paula nur allzu gut verstehen.

»Das da drunter musste auch lesen«, wisperte Gerti und tippte auf eine Notiz am Ende der Spalte. Darin wurde in knappen Worten auf einen Versorgungsengpass hingewiesen, den man der infamen britischen Seeblockade zu verdanken habe. Im letzten Absatz erfolgte lapidar die Ankündigung, ab morgen würden auch Milch, Fett und Eier rationiert.

Sprachlos reichte Paula die Zeitung an Gerti zurück.

»Der Frieda jeh ma' heute besser aus'm Weg«, wisperte diese. »Die macht zwar den dicken Aufstand, aber innen drin is' ihr zum Heulen. Die Kiki hat's hinjehauen, musste wissen.«

»Ihr Kusinchen? Sie ist tot?«

Gerti nickte. »Wenn eine so krank ist und hat nischt, wat Kraft gibt, wie lange soll die's machen? Jetzt sitzt die Frieda mit den Gören da und hat doch selber nischt. Der Mann von der Kiki, der ist bei Luneville jefallen, und wo ihr Bruder is', das weiß der Geier.«

Dieser Krieg muss aufhören, raste es Paula durch den Schädel, er muss aufhören, aufhören, aufhören! Die beiden Kinder des Kusinchens konnten kaum älter sein als Klaras kleine Rieke.

»He da, Zeitungs-Paula!« Die feiste Frieda hatte sie erspäht und rief laut und scharf zu ihr herüber. »Du bist doch bei die Sozis, richtich? Mächtig toll marschiert sind wa mit euch, erinnerste dir? Nieder mit dem Krieg, ham wa jebrüllt, und wat is' nu'? Schweigen im Walde? Jetz', wo uns die Leute wie die Fliegen verrecken und die verdammten Fabrik-Bosse noch dran verdienen, fällt euch mit eure große Klappe nischt mehr ein?«

Paula überlegte keine Sekunde lang. »Doch!«, rief sie. »Doch, uns fällt etwas ein. Wir marschieren wieder und brüllen: Nieder mit dem Krieg!« Sie sah sich um und entdeckte an einem der Stände einen Stapel Obstkisten. Flugs packte sie eine und drängte sich zu Frieda durch. Sie ließ die Kiste fallen und sprang darauf wie Clemens in der Beussel-Straße. »Wir gehen zum Reichstag!«, rief sie. »Das ist ein Stück zu laufen, aber wir haben ja stramme Beine, und wir wollen, dass die Stadt uns sieht. Transparente haben wir nicht, aber wir haben unsere Stimmen. Nieder mit dem Krieg!, brüllen wir. Nieder mit den Kriegsgewinnlern, den Industriellen, die uns für einen Hungerlohn schuften lassen und sich am Tod unserer Männer bereichern. Der Reichstag gehört dem Volk, und was das Volk will, werden wir den Herren im Reichstag jetzt mal stecken!«

Der Applaus brauste Paula in den Ohren. »Und ob ihr Transparente habt«, rief einer der Händler und sprang hinter seinem Käsestand hervor. »Los, Männer, alle mit ran – Pinsel und Farbe brauchen wir.« Im Handumdrehen waren fünf, sechs Händler zur Stelle, schlugen Obstkisten entzwei und pinselten in abenteuerlicher Orthographie auf die Bretter:

»Nie wider Krieg!«

»Tot den Kriegsgewinlern!«

»Brot statt Kanonen, nider mit den Waffen!«

Die Frauen schnappten sich die fertigen Schilder und gaben sie untereinander weiter.
»Unsere Weiber«, bemerkte der Mann vom Käsestand hingerissen, »das ist schon was. Unsere Berliner Weiber, die verkauft kein Kaiser und kein Reichstag für dumm.«
Unter dem Jubel der Männer zogen die Frauen los. Wie von selbst begann Paula zu singen:
»Dem Morgenrot entgegen,
Ihr Kampfgenossen all!
Bald siegt ihr allerwegen,
Bald weicht der Feinde Wall.«
Dass ihr dabei die Tränen liefen, machte nichts aus. Neben ihr marschierte die feiste Frieda, deren Wangen ebenfalls feucht glänzten. »Bist'n feinet Meechen, Paula«, sagte sie. »Allet Jute wünsch ick dir, 'n Haufen Glück.« Und dann fielen die Frauen mit ihren harschen, rauh gebrüllten Stimmen in das Singen ein:
»Sie hat an unserm Fuß geklirrt,
Die Kette, die nur schwerer wird!
Wir sind die junge Garde
Des Proletariats!«
Ilse und Johanna kamen ihnen mit dem Handkarren zum Kartoffelkauf entgegen und schlossen sich an. »Endlich passiert was!«, rief Ilse und hakte sich bei Paula ein. »Ich hab das verfluchte Nichtstun, derweil mein Heinz da draußen ist, schon lange satt.«
Bis sie den Reichstag erreichten, war der Zug auf einen dicken Lindwurm angewachsen und blockierte den Verkehr. Aus Türen und Fenstern reckten sich Gesichter. Straßenfeger und Zeitungsjungen unterbrachen ihre Arbeit, ein Busfahrer hupte, und links und rechts der Fahrbahn jubelten Berliner ihnen zu. Noch vor Monaten hatten dieselben Menschen »Heil dir im Siegerkranz« und »Deutschland, Deutschland über alles« gesungen, doch die Wirklichkeit des Krieges hatte sie aus ihrem Rausch geweckt.

Paula konnte Menschenaufläufe nie mehr genießen, wie sie einst die Maikundgebungen genossen hatte. Immer würde sie dabei die blutjungen Männer sehen, die ihrem Tod entgegenzogen, und mittendrin das hasserfüllte Gesicht des Rädelsführers Georg. Dennoch war dies ein Marsch der Hoffnung. Revolution, dachte Paula. Wenn wir es wollten, wenn wir den Mut dazu hätten – wir sind so viele. Mit jedem Schritt durch die Stadt werden wir mehr, und wenn wir das ganze Land durchquert haben, sind wir unbesiegbar. Der Reichstag mit seiner nackten Fläche am Giebel kam in Sicht. Wir werden auf diesen Giebel schreiben, was darauf gehört, dachte sie. »Dem deutschen Volk!«
Bis vor die Treppe des Westportals wälzte der Zug der Frauen sich voran. »Nieder mit dem Krieg!«, brüllten sie. »Nieder mit den Kerlen, die sich am Tod unserer Jungs bereichern!« Die Schutzleute, die halbherzig versuchten sie zurückzudrängen, waren machtlos. Johanna und ein schwarzhaariges Mädchen fingen kichernd an mit ihnen zu flirten, während die Übrigen die Stufen hinaufpolterten, Schilder schwenkten und aus voller Kehle ihre Parolen riefen. Hinter sich hörte Paula das Surren einer Kamera. Sie drehte sich um und sah die Reporter, die schon Fotos schossen, während sie ihre Apparatur auf Stative montierten. Wie üblich hatte die Presse auf ihr allein bekannten Wegen erfahren, wo etwas los war, und das war Paula nur recht. Mochte das ganze Land vom Marsch der Frauen lesen und die Bilder sehen.
Bedienstete rissen einen der Türflügel auf, als die ersten Frauen die Plattform erreichten. »Nieder mit dem Krieg!«, riefen Paula, Frieda und Ilse wie aus einem Mund. Erschrocken wich der Türöffner zurück. Die drei Frauen brachen in Gelächter aus.
»Du, ich muss dir was sagen.« Ilse stieß Paula den Ellbogen in die Seite. »Als mein Heinz zu Weihnachten hier war, hat er was dagelassen. Passt ja jetzt grad nicht so gut, aber wann passt das schon mal?«

Sie grinste verlegen, und Paula, die mit einiger Verzögerung begriff, was sie ihr sagen wollte, riss sie in die Arme. »Heißt das, ihr zwei bekommt ein Kind?«
»Das wird's dann wohl schon heißen.«
»Die müssta Frieda nennen«, brummte Frieda, die mitgehört hatte, lakonisch. »Besser als Kriega, wa?«
Noch einmal lachten sie laut zu dritt los, dann war der leuchtende Augenblick vorüber. Hufschläge donnerten über den Rasen, und Geschrei übertönte die Parolen. Als Paula sich umdrehte, galoppierten die Einheiten der berittenen Polizei am Springbrunnen vorbei und zügelten gleich darauf ihre Pferde. Von links rollte einer der neuen Truppentransporter auf den Platz, aus dem noch in der Fahrt bewaffnete Polizisten sprangen.
»Weg hier!«, brüllte jemand. »Die schießen scharf!«
»Mir kricht keiner hier weg«, verkündete Frieda und verschränkte die Arme vor der Brust. »Auch nich' mit Tschingderassabum.«
Paula war im ersten Moment wie gelähmt. Es war doch nicht möglich, dass Polizisten auf ein paar Frauen schossen, die friedlich ihre Meinung kundtaten? Keine von ihnen hatte versucht das Gebäude zu stürmen oder einen der Wachleute anzugreifen. Gleich darauf fielen die ersten Schüsse. Männer mit Knüppeln stürmten die Treppe und begannen auf die Frauen einzuschlagen, die schreiend flüchteten. Eine ungeheure, ohnmächtige Wut überkam Paula. Sie musste sich zwingen, die Stufen hinunterzulaufen, und entging nur um ein Haar den Schlägen der Polizisten.
Ilse hatte weniger Glück. Ein Hieb traf sie am Arm und schleuderte sie zur Seite, sie verlor den Halt und stürzte die steinernen Stufen hinunter. Auf der letzten Stufe schlug sie mit dem Kopf auf und blieb reglos liegen. Von den nachstürmenden Polizisten kümmerte sich niemand um sie.
In zwei Sätzen war Paula bei ihr und kniete nieder. Erleichtert stellte sie fest, dass Ilse atmete – sie war bewusstlos, nicht tot.

Aus einer Wunde auf der Stirn strömte ihr Blut über das erblasste Gesicht.
»Haut ab hier, oder wir machen euch Beine!«, herrschte einer der Männer sie an und hob über Paulas Kopf den Knüppel.
Paula fuhr herum. Der Kerl, der hier vor ihr stand, war kaum älter als sie und hatte abstehende Ohren, die wie Topfdeckel unter dem Helm vorragten. »Wenn ich deine Mutter wäre, würde ich mich in Grund und Boden schämen«, brüllte sie ihm ins Gesicht.
Erschrocken wich der junge Mann zurück.
»Johanna!«, rief Paula verzweifelt. »Hilf mir, wir müssen Ilse hier wegbringen.«
Statt Johanna tauchte Gerti auf, mit deren Hilfe es ihr gelang, Ilse bis zum Springbrunnen zu tragen. Dort legten sie sie nieder. Gerti tauchte ihren Ärmel ins Wasser und versuchte der Verletzten das Blut vom Gesicht zu wischen, doch sofort strömte neues nach.
»Wir müssen die Blutung irgendwie zum Stillstand bringen.«
Gerti zog ihre Jacke aus, und gemeinsam pressten sie den Ärmel auf Ilses Stirn, aber der dünn gewetzte Stoff war im Nu durchtränkt. Auf den Stufen wurde nicht mehr geschossen, aber noch immer prügelten Polizisten die wehrlosen Frauen vom Platz.
»Die haben die Frieda verhaftet«, sagte Gerti.
Und ich bin schuld, dachte Paula.
Als könnte sie ihre Gedanken lesen, schüttelte Gerti den Kopf. »Die Frieda hat's nicht anders jewollt. Die hat die so lange jereizt, bis die die mitnehmen mussten. Die glaubt, sie isses der Kiki schuldig, und wat wird nu mit die zwei Gören?«
»Wir holen sie«, versprach Paula. »Bei uns sind viele Kinder untergebracht, da kommt es auf zwei mehr nicht an. Ich muss nur erst meine Freundin von hier wegschaffen, in ein Krankenhaus, irgendwohin, wo man etwas für sie tut.«
»Brauchen Sie Hilfe?«

Die Frauen wandten die Köpfe. Hinter ihnen stand der Polizist mit den abstehenden Ohren. Er hatte den Helm abgenommen. Das Haar darunter klebte ihm wirr und verschwitzt um den Kopf.
Da weder Paula noch Gerti etwas sagten, hockte er sich kurzerhand neben Ilse und förderte aus der Tasche an seinem Koppelgürtel eine Rolle Verbandsstoff zutage. Aus einem Taschentuch faltete er eine Kompresse und legte Ilse geradezu fachmännisch einen Kopfverband an. »Ich wollt Medizin studieren«, erklärte er errötend, als er die Blicke der Frauen bemerkte. »Aber wer hat dazu schon das Geld?«
»Meine Freundin ist schwanger«, stieß Paula heraus. »Wird sie ihr Kind verlieren?«
Das Gesicht zwischen den großen Ohren wurde noch röter. »Also wenn Sie mich fragen, dann müsste sie da unten bluten, nicht hier oben. Ich an Ihrer Stelle würde das Mädel nach Hause schaffen und in ihr Bett packen, dann geht das alles schon seinen Gang. Machen Sie sich nicht zu viele Sorgen. Die kleinen Biester sind zäh. Meine Mutter ist mit mir im Bauch vom Milchwagen gefallen, aber an mir war trotzdem alles dran.« Dabei zupfte er sich an einem der bemerkenswerten Ohren.
Ein schriller Pfiff ertönte. Unverzüglich ließen die Polizisten von den letzten Opfern ab und zogen sich an den Sammelpunkt beim Transporter zurück. Ihr junger Helfer sprang auch auf.
»Lassen Sie so was in Zukunft lieber bleiben. Ich versteh Sie ja, aber es nützt doch nischt, und wir haben Befehl, im Notfall scharf zu schießen.«
»Danke!«, rief Paula.
Der Junge hob die Hände. »Nischt zu danken. Meine Mutter soll sich ja nicht schämen müssen.«
Damit lief er zurück zu seiner Einheit. Am anderen Ende des Platzes entdeckte Paula Johanna mit dem Kartoffelkarren. Ilse kam zu sich, wenn sie auch immer wieder wegdämmerte, und

mit Hilfe des Karrens gelang es ihnen, sie nach Hause zu schaffen. Am Ende ihrer Kräfte, erreichten sie die Wohnung, in der Klara umherstrich wie ein Tier im Käfig, weil Manfred den ganzen Tag nicht aufgetaucht war. Als sie jedoch die verwundete Ilse sah, lief sie sofort los, um den Arzt zu holen. Der hieß Erwin Thurau, war wie der Anwalt Kain ein Genosse und half ihnen mit der Versorgung verletzter Frauen.

Zu aller Erleichterung hatte Ilse lediglich eine Platzwunde davongetragen, die heilen würde. Dem Kind war kein Schaden entstanden, doch sollte Ilse vorerst in der Arche bleiben, falls ihr Gehirn durch den Sturz erschüttert worden war. »Kann ich sie euch denn lassen?«, fragte Johanna. »Dann würde ich mich gern auf die Socken machen, damit Muttern sich nicht zu Tode sorgt.«

»Vernünftiges Mädchen«, lobte Klara. »Ich wünschte, die Herren der Schöpfung wären auch so rücksichtsvoll.«

»Du armes Huhn«, bekundete Johanna. »Vielleicht ist's ja sogar leichter, den Mann an der Front zu haben. Wenigstens ist man's da gewohnt, nichts von ihm zu hören.«

»Nein, das ist nicht leichter«, beschied sie Klara. »In gewisser Weise ist Manfred auch an einer Front, nur darf ich hoffen, dass er dort nicht sein Leben riskiert. Du lauf los und erzähl deiner Mutter, dass sie Großmutter wird. In diesem Höllendurcheinander braucht man auch mal einen Grund zur Freude.«

Johanna ging, Gerti brach ebenfalls auf, und der Arzt packte seine Tasche. »Ihr seid übrigens Stadtgespräch«, sagte er. »Die Rächerinnen vom Reichstag – den Namen habt ihr jetzt weg.«

»Das war erst der Anfang«, erwiderte Paula. »Er ist uns gehörig missglückt, aber zumindest haben wir gesehen, dass wir noch Kraft in uns haben.«

Sie hätte sich um Frieda und um Kikis Kinder kümmern müssen, aber sie fühlte sich so grenzenlos erschöpft, dass sie es auf morgen verschob. Sobald alles schlief, setzte sie sich mit Klara in die Küche und teilte mit ihr den Rest von Clemens' Zitronenlikör.

»Dein Süßer hat ein Händchen für Alkohol.«
»Mein Süßer hat ein Händchen für so manches, aber lass uns bitte nicht von ihm sprechen. Nach diesem Tag habe ich ziemlich viel Pudding in den Beinen und halte es gerade nicht aus, an Clemens im Schützengraben zu denken.«
»Kann ich verstehen. Wenn's nach mir geht, brauchen wir über Männer überhaupt nicht zu sprechen.«
»Hast du wirklich keine Ahnung, wo Manfred stecken könnte?«
»Doch, das ist ja das Schlimme.«
»Wo?«
Klara schüttelte den Kopf. »Du bist seine Schwester, deren Meinung ihm wichtig ist. Ich darf ihm nicht das Recht nehmen, es dir selbst zu sagen.«
»Was hat er mir denn zu sagen?«, brach es aus Paula heraus. »Spann mich nicht auf die Folter, Klara. Es gibt Menschen genug, um die ich bis zum Wahnsinn Angst haben muss.«
»Versuch um Manfred keine Angst zu haben«, erwiderte Klara.
»Aber du hast doch selbst welche! Du bist halb verrückt vor Angst!«
»Das ist leider richtig. Was Manfred tut, wird ihm Unverständnis und sogar Hass einbringen, und er ist ein verletzlicher Mann, der es jedem recht machen möchte. Deshalb habe ich Angst. Aber ich möchte Manfred nicht anders haben. Ich liebe ihn dafür, dass ich bei ihm sicher bin. Der Weg, den er einschlägt, wird stets der einzige sein, den er gehen kann.«
Gedanken wie Geschosse schwirrten Paula durch den Kopf, doch sie kam nicht mehr dazu, sie zu ordnen. Jemand hämmerte an die Tür. Im Aufspringen ging sie alle Möglichkeiten durch. Joachim – nein, der lag längst daheim in seinem Bett. Stefanie? Die klopfte fordernd, aber gemessen. Manfred klopfte gar nicht, denn er hatte einen Schlüssel. Also blieb nur der Bote, der ihr ein Telegramm entgegenhalten würde.
Mit Bedauern haben wir Ihnen mitzuteilen, dass der Korporal

C. Kamphausen, Infanterieregiment No. 82, am 14. März 1915 den Heldentod für Kaiser und Vaterland starb.
Unsinn, Unsinn, Unsinn, schalt sie sich und riss die Tür auf. Das Telegramm bekommt sein Vater, wenn die überhaupt eines schicken für einen kleinen Unteroffizier, von dem noch keiner wusste, wie groß er hätte werden können. Aber einen ihrer eigenen Briefe mochte man ihr zurücksenden. Einer Kollegin bei der *Vossischen* war es so geschehen, und auf dem Umschlag hatte lediglich der Stempel »gefallen fürs Vaterland« geprangt.
Im Zwielicht des Hausflurs stand ein hinter einem Schal vermummtes Geschöpf und hielt ihr ein Stück Papier entgegen. Das Papier war gelblich. Es war ein Umschlag, den jemand aufgerissen hatte. Paula wollte die Hand danach strecken, doch sie erstarrte ihr. Wenn ich es nicht annehme, ist es dann nicht geschehen? Wenn ich mich weigere, vom Tod zu lesen, löscht es den Tod aus, und ich kann einfach weiter an eine Feldpostnummer Briefe schreiben? Mein liebster Clemens, tu mir den Gefallen und iss etwas, von mir aus Schuhsohlen, solange du nur nicht länger mit den Knochen klapperst. Wenn ich die Tür jetzt schließe, muss der Tod dann draußen bleiben?
Klara trat neben sie und nahm dem nassgeregneten Geschöpf den Umschlag ab. Im selben Moment begann das Geschöpf unter Schluchzern zu sprechen. »Beim Himmel, Klärchen, beim Himmel, Paulchen«, schluchzte es. »Der Heinz ist tot.«
Das Geschöpf war Johanna.

24

Ein Jahr später – Februar 1916, Verdun

Das, was die Oberste Heeresleitung die Westfront nannte, erstreckte sich vom Ärmelkanal bis hinauf an die Grenze der Schweiz. Die Westfront, die eine Strecke von mehr als siebenhundert Kilometern umfasste, war ein Schwitzkasten, in dem zwei Gegner einander seit anderthalb Jahren umklammert hielten, ohne mehr als einen Schritt vorzugehen oder zurückzuweichen. Keiner der beiden war bereit, dem anderen Luft zum Atmen zu lassen oder ihm Hoffnung zu machen, die erdrückende Umschlingung könne jemals zu Ende sein.

Während im Osten Bewegung stattfand, erstarrte die Westfront in sich selbst. Mit der Zeit erlosch die Erinnerung daran, dass der breite, von Schützengräben und Stacheldrahtverhauen durchpflügte Landgürtel je zu anderem gedient hatte als zum Töten und zum Sterben. Bäume wurden abgeholzt, um Gräben zu befestigen, Krater von Granateinschlägen füllten sich mit Regenwasser, und das Waldland verwandelte sich in einen Sumpf.

Clemens' Kompanie hatte etliche Monate auf der Höhe von Vauquois gelegen. In Kämpfen, die die Heeresleitung Scharmützel nannte und die keinen Sieger hervorbrachten, war sie von einer Stärke von hundertfünfzig Mann auf zweiundneunzig geschrumpft. Das war nicht einmal ein übler Schnitt, wenn man bedachte, dass manche Kompanien zwei Drittel ihrer Leute in einer Woche verloren und andere innerhalb eines Tages ausgelöscht waren. Die Korporalschaft, der Clemens vorstand, hatte dreißig Mann umfasst, von denen noch dreiundzwanzig am Leben waren. Das war nicht nur kein übler, sondern geradezu ein grandioser Schnitt.

Es mochte ein grandioser Schnitt sein, solange man nicht von jedem, der mit einem Schrei im Schlamm verschwand, den Namen und den Familienstand kannte. Solange man keinem von ihnen zusehen musste, wie er in den Fängen des Stacheldrahts hängenblieb und wie ein Käfer mit allen Gliedern ruderte, ehe Salven von Maschinengewehren ihn zerfetzten. Es mochte ein grandioser Schnitt sein, solange kein Heinz Schulz darunter war, der für verdreckte Soldaten Wiegenlieder gesungen hatte:
»Guten Abend, gute Nacht.
Mit Rosen bedacht,
Mit Näglein besteckt,
Schlupf unter die Deck.«
»Wenn du dich auch noch umlegen lässt, kommst du in die Kaffee-Hölle und wirst auf deinem blöden Kocher mit Zichorie aufgebrüht«, sagte Clemens zu Kutte. »Und überhaupt schreibe ich dann meiner Paula, dass sie dein dämliches Blechschild im Wannsee versenken soll.«
Kutte war der einzige Mann, der ihn noch um gut einen halben Kopf überragte. Wenn der Riese neben ihm ging, seinen mächtigen Wollmantel über den Schultern, kehrte ihm manchmal das Gefühl zurück, ein Mensch unter Menschen zu sein. »Geht klar, Kleener«, sagte Kutte. »Und wenn du dir umlegen lässt, macht dir der Deibel 'nen Knoten in die Klappe, und du kannst in Ewigkeit keinem mehr ein Ohr abquatschen.«
Ein andermal sagte Kutte: »Früher haben die Kerle oben auf'm Boden gekämpft, nicht wie die Maulwürfe im Graben, stimmt's? Deshalb jeht wohl auch nischt mehr vorwärts – jelaufen wird auf'm Boden, im Graben wird jestorben.«
In der Tat hatten sie mit der Zeit ein Netz von Gräben in die Erde gewühlt, das einem Maulwurfsbau Ehre gemacht hätte. In den Gräben lebten, starben und töteten sie, und vor allem sahen sie anderen beim Sterben zu. In den Gräben kämpften sie gegen französische Vorstöße, Granateneinsätze und Sperrfeuer, doch

weit häufiger gegen Ratten, Schaben, den ewigen Schlamm, das ewige Grübeln und die ewige Langeweile. In den Gräben aßen sie Zwieback und Dörrgemüse, teilten Kaffee und stritten sich um Zigaretten, spielten Karten und zeigten Bilder lächelnder Mädchen herum. In den Gräben wurden sie krank, holten sich Grabenfüße, Ruhr und Krätze, oder lagen mit Wunden, deren Gestank den Atem raubte. In den Gräben froren sie, fielen um vor Müdigkeit und konnten nicht schlafen. Manchmal vor Kälte, manchmal vor Sehnsucht, meistens vor Angst.
Nach einer Woche im Frontgraben wurde die Einheit abgelöst und wechselte in den Unterstützungsgraben dahinter, bis sie nach einer weiteren Woche in den Reservegraben zurückwich, in dem es um Schlaf ein wenig besser bestellt war. In den Reservegraben kam der Feldbriefträger mit den Botschaften aus der anderen Welt. Viele Männer erhielten Päckchen aus der Heimat, Liebesgaben, die ihre Mütter sich vom Mund absparten, um ihre Söhne wissen zu lassen: Wir geben euch nicht verloren. Clemens bekam nie solche Päckchen, aber den Empfängern tat es wohl zu spüren, dass sich daheim noch jemand um ihr Wohlergehen sorgte. Manchmal tauchte sogar ein Kriegsberichterstatter auf, der ein Foto schoss und den tapferen Grabenkämpfern die Hände schüttelte. Im Reservegraben spielten sie ein paar Stunden lang Leben, und mit etwas Glück bekamen sie in den Unterständen sogar ihre Kleider trocken, ehe es wieder nach vorn in den Frontgraben ging. Zu den Angriffen schleppten sie neben den Waffen Feldspaten mit. Wenn plötzliche Deckung nötig wurde und kein Graben bereitstand, mussten sie in größter Eile einen neuen ausheben. Je länger sie das Feld umkämpft hatten, desto häufiger legte der Spatenstich einen Toten frei, den ein Granateinschlag verschüttet hatte. Davon durften sie sich nicht aufhalten lassen. In den provisorischen Gräben verbrachten sie zuweilen die Nächte, bis zu den Knien im Wasser und umtost vom Pfeifen und Heulen der Granaten.

Von Zeit zu Zeit wurde die Kompanie um einen Tagesmarsch nach Westen oder Nordosten verlegt, aber sobald sie dort ihre Gräben hergerichtet hatten, vergaßen sie, dass es eine Ortsveränderung gegeben hatte. Gräben waren Gräben. Vielleicht musste man ein Maulwurf sein, um Unterschiede zwischen ihnen zu schätzen zu wissen.

Der Hauptmann der Kompanie hieß Wiese und war ein Mann von knapp vierzig, der aber betulicher und älter wirkte. »Ich streiche Ihnen den Weihnachtsurlaub«, hatte er Anfang Dezember zu Clemens gesagt.

»Wofür?« Er hatte auf diesen Urlaub hingelebt, auf die Hoffnung, in den paar Tagen mit Paula zu sich zu kommen, eine Art von Glauben wiederzufinden, wenn er nicht mehr schoss, nicht mehr beschossen wurde, keine Toten mehr mit dem Feldspaten beiseitescharrte, nicht mehr zitterte und nicht mehr stank.

»Für gar nichts«, erwiderte Wiese. »Sie haben sich ja nichts zuschulden kommen lassen. Im Gegenteil, Sie würden einen guten Zugführer abgeben, und ich würde Sie gern für die Offiziersprüfung vorschlagen.«

»Bitte tun Sie das nicht«, sagte Clemens.

Wiese, der eine kleine Brille mit runden Gläsern trug, sah ihn lange an. »Warum nicht?«, fragte er dann. »Weil Sie Sozialdemokrat sind? Das muss niemanden hindern. Ich bin es selbst.«

Clemens schwieg.

»Sie sind doch eine Führernatur«, hob Wiese von neuem an. »Sie lechzen geradezu danach, sich an anderen vorbei an die Spitze zu setzen und sich von ihnen bewundern zu lassen. Ist Ihnen das nicht klar?«

»Ich lechze danach, nach Hause zu fahren und mich gründlich zu waschen«, sagte Clemens.

Wiese schüttelte den Kopf. »Kommt nicht in Frage. Ob Sie nun Offizier werden wollen oder nicht, hierbleiben müssen Sie so oder so. Wir werden verlegt.«

»Wir werden doch ständig verlegt«, fuhr Clemens auf. Dass ihm eine solche Antwort Tage im Arrest eintragen konnte, wusste er, aber Wiese war kein Schinder. Wer unter Maulwürfen lebte, tat gut daran, es sich mit den Maulwürfen nicht zu verderben.
»Dieses Mal ist anders«, sagte Wiese. »Ich erwarte Sie alle heute Abend zur Besprechung. Die Oberste Heeresleitung plant Anfang des Jahres einen Großangriff, der dem Krieg ein Ende setzen wird.«
Die Worte blieben nie ganz ohne Wirkung. Clemens konnte dem Kaiserreich keinen Sieg wünschen, doch die Aussicht, der Krieg könne tatsächlich zu Ende gehen, war überwältigend. Vielleicht war es, wenn sie zurück nach Hause kamen, doch noch möglich, aus dem Grabenleben aufzustehen, den Rücken zu straffen und einen Funken der alten Kraft neu zu beleben. Monatelang war ihm sein Mut in Tagesrationen gestorben, jetzt aber flammte eine verstiegene Hoffnung in ihm auf. In ein paar Wochen mochte der Krieg zu Ende sein. In ein paar Wochen mochte er sein Leben zurückbekommen, wieder bei Paula sein, bei Manfred und den anderen, die noch immer um das alte Ziel kämpften. Vielleicht konnte aus einem Maulwurf wieder ein Mensch werden, wenn nur der Krieg in ein paar Wochen zu Ende war.

Der Krieg war nicht in ein paar Wochen zu Ende.
Der geplante Großangriff sollte im nordöstlichen Abschnitt der Maaß, auf die Festung Verdun erfolgen. Alle Korporalschaften waren durch neue Rekruten aufgefüllt worden, wie man Munition ins Magazin seines Gewehrs nachfüllte. Drei der Rekruten, die Clemens zugeteilt wurden, waren erst siebzehn und ahnungslos. Einer – Moritz Töpfer – war nicht siebzehn, behauptete aber, es zu sein. »Wir werden auf Film aufgenommen«, berichtete Moritz, vor Erregung schwitzend. »Von der Wochenschau. Noch in hundert Jahren werden sich die Leute ansehen können, wie wir die siegreiche Schlacht geschlagen haben.«

Falls das zutraf, würden die Leute in hundert Jahren sehen können, wie mehr als tausend Geschütze auf engstem Raum zusammengezogen wurden, wie an die zweihundert Flugzeuge in Stellung gingen und insgesamt zwölf Regimenter mit einer halben Million Soldaten aufmarschierten. Clemens wollte nicht wissen, was die Leute in hundert Jahren von einer Generation halten würden, die sich anmaßte, eine halbe Million Menschen zu verheizen. Die da haben ihr Jahrhundert verscherzt, würden sie denken – und wie konnte das sein? Ihr Jahrhundert hatte doch erst angefangen, und es hatte das glorreichste von allen werden sollen – das Jahrhundert der Sozialdemokratie.

Clemens' Kompanie ging im Wald von Warphemont in Stellung. Kaum begannen sie mit der Aushebung der Gräben, fiel ihnen das Wetter in den Rücken. Tagelang regnete es ohne Unterlass. In den Nächten zitterten sie in durchnässten Decken und warteten auf den Befehl zum Angriff, und am Morgen teilte der Zugführer ihnen mit, dass er noch einmal verschoben worden war.

»Mir stinkt's«, flüsterte Kutte, der neben ihm lag.

»Mir auch. Einer sollte gehen und die Kübel leeren.«

»Witzbold. Glaubste, wir schlagen überhaupt noch mal irgendwann los?«

»Das Schlimme ist, wenn wir nicht mehr dran glauben, tun wir's. Versuch zu schlafen, Kutte.«

»Versuch's doch selbst.«

Sie schwiegen. Im Zwielicht der Frühe, kurz nach sieben Uhr, wurden die Einheiten im Frontgraben in Angriffsbereitschaft versetzt, und gleich darauf begann der Beschuss.

Der Lärm der tausend Geschütze, die die Stadt Verdun unter Feuer nahmen, explodierte in Clemens' Ohren. Er war sicher, nie wieder etwas hören zu können, das leise war, keine Musik, kein Zirpen im Sommergras, kein Liebesgeflüster. Stockstarr, zum Angriff bereit, mussten die Männer im Graben ausharren, während vor ihnen die Welt in Stücke ging. Minen rissen riesige

Krater, aus denen der Schlamm in meterhohen Fontänen aufspritzte. Inmitten des Trommelfeuers, zwischen fliegenden Geschossen und Rauchwolken, ließ sich ab und an eine menschliche Gestalt ausmachen, die die Arme hochriss und zu Boden ging. Jedes Mal, wenn der Höllenlärm sich abschwächte, wenn Hoffnung erwachte, er könne sich legen, flammte er gleich darauf stärker wieder auf. Der kleine Moritz, der so gern von der Wochenschau gefilmt werden wollte, ließ sein Gewehr fallen, presste sich die Hände auf die Ohren und begann zu brüllen. Im Grollen der Geschosse war nichts davon zu hören, nur der aufgerissene Mund und die purpurn angelaufene Haut verrieten, mit welcher Kraft er schrie.

Zwei Männer bemühten sich, ihn zwischen sich einzuklemmen, doch er entwischte ihnen, sprang nach vorn und versuchte über die Brustwehr hinweg zu entfliehen. »Haltet den Mann fest!«, brüllte Clemens unhörbar, dann lief er los, packte Moritz an der Jacke und riss ihn zurück.

Der Junge stürzte in den Schlamm und begann sich wie in Krämpfen zu krümmen. Clemens fuhr zu Kutte herum und wies mit einer Kopfbewegung auf den sich windenden Körper. Kutte ging in die Knie und drosch dem Jungen die Faust an die Schläfe. Moritz fiel der Kopf zur Seite, und wie erlöst blieb er liegen. Clemens musste an sich halten, um Kutte nicht auf die Schulter zu klopfen.

Die Männer im Frontgraben standen außerhalb der Zeitrechnung. Ob das Tageslicht sich veränderte, ob der Himmel sich bezog und ob wieder Regen fiel, erkannten sie nicht. Sie hielten im Getöse still und unterschieden nicht mehr zwischen Minuten oder Stunden. Einmal sah Clemens auf seine Uhr und stellte fest, dass Mittag vorbei war, doch das Artilleriefeuer riss nicht ab, sondern wurde noch einmal verstärkt. Als er fürchtete, sich nicht länger auf den Beinen halten zu können, erfolgte der Befehl zum Angriff.

Pioniere mit Flammenwerfern wurden als Erste über die Brustwehr gejagt. In regelmäßigen Abständen folgten versetzte Sturmtruppen. Clemens' Einheit stürmte in einer Linie bis zur vordersten Bodenwelle, sofern man das Waten durch Schlammpfützen, das Einsinken und Herauskämpfen als Sturm bezeichnen konnte. Flach auf den Boden werfen, anlegen, feuern, das alles musste blind geschehen, denn nach Stunden des Artilleriebeschusses lag das Land in beißenden Rauch gehüllt. Nachdenken durfte man nicht, nie sich vorstellen, dass das, was man da vorn im Nebel zu treffen suchte, ein Gesicht hatte, ein Gehirn, eine Mutter. Nur seine fünf Schuss Munition verfeuern, dann nachladen und wieder feuern. Aufspringen, weiterlaufen und nicht glauben können, dass man immer noch da war, wenn man sich von neuem niederwarf und feuerte.

Der stundenlange Artilleriebeschuss hatte die vorderen französischen Stellungen sturmbereit machen sollen. Das nachrückende Menschenmaterial war dazu gedacht, bis zu den Höhen vorzustoßen und das eroberte Gebiet in Besitz zu nehmen. Laufen, in Stellung gehen, feuern. Schrilles Pfeifen peitschte das Trommelfell und kündigte Granaten an, die die feuchte Erde aufpflügten, als bräche ein Vulkan aus. Männer sprangen zur Seite, und die Einheit wurde auseinandergerissen. Clemens riskierte einen verbotenen Blick zur Seite und sah Kutte, der sich aus einem Schlammloch kämpfte. Hustend und keuchend atmete er auf.

Mit jedem Streckenabschnitt, um den sie vordrangen, wurde das Feuer, das ihnen entgegenprallte, dichter. Statt des Donners aus Artilleriegeschützen war die Luft jetzt erfüllt vom Knattern von Maschinengewehren. An Clemens' Linke drängte sich einer der jungen Rekruten, der fiepend wie ein Tier um Hilfe schrie. Clemens riss ihn mit sich vor die nächste Erhebung, legte an und feuerte über dem Kamm sein Magazin leer. Etwas donnerte ihm von innen gegen die Schläfen, mit einer Wucht, wie um ihm den Schädel zu zersprengen: Ich wollte das nicht! Mit jedem Schuss,

den ich abfeure, schieße ich mich weg von dem, was ich war. Als von vorn nichts mehr zurückkam, wandte er sich dem Jungen zu, der immer greller und höher fiepte. Die Salve, in die er hineingelaufen war, hatte ihm das Gesicht zu einem Brei aus Splittern, Blut und Fleischfetzen zerschossen.
»Ihr habt keine Zeit zu warten, bis einer tot ist«, hatten sie Clemens in der Kaserne eingeschärft und den Rest in der Luft hängen lassen. Tu's jetzt, schrie er sich an. Wer weiß, wie oft du's schon getan hast, also sei jetzt nicht zu feige dazu. Er nahm dem Jungen die Erkennungsmarke ab und lud das Magazin. Dann legte er ihm die Mündung des Gewehrs an die Schläfe und drückte ab. Etwas spritzte ihm gegen die Brust. Er sah nicht hin, stieg die Welle hinauf und rannte weiter.
Dunkelheit senkte sich, als sie die vorderste Linie des Gegners erreichten. Das Feuer war dünn geworden, wenn auch immer wieder vereinzelte Granaten flogen und knatternde Salven losgingen. Ein paar Franzosen flohen aus einem flachen provisorischen Graben und starben drei Schritte dahinter. Jetzt galt es, die verlassene Deckung zu übernehmen und sich auszuruhen, ehe sie zusammenbrachen. »Kann nicht mehr«, keuchte Kutte und stürzte kurz vor der Vertiefung auf die Knie. Clemens, der selbst zu entkräftet war, um ein Wort herauszubringen, wies mit dem Gewehrlauf in den Graben. Kutte erhob sich nicht einmal, sondern robbte in die Deckung, wo er schwer atmend auf der Seite liegen blieb. Zwei weitere Männer, die sich ebenfalls nicht länger auf den Beinen halten konnten, folgten. Ein paar Augenblicke lang wirkte das Schlachtfeld geradezu gespenstisch still.
Clemens spürte, wie ihm die Knie schwach wurden, und wollte zu den Übrigen in den Graben steigen, da drang ihm der Ruf einer menschlichen Stimme ans Ohr. Deutsch, nicht Französisch, registrierte er in Sekundenschnelle. »Heda! Habt ihr da unten Platz für die Geräte?«
Obwohl es tödliche Dummheit war, dem Gegner den Rücken zu-

zuwenden, fuhr er herum und traute seinen Augen nicht. Durch den verwehenden Qualm rumpelte ihnen ein kleiner Lastwagen entgegen, wie sie zum Transport von Ausrüstung zwischen den Gräben genutzt wurden. Die Plane war heruntergelassen, und auf der Ladefläche saßen zwei Männer, von denen einer sich mühte, eine der riesigen Kameras für Filmaufnahmen auf dem schaukelnden Fahrzeug festzuhalten. War der Mensch des Wahnsinns? Wie kam er hierher? Clemens hatte davon gehört, dass zu den Pionieren des Filmwesens Draufgänger zählten, die ihr Leben riskierten, um das Kriegsgeschehen auf die Leinwand zu bannen, aber einer stürmenden Truppe in den Angriff zu folgen, kam einem Selbstmord gleich.

Der Mann mit der Kamera wirkte jung und drahtig und nicht im mindesten nervös. Der, der dahinter saß und sich an die niedrige Wand des Lasters klammerte, schien der Sache hingegen nicht gewachsen. Er war gewiss sechzig Jahre alt und schwankte, als wäre ihm speiübel. Just in dem Augenblick, in dem er das tödliche Pfeifen hörte, erkannte Clemens sein Gesicht.

»Aufs Gas!«, brüllte er aus Leibeskräften. »Nach vorn!«

Die Granate kam von hinten, aus ihren eigenen Reihen. Vermutlich hatte jemand das obskure Gefährt nicht identifizieren können, oder der Rauch war im Niemandsland zu dicht, um zu zielen. Der Fahrer des Wagens musste ein Genie sein, denn er vollzog im letzten Moment einen Satz geradeaus. Damit entging er einem Volltreffer. Haarscharf hinter der Stoßstange schlug die Granate ein. Das Fahrzeug wurde auf die Seite geschleudert, die Räder rollten ins Leere, und Erde und Schlamm prasselten auf seine Flanke herab. Der Boden schien sich in ein Meer zu verwandeln, das sich in zuckenden Wellen bewegte. Durch den Rauch sah Clemens den Regen der Splitter, der im Kegel niederging.

»Verdammt, komm runter, Kleener!«, rief Kutte. »Ob die Franzen dir wegballern oder unsere eigenen Jungs, is' doch Jacke wie Hose.«

Benommen schüttelte Clemens den Kopf. Durch die Schwaden, die der Wind auseinandertrieb, sah er den Fahrer des Wagens auf den Graben zukriechen. Er hatte eine heftig blutende Wunde an der Schulter, würde es aber allein bis in die Deckung schaffen. »Die anderen?«, rief Clemens und lief stolpernd los. Der Fahrer gab keine Antwort und schleppte sich weiter bis zu der schützenden Vertiefung.

Teile der Kamera lagen zerschmettert um das Fahrzeug verstreut. Dem Reporter, von dem der kleine Moritz gern gefilmt worden wäre, war es nicht besser ergangen als seinem Gerät. Er war nach vorn katapultiert und von der Fahrerkabine erschlagen worden, während der Druck den Fahrer hinausgeschleudert und gerettet hatte. Den dritten Mann entdeckte Clemens erst, als er leises Stöhnen vernahm und um den Wagen herumging. Der Aufprall hatte seinen Körper zur Hälfte in den Boden hineingetrieben. Er lag gekrümmt und hielt sich sein Bein. Während Clemens sich zu ihm niederbeugte, hörte er in seinem Rücken, dass die Franzosen dabei waren, das Feuer wieder zu eröffnen.

»Kommen Sie, Herr Thomas«, sagte er. Die förmliche Anrede klang seltsam fehl am Platz. »Wir müssen in Deckung.«

Paulas Vater schüttelte den Kopf und wies auf sein Bein. Clemens sah, wie sich seine Kiefer spannten, während er vor Schmerz die Zähne aufeinanderbiss. Das Bein hatte es übel erwischt. Der Knochen des Unterschenkels war mitten durchgebrochen und ragte aus der zerfetzten, blutdurchtränkten Hose. Feine Splitter klebten auf dem Stoff. Der Mann hatte recht, er konnte unmöglich gehen.

Obwohl er wusste, dass der Versuch zum Scheitern verurteilt war, beugte Clemens sich nieder und griff Paulas Vater unter die Arme. Augenblicklich spürte er, wie der Verletzte sich gegen seine Hilfe wehrte. Er zwang sich, es zu ignorieren und alle Kraft darauf zu konzentrieren, den Körper in die Höhe zu hieven, aber es hatte keinen Sinn. Der Angriff hatte seine Reserven aufgezehrt, und Thomas war kein leichter Mann. Er hätte ihn höchstens ein paar Schritte weit schleifen können und ihn dabei womöglich vor Schmerzen umgebracht.

Was sollte er tun? Paulas Vater liegen und elendig verrecken lassen? Den Helden spielen und sinnlos mit ihm sterben? Die Salven der feindlichen Maschinengewehre kamen näher. Das Leben eines dritten Mannes zu riskieren war vermutlich das Falscheste, was ihm einfallen konnte, aber es war zugleich das Einzige, was ihm blieb. »Kutte!«, brüllte er, so laut er es vermochte, ließ Paulas Vater zu Boden gleiten und wandte den Kopf. Einen endlosen Herzschlag lang geschah nichts, dann erschien das bärtige Gesicht des Hünen über dem Rand. Der schönste Mann der Welt ist Kaffee-Kutte vom Wannsee, entschied Clemens, während sein Getreuer zwischen Pfützen und Kratern auf ihn zuwatete.

Clemens hatte vorgehabt, Kutte Thomas' Oberkörper zu überlassen, während er selbst dessen Beine tragen wollte, aber Kutte wischte ihn kurzerhand beiseite. »Lass stecken, Kleener«, sagte er und lud sich den ausgewachsenen Mann wie ein Kleinkind auf die Arme. »Darfst meine Schippe tragen, wenn du willst.«

Ehe die ersten Geschosse darüber hinwegfegten, erreichten sie den Graben. »Was wolltest du eigentlich werden, bevor du dir diese Kaffee-Spelunke angelacht hast?«, fragte Clemens, während sie sich tiefer in den Schlamm gruben, um ihre Deckung zu verbessern. »Preisringer?«

»Hupfdohle im Varieté«, erwiderte Kutte und grinste.

Der Beschuss riss nicht ab. Den sechs Männern blieb nichts übrig, als die Nacht in dem provisorischen Graben zu verbringen und darauf zu hoffen, dass genug eigene Truppen nachrückten, um die Stellungen zu sichern und Versorgungsgüter herzuschaffen. Die Kälte war beißend, und der Lärm des Gefechts schwoll stündlich an. Paulas Vater, den sie so bequem wie möglich in eine Mulde gebettet hatten, hatte die Augen geschlossen und stöhnte mit jedem Atemzug vor sich hin. Irgendwann ließ die Erschöpfung Kutte und die beiden anderen ein wenig eindämmern. Clemens blieb wach, weil er auf etwas wartete. Auf was, wusste er nicht.

»Herr Kamphausen?« Paulas Vater lag ihm zur Linken. Seine Stimme klang vom Schmerz verzerrt.

»Sie sollten nicht sprechen«, sagte Clemens, obwohl er zugleich begriff, dass es dieses Sprechen war, auf das er gewartet hatte.

»Sollte ich nicht? Nun, zumindest sollte ich mich doch bei Ihnen bedanken, nicht wahr?«

»Das ist nicht nötig«, wehrte Clemens ab.

»Tatsächlich nicht? Nun, dann lasse ich es bleiben, denn um ehrlich zu sein, es fiele mir schwer.«

Die grobe Unhöflichkeit ließ Clemens zusammenzucken. Flüchtig dachte er an den Sohn des Mannes – den besten Freund, den er besaß. Manfred war höflich und darauf bedacht, keinen Menschen zu verletzen, aber er vermochte weder zu lügen noch zu heucheln.

»Mein Leben, das Sie gerettet haben, bedeutet mir wenig«, fuhr Paulas Vater fort. »Bei der Messter-Wochenschau haben sie mir gesagt, dass sie mich ab März nicht mehr brauchen. Ich bin zu alt. Ich habe diesen jungen Burschen beschworen, mich mit in die Gräben fahren zu lassen. Ich habe gedacht, wenn ich über dieses Gemetzel einen einzigen grandiosen Bericht schreibe, stimmt sie das vielleicht um, und ich kann meinen Kindern weiter Geld schicken. Und wenn nicht, wenn ich mir den Tod hole, ehe die Kündigung wirksam wird, muss Messter meinen Kindern eine Prämie zahlen. Dank Ihnen bekommen Paula und Manfred nun weder das eine noch das andere. Wie so oft ist ihr Vater nutzlos, und obendrein dient diese grandiose Tat Ihnen dazu, sich wieder einmal als Held im eigenen Glanz zu sonnen. Ohne Zweifel wird meine Tochter Sie überreichlich belohnen, also haben Sie meinen Dank nicht auch noch nötig.«

Clemens Hände fuhren an seine Wangen, die sich in der Nachtkälte heiß anfühlten, als hätte der Mann ihn geohrfeigt. Alles in ihm drängte danach, Thomas zu fragen, warum er ihn so tief verachtete, doch der traurige Rest seines Stolzes ließ es nicht zu. War es wirklich nur Stolz? Nicht auch die Gewissheit, dass er die Antwort nicht ertragen hätte?
»Es tut mir leid, Ihnen Unannehmlichkeiten bereitet zu haben«, sagte er. Seine Stimme barst vor Hochmut, wie er es gewollt hatte. Ein anderer Teil von ihm aber wollte den verletzten Mann am Revers packen und ihn anbetteln: Bitte sagen Sie mir, was ich tun kann, um Sie zu überzeugen, machen Sie den Mann aus mir, den ein Vater wie Sie sich für seine Tochter wünscht.
»Keine Ursache«, erwiderte Thomas. »Sagen Sie, was machen Sie eigentlich im Krieg? Ich hätte angenommen, ein so immens bedeutsamer Mensch wie Sie wäre unabkömmlich gestellt.«
»Ich habe mich freiwillig gemeldet.«
»Interessant. Und darf ich fragen, warum? Soweit ich mich erinnere, hatten Sie doch an allen Straßenecken flammende Reden gegen den Krieg gehalten. Was hat denn den plötzlichen Meinungsumschwung bewirkt?«
»Ich weiß es nicht«, erwiderte Clemens wahrheitsgetreu. Er sah seine schlammverkrusteten Hände an und wusste es beim besten Willen nicht mehr.
»Verstehe«, bemerkte Thomas. »Nun ja, so ein Krieg bietet eben eine unwiderstehliche Bühne für Menschen, die an Ruhmsucht leiden. Möchten Sie eigentlich wissen, wofür ich Ihnen wirklich dankbar wäre, Herr Kamphausen?«
»Nein.«
Wie erwartet sagte Thomas es ihm trotzdem. »Lassen Sie meine Kinder in Frieden. Ich bin kein Christ, ich könnte Ihnen freimütig wünschen, dass Sie für Ihr Heldengehabe endlich die Quittung kassieren und sich inmitten dieses Wahnsinns eine Kugel fangen. Aber Paula und Manfred wären von einem toten

Clemens Kamphausen so wenig frei wie von einem lebenden. Deshalb bitte ich Sie: Lassen Sie meine Kinder aus Ihren Fängen. Gehen Sie nach Hause und beginnen Ihren grandiosen Aufstieg, werden Sie meinetwegen der Napoleon der Sozialdemokratie. Nur meine Kinder lassen Sie aus dem Spiel. Paula und Manfred sind alles, was meinem Leben Sinn gibt, und sie sind wundervolle Menschen. Wenn Sie irgendein Organ besitzen, das einem Herzen gleicht, dann flehe ich Sie an: Machen Sie meine Paula und meinen Manfred nicht kaputt.«

Dass ihm Tränen und Schweiß hinunterliefen, war dem Schmerz der Verletzung geschuldet. Vermutlich würde man ihm das Bein amputieren, aber seine Schläge trafen mit unverminderter Wucht. Clemens wünschte sich, die Arme um den Leib zu schlingen und sich an sich selbst festzuhalten wie als Kind, sooft sein Vater ihm eingebleut hatte, dass aus einem wie ihm kein Mensch wurde, sondern eine Küchenschabe. Das jämmerliche Häufchen Stolz verbot auch das. Er ließ die Arme, wo sie waren, und schloss die vor Kälte steife Hand um den Kolben des Gewehrs.

»Das ist mein einziger Wunsch«, vernahm er die Stimme des Verletzten, die mit jedem Wort an Kraft verlor. »Nein, wenn ich noch einen haben dürfte, dann würde ich gern mit meiner Paula noch einmal sprechen. Sie in die Arme nehmen. Ihr sagen, was sie für ein grandioses Mädchen ist.«

Als kaum merklich der Morgen graute, fiel Paulas Vater in fiebrigen Schlaf, und das Feuer ebbte ab. Clemens weckte die Übrigen und stieg nach oben, um aus einem der befestigten Gräben eine Bahre zu besorgen. Damit schafften sie den Verletzten in einen besetzten Unterstand, wo er notdürftig versorgt werden konnte, bis ein Zug mit Verwundeten den gesicherten Rückzug hinter die Linien antrat. »Haben Sie in der Etappe Zugang zu einem Feldtelefon?«, fragte Clemens den Zugführer, einen jungen Mann, der im Zivilstand Buchhalter war, Robert Renz hieß und vor Ehrgeiz glühte. »Oder könnten Sie für mich ein Telegramm aufgeben? Ich möchte, dass dieser Mann mit dem nächsten Transport in ein Lazarett nach Deutschland überführt wird und dass seine Tochter Nachricht erhält, Fräulein Paula Thomas aus Berlin.«

»Und weshalb sollte mich interessieren, was Sie möchten?«

Clemens straffte die Schultern und versuchte zu vergessen, dass er hundemüde war und aus jeder Pore stank. »Ich bin Richard Kamphausens Sohn«, sagte er. »Für einen Gefallen unter Kameraden würde ich mich bei Gelegenheit erkenntlich zeigen.«

»Sie sind der Sohn von Richard Kamphausen? Dem Wäsche-Zaren? Und weshalb sind Sie dann kein Offizier?«

Clemens sandte ihm die Art von Lächeln, die man vor dem Krieg entwaffnend genannt hätte. »Dazu fehlt es mir schlicht an Fähigkeiten«, sagte er. »Strategisches Talent und Tapferkeit kann sich eben niemand kaufen. Seien Sie froh, dass Sie damit gesegnet sind.«

Robert Renz erklärte sich bereit, den Transport zu veranlassen. Zwar gab er zu bedenken, dass man solche Brüche für gewöhnlich im Lazarett der Etappe behandelte, weil die lange Fahrt die Verletzung verschlimmern konnte, doch als Clemens auf seiner Anweisung beharrte, ging er, um sich um einen Wagen zu kümmern.

25

Mit einem schrillen Pfeifen setzte sich der Zug in Fahrt. Paula saß auf einem Fensterplatz, auf der hölzernen Bank der dritten Klasse, und hatte Mühe zu begreifen, wie ihr geschah. Sie würde in Frankfurt umsteigen müssen, dann einen Anschlusszug nach Kassel nehmen und von dort bis nach Gießen weiterreisen. Stefanie hatte ihr alles aufgeschrieben, wie sie es dem Fahrplan der Preußischen Staatseisenbahn entnommen hatte, doch seit Kriegsbeginn hatte der Plan praktisch keine Gültigkeit mehr. Fahrtleitungen, Wagen und ganze Züge waren requiriert worden, und für Militärtransporte wurde alles andere zurückgestellt. Wenn Paula Pech hatte, konnten zwischen den Verbindungen Stunden oder sogar Tage liegen, und wie sie von Gießen in den Vorort Heuchelheim kommen sollte, ließ sich nicht in Erfahrung bringen. »Zur Not kannst du die Strecke aber laufen«, hatte Stefanie gesagt. »Der Karte nach ist es nicht allzu weit.«

»Woher weißt du das nur?«, hatte Paula voll Bewunderung gefragt. Ohne Stefanie hätte sie es nie und nimmer fertiggebracht, diese Reise überhaupt anzutreten.

»Ich weiß alles«, hatte Stefanie in ihrer glasharten Art erwidert. »Eine wie ich muss alles wissen, oder sie kann sich vergessen.«

Eine wie du, dachte Paula und musste in all der Aufregung, der Angst und Sorge lächeln. Dieser Stefanie mit ihren schneeweißen Kleidern und dem kühlen, geradezu nordischen Gesicht sah längst kein Mensch mehr an, woher sie kam. Auch ihre Sprache verriet nicht länger, was sie so dringend verbergen wollte. Die gewählte Ausdrucksweise, die sie sich mit drakonischer Härte antrainiert hatte, verlieh ihrem harschen Akzent einen eigenen Reiz. Außerdem wusste sie in der Tat so gut wie alles. Sie lernte noch immer ohne Pause, und da sie über eine schnelle Auffassungsgabe und ein erstaunliches Gedächtnis verfügte, holte sie in Monaten nach, wozu andere Jahre Zeit gehabt hatten.

Paula hatte gehofft, sie bei der *Vossischen* als Bürolehrling unterzubringen, damit sie sich auf eigene Füße stellen und ihrem brutalen Vater entfliehen konnte. Leider hatte die Zeitung keinen Bedarf. Sie musste sich anderswo umhören, beim *Vorwärts*, unter den Genossen. Warum nur kam immer wieder etwas dazwischen, das sich unter keinen Umständen aufschieben ließ?

So wie diese Reise. Während der Zug unter Zischen aus dem Hauptbahnhof hinausrollte, wurde ihr bewusst, dass sie die Stadt, in der sie geboren worden war, nie zuvor verlassen hatte. Andere Kinder waren mit ihren Eltern zur Sommerfrische an die Ostsee oder zumindest zur Landpartie ins Brandenburgische gefahren, aber ihr Vater war keiner, der einen Picknickkorb packen, sich zwei Kinder aufladen und mit ihnen die Eisenbahn besteigen konnte. Also waren sie daheimgeblieben. »Sagt bloß, in unserem Berlin ist es nicht schön?«, hatte er Paula und Manfred gefragt, einen links und einen rechts beim Arm genommen und sie ins Café Kranzler in der Friedrichstraße zu Sahnebaisers mit Früchten eingeladen.

Ihr Vater, ach, ihr Vater. Alle Gedanken, die ihr durch den Kopf wirbelten, endeten immer wieder bei ihm. Und bei Manfred. Hätte sie den Bruder nicht benachrichtigen müssen, ihm Gelegenheit geben, sie zu begleiten? Sie hatte eine Nachricht für Klara hinterlassen, die Manfred schonend beibringen sollte, was geschehen war. Wenn ich mit dem Vater zurückkomme, müssen wir miteinander reden, nahm sie sich vor. Sie hatte das Gespräch mit dem Vater schon viel zu lange aufgeschoben, dabei lehrte das Leben sie täglich, dass sich allzu vieles nicht aufschieben ließ. Die meisten Frauen hatten bereits einen Liebsten, einen Vater oder einen Bruder im Feld verloren. Aber wir nicht, Manfred, schwor sich Paula. Unsere Familie hat überlebt, nichts anderes ist wichtig. Wenn ich zurückkomme, machen wir reinen Tisch und raufen uns zusammen.

Jäh bemerkte sie, wie sehr Manfred ihr fehlte. Ihr Verhältnis war bereits seit einem Jahr belastet – seit jener Nacht nach dem Aufmarsch vor dem Reichstag, als die Nachricht von Heinz' Tod gekommen war. In ihrer Fassungslosigkeit hatte sie Manfred so gut wie vergessen, doch als sie todmüde ins Bett wanken wollte, hatte sie im Schloss seinen Schlüssel gehört. Klara und die Übrigen schliefen – Paula war mit ihrem Bruder allein.

Er hatte glänzende Augen wie Harry auf jenem Maitanz, als er sich betrunken hatte. Aber Manfred trank nicht. Er rührte Alkohol nicht an.

»Heinz ist tot«, hatte Paula gesagt.

Manfred hatte den fröhlichen Heinz mit seiner Klampfe gern gemocht, und er war der empfindsamste Mann, den sie kannte. Sie hatte erwartet, dass er weinen würde. Stattdessen fragte er: »Und wer ist daran schuld?«

»Was soll das heißen, wer ist daran schuld? Das wissen wir doch, wer daran schuld ist – der Kaiser, die Junker, die Industriellen und alle anderen, die diesen Krieg wollten.«

»Und wer wollte ihn noch? Wer unterstreicht bis heute mit allem, was er tut, dass er ihn will?«

»Ich weiß nicht, wovon du sprichst.«

»Von unserer Partei«, erwiderte Manfred. »Von der Partei, die einmal unsere war.«

»Fehlen dir fünf Pfennig an der Mark?«, war sie losgeplatzt. »Diese Partei ist unsere, und das wird sie auch immer sein. Sie ist die Partei der Arbeiterbewegung – die einzige!«

»Aber kann sie die einzige bleiben, wenn sie die Interessen der Arbeiter nicht länger vertritt?«, hatte Manfred gefragt, und dann hatte er ihr erzählt, was er tat, wenn er seine Familie allein ließ und nächtelang fortging. Er traf sich mit Genossen, die ebenso wie er die Politik der rechten Parteispitze nicht länger mittragen konnten.

»Gestern Nacht, nachdem die Partei zum dritten Mal den Krediten für den mörderischen Krieg zugestimmt hat, haben wir uns organisiert«, erzählte er beinahe stolz. »Wir nennen uns Gruppe Internationale, und wir wollen dafür arbeiten, dass unsere Ziele nicht vergessen werden: Eine Welt, in der niemand mehr nach Brot schreien oder frieren muss, weil er keine Kleider auf dem Leib hat. Eine Welt, in der die Arbeiter aller Länder nicht einander totschlagen, sondern einig für ihre Interessen eintreten.«

»Aber Manfred, das alles kann doch nicht erreicht werden, wenn unsere Partei sich spaltet«, rief Paula. »Divide et impera hat Julius Caesar gesagt, teile und herrsche, und genauso werden unsere Gegner es auch betrachten.«

»Du hattest kein Latein in der Schule«, bemerkte Manfred.

»Nein«, gab sie zu, »Clemens hat es mir beigebracht. Weißt du, wie weh es mir tut, dass Clemens da draußen um sein Leben ringt, während ihr hier die Einigkeit seiner Partei zerstört? Was für eine Hoffnung haben die Männer in den Schützengräben denn noch, wenn wir nicht vereint für sie kämpfen? Was, glaubst du, könnten ein paar aufgebrachte Wirrköpfe ausrichten, indem sie sich in ihren guten Stuben treffen?«

»Und was, glaubst du, richten Ebert, Noske und Scheidemann aus? Was wollen die ausrichten?«

»Die Partei, das sind nicht Ebert, Noske und Scheidemann«, beschied sie ihn. »Es sind die Frauen, die heute mit mir vor dem Reichstag waren, es sind die Arbeiter in den Rüstungsbetrieben, die an Streik denken. Warum erlaubst du Ebert, Noske und Scheidemann, dir die Partei wegzunehmen? Wie soll ich denn Clemens beibringen, dass ihr sie kampflos diesen Leuten überlasst?«

»Clemens ist auch mein Freund«, sagte Manfred, »nicht nur deiner. Vielleicht wäre das alles leichter, wenn er hier wäre und die

Dinge in die Hand nehmen könnte, aber er ist nicht hier, und wir können nur jeder für uns entscheiden, was wir für das Richtige halten. Ich will genau wie du, dass die Bewegung wieder zusammenfindet, aber über die Mittel, Zwerg, über die Mittel denke ich anders als du.«

In jener Nacht hatten sie es dabei belassen, doch in dem Jahr, das folgte, hatte Paula immer häufiger Zorn auf ihn verspürt. Er kam und ging, wie es ihm passte, und es blieb ihr überlassen, das Geld für den Haushalt aufzutreiben und seine Liebste zu trösten. Alle zerrten an ihr – die Frauen, die ihre Hilfe brauchten, die Zeitung, bei der sie Überstunden schob, und die arme Ilse, die ihren kleinen Frieder allein aufziehen musste und in der Arche Halt suchte. Paula war erschöpft, und Manfred war nicht da. Er war nicht da, wenn sie Fragen an ihn hatte, und auch nicht, wenn sie glaubte, vor Angst um Clemens den Verstand zu verlieren.

»Er gibt auch alles, was er hat«, versuchte Klara ihn in Schutz zu nehmen, und natürlich hatte sie recht. Wenn aber Manfred nicht alles für den Kampf, sondern ein wenig für seine Familie gegeben hätte, hätten sie dann vielleicht einmal Zeit gefunden, über ihren Vater zu sprechen und ihm den Brief zu schreiben, für den es nun um ein Haar zu spät gewesen wäre? Wenn Paula an den Schrecken dachte, den sie vor ein paar Stunden erlitten hatte, konnte sie nur schwerlich glauben, dass sie noch einmal davongekommen war.

An diesem Morgen, ausgerechnet als sie mit Stefanie und einem Haufen Kinder allein gewesen war, hatte sich ihr schlimmster Alptraum in Wirklichkeit verwandelt. Es hatte an der Tür geklingelt, und als sie öffnete, stand ein Bote davor und hielt ihr einen gelben Umschlag entgegen. »Fräulein Paula Thomas? Ein Telegramm für Sie. Von der Front.«

Alles schien zu stocken, jede Bewegung, jeder Atemzug. Nur ihr Herz nicht, das bis in ihre Kehle hämmerte. Tatenlos musste sie hinnehmen, dass der Bote ihr das Telegramm in die Hand drück-

te, sich an die Mütze tippte und verschwand. Paula hatte nicht einmal die Kraft, die Tür zu schließen. Die Beine wurden ihr schwach, und sie fiel auf die Knie. Eins der Kinder kam aus einem Zimmer gelaufen, rief immer wieder ihren Namen und zerrte an ihrem Haar. Paula wollte schreien, aber kein Ton war zu hören.
Dann war Stefanie gekommen. Hatte die Tür geschlossen, das Kind mit einem scharfen Klaps seiner Wege geschickt und Paula das Telegramm abgenommen. »Schlechte Nachrichten?« Dass Paula nichts sagte, war ihr Antwort genug. »Ein Mann?«
Paula brachte noch immer kein Wort heraus, keinen Laut und keine Träne. Nicht einmal ein Nicken.
»Ich an deiner Stelle wäre froh, ihn los zu sein«, sagte Stefanie. »Ist er reich? Wohl kaum. Wozu brauchst du ihn dann? Du hast deine Wohnung, deine Arbeit, du kannst reden und dich bewegen wie eine von ganz oben. Warum sollst du dir das von einem Mann kaputt machen lassen, statt zu versuchen noch mehr zu erreichen? Dumm genug, dass du dir diesen ganzen Haufen verkorkster Weiber aufhalst.«
Paula hatte sie angestarrt, ohne das Gehörte glauben zu können. »Wozu ich Clemens brauche?«, vernahm sie ihre eigene, wie weit entfernte Stimme. »Um das Leben zu umarmen, in den dunkelsten Nächten wie an einem schönen Sommertag am See. Um ich selbst zu sein. Um bei aller Härte, die uns widerfährt, weich und verletzlich und ein Mensch zu bleiben.«
Stefanie starrte zurück. Nach einer Weile zuckte sie mit den Schultern und riss das Telegramm auf. »Tot ist er jedenfalls nicht, dein Halbgott, der nicht mal Geld hat. Wenn er Clemens Kamphausen heißt, dann hat er zumindest einen mächtig schicken Namen. Und er ist lebendig genug, um viel zu lange Telegramme zu versenden.«
Sie reichte Paula den Bogen. Die griff mit zitternden Fingern zu. »Liebstes, Dein Vater bei Sturz von Wagen verwundet. Bein-

bruch, überstellt nach Lazarett Windhof, Heuchelheim. Dich liebt und vermisst: Dein C.«

»Der spinnt, dein Halbgott«, bemerkte Stefanie. »Der Wisch muss ein Vermögen gekostet haben – was ist wichtig daran, dass dein Alter sich bei einem Sturz vom Wagen verletzt hat? Und dass der Idiot dich liebt, ist auch überflüssig – erst recht mit dem albernen Doppelpunkt.«

»Ach, Steffi!«, rief Paula lachend und weinend und zog das widerstrebende Mädchen in die Arme. »Ich liebe dich auch, mit Doppelpunkt und Ausrufungszeichen.«

Niemand war gestorben. Tolpatschig, wie er war, hatte ihr Vater sich lediglich ein Bein gebrochen, aber dieses Mal würde sie die Liebe zu ihm nicht auf später verschieben. Sie würde in jenes Heuchelheim fahren und ihn nach Hause holen. Dieses eine Mal sollte nichts wichtiger sein als er.

Aus der Dose mit den Ersparnissen hatte sie das letzte Geld geholt, und Stefanie hatte alles für sie organisiert, die Pläne studiert, ihr die Züge herausgesucht und Paula zum Bahnhof gebracht. Paula hatte lediglich eine Reisetasche packen müssen, in der sie Kleidung für ihren Vater verstaute, seine uralte wollene Hausjacke, deren Geruch sie liebte, zuoberst. Er konnte sie auf der Heimfahrt tragen und sich dabei ein wenig zu Hause fühlen.

»Meine Redaktion weiß nicht, was ihr mit dir entgeht«, hatte sie zum Abschied zu Stefanie gesagt. »Ich verspreche dir, sobald ich mit meinem Vater zurück bin, kümmere ich mich um eine passende Stellung für dich.«

»Versprich nicht zu viel«, versetzte Stefanie und wandte sich zum Gehen. »Kümmere dich lieber um deine Weiberhorden, um deinen vom Wagen gefallenen Vater und um deinen Halbgott, der auch nicht alleine zurechtkommen wird. Männer kommen nie allein zurecht, sie sind zu faul und zu selbstherrlich dazu. Ich dagegen kann ganz gut für mich selbst sorgen.«

Das konnte sie allerdings, dachte Paula, während die letzten

Häuser der Großstadt einer endlosen Folge kahler, verschneiter Felder Platz machten. Obendrein sorgte sie für ihre drei jüngeren Brüder und den Vater, der jeden Pfennig versoff. Paula hatte ihr mehrmals angeboten, die Brüder mit in die Arche zu bringen. »Wenn du immer wieder zurückgehst, weil du Angst um deine Brüder hast, dann hol sie zu uns«, hatte sie gesagt.
»Ich habe keine Angst um meine Brüder«, hatte Stefanie erwidert. »Meinen Brüdern haue ich die Hintern durch, bis sie alt genug sind, um mich durchzuhauen. Ich gehe zurück, weil ich kein Aufsehen will. Keine Polizei, kein Gericht. Ich will ein unbeschriebenes Blatt sein, wenn ich endlich da wegkomme. Ein weißes Blatt, auf dem neu angefangen wird.«
Arme Stefanie, dachte Paula. Ich wünschte, sie fände einen Menschen, den sie liebt.

Während der langen Fahrt dachte sie nicht mehr an Stefanie, sondern an Clemens, von dem sie zu gern gewusst hätte, wie er vom Unfall ihres Vaters erfahren hatte. Die beiden mussten einander an der Front begegnet sein. Hatten sie miteinander gesprochen, hatte ihr Vater womöglich gelernt, Clemens mit anderen Augen zu sehen? Vermutlich gab es wenig, das ihrem Liebsten so viel bedeutet hätte. Sooft Paula an die Misshandlungen dachte, die sein eigener Vater ihm zugefügt hatte, ballte sich ihr Magen zum Knoten vor Wut. Ihr Vater mit seiner Güte und Klugheit mochte in der Lage sein, Wunden zu heilen und die Dämonen zu besänftigen, die Clemens ruhelos und getrieben machten.
Sie musste lächeln, weil es ihr Vergnügen bereitete, sich die beiden Männer zusammen vorzustellen – und Manfred obendrein! Wenn der Krieg zu Ende war, würde sie zu einem Fotografen gehen und eine teure Studioaufnahme anfertigen lassen, auf der diese drei beieinandersaßen, ein Geschenk an sich selbst, um zu feiern, dass sie überlebt hatten.

In Frankfurt den Zug zu wechseln war schwieriger, als sie gedacht hatte, weil der Bahnhof voller Soldaten war. Der Beamte der Staatsbahn, den sie um Hilfe bat, erklärte rigoros, sie könne heute keinen Zug nach Kassel mehr bekommen, da jeder verfügbare Wagen für Truppentransporte gebraucht werde. Als sie jedoch begann ihm vom Unfall ihres Vaters zu erzählen, ließ er sich erweichen und setzte sie in ein Abteil, in dem sich zwölf junge Männer quetschten. Sie waren auf dem Weg an die Front und von der unverhofften Gesellschaft entzückt. Über Kassel würde der Zug nicht fahren, doch dafür über Gießen, wo er genesene Verwundete an Bord nahm.

Es war bereits dunkel, als Paula in Gießen ausstieg, und einen Moment lang überkam sie ein mulmiges Gefühl. Wie sollte sie sich in der fremden Stadt zurechtfinden, wie nach einer Unterkunft suchen, wenn sie heute nicht mehr weiterkam? Noch einmal aber hatte sie Glück. Ein Offizier, der kaum jünger als ihr Vater sein konnte, hörte, wie sie sich verzweifelt durchfragte, und bot an, sie in seinem Wagen nach Heuchelheim zu bringen.

»Ich möchte Ihnen keine Umstände machen«, wehrte Paula ab.

Der Offizier entblößte beim Lachen weiße Zähne. »Keine Sorge. Für eine Tochter, die einen so weiten Weg auf sich nimmt, um ihren verwundeten Vater zu besuchen, ist kein Umstand zu viel.«

Erleichtert nahm Paula sein Angebot an. Dass ihr Vater überhaupt nicht als Soldat diente und nicht im Kampf verwundet worden war, behielt sie für sich. Der Ort, durch den sie fuhren, lag wie ausgestorben im Dunkel. Jäh sehnte sich Paula nach ihrem lichtdurchfluteten Berlin, in dem man zu jeder Uhrzeit Menschen auf der Straße traf.

Das Lazarett war in einem Komplex von Gebäuden untergebracht, die einen großen Gutshof bildeten. Der Offizier parkte den Wagen und führte Paula ins Haupthaus, über dessen Dach ein Turm in die Nacht ragte. Mit dem Licht schlug ihnen Gestank entgegen, der Paula Tränen in die Augen trieb. Hatte sie eine Art Empfangsraum und Ruhe für die Kranken erwartet, so hatte sie sich getäuscht. Die gesamte Halle war gelblich beleuchtet und mit Betten vollgestellt, in denen dicht an dicht Kranke lagerten. Die Geräusche, die sie von sich gaben, das Stöhnen, Röcheln und Wimmern mischte sich zu einem Singsang, den sie so bald nicht wieder aus dem Ohr bekommen würde. Zwischen den Betten eilten Leute in verschmutzten weißen Mänteln umher – Ärzte, Pfleger, Krankenschwestern, die von der schieren Zahl der Verletzten hoffnungslos überfordert waren.

Der Offizier führte sie zu einem Tisch in der Mitte des Saals. Dahinter standen ein magerer Mann und eine üppige Frau, die ebenfalls die weiße Montur trugen, Worte wechselten und abwechselnd Notizen auf einem Klemmbrett machten.

»Guten Abend«, begann Paulas Begleiter. »Hier bringe ich Ihnen das Fräulein Thomas aus Berlin. Sie ist eigens hergekommen, um ihren Vater zu besuchen. Herrn Arnim Thomas. Mit einem Beinbruch aus Verdun.«

»Sie sehen doch wohl, was hier los ist!«, wetterte der kleine Mann los und spreizte die Arme in beide Richtungen. »Wie soll ich mir da jeden Beinbruch merken, ob aus Verdun oder weiß ich wo?«

»Einen Augenblick«, unterbrach ihn die üppige Frau. »Wie war der Name? Thomas? Der verunglückte Journalist?«

»Genau der!«, rief Paula. »Kann ich bitte gleich zu ihm?«

Die beiden hinter dem Tisch tauschten einen Blick. Jetzt erkannte Paula, dass das, was den Kittel der Frau verschmierte, Blut war, und Übelkeit erfasste ihren leeren Magen. »Kümmern Sie sich darum, Schwester«, blaffte der Mann. »Ich habe zu tun.« Damit schnappte er sich das Klemmbrett und stampfte davon.

Die Schwester blickte auf. Sie hatte riesenhafte Augen wie eine freundliche Kuh. Abrupt langte sie über den Tisch und nahm Paulas Gesicht in ihre Hände. »Sie armes Kindchen. Nein, Sie können jetzt nicht zu Ihrem Vater. Das können Sie ganz und gar nicht.«

»Aber warum denn nicht?«, quetschte Paula hervor. »Schläft er schon? Wird seine Wunde versorgt?«

Die Frau ließ ihr Gesicht los und schüttelte mit tiefbetrübter Miene den Kopf. »Nein, er schläft nicht, armes Kindchen.«

»Was ist dann mit ihm?«

»Ihr Vater ist tot.«

ALEXANDRA

Berlin-Lichtenberg

Advent 1989

»Du, lass dich nicht verbrauchen,
gebrauche deine Zeit.«

Wolf Biermann, »Ermutigung«

26

»Ihr Vater ist tot! Verdammt noch mal, der alte Knacker ist schon ewig und drei Tage tot!« Die Schwester riss den Plastiktannenzweig von der Kopfleiste und warf ihn vor dem Bett auf den Boden. Dann wurde ihr offenbar klar, was sie tat. Sie fuhr zusammen und ließ sich ermattet auf den Hocker sacken. »Bitte entschuldigen Sie«, murmelte sie, ohne sich nach Alex, die auf dem Absatz der Treppe stand, umzudrehen. »Bitte melden Sie mich nicht Dr. Gerlach. Ich wollte das nicht, ich schreie nie mit meinen Patienten, aber ich kann einfach nicht mehr. Seit die Mauer offen ist, geht es bei mir zu Hause zu wie im Taubenschlag. All diese Leute, mit denen man plötzlich verwandt ist, all diese Geschichten, die tausend Jahre her sind und auf einmal zu einem selbst gehören …«

»Was für Geschichten?«, fragte Alex.

»Na, die von damals. Erzählt Ihnen etwa niemand Geschichten darüber, warum die einen hüben und die anderen drüben gelandet sind und wie sie doch alle gegen Hitler waren und deshalb für den Krieg und die Sache mit den Juden nichts konnten?«

»Nein«, sagte Alex, »mir erzählt niemand so etwas. Ich bin mit niemandem verwandt.«

Die Schwester drehte sich um. Ihr Gesicht wirkte zehn Jahre älter als vor Tagen. Mit einiger Mühe setzte sie ihr Berufslächeln wieder auf. »Aber mit Ihrer Großmutter sind Sie doch verwandt! Liebe Frau Schramm, ich bitte noch einmal um Entschuldigung. Das alles ist schließlich kein Grund, mit der alten Dame zu schreien. Ich habe die Nerven verloren, weil sie mir heute schon wieder den ganzen Tag von diesem Vater erzählt hat, den sie angeblich besucht. Ich meine, sie muss doch an die hundert sein, das mit dem Vater ist doch schon nicht mehr wahr. Trotzdem, so etwas darf nicht passieren. Sie hat ja zwischendurch auch klare Momente, und Dr. Gerlach sagt, je mehr man sich um sie bemüht, desto häufiger werden solche Momente kommen.«

»Machen Sie sich keine Sorgen«, erwiderte Alex. »Ich will, dass sie weiß, dass ihr Vater tot ist. Ich will, dass sie alles weiß, damit sie es mir erzählen kann. Aber ich bin nicht Frau Schramm. Falls ein Herr Schramm hier war und behauptet hat, er gehöre zu mir, so ist das schlichtweg nicht wahr.«

»Du liebe Zeit, heute trete ich wohl wirklich in einen Fettnapf nach dem anderen. Hier war kein Herr Schramm, und natürlich weiß ich, dass Sie die Frau Liebermann sind, genau wie Ihre Großmutter. Es ist nur so, Ihre Großmutter glaubt wohl, ich bin die Schramm. Entweder sie will diesen Vater besuchen, oder sie schreit, sobald ich ihr nahe komme: Nicht Schramm, nicht Schramm!«

»Ihre Arbeit möchte ich nicht machen müssen«, sagte Alex.

»Ach, an den meisten Tagen ist es so schlecht nicht. Nur wenn man nicht richtig ausgeschlafen ist …«

»Warum gehen Sie nicht einen Kaffee trinken?«, schlug Alex vor. »Ich bleibe jetzt bei meiner Großmutter. Wenn etwas ist, kann ich ja nach Ihnen klingeln.« Dankbar enteilte die Schwester, ehe Alex das Angebot zurücknehmen konnte. Alex legte den Mundschutz an, setzte sich auf den Hocker und gab sich den Ruck, den sie brauchte, um Momi anzusehen. Sie schien unverändert, aschfahl und ohne Leben, die Lider durchscheinend und von bläulichen Adern durchzogen. Heute aber fiel Alex das Krankenhausnachthemd auf, das sie trug. Momi hasste Nachthemden, sie kaufte ihre Schlafanzüge in der Herrenabteilung.

»Morgen bringe ich dir deinen blauen Pyjama«, entfuhr es Alex. »Vielleicht wirst du ja wieder Momi, wenn du deine eigenen Sachen bei dir hast. Von mir aus bringe ich dir auch dein Blechschild und dein Stück Gips aus Pompeji. Besser als Tannenzweige aus Plastik gefallen die dir bestimmt.«

Sie schreckte auf, als sie sah, dass Momis Lippen sich bewegten. Eilig beugte sie sich nieder, um das Wort zu verstehen, das sie formten. »Alex«, wisperte Momi, schürzte die Lippen und sprach weiter: »Süppchen.«

Alex entfuhr ein winziger krächzender Laut. Sie war voll Zorn auf Momi gewesen, voll wütender Verständnislosigkeit, doch in dieser Sekunde löste sich all das auf. Sie war nicht länger allein in einer unbegreiflichen Welt. Wieder nahm sie Momis Hände in ihre. »Mömchen«, sagte sie. Sie hatte die Großmutter nicht oft so genannt, nur manchmal, in ihren verschwiegensten gemeinsamen Momenten. »Die Schwester hat recht, dein Vater ist tot.«

»Ja«, murmelte Momi. »Ja, er ist tot. Ich hatte gehofft, sie könnten ihn verwechselt haben, das wäre in Verdun ja kein Wunder gewesen. An einem einzigen Tag sind sechstausend Menschen gestorben, wie sollten sie die denn auseinanderhalten? Und mein Vater war kein Soldat, er hatte nicht mal eine Kennmarke.«

»Verdun?«, fragte Alex. »Dein Vater ist in Verdun gestorben?«

»Nein, im Lazarett in Heuchelheim.«

»Erzähl's mir. Wie ist es passiert?« Jetzt begriff sie, was die Schwester gemeint hatte: Auf einmal gab es da einen unbekannten Mann, der mit ihr zu tun hatte. Ihren Urgroßvater. Gestorben in einem fremden Ort namens Heuchelheim.

»Er hat eine Sepsis bekommen«, flüsterte Momi. »Sie haben sein Bein amputiert, aber er ist einfach nicht mehr aufgewacht. Die Schwester im Lazarett hat gesagt: Er ist viel zu lange transportiert worden. Hätten sie ihn in Frankreich behandelt, hätte er überlebt.«

»Wann war das?«

»Im Winter. In diesem kalten, lichtlosen Februar.«

»Welches Jahr?«

Momis Lippen und Augen blieben geschlossen. Fieberhaft versuchte Alex sich an ihren Geschichtsunterricht in der Schule zu erinnern. Die Schlacht von Verdun, das war die mit den endlosen

Gräben gewesen, die ein halbes Jahr wütete und hunderttausend Tote auf jeder Seite forderte.
»1916?«, fragte sie.
»1916«, murmelte Momi, dann krümmte sich ihr Körper, und ihre Hände in Alex' Händen verkrampften sich. Ich muss nach der Schwester klingeln, durchfuhr es sie, aber sie wollte Momi nicht loslassen. Endlich löste sich der Krampf, und Momis Kopf fiel zurück ins Kissen. Ihr Atem ging in Stößen, doch zusehends beruhigte er sich, und schließlich schlief Momi ein.
Alex blieb bei ihr sitzen, bis vor dem trüben Fenster Dunkelheit aufzog. Ärzte und Pfleger mit Rollstühlen und Betten hasteten vorüber, Besucher trugen Blumensträuße die Treppe hinauf und hinunter. Einer hielt ein Bündel Bananen, knallgelbe Westware, stolz wie eine Trophäe vor der Brust. Sie hätte sich beschweren und darauf bestehen müssen, dass Momi endlich vom Gang in ein Krankenzimmer kam, doch ein freies Bett konnte ja niemand herbeizaubern, und für Momi machte es vermutlich keinen Unterschied. Die Schwester kam zurück, hatte das Lächeln frisch aufpoliert und maß Momis Puls.
»Das ist ja so gut, dass sie schläft«, flötete sie. »Wer schläft, wird gesund.«
Alex wartete weiter. Vielleicht döste sie selbst ein. Die letzte Nacht, die sie durchgeschlafen hatte, lag lange zurück. Sie schreckte auf, weil etwas sich nadelspitz in ihre Gelenke bohrte – Momis Fingernägel.
»Bitte, Schwester!«, rief Momi, die Stimme brüchig. »Bitte helfen Sie mir.«
»Dein Vater ist tot«, herrschte Alex sie an. »Tu das nicht, Momi, geh nicht wieder zurück in dein Niemandsland. Ich brauche dich klar, ich muss alles wissen, sonst habe ich keine Ahnung, was aus meinem Leben werden soll!«
Momi umkrallte ihre Gelenke noch fester. »Ich flehe Sie an«, sagte sie, »lassen Sie mich zu meinem Bruder. Ich will ihn nur

sehen, sonst nichts!« Zuerst begannen ihre Lippen zu zittern, dann griff das Zittern auf den gesamten Körper über.
Alex sprang auf und riss sich los. Was sie getan hätte, wäre nicht just in diesem Moment Dr. Gerlach aus der Doppeltür getreten, wusste sie nicht. Wahrscheinlich hätte sie Momi ihrem Schicksal überlassen.
»Alles in Ordnung, Frau Liebermann?«, fragte er und zog die Brille von den tränenden Augen.
»Nein«, sagte Alex, »nichts ist in Ordnung. Bitte kümmern Sie sich um meine Großmutter. Ich halte es mit ihr nicht mehr aus.«
Der Arzt trat zu ihr. Als er auf Momi hinuntersah, riss diese die Augen auf und warf sich so weit zurück, dass Gerlach sie festhalten musste, damit sie nicht gegen das Metallgitter prallte. »Nicht Schramm!«, schrie Momi. »Nicht Schramm, nicht Schramm!«
Gerlach hielt mit einem Arm Momi fest und streckte den anderen nach Alex aus. »Bitte helfen Sie ihr. Sagen Sie ihr, dass sie sich nicht fürchten muss, dass sie hier vor Schramm in Sicherheit ist.«
»Ich werde ihr nichts von diesem Irrsinn sagen!«, rief Alex. »Schramm ist ein Mann, den ich am 9. November kennengelernt habe, er ist aus dem Westen, fast siebzig Jahre jünger als Momi, und sie hat niemanden im Westen gekannt! Wenn sie mir nicht sagt, warum sie wegen dieses Mannes verrücktspielt, kann ich ihr nicht helfen. Und ich kann auch nicht ertragen, dass sie jetzt mit einem Bruder anfängt, wo sie gerade erst begriffen hat, dass ihr Vater seit 1916 nicht mehr lebt. Sie hatte nie Brüder, sie hat nie einen Vater, sie hat nie irgendeinen Menschen erwähnt. Wie kann sie jetzt erwarten, dass ich mit alledem fertigwerde und ihr helfe?«
Gerlach winkte einen Kollegen heran und wechselte ein paar Worte. Kurz darauf kam eine andere Schwester und gab der wild um sich schlagenden Momi eine Spritze in die Armbeuge. Der Arzt hielt sie, bis sie in seinen Armen erschlaffte. Dann ließ er

sich erschöpft auf den Bettrand sinken. »Gehen Sie nach Hause«, sagte er zu Alex. »Kommen Sie erst wieder, wenn Sie sich besser fühlen. Sie haben recht, und den meisten Angehörigen geht es nicht anders als Ihnen: So etwas lässt sich schwer ertragen, man muss gut zu sich selbst sein und sich immer wieder Pausen gönnen.«

»Aber ich brauche keine Pausen, sondern Antworten!«, brach es aus Alex heraus. »Ich habe solche Angst, dass sie stirbt, ohne sie mir zu geben.«

»Ich kann Ihnen nichts versprechen«, erwiderte Gerlach. »Nur Ihnen beiden wünschen, dass Sie einen Weg finden. Vielleicht hilft es Ihnen ja, die Splitter zusammenzusetzen und zu schauen, ob sie ein Bild ergeben? Es gibt Archive, in denen sich nachforschen ließe, ob Ihre Großmutter einen Bruder hatte. Durch die zwei Kriege ist natürlich vieles, was diese Generation betrifft, auf immer verloren, aber mit etwas Glück trifft man dennoch auf Spuren. Und einen weiteren Splitter könnte ich Ihnen geben, wenn Sie wollen.«

»Sagen Sie mir, was Sie wissen!«, entgegnete Alex scharf. »Es ist mein Recht. Ich kann mich nicht erinnern, jemals ein Recht eingefordert zu haben. Ich habe nicht gefragt, wer mein Vater ist und warum meine Mutter einen so bizarren Tod gestorben ist, warum wir keine Familie haben, keine Bilder auf der Anrichte und keinen Besuch zu Weihnachten, aber jetzt frage ich. Mir sind die Wände meines Hauses eingestürzt, und wenn man mir den Mörtel dazu verweigert, bekomme ich sie nicht wieder aufgebaut.«

Gerlach nickte mehrmals, bettete Momis Kopf auf das Kissen und deckte sie zu. »Dieser Schramm«, sagte er dann, »das ist kein junger Mann, den Sie im Westen kennengelernt haben. Das Problem ist, dass all diese Ereignisse Sie zu der Annahme bringen, Sie würden Ihre Großmutter nicht kennen. Aber welchen Menschen kennen wir schon in all seinen Teilen? Sie kennen sie gut genug, um zu wissen, dass sie nicht verrücktspielt. Wenn sie vor einem Menschen namens Schramm derart entsetzliche Angst hat, dann, weil dieser Mensch ihr etwas Entsetzliches angetan hat.«

»Aber sie hat doch in all diesen Jahren niemanden getroffen. Meine Freundin hat gesagt, sie weiß nicht, was Lebensfreude ist, sie ist so gut wie nie ausgegangen, und es gab nie etwas, das sie erschüttert oder aus der Fassung gebracht hat. Sie war der Gleichmut in Person, bis zu diesem verfluchten Tag.«

»Dann muss das, was jener Schramm ihr angetan hat, vor Ihrer Geburt geschehen sein«, sagte Gerlach. »Es mag lange her sein, aber es ist nicht vorbei. Verstehen Sie, was ich meine? Die Zeit des Dritten Reiches mag zum Beispiel vorbei sein, aber unser Land ist dieser Ereignisse wegen bis heute geteilt, und dass wir jetzt so kopflos sind und uns nicht zurechtfinden, ist eine Folge jener Zeit.«

»Und das hat mit meiner Großmutter zu tun?«

»Ich weiß nicht mehr als Sie«, antwortete Gerlach, »aber ich glaube noch immer, was ich Ihnen neulich gesagt habe. Ihre Großmutter muss etwas, das nicht vorbei ist, zu Ende bringen. Die Begegnung mit Ihrem Freund aus dem Westen ist vermutlich nur ein Zufall und hat etwas aufgewühlt, das all die Jahre verborgen lag. Jetzt ist es da und muss endlich bereinigt werden. Wollen Sie, dass Ihre Großmutter, die in ihrem Inneren diese furchtbare Angst gehegt hat, mit der Angst in den Tod gehen muss?«

Alex wollte gar nichts, vor allem nicht länger nachdenken. »Ich muss jetzt gehen«, sagte sie. Der Arzt rieb sich die tränenden Augen und nickte ihr zu.

27

Alle Menschen, die durch den dünnen Schneeregen die Straße entlanghasteten, schienen ein Ziel zu haben, das sie nicht schnell genug erreichen konnten. Alex hatte keines. Gibt es das überhaupt?, fragte sie sich. Ein Ziel, an dem kein Mensch wartet? Sie hatte kaum zu Ende gedacht, als sie den Menschen sah, der auf sie wartete. Vor ihrer Haustür, unter dem zu schmalen Schutz des Vordachs stand Meike.

»Ein Wetter für Pinguine«, sagte sie und grinste. »Ich dachte, du kommst überhaupt nicht mehr.« Sie trug eine der Plastiktüten mit schickem Aufdruck, die Alex von ihren Einkäufen mit Oliver kannte, und an ihrem Mantel steckte die Nadel mit der Deutschlandfahne und der Aufschrift »Nimm Zwei«. »Ich weiß, du bist eine treulose Tomate, die ihre beste Freundin nicht mehr sehen will, aber ich klebe trotzdem an dir. Verdammt, du fehlst mir, Alex.«

»Du mir auch«, erwiderte Alex und atmete auf.

In der Tüte hatte Meike einen Satz brandneuer Schraubenzieher und eine Menge in Plastik verpackter Lebensmittel, die sie »West-Leckerlis« nannte. »Ist doch appetitlicher als deine speckige Mettwurst«, sagte sie, nahm die Schraubenzieher an sich und drückte Alex die Tüte in die Hand. »Du gehst jetzt und machst uns zwei Hübschen eine nette Platte zurecht, und in der Zwischenzeit kümmere ich mich mal um euren Fernseher.«

Alex ging in Richtung Küche und Meike in Richtung Wohnzimmer. In den Türen drehten sich beide um.

»Meike«, sagte Alex.

»Alex«, sagte Meike.

Sie mussten lachen.

»Du zuerst«, forderte Meike sie auf.

»Nein, du.«
»Ich frag dich nicht nach deiner Momi«, sagte Meike, »weil ich dich nicht mehr bedrängen will. Aber das heißt nicht, dass du mir nichts erzählen kannst, wenn dir danach ist.«
»Sie hatte einen Bruder«, sprudelte es aus Alex heraus.
Meike zuckte mit den Schultern. »In der Zeit hatten alle Leute Brüder. Hilft dir das weiter?«
Alex schüttelte den Kopf. »Ich wünschte, es gäbe etwas, das mir weiterhilft. Ihr Arzt sagt, es kann ein Zufall sein, dass sie solche Angst vor Oliver hatte, aber jemanden namens Schramm muss sie gekannt haben, und der hat ihr etwas Furchtbares angetan.« Auf einmal stieg eine Woge von Schwindel in ihr auf. Sie musste sich gegen die Wand lehnen, um nicht zu stürzen. »Mir macht das Angst, Meike. Mir macht das scheußliche Angst.«
»Augenblickchen. Habt ihr irgendwo einen Korkenzieher?« Meike kam zu ihr und drängte Alex, sich auf den Boden zu setzen. Dann verschwand sie in der Küche, kehrte mit Momis Allzwecköffner und zwei Wassergläsern zurück und setzte sich neben sie. Aus der Tüte förderte sie eine schlanke Flasche zutage und entkorkte sie mit lautem Ploppen. »Deine Momi hat dir diese Angst vererbt«, sagte sie und füllte die Gläser. »Ich habe immer gedacht, dass das keine normale Angst ist, keine, die ins Hier und Heute gehört. Du hast Angst, dass Leute über dich hinwegrennen, Angst, dass Leute dich zwischen sich zerquetschen, sogar Angst, dass Leute auf dich schießen – das sind doch keine Sachen, die heute passieren.«
»Passieren die heute nicht mehr?«, konterte Alex. »Ich dachte, bei euren Demonstrationen hattet ihr ständig Angst, dass die Polizei auf euch schießt.«
»Ja, die hatten wir.« Unverwandt sah Meike sie an. »Aber auf den Demonstrationen warst du nicht dabei. Du saßt in der Zeit friedlich in eurer stickigen Küche und hast Mettwurst gekaut. Diese Angst hast du nicht um dich, Alex. Es ist eine andere, die

da wegläuft, die eingequetscht, zu Boden getrampelt und beschossen wird.«

»Momi.«

»Das vermute ich.« Meike strich ihr den Rücken. »Jetzt trink deinen Wein, der wärmt und beruhigt.«

Alex gehorchte und stellte augenblicklich fest, dass Meike recht hatte. »Meinst du, das mit der Angst wird besser, wenn ich herausbekomme, woher Momi sie hat?«, fragte sie und spürte im selben Moment, dass die Angst zurückkehrte.

»Gut möglich. Traust du dich denn, es herauszubekommen?«

»Ich muss. Ich kann so nicht mehr leben.«

Meike nickte. »Das sagt dein Westler auch. Und er kann erst recht nicht mehr so leben. Der liebt dich nämlich.«

»Bist du deshalb gekommen? Hat Oliver dich geschickt?«

»Bleib auf dem Teppich«, entgegnete Meike. »Keiner hat mich geschickt, aber ja, dein Westler und ich, wir sprechen miteinander. Wir haben nämlich ein gemeinsames Interesse – eine gewisse Alexandra Liebermann, der es verdammt schlechtgeht und der wir furchtbar gern helfen würden. Und da sie uns nicht sagt, was wir tun können, haben wir eben auf eigene Faust begonnen hier und da ein bisschen nachzubohren.«

»Und wer gibt euch dazu das Recht?«

»Sei nicht albern«, beschied sie Meike. »Sag bloß, du brennst nicht darauf zu erfahren, was wir herausgefunden haben.«

Alex' Widerstand erlahmte. Es tat viel zu gut, sich nicht mehr allein zu fühlen, sondern zu begreifen, dass sie zu einem Netz von Menschen gehörte, wenn es auch schütter war und Löcher aufwies. »Also schön, du Würgeschlange, was habt ihr herausgefunden?«

»Bisher nicht viel«, gestand Meike kleinlaut. »Jedenfalls nichts, auf das wir uns jetzt schon einen Reim machen können. Dass deine Momi in London gelebt hat, wusstest du, oder?«

Alex nickte. »Meine Mutter ist dort geboren worden.«

»Findest du das nicht merkwürdig? Deine Familie lebt in London, und als sie schließlich nach Deutschland zurückkommt, landet sie hier – in der DDR?«

Es war in der Tat merkwürdig. Alex verstand sich selbst nicht – warum hatte sie nie nach diesen Dingen gefragt? »Jetzt sitzen wir hier und trinken deinen schönen Wein im Flur«, warf sie ein. »Wollen wir nicht ins Wohnzimmer gehen?«

»Der Wein heißt Chianti Classico.« Meike leckte sich die Lippen. »Das musst du dir mal auf der Zunge zergehen lassen. Ist es nicht phantastisch, dass uns das alles jetzt offensteht, die ganze Welt, all diese sonnenüberfluteten Orte mit den bombastischen Namen? Nein, von mir aus brauchen wir nicht ins Wohnzimmer zu gehen. Nachher kommt etwas im Fernsehen, das ich mir anschauen will, aber bis dahin bleibe ich lieber hier. Im Wohnzimmer von deiner Momi gruselt's mich nämlich. Das komische Kaffee-koch-Schild mag ja ganz ulkig sein, aber was ich dich schon immer mal fragen wollte: Wieso hat sie eigentlich einen Arm auf ihrer Anrichte?«

»Einen Arm?«

»Jetzt erzähl mir nicht, du weißt nicht, dass da euer Leben lang ein Arm liegt!« Meike sprang auf, lief ins Wohnzimmer und kehrte mit dem langen, bleichen Stück Gips zurück. »Dieses abscheuliche Ding meine ich«, sagte sie und hielt es Alex vor die Nase.

»Um Gottes willen, pass damit auf!«, rief Alex, doch zum ersten Mal in ihrem Leben hatte sie es auch gesehen. Es war ein Arm, ein leicht gebogener muskulöser Arm, der in den Überresten einer Hand mit zwei Fingern endete. »Sie hat ihn aus Pompeji«, murmelte sie wie erschlagen. »Weil ich nicht aufgehört habe, danach zu fragen, hat sie mir mal einen Bildband geschenkt, aber erzählt hat sie mir nichts. Ich glaube, ich studiere Völkerkunde, weil ich irgendwie süchtig nach diesen Bildern aus Pompeji war.«

Meike setzte sich wieder und legte den Gipsarm auf den Boden. »Weißt du, wie leid du mir tust?«, fragte sie. »Obwohl du diesen tollen Typen haben könntest und ich danebenstehe wie bestellt und nicht abgeholt. Es muss unheimlich schwer sein, nicht zu wissen, wo man herkommt und aus was für Drinks der eigene Cocktail sich zusammensetzt.«

Alex bemühte ein Lächeln. »Du sprichst schon wie eine Westlerin, weißt du?«

»Ich gebe mir Mühe.« Meike lächelte mit. »Deine Momi ist mir ein glattes Rätsel. Sie lebt in London, klaut Gipsarme in Pompeji – und am Ende ihres Lebens hockt sie in dieser deprimierenden Bude, aus der sie sich so gut wie nie hinaustraut. Das sind zwei Teile, die vorn und hinten nicht zusammenpassen, habe ich recht?«

»Der Schlüssel zu dem Rätsel muss Schramm sein«, erwiderte Alex. »Oder besser das, was Schramm ihr angetan hat. Erinnerst du dich, wie du zu mir gesagt hast, sie weiß nicht, was Lebensfreude ist? Ich habe das nie so empfunden, weil ich zumindest etwas von der anderen Momi kannte, von der, die Kaffee wie Liebe und Tod trinken wollte, die den Duft von Bratkartoffeln mochte und in Pompeji gewesen war. Es war Lebensfreude in ihr, Wärme und eine ganz eigene Art von Humor, aber sie hat all das in sich vergraben. Nur in den seltensten Momenten ließ sie es nach draußen, und jedes Mal zog sie es sofort wieder zurück, als hätte sie sich vor sich selbst erschreckt.«

»Schramm«, murmelte Meike und goss sich Wein nach. »Aber dass der, der das alles bewirkt hat, dein Oliver nicht sein kann, ist dir inzwischen selbst klar, oder?«

Alex zögerte, dann nickte sie.

»Vielleicht solltest du ihm das bei Gelegenheit sagen. Und dann sucht ihr gemeinsam nach dem richtigen Schramm. Immerhin besteht die Möglichkeit, dass doch kein Zufall vorliegt, sondern die ganze Geschichte mit ihm genauso zu tun hat wie mit dir.«

»Aber du hast doch gerade gesagt, Schramm kann unmöglich Oliver sein. Er ist zu jung, er stammt aus dem Westen und …«
»Und was?«
»Und er hat Momi nichts getan.«
»Bravo.« Meike klopfte ihr den Rücken. »Du bist schließlich ein vernünftiges Mädchen, kein dämliches Ding wie deine Freundin Meike, die sich in Typen verknallt, die's nicht wert sind. Wenn du dir nach dieser ganzen Zeit als Jungfer Rührmichnichtan den Olli ausguckst, kannst du ziemlich sicher sein, dass du eine grandiose Wahl getroffen hast.«
Alex musste lachen. »Besonders viel Sorgfalt habe ich auf die Wahl allerdings nicht verwendet. Ob du's glaubst oder nicht, er stand da, und ich wusste: Der ist es.«
»Das hat er mir auch erzählt.« Meike legte den Kopf schräg und musterte sie. »Und er ist genauso perplex davon wie du. Zu mir hätte es gepasst, in dieser Wahnsinnsnacht auf einen Schlag mein Herz zu verlieren, aber zu euch beiden passt es nicht. Weißt du, was ich mich gerade frage?«
»Was?«
»Ob du die Liebe genau wie die Angst von deiner Momi geerbt haben könntest.«

Sie tranken den Wein aus, richteten sich die Delikatessen, die Antipasti hießen, auf Momis gesprungener Servierplatte her und zogen ins Wohnzimmer um, weil Meikes Sendung anfing. Den Arm aus Pompeji ließ Alex im Flur liegen. Seit ihr klar war, worum es sich handelte, mochte sie den Gegenstand nicht mehr berühren. Das Gespräch über Meikes Vermutung hatten sie abgebrochen. Zu ungeheuerlich klang es für Alex – sie brauchte Zeit, um diese Möglichkeit an sich heranzulassen.
Meike hockte sich mit den Schraubenziehern vor den Fernseher und begann daran herumzuwerkeln. »Was wolltest du mir vorhin eigentlich sagen?«, fragte sie. »Du warst so nett, mir den

Vortritt zu lassen, und prompt sind wir zu deinem Punkt nicht gekommen.«

»Ach, nichts Besonderes. Ich wollte nur fragen, was die Nadel bedeutet, die du an der Jacke trägst. Dieses Nimm Zwei.«

»Das ist ein West-Bonbon«, antwortete Meike. »Nimm Zwei – im Westen kriegen alle Kinder von ihren Omis und Patentanten diese Bonbons. Die heißen so, weil sie angeblich so gesund sind, dass man ruhig zwei davon nehmen darf.«

»Und weshalb steht der Name von diesen ominösen Bonbons auf einer Deutschlandfahne?«

Meike verzog den Mund. »Deutschland ist so gesund, dass man auch ruhig zwei davon nehmen darf. Scherz beiseite, ich trag das Ding nur, weil der nette Westler, der in unser Institut kommt, es mir geschenkt hat. Ein paar Leute haben es entworfen, weil sie Angst vor einem wiedervereinigten Deutschland haben.«

»Angst, Meike?«

»Nun ja, sie denken eben: Das vereinte Deutschland hat damals die Welt in eine Katastrophe gerissen, wie sie sich niemals wiederholen darf – versuchen wir es also lieber nicht noch mal.«

»Ist das auch deine Meinung?«

»Ich weiß nicht«, antwortete Meike. »Um ehrlich zu sein, ich habe von Geschichte keine Ahnung. Aber dein Olli sagt: So was geht überhaupt nicht. Lehren aus der Geschichte ziehen kann nie heißen, einer Generation die Folgen von etwas aufzuerlegen, was diese Generation nicht verursacht hat. Die neue Generation lässt sich das nicht gefallen, sie geht einfach los und unternimmt ihren eigenen Versuch.«

»So wie am 9. November?«

Meike nickte. »Die Menschen haben diesen 9. November eingefordert, und niemand hätte ihn aufhalten können.«

»Dass das Leuten Angst macht, kann ich verstehen.«

»Weißt du, was mir Angst macht?«, fragte Meike und sammelte ihre Schraubenzieher ein, um sich zu Alex unter das Blechschild

zu setzen. »Die Vorstellung, dass dir dieser Uralt-Fernseher irgendwann mit Karacho um die Ohren fliegt. Kauf dir einen neuen, Alex. Komm in deiner eigenen Zeit an und verpass vor lauter Angst nicht dein Leben.«
Meikes Belehrungen hatten Alex oft an den Nerven gezerrt, aber heute war sie einfach nur froh, die Freundin bei sich zu haben. Das Bild des Fernsehers flimmerte trotz der Bearbeitung mit den West-Schraubenziehern weiter. Hinter grauen Schlieren war vage eine Art Landhaus erkennbar. »Was ist das?«, fragte Alex.
»Schwante.«
»Und was ist, bitte schön, Schwante?«
»Irgendein Kaff in Brandenburg, wo ein paar Leute im Oktober eine Partei gegründet haben. Besonders wichtig hat das damals keiner genommen, nicht bei knapp fünfzig Mitgliedern und wo das Neue Forum Zulauf ohne Ende hatte. Aber jetzt nehmen es gewisse Gestalten immens wichtig, und wie du siehst, haben sie sich damit erfolgreich ins Westfernsehen katapultiert. Frag mich nicht, warum ich mir das ansehe. Irgendwo muss ich eine masochistische Ader haben.«
Die Partei hieß SDP – Sozialdemokratische Partei. Der Reporter gab einen kurzen Überblick über die Entstehung, dann wechselte das Bild, und auf einmal sah Alex den Leopoldplatz. Ihr Herz vollzog einen Satz. Die Kamera folgte einer Gruppe von Männern und einer blonden Frau, die die Müllerstraße entlanggingen, der Parteizentrale entgegen, die Oliver ihr gezeigt hatte.
»Die haben sich da einladen lassen«, berichtete Meike. »Haben behauptet, sie sind die einzige wahre Nachfolgerin der Sozialdemokraten, die bei uns verboten worden sind. Und nun schau mal, wer da den großen Maxen macht.«
Die Kamera zeigte in Großaufnahme, wie einer der Männer den Arm um die blonde Frau legte und schwungvoll die Glastür der Parteizentrale aufstieß. In der Vorhalle war eine Menschenmenge versammelt, die applaudierte, sobald er eintrat. Der Mann ließ

die Blonde los und drehte sich um sich selbst. Unter dem Fenster entdeckte er einen niedrigen Tisch und sprang mit einem Satz hinauf. Strahlend lächelte er in die Kamera. »Genossinnen und Genossen, wisst ihr, was für ein Gefühl das ist, euch mit diesen Worten ansprechen zu dürfen? Von hier oben könnt ihr mich alle hören, nicht wahr? Ihr gestattet, dass ich mich kurz vorstelle? Hugo Willmann von der Sozialdemokratischen Partei!« Als hätte er etwas von Bedeutung gesagt, brach tosender Beifall los. Die Blonde eilte zu dem Tisch und streichelte dem Redner Wade und Knie.

»Himmel, hilf«, entfuhr es Alex, »das ist ja dein Hugo.«

Mit einer kleinen traurigen Bewegung stand Meike auf und schaltete den Fernseher aus. »Wie gesagt, ich habe keine Ahnung, warum ich mir das ansehen musste, außer, um mir noch mal unter die Nase zu reiben, was für eine dämliche Gans ich bin.«

»Ich wusste gar nicht, dass Hugo Sozialdemokrat ist«, bemerkte Alex, um irgendetwas zu sagen.

»Ich auch nicht«, bekannte Meike. »Und er vermutlich ebenso wenig. Er ist einer, der Publikum braucht. Ruhm und Glanz und Anerkennung. Dieser komische Haufen bebrillter Möchtegernpolitiker ist ihm dabei nur Mittel zum Zweck.«

»Bist du dir sicher?«

Meike nickte. »Im Neuen Forum war er nur ein kleiner Fisch und bekam mächtigen Gegenwind, also musste etwas Neues her. Mit Frauen macht er es genauso. Solange die Sonne für mich aus seinem Hintern schien, durfte ich mich seiner Gunst erfreuen. Aber als ich es wagte, eine seiner Heldentaten in Frage zu stellen, war ich in null Komma nix weg vom Fenster.«

»Was für ein Idiot!«, rief Alex spontan. »So einer hat dich überhaupt nicht verdient.«

»Ach, doch«, murmelte Meike. »Er ist ein toller Mann, er hat Charme und jede Menge Talente. Nur ist er leider so süchtig nach Bewunderung wie ein Alki nach Stoff. Anfangs habe ich ihn nur allzu gut verstanden – ich bin ja selbst eine, die sich gern ein bisschen Rampenlicht auf den Scheitel scheinen lässt.«

Alex musste lächeln. Meikes Fähigkeit zur Selbstkritik gehörte zu ihren nettesten Eigenschaften. »Mich stört es nicht«, versicherte sie der Freundin. »Im Gegenteil. Wenn ich dich nicht hätte, wäre ein Schattengewächs wie ich bestimmt längst verkümmert. Aber bei Hugo ist es nicht so harmlos wie bei dir?«

Meike schüttelte den Kopf. »Es ist die ewige Ersatzbefriedigung. Seine Eltern haben ihn abgelehnt und seinen Bruder vergöttert. Darüber kommt er nicht hinweg. Frauen werden ja nicht klüger, da hat deine Momi schon recht. Bis zum Schluss habe ich blöde Pute geglaubt, dass meine Liebe seine Leiden heilen könnte und er bei mir zur Ruhe käme. Albern, nicht wahr?«

»Nein«, sagte Alex. »Es tut mir leid, dass ich so völlig mit mir selbst beschäftigt war und dich nie gefragt habe, was bei dir läuft.«

»Darüber mach dir mal keinen Kopf. Du hast jedes Recht, dich mit dir selbst zu beschäftigen, du hast es ja bisher nie getan. Ansonsten ginge es dir vermutlich jetzt nicht so elend.«

»Seit du mit deinem Wein aufgetaucht bist, geht es mir schon besser. Vorhin habe ich gedacht, ich könnte unmöglich noch einmal zu Momi gehen und das alles über mich ergehen lassen – die düsteren Geheimnisse, die Gespenster von Leuten, von denen ich nie gehört habe. Jetzt denke ich, ich werde morgen brav wieder im Krankenhaus auflaufen und weiter versuchen diese Geschichte zusammenzusetzen. Hilfst du mir? Wenn dir noch etwas einfällt oder wenn Oliver noch etwas herausfindet – sagst du mir Bescheid?«

»Oliver frag selber«, erwiderte Meike. »Aber mir ist in der Tat gerade etwas eingefallen. Wir beide haben ein mächtiges Brett vorm Kopf. Wir zerbrechen uns hier über Brüder und Väter den Kopf, aber was zum Teufel ist mit deinem Großvater? Ich meine, deine Mutter war doch keine jungfräuliche Geburt, oder doch?«

»Eher nicht. Mein Großvater ist früh gestorben, gerade als sie aus London hierherkamen. Meine Mutter ging noch zur Schule, glaube ich.«

»Und über den Großvater weißt du genauso wenig wie über deinen Vater und den Rest?«

»Über meinen Vater weiß niemand etwas.«

»Nun schön, aber über den Großvater wird deine Momi ja wohl eine Menge wissen. Sie wird irgendwo Bilder haben, Familienfotos, Andenken – alle alten Leute haben doch so was, und nicht nur verbeulte Kaffee-Schilder und gruselige Gipsarme. Warum stellen wir nicht diese Wohnung auf den Kopf und versuchen eine Spur von dieser verschollenen Sippe zu finden?«

»Das können wir doch nicht machen«, murmelte Alex. Doch noch im selben Atemzug dachte sie: Warum eigentlich nicht?

»Dein Oliver würde sagen: Und ob! Also, wo fangen wir an? In ihrem Schlafzimmer?«

»Nicht mehr heute Nacht«, bat Alex, die Angst vor ihrer eigenen Courage bekam. »Und noch etwas, Meike, bitte sag nicht ständig dein Oliver. Ob er mein Oliver werden kann, ob wir überhaupt eine Chance haben, weiß ich einfach nicht.«

»Aber ihr seid doch das Traumpaar, der klassische Fall von Liebe auf den ersten Blick!«

»Und was ist, wenn das stimmt, was du vorhin gesagt hast?«

»Ich habe vorhin eine ganze Menge gesagt.«

»Das über die Liebe, die ich von Momi geerbt haben könnte«, presste Alex heraus.

»Das war sicher Blödsinn«, erwiderte Meike. »Ich meine, sosehr dein Oliver zum Verlieben ist, sein Vater ist zum Davonlaufen.«

»Seinen Vater kennst du auch?«

»Ich hab mich mit ihm in seiner Mensa getroffen, und der Vater ist dort aufgekreuzt«, erklärte Meike, sprang auf die Füße und vollführte eine übertriebene Verbeugung. »Sehr erfreut! Schramm! Fehlte nur noch, dass er die Hacken zusammengeschlagen hätte. Nein, in den hat sich deine Momi bestimmt nicht verliebt, und davon hast du auch nichts geerbt.«

»In Mathematik warst du schon immer eine Niete«, sagte Alex gedankenverloren. »Olivers Vater ist mehr als dreißig Jahre jünger als Momi. Wenn sie jemanden geliebt hätte, dann müsste es Olivers Großvater gewesen sein.«

»Schramm!«, rief Meike triumphal. »Das ist der Schramm, den wir suchen. Du brauchst Oliver nur nach seinem Großvater zu fragen, und schon haben wir ihn. Und dann finden wir auch heraus, was er getan hat – etwas, das so schlimm gewesen sein muss, dass es ein Jahrhundert überdauert hat.«

Alex überlegte. Galt nicht das, was Meike da sagte, für ihr ganzes in Aufruhr befindliches Land? Etwas war in den ersten Jahrzehnten dieses Jahrhunderts geschehen, und es war so schlimm gewesen, dass die Folgen bis heute überdauerten. »Glaubst du, das, was in diesem November geschehen ist, kann etwas von dem Schlimmen heilen?«, fragte sie. »Nicht nur für Momi, die nicht mehr lange leben wird, sondern für uns alle?«

Meike blickte auf. »Gute Frage«, bemerkte sie. »Bei uns im Institut – weißt du, wie sie das, was in diesem November geschehen ist, nennen?«

»Nein.«

»Die Wende.«

PAULA

Berlin-Charlottenburg

November 1918

»Meine Brüder, die sind tot
Und ich selbst wär's um ein Haar
Im November war ich rot
Aber jetzt ist Januar.«

Bertolt Brecht, *Trommeln in der Nacht*

28

Bei uns in der Fabrik – weißt du, wie sie das, was in diesem November geschehen ist, nennen?«

»Nein.«

»Die Wende.«

Klara hustete. Sie gehörte zu den Scharen von Frauen, die zur Arbeit in der Rüstungsfabrik zwangsverpflichtet worden waren, obwohl sie ständig krank und geschwächt war. Dass sie die fünfjährige Rieke versorgen musste, hatte sie nicht vor der Verpflichtung bewahrt. Sie hatte ihren Mann, einen tapferen Frontsoldaten, böswillig verlassen und damit das Recht an ihrem Kind verwirkt. Dass ihr Mann nicht das geringste Interesse daran hatte, die Kleine zu sich zu holen, kümmerte das kürzlich eingerichtete Kriegsamt nicht.

»Aber Klara, wie kann es denn die Wende sein?«, rief Paula. Sie bewunderte den ungebrochenen Mut der Freundin, doch sie selbst brachte diesen Mut schon lange nicht mehr auf. »Ja, man hat ein paar Sozialdemokraten in die Regierung einziehen lassen, aber doch nur, um ihnen die Schuld am allgemeinen Elend aufzubürden. Außerdem sind diese Sozialdemokraten Ebert, Scheidemann und Noske, die bestimmt nichts verändern werden. Der Kaiser ist immer noch der Kaiser, und der Krieg ist immer noch der Krieg.«

»Ebert will den Kaiser nicht entmachten«, gab Klara zu und unterdrückte einen Hustenanfall, »aber Veränderungen gibt es trotzdem. Die wichtigste ist, dass endlich über einen Waffenstillstand verhandelt wird.«

»Ha«, stieß Paula heraus, »und wie oft haben wir von solchen Waffenstillständen schon gehört?«

»Noch nie von unseren eigenen Leuten.«

»Wenn du deinen Manfred fragst, sind es nicht unsere Leute«, erwiderte Paula. »Und wenn die Regierung tatsächlich Waffenstillstand wollte, weshalb läuft dann die Flotte in die britische See aus? Weshalb ergehen dann weiter Gestellungsbefehle, inzwischen an siebzehnjährige Kinder?« Sie brach ab, weil ihr die Stimme versagte. Vor knapp sechs Wochen hatte Joachim seinen Gestellungsbefehl erhalten und sich unverzüglich zum Transport nach Flandern melden müssen. Paula hatte ihn zum Bahnhof gebracht. Aus dem schlaksigen Jungen war ein leidenschaftlicher Kriegsgegner geworden, und der Arche Noah war er eine unersetzliche Hilfe. Mit seinem blau-weißen Schal um den Hals stand er in der Tür des Zugs und kämpfte gegen Tränen und Angst.

»Wenn du wiederkommst, gehe ich mit dir zu deiner Hertha«, hatte Paula ihm versprochen.

»Ehrlich?«

»Klar«, hatte Paula dem Zug hinterhergebrüllt und war ihrer Tränen selbst kaum Herr geworden.

Klara nahm ihre Hand. »Joachim kommt durch«, sagte sie. »Bestimmt. Und was die Flotte betrifft, so mehren sich Gerüchte, dass die Matrosen den Befehl zum Auslaufen verweigert haben. Manfred sagt, die Heeresleitung hält es geheim, aber die Schiffe sollen noch immer vor Kiel liegen.«

Paula zuckte mit den Schultern. »Und wenn schon. Dann werden sie wieder ein paar Männer als Meuterer an die Wand stellen, und danach läuft alles weiter wie bisher. Seit die Partei geteilt ist, haben die Leute niemanden mehr, der sie führen kann. Eberts Haufen tut sich lieber mit dem Zentrum und der Volkspartei zusammen als mit den eigenen Genossen, und die USPD verfügt nicht über die Mittel, Widerstand auf die Beine zu stellen.«

Aus Paulas Sicht verfügte die USPD nicht einmal über die Mittel, sich selbst zu organisieren. Die Partei war nicht freiwillig gegründet worden, sondern entstanden, nachdem der Vorstand der SPD Karl Liebknecht, Rosa Luxemburg, den sanften Vorsitzenden Hugo Haase und weitere Kritiker aus ihren Reihen ausgeschlossen hatte. Auch Manfred gehörte zu ihnen. Mit seiner Gruppe Internationale, die sich inzwischen Spartakusbund nannte, war er der USPD beigetreten. Paula fragte sich, wie die Genossen sich um die Gründung neuer Parteien streiten konnten, während das Schlachten weiterging, während Kinder verhungerten und Frauen vor Schwäche in die Knie brachen. Zwar hatte Russland das Schlachtfeld verlassen, weil die Revolution es überrollt hatte, doch dafür hatten die USA den Mittelmächten den Krieg erklärt. Das Sterben nahm kein Ende. Es würde nie ein Ende nehmen.

Noch immer hielt Klara ihre Hand. »Es tut weh, dich so mutlos zu sehen«, sagte sie. »Einmal warst du die Mutigste von uns allen, die, die uns aufgerichtet hat, wenn wir klein beigeben wollten. Und jetzt, wo Hoffnung in Sicht ist, gibst du selbst klein bei?«

»Seit der Spaltung der Partei …«, begann Paula.

Klara aber fuhr ihr über den Mund: »Nein, fang nicht wieder damit an. Deinen Mut hast du früher verloren, noch vor diesem grauenhaften Winter, als wir außer Kohlrüben nichts zu essen hatten.«

»Haben wir jetzt etwa mehr? In diesem Winter können wir froh sein, wenn es Kohlrüben überhaupt zu kaufen gibt.«

»Lenk nicht ab«, versetzte Klara. »Deinen Mut hast du verloren, als dein Vater gestorben ist. Du bist zusammengebrochen wie Ilse nach dem Tod von Heinz. Aber du hast dich nie wieder aufgerappelt.«

»Was soll das heißen, ich habe mich nicht aufgerappelt?«, fuhr Paula auf. »Halte ich nicht den Betrieb hier zusammen, bringe ich nicht Geld herein, gebe ich der Arche nicht alles, was ich habe?«

»Das tust du allerdings«, rief Klara und umarmte sie. »Statt dummes Zeug zu schwatzen, sollte ich lieber mit anpacken. Glaub mir, ich habe ein scheußlich schlechtes Gewissen, weil ich dir so wenig helfe.«

»Ach, Klärchen, das ist doch Quatsch.« Paula zog die Freundin an sich. »Du machst diese mörderische Arbeit, und so dreckig es dir geht, du findest immer Kraft, mit deinem Kind zu lachen. Du gibst meinem Bruder Halt, sorgst dafür, dass er das Essen nicht vergisst, und flickst seine Socken – was sollst du denn noch tun?«

»Dir zur Seite stehen.«

»Ich komme schon zurecht, ich habe ja Stefanie.«

»Ja, natürlich.« Klara nickte. »Du hast Stefanie.«

»Wie klingt das denn? Bist du eifersüchtig?«

»Und wenn?«, versetzte Klara spitz. Gleich darauf lachte sie. »Nein, ich bin nicht eifersüchtig, ich bin froh, dass Stefanie dich unterstützt. Nur habe ich es vielleicht noch immer nicht geschafft, ihr über den Weg zu trauen.«

»Ist dir klar, wie ungerecht das ist?« Was sie ohne Stefanie getan hätte, wusste Paula nicht. Die innere Stärke des Mädchens war unglaublich. Noch immer pendelte sie zwischen dem Haushalt ihres Vaters und der Arche hin und her. Ihr ältester Bruder war als Kriegsversehrter nach Hause gekommen. Er hatte den rechten Arm verloren, und bei jedem lauten Geräusch begann sein Körper haltlos zu zittern. Weder das Zittern noch der fehlende Arm hinderten ihn jedoch, seine Schwester zu prügeln und ihr das Geld, das sie mit Aushilfsarbeiten verdiente, abzunehmen. Gemunkel zufolge hinderte es ihn auch nicht, von der verkommenen Wohnung aus ein Bordell zu betreiben. Stefanie sprach nicht darüber. Wenn Paula nach ihrem Leben fragte, wurde sie zornig oder ging. Tage später kam sie wieder, in makellos weißen Kleidern, mit hochgestecktem Haar und kühlem, unnahbar schönem Gesicht.

»Ja, ich weiß, dass Stefanie im Grunde eine Heilige ist«, erwiderte Klara. »Nimm's mir nicht übel. Vielleicht ist sie mir einfach unheimlich, weil es keinen Menschen gibt, an dem sie hängt.«

»Ist das ihre Schuld? Wenn sämtliche jungen Männer an der Front verheizt werden, wie soll sie einen finden, der zu ihr passt?«

»Und der ihr gewachsen ist«, bemerkte Klara. »Aber ich wollte nicht von Stefanie sprechen, sondern von dir. Ich will dir so gern ein bisschen Mut machen, Paulchen. Jeder hat ja jetzt Mut, jeder sagt, dieser November bringt das Erdbeben, das dem Elend ein Ende macht. Leider durfte ich deinen Vater nicht mehr kennenlernen, aber glaubst du nicht, er hätte gewollt, dass du dich darüber freust.«

»Mit meinem Vater hat das nichts zu tun«, wehrte Paula ab. Sie wollte nicht darüber sprechen, es tat noch immer zu sehr weh. Von der Heimfahrt, die sie in grauer Morgenkälte allein, mit ihres Vaters Hausjacke im Koffer, hatte antreten müssen, hatte sie bis heute Alpträume. Wieder hatten sich auf allen Bahnsteigen Soldaten gedrängt, die Paula zwischen sich zu zerdrücken drohten. Ihre Lieder vom Vaterland dröhnten ihr in den Ohren, und das Lied von der jungen Garde des Proletariats half nicht mehr dagegen. Sie gehörte zu keiner jungen Garde mehr. Mit ihrem Vater schien ein Stück von ihr selbst gestorben, und die Schuld, die sie quälte, konnte sie mit niemandem teilen.

Vielleicht hätte Clemens ihr das verlorene Stück Leben zurückgeben können, doch er schien seinen Mut zur selben Zeit verloren zu haben wie sie. Er sandte ihr noch ab und an ein Lebenszeichen, aber die Flut verspielten Liebesgesäusels riss von einem Tag zum andern ab. Zum Tod ihres Vaters hatte er ihr sein Beileid ausgesprochen, über den Hergang des Unfalls hatten sie jedoch nie ein Wort gewechselt. Auf Urlaub kam er nicht mehr. In den zehn, zwölf Wochen, die zwischen seinen Briefen verstrichen, sah sie manchmal sein Gesicht vor sich und war sicher, er sei tot. Diesmal war es bereits dreizehn Wochen her, dass sie zuletzt von ihm gehört hatte.

»Paulchen?«
Paula blickte auf.
»Eben hast du an deinen Süßen gedacht.«
»Sag nicht, ich habe vor mich hin gemurmelt.«
»Nein«, erwiderte Klara, »aber immer, wenn du an Clemens denkst, bekommt dein Gesicht etwas von dem alten Leuchten. Eine Spur der Lebensfreude, die mich sofort fasziniert hat, als Manfred mir damals seine Schwester vorstellte. Du darfst dir das nicht nehmen lassen, wir werden es dringend brauchen. Wir sind die, die jung sind, Paulchen, die, die diese zerstörte, verrohte Welt wieder aufbauen müssen.«
Sie hustete. Paula griff nach einem Wasserglas und flößte ihr ein paar Schlucke ein. »Du solltest dich hinlegen, Klärchen. Und du solltest auf das Zeug, das ich schwatze, nichts geben. Ich bin eben zur Schwarzseherin geworden, aber das heißt ja nicht, dass ihr es mir nachtun müsst.«
Klara gab Paula einen Kuss auf die Stirn. Ihre Lippen fühlten sich trocken und heiß an, geradezu glühend. »Der Krieg hat ein Ende«, sagte sie. »Und dieser Kerl, der uns mit seinem Charme hier allen fehlt, kommt nach Hause. Ich hoffe, er nimmt dich in seine Arme und hält dich so lange fest, bis du wieder weißt, wonach das Leben schmecken kann. Nach süßen Zitronen manchmal, nach Bratkartoffeln mit Mettwurst, die keiner so brät wie du, nach gutem Kaffee und nach der warmen Haut von einem schönen Mann.«
Das hast du so hübsch gesagt, dachte Paula. Ein bisschen schmelzend und schmachtend und ein bisschen frivol, so wie wir es liebten. Aber daran, dass Clemens zurückkommt, kann ich nicht mehr glauben. Der Krieg hat alles zermalmt, auch das, was unzerstörbar wirkte und vor Leben bebte.
Der Schlüssel knirschte im Schloss. »Manfred!«, rief Klara, hustete und lief ihm entgegen. Schwerfällig folgte Paula.
Ihr Bruder und die Frau, mit der er seit vier Jahren lebte, hatten

ihre Liebe nie in großen Gesten zur Schau gestellt. Klara küsste ihn kurz, er strich ihr über die Wange, das war alles, doch ihre Nähe füllte den Raum. Manfreds Haar war regennass, sein Gesicht gerötet. Unter dem Arm trug er eine zusammengerollte rote Fahne. »Es ist wahr«, sagte er. »Wilhelmshaven ist in der Hand der meuternden Matrosen. Die Revolution ist da.«
»Nein«, stammelte Klara, »nein«, und Manfred, der die nasse Brille abnehmen musste, nickte.
Früher, ehe ihr Vater gestorben war, hatte Paula sich diesen Augenblick ausgemalt. Sie würden sich in die Arme fallen, stürmischer als an Silvester, sie würden singen, jubeln, schreien, Tränen vergießen und sich vor Lachen die Bäuche halten. Jetzt stand sie hinter Klara, und die Nachricht erreichte sie nicht. Es war eine der tausend Hoffnungen, die wie Seifenblasen platzen würden. Oder es war zu spät. Eine Revolution für die Toten, für die, die zwischen Trümmern umherkrochen und keine Kraft mehr hatten, Neues zu errichten. »Entschuldigt mich«, sagte sie, »ich muss zu Frau Deborah. Ich habe ihr versprochen, sie zu besuchen.«
»Aber du kannst doch jetzt nicht zu Frau Deborah, Zwerg.« Manfred trat zu ihr und hob ihr Kinn. Er lachte so jungenhaft wie früher am Wannsee. »Du kommst mit uns. Wer vom Spartakusbund in der Stadt ist, trifft sich im Zeitungsviertel.«
»Ich gehöre nicht zu eurem Spartakusbund«, entgegnete Paula.
»Du solltest aber dazugehören. Ich weiß, du fühlst dich um Clemens' willen verpflichtet, der SPD die Treue zu halten, aber glaub mir, wenn Clemens zurückkommt, wird er sich uns anschließen.«
»Die Bewegung muss einig sein«, murmelte Paula vor sich hin. Sie glaubte ihn sprechen zu hören, auf einer seiner Kisten, von begeisterten Genossen umringt. »Wenn wir einig bleiben, wer soll uns etwas anhaben? Wir sind viel zu viele. Uns kriegt keiner tot.«

Manfred streichelte ihr Haar. »Aber wir werden uns doch wieder vereinigen, Zwerg. Wir müssen jetzt nur wachsam sein, damit die Ebert-Horde aus unserem Sieg kein Fiasko macht. Sie sagen, sie haben Angst vor Straßenkämpfen und Hungersnöten wie in Russland, doch in Wahrheit wollen sie dem Kaiser die Krone retten. Nach Kiel, zu den aufständischen Matrosen, haben sie ausgerechnet den Kriegstreiber Noske geschickt! Angeblich, um Blutvergießen zu vermeiden.«

»Und wenn das stimmt?«

»Pah«, stieß Manfred aus. »Haben diese Männer in ihrem *Vorwärts* vielleicht davon geschrieben, dass in der Garnison ein Regiment bereitsteht, um auf rebellierende Arbeiter zu schießen? Haben sie erklärt, warum Ebert in geheimen Verhandlungen mit der Heeresleitung und mit dem Kaiser steht? Nichts davon haben sie! Deshalb müssen wir ins Zeitungsviertel, an jeden Telegrafen, den wir bekommen können. Wir müssen Flugblätter drucken, das Volk informieren. Du bist doch dabei, nicht wahr?«

»Geht ihr«, sagte Paula, nahm ihren Mantel und brach auf.

Die Stadt kam ihr kopflos vor. In Gruppen rannten Menschen durch den Regen, sprachen auf Zeitungsjungen ein, sammelten sich in Hauseingängen und debattierten. Niemand schien etwas Genaues zu wissen. Ich will keinen Jubel mehr hören, der vergeblich ist, dachte Paula und ging den Weg ins Westend zu Fuß, weil sie sich vor den vollen Straßenbahnen fürchtete.

Sooft sie an der Tür dieser Wohnung geklingelt hatte, waren dahinter Frau Deborahs flinke Schritte ertönt. Gleich darauf war die Tür aufgeflogen, und Harrys Mutter hatte sie mit ihrem strahlenden Lächeln begrüßt. Heute klang der Schritt hinter der Tür schleppend, und als Paula das Gesicht im Spalt sah, erschrak sie. Frau Deborahs Haut wirkte grau, ihr prachtvolles Haar hatte seinen Glanz verloren, und auf einmal sah Paula die weißen Strähnen darin. Um die Augen lagen tiefe Schatten. »Paula«, sagte sie.

»Joachim?«, stieß Paula heraus. Später wunderte sie sich, dass sie sofort an Joachim, nicht an Harry gedacht hatte. Harry war schon so lange fort, vielleicht war er in ihren Gedanken gar nicht mehr am Leben. Joachim hingegen hatte bis vor sechs Wochen mit ihnen gelacht, geflucht und von einem Sieg seiner Hertha geträumt.
Frau Deborah fiel Paula um den Hals und begann zu weinen.

Später, als sie sich ein wenig beruhigt hatte, setzte sie sich mit Paula an den Teetisch und gab ihr das gelbe Telegramm. Joachim wurde in Flandern vermisst. »Vermisst heißt nicht tot«, sagte Paula, obwohl sie wusste, dass es tot hieß. Die Revolution, wenn es eine war, kam zu spät – für Joachim, für Clemens, für Heinz, für sie alle.
»Ja, das sagt mein Mann auch, und daran halte ich mich fest«, erwiderte Frau Deborah. »Trinken wir einen Likör zusammen, du einen großen und ich einen winzig kleinen? Ich sollte nicht trinken, aber wenn ich es tue, wird es auf einmal einfach, daran zu glauben, dass vermisst nicht tot heißt.«
Der Likör schmeckte nach Anis. Von der Straße hinauf drang der Lärm von Menschenstimmen und quietschenden Autoreifen. »Ich muss dir etwas gestehen«, sagte Frau Deborah. »Diesen ganzen Krieg über habe ich mir vorgenommen: Wenn ich meinen Sohn verliere, lege ich mich hin und sterbe mit. Jetzt ist es mein zweiter Sohn, den ich verliere, mein süßer, liebebedürftiger Kleiner – und so verrückt es ist, mich niederlegen und sterben darf ich nicht.«
»Nein, das dürfen Sie nicht«, murmelte Paula, wusste aber keinen Grund.
»Es ist mir so unangenehm«, sprach Frau Deborah weiter, als hätte Paula nichts gesagt. »Aber irgendwem muss ich es sagen. Ich habe es noch nicht einmal meinem Mann erzählt. Was glaubst du, wie alt ich bin, meine Liebe?«

Verblüfft setzte Paula sich auf. Frau Deborah war ihr immer alterslos erschienen und seit Jahren unverändert. Harry aber war im selben Alter wie Manfred und Clemens, in diesem Jahr fünfundzwanzig geworden, also musste seine Mutter wohl etwa zwanzig Jahre älter sein. »Fünfundvierzig?«, riet sie auf gut Glück.

»Ich bin siebenundvierzig«, erwiderte die Mutter von Harry und Joachim. »Mein Mann ist sechs Jahre älter. Ich weiß nicht, wie es mir geschehen ist, wo wir seit vier Jahren Krieg haben und mein liebster kleiner Junge fort ist. Aber geschehen ist es. Ich bekomme noch einmal ein Kind. In meinem Alter und mitten in tiefster Not.«

Sie verstummte und ließ die Tränen laufen. Paula hörte ihr Herz klopfen. Sie nahm Frau Deborahs Hand und sagte: »Ob Eltern alt oder jung sind, spielt für Kinder keine Rolle, wenn sie so geliebt werden wie in Ihrer Familie. Und der Krieg geht zu Ende. Wir werden die Welt eben reparieren müssen, damit Ihr Kind darin glücklich sein kann.«

»Glaubst du, das ist möglich?«

Paula hatte es nicht geglaubt. Jetzt aber erwiderte sie: »Es muss möglich sein.«

»Kleine Kinder sind immer glücklich«, sagte Frau Deborah. »Sie glucksen vor Seligkeit, sie lachen, wenn man ihnen in den Bauch pikt, und sind dankbar, wenn sie einen Kanten Brot in Sirup tauchen dürfen. Ich möchte, dass mein neues Kind ein Mädchen wird. Ich will nicht noch einmal ein kleines glückliches Kind großziehen, damit es mir weggeholt und in den Tod geschickt wird.«

»Ja«, erklärte Paula. »Es wird ein Mädchen – eins von vielen Mädchen, die in diesem Land zur Welt kommen und Frieda heißen müssen.« Der Lärm von der Straße schwoll an. Unter Rufen und Johlen glaubte Paula die Zeile eines Liedes zu erkennen. Dann vernahm sie hinter sich einen sachten Schritt. Beinahe unhörbar war Herr Jakub ins Zimmer getreten.

»Wo kommst du denn her, Lieber!«, rief seine Frau und fuhr herum. »Ich dachte, du hättest heute lange Öffnungszeit.«
»Ich hielt es für besser, das Geschäft zu schließen«, erwiderte Herr Jakub. »Die Straßen sind voller Menschen, und wer weiß, wozu es sie in dieser aufgepeitschten Stimmung treibt.«
»Aber was ist das denn?«, rief Frau Deborah.
»Die Revolution«, antwortete ihr Mann mit belegter Stimme. »An der Küste sollen meuternde Matrosen alle wichtigen Städte in der Hand haben. Bei uns haben die Fabrikarbeiter die Arbeit niedergelegt, bei Borsig wie bei Siemens und bei AEG. Sie demonstrieren für den Frieden. Und für ein Ende des Kaiserreichs.«
»Aber dann wird es bei uns zugehen wie in Russland!«, rief Frau Deborah entsetzt. »Diese zerstrittenen Parteien bekommen doch hier wie dort die Lage nicht in den Griff. Die Menschen verhungern und erfrieren oder schlagen sich gegenseitig tot.«
»Die zerstrittenen Parteien werden sich einigen«, hörte Paula sich sagen. »Sie werden zusammen dafür kämpfen, dass die Menschen nicht noch mehr Leid aushalten müssen.«
»Sie sind ein Gottesgeschenk, Fräulein Paula«, sagte Herr Jakub. »Haben Sie Dank, dass Sie uns in diesen bewegten Zeiten nicht vergessen. Und wie ich hörte, darf man gratulieren? Ich wünsche Ihnen, dass die neue Welt für Ihr Kind eine bessere wird als die, die wir den unseren gaben. Und vor allem wünsche ich Ihnen, dass der Herr Bräutigam von der Front nach Hause kommt, damit die kleine Frieda Vater und Mutter hat.«

29

Seit zwei Wochen lagen sie im Reservegraben. Wie so oft regnete es Tag und Nacht, bis keiner von ihnen mehr einen Fetzen trockener Kleidung am Leib hatte. Keiner außer Kutte. Wie er es schaffte, sein Riesengerät von einem Wollmantel immer so nah am Feuer zu plazieren, dass die Härchen sich aufstellten und trockneten, wusste niemand. Kuttes Mantel wurde etwas wie ein Symbol für sie alle, eine Erinnerung daran, dass sie einmal in Nächten nicht gefroren, nicht vor Dreck gestarrt und vor Nässe gestunken hatten und dass es Menschen gegeben hatte, die ihr Wohlbefinden kümmerte. Kutte hatte den Mantel, der von prächtiger Qualität war, von seiner Lieblingstante bekommen. »Ob die noch lebt, weeß ick nich'.«

Früher waren die Männer während der Wochen im Reservegraben häufig in die Etappe gegangen, wo es Zigaretten, Schnaps und Feldpostkarten zu kaufen gab, manchmal auch Varieté-Aufführungen und hin und wieder sogar Mädchen. Postkarten gab es noch immer, in Sechserstreifen, aber die Männer hatten kaum noch etwas zu schreiben. Die Worte wurden spröde und steif und brachen ab, wenn man sie allzu oft benutzt hatte. »Ich lebe noch. Ich liebe Dich. Zu Weihnachten bin ich zu Hause.« Clemens kaufte des Öfteren Karten und vergaß, sie zu schreiben, bis sie feucht und unbrauchbar geworden waren.

Inzwischen gab er sein Geld lieber für Kaffee aus, weil er damit Kutte eine Freude machen konnte. Sie zündeten ein kleines Feuer an, das Kuttes Mantel trocknen würde, stellten den Wassertopf darauf, und mit dem Finger schrieb Kutte in die lehmige Rückwand des Grabens: »Hier düren Familien Kaffee kochen.«

»Wir sind keine Familie, Kutte.«

»Nee, und wir werden ooch nie eine sein, Kleener. Keene Frau, keene Gören. Also ernenn ick dir zu meinem Ehrenbruder.«
Kuttes Ehrenbruder zu sein rettete ihm den Verstand. Ohne Kutte wäre er wahnsinnig geworden – an den Toten, die er in den Nächten von neuem sterben sah, und an den Lebenden, die vor seinen Augen zugrunde gingen. Warum war er hergekommen? Um sie zu bewahren? Die unglaubliche Anmaßung entrang ihm ein Lachen. Korporal Clemens Kamphausen, ausgezogen, um mit seinem Größenwahn die Menschheit zu retten. Stattdessen hatte er gelernt zu töten. Es höhlte einen Menschen aus, wenn er getötet hatte, es machte ihn im Inneren taub und zog alles, was er tat, ins Lächerliche. Um ihn herum saßen Männer, die Karten spielten oder sich in der Kälte die Hände rieben, doch in Wahrheit waren all diese Männer hohle, taube Nüsse.
Der kleine Moritz kam aus der Etappe, außer Atem wie immer. Hatte sich einen Lungenschaden geholt, den er nicht loswerden würde, selbst wenn er überlebte. Inzwischen war er wirklich siebzehn, so alt, wie Joachim sein musste, aber er verstand nichts vom Fußball und hatte Augen wie ein alter Mann. Da er sich mit technischem Sachverstand hervorgetan hatte, durfte er Dienst am Feldtelefon verrichten, wo es trocken war und er seine Angst im Zaum halten konnte. Ein wenig schüchtern setzte er sich zu Kutte und Clemens. Das tat er immer, obwohl er keinen Kaffee mochte.
»Ehe wir wieder nach vorn gehen, wird noch eine Kompanie zu uns verlegt«, krächzte Hauptmann Wiese, der zusammen mit dem Zugführer Renz die Aufsicht über den Graben innehatte. Das Hin- und Herverschieben von zerrupften Truppenteilen war sinnloser denn je. Mit weniger Aufwand hätte man die letzten sechzig Mann der Kompanie verheizen und die Stellung aufgeben können. Gegen die neuerdings eingesetzten Panzer hielt sich ohnehin keiner lange am Leben.
»Weshalb gehen wir denn noch einmal nach vorn?«, rief Moritz, der noch immer um Atem rang. »Der Krieg ist doch aus!«

Das Gemurmel, das entstand, schwoll so schnell, dass Wiese schreien musste. Niemand beachtete ihn. Wie von fremdem Willen gesteuert, stand Clemens auf. Er packte den Wassertopf bei den glutheißen Henkeln, stellte ihn umgedreht auf den Boden und stellte sich darauf. »Ruhe!«, brüllte er und wartete ab, bis alles schwieg. »Wenn der Gefreite Töpfer eine solche Nachricht erhalten hat, dann geht sie uns alle an, und wir alle wollen sie hören.«

Das Geräusch des Applauses tat etwas mit ihm. Es weckte eine Erinnerung, verlieh Kraft, wo nichts mehr gewesen war, nur hohle, tönerne Leere.

»Die Nachricht, um die es aller Wahrscheinlichkeit nach geht, ist nur für Offiziere bestimmt«, erwiderte Wiese lahm. »Sie wird nachher auf der Besprechung erörtert. Und der Krieg ist natürlich nicht aus. Wir halten hier die Stellung und kämpfen bis …«

»Bis zum letzten Mann?«, rief der kleine Moritz atemlos. Er hatte sein Alter gefälscht, weil er um jeden Preis zu den Fahnen gewollt hatte, und sein größter Wunsch war es gewesen, von der Wochenschau gefilmt zu werden, doch er litt unter einer Todesangst, die ihn als Soldaten untauglich machte. »Ich will nicht sterben«, rief er. »Ich hab's bis hierher geschafft, ich will nicht jetzt noch da rausrennen und beim letzten Schuss verrecken.« Er schaute zu Clemens auf, sein Blick voller Vertrauen.

»Genosse Wiese«, sagte Clemens. »Sie sind Sozialdemokrat wie ich und waren einmal entschlossen, für das Leben zu kämpfen, nicht für den Tod. Sie und ich, wir wollten beweisen, dass wir Sozialdemokraten unser Vaterland nicht verraten, sondern es mit unserem Blut verteidigen wie jeder andere Mann. Aber haben wir das nicht vier Jahre lang getan? Haben wir nicht alles gegeben, und wissen nicht Sie so gut wie ich, dass dieser Krieg verloren ist? Wenn es eine Nachricht von seinem Ende gibt, dann enthalten Sie sie uns nicht vor. Schicken Sie uns nicht noch einmal in den Frontgraben, um Ihr Gesicht zu wahren. Sie haben uns bis hierher gebracht, und wenn Sie jetzt unser Leben retten, statt es einer verlorenen Sache zu opfern, sind Sie in meinen Augen ein Held.« Während die Männer im Graben jubelten, konnte er im Nacken förmlich spüren, wie der Zugführer hinter ihm zum Protest ansetzte. Er fuhr herum und sah ihm geradewegs in die Augen. »Und Sie auch, Oberleutnant Renz«, sagte er. »Falls wir zu den Glücklichen gehören, die diesen Krieg überleben, verdanken wir es Ihrem Geschick und Ihrer Menschlichkeit. Und falls es tatsächlich unsere Partei sein sollte, die die Zügel des Karrens übernimmt, werden wir nicht vergessen, was Sie für uns getan haben.«

Dem Applaus folgte Stille, in der er Kutte murmeln hörte: »Hab ich's nicht gesagt? Wenn der in die Hölle kommt, quatscht er dem Teufel die Hörner ab.« Der Riese grinste vor Stolz.

»Also schön«, sagte Wiese endlich. »Oberleutnant Renz, ich nehme das auf meine Kappe, Sie trifft keine Verantwortung.«

»O nein, die Verantwortung werden wir selbstverständlich teilen«, rief Renz hastig.

»Allem Anschein nach hat es eine Revolte in der Hochseeflotte gegeben, die auf die Städte des Reiches übergreift«, erklärte Wiese.

»Die Städte des Reiches – das heißt, auch Berlin?«

Wiese zögerte. »Ja, das heißt es wohl. Soweit wir wissen, ist der Abgeordnete Friedrich Ebert mit der Bildung der Regierung beauftragt worden. Anschließend wird er mit den Vertretern der Alliierten in Waffenstillstandsverhandlungen eintreten.«

»Ein Waffenstillstandsangebot der Alliierten liegt doch vor!«, rief Moritz dazwischen. »Die Regierung braucht es nur anzunehmen.«

Wiese zuckte mit den Schultern. »Die Bedingungen des Angebots erscheinen unannehmbar, die deutsche Wirtschaft wäre völlig ruiniert. Aber das ist nicht unsere Sache. Wir haben Befehl, uns zur Gegenoffensive bereitzumachen, und das werden wir tun. Wie gesagt, Einheiten zu unserer Verstärkung sind bereits unterwegs.«

»Danke, Genosse Wiese«, sagte Clemens und stieg vom Wassertopf. »Wir gehen in keinen Frontgraben mehr, denn wir werden dort gebraucht, wo über die Zukunft unseres Landes entschieden wird.« Mit dem Lumpen, den er als Handtuch benutzte, wischte er den Topf trocken und begann wahllos Habseligkeiten hineinzufüllen. Seine Kaffeedose. Das silberne Medaillon, das er der Mutter eines Gefallenen bringen sollte. Eine Packung Zwieback. Um die Dinge ging es ihm nicht, nur um die Wirkung, die um sich griff. Kutte stand auf, zog sich umständlich den Mantel über und stopfte seine Besitztümer in die Taschen. Großäugig sah Moritz ihnen zu, dann tastete er nach seinem Tornister.

»Was haben Sie vor, Kamphausen?« Auf Wieses Wangen zeichneten sich hektische Flecken. »Sie wissen, wenn Sie desertieren, muss ich auf Sie schießen lassen.«

»Wir desertieren ja nicht«, sagte Clemens. »Wir gehen nach Hause. Der Krieg ist aus.«

Der Satz löste aus, was er sich im ersten Kriegsjahr manchmal ausgemalt hatte. Wie an Silvester fielen sich die Männer in die Arme, brüllten, lachten, brachen in Tränen aus und hieben sich die Fäuste auf die Schultern. »Der Krieg ist aus! Jungs, wir gehen nach Hause – der Krieg ist aus!«

Clemens öffnete das Koppelschloss, schnallte sich das Koppel mit den Patronentaschen von den Hüften und legte es auf dem Boden nieder. Dann nahm er seine Waffen, das Bajonett und das Gewehr, aus dem Ständer und legte sie daneben. Den Feldspaten behielt er. »Wir gehen als Zivilisten«, sagte er. »Unbewaffnet. Schießen Sie nicht auf uns, Genosse Wiese, Oberleutnant Renz. Wir sind Ihre Brüder. Wenn Sie nicht mitkommen wollen, sehen wir uns alle in Berlin.«

»Bei dir hamse echt einjebrochen und verjessen zu klauen, wa?«, raunte Kutte ihm zu. »Selbst wenn wir nicht erschossen werden, wie willste mit diesem Haufen Wracks denn aus dem gottverdammten Lothringen bis nach Hause kommen?«

»Zu Fuß«, erwiderte Clemens. Um ihn herum packten Männer ihre Briefe, Bilder und Andenken in ihre Tornister.

»Hast du die Motten? Noch vor Forbach bricht dir der Erste von den Knochengerüsten zusammen. Wahrscheinlich machst du selbst den Anfang – 'n Chorknabe hat hinterm Hosenlatz mehr als du uff die Rippen.«

»Willst du hierbleiben?«, fragte Clemens. »Überleg es dir gut. Wenn du noch einmal in den Frontgraben gehst, stirbst du garantiert. Wenn du mit uns kommst, hast du eine winzige Chance zu überleben. Und du weißt, was ich tue, wenn du stirbst! Ich versenke dein Schild im Wannsee. Ich vergesse, dass ich dich kannte, Kutte, ich vergesse deine ganze dämliche Existenz.«

Ehe ihm die Stimme versagte, klopfte Kutte ihm die Schulter. »Mach halblang, du Klapperjestell, sonst kriegste 'n Herzklaps, ehe wir aus unserm Maulwurfshügel raus sind.«

Clemens drehte sich noch einmal um und sah die Blicke, die Renz und Wiese tauschten. Sie gehörten verschiedenen Lagern an, doch er hatte sie in ein Bündnis gezwungen. Der, der auf die abrückenden Soldaten schießen ließ, wollte keiner von ihnen sein. »Wie ich gesagt habe, Sie sind die geborene Führernatur«, murmelte Wiese.

Clemens nickte ihm zu, dann ging er zum hinteren Einstieg und sprang mit einem Satz aus dem Graben. Kutte und Moritz folgten. Gleich darauf zwei weitere. Ein Mann nach dem anderen sprang und stellte sich entlang des Grabens auf, um Kameraden an der Wand hinaufzuhelfen.

»Gehen wir wirklich?« Moritz' Wangen glühten wie im Fieber.

»Und ob«, sagte Clemens und zwang sich in den Schritt, ehe sein Entschluss ins Wanken geriet oder die Schwäche seines Körpers ihn übermannte. »Singen«, sagte er zu Kutte. Der tippte sich an

die Stirn. »Kann ick nich'.« Nach drei Schritten aber sangen sie alle, so abscheulich falsch und freiheraus, wie nur Männer unter sich singen können:
»Wann wir schreiten Seit' an Seit'
Und die alten Lieder singen,
Und die Wälder widerklingen,
Fühlen wir, es muss gelingen.
Mit uns zieht die neue Zeit,
Mit uns zieht die neue Zeit.«
Solange sie laut genug sangen, würden sie nicht hören, was um sie geschah – ob aus den Unterständen der Etappe Offiziere stürmten, ob Befehle hallten, ob das unverkennbare Klacken das Entsichern von Gewehren verriet. Sie gingen einfach weiter, den Resten des Waldes entgegen, und ließen das Land mit den Gräben hinter sich. Bis zum Einbruch der Dunkelheit blieben ihnen höchstens zwei Stunden. Fraglich war, ob sie die richtige Richtung einschlugen, wo sie die Nacht verbringen würden und wie lange ihre Beine durchhalten würden. Aber sie waren auf dem Weg. Einmal wollte Clemens sich umdrehen, hielt im letzten Moment jedoch inne.
»Kiek lieber nach vorne«, sagte Kutte. »Wir sind so viele, davon kriegste Muffensausen.«
Clemens drehte sich um und begriff, dass die Offiziere in der Etappe den ständig anwachsenden Strom von Soldaten unbehelligt hatten ziehen lassen. Offenbar hatten sie zu viel Angst vor dem, was in Kiel geschehen war. Offenbar war der Krieg wahrhaftig zu Ende.
Mit jedem Schritt spürte Clemens, was sein Körper mitgemacht hatte – Erschöpfung, Schlafentzug, Hunger, schlecht verheilte Verletzungen an Schulter, Hüfte und Schenkeln, nässende Geschwüre an den Füßen, wundgekratzte Arme von der Krätze, Wanzenbisse und Frostbeulen. Das Schlimmste war die ewige Kälte, die in den Gliedern festsaß. Wenn er auf Moritz sah, wur-

de ihm angst. Vielleicht hatte Kutte recht, vielleicht war er verrückt. Er wusste nicht einmal, wie weit der Weg war.
Nur wie das Ziel hieß: Berlin.
Auf seinen Schultern fühlte er ein weiches, wie lebendiges Gewicht. Schwere Wolle, schmiegsam und voller Körperwärme. »Is' jetz' deiner, Genosse Kommandant«, sagte Kutte und zog ihm den Mantel vor der Brust zurecht. »Auch wenn du drin versinkst mit deine Klapperknochen, wenigstens zitterste dir nicht zu Tode.«
»Du bist der Größte, Kutte. Weißt du das?«
»Dit is bei euch Gartenzwergen keene Kunst«, sagte Kutte.

Nach Einbruch der Dämmerung wurde es rasch sehr dunkel. Auf einer breiten Schneise zogen sie durch den Wald, stolperten über Wurzeln und liefen in Zweige hinein, die ihnen über die Gesichter peitschten. Dann glaubte Clemens auf einmal eine Stimme zu hören, und gleich darauf fiel ihnen schwacher Lichtschein entgegen. Feldlaternen. Der Schritt der müden Soldaten besaß zwar keinen Marschrhythmus mehr, doch es bestand kein Zweifel: Was da auf sie zutrampelte, war die Kompanie, die zu ihrer Verstärkung bestellt war, schwerbewaffnete Einheiten, die auf einen Blick erkennen würden, was sie vor sich hatten – Deserteure, Fahnenflüchtige, deren Rädelsführer auf der Stelle erschossen werden durften.
»In Deckung«, zischte Clemens, erkannte jedoch, dass der Befehl sinnlos war. Vier Jahre lang war der Wald rücksichtslos abgeholzt worden, um Unterstände zu bauen und Gräben zu befestigen. Das, was übrig blieb, war so licht, dass sich kaum ein Tier, geschweige denn ein Mensch darin verbergen konnte. Dennoch wurde die Anweisung von einem zum anderen weitergeflüstert, und wer sie vernahm, schlug sich nach rechts und links ins Unterholz. In der kümmerlichen Deckung verharrten sie, während die Schritte näher kamen. Den Geräuschen nach waren die

Ankömmlinge ihnen zahlenmäßig kaum überlegen, doch sie waren bewaffnet und würden ihren traurigen Haufen schnell erledigt haben. Sollte es so zu Ende gehen – mit einem Scharmützel zwischen den ausgelaugten Überresten zweier Kompanien? Clemens hielt den Atem an. Wenn es die Wahrheit war, dass in Berlin seine Partei die Macht übernommen hatte, würde er nie dort ankommen, um den ersehnten Tag zu feiern?

Zwischen den Baumstämmen wurde das erste Feldgrau sichtbar, der gelbe Schein der Lampen, ein Blitzen von Gewehrläufen. Dann Gesichter. Als Clemens den Mann sah, der die Kompanie führte, vergaß er alles, was er in vier Jahren Krieg gelernt hatte, jede Vorsicht, jede Vernunft. Er brach aus der Deckung und rannte dem Führungsoffizier entgegen. »Harry!«, brüllte er und breitete die Arme aus. Vor Entkräftung und Erleichterung zugleich stürzte er auf die Knie. »Harry, wir haben gewonnen – in Berlin ist die Revolution!«

Harry, in Leutnantsuniform, sprang vorwärts, stolperte und stürzte vor Clemens nieder. »Clemens Kamphausen«, murmelte er fassungslos. »Von allen Kerlen auf der Welt.« Dann breitete sich sehr langsam ein Lächeln über sein ausgezehrtes, verwittertes Gesicht, und seine Arme schlossen sich um Clemens' Leib.

30

9. November

Seit einigen Monaten führte Paula die Aufsicht über den Telegrafensaal, doch an Tagen wie diesem, wo Neuigkeiten ohne Unterlass eingingen, saß sie wieder selbst am Gerät. Aus der Zentrale hörte sie in einem fort das Telefon klingeln, während sie Nachricht um Nachricht aus der Ausgabe zog. Auf die erfreuliche Meldung von der Freilassung Karl Liebknechts und Rosa Luxemburgs folgte eine niederschmetternde. Am gestrigen Abend waren dreihundert Matrosen, die die Revolution nach Berlin hatten tragen wollen, noch am Hauptbahnhof verhaftet worden. Wieder eine zerplatzte Hoffnung, dachte Paula. Irgendwann werden wir uns so sehr daran gewöhnt haben, dass wir einfach weitertrotten und nicht einmal mehr einen Stich in der Brust verspüren.

Im nächsten Augenblick schrie die Tipperin am Nachbartisch auf. Gepolter ertönte, und gleich darauf stampften Männer in den Saal, eine solche Masse, dass sie die Räume zwischen den Arbeitstischen im Handumdrehen füllten. Die Tipperinnen wichen an die Wände zurück, und noch immer strömten Männer nach. Sie trugen die Kluft von Fabrikarbeitern, abgewetzte Jacken, kragenlose Hemden und Kappen. Viele von ihnen schwangen rote Tücher oder hielten selbstgefertigte Transparente in die Höhe. »Nieder mit dem Kaiser!«, las Paula. »Sieg der Revolution.«

Der Mann, der vor sie hintrat, versteckte sein Gesicht hinter einem wilden Dickicht von Bart. »Wer führt hier die Aufsicht?«

»Ich«, sagte Paula und stand auf.

»Keine Angst, Mädchen.« Das Gewirr des Barthaars teilte sich und enthüllte ein verblüffend weites Lächeln. »Wir tun niemandem was. Wir geben euch nur Bescheid, denn wir sind fixer als eure Telegrafen, und wir brauchen die Stadt voller Extrablätter. Der Kaiser hat abgedankt. Berlins Arbeiter sind im Generalstreik und ziehen zum Reichstag. Was meinst du, Süße, kommst du mit?«

Paula gab keine Antwort. Die folgenden Augenblicke durchlebte sie, als säße sie in einer Filmvorführung im Wintergarten und sähe den Schauspielern zu, die sich mit merkwürdig starren Gliedern über die Leinwand bewegten. Der bärtige Arbeiter fragte sie noch etwas, aber sie schüttelte nur den Kopf, ohne den Sinn seiner Worte zu erfassen. Dann stürmten die Männer durch alle Türen hinaus, um die Neuigkeit im Gebäude zu verbreiten. Zwei der Tipperinnen liefen hinterdrein, eine weitere stand wie festgenagelt an der Wand, und die vierte warf das Gesicht in die Hände und rief aufschluchzend wieder und wieder: »Mein Kaiser, ach, ach, ach, mein Kaiser!«

Nur der Fetzen eines roten Tuchs blieb an einem Nagel des Türrahmens zurück. »Ihr könnt nach Hause gehen, Marie und Toni«, sagte Paula. »Seht euch auf dem Heimweg vor, benutzt die weniger belebten Straßen.« Wie sie die Arbeit an den Telegrafen allein bewältigen wollte, wusste der Himmel, doch sie ertrug das Kaiser-Geschluchze nicht länger. Marie und Toni rafften ihre Sachen zusammen und huschten aus der Tür. Paula sammelte Streifen aus den Ausgaben der Geräte und ordnete sie auf dem Tisch in Stapel, ohne sie zu lesen. »Der Kaiser hat abgedankt«, sagte sie zu sich selbst, aber die Botschaft erreichte sie nicht. »Wir haben gewonnen.« Die Partei hatte sich zerfleischt und gespalten, sie hatte ihre Besten ausgeschlossen und auf dem Schlachtfeld geopfert, aber sie hatte gewonnen. Was bedeutete das? Die gerechte Welt, von der sie als Mädchen am Wannsee geträumt hatte? War wie in Russland der Krieg damit zu Ende, würden die, die die Hölle überlebt hatten, nach Hause kommen?

»Der Krieg ist aus«, sprach sie sich vor, aber auch dieser Botschaft gelang es nicht, sie zu erreichen.
Dafür der Stimme. Dunkel und vor Erschöpfung rauh. »Paula.«
Sie schoss herum. Der Mann, der in der Tür stand, trug über der Uniform einen prachtvollen riesigen Mantel, und das Haar hing ihm in Strähnen in die Stirn. Paula sprang auf. Der Laut, der aus ihrer Kehle kam, war nicht mehr als ein Quieken. Sie liefen einander entgegen und waren beide so unsicher auf den Beinen, dass sie zusammenprallten und zur Seite taumelten. Seine Arme streckten sich nach ihr und fingen sie auf. Er stank nach nassem Hund und stammelte unentwegt dieselben Worte. »Paula Klein. Paula Klein.«
Sie ließ sich festhalten, schmiegte ihr Gesicht in die Wolle des Mantels und wollte Kraft sammeln, merkte jedoch, wie sie stattdessen schwächer wurde. Sagen wollte sie auch etwas, bekam jedoch nur »Ist der Krieg zu Ende?« heraus.
»Ja, Paula Klein«, sagte Clemens. »Der Krieg ist zu Ende.«
Jetzt spürte sie, wie er zitterte und welche Mühe er hatte, sie beide zu halten. Sie riss sich zusammen und drängte ihn dem nächsten Stuhl zu. »Setz dich hin.«
Er drehte sich mit ihr um und setzte nicht sich, sondern sie auf den Stuhl. Dann fiel er auf die Knie, umschlang ihre Taille und vergrub seinen Kopf in ihrem Schoß. Beim Weinen machte er kein Geräusch, nur sein Rücken zuckte. Als sie die Hand darauflegte und scheu begann daran herunterzustreicheln, spürte sie nichts als die dichte Wolle des Mantels. Sie hatte von der mörderischen Kälte gelesen, der die Soldaten in den Gräben ausgesetzt waren, von Frostbeulen und erfrorenen Gliedern, und dachte: Dem Himmel sei Dank, dass mein Clemens den wärmsten Mantel aller Zeiten hatte. Noch immer scheu, schob sie die Hand in seinen Nacken, wie sie es früher getan hatte. Sein Haar war schmierig und schmutzig. Unter Uniformjacke und Hemd stach die Wirbelsäule scharf heraus und spannte

wunde Haut. »O Gott«, flüsterte sie. »O Gott, was haben sie mit dir gemacht?«

»Ich weiß nicht«, murmelte er, hielt ihr sein nasses Gesicht entgegen und verbarg es gleich wieder. »Fühlen tue ich mich, als wäre ich ziemlich gründlich verprügelt worden. Wenn ich mich wasche – fährst du dann mit mir nach Pompeji? Oder willst du mich nicht mehr?«

Sie hatten überlebt. Clemens und Paula. Was immer ihnen geschehen war, sie hatten einander und die Zeit, um es zu heilen. Sie beugte sich vor und küsste ihm den spitzen Wirbel im Nacken. »Idiot«, sagte sie. »Mein Idiot.«

Er hob den Kopf. Sie hatte den unverschämt schönsten Verführer von Berlins Strandbad in den Krieg entsandt und hatte ein mit Haut bespanntes Skelett zurückbekommen, die Wangen hohl und übersät von kleinen Wunden, die Lippen verschorft, die Augen riesig und leer. »Sehe ich sehr schlimm aus?«

»Nein, du dummer Kerl. Noch viel schlimmer.«

Zwischen schwarzen Stoppeln zuckte sein Mundwinkel. Als sie seine Wange berühren wollte, wich er zurück. »Ich muss zum *Vorwärts*«, sagte er. »Oder in die Parteizentrale. Irgendwer wird mir dort ein sauberes Hemd leihen können, und einen Waschraum haben sie auch. Und dann müssen wir beide zum Reichstag.«

»Wir müssen?«

»Es ist doch unser Tag«, sagte er.

Aneinandergeklammert gingen sie die Lindenstraße hinunter. Wie es aussah, war halb Berlin im Zeitungsviertel unterwegs, und trotz der Novemberkälte schien die Luft zu flimmern. Vor den Gebäuden des *Vorwärts* und der Parteizentrale war eine Reihe Militärkraftwagen aufgefahren und bildete einen undurchdringlichen Wall. Rund um die Wagen standen Schwerbewaffnete in schmucken Uniformen, von denen viele ihr Gewehr in Anschlag hielten. Hatte Paula bisher das Gefühl gehabt, ihren

Liebsten stützen zu müssen, so spürte sie jetzt, wie sein Rücken sich straffte. »Naumburger Jäger«, zischte er ihr zu. »Das kaisertreuste Regiment des ganzen Heeres.«
Mit einem Schritt trat er auf den Offizier zu, der das Hauptportal versperrte. Paula sah die Stielhandgranate, die dem Mann am Koppel baumelte, und wollte zurückweichen, aber Clemens blieb stehen. »Lassen Sie uns durch«, sagte er.
»Und darf ich fragen, warum ich das tun sollte?«
»Ich bin Clemens Kamphausen«, sagte Clemens. »Ich komme geradewegs aus Lothringen, aber ich gehöre zu dieser Partei. Ich fordere Sie auf, uns in das Gebäude zu lassen. Es gehört uns – so wie die ganze Stadt und das Land ab heute uns gehören.«
Der Offizier ließ ein helles Lachen ertönen und trat schwungvoll zur Seite. »Ist ja gut, mein Junge. Wir sind nicht hier, um euch an den Karren zu fahren, sondern um eure Zeitung zu schützen. Sind stürmische Tage, die vor uns liegen. Da ist's besser, man hat das Militär auf seiner Seite, nicht gegen sich.«
Clemens stimmte in sein Lachen ein und hob die linke Faust. »Es leben die Arbeiter- und Soldatenräte der Hauptstadt Berlin.«
»Von mir aus auch das. Vor allem pass auf deinen hübschen Käfer auf, sonst schnappt dir den im Gewimmel einer weg.«
Clemens führte Paula durch das Portal. Als er ihr zulachte, sah sie einen Funken des Charmes und der Siegesgewissheit, die zu ihm gehört hatten wie seine Haut. »Es ist wahr, mein Herz. Wenn die Naumburger Jäger unsere Zeitung beschützen, muss es wahr sein!« Und dann packte er sie, dieser halbtote, bis auf die Knochen ausgezehrte Mann, riss sie in die Höhe und wirbelte sie um seine Achse. Redakteure, die durch den Gang eilten, blieben stehen und klatschten Beifall. »Es lebe die deutsche Sozialdemokratie«, rief einer. »Viele Kinder euch beiden – eines mit röterem Herzen als das andere.«
Clemens lachte aus voller Kehle und stellte Paula auf die Füße. »Mir ist egal, ob ich stinke und ob du mich scheußlich findest.

Ich habe zwei Kompanien aus den Gräben von Lothringen nach Hause geführt. Hab mich dafür ein bisschen lieb, Paula Klein.« Er senkte den Kopf und küsste sie auf die Lippen. Von der köstlichen Verlockung, die sein Mund einst bereitgehalten hatte, war nichts mehr übrig, aber sie hatte ihn so sehr lieb, dass sie ihn trotzdem ohne Ende küssen wollte. Ihre Zungenspitze streichelte seine entzündeten Lippen, ihre Hand hielt sich in seinem Nacken fest.

Kaum lösten sie sich voneinander, vernahmen sie die Stimme: »Sie sind das? Der sozialdemokratische Korporal, der zwei Kompanien über Forbach nach Hause gebracht hat?« Gleichzeitig drehten Paula und Clemens sich um. »Bitte entschuldigen Sie, Verehrteste«, bat sie der grauhaarige Mann in Fliege und Weste, der hinter ihnen stand. »Aber Ihr heimgekehrter Gatte ist sozusagen Stadtgespräch. Bitte lassen Sie sich nicht stören, gewiss haben Sie Besseres zu tun, und es sei Ihnen gegönnt. Wenn Sie es später jedoch ermöglichen könnten, würden wir darauf brennen, Sie zu sprechen. Wären Sie vielleicht bereit, einen Bericht über Ihre erstaunliche Tat für uns abzufassen? Kollegen erzählten mir, Sie hätten früher schon für den *Vorwärts* geschrieben?«

»Ich bin Clemens Kamphausen«, sagte Clemens, hatte seine dunkle Schmeichelstimme wieder und reichte dem Mann die Hand. »Es freut mich, Ihre Bekanntschaft zu machen.«

»Und mich erst«, rief der Mann und schüttelte Clemens' Hand wie einen Pumpenschwengel. »Franz Apfelbaum, politischer Redakteur. Willkommen in Ihrem Berlin. Werden wir Sie denn wiederbekommen, wenn Sie sich erst einmal erholt haben?«

»Wo immer die Partei mich braucht«, erwiderte Clemens. »Von mir aus auch in der Kaffeeküche.«

Franz Apfelbaum lachte. »Den Kaffee mache ich Ihnen – einen Teufelskerl wie Sie werden wir daran nicht verschwenden.«

Paula und Clemens tauschten einen Blick und unterdrückten ein Prusten. »Sie unterschätzen die Bedeutung von gutem Kaffee.«

»Da sei Gott vor!«, rief Apfelbaum fröhlich. »Wenn ich Ihnen denn sonst noch irgendwie behilflich sein kann …«
»Das könnten Sie in der Tat. Ich müsste dringend einen zivilisierten Menschen aus mir machen, ehe ich mich vor den Reichstag wage. In einen, den ich meiner Dame zumuten kann.«
»Aber selbstverständlich«, begeisterte sich Apfelbaum. Dann verbeugte er sich vor Paula. »Bitte entschuldigen Sie, gnädige Frau. Wir haben Sie höchst unhöflich übergangen.«
»Ich darf vorstellen?«, fragte Clemens. »Fräulein Paula Thomas, Leiterin der Arche Noah, des sozialdemokratischen Hilfsdienstes für Frauen in Bedrängnis. Noch nicht angetraut, noch nicht verlobt, aber das liebste Wesen, das ich in dieser Welt besitze.«
Apfelbaum nahm Paulas Hand und küsste sie. »Genosse Kamphausen, Genossin Thomas – ich fühle mich geehrt.«
»Clemens und Paula«, verbesserte Clemens. »Wir haben heute schließlich den größten Sieg der Geschichte errungen, und außerdem will ich mir von dir ein Hemd borgen, Franz.«
Paula glaubte die Augen des kleinen Mannes hinter den Brillengläsern leuchten zu sehen, ehe er sich noch einmal verbeugte und mit Clemens verschwand.

31

Der Platz vor dem Reichstag war schwarz vor Menschen. Alles, was Paula sah, waren Hüte – von den Kappen der Arbeiter über die Pickelhauben der Soldaten bis zu den Kreissägen und Melonen betuchter Herrschaften. Auch eine rote Fahne blitzte hier und da in die Höhe, doch um mehr zu erspähen, war sie nicht groß genug. Hätte die Menge sich gegen sie gewandt, hätte sie sie im Nu zertrampeln können. Würde sie nie mehr aufhören, Derartiges zu denken, würde sie nie mehr eine Menschenmenge genießen?

Sachte dirigierte Clemens sie an der Querseite des Gebäudes vorbei. »Wir müssen vor die Reichskanzlei. Was immer jetzt geschieht, wird sich vor diesen Fenstern abspielen. Und außerdem sind wir dort verabredet.«

»Mit wem sind wir verabredet? Beim Himmel, Clemens, wie sollen wir denn hier jemanden finden?«

Er umfasste ihre Taille fester und lächelte auf sie hinunter. »Keine Sorge, mein Herz. Die, die wir suchen, sind leicht zu finden, und wenn nicht, sehen wir uns eben später.« Seine Verwandlung war kaum zu fassen. Er war immer noch hohlwangig und zum Gotterbarmen dürr, seine Haut sah noch immer aus wie durch den Fleischwolf gedreht, aber sein Schritt gewann beständig an Schwung, sein Haar fiel weich und an den Spitzen feucht in seine Stirn, und seine Augen hatten wieder Glanz. Er trug ein offenes Hemd, einen Straßenanzug ohne Weste und darüber den Mantel, der zweifellos das prachtvollste Kleidungsstück auf dem Platz war.

»Willkommen zu Hause«, sagte Paula.

Er blieb stehen und sah ihr in die Augen, sein Blick war Bitte und Versprechen zugleich.

Mit einem Schlag erstarb das Gemurmel der Menschenmenge, als die Fensterflügel der Reichskanzlei aufschwangen. Paula reckte sich, konnte über die Mauer aus Leibern hinweg jedoch keinen Blick erhaschen. »Arme Paula Klein«, sagte Clemens und hob sie wie ein Kind in die Höhe, über die tanzenden Köpfe hinaus. Jetzt sah sie den Mann, der in der Fensteröffnung erschienen war, einen rundgesichtigen Herrn mit Glatze, Schnurrbart und blütenweißem Kragen. Es war Philipp Scheidemann, der Mann, der am Ausschluss von Liebknecht und Haase mitgewirkt hatte. Mit einem entschlossenen Satz sprang er auf das Sims des Fensters. »Arbeiter!«, rief er. »Soldaten! Furchtbar waren die Kriegsjahre, entsetzlich die Opfer, die das Volk hat bringen müssen.«

In der Stille hätte man eine Nadel fallen hören können. Paula spürte, wie Clemens' Muskeln von der Anstrengung, sie in die Höhe zu stemmen, bebten.

»Aber jetzt ist der Krieg zu Ende«, sagte Scheidemann. »Das Morden ist vorbei. Der Kaiser hat abgedankt, das Volk hat auf ganzer Linie gesiegt.« Scheidemann legte eine Pause ein. Die Spannung war fühlbar, in Clemens' Muskeln wie in dem endlosen Meer aus Menschen. »Das Reichskanzleramt ist Friedrich Ebert übergeben worden«, fuhr er endlich fort. »Unserem Freund und Genossen! Er wird eine Arbeiterregierung bilden, der alle sozialdemokratischen Parteien angehören. Arbeiter! Soldaten! Seid euch der Bedeutung dieses Tages bewusst. Unerhörtes ist geschehen, und unübersehbare Arbeit liegt vor uns. Seid einig, Genossen, seid treu und pflichtbewusst. Das Alte, Morsche, die Monarchie ist zusammengebrochen. Es lebe das Neue – es lebe die deutsche Republik!«

Die geballte Anspannung entlud sich in einem Orkan von Applaus. Scheidemann blieb im Fenster stehen, als nähme er mitten im November ein Sonnenbad. Sein Ruf pflanzte sich in der Menge fort wie ein Echo ohne Ende. »Es lebe die Republik!«

Clemens drückte Paula an sich und küsste sie auf beide Augen. Dann ließ er sie sacht zu Boden gleiten und atmete durch.
Es war so schön. Das Jubeln und Singen der feiernden Menschen, die Umarmungen und Verbrüderungen, stürmischer als an Silvester, und Clemens' Blick in ihrem. Kein Krieg mehr, keine Angst mehr, alles ein für alle Mal vorbei. Heute Nacht wollte sie in seinen Armen liegen, die Decke über sie beide ziehen und sich vor aller Welt beschützt fühlen. Dann aber bohrte noch einmal der Stachel, und Furcht erwachte, die Hoffnung könne wieder eine Täuschung sein. »Scheidemann ist Eberts Mann«, sagte sie. »Dürfen wir ihm überhaupt trauen?«
»Sei nicht so streng mit ihm, er ist kein schlechter«, entgegnete Clemens. »In jedem Fall ist er ein ausgezeichneter Redner, und solche brauchen wir jetzt, Männer, die alles zusammenhalten, wie Bebel es konnte. Erinnerst du dich?«
»An Bebel? Ach, Clemens, ich erinnere mich an den Tag, an dem er starb, als wäre es gestern gewesen. Und dennoch liegt das alles Jahre zurück, und heute ist so viel anderes nötig. Es muss doch Frieden geschlossen werden, es müssen all diese Witwen und Waisen und Kriegskrüppel versorgt werden, und dann wird die Republik doch auch Gegner haben – die Alldeutschen, die schon jetzt ihre Hetze verbreiten, die Monarchisten, die Junker und die Heeresleitung. Sind unsere Leute dem gewachsen? Und die zwei Hälften der Partei? Finden sie wieder zusammen?«
Clemens küsste ihre Stirn. »Sie sitzen jetzt schon zusammen und verhandeln über die Regierungsbildung. Die USPD darf drei Minister stellen, und Ebert soll gesagt haben, selbst wenn man ihm Liebknecht brächte, wäre es ihm recht.«
»Oh, Clemens, ist das wahr? Dann werden wir es schaffen, oder? Wir werden uns dies hier nicht aus der Hand nehmen lassen, sondern etwas Neues, Gutes daraus machen!«
»Besser als die, die es vor uns gemacht haben«, erwiderte er.
»Für die Kinder«, murmelte Paula, und dann rief sie: »Dabei fällt

mir ein – Ilse hat einen Sohn, der Frieder heißt und schon herumflitzt wie ein Olympia-Läufer, und Klaras Rieke kann lesen, obwohl sie noch nicht einmal zur Schule geht. Und Frau Deborah bekommt noch einmal ein Kind. Ein Mädchen will sie.« Jäh verdunkelte sich ihr Himmel, und das Freudengeschrei hielt inne. »Joachim ist vermisst. Er ist erst im September eingezogen worden und kam nach Flandern an die Front.«
»Nein«, fiel Clemens ihr ins Wort, »nicht Joachim. Er ist doch noch ein Steppke, er wollte mit uns auf den Scherbera-Platz, zu seiner Hertha gehen.«
»Er war siebzehn«, sagte Paula. »Und ich hatte ihm auch versprochen, mit ihm zur Hertha zu gehen. Irgendwann, wenn ich's aushalte, stricke ich mir einen blau-weißen Schal und gehe hin.« Sie ließ die Tränen laufen. Schützend legte Clemens die Arme um sie. »Wo Harry ist, wissen wir auch nicht«, presste sie heraus. »Frau Deborah hatte das letzte Mal im Juni Nachricht von ihm. Sie versucht alles, um die Hoffnung zu bewahren, aber sie hat solche Angst, dass sie ihre beiden Söhne nie mehr wiedersieht.«
»Harry sieht sie wieder«, entgegnete Clemens und küsste ihren Haaransatz. »Ich weiß nämlich, wo er ist. Und du weißt es auch gleich.« Unendlich sanft nahm er sie bei den Schultern, drehte sie nach links und wies auf zwei Männer, die ihnen aus der Zufahrtsstraße entgegenkamen. Der eine überragte alle Übrigen und schwenkte ein Transparent, auf dem »Kuttes Kaffee für die Republik« gepinselt war.
»Kutte!«, schrie Paula, rannte los und erkannte gleich darauf den Mann, der halb von dem Hünen verdeckt ging: »Harry!«
Kutte fing sie auf und schwenkte sie durch die Luft. »Dat kleene Paulinchen. Junge, jetz' gloob ick wirklich, dass Frieden ist.«
Er drückte sie an sich, bis es schmerzte, und sie drückte mit allen Kräften zurück. Die Erlösung überwältigte sie. Im nächsten Sommer treffen wir uns am Wannsee, dachte sie. Manche von

uns werden fehlen, und wir werden nie wieder jung sein, aber wir haben einander und etwas, für das wir kämpfen können.
»He, Kutte, darf ich auch mal an die Dame?«
Paula drehte sich um und lag im nächsten Moment in Harrys Armen. Er trug die Uniform eines Leutnants, sein Haar war kurzgeschoren, und der Schnurrbart stand ihm nicht. Aber er lächelte wie der alte Harry und machte vier endlose Jahre kurz.
»Schön, dich zu sehen, Paula.«
»Wie redest du denn mit mir? Bin ich vielleicht deine alte Tante aus Schmöckwitz?« Sie warf ihm die Arme um den Hals. »Ich find's nicht schön, dich zu sehen, ich find's umwerfend. Ach, Harry, das mit Joachim ist so furchtbar – ich bin einfach nur froh, dass wir wenigstens dich wiederhaben!«
»Wirklich? Hat dir der gute Onkel Harry gefehlt?«
Paula nickte heftig.
»Dann bedank dich bei Clemens«, sagte Harry. »Der Mann ist völlig verrückt, aber ohne seine Wahnsinnstat wären meine Leute und ich in diesem Riesenofen verheizt worden wie die zwei Millionen vor uns.«
»Zwei Millionen, Harry?«
Er nickte. »Das ist die erste Schätzung, und hinzu kommt die Million, die hier daheim verhungert ist. Es sollte mir klar sein, dass von solchem Massensterben keine Familie verschont bleibt, und doch ist es unvorstellbar, dass einer von diesen Millionen mein kleiner Bruder ist.«
»Dein Bruder war der netteste Junge, den ich kannte«, erwiderte Paula. »Aber du musst trotzdem froh sein, dass du lebst, hörst du? Du musst für ihn mitleben, weil er es nicht mehr kann.«
»Ja«, sagte Harry. »Ich bin froh, dass ich lebe. Meine Mutter hat mir das mit Joachim geschrieben. Ich habe den Brief gelesen und gedacht: Jetzt beiße ich auch ins Gras, jetzt macht es mir nichts mehr aus. Aber als mir dann mitten in dem Irrsinn Clemens

Kamphausen vor die Füße plumpste, wusste ich, dass sich das Leben so leicht nicht loslassen lässt.«

Kutte boxte Harry in den Rücken. »Denn lass stattdessen jetz' mal dat Meechen los, denn die Zuckerpuppe jehört dir nich'.«

Sie lachten alle. »Um Clemens brauchst du dir nie mehr ernsthaft Sorgen zu machen«, sagte Harry. »Sollte jemand wagen, ihm ein Haar zu krümmen, kommt sein Cerberus und frisst den Übeltäter auf. Ich gratuliere euch, Paula. Und solltest du dir zur Verlobung Meißener Servierschüsseln wünschen – bei meiner Mutter stehen noch vier davon unbenutzt herum!«

Als sie sich umdrehten, um zu Clemens zurückzukehren, hatten sich auf unergründlichen Wegen auch Klara und Manfred eingefunden. »Unsere Männer bekommen wir vorläufig nicht wieder«, sagte Klara, hakte sich bei Paula ein und hustete beim Lachen. Clemens und Manfred hielten einander in den Armen wie Liebende. Keiner sprach ein Wort. Manfreds Rücken zuckte, und Clemens hielt das Gesicht auf sein Haar gesenkt. »Ich bin so glücklich, Paulchen. Bist du auch glücklich?«

»Allerdings!«, rief Paula, die nicht zum Aushalten glücklich war. »Und du wirst jetzt wieder gesund, das musst du mir versprechen. Geh zu Dr. Thurau, tu irgendwas, damit dieser Husten aufhört.«

»Sie muss in ein Sanatorium«, mischte Clemens sich ein, ohne Manfred loszulassen. »Für mindestens acht Wochen. Sobald wir hier aus dem Gröbsten heraus sind, kümmern wir uns darum.«

»Und sagst du mir auch, wie ein bettelarmer Schlucker wie ich sich das leisten soll?«, fragte Manfred.

»Da werden sich schon Wege finden«, beschied ihn Clemens. »Unsere Klara muss gesund werden, alles andere ist nicht einmal zweitrangig.«

»Also schön«, sagte Klara und versuchte vergeblich Manfred beiseitezuschieben. »Und jetzt darf ich gefälligst unserem Heimgekehrten auch einen Kuss geben! Lasst euch los, ihr zwei, oder ich schicke euch zu Magnus Hirschfeld.«

»Wer ist das denn?«, fragte Clemens perplex.
»Ein Wissenschaftler, der die Liebe zum eigenen Geschlecht erforscht«, erklärte Klara.
»Und so was wird nicht zensiert?«
»Ab jetzt wird gar nichts mehr zensiert!«, rief Klara lachend. »Die Zensur wird abgeschafft, erlaubt ist, was Spaß macht, und wozu brauchen wir zwei Süßen dann überhaupt noch dumme Männer?« Sie küsste Paula auf die Wange und zog mit ihr den anderen voran, hinter den Scharen der Arbeiter her. Ein Ziel hatte niemand. Die Menschen streiften einfach durch die Straßen, riefen »Es lebe die Republik!« und genossen den Überschwang ihres Glücks.

32

Musst du denn wirklich schon gehen, Harry? Kannst du nicht noch ein kleines bisschen bei mir sitzen bleiben?« Mit geröteten Augen sah seine Mutter ihn an. Sie hatte ihm die Milchsuppe mit Backpflaumen, die er als Kind geliebt hatte, zum Frühstück gekocht und dazu echten Bohnenkaffee mit Sahne serviert. Harry hatte es genossen, derart verwöhnt zu werden, nachdem sein Körper jahrelang wie billigstes Material behandelt worden war, das sich problemlos ersetzen ließ. Er genoss das duftende, frisch gestärkte Hemd auf dem Leib, und am meisten genoss er die Liebe seiner Mutter. Dass sie noch ein Kind erwartete, war ein Geschenk des Himmels. Sie war in einem Alter, in dem sie Großmutter hätte sein können, und da Joachim ihr diese Freude nicht mehr machen konnte und Harry nicht dazu taugte, stand ihr ein Kleines zu, das sie in ihre Liebe einhüllen konnte.

»Bitte, mein Lieber«, begann sie von neuem. »Ich will dich nur noch eine kleine Weile bei mir haben. Dich anschauen und mich daran freuen, dass du hier bist. In Sicherheit. Geh nicht da nach draußen! Auf den Straßen herrschen unsägliche Zustände. Beim Konditor sagen sie, wir werden russische Verhältnisse bekommen, Mord und Totschlag vor der eigenen Haustür.«

»Beim Konditor sagen sie vieles, wenn der Tag lang ist.« Harry stand auf und küsste sie. »Und die unsäglichen Zustände werden sich in ein paar Tagen schon beruhigen. Die provisorische Regierung ist bereits gebildet, und mit Hugo Haase gehört ihr ein wirklich guter Mann an. Mach dir keine Sorgen, Mutter. Die Welt kann nicht untergehen – sie ist es doch längst. Von jetzt an kann sie sich nur noch aufwärtsbewegen.«

»Wirklich, Lieber?«, fragte seine Mutter ängstlich. »Sagt dein Freund Clemens das auch?«

Harry lachte. »Ja, mein allwissender und allmächtiger Freund Clemens sagt das auch.«
»Du sollst nicht über ihn spotten. Er hat dir das Leben gerettet – es steht in allen Zeitungen.« Sie warf ihm den Packen auf den Tisch. »Die meisten sind voll des Lobes über so viel Mut und Entschlossenheit, aber diese hier ist derart boshaft und widerlich, dass dem Schmierfinken der Hintern versohlt gehört!«
»Warum kaufst du dieses Mistblatt überhaupt?«, fragte Harry. Er hatte die Berichte selbst gelesen. Unter den abenteuerlichen Geschichten der Revolutionstage nahm die von ihrer Flucht aus dem Schützengraben breiten Raum ein. Dass ihnen in Frankfurt Bahnbeamte zu Hilfe gekommen waren und sie in Züge verfrachtet hatten, verschwiegen die Blätter. Viel wirkungsvoller machte sich die Mär von ihrem nächtlichen Fußmarsch durch die Wälder Lothringens, von Hunger, Todesangst und alles überwindender Kameradschaft. Der *Vorwärts*, die *Vossische* und die knallig aufgemachte *BZ am Mittag*, die angeblich schnellste Zeitung der Welt, überschlugen sich vor Begeisterung über das Heldenstück eines jungen Berliners, der noch dazu ungewöhnlich fotogen war und einen göttlichen Mantel trug.
Die konservative *Deutsche Tageszeitung*, die seine Mutter so in Rage versetzte, spuckte hingegen ganz andere Töne. Sie nannte Clemens einen Deserteur, der samt seiner Spießgesellen vor ein Kriegsgericht gehörte.
»Ich kaufe sie alle«, erklärte seine Mutter stolz. »Ich habe immer noch Kinder, ich muss wissen, was aus dieser Welt wird.«
Harry gab ihr noch einen Kuss und stopfte Papiere in seine Mappe. »Aus deinem Erstgeborenen wird jedenfalls ein Rechtsanwalt«, sagte er. Er war entschlossen, sein Studium wieder aufzunehmen. Deshalb wollte er an diesem Morgen, ehe er sich vor dem Stadtschloss mit den anderen traf, Aron Kain aufsuchen, der ihm hoffentlich helfen würde, den Einstieg wiederzufinden. Ihm fehlten nur zwei Jahre, und durch seine Verdienste im Krieg

würde er sein Staatsexamen vielleicht vorziehen dürfen. Je unsicherer sich die Lage im Land gestaltete, desto wichtiger erschien ihm ein solider Beruf. An der Arbeit der Partei wollte er sich beteiligen, aber der Gedanke, davon abhängig zu werden, schreckte ihn.

Außerdem war ihm bisher von der Partei kein Posten angeboten worden. Es war Clemens, den sie umwarben und hofierten. Es war immer Clemens – jetzt wie vor dem Krieg.

Harry rief sich zur Ordnung. Seine Eifersucht schrie zum Himmel, wenn man bedachte, was er Clemens verdankte. Dem Freund war anzumerken, dass er im Krieg Unaussprechliches erlebt hatte, und den Lohn, den er jetzt erntete, hatte er sich redlich verdient. Entschlossen schüttelte Harry die Missgunst ab. Er sollte sich glücklich schätzen. Verbohrt und verblendet war er in den Krieg gerast, während sein Bruder an die Front gezwungen wurde, und doch hatte das Schicksal nicht Joachims, sondern Harrys Leben verschont. Er wollte fortan dieses Leben feiern. Seinen Beruf erlernen und dazu beitragen, dass das Land wieder Boden unter den Füßen gewann, die Zeit mit seinen Freunden genießen und seine unselige Liebe zu Paula Thomas ein für alle Mal überwinden.

Der Besuch bei Dr. Kain verlief noch besser, als er erhofft hatte. »Sie waren ein glänzender Student«, sagte der Anwalt. »Das Recht liegt Ihnen im Blut, und wenn ich Ihnen helfen kann, wieder Tritt zu fassen, soll es mir eine Ehre sein. Ebenso wie es mir eine Ehre ist, für Ihre tapfere Bekannte tätig zu sein. Was sie leistet, ist großartig. Ich hoffe nur, durch die allgemeine Not bleiben ihr nicht die Spendengelder weg, die sie so dringend braucht.«

»Das hoffe ich auch«, erwiderte Harry, der sich vornahm, mit seinem Vater darüber zu sprechen. Seine Musikalienhandlung gehörte zu den wenigen Geschäften rund um den Kurfürstendamm, die während des Krieges nicht Verlust, sondern Gewinn gemacht hatten, und der Vater schätzte Paula. Gewiss würde er ihr gern mit einer Spende ihre Arbeit leichter machen.

»Suchen Sie mich in den nächsten Tagen noch einmal auf«, bat ihn Kain. »Ich frage in der Fakultät an, was sich in Ihrem Fall tun lässt, und ich bin überzeugt, dass man Ihnen gestatten wird, ein vorgezogenes Examen abzulegen. Wie sieht es mit Ihrem Kommilitonen aus, dem tollkühnen Herrn Kamphausen? Der war nie wirklich einer für die Studierstube, was?«

Harry zuckte mit den Schultern. »Ich denke, Clemens' Fähigkeiten werden jetzt für die Regierung gebraucht«, rang er sich ab.

»Für die Regierung? Donnerlittchen! Der Junge ist doch hinter den Ohren noch feucht wie Kalkmörtel, und sosehr mich jugendlicher Heldenmut begeistert, brauchen wir in unserem Schlamassel nicht Besonnenheit dringender als Draufgängertum?«

»Clemens ist intelligent«, erwiderte Harry. »Er ist ein glänzender Redner und kann strategisch denken wie nur wenige.« Kutte hatte ihm erzählt, wie Clemens die beiden Offiziere im Graben gegeneinander ausgespielt hatte. Was immer man sonst von ihm dachte, so viel Chuzpe verdiente Bewunderung.

»Intelligent, strategisch begabt und hochgradig manipulativ«, sagte der Anwalt und schloss seine Akte. »Genauso war mein Eindruck damals. Nun, falls Ihr Freund ebenfalls Hilfe benötigen sollte, kann er sich natürlich jederzeit bei mir melden. Wie man hört, ist ja seine Mutter schwer nervenkrank, was kein leichtes Schicksal sein dürfte.«

An Clemens' Mutter dachte Harry nur mit Grauen. So wie an Clemens' ganze Familie. Die wenigen Male, die er ihn in der Villa in Dahlem besucht hatte, hätte er gern aus seiner Erinnerung gestrichen. Er bedankte sich bei Kain und schwang sich auf sein Rad, um zum Schloss zu fahren, wo Arbeiter für eine sofortige Übergabe der Macht demonstrierten. Es war so schön, wieder

Rad zu fahren, während der Novemberwind ihm in den Ohren pfiff. Es war schön, die Menschen zu sehen, die noch immer feiernd durch die Straßen zogen. Sie schienen an die junge Republik zu glauben und die Entbehrungen, die vor ihnen lagen, nicht zu fürchten.
Und war nicht bisher alles glattgegangen, viel glatter, als sie es sich erträumt hätten? SPD und USPD stellten gemeinsam den Rat der Volksbeauftragten, der bis zu den Wahlen provisorisch regierte. Der Belagerungszustand war aufgehoben, politische Straftäter wurden auf freien Fuß gesetzt, und es herrschte das Recht auf freie Meinungsäußerung. Als Nächstes würde die Regierung den Achtstundentag und die Unterstützung für Arbeitslose einführen.
Wonach klingt das?, fragte sich Harry. Es klang nach dem Paradies auf Erden, und wenn ihm hundertmal ein bezauberndes braunhaariges Mädchen namens Paula dazu fehlte. War die Welt nicht voller Mädchen, die vier Jahre ohne Männer durchgestanden hatten und jetzt auf Liebe geradezu brannten?
Auch der Waffenstillstandsvertrag war vor drei Tagen unterzeichnet worden. Die Bedingungen waren von erschreckender Härte, würden die junge Republik vor kaum lösbare Aufgaben stellen und das hungernde Volk zu noch größeren Opfern zwingen. Aber der Krieg war vorbei. Wer seinen kleinen Bruder noch bei sich hatte, der verlor ihn nicht mehr, sondern konnte sich eine Mütze aufsetzen und mit ihm zum Fußball gehen.
Auf der Spreeinsel hatte Harry Mühe, weiterzuradeln. Je näher er dem Stadtschloss kam, desto dichter drängten sich die Massen. Auch an der Stimmung schien sich etwas zu ändern. Waren ihm die Scharen im Westend noch wie Besucher eines gigantischen Rummelplatzes erschienen, so lag auf einmal Spannung in der Luft, Zorn, der auf seine Entladung wartete. Seufzend entschied sich Harry, abzuspringen und das Rad den Rest des Weges zu schieben. Ungläubig sah er die Fahne, die über dem Schloss der

Hohenzollern-Monarchen mit den Windstößen zappelte – sie war leuchtend rot. Während er sich durch die Reihen schlängelte, vernahm er vom vorderen Balkon her eine Stimme, die er sofort erkannte – Karl Liebknecht.

Der einstige Abgeordnete, der als Erster gegen die Kriegskredite gestimmt hatte, war ein Liebling der Massen. Die Hälfte von dem, was er sagte, ging im Jubel unter. »Wir haben keinen Grund, eine Republik zu feiern, die nicht die unsere ist«, hörte Harry ihn rufen. »Reichskanzler Ebert verhandelt insgeheim mit der Heeresleitung, um notfalls mit Waffengewalt zu sichern, was er sich wünscht – einen bürgerlichen Staat, in dem die alten Machthaber im Amt bleiben und die Armen wiederum hungern, um die Reichen reicher zu machen. Wir, der Spartakusbund, rufen dagegen die freie sozialistische Republik Deutschland aus. Wer dasselbe will, der erhebe seine Hand zum Schwur.«

Augenblicklich schaute Harry auf ein Meer von erhobenen Händen. Ob Liebknecht sich freiwillig vom Balkon zurückzog oder ob er gezwungen wurde, konnte er nicht erkennen. Dafür entdeckte er bei der verabredeten Laterne die Gruppe seiner Freunde. Zwar versperrte das Automobil des Roten Kreuzes ihm einen Teil der Sicht, doch über der Kühlerhaube des Wagens ragte unverkennbar der hünenhafte Kutte auf. »Huhu, hier bin ich!«, rief Harry und begann sich samt Fahrrad zu ihnen durchzuschlagen. Auf dem Weg fiel ihm auf, wie eng begrenzt der Platz war. Zwischen den Mauern des Schlosses und dem Ufer der Spree gäbe es im Notfall keinen Raum, um auszuweichen. Nur noch stockend kam er voran, die Menschenmasse vor ihm schien sich jäh zu verdichten. Dann sah er es. Vom Kaiser-Wilhelm-Denkmal her strebte eine Einheit bewaffneter Soldaten auf den überfüllten Platz. Die Männer wirkten ausgezehrt, zerrupft und müde – ohne Zweifel handelte es sich um eine der Truppen, die seit gestern in die Stadt zurückkehrten. Hatte Ebert wahrhaftig vor, diese Männer, die nach Hause zu ihren Familien wollten, gegen die revolutionären Arbeiter einzusetzen? Es war nur ein trauriges Häuflein, aber wenn sie in der Menge das Feuer eröffneten, würde es Scharen von Toten geben.

Ohne Rücksicht trieb Harry eine Traube von Metallarbeitern auseinander und entdeckte gleich darauf Clemens, der mit Paula, Manfred und mehreren Frauen vor dem Rote-Kreuz-Wagen stand. »Soldaten!«, rief er zu ihm hinüber. »Los, hinter den Wagen!«

Clemens drehte blitzschnell den Kopf, sah die Bewaffneten und hob ein Schild auf, das am Kotflügel lehnte. Damit sprang er auf die Kühlerhaube, kletterte von dort auf das Autodach und hielt das Schild in Richtung der Soldaten in die Höhe. »Brüder«, stand in schwarzen, weithin sichtbaren Buchstaben auf dem Weiß. »Nicht schießen.« Auf der anderen Seite erkannte Harry das Gekritzel, das Kaffee-Kutte am Tag der Revolution darauf gepinselt hatte.

»Brüder!«, rief Clemens mit seiner schönen, weittragenden Stimme in die Menge. »Ich bin Clemens Kamphausen – nur ein einfacher Genosse, ein einfacher Soldat, der vor ein paar Tagen von der Westfront heimgekommen ist.«

Das Gesülze vom einfachen Soldaten kannst du dir sparen, durchfuhr es Harry. Es geht ohnehin im Gejohle unter. In dieser Stadt weiß inzwischen noch der letzte Dackel, wer du bist.

»So unterschiedlich unsere Mittel sein mögen, wir haben ein gemeinsames Ziel – die freie sozialdemokratische Republik! Deshalb lautet die wichtigste Parole der Stunde: Einigkeit! Dass Arbeiter auf Arbeiter schießen, darf nie wieder geschehen. Wir haben uns einmal spalten lassen, und unsere Gegner haben uns daraufhin in den blutigsten Krieg der Geschichte gehetzt! Lassen wir uns das nicht noch einmal antun – nie wieder Bruderkrieg! Wir haben andere Feinde, die es zu besiegen gilt.«

Mehr brauchte er nicht zu sagen. Die Soldaten ließen die Waffen sinken, und die Massen jubelten ihm zu. Harry sah ihn in Kuttes

Riesenmantel auf dem Rote-Kreuz-Wagen stehen, und eine Mischung aus Ärger und Bewunderung erfüllte ihn. Warum hatte er nicht die Frauen in Sicherheit gebracht, ehe er daranging, sich in Szene zu setzen? Andererseits war die Inszenierung schlichtweg brillant. Clemens wusste, was wirkte – sein schwarzes Haar, das ihm piratenhaft in die Stirn hing, der offene Mantel, die dunkle Stimme wie aus tiefster Brust. Er scheute sich nicht, mit seinen Pfunden zu wuchern, und er erreichte damit das, was zählte – es würde kein Blutvergießen auf dem Schlossplatz geben.

Unter noch immer tosendem Applaus stieg Clemens vom Wagen, und die rotblonde Johanna umarmte ihn. Ein nettes Mädchen, erinnerte sich Harry. Clemens bekam einen Kuss auf die Wange und wurde an Johannas Schwester Ilse, die ihren Mann verloren hatte, weitergereicht. Eine Frau, die im Umfang zu Kaffee-Kutte gepasst hätte, drängte sich dazwischen und verpasste Clemens einen Kuss auf den Mund. Arme Paula, dachte Harry. Mach dir nichts draus, Kleines. Ihm tut es gut, und umso reizender ist er hoffentlich nachher zu dir.

Eine Handvoll Männer in eleganten Mänteln wartete darauf, dass die Frauen Clemens aus ihren Klauen ließen. Harry erkannte sie alle. Parteifunktionäre. Entscheidungsträger, die entschlossen waren, sich diesen jugendlichen Volkshelden, dieses schillernde Talent nicht entgehen zu lassen. Einer der Herren legte Clemens die Hand auf die Schulter. Paula stand einen Schritt weit daneben und stützte ihre hustende Freundin Klara.

Dieser Mann ist mein Freund, fuhr Harry sich an. Dieser Mann hat mein Leben gerettet, und dieser Mann ist gut für die Republik. Intelligent, gewieft, mit Leib und Seele dabei. Außerdem würde alles, was Clemens erreichte, seiner Frau zugutekommen. Irgendwie würde er Geld verdienen müssen, und wenn Harry nicht wollte, dass Paula sich ihr Leben lang abschuftete, musste er Clemens den Erfolg von Herzen gönnen.

Als sich die Massen endlich zu lichten begannen, hatte sich über den Platz bereits Dunkel gesenkt. Die kleine Gruppe am Rote-Kreuz-Wagen war durchgefroren und hungrig wie ein Wolfsrudel. Clemens, der bis zum Schluss in Debatten vertieft gewesen war, wirkte erschöpft und überwach zugleich. Er hatte den Arm um Paula gelegt und bestand darauf, quer durch die Stadt zu marschieren und in Kallis Kneipe einzukehren.

»Tut's der nächste Wurschtmaxe nich' auch?«, fragte Kutte. »Mir hängt der Magen in die Kniekehlen, det macht sich beim Laufen so schlecht.«

»Schaffst du's wirklich nicht mehr bis zu Kalli?«, gab Clemens zurück. »Die ganze Zeit, die wir da draußen waren, habe ich davon geträumt, mit euch in dieser Kaschemme zu hocken, und jetzt willst du mich stattdessen mit einem Wurstmaxen abspeisen?«

Sie gingen zu Kalli. Sie aßen Bratkartoffeln mit Erbswurst und dünnen Gurkenscheiben, sangen Lieder und blieben bis tief in die Nacht. Manfred wandte zweimal ein, dass es doch eigentlich keinen Grund zum Feiern gäbe und dass er sich Sorgen um Karl Liebknecht mache. Dann sagte er nichts mehr, sondern schlief an der Schulter der hustenden Klara ein.

Am nächsten Tag prangte das Bild von Clemens auf dem Rote-Kreuz-Wagen in sämtlichen Zeitungen. Die meisten Journalisten fanden blumige Worte, um den jungen Soldaten zu preisen, der nicht nur seine Kameraden gerettet hatte, sondern jetzt dafür kämpfte, dass den Menschen in den Straßen kein Leid geschah. Die *Deutsche Tageszeitung* aber scherte auch diesmal aus der Reihe. Mit Tränen in den Augen hielt Harrys Mutter ihm am Abend die Ausgabe hin. »Wie können die so etwas nur schreiben? Denken die gar nicht daran, dass der Junge Eltern hat, eine Mutter, die solch abscheuliche Hetze lesen muss?«

»Herrgott, dann kauf doch dieses Drecksblatt nicht mehr«, schnauzte Harry sie an, schloss die Arme um sie und nahm ihr die Zeitung weg. »Einen Vaterlandsverräter feiern?«, lautete die Schlagzeile unter dem Bild von Clemens. »Dieser Mann, dem gestern der Pöbel vor dem Stadtschloss zujubelte, ist ein Verräter am eigenen Volk«, stand in Fettdruck darunter. »Ein solcher Sohn stürzt nicht nur die Eltern, die ihn aufgezogen haben, den ehrbaren Fabrikanten Richard Kamphausen und seine adlig geborene Gattin Veronika, in unauslöschliche Schande, sondern das ganze Land, das er sein Vaterland nennt.« Harry überflog die Zeilen und verspürte Übelkeit. Der Autor war kein Meister des Wortes, doch seine Zeilen trafen einen Nerv. »Unser Schmerz ist unsäglich. Das Werk, das unsere Väter mit ihrem kostbaren Blut erkämpft haben, ist weggewischt durch Verräter wie diesen, Verräter aus dem eigenen Volk! Deutschland, das noch gestern unbesiegt war, wird von Männern, die den Namen Deutsche tragen, seinen Feinden preisgegeben. Vaterlandslose Gesellen brechen es nieder in Schuld und Schande.« Er las nicht weiter. Jeder missgünstige Gedanke, mit dem er Clemens bedacht hatte, tat ihm bitter leid. »Wer hat das geschrieben?«, fuhr er auf. »Der Schund ist nicht einmal unterzeichnet! GS steht da – ist der Verfasser ein solcher Feigling, dass er sich hinter einem Kürzel verstecken muss?«

»Ja, es ist mehr als unschön«, ließ sich sein Vater vernehmen, der unbemerkt ins Zimmer getreten war. »Im Geschäft bin ich heute auch auf diese Hetzschrift angesprochen worden. Wie es aussieht, weiß niemand, um wen es sich bei dem Autor mit dem Kürzel GS handelt. Es soll jedoch ein junger Offizier sein, der an der Ostfront verwundet wurde. Vielleicht ist er einer jener Kriegszitterer, Harry, einer jener armen Menschen, die nicht mehr wissen, was sie tun.«

Ich wünschte, ich hätte deinen Glauben an das Gute im Menschen, dachte Harry. Und ich wünschte, die ganze Welt hätte Eltern wie ich.

33

Clemens arbeitete, wie man kein Tier hätte arbeiten lassen. Unermüdlich schrieb er für den *Vorwärts,* fehlte auf keiner Kundgebung und sprach zu erzürnten Menschen. Daneben war er für den Abgeordneten Robert Schmidt tätig, der ihm noch auf dem Schlossplatz eine Stellung angeboten hatte. Nach den Wahlen sollte Schmidt einen Ministerposten erhalten. Dann wollte er Clemens zu seinem Unterstaatssekretär ernennen, obwohl dieser für ein solches Amt als viel zu jung galt. Paula machte sich Sorgen um ihn, aber sie wusste, dass sein Gewissen ihm keine Wahl ließ.

Die Allianz zwischen SPD und USPD war zerbrochen, noch ehe die provisorische Regierung ihre Arbeit aufgenommen hatte. An die Stelle des friedfertigen Hugo Haase wurde Gustav Noske gesetzt. Die Matrosen, die die Revolution begonnen hatten, begehrten gegen das Vorgehen der SPD-Regierung auf. Sie besetzten den Reichstag, und Ebert bewies, dass er nicht davor zurückschreckte, Deutsche auf Deutsche schießen zu lassen. Kurz vor Weihnachten kam es im Tiergarten zu mörderischen Schlachten. Nach Jahren des Tötens zwischen Schützengräben wurden jetzt Männer in den Grünanlagen ihrer eigenen Stadt erschossen.

Zudem wurden Lebensmittel täglich knapper, und die Preise schnellten weiter in die Höhe. Die junge Republik kämpfte an so vielen Fronten, dass ihr kein Augenblick zur Besinnung blieb. Dass Clemens für eine Reise nach Pompeji oder auch nur für eine Verlobung keine Kraft aufbringen konnte, durfte Paula ihm nicht vorwerfen. In den wenigen Nachtstunden, in denen sie ihn in den Armen hielt, wollte sie oft weinen, weil sein geschundener, überforderter Körper keine Ruhe bekam. Er setzte kein Gramm Gewicht an. Sie gab sich alle Mühe, aus dem, was zu

bekommen war, für ihn zu kochen, aber entweder fand er zum Essen keine Zeit, oder die Ereignisse des Tages schlugen ihm auf den Magen, so dass er nichts hinunterbekam.
Wenigstens ihre kleine Wohnküche am Leopoldplatz hatten sie wieder für sich. Während des Krieges hatte Paula Frauen in Not dort einquartiert, doch Herr Jakub hatte ihr eine großzügige Spende zukommen lassen, so dass sie jenen Frauen Zimmer mieten konnte. In ihrem Idyll trafen sie sich zu flüchtigen Nächten. Paula war klar, dass Clemens ihr das Schlimmste von dem, was er tagsüber erlebte, verschwieg. Sie selbst verschwieg ihm ihren größten Kummer – seit den turbulenten Tagen zu Kriegsende war Stefanie verschwunden. Paula hatte versucht sie in der Wohnung ihres Vaters zu sprechen, doch noch in der Tür hatte ihr Bruder sie abgewiesen. »Du Schlampe mach, dass du weiterkommst«, hatte er zwischen den Zähnen hervorgepresst. »Lass dir hier noch mal blicken, und du kriegst dieselbe Wucht wie die Steffi, wenn ick se erwische.«
Paula konnte nur hoffen, dass dieser Bruder, dessen stumpfe, brutale Züge sie bis in ihre Träume verfolgten, Stefanie nicht erwischte. Einmal sah sie sie neben einem jungen blonden Mann die Lindenstraße hinuntergehen, auf das Gebäude der Victoria-Versicherung zu. Wie üblich trug sie ein weißes Kleid, und ihr Gang war beschwingt. »Stefanie!«, rief Paula ihr hinterher, aber sie drehte sich nicht um, und später war Paula überzeugt, sie müsse sich getäuscht haben. Das Mädchen in der Lindenstraße hatte die Hand des Jungen gehalten, und das war nicht Stefanies Art.
Trotz der Sorge lud Paula alle, die keine Familie zum Feiern hatten, zu einem Weihnachtsabend in die Arche ein. Zutaten für ein festliches Essen ließen sich noch schwieriger auftreiben als in den Kriegsjahren, aber Paula legte sich ins Zeug wie nie zuvor. Es war ihr erstes Weihnachten in Frieden, es sollte etwas Besonderes sein. Manfred, Klara und Rieke würden da sein, Ilse

mit Frieder, Kutte, der ein ganzes Pfund Kaffee stiftete, und Frieda mit den Kindern von Kiki. Johanna gelang es, Ilses Trauring gegen eine Gans einzutauschen, dazu gab es Grünkohl und Bratkartoffeln und obendrein von Ilses Mutter gebackene Plätzchen.

Clemens schickte sechs Flaschen Rotwein aus dem Restaurant des Reichstags. Dass er selbst nicht kommen konnte, hatte Paula vorher gewusst. Sie konnte das Fest ohne ihn nicht genießen, und doch war es schön, dass sie so viele waren und dass es den anderen Freude machte. Manfred schenkte ihr Rosa Luxemburgs Schrift Die *Krise der Sozialdemokratie,* die bis vor Wochen verboten gewesen war. Er hatte ein rotes Band darum gewickelt und auf eine Karte geschrieben: »Für meinen Zwerg, der Rosa das Wasser reichen kann. Dein Manni.«

Nach dem Essen kam Harry mit seinen Eltern und brachte ein wundervolles Geschenk mit – ein Grammophon und eine Schallplatte.

»Lieber Freund, man greift nicht nach den Sternen,
Die für uns in nebelhaften Fernen.«

Klara saß neben Paula und lehnte sich an ihre Schulter. Seit langer Zeit entdeckte Paula auf ihren Wangen wieder eine Spur von Röte. »Weißt du, wem ich im neuen Jahr das meiste Glück auf der Welt wünsche?«, fragte sie.

»Es ist doch noch gar nicht Silvester«, sagte Paula. »Hast du getrunken?«

»Ja, ein bisschen.« Klara lächelte. »Ich habe dir doch gesagt, dein Süßer hat ein Händchen für Alkohol, und an Silvester bin ich nicht mehr hier. Das meiste Glück auf der Welt wünsche ich dir und deinem Clemens, Paulchen. Alles, was ihr euch selbst wünscht, und noch viel mehr. Ihr habt's verdient.«

»Wo bist du denn an Silvester?«

»Ich fahre übermorgen in die Schweiz.« Klara blickte auf, und ihre Augen leuchteten. »In ein Sanatorium. O Paulchen, jetzt kann ich es dir ja sagen. Ich hatte Angst, ich muss an diesem verdammten Husten sterben und Rieke und Manfred allein lassen. Aber man kann es heilen! Es braucht Ruhe, geheimnisvolle Dämpfe und gute Luft – und das alles hat dein Clemens für mich auf die Beine gestellt. Ich kann das nie im Leben gutmachen, und es tut mir so leid, dass ihr nicht verreisen könnt. Ihr hättet es nötiger als ich.«

Paula umarmte sie. »Hör auf, dir über andere den Kopf zu zerbrechen. Fahr in die Schweiz und werde gesund, mein Klärchen. Wir brauchen dich.«

»Frieda und Ilse achten mir auf Rieke – wirst du mir auf Manfred achten, so gut, wie es eben geht?«

»Du weißt doch, dass es überhaupt nicht geht«, erwiderte Paula. Manfred kämpfte mit seinem Spartakusbund und ließ sich durch nichts zur Vorsicht mahnen. »Aber ich versuche mein Bestes. Das verspreche ich dir.«

Ein Gast nach dem anderen brach auf oder legte sich in seinem Zimmer schlafen. Auch Paula würde heute in der Arche bleiben. Es war zu spät, um noch in den Wedding zu fahren, und bis morgen musste sie die Wohnung wieder in Ordnung haben. Sie stand am Spülstein, um die Gläser abzuwaschen, als die Türglocke ging. Die Angst der Kriegsjahre erfasste sie noch immer. Aber draußen stand Clemens.

Er trug Kuttes Mantel zu Stehkragen und Frackschleife. »Verzeih mir«, sagte er, drängte sie in die Wohnung und zog sachte die Tür hinter sich zu. An dem mickrigen Weihnachtsbäumchen in der Diele, an das Klara rote Schleifen geknotet hatte, waren die Kerzen heruntergebrannt. Er schob Paula trotzdem davor und zündete einen der Stummel wieder an. Dann ließ er sich auf die Knie nieder, nahm ihre Hand und lehnte seinen Kopf an ihren Leib. »Verzeih mir, Paula Klein. Wir hatten eine Krisensitzung. Das Schloss ist immer noch besetzt, und drum herum toben Straßenschlachten. Ebert sagt, er lässt die ganze Regierung in die Provinz verlegen, weil man hier nicht einmal zum Atemholen kommt.«

»Ist ja gut«, sagte Paula. »Ich habe ohnehin nicht damit gerechnet, dass du kommst.« Als sie ihre Hand befreien und ihm durchs Haar streicheln wollte, spürte sie Metall, das er ihr auf den Finger schob. Der Ring war ein schlichter Reif aus Gold, ohne Stein und ihr ein wenig zu groß. »Fährst du mit mir nach Pompeji?«

»Das habe ich dir doch gesagt. Wann immer du Zeit dazu findest. Von mir aus auch in hundert Jahren, obwohl wir dann einen Sarg brauchen werden.«

»Morgen«, erklärte Clemens. »Unser Zug nach München geht um sieben in der Früh. Ob wir durchkommen, weiß ich nicht, und wie es von dort weitergeht, schon gar nicht. Wir haben fünftausend Lokomotiven an die Alliierten abgeben müssen, und was noch fährt, kommt vermutlich nie an, aber wir haben es aus Lothringen ja auch geschafft. Zieh dich so warm an, wie du kannst, und pack dir Kuchen ein.«

»Machst du Witze?«

»Ich liebe dich«, sagte Clemens und lehnte den Kopf wieder an ihren Leib. »Werde meine Frau, was immer dagegen spricht. Ohne dich werde ich an diesem Leben verrückt und weiß nicht länger, was ich tue.«

Als sie anderntags aufbrechen wollten, stand Manfred an der Tür und fing sie ab. »Ich konnte nicht schlafen und habe euch gehört«, sagte er. »Es tut mir leid, ihr könnt jetzt nicht fahren.«

»Und ob wir fahren«, entgegnete Clemens.

»Zum Teufel, du weißt doch selbst, dass es jetzt nicht geht!« Obwohl es bitterkalt in der Wohnung war, stand Manfred der Schweiß auf der Stirn. »Noske will auf die Arbeiter, die das Schloss besetzt halten, schießen lassen, und nach den Wahlen soll dieser Schinder sogar Reichswehrminister werden. Er heuert

Freikorps an, schwerbewaffnete Truppen, die von rechten Fanatikern geführt werden! Diese Leute drohen uns offen mit Mord, Clemens!«

»Solche Leute machen immer viel Geschrei«, sagte Clemens. »Aber Hunde, die bellen, beißen nicht, und wenn die Freikorps der Reichsregierung verpflichtet sind, werden sie letztlich nur tun, was diese befiehlt.«

»Und wenn sie befiehlt, auf uns zu schießen? Im Tiergarten hat sie es auch getan!«

»Die Leute, denen du mörderische Schießbefehle zutraust, sind unsere Genossen«, versetzte Clemens. »Zu dem Vorfall im Tiergarten kam es durch eine Verkettung unglücklicher Umstände, und du musst zugeben, dass das Verhalten der Matrosen auch nicht gerade von Klugheit zeugte.«

»Verdammt, die Matrosen sind tot!«, schrie Manfred. »Und wenn ihr weiter darauf besteht, die Freikorps-Leute für euch einzuspannen, wird es noch viel mehr Tote geben. Diese Männer hassen euch genauso wie uns, sie hassen die ganze Republik, und wenn sie mit uns fertig sind, machen sie kurzen Prozess mit euch. Der Feind steht rechts, Clemens, nicht bei uns auf der Linken, wo ihr ihn immerzu ausmacht, sondern rechts, rechts, rechts!«

»Es tut mir weh, dieses uns und euch«, sagte Clemens. »Aber um darüber zu sprechen, ist jetzt nicht die Zeit.«

In dem rasenden Wortwechsel nahm Paula vor allem eines wahr – Manfred hatte Angst. Er, der keine Vorsicht gekannt hatte und jedes Risiko eingegangen war, hatte Todesangst, die ihm nackt und pur ins Gesicht geschrieben stand. Sie nahm Clemens' Arm. »Lass uns die Reise verschieben.«

»Und auf wann? Auf unsere Zeit im Sarg? Nach den Wahlen muss ich meinen Posten antreten und kann vielleicht auf Jahre nicht mehr weg.« Er wandte sich wieder an Manfred. Seine Stimme war nicht länger erregt, sondern matt. »Dass gerade du

mich an dieser Reise hindern willst, wundert mich. Habe ich deiner Schwester gegenüber nicht auch eine Verpflichtung?«
Paula drückte seine Hand. »Ich entbinde dich. Ich will nicht mittun, wenn von allen Seiten jemand an dir reißt.«
Er wandte ihr das Gesicht zu, und sie war sicher, nie größere Traurigkeit darin entdeckt zu haben. Dann sah er wieder ihren Bruder an. »Ich war im Krieg«, sagte er. »Ich habe an jedem Morgen geglaubt, dass ich den Abend nicht mehr erlebe und dass dann keiner daheim ist, der zu mir gehört. Keiner, der Nachricht erhält und vielleicht sogar weint. Ich kann so nicht mehr leben, Manfred. Ich habe keine Familie, keine Schwestern, Brüder, nicht einmal eine alte Tante aus Schmöckwitz. Ich brauche Paula. Wenn du sie lieber einem feinen Kerl wie Harry geben willst, kann ich es dir nicht verdenken, aber niemand auf der Welt braucht sie so sehr wie ich.«
»Das ist doch Unsinn«, rief Manfred verzweifelt. »Ich könnte mir keinen besseren Mann für Paula wünschen, und von mir aus gehe ich sofort nach den Feiertagen mit euch aufs Standesamt. Du sollst nur jetzt nicht irgendwohin fahren, wo kein Mensch dich erreichen kann. Auf dich hören die Leute, du bist imstande, beide Seiten zu beschwichtigen. Wir brauchen dich hier!«
Paula hatte Klara versprochen, auf Manfred achtzugeben. Sie wollte ihn nicht im Stich lassen, sie hörte die panische Furcht in seiner Stimme und wusste, dass sie sie in ihren Träumen verfolgen würde. Aber noch weniger konnte sie Clemens im Stich lassen, der sich mit Haut und Haar in ihre Hände gegeben hatte. Keine Liebeserklärung hatte sie je so tief berührt wie sein Geständnis, sie zu brauchen und keinen Menschen zu haben als sie.
»Wir sind doch bald zurück«, sagte sie zu Manfred. »In den paar Tagen wird schon nichts Schlimmes geschehen.«
»Es tut mir leid, Zwerg«, entgegnete Manfred. »Auch wenn du als Zeugin dabeistehst, ist dies ein Gespräch unter Männern.

Eine Frau kann das nicht verstehen, nicht einmal eine wie Klara oder du. Die Entscheidung muss Clemens fällen.«
»Ich habe sie gefällt«, erklärte Clemens. »Seit ich aus dem Krieg zurück bin, habe ich nichts für mich verlangt, kein warmes Bad, kein Essen im Sitzen und keine halbe Stunde Zeit, um mir ein Hemd zu kaufen. Ich verlange auch hinterher nichts für mich. Nur dieses eine. Weil mir sonst die Kraft ausgeht.«
Sacht, wie es seine Art war, schob er Manfred aus dem Weg und entriegelte die Tür.

34

Pompeji, Januar 1919

In Italien schwiegen die Waffen seit dem 3. November. Paula hatte Sorge, sie würden durch das Gebiet eines Kriegsgegners nicht reisen dürfen, aber Clemens besaß ein von der Regierung ausgestelltes Papier, das verschlossene Türen öffnete. Züge verkehrten kaum, waren vollgestopft und hielten ständig an. Paula und Clemens aber hatten ein Abteil für sich allein, gepolsterte Sitze, vor den Fenstern Vorhänge und an der Tür einen Riegel. Soldaten, die die Bahnhöfe kontrollierten, steckten nur kurz die Köpfe hinein und zogen sich wieder zurück. Ein Kellner brachte ihnen einen Wagen mit Obst, einem ganzen Bienenstich und einer Flasche Sekt.

»Wovon bezahlen wir denn das?«, rief sie aus.

»Das lass meine Sorge sein, nicht deine«, erwiderte er.

»Und ist das richtig, Clemens?« Sie starrte auf die silbernen Platten. »Wir sind Sozialdemokraten, bei uns zu Hause leiden Kinder Hunger.«

»Verdammt, dann nimm es und wirf es aus dem Fenster!«, platzte er heraus. Sie hatte nie zuvor erlebt, wie er jemanden anfuhr. Sein Angriff verletzte sie nicht. Sie hörte nur Schmerz, keinen Zorn.

»Ich wollte dich nicht kränken«, entgegnete sie. »Um ehrlich zu sein, ich kann mir nichts Schöneres vorstellen, als mit dir in einem Zug gefüllten Bienenstich zu essen. Es kommt mir nur so unwirklich vor.«

»Ich will, dass diese ganze Reise uns unwirklich vorkommt«, sagte er, noch immer wie hinter Gefängnistüren eingeschlossen. »Ich habe die Wirklichkeit satt.«

Auf einmal wurde der Wunsch, das Gefängnis aufzubrechen und

den Menschen dahinter zu befreien, übermächtig. Es war gut, dass sie die Reise angetreten hatten. Clemens begrub das, was er an der Front erlebt hatte, in sich und ging Stück um Stück daran kaputt. Der Dämon in seinem Nacken war zum Riesen geworden, er hetzte ihn von Termin zu Termin und schenkte ihm doch kein Vergessen. Auf der Reise würden sie Zeit haben, das Vergrabene ans Licht zu holen, darum zu trauern und es mit Liebe zu heilen. Und daheim in Berlin würde in der Zwischenzeit schon nicht die Welt untergehen.

Sie beugte sich vor, öffnete seinen Mantel und strich sein Brustbein entlang, wie um tatsächlich ein verriegeltes Schloss zu öffnen. »Wollen wir den Sekt aufmachen, Clemens? Auf unsere Reise in die Unwirklichkeit?«

Er nahm die Flasche vom Wagen, ohne den Blick von ihr zu wenden. »Weißt du, dass du, seit ich zurück bin, nie etwas anderes zu mir gesagt hast als Clemens? Doch, einmal. Am ersten Tag, bei der *Vossischen,* hast du Idiot zu mir gesagt.«

Sie musste lachen. »Komm her, du Idiot«, sagte sie, nahm ihm die Flasche weg und lehnte ihr Gesicht an seines. »Du bist mein Liebster. Das bist du immer gewesen, seit dem ersten Sommer am Wannsee, und solange du mit mir zu Kutte an den Wannsee gehst, kann nichts, aber auch gar nichts geschehen, das daran etwas ändert.«

In München blieben sie über Nacht. Das Land Bayern hatte sich zum Freien Volksstaat erklärt, und rund um den Bahnhof tobte dasselbe Chaos wie in Berlin, doch die Pension, in der Clemens ein Zimmer bestellt hatte, lag in einer stillen Seitengasse. Es war die erste Nacht ihrer Reise, weit weg von Partei, Regierungsbildung, Hunger und Straßenkämpfen. In Berlin war es Paula schwergefallen, die Liebe zu genießen. Zum einen war Clemens immer müde und in Eile, und zum anderen kam sein Körper ihr derart wund und misshandelt vor, dass sie kaum wagte, ihn fest anzupacken. Außerdem streifte er sich neuerdings eine Art Gummihülle über, die verhindern sollte, dass er ihr ein Kind machte. Auch früher hatte er aufgepasst und sich im letzten Augenblick aus ihr herausgezogen. Jetzt aber tat seine Vorsicht ihr weh, ohne dass es ihr ganz begreiflich war.

Als er sie in der Nacht in München liebte, zog sie ihm hinterher die Gummihülle herunter, schob sein erschlafftes Glied wieder in sich und hielt ihn fest, weil sie ihn spüren wollte. »Das könnte gefährlich sein«, murmelte er.

»Ach was«, sagte sie. »Es ist doch alles vorbei.«

Noch lieber hätte sie zu ihm gesagt: Ich will ein Kind von dir. Einen neuen Menschen für die neue Welt. Ihr war nicht klar, warum sie es nicht wagte, doch wichtiger war, dass sie in dieser Nacht die Freude an der Liebe neu erlernten, dass sie sich umschlangen, küssten, bissen, aufeinanderwälzten und aneinanderkrallten, bis sie in den Morgenstunden einschliefen, selig in der Gewissheit, dass sie bis tief in den Tag im Arm des Geliebten schlafen durften.

Auf der Weiterfahrt durch das besetzte Tirol und dann hinein nach Italien mussten sie unaufhörlich Züge wechseln und auf verlassenen Bahnhöfen stundenlang warten, doch mit jedem Kilometer, den sie hinter sich brachten, gewann die Welt an Schönheit. Sie wurde so schön, dass die Wirklichkeit in der Tat verblasste und einem Traum Platz machte. Dem Traum von Paula und Clemens. Sie würde nicht einmal jemandem davon erzählen können, stellte Paula fest, weil die Glaskugel der Traumwelt, die sie umfangen hielt, nur ihnen beiden allein gehörte.

In Berlin hatte es geschneit, und mit der knappen Kohle hatten sie die Wohnung nie richtig warm bekommen. In Italien schien es Frühling zu werden, je weiter sie nach Süden kamen. Das Land lag still und war trotz der Jahreszeit grün. Es hatte etwas Unversehrtes, von Krieg und Not völlig Unberührtes, das sie in Deutschland nirgendwo gefunden hatte.

In Rom stiegen sie noch einmal um, in einen klapprigen Bummelzug mit drei Wagen, und als der aus dem Bahnhof rumpelte, sah sie das Kolosseum, das sie aus dem Roman *Quo vadis?* kannte. Auf einmal begriff sie: Die Häuser und Paläste, die längs der Schienen aufragten, das war die Ewige Stadt! Es war Rom, das zweieinhalb Jahrtausende lang die Menschen, ihre Kriege und ihren Wahnsinn überlebt hatte und immer noch stand. Clemens hatte gut daran getan, sie herzubringen. Dieses Schöne, Alte, Überdauernde zu sehen weckte den Glauben, dass sie es schaffen würden, dass das Leben weiterging und heilen konnte.

Clemens saß wortlos am trüben Fenster des Zugs. »Danke«, sagte Paula und küsste ihn.

Zum ersten Mal lächelte er sein Wannsee-Lächeln – vieldeutig und hinreißend unverschämt. »Du hast ja das Meer noch nicht gesehen. Und Neapel auch nicht.«

Sie starben nicht, als sie Neapel schließlich zu sehen bekamen, das Meer und den doppelten Golf, aber Paula verstand, warum die Leute sagten: Sieh Neapel und stirb. Es war ein Aufatmen, eine kleine Erleichterung: Ich habe neben meinem Liebsten gestanden und den schönsten Ort der Welt gesehen. Was immer mir geschieht, ich habe mein Leben nicht versäumt.

Ihr Hotel stand weder in Neapel noch in Pompeji, sondern in einem Ort, der zwischen den beiden Golfen lag und Sorrento hieß. Dieses verwinkelte Städtchen, so erzählte ihr Clemens, hatte seit den Zeiten der Antike Reisende angelockt und war aus keinem anderen Grund erbaut worden, als um Menschen glücklich zu machen. Paula konnte es keinem der Reisenden verdenken. Sieh Sorrento und stirb, werde ich sagen, beschloss sie.

Das Hotel hieß Excelsior Vittoria. Es stand auf einem Kliff, und ihr Zimmer hatte einen Balkon mit einer Marmorbalustrade, von dem sie nach vorn auf die beiden glitzernd blauen Golfe und zur Seite auf den dunklen Kegel des Vulkans blickten. Es sah aus wie ein Palast und war umgeben von einem Märchengarten mit riesigen roten Blüten, Palmen und Zitronenbäumen. Nach Zitronen dufteten der ganze Ort, das Hotel und ihr Zimmer, selbst die Kissen und Decken auf dem Himmelbett.

»Das ist zu viel«, sagte Paula, als sie neben Clemens auf dem Balkon stand.

»Zurzeit ist es billig«, murmelte Clemens und hielt den Kopf geradezu trotzig gesenkt. »Jetzt im Winter und so kurz nach dem Krieg fährt ja niemand her.«

»Ach, du dummer Kerl, das meine ich doch nicht.« Sie umarmte ihn, presste ihm die Luft ab und bedeckte sein Gesicht mit Küssen. Dass er ein Vermögen für die Reise und ein weiteres für Klaras Aufenthalt im Sanatorium ausgegeben hatte, war ihr klar, und auch, dass er sich damit praktisch der Partei verkauft hatte. Sie war jedoch entschlossen, ihn nie wieder dafür zu kritisieren. Er hatte ihr ein Stück Glück schenken wollen, und sie würde mit beiden Händen zugreifen und jeden Augenblick festhalten.

»Paula?«

»Ich liebe dich, Clemens. Ich liebe Sorrento, und ich liebe dieses Hotel. Ich bin eine Sozialdemokratin, die ein paar Tage eine Prinzessin sein wird, und es wird mir dabei gehen wie dem Mops im Paletot.«

»Ich wollte dieses eine Mal nicht sparen«, sagte Clemens. »Solange niemand weiß, was aus Deutschland wird, kann ich dich vor dem Gesetz nicht an mich binden. Aber dies ist trotzdem meine Hochzeitsreise. Meine einzige.«

Paula hätte ihn heiraten wollen. Selbst in der schlimmsten aller Zeiten und gerade weil niemand wusste, was aus Deutschland wurde. Sie hätte vor der Welt bekennen wollen: Das ist der Mann, zu dem ich im Guten wie im Bösen gehöre, und was um uns wütet, kann mich von diesem Mann nicht trennen. Unten am Empfang hatte er sie als Herr und Frau Kamphausen eingetragen, und sie hatte mit klopfendem Herzen unterzeichnet: *Paula Kamphausen.* Das bin ich. Dass er es anders wollte, versetzte ihr einen Stich, aber dann sah sie hinaus aufs Meer und überwand die Missstimmung. »Und was ist jetzt? Gibt es auf der Hochzeitsreise für die Braut nichts zu trinken?«

Er lachte und küsste ihre Augen. »Was möchtest du denn trinken, du Schluckspecht?«

»Dieses gelbe Zeug, das nach süßen Zitronen schmeckt! Ich bin ganz wild darauf, weil es überall danach riecht – gibt es das hier?«

»Ich fürchte, hier gibt es nichts anderes«, antwortete Clemens und lachte. Mit den Händen in den Hosentaschen schlenderte er vom Balkon, um den Zitronenlikör zu bestellen. Seine Rückansicht machte ihr das vertraute Kribbeln im Bauch. Er wird mir wieder gesund, dachte sie. Ich werde ihn mit gutem Essen vollstopfen, bis seine Kehrseite wieder Fleisch ansetzt, ich werde irgendein Öl kaufen, das nach Zitronen duftet, um ihm die entzündete Haut einzureiben, und ich werde seine Seele heil streicheln, von zu viel Tod ins Leben zurück, jeden Tag und jede Nacht.

In den ersten Tagen wollten sie nichts tun, als in der kleinen Stadt umherzustreifen und die Gerüche, Geräusche und unglaublichen Farben des Südens einzusaugen. Die Luft war kühl, doch der Himmel war leuchtend blau. In jeden Winkel, auf jedes Pflaster in den krummen Gassen zeichnete die Sonne Flecken, die mit den wippenden Palmwedeln und den Zweigen der Zypressen tanzten. Sie waren ins Paradies geraten, in dem lächelndes Schweigen herrschte, sobald die Liebenden vorüberzogen. Zum Essen gingen sie in kleine Tavernen, saßen an hölzernen, mit Leinentüchern gedeckten Tischen und ließen sich bringen, was immer der Wirt aus ihrem Stammeln und Gestikulieren entnahm. Nichts schmeckte wie in Berlin, alles war reicher, würziger, praller, der Käse fleischig und milchweiß, die Tomaten saftig, verfeinert mit grünen Blättern, und die Kuchen, die nach

Obst und Käse aufgetischt wurden, so süß, dass selbst Paulas Gaumen einen köstlichen Schrecken davontrug.
»Hat hier überhaupt jemand Hunger?«, fragte Paula.
»Du jedenfalls nicht«, erwiderte Clemens und sandte ihr über den Tisch einen Kuss. Es war ein katholisches Land, und sie wollten seine Sitten nicht verletzen, indem sie allzu frei miteinander umgingen. Sich sämtliche Küsse für die Rückkehr in ihr Palastzimmer aufzusparen war ein prickelndes Spiel, das sie täglich aufs Neue genossen.
Nach dem Essen bestellte Clemens Kaffee in winzigen Tassen, in dem man den Grund schmeckte, so stark war er. Seine Begeisterung für diesen Kaffee nahm kein Ende, und als er in einem der verwunschenen Läden die Metallkannen entdeckte, in denen er zubereitet wurde, kaufte er gleich zwei. »Eine für Kutte und eine für mich. Wenn alle Stricke reißen, mache ich damit am Wannsee eine Bude auf und werde reich.«
»Ach Liebster, ich wünschte, das könntest du tun!«, rief Paula. »Und reich zu werden brauchtest du nicht einmal.«
Er blieb stehen. »Wünschst du dir das wirklich?«
Paula überlegte. Wie konnte sie sich etwas anderes wünschen, als dass er seiner Bestimmung nachging? Hatte sie ihn nicht dafür zu lieben begonnen – dafür, dass er nicht zu Gewöhnlichem, sondern zu Höherem bestimmt war? Ihre Erinnerung war schwach, die Sehnsucht, ein gewöhnliches Leben mit ihm zu führen, ihn jede Nacht in den Armen zu halten und am Morgen mit ihm zu erwachen, hingegen übermächtig. »Natürlich nicht«, antwortete sie. »Ich will, dass du tust, was du tun musst.«
Wenn die Sonne unterging, kehrten sie von ihren Erkundungsgängen zurück und teilten sich in dem eleganten Salon des Hotels eine Flasche Wein. Sie besaßen kein einziges Kleidungsstück, das zu den Herrschaften an den Marmortischchen gepasst hätte, und amüsierten sich königlich darüber. In der Nische neben der ihren unterhielten sich drei englische Damen und ein englischer

Herr darüber, dass in Europas wildem Norden die Anarchie ausgebrochen sei, weshalb die Herren keine gestärkten Kragen mehr trügen und infame Damen aus langen Spitzen Zigaretten rauchen würden. Clemens übersetzte ihr jedes Wort im Flüsterton. Damit sie vor Lachen nicht losprusteten, hielten sie sich gegenseitig die Münder zu.

Der Wein, der so sämig wie Honig war, hieß Lacrima Christi – Christusträne. »Weil Christus geweint hat, als er hierherkam«, erklärte Clemens. »Er musste weiter ins Paradies, aber er wäre viel lieber hiergeblieben.«

»Woher weißt du das?«, fragte Paula. »Woher sprichst du so gut Englisch und kennst all diese Geschichten?«

Lange gab er keine Antwort, sondern trank den Wein, der Christusträne hieß. »Meine Mutter hat mir solche Sachen erzählt, als ich klein war«, sagte er dann und sah an ihr vorbei. »Meine Mutter war ja eine höhere Tochter, sie hat in ihrem Elternhaus Englisch gelernt und hat es mit mir gesprochen, wenn mein Vater uns nicht verstehen sollte.«

Arme Mutter, die es vor ihrem Mann verbergen musste, wenn sie ihrem kleinen Sohn Geschichten erzählte, dachte Paula. Sie nahm sich vor, Clemens' Mutter zu besuchen, wenn sie zurück nach Berlin kamen. Sie hatte ihn vor dem brutalen Vater nicht beschützt, aber sie hatte ihn geliebt, und dafür verspürte Paula hier in ihrem Paradies eine Art von Liebe für sie.

Nach Pompeji fuhren sie erst, als sie sich von Sorrento, von ihrem Meer, ihren Felsen und ihren geheimen Tavernen unter Weinlaub trennen konnten. Inzwischen hatten sie versäumt, dass ein neues Jahr begonnen hatte, doch es kümmerte sie nicht. Für sie hatte das neue an dem Tag begonnen, an dem sie in Sorrento angekommen waren.

Für die Fahrt mieteten sie einen Eselskarren, dessen Kutscher einen Strohhut trug und auf dessen Ladefläche eine Kiste Orangen stand. Langsam rollte das Gefährt die staubigen Straßen hinunter und trug Clemens und Paula in eine versunkene Welt. Den ganzen Weg über hatten sie den Vulkan vor Augen, die aufragende Bedrohung inmitten üppiger, gedankenloser Schönheit. Je näher sie ihm kamen, desto länger schwiegen sie. Irgendwann sagte Paula: »Erzähl mir von Pompeji.«

»Der Mann, der dort die Leitung innehat, ist ein Teufelskerl«, erzählte Clemens. »Er heißt Vittorio Spinazzola, ist Direktor des Nationalmuseums von Neapel, und diese Grabung in Pompeji ist sein Leben. Er will es ganz freilegen, der Welt zeigen, dass es gelebt hat, eine gewöhnliche Stadt voller gewöhnlicher Menschen, deren Geschichte an einem einzigen Tag zu Ende war. Vor dem Krieg hat er mit der Freilegung einer vollständigen Straße begonnen, und jetzt ist er mit seinen Leuten sofort an die Arbeit zurückgekehrt.«

»Das hat dir aber nicht deine Mutter erzählt?«

»Nein, mein halbitalienischer Genosse, der mir auch einen Brief mitgegeben hat, damit wir die Ausgrabungsstätten sehen dürfen. Einiges habe ich außerdem gelesen, weil ich dir imponieren wollte.«

»Aber deine Mutter hat dir auch von Pompeji erzählt, nicht wahr?«

»Vom Ausbruch des Vulkans. Sie hat mir dieses Buch vorgelesen, *Die letzten Tage von Pompeji …*«

»Das habe ich auch gelesen«, rief Paula. »Mit Manfred und meinem Vater! Wir haben es uns gegenseitig vorgelesen, unter der Bettdecke wie in einer Höhle – immer erst mein Vater ein Stück, dann Manfred und dann ich.«

Erschrocken verstummte sie. Sie sahen erst einander an und dann wieder nach vorn, auf den Vulkan. Irgendwann, als sie die Neustadt Pompejis schon hinter sich hatten, sagte Clemens: »Meine Mutter hat erzählt, Tage vor dem Ausbruch hätten die Menschen es unter der Erde knacken hören. Manche seien geflohen, doch die

meisten hätten die Warnung überhört. Meine Mutter war der Ansicht: Auch wenn einem das Haus über dem Kopf zusammenbricht, hört man es vorher in den Wänden knacken.«
Paula hätte seine Mutter gern gefragt, warum sie sich davor fürchtete, dass ihr das Haus über dem Kopf zusammenbrach, und warum sie ihrem kleinen Sohn damit Angst gemacht hatte. Vielleicht würde sie es eines Tages tun. Ihren Vater konnte sie nichts mehr fragen, und die Bilder von ihm mit dem Pompeji-Buch unter der Bettdecke wurde sie jetzt nicht mehr los.
Der Eselskarren hielt im Schatten einer Zypresse. Ehe sie ausstiegen, gab ihr Fahrer, mit dem sie kein Wort wechseln konnten, ihnen eine Orange aus der Kiste. Damit entließ er sie in die Vergangenheit.
Die freigelegten Überreste der versunkenen Stadt Pompeji lagen zwischen Palmen und Lorbeerbäumen und wucherndem Grün. So als schliefen sie, und als ginge weder das Getöse des Weltgeschehens noch das Wachstum der Pflanzen sie etwas an. Wohnhäuser und Geschäfte säumten eine mit flachen Steinen gepflasterte Straße, durch die Paula und Clemens gehen konnten, wie sie am Kurfürstendamm entlanggingen. Einmal waren hier Menschen ebenso entlanggegangen, Käufer, die Auslagen bewunderten, Staatsmänner, die an ihre Ämter hasteten, streitende Brüder, Liebespaare, Kinder mit Lumpenbällen. In dem, was sie gerade taten, hatte der Vulkan sie unter Lava und Asche begraben.
»Die Straße heißt Via dell'Abbondanza«, flüsterte Clemens, wie um niemanden zu stören. »Straße des Überflusses.«
Es gab Bordelle, Badehäuser, Tempel, zwischen hohen Bäumen ein Theater und zahllose Villen mit prächtigen Gärten, Fresken an den Wänden und kunstvollen Mosaiken. Pompeji schien eine Stadt sorgloser, glücklicher Menschen gewesen zu sein, die flatternde Gewänder trugen und pralle Trauben aßen. Bilder der Sklaven fand Paula nicht. Aber gestorben waren Herren und Sklaven zusammen.

Sie liefen lange zwischen den Ruinen umher und spürten dem Leben nach, das diese Mauern beherbergt hatten. Dann nahm Paula Clemens bei der Hand und sagte so leise wie er vorhin: »Können wir die Toten sehen? Die, von denen du mir erzählt hast?«

Er führte sie zurück zur Straße des Überflusses und hinauf zum Zeltdorf der Archäologen. Auf einem Platz zwischen Unterständen, in denen sich ein Gipsabdruck an den anderen reihte, waren fünf Männer damit beschäftigt, Fundstücke zu reinigen und mit Schildern zu versehen. Clemens ging zu ihnen, um ihnen den Brief des Genossen zu zeigen, während Paula hinter der Absperrung wartete. Kurz darauf kam er mit einem grauhaarigen Herrn zurück, der Paula strahlend entgegenlächelte. »Signor Ragosta arbeitet mit Vittorio Spinazzola«, erklärte er. »Er spricht ein wenig Deutsch und hat gesagt, er gratuliert uns zu unserem Sieg über das Kaiserreich. Wir sollen uns umschauen, solange wir wollen.«

»Danke«, sagte Paula.

Signor Ragosta entgegnete zwar nichts, lächelte sie aber weiter mit leuchtenden Augen an, bis sie gingen.

In den Unterständen lagen die in Gips gegossenen Toten Seite an Seite wie zum Schlafen aufgebahrt. Es gab Männer, Frauen und Kinder, Menschen, die im Schritt erstarrt waren, und andere, die sich krümmten und in Todesangst ihr Gesicht vergruben. Es gab zwei Mädchen, die sich aneinanderklammerten, einen Greis, der schlief, und einen jungen Mann, der seinen Hund im Arm trug. Eine Frau mit ihrem Sohn erinnerte Paula an Frau Deborah, und ein Mann, der aussah, als hätte er gesessen und ein Buch gelesen, brachte die Gedanken an ihren Vater zurück.

Clemens hatte recht, nach zweitausend Jahren ließ sich noch in jedem Zug erkennen, wie der Verstorbene ausgesehen hatte, ob er geweint oder gelächelt, sein Haar lang oder kurz getragen hatte und ob er dürr oder beleibt gewesen war. Die Gipsabdrücke erzählten ihre Geschichten. Ich wünschte, in zweitausend Jahren würde etwas die Geschichte meines Vaters erzählen, dachte Paula, ich wünschte, er wäre nicht so ganz und gar von der Erde verschwunden. Um die Lippen des sitzenden Mannes spielte ein kaum wahrnehmbares Lächeln, wie ihr Vater es aufgesetzt hatte, wenn er in dem Buch, das er las, auf eine kleine amüsante Weisheit gestoßen war.

Clemens trat zu ihr und zog sie an seinen warmen Körper. Nie zuvor war er ihr so nah gewesen, dass er gespürt hatte, was in ihr vorging. Als sie die Hand ausstreckte, weil der Wunsch, den sitzenden Mann zu berühren, übermächtig wurde, umfasste er zart ihr Gelenk und half ihr, ihre Furcht zu überwinden. Mit einem Finger strich sie dem Mann über die Hand, an der nur zwei Finger erhalten waren. Jäh schloss sich ihre Hand um seine, und einen Herzschlag lang glaubte sie wahrhaftig, noch einmal die Hand ihres Vaters zu halten – dann vernahm sie ein Knacken und hielt den abgebrochenen Arm des Mannes in der Hand.

Vor Schreck konnte sie nicht einmal schreien. Gleich darauf ertönte hinter ihr ein weiteres Knacken, und als sie herumfuhr, sah sie Signor Ragosta, der mit einer Schaufel vorbeiging. »Es tut mir so leid!«, rief sie. »O Gott, o Gott, es tut mir so furchtbar leid. Kann man ihn reparieren? Bitte sagen Sie es mir, er muss doch zu reparieren sein!«

Signor Ragosta, der offenbar erst jetzt bemerkte, was geschehen war, trat an ihnen vorbei und besichtigte den Schaden. Den abgetrennten Arm hielt Paula in beiden Händen fest, damit er nicht zu Boden fiel und zerstob.

»Wir kommen selbstverständlich für den Schaden auf«, bemühte sich Clemens. »Es war ein Missgeschick, ein Versehen …«

»Ma Signore, quest' uomo e morto.« Signor Ragosta lächelte wiederum Paula an und strich ihr über die Wange. »Diese Mann sein schon tot seit zweitausend Jahre – ihm tut nichts mehr weh.«

»Aber ich wollte ihn doch nicht zerstören!«

Signor Ragosta winkte lächelnd ab. »War keine gute Abdruck sowieso, und haben wir viel zu viele. Du möchtest Arm mit nach Hause nehmen, nach Berlino? Souvenir di Pompeji, damit die reizende Signora nicht vergessen …«

Paula begriff erst, als sie wieder auf dem Karren saßen und im Licht der sinkenden Sonne die Rückfahrt antraten, dass sie den Arm des Mannes tatsächlich mitgenommen hatten. Sie hatte es nicht gewollt, es war ihr makaber, ja, sogar unheimlich erschienen, doch sie hätte Signor Ragostas Geschenk unmöglich ablehnen können. Clemens sah, wie sie stocksteif mit dem Stück Gips auf dem Wagen saß, und brach jäh in Gelächter aus. »Andere Leute stehlen Münzen, kostbare Vasen und Statuetten aus Pompeji. Und was haben wir? Einen Arm! Das soll uns jemand nachmachen.«

Das Lachen brach den Bann. »O Clemens, es war mir so entsetzlich peinlich!«

»Dazu besteht nicht der geringste Grund, mein Liebstes. Dem Archäologen hast du zweifellos den glücklichsten Moment des Tages beschert, und dieser Arm, ja, der wollte wohl um jeden Preis zu dir.«

In ihrem Zimmer legten sie den Gipsarm auf das Sims vor dem Spiegel. Der Abend war kühl, sie ließen den Hoteldiener eine Braciere, ein Becken mit glühenden Kohlen, bringen, und krochen unter die Bettdecken. Dort teilten sie sich die duftende Orange, die der Kutscher ihnen geschenkt hatte, und ein Glas von ihrem liebsten Wein. So wie in dieser Nacht hatten sie einander nie zuvor geliebt. An die Hülle aus Gummi dachte nicht einmal Clemens. Vielleicht hätte er so wenig wie sie etwas zwischen ihnen ertragen.

Hinterher blieb sie an ihn geschmiegt liegen und sagte: »So verrückt es klingt, ich bin jetzt froh, dass ich den Arm habe. Ich habe den Mann aus Gips anfassen wollen, weil er mich an meinen

Vater erinnerte, also werde ich ihn als Andenken an meinen Vater aufbewahren. Ich habe kein Grab für ihn, jetzt habe ich wenigstens einen Arm.«
Und dann brach alles aus ihr heraus, jede Einzelheit, die in ihr gebrannt und gewütet hatte. Sie erzählte ihm, wie sie nach jenem Streit während des Streiks im Beussel-Kiez mit ihrem Vater hatte reden wollen, wie sie es wieder und wieder aufgeschoben hatte, bis der Vater von einem Tag zum andern nicht mehr da gewesen war, wie sie dann nicht einmal Zeit gefunden hatte, ihm einen Brief zu schreiben, und wie sie ihm nie gesagt hatte, dass sie ihn liebte.
»Er ist gestorben, weil er zu lange transportiert wurde! Woher weiß ich denn, ob er sich nicht nach Deutschland transportieren ließ, um mich noch einmal zu sprechen? Ich war doch sein Schwämmchen! Er hat mir so viel gegeben.«
Clemens hielt sie, wiegte sie und küsste ihr den Kopf. »Quäl dich doch nicht«, sprach er ihr ins Ohr. »Alle Menschen schieben Dinge auf, alle Menschen glauben, sie hätten ewig Zeit, und dein Vater hat deine Liebe gespürt, auch ohne Brief.« Irgendwann begann er kaum hörbar ein Lied zu summen.
»Guten Abend, gute Nacht.
Mit Rosen bedacht,
Mit Näglein besteckt,
Schlupf unter die Deck.«
»Das hat meine Mutter mir vorgesungen!«, rief Paula, die das Lied erst in diesem Augenblick wiedererkannte.
»Meine mir auch«, sagte Clemens. »Und wenn niemand uns sah, hat sie's auf der verbotenen Mundharmonika gespielt.«
Sie hielten sich aneinander fest, und Paula erzählte ihm auch noch das Dunkelste, von dem sie geglaubt hatte, sie werde niemals wagen, es in Worte zu fassen. »Ich hätte bezahlen müssen, um ihn nach Berlin überführen zu lassen, aber ich hatte kein Geld. Ich hatte alles für die Fahrt ausgegeben. In der Woche dar-

auf hatten wir kein Gas, weil wir die Rechnung nicht bezahlen konnten. Also habe ich zugelassen, dass sie ihn irgendwo verscharrten. In einem Armengrab. Für Menschen, die von aller Welt vergessen sind.«

»Arme Paula Klein«, sagte Clemens und drückte sie an sich. »Arme liebste, tapfere Paula Klein. Wir ernennen den Arm zu deines Vaters Gedenkstein, wollen wir? Wir stellen eine Kerze dazu und zünden sie an seinem Sterbetag an. Zu Weihnachten kannst du ihm Tanne hinlegen und im Frühjahr einen Strauß frischer Blumen.«

Sie weinte so sehr, dass sie am Morgen vollkommen ausgetrocknet war und nicht aufstehen konnte, sondern bis zum Mittag im Bett liegen blieb. Dann aber sprang sie auf und fühlte sich frisch und gesund. Sie hatte die schwarze Qual aus sich hinausgeweint und mit ihrem Liebsten geteilt, sie konnte sie hinter sich lassen und weitergehen.

Irgendwann in den folgenden Tagen fiel ihr ein, dass sie Clemens hätte drängen sollen, auch seine Qual mit ihr zu teilen, die Bilder aus dem Krieg, die namenlosen Toten, aber sie vergaß es wieder. Die Tage waren glücklich, voller Liebe, Leben und Licht, und sie gingen viel zu schnell vorbei.

35

Es tat weh, abzureisen, wohl wissend, dass sie womöglich nie zurückkommen würden. Aber es war auch gut und richtig so. Sie waren mit allem überschüttet worden, was zwei Menschen sich wünschen konnten, sie hatten es bis zum letzten Tropfen ausgekostet und hatten daraus Mut geschöpft. Jetzt waren sie bereit, in ihre Stadt zurückzukehren, ihre Plätze wieder einzunehmen und mit frischen Kräften ihre Arbeit zu tun.

Ohnehin würden sie später heimkommen als geplant, weil sie sich einen kostbaren letzten Tag gestohlen hatten und weil in München Kämpfe tobten. Drei Tage lang verkehrte kein einziger Zug. Statt in der luxuriösen Pension kamen sie in einer billigen Absteige unter und lebten von Schwarzbrot und Hagebuttentee. Selbst diese drei Tage aber waren noch unwirklich vor Glück. Paula schlug vor, eine Zeitung zu kaufen, damit sie nachlesen konnten, wie die Dinge in Berlin standen, aber Clemens bat sie: »Keine Zeitung, ehe wir auf dem Hauptbahnhof einfahren. Lass uns noch diese paar Tage so tun, als wären wir die einzigen Menschen auf der Welt.«

Immerhin gaben sie ein Telegramm an Manfred auf und ließen ihn wissen, dass sie mit dem nächsten Zug, der fuhr, nach Hause kommen würden. Schließlich war der Bahnhof geräumt, und sie ergatterten zwei Plätze dritter Klasse in einem Nachtzug, der morgens um halb sieben in Berlin eintreffen würde.

Auf den Holzbänken schlief es sich schlecht. Vielleicht konnten sie aber auch nicht schlafen, weil mit jedem Kilometer, den das Rattern des Zugs sie der Heimat entgegentrug, die Beklommenheit wuchs. Clemens, der den ganzen Tag nichts gegessen hatte, stand plötzlich auf und verließ das Abteil. »Hat's am Magen,

was?«, fragte eine ältere Reisende mitleidig. »War ja ganz grün um die Nase, der Ärmste.«
Paula wusste nicht, ob Clemens etwas am Magen hatte, doch jetzt, da die Frau es sagte, drängte es sich regelrecht auf. Seine Mutter fiel ihr ein, die Warnung vor dem Knacken in den Wänden. Sie trat hinaus auf den Gang. Vor den Fenstern rauschte das Land vorbei, über kahlen Feldern zerteilten sich Nebel, und es sah aus, als würde schon der Morgen grauen. Aber das konnte ja nicht sein, denn kurz nach Sonnenaufgang wären sie doch in Berlin! Clemens kam zurück. Im Gehen stützte er sich an der Zugwand ab. »Clemens«, sagte Paula, »kannst du deshalb so schlecht essen, hast du dir aus dem Krieg ein Magenleiden mitgebracht?«
Er zuckte mit den Schultern. »Was weiß ich. Es wird sich schon wieder legen.«
»Du musst damit zum Arzt. Dr. Thurau kann dir …«
Er lächelte, hielt ihr den Mund zu und tupfte einen Kuss auf ihre Schläfe. »Nicht doch, mein Herz. Es war so schön. Wer, der dich haben kann, braucht Dr. Thurau?«
Die Beklommenheit blieb. »Wie lange fahren wir noch?«
»Keine halbe Stunde«, antwortete er, ohne auf seine Uhr zu sehen. »Was meinst du, ob Manfred uns abholen kommt?«
Paula überlegte. Ja, das entsprach Manfreds Art, ihnen zu zeigen, dass er ihnen nicht mehr böse war, indem er einfach auf dem Bahnhof stand und sie erwartete. »Wäre nicht schlecht«, bemerkte sie, und ihr Herz wurde ein wenig leichter. »Er könnte uns helfen, den Arm zu tragen.«
Kurz darauf erhoben sich vor den Fenstern die grauen Häuser und Fabriken ihrer Stadt. Es war, als würde man in eine Wüste aus Stein tauchen, in ein Labyrinth, in dem man unmöglich wissen konnte, welcher Gang ins Freie und welcher in eine Sackgasse führte. Der Zug verlangsamte das Tempo und rollte in den Bahnhof ein. Zwischen den Gleisen wimmelte es vor Soldaten, die Reisende und

Gepäck kontrollierten. Paula schob das Fenster herunter und hielt Ausschau nach Manfred. An einer Säule klebte ein halb abgerissenes Plakat. »Tod den Spartakisten«, las Paula, als der Zug zum Stillstand kam. Ihr Bruder war nirgends zu entdecken.

Clemens sprach nicht mit ihr, während er das Gepäck aus der Ablage hievte. Sein Gesicht war bleich.

In der Schlange der Mitreisenden schoben sie sich über den Gang. »Du hast Manfred auch nicht gesehen, oder?«

»Nein, Manfred nicht.«

»Wen dann?«

Clemens blieb stehen. »Meinen Onkel Edu.«

Das war der, der von der Barrikade gefallen war, Clemens' Kindheitsidol, der ihn noch brutaler zurückgewiesen hatte als sein Vater. Woher wusste der, dass sie heute aus Italien kamen, und weshalb machte er sich die Mühe, sie abzuholen, wenn er doch für seinen Neffen nur Verachtung übrighatte? Clemens half ihr aus dem Waggon. Seine Hände zitterten. »Wo ist er denn?«

Mit einer Drehung des Kopfes wies Clemens auf einen schlaksigen Mann im braunen Mantel, der auf Krücken neben dem Fahrkartenschalter lehnte. An einer der Krücken baumelte eine Art Einkaufstasche, wie Frauen sie benutzten. Er trug ein dünnes Schnurrbärtchen, das kurz über der Lippe endete, und einen Hut, der zum Mantel passte. Trotz der offenkundigen Eleganz hatte er etwas Verkommenes an sich und ließ Paula an Stefanies Bruder, den Zuhälter, denken.

Clemens' ganzer Körper schien sich dagegen zu sträuben, zu dem Onkel zu gehen. Vor einem Soldaten, der sie aufhielt, blieb er bereitwillig stehen und reichte ihm ihre Papiere. Der Onkel rührte sich nicht. Er rauchte eine Zigarette und sah zu.

Stattdessen reckte sich einer der Dienstmänner, die Koffer von einem Berliner Bahnhof zum anderen karrten, um dem Soldaten über die Schulter zu spähen. »Ha!«, rief er jäh und spuckte aus. »Wer hat uns verraten? Sozialdemokraten!«

Paula zuckte zusammen. Etliche Leute, die ringsum beschäftigt waren, hielten in ihrer Tätigkeit inne und starrten sie an. Auch der Blick des Dienstmannes traf sie, dunkel und erfüllt von Hass. »Danke, Sie können weitergehen.« Der Soldat gab Clemens die Papiere zurück. Der hob das Gepäck vom Boden und bewegte sich wie ein aufgezogener Automat voran.
Als ihn nur noch drei Schritte von dem Onkel trennten, blieb er stehen. »Dich hatte ich hier nicht erwartet«, sagte er.
Der Onkel verzerrte sein Gesicht zu einer Miene, die wie die Verhöhnung eines Lächelns wirkte. »Tatsächlich nicht?«, fragte er über einen Mundwinkel. »Nun, dann muss ich deine Erwartung enttäuschen. Ich bringe dir Grüße von deiner Mutter.« Ein paar Herzschläge lang herrschte Schweigen. Dann griff der Onkel in die Einkaufstasche, holte zwei mit weißem Seidenpapier umwickelte Päckchen heraus und schwenkte sie vor Clemens' Gesicht. »Hier, das schickt sie dir. Oder besser, das hat sie dir geschickt.« Zögernd streckte Clemens die Hand nach einem der Päckchen, doch ehe er es greifen konnte, warf der Onkel es mit Wucht auf den Boden. »Und das auch!«, rief er, holte weitere Päckchen aus der Tasche und schleuderte sie ebenfalls nieder. »Und das auch und das auch und das auch!«
Paula setzte an, sich zu bücken – sie wollte nicht, dass die liebevoll verpackten Geschenke der Mutter auf dem verdreckten Boden zertreten wurden –, doch in der Bewegung erstarrte sie. Auf allen Päckchen klebte das unverkennbare gelbe Etikett, das für Sendungen der Feldpost verwendet worden war. Sie las Clemens' Nummer, die sie auswendig konnte. Die Mutter hatte ihm diese Päckchen an die Front geschickt – aber warum hatte er sie dort nie erhalten, und was machte der grauenhafte Onkel damit?
»Ständig hat sie ein neues zusammengepackt und mir in den Ohren gelegen: Bringst du mir das zur Post, Edu? Mein Funkelstern darf doch nicht hungern, mein Funkelstern darf doch nicht frieren, mein Funkelstern muss doch wissen, wie sehr seine

Mutter ihn liebt.« Der Onkel holte noch ein Päckchen aus der Tasche und schleuderte es über den Bahnhof. Die seidene Schleife löste sich, und der Inhalt rollte über den Boden. Ein Päckchen Kaffee, ein Paar weiche Handschuhe, eine Mundharmonika. »Nicht aufhören konnte sie mit der verdammten Packerei, und weißt du auch, warum? Weil sie so verflucht und blödsinnig stolz auf dich war, auf deine schäbige Beförderung und deinen Blechstern, den sie auch dem dümmsten Idioten noch verliehen haben.«

»Jetzt reicht es!«, rief Paula außer sich. »Sie hatten kein Recht, Clemens diese Pakete vorzuenthalten, Sie haben kein Recht, so mit ihm umzugehen, und ich werde im Leben nicht begreifen, warum Sie es tun.«

»Ach nein?« Der Onkel zog den Mund schief. »Weil ich den Kerl nicht ausstehen kann, darum gehe ich so mit ihm um. Und warum kann ich ihn nicht ausstehen? Weil ich den Kerl, der mir aus dem Spiegel entgegenglotzt, nicht ausstehen kann. Kamphausen junior und ich haben nicht nur ein paar Dinge gemeinsam, wir sind sozusagen zwei faule Äpfel vom selben Stamm. Beide sind wir als Erbsöhnchen zweier mächtiger Männer geboren, und beiden ist es uns gelungen, jede in uns gesetzte Hoffnung zu enttäuschen. Beide sonnen wir uns gern im Glanz bewundernder Blicke, und beide waren wir uns nicht zu fein, uns mit einem Haufen Tölpel aus der Unterschicht zu umgeben, die einen echten Fuffziger nicht von einem falschen unterscheiden können.«

»Halten Sie den Mund!«, schrie Paula. »Für das, was Sie im Kampf gegen die Wohnungsnot getan haben, verdienen Sie Bewunderung. Es tut mir leid, dass Sie bei dem Sturz so schwer verletzt wurden, und ich verstehe, dass Sie deswegen verbittert sind. Aber das alles gibt Ihnen nicht das Recht, das, was Clemens tut, in den Schmutz zu ziehen …«

Sie kam nicht weiter. Der Onkel schnitt ihr das Wort ab, indem er in schallendes Gelächter ausbrach. »Hat er Ihnen das erzählt?«, fragte er, noch immer lachend. »Hat Kamphausen junior Ihnen diese Legende wirklich erzählt? Dann erlauben Sie, dass ich Ihnen auch etwas erzähle, meine Liebe. Mein Vater, der Cherusker, war ein Pferdemensch mit Leib und Seele, der Abkömmling einer endlosen Reihe von Pferdemenschen. Dass das böse Schicksal ihm einen Sohn aufbrummte, der sich vor Gäulen fürchtete, ging nicht an, verstehen Sie?«

Paula verstand gar nichts und wünschte sich, sie hätte nicht länger zuhören müssen.

»Da wurde mit der Reitpeitsche nachgeholfen, dann mit dem Sattelgurt und zum Schluss mit dem Knotenstock«, fuhr der Onkel fort. »Irgendwann habe ich gedacht: Lieber halte ich den Tod aus als noch mehr Pferd und noch mehr Prügel. Also habe ich den Mut eines Feiglings zusammengekratzt, bin auf des Cheruskers Lieblingsgaul gestiegen und habe mich in vollem Galopp herunterfallen lassen. Ich hoffte, ich würde mir das Genick brechen, doch ich habe mir lediglich die Hüfte zerschmettert. Der Erfolg allerdings war der gleiche. Ich war ein Krüppel, und einen Krüppel setzt man nicht auf edle Zossen.« Wieder lachte er lauthals durch die Bahnhofshalle. »Das Märchen von der Barrikade habe ich Kamphausen junior erzählt, weil er mich so großäugig dabei angehimmelt hat«, sagte er. »So wie er Ihnen seine Märchen erzählt, wenn Sie ihn mit Ihren silbernen Sternenaugen anhimmeln. Und wenn Sie ihm die Märchen irgendwann nicht mehr abkaufen, nimmt er sich eben eine andere, so lange, bis der Lack ab ist und die Weiber ihn mit seinen Märchen sitzenlassen. So wie mich. Mir kauft keine mehr einen Pfifferling ab. Der verfluchte Kamphausen junior dagegen hätte selbst nach dem Niedergang noch eine gehabt, die mit Himmelsaugen an ihm gehangen hätte – seine Mutter. Aber der hat er törichterweise statt der Märchen die Wahrheit serviert.«

Noch einmal griff er in die Tasche, zerrte einen Packen Zeitungen heraus und warf ihn seinem Neffen vor die Füße. Zuoberst sah Paula das Bild von Clemens auf dem Rote-Kreuz-Wagen und las die Worte der Schlagzeilen: »Vaterlandsverräter«, »Schandtat«, »Stoß in den Rücken der tapferen Soldaten«. Ihre Augen waren nicht scharf genug, doch sie war sicher, dass unter jedem der Artikel dasselbe Kürzel zu finden war – GS.

»Deine Mutter ist tot«, krächzte der Onkel. »Jahrelang hat sie erduldet, was Kamphausen senior ihr antat. Aber das da über ihren Liebling zu lesen war zu viel für ihr armes Herz. Im Dunkeln hat sie sich aus dem Haus geschlichen, ist in der Droschke zum Osthafen gefahren und hat sich in der Spree ertränkt.«

Er wandte sich ab. Paula war so entsetzt, dass sie nicht einmal die Kraft fand, die Hand nach Clemens auszustrecken. An seinem Schatten erkannte sie, dass er in die Knie ging, um etwas vom Boden aufzuheben.

»Ihr macht euch jetzt besser auf den Weg, ihr tapferen Parteisoldaten«, meldete sich noch einmal der Onkel zu Wort. »Gewiss findet ihr noch ein paar Spartakisten zum Massakrieren, auch wenn die großen Fische euch entgangen sind. Den Liebknecht haben Noskes Häscher erschossen, und auf welchen Müllhaufen sie die Leiche von der Luxemburg geworfen haben, wird wohl nie ein Mensch erfahren.«

Paulas Hirn funktionierte in wilden Sätzen. Karl Liebknecht tot? Rosa Luxemburg tot? Die Spartakisten massakriert?

»Die haben das Zeitungsviertel besetzt«, sagte der Onkel. »Ein feines Spektakel habt ihr euch da entgehen lassen. Die Freikorps von eurem Bluthund Noske haben mitten in den Haufen geballert. Flammenwerfer, Maschinengewehre, das ganze Aufgebot war zur Stelle, und das Blut ist aufgespritzt wie Tafelsauce.«

»Um Gottes willen, Manfred!«, schrie Paula auf.

»Ja, Manfred.« Der Onkel rückte sich die Krücken zurecht und rüstete zum Aufbruch. »Das ist der Herr Bruder, richtig? Beim Versuch, Kamphausen junior vom Begräbnis seiner Mutter zu unterrichten, stieß ich auf ihn, und da ich wohl Mitleid erweckte, ließ kurz darauf eine Dame mich wissen, mein Neffe käme mit dem ersten Zug aus München. Und somit bin ich hier.«

»Und mein Bruder?«, rief Paula.

»Ihr Bruder? Nun, der hat sich in der Lindenstraße eine Kugel eingefangen. Entweder er liegt noch irgendwo im Krankenhaus, oder er ist ins Leichenschauhaus weitergewandert, wo die Berliner entlangparadieren und sich unter zerschossenen Nackten die Ihren heraussuchen. Besser Sie beeilen sich, wenn Sie ihm noch mal das Händchen drücken wollen? Und du auch, teurer Neffe. Geh nur nach draußen und schau dir das Werk deiner Genossen an, ehe der Rest vom Blut aufgewischt ist und ihr wieder neues zum Vergießen braucht. Voilà! Da hast du deine Republik.«

ALEXANDRA

Berlin-Karlshorst

Advent 1989

»Du kannst nicht untertauchen,
du brauchst uns, und wir brauchen
grad deine Heiterkeit.«

Wolf Biermann, »Ermutigung«

36

Voilà! Da hast du deine Republik.«
Oliver lächelte und legte einen hohen Stapel Bücher auf Momis Couchtisch nieder. »Die Republik, die in Weimar ihre Verfassung bekam, weil auf den Straßen von Berlin Kämpfe tobten.«
Alex beugte sich vor, um die Bücher zu betrachten. *Geschichte der deutschen Sozialdemokratie in Bildern,* las sie auf einem großformatigen Prachtband und auf einem schmalen Bändchen *Die Weimarer Republik.* Sie hatte sich von Meike überzeugen lassen. Nach dem Fund der Tabakskiste hatte die Freundin gesagt: »Da hilft alles nichts, wir brauchen deinen Oliver. Du warst in Geschichte eine noch schlimmere Niete als ich, und allein bekommen wir dieses Puzzle nicht zusammengesetzt.«
Letzten Endes hatte Alex zugestimmt. Nicht nur, weil Oliver, wie Meike sich ausdrückte, »Experte für dieses traurige Chaos von Weimar« war, sondern weil die Sehnsucht auf einmal stärker wurde als die Angst. Sie hatten sich kurz in der Mensa ihrer Fakultät getroffen, wo er unbedingt eine rosafarbene Torte namens Moskau und eine Club-Cola hatte bestellen wollen. »Einmal wird das Geschichte sein«, erklärte er mit einem Grinsen. »Dann möchte ich sagen können: Ich habe mit Alex in der Humboldt-Uni gesessen und Club-Cola und Torte Moskau probiert.«
Das war es, was sie vermisst hatte, was ihr ein Gefühl von Wärme und Sicherheit schenkte und was sie von keinem anderen Menschen kannte: Oliver nahm das Leben ernst und lachte dabei über sich selbst.
Sie hatte ihm erzählt, was sie und Meike gefunden hatten, und hatte ihn gebeten, sich die Fundstücke anzusehen und Bücher mitzubringen, die ihnen helfen mochten.
Jetzt lagen sie vor ihr. Oliver streichelte über die Seite, als er den

Bildband aufschlug. In Grautönen erstanden Gesichter einer Vergangenheit, in der Alex' Furcht zu Hause war. Sie musste sich Mühe geben, um das Buch nicht zuzuschlagen. »Das ist das Stadtschloss«, sagte Oliver und zeigte auf eines der Bilder. »Nach dem Krieg hat eure Regierung es niederreißen lassen. Sie wollten es besser machen als ihre Vorgänger von Weimar – die Zeichen der alten Macht sollten bis auf ein paar Trümmer ausgelöscht sein.«

»Glaubst du, das ist besser?«, fragte Alex. Momi hat es auch so gemacht, dachte sie. Sie hatte ein paar Trümmer – ein Blechschild und einen Gipsarm – in ihrer Wohnung herumliegen lassen, hatte den Rest in eine Tabakskiste verbannt und so getan, als hätte die Vergangenheit nicht existiert.

»Um Gottes willen, nein«, protestierte Oliver. »Ich bin sechsundzwanzig, wie soll ich wissen, was besser ist und wie man die Welt rettet? Ich will nur verstehen, warum eine Generation so handelt, wie sie es tut. Schau, das hier ist das Fenster, an dem Karl Liebknecht die sozialistische Republik verkündete. Dieses Portal wurde nicht zerstört, sondern in euer Staatsratsgebäude integriert. Damit wollte man Liebknecht Respekt erweisen. Das ist schön, oder? Er ist auf so furchtbare Weise gestorben.«

»Von Freikorps-Leuten ermordet, nicht wahr?«

Oliver nickte. »Als unbekannte Leiche haben seine Mörder ihn auf irgendeiner Wache abgegeben. Rosa Luxemburg dagegen warfen sie in den Landwehrkanal, wo man drei Monate brauchte, um sie zu finden und zumindest zu begraben.«

Alex schüttelte sich. »Sei mir nicht böse«, sagte sie. »Ich bin nicht sicher, dass ich das hier aushalten kann. In keinem Fach war ich so schlecht wie in Geschichte, weil ich immer Angst davor hatte.«

»Mir ist es lange Zeit nicht anders gegangen«, gestand er. »Und die größte Angst hatte ich davor, meine eigene Geschichte zu entdecken.«

»Warum?«, fragte Alex, die dasselbe empfand. Als sie in Momis

Schlafzimmer die Tabakskiste entdeckt hatten, hätte sie sie am liebsten in das unterste Fach des Nähkastens zurückgestoßen. Etwas stand aus den vergessenen Gegenständen auf, und sie hatte keine Ahnung, was für eine Gestalt es annehmen würde. Nur dass es mit ihr zu tun hatte und dass sie es, wenn sie es einmal kannte, nicht mehr abschütteln konnte.

»Ich habe dir gesagt, mein Vater ist ein Faschist«, antwortete Oliver. »Das stimmt natürlich nicht – er ist 1933 geboren, und einen Jungen, dem zwölf Jahre lang in Hitlers Maschinerie das Hirn verbogen wurde, sollte man wohl eher bedauern als beschimpfen. Er ist ein ganz kleiner Mann, der nie geworden ist, was er werden wollte, und noch heute vor seinem Vater und dessen Idealen strammsteht. Sein Vater war nämlich wirklich einer. Ein Nazi. Einer, der die Verbrechen begangen hat, vor denen wir die Augen verschließen wollen. Als ich das kapiert hatte, habe ich geglaubt, ich halte es nicht aus. Ich halte mich selbst nicht mehr aus.«

»Dein Großvater war ein Nazi?«, fragte Alex mit dünner Stimme. Das ist nicht möglich, dachte sie. Meike und ich müssen falschliegen. Momi kann keinen solchen Mann geliebt haben, nicht meine Momi. Sie erfasste, dass sie davor die größte Angst hatte – vor der Feststellung, Momi sei nicht die gewesen, die sie gekannt hatte.

Oliver nickte. »Wenn du willst, erzähle ich dir davon, aber nicht jetzt. Heute sind die Weimarer Republik und deine Großmutter dran.«

Jetzt endlich sah Alex das Bild vom Schloss richtig an. Die Menschenmassen mit den eigenartigen Hüten, die erwartungsvoll gereckten Hälse. Auf einmal war es schön, das Bild zu betrachten, und sie bedauerte, dass es so klein war und nicht mehr Einzelheiten preisgab. Inmitten der Massen stand ein altmodischer Kastenwagen, auf dem ein dunkelhaariger Mann im langen Mantel stand und auf die Menge hinunterdeklamierte. »Wer ist der?«

»Keine Ahnung«, bekannte Oliver. »›Ein junger Sozialdemokrat spricht zu den Massen‹, steht unter dem Bild. Das ist alles, was wir von ihm noch wissen. Schade, oder? Man wünschte, sie könnten aus den Bildern herauskommen und ihre Geschichten erzählen.« Behutsam blätterte er weiter, als könnte jede Berührung die Menschen auf den Bildern aufschrecken. Alex sah eine Reihe lächelnder Frauen mit warmen Mützen vor einem Hauseingang Schlange stehen. »Ist das nicht toll?«, begeisterte er sich. »Diese Frauen stehen an, um zum ersten Mal in der Geschichte ihr Wahlrecht zu nutzen. Wir dürfen nie vergessen, was das für Sensationen waren, für Riesenschritte nach vorn. Genauso wenig, wie wir das Schlimme vergessen dürfen.« Mit zwei Fingern tippte er auf das Bild gegenüber, den Hof eines Zeitungsverlags, in dem die Leichen erschossener Spartakisten lagen. Sie trugen Säcke über ihren Köpfen, wie um auszustreichen, wer sie gewesen waren.

»Oliver«, sagte Alex, »weißt du, dass du klingst wie ein Verliebter, wenn du über Geschichte sprichst? Ich glaube, du kannst nicht anders von Menschen sprechen, und wer immer dein Großvater war, er hat nichts mit dir zu tun. Du bist ganz anders.«

Oliver beugte sich zu ihr, hielt aber inne, ehe seine Lippen ihr Gesicht berührten. »Danke«, sagte er. »Nur zur Erinnerung – ich bin ein Verliebter. Dass ich in dich verliebt bin, ist mir wichtiger als alle Großväter, Großmütter, Republiken von Weimar, deutsche Wiedervereinigungen und Zahnschmerzen. Schließlich ist nichts davon so entscheidend für mein Leben.«

Völlig unerwartet musste Alex lachen. »Wenn du das glaubst, hast du noch nie Zahnschmerzen gehabt.«

Sie war sich später nicht sicher, wer wen geküsst hatte, er sie oder sie ihn, aber es spielte keine Rolle. Hinterher blätterten sie weiter in dem Buch, aber Oliver hatte den Arm um sie gelegt, und mit jeder Seite schwand die Angst, und Neugier regte sich. Sie betrachteten Menschen, die auf riesigen Plätzen einander in den Armen hielten, Kinder, die in Reformschulen spielten, das Plakat eines Films, der von Liebe zwischen Männern erzählte und frei von Zensur erschienen war, und junge Kerle in komisch aufgeblähten Shorts, die auf einem Arbeitersportfest um die Wette rannten.

»Sie haben gar nicht alles falsch gemacht«, platzte Alex heraus. »Die Leute von Weimar, meine ich. Wir lernen immer nur, dass sie ihre eigenen Genossen abgeschlachtet haben und dass das Ganze grauenhaft schiefgegangen ist. Von alldem hier wusste ich nichts.«

»Auf keinen Fall haben sie alles falsch gemacht«, erwiderte Oliver. »Ich wollte meinen Magister über Weimar schreiben, nicht, weil so viele tragische Fehler begangen wurden und dieses furchtbare Ende dahintersteht, sondern weil mich dieser Moment des Aufbruchs fesselt. Die Tatkraft, die Ideen, die Courage. Ich weiß, das ist nicht gerade wissenschaftlich, aber Weimar hat den Zauber eines ersten Versuchs. Da gibt es noch keine Bitterkeit, da wird hemmungslos nach den Sternen gegriffen. Und ob sie es geschafft hätten, wäre ihnen der Anfang nicht so schwergemacht worden, können wir nicht wissen.«

Alex überlegte. Was sie in der Schule über die Anfänge der Weimarer Republik gelernt hatte, war wie ausgewischt. »Was war so schwer an ihrem Anfang?«, fragte sie.

»Sie hatten es nie zuvor ausprobiert«, sagte Oliver. »Einen Staat zu regieren, meine ich. Und dann mussten sie über Nacht die Verantwortung für ein Land übernehmen, das andere zugrunde gerichtet hatten. Der Krieg war verloren, das Volk lief mit Wassersucht vom Hunger herum, und die heimkehrenden Soldaten waren im Innersten zerstört. Unter der Belastung ist die SPD auseinandergebrochen und hat im Bruderkrieg ihre besten Kräfte verbraucht. Im Mai 1919 kam der Friedensvertrag von Versailles dazu – unter Bedingungen, die Deutschland vollends ruinierten.«

»Hätte die Regierung den Vertrag nicht unterschreiben dürfen?«, unterbrach ihn Alex. »Die Männer um Ebert müssen doch gewusst haben, dass Deutschland die Reparationszahlungen nicht aufbringen konnte.«
»Dann wäre die Blockade nicht aufgehoben worden«, entgegnete Oliver. »Es wären weiterhin keine Lebensmittel nach Deutschland gelangt, und den Leuten verhungerten die Kinder. Ich habe keine Ahnung, wie Hunger sich anfühlt, aber ich glaube, die Delegation in Versailles hatte keine Wahl. Außerdem wären auch die Kriegsgefangenen ohne den Vertrag nicht freigelassen worden.«
»Apropos«, rief Alex und sprang auf. »Da ist etwas, was wir dir zeigen wollten. Meike und ich, wir können beide kein Englisch …«
Oliver grinste. »Dass ihr glaubt, ich könnte es, ehrt mich. Mein Englischlehrer war anderer Meinung.«
Alex lief hinüber in das Zimmer, das Momis Schlafzimmer gewesen war. Sie wird hierher nicht mehr zurückkommen, durchfuhr es sie. Ihre Hand streichelte über die gesteppte Bettdecke. Es war der kleinste Raum der Wohnung, nur ein Kämmerchen, in das kaum mehr als Bett und Schrank passten, aber dort, unter der Decke, hatte sie als Kind ihre Höhle gehabt. Wenn sie es vor Angst nicht mehr ausgehalten hatte, war sie in Momis Bett gekrochen, und Momi hatte ein Buch geholt, das die Angst vertrieb. In eine Geschichte von anderen Leuten flüchten, nannte sie das. Um sich zu wärmen, hatten sie ihre Füße aneinandergerieben, bis elektrische Schläge aufblitzten.
Sie hatte Momis Kammer nicht preisgeben wollen, aber Meike hatte keine Ruhe gelassen. »Wir haben nirgendwo etwas gefunden, Alex, nicht das kleinste Liebesbrieflein, keine Verlobungsanzeige, kein vergilbtes Foto. Sie muss es im Schlafzimmer haben, unter der Matratze, wie die meisten alten Frauen.«
Momi war nicht die meisten alten Frauen. Sie war Momi, und sie hatte nichts unter ihrer Matratze, besaß jedoch einen Nähkasten, obwohl sie niemals nähte. In der untersten Schublade hatten

Meike und Alex die Tabakskiste gefunden, die noch nach Pfeifentabak roch und eine Handvoll zerdrückter Überbleibsel enthielt: Ein rotes Schleifenband mit dem Rest eines Anhängers, auf dem in der altmodischen Schrift, die Sütterlin hieß, »Dein Manni« stand. Eine gelochte Eintrittskarte mit dem Aufdruck »Berliner Badeanstalten. Strandbad Wannsee«. Und das dünne, an den Falzen brüchige Dokument, das sie jetzt herausfischte. Ein englischer Vordruck, in dem die handschriftlichen Eintragungen durch Nässe verwischt waren. Nur ein einziges Wort, ein Name, ließ sich deutlich lesen.
Sie ging ins Wohnzimmer zurück und hielt Oliver das Papier hin. Der nahm es ihr vorsichtig ab und ließ den Blick über die Zeilen gleiten. »Das ist ein Entlassungsschein«, sagte er dann. »Aus englischer Kriegsgefangenschaft. Von dem Mann, der am 1. Juli, also gleich nach Unterzeichnung in Versailles, den Weg nach Hause antreten durfte, erfahren wir leider nicht mehr, als dass er im Rang eines Gefreiten stand und mit dem Vornamen Joachim hieß.«
»Joachim«, wiederholte Alex. Dann riss sie sich zusammen. »Oliver, ich muss dir etwas sagen. Dr. Gerlach, der Arzt, der meine Großmutter behandelt, hat vorhin angerufen. Ich hatte ihm von der Kiste erzählt, und er hat gesagt, ich soll kommen und sie ihr zeigen. Seit ich ihr dieses Kaffee-Schild gebracht habe, hat sie ständig klare Momente. Sie will immer noch ihren Bruder sehen, dann wieder ruft sie nach jemandem namens Kutte, aber zwischendurch besinnt sie sich und weiß, dass ihr Bruder und dieser Kutte tot sind und dass sie jemanden hat, der lebt. Mich.«
Sie schöpfte Atem, und Oliver streichelte ihre Hand.
»Dr. Gerlach sagt, wenn ich hören will, was sie mir zu erzählen hat, dann soll ich ihr die Kiste bringen. Aber das Schlimme ist, ich weiß nicht mehr, ob ich es hören will. Nicht nur, weil es mit der Vergangenheit meiner Familie zu tun hat, sondern, weil es mit dir und mir zu tun haben könnte. Oliver …«

Er schaute auf, und ihr Blick traf seinen.
»Hieß dein Großvater Joachim?«
Erstaunen glitt über sein Gesicht. »Nein«, antwortete er. »Natürlich nicht.«
»Was ist daran natürlich?«
»Heute heißt jeder Zweite Rebekka oder David«, antwortete Oliver. »Aber damals nicht. Joachim ist ein jüdischer Name. Es bedeutet ›erhoben von Gott‹.«

Später blätterten sie weiter durch das Buch. Sie sahen Familien, die an einem See ihr Zelt aufschlugen, junge Leute in Ruderbooten, erschöpfte Frauen, die Einkaufskörbe voller Geldscheine trugen, und unter Trauerkränzen aufgebahrte Särge.
»Die Regierung Ebert versuchte verzweifelt einer befürchteten Gefahr von links Herr zu werden«, sagte Oliver und wies auf das Bild mit den Särgen. »Für die tatsächliche Gefahr von rechts war sie blind. Das war die Chance für rechte Putschisten, die nur ein Ziel kannten, die Vernichtung der Republik.«
»Es kommt mir vor, als wäre die Regierung überhaupt nie zur Ruhe gekommen«, sagte Alex. »Ich könnte so nicht arbeiten, ich hätte das Gefühl, mir säße ständig jemand im Nacken.«
»In den ersten Jahren war es sicher so«, stimmte Oliver zu. »Friedrich Ebert ist daran gestorben, 1925, gerade als die Lage anfing sich zu stabilisieren. Er hat eine Blinddarmentzündung verschleppt, weil er nicht zum Innehalten kam. Andere mussten fürchten, dass ihnen ein rechter Fanatiker eine Kugel in den Kopf jagte. Wenn man bedenkt, was für prächtige Köpfe in dieser Zeit politischen Morden zum Opfer fielen, fragt man sich, wie die Übrigen überhaupt weitermachen konnten. Erst Liebknecht und Luxemburg, zwei Wochen nachdem sie ihre Kommunistische Partei gegründet hatten, und so kurz darauf der kluge Hugo Haase. Als Nächstes starb Walther Rathenau, der Außenminister, den die Rechten hassten, weil er Jude war.«

Neben einem Foto von Rathenaus Trauerfeier waren zwei Schmähzeilen abgedruckt, die Alex schaudern ließen.

»Knallt ab den Walther Rathenau
Die gottverdammte Judensau.«

»Wenn man sich das anschaut, möchte man denken, diese Republik sei von niemandem gewollt worden«, sagte Oliver. »Aber so ist es oft mit mühsam erkämpften Kompromissen, oder? Auf den Kompromiss von Weimar wurde unentwegt eingedroschen, wie um zu testen, wie hart er war.«

»Und wie hart war er?«

Oliver lachte auf und zeigte ihr das Bild mit den Körben, aus denen Geldscheine quollen. »Ich denke, wenn er das hier überlebt hat, die Hyperinflation, bei der ein einziger Dollar vier Billionen Mark wert war, kann er aus allzu weichem Holz nicht gewesen sein. Deutschland zerbrach an Reparationszahlungen, Preise schossen ins Bodenlose, und das Geld, das ein Arbeiter morgens ausgezahlt bekam, war gegen Mittag nichts mehr wert. Viele Betriebe erlaubten ihren Leuten, sofort nach der Auszahlung einzukaufen, damit sie zumindest ein Brot nach Hause tragen konnten.«

»Und trotzdem nennen wir diese Jahre die Goldenen Zwanziger?«

»Ja«, antwortete Oliver, »das tun wir, und ich glaube, damit haben wir recht. Es war eine harte Zeit, aber keine schlechte, keine ohne Hoffnung.«

»Ich möchte Momi gern fragen, was sie in dieser Zeit getan hat«, sagte Alex. »Hast du deine Großeltern danach gefragt?«

»Meinen Großvater nicht«, erwiderte Oliver. »Er ist 1945 gestorben, was vermutlich sein Glück war. Meine Großmutter ja. Aber die magst du nicht, und von der willst du nichts hören.«

Alex zögerte eine Sekunde lang, dann erwiderte sie: »Doch.«

Oliver blätterte das Buch um. Das Bild, das beide Seiten bedeckte, kannte Alex aus ihrem Geschichtsbuch. Die Banner, die von der Decke hingen, wären überall auf der Welt erkannt worden, die schwarzen Hakenkreuze im weißen Rund. »Sie spricht nicht gern darüber«, sagte Oliver. »Und wenn, dann setzt das, was sie sich herauskitzeln lässt, nie vor 1923 ein. Es ist, als wäre sie in diesem Jahr zur Welt gekommen, aber in Wahrheit ist sie so alt wie das Jahrhundert. Sie ist am 1. Januar 1900 geboren.«

»Dann war sie dreiundzwanzig, als Hitler seinen Putschversuch startete«, sagte Alex. »Momi muss siebenundzwanzig gewesen sein. Ich weiß nicht einmal, ob sie da schon verheiratet war.«

»Mehr Kinder als deine Mutter hatte sie nicht?«

»Jedenfalls wüsste ich von keinem.«

»Habt ihr in der Kiste Hinweise auf Kinder gefunden?«

»Nur zwei zerschlissene Bänder, wie sie Neugeborenen um die Handgelenke gebunden werden. Auf dem einen steht Ruth Deborah Liebermann, 12. September 1935. Und auf dem anderen Alexandra Frieda Liebermann, 8. Mai 1966.« Sie konnte nicht anders, sondern musste lächeln.

Oliver lächelte auch. »8. Mai. Das werde ich mir merken. Und Frieda ist zumindest mal was anderes.«

Sie boxte nach ihm, dann sprang sie auf und lief ins Schlafzimmer, um die Kiste zu holen. »Ich will, dass du es dir ansiehst«, sagte sie und breitete ein paar der Überbleibsel auf dem Tisch vor ihm aus. »Ich will nicht mehr allein damit sein.«

»Darf ich?« Oliver nahm eins der Stücke in die Hand. Eine Kinderzeichnung, rot und braun, mit etwas Phantasie als Vogel erkennbar. »Weihnachten 1923«, stand in einer Ecke. Er legte die Zeichnung zurück und hob eine Schwarzweißpostkarte auf, die über dem Bild eines Hotels »Grüße vom Bodensee« bestellte. »Alles Liebe von der Hochzeitsreise senden Euch Johanna und Harry«, stand in schwungvoller Schrift auf der Rückseite. Und darunter: »PS: Das Leben ist herrlich, Deine Johanna.«

»Du hast keine Ahnung, wer diese Leute sein könnten, oder? Johanna, Harry, das Kind, das dieses Bild gemalt hat?«

»Harry«, sprach sie vor sich hin, dann schüttelte sie den Kopf. »Ich habe auch keine Ahnung, wer der Manni auf dem Anhänger ist. Oder warum sie diese Artikel aufgehoben hat.« Alex gab ihm die Zeitungsausschnitte, die sie am meisten erschüttert hatten. Es waren keineswegs geschickt abgefasste Texte, sondern vor Hass triefende Ergüsse, in denen der Verfasser gegen die halbe Welt wütete, gegen die Sozialdemokraten, die an Deutschlands Niedergang schuld waren, gegen die Juden, die an noch viel mehr schuld waren, und immer wieder gegen einen Abgeordneten des Reichstags, dem er offenbar dasselbe wünschte wie Liebknecht, Luxemburg, Haase und Rathenau – den Tod durch Mörderhand.
»Der Verfasser nennt seinen Namen nicht«, sagte Alex. »Er unterzeichnet nur mit dem Kürzel GS, aber er hat diese Hetzkampagne jahrelang betrieben. In diesem Mann muss er seinen Todfeind gesehen haben. Weißt du, wer der ist?«
»Nein, aber das lässt sich herausfinden«, sagte Oliver. »Warte, ich schreibe mir den Namen auf. Die Biographien von Reichstagsabgeordneten sind ziemlich leicht zu recherchieren.«
»Und kannst du dann auch herausfinden, wer GS ist?«
»Ich denke schon. Aber willst du nicht vorher mit deiner Großmutter sprechen? Ihr die Kiste zeigen und sie selbst fragen?«
Es dauerte lange, bis Alex nickte. »Ich hätte sie längst fragen sollen. So wie du deine gefragt hast.«
»Vielleicht hast du gefragt und hast irgendwann aufgegeben, weil du keine Antworten bekommen hast. So wie ich, wenn ich meine Großmutter nach ihrem Leben vor 1923 frage. Da kommt nie ein Wort. Sie dreht sich einfach weg und fängt an ihre nutzlosen Taschentücher zu besticken.«
»Und nach 1923?«
»Da kommt auch nicht viel. Nur so Sprüche, wie ihre Generation sie eben draufhat. Sie hätte sich alles erkämpfen müssen, und wir wüssten gar nicht, wie gut es uns geht. Sie musste sich ihren Lebensunterhalt selbst verdienen, was in ihren Augen einer

Schande gleichkam. Nach ihrer Heirat war sie entschlossen, nie wieder durch Arbeit Geld zu verdienen – und dann starb ihr Mann, und sie stand mit zwei Kindern da und musste wieder ran.«

»Wann hat sie geheiratet?«

»1933, kurz bevor mein Vater geboren wurde, aber dazu erzählt sie schon gar nichts. Das Problem ist, sie trinkt keinen Alkohol. Ein einziges Mal habe ich mich in Ausgaben gestürzt und sie in eins der pompösen Cafés eingeladen, die sie so umwerfend findet. Da habe ich es geschafft, ihr einen Likör aufzuschwatzen und dann noch einen, und zum Schluss hat sie mir gestanden, dass sie gar nicht alles allein erkämpft hat, sondern jemanden hatte, der ihr geholfen hat. Aber wer das war, wollte sie mir auf Teufel komm raus nicht verraten, da half auch der Likör nichts. Eine Frau, kein Mann, das war alles, was sie sich entlocken ließ. Wer sich auf Männer verlässt, der ist verlassen, meinte sie.«

»Warum sind sie nur so unglaublich verschlossen?«, fragte Alex. »Wenn dich jemand nach deinem Leben fragt, hättest du etwas, das du um jeden Preis verschweigen würdest? Ich hätte so etwas nicht. Aber vielleicht ist mein Leben ja einfach zu langweilig dazu.«

»Dann müssen wir es eben interessanter machen.« Sein Lachen verflog gleich wieder. Ernst sagte er: »Nein, ich habe auch nichts, das ich um jeden Preis verschweigen würde. Aber du und ich sind keine guten Beispiele. Wir sind zu jung, wir hatten noch nicht allzu viele Chancen, an jemandem schuldig zu werden.«

»Glaubst du, das ist es – Schuld? Bei deiner Großmutter … und bei meiner auch?«

Sie sahen sich an. Die Angst, die Alex unter Kontrolle geglaubt hatte, kroch ihr den Rücken hinunter und ergriff von ihr Besitz.

»Sich an etwas schuldig zu fühlen und an etwas schuldig sein ist nicht zwangsläufig dasselbe«, sagte Oliver.

37

Als Alex am Morgen vor Weihnachten ins Krankenhaus kam, war Momi umgebettet worden. Sie lag in einem Einbettzimmer mit Fenster auf den Garten, am Ende eines ruhigen Gangs. Jemand hatte ihr das Haar gewaschen, das sich wie ein glänzender Helm um ihren Kopf schmiegte. So wie sie dalag und schlief, wirkte sie nicht mehr krank. Nur sehr alt. Von Plastikweihnachtsschmuck war sie verschont geblieben. Stattdessen hatte man ihr eine dicke Kerze aus Honigwachs auf ein Regalbrett gestellt und darüber ihr Schild aufgehängt: »Hier dürfen Familien Kaffee kochen.«

»Wer hat das veranlasst?«, fragte Alex die Schwester, die Tatjana hieß und sie inzwischen wie eine gute Bekannte begrüßte.

»Ach, der Chef, der Dr. Gerlach. Der wollte, dass Sie's mit Ihrer Großmutter ein bisschen gemütlich haben.«

Alex sah sich in dem Raum mit der sanften Farbgebung um und begriff, was er war – ein Sterbezimmer. Sie stellte Momis Tabakskiste auf den Nachttisch und setzte sich an ihr Bett.

»Soll ich Sie dann jetzt ein Weilchen alleine lassen? Sie können nach dem Frühstück klingeln, wenn sie aufwacht.«

»Das wäre nett«, antwortete Alex, und Tatjana schlüpfte aus der Tür.

Momi schlief noch eine Weile, dann schlug sie abrupt die Augen auf. Als sie Alex sah, strich ein Zeichen des Erkennens über ihr Gesicht. »Klärchen. Hast du Manni schon gesehen?«

Im ersten Moment wollte Alex hochfahren, doch dann besann sie sich. »Nein«, sagte sie, um Ruhe bemüht. »Du?«

Momi wiegte den Kopf und griff nach Alex' Hand. »Sie lassen mich nicht zu ihm. O Klärchen, es tut mir so entsetzlich leid. Ich habe dir versprochen, auf ihn aufzupassen, aber ich bin einfach weggefahren, dabei hätten wir wissen müssen, dass etwas Furchtbares passiert. Und dich haben sie aus der Schweiz zurückgeholt? Dabei hättest du dich erholen sollen, gesund werden. Ich wollte doch zur Stelle sein und mich um Manni kümmern!«

»Momi«, sagte Alex fest, weil sie dem Spiel nicht länger gewachsen war, »ich bin nicht Klärchen, sondern Süppchen. Dir sind die Zeiten durcheinandergeraten. Das, was du gerade erlebst, ist siebzig Jahre her, aber vermutlich kommst du von dort jetzt nicht so einfach zurück. Manni ist dein Bruder, ja? Ich habe etwas, das er dir geschenkt hat.« Sie nahm das Schleifenband mit dem zerrissenen Anhänger aus der Kiste und legte es Momi in die Hand. Flink, fast gierig tasteten ihre Finger über das Material. »Manni«, murmelte sie mehrmals, und Alex sah ihre Lippen zittern. »Das kleine Buch von Rosa Luxemburg – das hat er mir zu Weihnachten geschenkt, zwei Wochen, bevor sie sie umgebracht haben.«

»Und jetzt ist er im Krankenhaus? Ist er krank, hatte er einen Unfall?«

Momis Hände schlossen sich um das Band. Sie presste die Lippen aufeinander. »Manni ist tot«, stieß sie heraus.

Alex tat, was sie bei jedem Menschen nach solcher Nachricht getan hätte. Sie umarmte Momi und hielt sie, wie man einen Weinenden hielt, auch wenn Momi nie Tränen vergoss. »Es tut mir leid«, murmelte sie an ihrem Ohr. »Ich hätte ihn gern gekannt.«

Momis Körper erschlaffte. In Alex' Armen fiel sie noch einmal in Schlaf, und als sie von neuem erwachte, war sie im Jahr 1989 angekommen. »Süppchen«, sagte sie, als sie Alex sah. Frühstücken wollte sie nicht. »Wozu soll ich in diese alte Hülle noch Essen stopfen? Ich muss mit dir reden, Alex. Viel Zeit ist ja nicht mehr.«

Die plötzliche Klarheit erschreckte Alex nur kurz, denn auch dafür war keine Zeit. Laut Dr. Gerlach konnte sich Momis Zustand auf einen Schlag wieder ändern. »Du könntest dich operieren lassen«, sagte sie, weil es nun nicht mehr ihre Entscheidung war. »Die Ärzte sind der Ansicht, mit einem Herzschrittmacher hättest du die Chance, noch Jahre zu leben.«

»Quark«, brummte Momi. »Haben die das Geburtsjahr in meinem Pass nicht gesehen? Wie lange soll ich denn noch leben? Bis ins nächste Jahrhundert? Vielen Dank, ich hatte mein eigenes, mein Bedarf ist gedeckt. Sag denen, mit dem Unsinn brauchen die mir nicht zu kommen, hörst du?«

Alex konnte nur nicken.

Momi rang nach Atem und sprach weiter: »Es ist ja alles geregelt. Die Rimbach hat meine Papiere, die soll sie dir geben. Das Sparbuch und ein paar Belege und Urkunden, mit denen du vielleicht Geld beantragen kannst. Nicht bei uns. Aber wenn jetzt wirklich alle in den Westen können, dann probier es dort.«

»Was für Geld, Momi?«

»Die Rimbach gibt dir alles, mehr brauchst du jetzt nicht zu wissen. Im Westen soll es Stellen geben, die in solchen Fällen beraten. Du kommst schon klar. Die Wohnung ist billig, die behalte, bis du nächstes Jahr mit dem Studium fertig bist.« Ganz kurz lächelte Momi. »Dass eine von uns studiert und ihren Abschluss macht, wer hätte das gedacht?«

»Eine von uns?«, hakte Alex nach. »Von dir habe ich immer nur zu hören bekommen, es gebe keinen als dich und mich.«

»Und eine davon bist du, oder nicht?«, schnauzte Momi sie an. »Jetzt lass mich weitermachen. Das Gerede strengt mich an, und ich will nicht, dass du ewig hier sitzen musst. Gib kein Geld für meine Bestattung aus. Nimm das, was sie dir umsonst anbieten, und komm ja nicht auf die Idee, einen Redner zu bestellen. Von so was wird mir übel. Und ein Grab will ich auch nicht. Bei denen, die keines haben, bin ich in guter Gesellschaft.«

»Und was ist mit mir?«, fragte Alex. »Was ist, wenn ich ein Grab will, wo ich an dich denken kann?«

Wider Erwarten blaffte Momi nicht los, sondern sah sie nachdenklich an. »Ja, das verstehe ich«, sagte sie. »So habe ich mich in deinem Alter auch gefühlt. Aber du kannst mir glauben, man denkt an einen Menschen, oder man denkt an ihn nicht. Du kannst dir die, an die du denkst, nicht aussuchen, und ein Grab spielt überhaupt keine Rolle. Jetzt zum Nächsten. Was du in der Wohnung nicht gebrauchen kannst, das Gerümpel, das von meinem Leben übrig ist, wirfst du weg. Auch das da.« Mit einer Drehung des Kopfes wies sie nach dem Blechschild.

»Nein«, erwiderte Alex.

»Was soll das heißen, nein?«

Alex nahm die Tabakskiste und stellte sie Momi auf die Bettdecke. »Ich werfe das hier nicht weg«, sagte sie. »Nicht bevor ich weiß, was es dir bedeutet hat, ob nun du es mir erzählst oder ob ich danach suchen muss. Ich habe keine Familie. Wenn du stirbst, bin ich alleine übrig. Ich brauche etwas, an dem ich mich festhalten kann. Eine Wurzel. Das Wissen, dass du und ich nicht vom Himmel gefallen sind, sondern zu jemandem gehört haben.«

Momi sah nicht sie an, sondern starrte auf die Kiste. Nach einer Weile öffnete sie die zitternde Hand und strich Alex das Gelenk hinunter. Über die Ader, in der ihr Puls schlug. Wieder und wieder.

»Bitte, Momi.«

»Ich kann das nicht«, flüsterte Momi.

»Du musst. Es ist das, was ich von dir brauche. Keine Sparbücher und kein obskures Geld aus dem Westen.«

»Das obskure Geld aus dem Westen ist das, was man dir weggenommen hat«, versetzte Momi. »Das ist auch eine Wurzel. Das andere kann ich dir nicht geben.«

»Warum nicht?«

Momi starrte nicht mehr auf die Kiste, sondern reglos geradeaus. »Ich hab Angst«, sagte sie.

Tief holte Alex Atem. »Ich hab auch Angst, und ich werde immer

weiter Angst haben, solange du mir nicht sagst, was diese Angst ausgelöst hat. Bitte erzähl's mir. Lass mich dein Leben kennenlernen, bevor du stirbst.«
»Was willst du?« Momi flüsterte nicht mehr. »Ich habe diese Jahre erlebt. Eins nach dem anderen, und wie ich sie ausgehalten habe, weiß ich bis heute nicht. Soll ich sie jetzt alle zu Sand zerreiben, in ein Stundenglas füllen und noch einmal ablaufen lassen, geballt, ohne wenigstens Luft zu holen?«
»Man sagt nicht mehr Stundenglas«, erwiderte Alex genauso patzig. »Das ist pathetisch. Das Ding, das du meinst, heißt Eieruhr.«
Sie sah, dass Momi sich trotz der Erregung ein Grinsen verkniff.
»Und wann sollte ich deinem Wunsch nach meine Eieruhr umdrehen? Vielleicht bei meiner Geburt?«
»Von mir aus 1923«, blaffte Alex zurück. »Da dreht Olivers Großmutter ihre auch immer um.«
»Wer ist Oliver?«
Alex stand auf und ging zum Fußende des Bettes, damit sie Momi ins Gesicht sehen konnte. »Oliver Schramm«, sagte sie. »Mein Freund. Der Mann, in den ich verliebt bin.«
Einen Augenblick lang war alles wie in jener schrecklichen Nacht vor vier Wochen. Momis Augen weiteten sich, und ihr Mund klappte auf, als würde sie nach Luft schnappen. Als sie endlich sprechen konnte, war ihre Stimme eine Mischung aus Flüstern und Schrei. »Nein, nicht Schramm, Süppchen. Bitte nicht Schramm.«
Kurz drohte der Schrecken jener Nacht Alex erneut zu überfallen. Dann riss sie sich zusammen und fing sich. »Hör auf damit«, sagte sie zu Momi. »Wenn es einen Grund dafür gibt, dass ich mit Oliver Schramm nicht zusammen sein sollte, dann sag ihn mir. Wenn nicht, dann lass das hysterische Geschrei.«
Es half. Momi hörte auf zu schreien. »Schramm ist ein Mörder«, flüsterte sie.

»Nicht Oliver«, entgegnete Alex mit ebener Stimme, obwohl ihr Herz raste. »Vielleicht sein Großvater. Aber nicht Oliver, der 1963 geboren ist, drei Jahre vor mir.«

»Sein Großvater«, wiederholte Momi. »Und seine Großmutter. Ich will nicht, dass du ihnen nahe kommst, Süppchen. Ich habe dir nie etwas verboten, aber bei diesem ertrage ich den Gedanken nicht.«

»Dann erzähl mir den Grund.«

»Wenn das nötig ist, um dich vor den Schramms zu bewahren, tue ich sogar das. Ich weiß nur nicht, wie.«

»Fang an«, sagte Alex und nahm Momis Hand. »Fang einfach irgendwo an.«

»1923«, murmelte Momi. »Da war das Gröbste erst einmal überstanden, heißt es. Das ist ja wahr. Die Jahre davor waren beinhart und haben uns jeden Rest Kraft gekostet, aber manchmal denke ich: Es war trotz allem unsere schönste Zeit.«

PAULA

Berlin-Wedding

November 1923

»Und über uns im schönen Sommerhimmel
War eine Wolke, die ich lange sah
Sie war sehr weiß und ungeheuer oben
Und als ich aufsah, war sie nimmer da.«

Bertolt Brecht, »Erinnerung an die Marie A.«

38

9. November

Es war trotz allem unsere schönste Zeit!
Mit einem Lächeln löste Paula die Vorhänge von der Stange und legte sie in einen Korb. Klara würde sie später abholen und alles zur Wäscherei bringen, ehe sie sie in der Arche aufhängte. Die Vorhänge würden nicht mit Paula in ihr neues Zuhause ziehen.
Fast fünf Jahre lang hatten sie in dieser Wohnküche, deren Flur ein Bett ausfüllte, gelebt. An die lange Wand, Herd und Spülstein gegenüber, hatten sie zwei Schreibtische gestellt, so dass sie nebeneinander arbeiten konnten, manchmal bis einer von ihnen über seinen Papieren einschlief. In der Mitte stand der Tisch, an dem sie, wenn sich dazu Zeit fand, zu Abend aßen, ihre Freunde bewirteten und ihre Feste feierten, oft, bis der Morgen graute. Wollte man zwischen Tisch und Schreibtischen oder zwischen Tisch und Herd zur Tür, musste man sich seitwärts vorbeidrängen. Es gab nirgendwo Platz in dieser Wohnung. Ihre Kleider hingen an Stangen im Flur, und um das Bett stapelten sich Bücher.
Sie hatten dennoch gern hier gewohnt, hoch über den Dächern am Leopoldplatz. Die Wohnung war billig, und das war ihnen entgegengekommen. Von Spenden, die sie für die Arche erhielt, wollte Paula nur das Nötigste für ihren Lebensunterhalt abzweigen, und Clemens hatte die Schulden von der Reise zu begleichen. Er war nie Unterstaatssekretär geworden. Robert Schmidt war als Minister zu kurz im Amt geblieben, und 1920 verlor die SPD so viele Stimmen, dass die bürgerliche Mitte die Regierung bildete. Die Partei überschlug sich, um die Arbeiter

zurückzugewinnen, und wenn Clemens sich über etwas beklagen konnte, so gewiss nicht über Mangel an Arbeit.
Er schrieb für den *Vorwärts* wie für die anderen Zeitschriften der Partei, beileibe nicht nur in seinem Namen, sondern für einen Großteil der Abgeordneten. Er verfasste Ansprachen, Flugschriften und Beiträge für die Wochenschau wie für den brandneuen Rundfunk. »Was immer diese Partei von sich gibt, der Verführerton von deinem Süßen klingt überall durch«, bemerkte Klara freundlich, doch nicht ohne Spitze. Darüber hinaus trat er als Redner auf, wo immer sein Charisma von Nutzen erschien.
Paula hatte gelernt, die Arbeit, die er tat, zu hassen. So vehement er sich weigerte, mit ihr darüber zu sprechen, sooft er mit ihr stritt oder im Zorn das Haus verließ, sie sah ihm an, dass er nicht weniger litt als sie. »Du vergeudest dein Talent«, hatte sie ihm einmal auf dem Höhepunkt eines Streits an den Kopf geworfen. »Du schreibst nicht mehr das, was du mit Leidenschaft vertrittst, sondern fasst in schöne Worte, was immer jemand dir vorsetzt. Du verkaufst dich, Clemens. Und was ist, wenn die Deutschvölkischen kommen und dir ein besseres Angebot machen? Kann GS dann abdanken? Besser als der schreibst du schließlich allemal!«
Sie sah, wie er die Faust ballte, sah die Ader, die an seiner Schläfe schwoll, und erkannte die Zeichen – sie hatte sie unzählige Male bei prügelnden Männern gesehen. Aber Clemens war kein prügelnder Mann. Er ließ die Faust sinken, nahm seinen Mantel vom Haken und ging. Während der drei Tage, in denen sie ihn nicht zu Gesicht bekam, dachte sie: Hätte er mich geschlagen, hätte er so unrecht nicht gehabt, denn ich habe ihn auch geschlagen. Ich habe sein Vertrauen missbraucht und ihn mit Worten dorthin geschlagen, wo er am verletzlichsten ist. Als er zurückkam – zerzaust, müde und wie immer haltlos ohne sie –, entschuldigte sie sich. In dieser Nacht gestand er, dass er seine Arbeit ebenfalls hasste. »Glaubst du, ich will für alles, was die Partei

tut, meine Stimme hergeben, alles mittragen, alles vertreten? Aber was bleibt mir denn sonst zu tun? Ich habe nichts anderes gelernt.«

Paula wünschte, sie hätte ihre Stelle bei der *Vossischen* nicht aufgegeben, doch die Arche, die mittlerweile über vier Notwohnungen verfügte, verlangte all ihre Zeit und Kraft. Dennoch bestürmte sie Clemens: »Nimm dein Studium wieder auf. Harry kann dir helfen, und irgendwie schlagen wir uns die paar Jahre schon durch.«

»Ich bin kein grünes Bürschlein, das mit dem Hintern in Schulbänken klemmt«, erwiderte er. »Und von Harry helfen lassen muss ich mir schon gar nicht. Wir leben ordentlich von dem, was ich verdiene, oder? Selbst jetzt, wo alle Leute Kaffee aus Kohlrüben trinken, leben wir noch ordentlich.«

»Ich würde gern überhaupt keinen verdammten Kaffee mehr trinken, wenn du dafür diese Arbeit aufgeben würdest. Es macht dich doch nicht glücklich, Clemens. Und es ist deiner nicht würdig.«

»Es ist Arbeit, die getan werden muss«, versetzte er. »Wenn du der Ansicht bist, dass das, was der heilige Harry tut, dem Aufbau dieses Staates dienlicher ist, dann müssen wir darüber eben geteilter Ansicht sein.«

Harry war in Kains Kanzlei eingetreten und verteidigte Menschen, die aus politischen Gründen vor Gericht standen. Sein Einsatz und sein besonnenes Vorgehen hatten ihm rasch einen ausgezeichneten Ruf verschafft. Er war noch immer Mitglied der SPD, doch als einer von wenigen genoss er auch bei der Linken, bei den erstarkenden Kommunisten Vertrauen.

Auch nach diesem Gespräch war Clemens aus der Wohnung gestürmt. Bei anderen Streitereien von Schreibtisch zu Schreibtisch hatten sie sich wüsteste Schimpfworte an die Köpfe geworfen, sie hatte ein Glas Kirschbrause über ihm ausgeleert, und er hatte ihren Papierkorb umgestoßen und zerknüllte Zettel durch die Küche getreten. Aber trotz allem, dachte Paula und wickelte ihr bisschen Geschirr in Zeitung ein, trotz allem sind wir glücklich, und in den meisten Nächten haben wir uns ruppig und gierig zur Versöhnung geliebt. Trotz allem war es unsere schönste Zeit.

Wenn es allzu hoch hergegangen war, kniete er sich vor sie auf den Boden, umschlang ihre Taille und vergrub seinen Kopf in ihrem Schoß. »Musst du denn immer nur mit mir herumschimpfen? Es gibt auch Leute, die meine Arbeit schätzen, weißt du das?«

»Das ist ja das Schlimme, Clemens.«

»Und deshalb liebst du mich nicht mehr?«

»Wenn ich dich nicht liebte, wäre mir deine Arbeit egal.«

»Ach, hör schon auf, Paula Klein. Auf irgendeine Weise muss ein Mann seinen Weg machen.«

»Und du machst ihn als Galionsfigur für Leute, deren Handeln du nicht gutheißen kannst?«

»Diese Leute sind meine Genossen. Und ihr Handeln ist noch immer das Handeln meiner Partei, auch wenn du es neuerdings vorziehst, ihr den Rücken zu kehren. Meine Arbeit ist womöglich keine, die Ehre einträgt, aber ich will mich auch nicht dafür schämen müssen. Außerdem habe ich nicht vor, sie für immer zu tun. Wenn erst die Krise vorbei ist, wird sich schon etwas finden.«

Dasselbe sagte er, wenn sie die Frage ihrer Heirat berührte. »Wenn erst die Krise vorbei ist, wenn die Verhältnisse sich stabilisieren – wenn ich weiß, was aus uns wird.« Kutte begrüßte sie inzwischen als »meine Dauerverlobten«, und im Sommer, auf Harrys Hochzeitsfeier, hatte Johanna Paula ihren Brautstrauß zugeworfen. »Damit du endlich zu einem eigenen kommst.«

Die Republik aber schien von einer Krise in die nächste zu schlittern. Auf Straßenschlachten und Fememorde folgten der Vertrag von Versailles, die Arbeitslosigkeit und schließlich die Geldentwertung, die nicht nur Millionen von Menschen ruinierte,

sondern ihr Vertrauen in die Republik zerstörte. Für einen ganzen Tag Arbeit bekamen die meisten keinen Beutel Salz und kein Brot mehr, und es war kaum ein Wunder, dass sich etliche von ihnen dem Verbrechen und der Gewalt zuwandten.
Die Polizei wurde der Kriminalität in der Stadt nicht mehr Herr, die SPD, die wieder in die Regierung eintrat, kämpfte hilflos an allen Fronten, und Clemens schrieb und hielt Reden ohne Atempause. Kurzum, der Zeitpunkt für eine Heirat schien nie gekommen, und Paula hatte aufgehört die Frage anzusprechen. Wenn Clemens für die Ehe nicht taugte, wollte sie ihn nicht länger quälen. Klara und Manfred lebten ebenfalls ohne Trauschein, weil Klaras Ehe mit Horst Mundt noch immer nicht geschieden war, und das Standesamt verhalf keiner Liebe zum Glück. Dass sie sich ein Kind wünschte, begrub sie in sich. Klara wünschte sich auch eines, doch sie wurde nicht schwanger. »Vielleicht hat es ja sein Gutes, so knapp, wie es bei uns ums Geld steht«, sagte sie. »Und ich kann schließlich froh sein, dass ich meine Rieke habe, eine bessere Tochter kann sich keine Mutter wünschen.«
Rieke war zehn, überflügelte mit ihrem Wissen spielend Erwachsene und sah mit ihrer Brille aus wie Manfreds leibliche Tochter. Paula hatte keine Rieke. Aber sie durfte für das kluge Mädchen wie für Ilses Frieder die Tante spielen, und vor allem hatte sie Ruben.
Das Sonnenschein-Kind. Der mit Liebe überschüttete Talisman eines ganzen Freundeskreises!
In einer Zeit tiefsten Dunkels, im Juni 1919, war Frau Deborahs jüngster Sohn zur Welt gekommen und hatte vom ersten Tag an die Welt um sich heller gemacht. Sein Name Ruben bedeutete: Sehet her, ein Sohn. Doch für Paula bedeutete er: Sehet her, ein Mensch. Sobald sie an Ruben dachte, musste sie sich das Lächeln verkneifen, und die Wände ihrer Wohnküche waren mit seinen Zeichnungen gepflastert. Sorgsam nahm Paula jede einzelne ab und legte sie in die Umzugskiste. Der kleine Junge schenkte ihr

seine Kunstwerke zu jeder erdenklichen Gelegenheit, und fast alle zeigten dasselbe Motiv – die flauschige, sündhaft teure Spielzeugeule der Firma Steiff, die Harry seinem Bruder geschenkt hatte und ohne die er keinen Schritt vor die Tür setzte.

Mit Ruben war wieder Licht in ihrer aller Leben gekommen. Und vier Wochen später, als der kleine Ruben bereits gelernt hatte, in seiner Wiege vor Lebenslust zu glucksen, stieß Paula, die mit Kohle und Kartoffeln beladen in die Arche hastete, vor der Haustür mit einem Blinden zusammen. Der Mann, der mit seinem Stock suchend den Gehweg abgetastet hatte, taumelte gegen die Wand.

»O mein Gott, wie ungeschickt von mir!«, rief Paula. »Bitte verzeihen Sie, lassen Sie mich Ihnen helfen.« Ihr Kohlesack hatte die Jacke des Blinden völlig verschmutzt. Hilflos begann sie mit ihrem Taschentuch daran herumzureiben und machte die Bescherung damit nur noch schlimmer.

»Paula?«, rief der Blinde, der eine fesche kleine Kreissäge auf dem Kopf trug. »Erkennst du mich denn nicht? Ich bin es doch!« Als sie ratlos in sein von Narben durchpflügtes Gesicht starrte, legte er den Kopf in den Nacken und begann zu intonieren:

»Blau-weiße Hertha,
Ich hab dich siegen geseh'n.
Blau-weiße Hertha,
Das war wunderschön.«

»Joachim!«, brüllte Paula, warf ihm die Arme um den Hals und küsste ihn ab, bis er schnaufend nach Atem rang.

Ja, dachte sie, es war unsere schönste Zeit. Manfred, den ein Schuss ausgerechnet ins Knie seines schwachen Beins getroffen hatte, war monatelang in einen Gips gefesselt gewesen, doch er war nicht gestorben. Ruben war geboren worden, und Joachim – ihr unglaublicher, tapferer Joachim – war nach Hause gekommen. Er würde seine blau-weiße Hertha nie mehr siegen sehen. Aber er war von einem Lebensmut, der sie alle beschämte.

Im Sommer fuhr er mit ihnen an den Wannsee. Harry, der seinen wiedergewonnenen Bruder am liebsten in Watte gepackt hätte, wollte ihm verbieten, ins Wasser zu gehen, damit er ihm nicht ertrank. Joachim war blind, aber er war kein Wickelkind und fest entschlossen, sich über Harrys Verbot hinwegzusetzen. Da trat Kutte auf den Plan, bot sich an, seine Bude abzuschließen und Joachim beim Schwimmen den Weg zu weisen. »Wann immer du einen brauchst, der für dir kiekt, rufste Kutte, verstanden? Und wann immer icke einen brauche, der für mir denkt, ruf ick dir.«

Clemens kam höchstens gelegentlich am Abend ins Strandbad. Manfred, der unter Aufbietung eiserner Willenskraft wieder laufen gelernt hatte, kam nur, wenn feststand, dass Clemens nicht kam. Das war der bitterste Wermutstropfen im Kelch ihres zerbrechlichen Glücks – dass im Grauen jener Januartage auch die Freundschaft der beiden Männer zerschlagen worden war.

»Ich werde dich immer lieben, Zwerg«, hatte Manfred noch im Krankenhaus zu ihr gesagt. »Und wenn du sicher bist, dass du dich nicht von ihm trennen willst, werde ich deine Entscheidung respektieren. Aber in eine Wohnung, die die seine ist, werde ich keinen Fuß setzen, nicht einmal, um meine Schwester zu besuchen.«

»Clemens hat eine falsche Entscheidung getroffen«, erwiderte Paula traurig. »Genau wie ich übrigens auch. Ist die Härte, mit der du ihn bestrafst, wirklich angemessen? Er hat auf grausamste Weise seine Mutter verloren, er gibt sich die Schuld daran und prügelt mit jedem Knüppel, dessen er habhaft wird, auf sich ein. Hast du es wirklich nötig, dasselbe zu tun?«

»Ob Clemens am Tod seiner Mutter schuld ist, weiß ich nicht«, sagte Manfred. »Aber er ist schuld am Tod von Karl Liebknecht und Rosa Luxemburg, am Tod meiner namenlosen Genossen, die wie tollwütige Bestien über den Haufen geschossen wurden. Einer von ihnen, Ludwig aus Pankow, ist neben mir gestorben.

Ich war verletzt und konnte keine Hilfe holen, nur seine Hand halten und versuchen ihn zu beruhigen. Sein ganzer Leib war zerschossen, vom Brustbein bis zur Scham. Ich wollte ihm so gern irgendetwas sagen, das es ihm leichter macht, aber mir fiel nichts ein, also habe ich nur immer wieder diese Liedzeile vor mich hin gemurmelt: Dem Morgenrot entgegen, dem Morgenrot entgegen, noch einmal und noch einmal, bis er tot war. Daran denke ich, wenn ich Clemens begegne. An Ludwig, den Schusterlehrling aus Pankow, der unter höllischen Schmerzen verreckt ist, damit Clemens' Partei uns ihre Macht beweisen konnte.«

»Aber daran ist doch Clemens nicht schuld!«, rief Paula. »Du kannst doch diese furchtbaren Morde nicht Clemens aufbürden. Wie soll er denn damit weiterleben?«

»Das muss er sich fragen, nicht mich«, erwiderte Manfred kalt. »Er gehört dieser Partei an. Hinterher will es doch immer niemand gewesen sein, Zwerg. Da wird mit dem Finger auf den gezeigt, der den Abzug betätigt hat, und auf den, der den Befehl gab, aber von denen hätte es keiner allein vollbringen können. Und nebenbei, warum werden die mit dem Abzug und dem Befehl nicht bestraft? Warum dürfen die auf ihren Posten sitzen bleiben, wenn Clemens' Partei doch an den Morden keinen Anteil hat?«

»Und was ist mit mir?«, fragte Paula bitter. »Oder mit Harry? Wir gehören auch in die Partei. Warum muss Clemens die Strafe allein einstecken? Weil er den breiteren Rücken hat?«

»Du tust keine Arbeit für Verbrecher«, versetzte Manfred. »Du steckst dir nicht ihr Geld in die Tasche. Und Harry steht tagaus, tagein im Gericht, um dagegen zu protestieren, dass die Mörder straffrei ausgehen. Harry ist der integerste Mann, den ich kenne – ich wünschte, du könntest ihn lieben, Zwerg.«

»Gerade eben hast du noch gesagt, du könntest dir keinen besseren Mann als Clemens für mich wünschen«, fauchte Paula. »Wenn ich dich reden höre, könnte ich glauben, du wärst GS, der ihn mit seinen Hetzschriften langsam, aber sicher zerbricht.«

Sie war gegangen, und danach herrschte auf Monate Eiszeit zwischen ihnen. Paula war zumute, als hätte man ihr einen Teil ihrer selbst amputiert. Auch zwischen ihr und Klara gestaltete die Situation sich schwierig. Sie mussten weiter zusammenarbeiten, gerade eröffneten sie im Hansa-Viertel ihre zweite Notwohnung, und jahrelang hatten sie gelebt wie Schwestern. Jetzt hingegen tauschten sie nicht mehr als die nötigsten Worte. Irgendwann, nach Rubens Geburt und Joachims Heimkehr, fasste Paula sich ein Herz und sagte der Freundin, was sie ihr bereits auf dem Gang des Krankenhauses hätte sagen wollen: »Ich halte es nicht mehr aus, Klärchen. Ich weiß, ich habe euch unrecht getan. Ich hatte dir versprochen, auf Manfred zu achten. Wir wussten, dass eine Katastrophe bevorstand, es hat in allen Wänden geknackt, aber wir hatten nichts Besseres zu tun, als in unser Vergnügen zu fahren.«

Klara ließ sie nicht weitersprechen, sondern zog sie in die Arme. »Und wenn du hier gewesen wärst, du dummes Mädchen? Wen hättest du denn aufhalten wollen, Manfred oder Noske? Ich habe dir nie etwas übelgenommen, sondern wollte dich nur nicht bedrängen. In deiner Haut möchte ich nämlich nicht stecken, wenn an der einen Seite Clemens zerrt und an der anderen wir.«

Inzwischen lag all das mehr als vier Jahre zurück. Die Frauen hatten zu ihrer alten Vertrautheit zurückgefunden, und Manfred hatte eines Tages einfach vor ihr gestanden, sich auf sein gesundes Bein gestützt und gesagt: »Ich vermiss dich, Zwerg. Vermisst du mich auch?«

Manfred war kein Mensch, der einen anderen dauerhaft schnitt, er besaß zu viel innere Vornehmheit dazu. Somit gingen die beiden Männer einander zwar aus dem Weg, doch wo sie sich trafen, begegneten sie sich mit der gebotenen Höflichkeit. Selbst in ihre Wohnung kam Manfred zuweilen, wenn auch nur zu besonderen Anlässen, zu denen der gesamte Freundeskreis sich traf. Im folgenden Sommer gab es eine Handvoll Tage, an denen sie

wie in alten Zeiten gemeinsam am Wannsee saßen, bereichert um Rieke, Frieder und Ruben, der selig ihre Füße im Sand vergrub.
Zu der Zeit hatten sie gerade den Schrecken eines rechten Putschversuchs hinter sich. Fünf Tage lang hatten radikale Nationalisten die Regierung in Händen gehalten, und nur mit knapper Not hatte die Republik den Sieg davongetragen. Vielleicht rief die überstandene Gefahr ihnen ins Gedächtnis zurück, wie viel Stärke sie durch Einigkeit einst besessen hatten, und half ihnen, ihre Händel weniger wichtig zu nehmen.
An einem solchen Tag malten sie Kuttes Schild ein neues »f« und hängten es wieder auf. Mehr Familien denn je konnten sich keinen Kaffee an der Bude leisten, so dass Kutte neben den alten Kocher einen zweiten stellte. Auch ein Klavier, das Herr Jakub stiftete, fand eine Heimat neben der Bude, und Joachim spielte darauf. Den rasanten Charleston und den frivolen Shimmy beherrschte er ebenso wie schaukelnde Walzerweisen, und schon bald drehten sich Paare durch den stiebenden Sand im Tanz.
Als Harry sich im letzten Sommer endlich ein Herz fasste und die getreue Johanna zum Standesamt führte, bat er sie beide – Clemens wie Manfred –, seine Trauzeugen zu sein. »Für mich seid ihr nicht SPD und KPD, sondern noch immer meine besten Freunde.« Die zwei Männer betrugen sich tadellos. Der Riss war nicht geheilt, doch sie hatten gelernt, damit zu leben. Paula spürte dennoch, wie sehr diese beiden einander fehlten, wie einer den anderen gebraucht hätte, um im Strudel der Ereignisse sich selbst nicht zu verlieren.
Vielleicht fanden sie doch noch wieder zueinander, jetzt, da die Währungsreform der schlimmsten Not ein Ende setzen würde. Ende November sollte die Einführung der Rentenmark der Inflation den Riegel vorschieben, die Menschen würden nicht länger mit Koffern voller Geld beim Kartoffelhändler stehen und vor allem nicht mehr ihren gesamten Besitz auf den Schwarzmarkt

tragen. Wenn der Plan des Reichsbankpräsidenten aufging, würde bald jeder für seine Arbeit Geld erhalten, von dem er sich ein Leben leisten konnte. Die Übergangsregierung entsprang einer großen Koalition, der auch die SPD wieder angehörte. Im Dezember standen Neuwahlen an, und danach würde Clemens endlich die Chance haben, seine fragwürdige Arbeit niederzulegen.

Lange war er mit leeren Versprechungen abgespeist worden, doch nach der Wahl sollte er in den Reichstag einziehen. Mit seinen dreißig Jahren würde er dort zu den jüngsten Abgeordneten gehören. Seine Abhängigkeit von der Partei machte Paula nach wie vor Sorge, aber zumindest konnte er künftig für sich selbst sprechen und für seine Ideale kämpfen. Ihn zu warnen war ohnehin sinnlos und führte nur zu Streit. »Was willst du eigentlich von mir?«, hatte er sie angefahren. »Ich bin nun einmal nicht zum Rechtsverdreher geboren. Ich bin Politiker. Ist das wirklich so schwer erträglich für dich?«

»Die Angst, die ich um dich habe, ist schwer erträglich für mich.«

»Herrgott«, fluchte er, »was soll ein Mann denn tun, damit du zufrieden bist? Da komme ich mit einer grandiosen Nachricht nach Hause, doch wie üblich ernte ich nichts als eine Abfuhr von dir.«

Er hatte Champagner und einen fertig zubereiteten Hummer mitgebracht, um die grandiose Nachricht zu feiern. Er würde Diäten beziehen und musste nicht länger Texte verfassen, hinter denen er nicht stand. Die Zeit der Wohnküche war zu Ende, sie würden in der Nähe des Reichstags eine Wohnung mit drei Zimmern beziehen. Paula wickelte die metallene Kaffeekanne aus Sorrento ein und stellte sie in die Kiste. Clemens hatte recht, sie durfte ihn nicht mit ihrer ständigen Unzufriedenheit quälen. Hatte sie ihm nicht einmal versprochen, ihm zu vertrauen – zu wissen, dass er tun würde, was er für das Beste hielt?

Lass das Grübeln, Paula Thomas, rief sie sich zur Ordnung. Pack deinen Vater-Gedenkarm in die Kiste, und dann mach den Deckel zu. Clemens wollte ausnahmsweise mittags nach Hause kommen und zwei Träger mitbringen, die ihre Habseligkeiten in die neue Wohnung in der Corneliusstraße brachten. Danach wollten sie in ihrem frisch hergerichteten Wohnzimmer feiern. Es war der Beginn ihres neuen Lebens – und es war ihr 9. November, der Geburtstag der Republik, trotz allem, was schiefgelaufen war.

39

Paula saß auf der Kiste und wartete, als schwere Fäuste an die Tür hämmerten. Draußen stand Kutte. »Ick bin besser als zwei Träger«, sagte er und grinste. »Kosten tu ick auch nischt.«

»Und wo ist Clemens?«

Er kramte in seinen Hosentaschen. »Also einjesteckt hab ick ihn nich. Nee, Scherz beiseite, Paulinchen, der Kleene kann nich' kommen, der hockt in 'ner Krisensitzung fest. Da hat jestern Nacht wieder so 'n nationalistischer Dreck ein paar Reichswehrverbände übernommen und will mit denen auf Berlin marschieren. Und wat denkste dir, schon wieder is' der Ludendorff dabei. Kannste mir mal sagen, warum se den nich' längst einjelocht haben?«

»Ludendorffs Völkische?«, rief Paula entsetzt. »Aber die ist doch verboten!«

»In Bayern nich'«, erwiderte Kutte finster. »Da jedeihen die rechten Deibel wie in meinem Schrebergarten die Radieschen. Der andere Klüngel, den se bei uns verboten haben, is' auch dabei – der von dem schmalen Handtuch, das beim Reden sabbert.«

»Welches Handtuch, das sabbert, Kutte? Was wird denn jetzt getan?«

»Nischt.« Kutte zuckte mit den mächtigen Schultern. »Die Herren sitzen und sind betroffen. Aber du reg dir nich' uff, Paulinchen – der Kleene sagt, die Kollegen in München werden die Chose schon geschaukelt kriegen.«

»Und dessen bist du dir sicher?«

Kuttes Blick wurde ernst. »Wenn der Kleene mir wat sagt, denn bin ick mir sicher«, antwortete er. »Der erzählt mir doch keinen Mist, und wenn hier gleich der Laden hochgehen würde, hätte der mir wohl kaum jeschickt, damit ick mit dir umziehe.«

Trotz der Sorge musste Paula lächeln. Was Harry vor fünf Jahren

gesagt hatte, galt noch immer: Kutte war Clemens' Cerberus. Er würde niemals etwas auf ihn kommen lassen.
»Packen wir's?«, fragte Kutte und wies auf die Kiste.
»Danke«, erwiderte Paula. »Und wer ist jetzt der Putschist, der beim Reden sabbert?«
»Ach, vergiss es.« Kutte schob sich in die Wohnung und stemmte die Kiste in die Höhe. »So 'n armet Bürschlein, wat nach Luft japst und stottert, wenn se den uff'n Podium schubsen. Eins von die armen Schweine, die beim Murmeln nie mitspielen durften. Den würd ick mal 'n Sommer lang bei mir am Wannsee Dreck aufsammeln lassen, denn kriegt der sich schon ein.«
»Dein Wort in Gottes Ohr.« Paula schnappte sich die Taschen mit ihrer Kleidung und folgte Kutte aus der Wohnung.
Der mit zwei Braunen bespannte Wagen, den Clemens gemietet hatte, war viel zu groß für das bisschen Transportgut. Ilse, die die Wohnküche ursprünglich mit ihrem Heinz gemietet hatte, würde mit Frieder hier einziehen, und sie ließen ihr den Herd und das Bett. Nur die Schreibtische wuchtete Kutte hinunter, um sie neben die einsame Kiste zu stellen. »'n Karren hätt's ooch jetan, wa?«, fragte er und hob Paula wie das letzte Stück Inventar auf den Wagen.
Die neue Wohnung war bürgerlich elegant und wirkte trotz der neuen Möbel kahl. In all dem Platz kam Paula sich verloren vor. Sie trat hinaus auf den Balkon, um nach Kutte zu sehen, der die Schreibtische holte. Von hier aus konnte sie über die Schornsteine der Häuser hinweg das Dach des Reichstags erahnen. Die schmale Plattform war bei der Besichtigung leer gewesen, jetzt aber stand dort ein Kübel aus italienischem Ton, aus dem ein Zitronenbäumchen seine Äste reckte. Mitten in grauer Berliner Winterkälte leuchteten die Früchte des Südens. Zwischen den Zweigen steckte eine Visitenkarte, wie sie die Abgeordneten des Reichstags für sich drucken ließen. »Willkommen zu Hause. Auch wenn ich nichts tauge – ich liebe dich. C.«

Mit zitternden Fingern streichelte Paula dem kleinen Baum die glänzend grünen Blätter. Ich hätte gern ein Kind, erzählte sie ihm in Gedanken, aber mit dir habe ich wenigstens einen lebenden Hausgenossen. Ich werde dich in die Wohnung holen. Für dich und mich ist es hier draußen zu kalt, und drinnen ist es kahl.
Erst jetzt hörte sie, dass Kutte ihren Namen rief, »Pauliiinchen«, so dass sämtliche neuen Nachbarn es hören mussten.
Sie sah hinunter. Mit heftiger Gestik wies Kutte auf ein Geschöpf, das neben ihm stand und sich vor Schwäche gegen den Wagen lehnte. Es trug nur ein paar Lumpen am Leib, die einmal weiß gewesen sein mochten, und musste erbärmlich darin frieren. »Die hier will unbedingt zu dir. Soll ick se mitbringen?«
Vermutlich eine Frau, die bei der Arche Hilfe suchen wollte, aber versehentlich an ihre Adresse im Wedding geraten war. Es geschah nicht zum ersten Mal. Dieses arme Wesen war allem Anschein nach dem Wagen hinterhergelaufen und jetzt völlig entkräftet. »Natürlich, kommt nach oben«, rief Paula. Sie hätte gern Zeit gehabt, um anzukommen, und wäre dann nach einem Extrablatt gelaufen, um zu erfahren, wie die Dinge um den Putsch standen. Daran, dass Arbeit für die Arche ihre Pläne durchkreuzte, war sie jedoch seit Jahren gewöhnt.
Durch die offene Wohnungstür schob Kutte die junge Frau in den Flur. »Ick lass euch zwei Hübschen denn jetzt allein«, verkündete er, stellte den Tisch ab und zog den Kopf aus der Tür, ehe Paula sich bei ihm bedanken konnte.
Die Frau sah erbärmlich aus. Jedes Stück Stoff an ihrem Leib war in Fetzen gerissen und ihr Gesicht bis zur Unkenntlichkeit verschwollen. In ihrem zerrauften Haar, an Händen und Armen klebte Blut. »Tut mir leid, dass ich jetzt wieder dir zur Last falle«, stieß sie heraus, ehe sie auf dem Boden zusammenbrach.
»Stefanie!«, rief Paula. »Beim Himmel, Stefanie, was ist dir passiert?«

Den ganzen Abend über hörte Paula die Zeitungsjungen ihre Extrablätter anpreisen, doch da sie Stefanie nicht allein lassen wollte, musste sie darauf verzichten. Clemens kam, als das Mädchen schlief und das Geschrei von der Straße verstummt war. Unter den Vorräten in der Speisekammer hatte Paula Kartoffeln, Mettwurst und Hagebuttentee entdeckt und sich eine Mahlzeit zubereitet, die ihr die fremde Wohnung ein wenig heimelig machte.
»Ich wollte nicht, dass du kochen musst«, sagte er und stellte einen der Wärmebehälter, in dem die teuren Restaurants ihre Speisen auslieferten, auf den Tisch. »Nicht heute am ersten Tag.«
»Ich sterbe nicht davon, ein paar Bratkartoffeln in die Pfanne zu werfen«, erklärte sie. »Was ist mit dem Putsch?«
»Er ist niedergeschlagen«, antwortete Clemens. »Noch in München. Die Schuldigen sind verhaftet.«
»Und werden die Deutschvölkischen jetzt endlich in der ganzen Republik verboten? Wie habt ihr nur zulassen können, dass die sich in Bayern ein sicheres Nest auspolstern? Zum Teufel, die wollen euch an der Wand sehen. Alle.«
Clemens stützte eine Hand auf den Tisch. »Darf ich mich bitte setzen, bevor du dein Strafgericht fortführst?« Er ließ sich auf einen Stuhl fallen. Sie schob ihm die Teekanne hin, doch er schüttelte den Kopf. »Die Deutschvölkischen werden verboten, ja. Und die Nationalsozialisten von diesem Hitler auch.«
»Hitler, das ist das Handtuch, das beim Reden sabbert?«
Clemens zögerte. Dann nickte er und ging in die Küche. »Nicht ernst zu nehmen«, warf er ihr über seine Schulter hin. »Der ganze Aufstand war im Handumdrehen überwältigt.«
»Tote?«
Dafür, dass er ihr keine Zahlen aus der Küche zurief, sondern erst sprach, als er mit einem Glas zurückkam, liebte sie ihn. »Sechzehn Putschisten«, sagte er. »Die meisten noch keine zwanzig. Fünf Polizisten und ein Passant.«
»Macht dem endlich ein Ende!«, rief Paula. »Wer sind die über-

haupt, die Nationalsozialisten? Harry hat gestern erzählt, seine Mutter traut sich mit Ruben schon nicht mehr auf die Straße, weil diese Verbrecher herumlaufen und judenfeindliche Parolen brüllen.«

»Ja, natürlich. Harry«, bemerkte Clemens. »Übrigens hatte ich dir gerade erzählt, dass die meisten dieser Leute keine Verbrecher, sondern Kinder von noch nicht zwanzig sind. Aber neben dem, was Harry sagt, verliert das selbstverständlich die Bedeutung.«

»Was trinkst du da?«

»Korn«, erwiderte er. »Willst du auch einen? Ich bringe dir einen mit, wenn ich mir einen zweiten hole.«

»Nein«, sagte sie.

Er stützte den Kopf in die Linke und klopfte mit der Rechten auf den silbernen Wärmebehälter. »Und davon willst du auch nichts? Bœuf Stroganoff mit Schalotten und Pommes duchesses. Vermutlich ohnehin nicht dein Geschmack.«

»Clemens, es tut mir leid«, rief sie, aber er war schon aufgestanden, trug den Behälter in die Küche und kam mit dem frisch gefüllten Glas zurück. »Um ehrlich zu sein, bin ich ziemlich müde und würde gern bald schlafen gehen.«

In den Gedanken an den Putsch hatte sie völlig vergessen, was am Nachmittag geschehen war. Stefanie war zurückgekommen, zerschunden und blutüberströmt. Wie damals, als sie vor der Tür der Arche gestanden hatte, konnte all das Blut nicht von ihr stammen. Sie hatte gebrochene Finger, Striemen auf Rücken und Brüsten und horrende Verletzungen zwischen den Schenkeln, aber keine dieser Wunden hätte so stark geblutet. Paula war es egal. Sie wusch Stefanies misshandelten Leib so behutsam, wie sie den kleinen Ruben wusch, wenn er einmal über Nacht bei ihnen bleiben durfte. »Ich möchte, dass ein Arzt sich das ansieht, Stefanie.«

»Keinen Arzt. Wenn du den rufst, bin ich weg.«

»Sei doch vernünftig. Hör mal, wenn dein Bruder dir das angetan hat, gehört er dafür vor Gericht. Er verkauft Frauen, nicht wahr? Behandelt er sie alle so wie dich? Dem muss ein Ende gemacht werden. Du musst mir helfen, diese Frauen zu bewahren.«
»Diese Frauen kratzen mich einen Dreck«, stieß sie heraus. »Aber falls es dich beruhigt, falls du mir dann meinen Frieden lässt – nein, er tut denen nichts mehr. Er tut keiner mehr was.«
Sie war am Ende, hatte keinen Funken Kraft mehr in sich. Da sie sich standhaft weigerte, sich untersuchen zu lassen, hatte Paula sie schließlich in das brandneue Bett in ihrem Schlafzimmer geschleppt. »Es tut mir leid«, sagte sie zu Clemens. »Ich habe eine Frau in unserem Bett, eine schwer misshandelte Frau, die nicht mehr weiterkonnte.«
»Eine Frau für die Arche? Was macht die hier bei uns?«
»Verdammt, was machen die gesammelten Probleme deiner Partei hier bei uns?«, entfuhr es ihr. Dann beherrschte sie sich. »Sie ist nicht irgendeine Frau. Sie war meine Freundin. In den vier Jahren, in denen du nicht da warst.«
Er blickte auf.
»Sie brauchte meine Hilfe, Clemens. Außer mir hätte sie sich niemandem anvertraut. Und sie ist grauenhaft zugerichtet, von Rechts wegen gehört sie in ein Krankenhaus.«
Unverhofft griff er nach ihrer Hand. »Es ist doch gut, Paula, du brauchst dich vor mir nicht zu rechtfertigen.« Mit dem Kopf wies er nach dem Sofa. »Wir haben schon schlechter geschlafen, oder?«
»Du kannst das Sofa für dich haben!«, rief sie erleichtert. »Ich richte es dir her, das ist schnell gemacht.« Sie selbst würde bei Stefanie schlafen und zur Stelle sein, falls die Freundin sie brauchte.
»Ich möchte das Sofa mit dir teilen«, sagte Clemens. »Ich hätte dich heute Nacht gern in den Armen.«
»Ach Clemens, du hast mich doch morgen wieder in den Armen.

Auf dem schmalen Sofa haben wir nicht beide Platz, und wenn ich nachts nach der verletzten Frau sehen muss …«

»Schon gut«, unterbrach er sie. »Du hättest dir nicht drei Gründe abringen müssen, ein einziger hätte genügt. Das Sofa richte ich mir selbst.«

Er ging in den Flur, und sie sah ihm nach. Jäh überfiel sie die Sehnsucht, seine Schulterblätter zu berühren, den Kopf an seinen Rücken zu lehnen und seinen Nacken zu küssen. Sie hätte ihn gern zurückgerufen, doch in dieser Nacht blieb sie stumm.

Die Nacht war hart. Stefanie quälte sich in unsäglichen Träumen, so dass Paula sie schließlich weckte. Was sie ihr dann anvertraute, hätte Paula gern vergessen, doch sie würde die Bilder nie wieder aus dem Kopf bekommen. Als sie wie zerschlagen am Morgen zu sich kam, schlief Stefanie, und Clemens war fort. Sie hatte vergessen, sich für das Zitronenbäumchen zu bedanken, und sie hatte auch vergessen, es aus der Kälte zu holen. Rasch lief sie, um es ins warme Zimmer zu tragen, doch im Lauf der Tage verlor es alle Blätter. Es musste über Nacht erfroren sein.

40

1924

Ich bitte Sie, Herr Rechtsanwalt, erklären Sie mir das.« Der Mann warf Harry die Bogen des Urteils auf den Schreibtisch. »Mein Bruder muss für achtzehn Monate ins Zuchthaus, weil er ein paar Flugblätter verteilt hat – und dieser Ludendorff, der versucht hat die gesamte Republik zu vernichten, wird freigesprochen!«

»Ludendorff wurde aufgrund seiner Leistungen im Weltkrieg Gnade zuerkannt«, bemühte sich Harry den Klienten zu beschwichtigen, obwohl er dessen Erregung nur allzu gut verstand.

»Mein Bruder war auch im Weltkrieg! Deshalb verteilt er ja diese Zettel für die Auflösung der Reichswehr – weil er vom Krieg einen Schaden weghat. Ein General wie der Herr Ludendorff war er allerdings nicht.«

»Es tut mir leid, dass ich im Fall Ihres Bruders nicht mehr erreichen konnte«, sagte Harry. »Dass das Gericht auf Hochverrat entscheiden würde, hatte ich nicht erwartet, und dass Ihr Bruder KPD-Mitglied ist, hat seiner Sache nicht aufgeholfen.«

»Aber die KPD ist doch erlaubt!«, rief der Mann. Er betrieb gemeinsam mit seinem Bruder eine Schreinerwerkstatt, die sich durch die Inflation am Rande des Ruins bewegte. Wenn der Bruder tatsächlich seine Haft antreten musste, stand dem armen Kerl das Wasser bis zum Hals. »Verboten ist die Partei vom Ludendorff, nicht die von meinem Bruder. Und mein Bruder ist harmlos. Wie schon erklärt, er ist mit einem Schaden aus dem Krieg gekommen, aber er tut keiner Seele was zuleide. Dieser Ludendorff dagegen – der würde gern Leberwurst aus Ihnen machen, und wenn ihn keiner dran hindert, dann macht er's auch.«

Harry wollte ihn unterbrechen, doch ihm fiel kein passender Einwand ein. Der Schreinermeister mochte von der Rechtslage keine Ahnung haben, doch was Ludendorffs Absichten anging, traf er mitten ins Schwarze.

»Und dann der Hitler, sein Spießgeselle«, ereiferte er sich weiter. »Den schicken die gemütlich in Festungshaft, wo er den nächsten Putsch vorbereiten kann! Finden Sie das in Ordnung, Herr Rechtsanwalt? Und dass Ihre Partei, Ihr eigener Freund dazu aufruft, solch ein Urteil hinzunehmen, finden Sie das auch in Ordnung? Der ist doch Ihr Freund, der Abgeordnete Kamphausen, der das hier geschrieben hat, oder nicht?« Er hielt Harry die aufgeschlagene Ausgabe des *Vorwärts* hin.

»Clemens Kamphausen schreibt für die Zeitung«, erwiderte Harry lasch. »Das heißt ja nicht, dass er dieses Urteil gefällt hat.«

»Aber er redet den Leuten, die es fällen, zum Munde!«, rief der Schreiner. »Ganz ehrlich, Herr Anwalt, ich verstehe nicht, wie ein so feiner Mann wie Sie mit so jemandem befreundet sein kann.«

Harry räusperte sich. Er war dem Klienten keine Rechenschaft schuldig. Für dessen Bruder hatte er getan, was menschenmöglich war, ohne einen Pfennig Honorar zu verlangen. Was Clemens zum Hitler-Ludendorff-Prozess schrieb und was Harry dazu dachte, ging ihn nichts an. Dennoch gab er ihm Antwort, als spräche er zu sich selbst: »Gesetzt den Fall, ich wäre mit der Entscheidung meines Freundes nicht einverstanden – glauben Sie wirklich, das wäre ein Grund, ihm die Freundschaft zu kündigen? An irgendeinem Punkt treffen wir alle falsche Entscheidungen. Ich beispielsweise bin mit fliegenden Fahnen in den Krieg gezogen, den Ihr Bruder so sehr hasst. Meine Freunde konnten meine Tat nicht begreifen, aber sie haben mich nicht im Stich gelassen. Sie haben hingenommen, dass ich für den Weg, den ich ging, meine Gründe hatte.«

»Das verstehe, wer will«, platzte der Klient heraus. »Für einen einfachen Mann ist das um zu viele Ecken gedacht.«

Harry bemühte sich um ein Lachen und erhob sich. »Da könnten Sie durchaus recht haben, aber vielleicht ist daran auch die fortgeschrittene Stunde schuld. Ich muss Sie jetzt hinauswerfen, Herr Lutz. Den Fall Ihres Bruders werde ich mir noch einmal vornehmen und sehen, ob sich nicht Rechtsmittel einlegen lassen.«

In der Tat war es wieder einmal spät geworden. Er hatte kein Talent, Leute abzuwimmeln, und an den meisten Abenden wartete Johanna mit dem Essen auf ihn. Oft saß sie, wenn er kam, wie ein stummer, trauriger Vorwurf vor unberührten Schüsseln. Er fuhr, so rasch es der Verkehr erlaubte. Der neue Wagen der Firma Adler, den er sich vor Wochen gekauft hatte, bereitete ihm dieselbe kindliche Freude wie früher sein Fahrrad mit abfallendem Rahmen. Auch das Haus, das sie im Frühjahr bezogen hatten, bereitete ihm Freude. Es war nicht groß, denn das Westend war teuer, doch es wirkte freundlich und einladend, und in den Garten, zwischen Birnen- und Pflaumenbäume, hatte er eine Schaukel gehängt.

Obwohl der Abend kühl war, stand ein Fenster offen. Bis eben war ihm das, was er über Clemens gesagt hatte, noch quälend im Kopf herumgegangen, doch sobald er die Kinderstimme hörte, fiel alles von ihm ab. Er sprang aus dem Wagen, rannte die Treppe hinauf und breitete in der Tür die Arme aus. »Ruben!«

»Onkel Harry!« In einem Trommelwirbel kleiner Schritte rannte der Junge auf ihn zu und warf ihm einen Arm um den Hals. Nur einen, denn in dem anderen hielt er getreulich seine Eule.

Harry drückte den warmen Kinderkörper an sich. »Ich bin dein Bruder, nicht dein Onkel. Wie oft soll ich dir das eigentlich noch sagen?«

»Aber die anderen Kinder haben keine so alten Brüder«, verteidigte sich Ruben, »nur Onkels.«

»Hast du alt gesagt, du Schlingel? Du meinst wohl reif und weise!«

Energisch schüttelte Ruben den Kopf. »Reif und weise ist Eule. Die kann nämlich den Kopf ganz rumdrehen und nach vorn und hinten sehen und nach hier und da.« Mit den Begriffen rechts und links konnte Ruben noch nichts anfangen, weshalb er Harry die zwei Seiten zeigte.

Der besah sich die Eule, die einst wunderbar weich und fast so groß wie Ruben selbst gewesen war. »Die ist ja schon völlig abgeliebt«, rief er aus. »Ich denke, zum nächsten Geburtstag werde ich dir eine neue kaufen müssen.«

Fassungslos starrte Ruben ihn an. »Wie willst du denn Eule neu kaufen?«, fragte er, und seine schwarzen Augen füllten sich mit Tränen. »Eine Neue ist doch nicht Eule!« Noch immer erschrocken, riss er Harry das Stofftier aus den Händen und barg es schützend an seinem Leib.

»Ist ja gut, Kleiner.« Harry umschlang seinen Bruder samt der Eule. »Natürlich kaufen wir nie im Leben einen anderen als deinen Eule. Weißt du was? Es hat sich noch nie ein Mensch über etwas, das ich ihm geschenkt habe, so gefreut wie du.«

Mit einem zärtlichen Lachen verebbte der schwere Tag. Ja, er hatte dem Klienten die richtige Antwort gegeben. Ob er Clemens' Entscheidungen verstand, spielte keine Rolle – Clemens war sein Freund, und neue Freunde brauchte er so wenig, wie Ruben ein neues Spieltier brauchte. Und schließlich hatte Clemens die Urteile im Hitler-Prozess nicht bejubelt, sondern lediglich auf Kritik daran verzichtet. Vielleicht war die ganze Affäre wirklich harmlos, und er sah sie nur deshalb so schwarz, weil seine Mutter sich vor den Parolen dieser Hitler-Leute fürchtete. Ruben jedenfalls waren Hitler und die ganze Politik einerlei. »Tante Johanna hat gesagt, wir essen Kartoffelkuchen!«

»Na, wenn die Dame des Hauses das gesagt hat, dann müssen wir zwei uns wohl fügen müssen. Auf geht's, Kamerad, Hände waschen.« Er stand auf und zwinkerte dem kleinen Bruder zu, der nichts so sehr liebte wie in Hefe gebackene Kartoffelkuchen.

Außer seiner Eule und außer seiner Familie, in die er Harrys Freunde einrechnete, weil ein Kind wie Ruben nicht genug Menschen zum Lieben haben konnte. Außer Joachims Klavier und dem Akkordeon des Vaters, außer seinen Zeichenstiften und die Schaukel im Garten. Spontan bückte sich Harry und drückte ihn noch einmal an sich. Wenn es möglich war, dass ein Kind so rundum glücklich aufwuchs, dann konnte nicht alles falsch sein, was sie in knapp sechs Jahren aus ihrer Welt gemacht hatten.

Johanna trat aus dem Esszimmer. »Deine Mutter musste zum Friseur«, sagte sie. »Und er wollte so gern bleiben, bis du kommst, also habe ich ihm erlaubt, mit uns zu Abend zu essen.« In Wahrheit nahm seine Mutter Ruben gern mit zum Friseur und trennte sich nur widerstrebend von ihm. Harry hatte sie bitten müssen, ihn ab und zu Johanna zu überlassen, die ihn am liebsten ganz zu sich genommen hätte.

Abendessen mit Ruben war pures Vergnügen und ersparte ihm schwierige Gespräche. Hingebungsvoll berichtete der kleine Bruder von Joachim, der versprochen hatte, ihn in der neuen Saison mit in die Plumpe zu nehmen.

»Was soll denn das sein, die Plumpe?«, fragte Johanna.

»Das weißt du nicht?«, entrüstete sich Ruben. »Das war mal eine Eisbahn, aber jetzt ist's das neue Stadion von der Hertha!«

»Ein Fußballplatz? Aber Joachim kann doch nicht …«

»Mitspielen?«, fragte Ruben ungläubig. »Du bist zu dumm, Tante Johanna. Zur Hertha gehen wir doch nicht zum Spielen, da schauen wir nur zu!«

Einen Augenblick lang war Harry nichts als dankbar für seine Familie und den Reichtum auf seinem Tisch. Sie waren verschont geblieben. Joachim war blind, und seine Mutter malte seit dem Krieg ständig Teufel an die Wand, sein Vater hatte in der Inflation sein Erspartes verloren, und doch waren sie die Verschonten. Er kam in der Kanzlei gut zurecht, so dass er das Geld des Vaters nicht brauchte, und dessen Musikalienhandlung lief glänzend, er plante sogar, in der belebten Leipziger Straße eine zweite Filiale zu eröffnen, die Joachim leiten sollte. Der Bruder meisterte sein Schicksal mit stillem Lächeln, und zu alledem hatten sie Ruben. Wie auf ein Zeichen fuhr sein Vater vor, um seinen Jüngsten abzuholen. »Aber das nächste Mal gehe ich mit zu Tante Paula!«, rief Ruben am Gartentor. »Ich hab ihr versprochen, ich male ihr ein neues Bild von Eule – sie braucht noch mehr, weil sie ja jetzt so viele Wände hat.«

Kurz darauf war Harry mit Johanna allein. »Ich hätt gern meinen eigenen«, sagte sie. In ihrer Stimme lag eine Sehnsucht, die ihm einen Stich versetzte. »So einen lieben kleinen Jungen, der Leben ins Haus bringt.«

Ich schenke ihr einen Hund, nahm Harry sich vor, einen schönen goldenen Leonberger, der vor dem Kamin liegt und mit treuen Augen zu ihr aufblickt.

»Hörst du mir überhaupt zu, Harry?«

»Entschuldige. Mir ging nur gerade ein verzwickter Fall im Kopf herum.« Er unterbrach sich. »Sag mal, war Paula hier?«

»Das ist beachtlich, oder?«, fragte Johanna zurück. »Sobald du an Paula denkst, gibt der verzwickte Fall in deinem Kopf auf einmal Ruhe.«

»Ich bitte dich, das ist doch albern. Ich frage nur, weil Ruben gesagt hat …«

»Ja, sie war hier«, fiel Johanna ihm ins Wort. »Nur auf einen Sprung, weil sie dich um einen Gefallen bitten wollte.«

»Und um was für einen?«

»Es geht um eine ihrer Frauen, eine Vierundzwanzigjährige, die außergewöhnlich gelehrig sein soll und dringend irgendwo unterkommen muss. Nicht nur zur Aushilfe, sondern so, dass sie lernen und etwas aus sich machen kann.«

Harry überlegte. Im Grunde brauchte er niemanden, denn die Sekretärin, die er sich mit Aron Kain teilte, bewältigte die Arbeit spielend. Andererseits würde ein Lehrmädchen nicht die

Welt kosten, und wenn er Paula damit helfen konnte? »Dic junge Dame soll morgen gegen zehn zum Vorstellen kommen«, sagte er. »Wenn sie sich wirklich so gelehrig anstellt, nehme ich sie.«

»Sie stellt sich wirklich so gelehrig an«, erwiderte Johanna. »Sie ist geradezu ein Inbild der Gelehrigkeit.«

»Du kennst sie?«

»Ja, ich kenne sie. Und ich möchte nicht, dass du sie nimmst.«

Erstaunt hob Harry, der begonnen hatte, seinem neuesten Laster nachzugehen und sich eine Pfeife zu stopfen, den Kopf. »Aber warum denn nicht, wenn du sie doch für so anstellig hältst?«

»Was immer ich darauf antworte, sag mir zuerst das eine: Würdest du das überhaupt fertigbringen, Paula einen Wunsch abschlagen, weil ich dich darum bitte?«

»Hanna, jetzt lass uns doch nicht kindisch sein. Paula ist die Schwester und die Verlobte meiner besten Freunde, und wenn ich ihr einen Gefallen tun kann …«

»Hör auf!«, schrie sie ihn an. »Im Gegensatz zu Paula bin ich keine Intelligenzbestie, sondern nur eine einfache Frau aus Arbeiterkreisen, aber eine dumme Gans bin ich nicht. Glaubst du, ich weiß nicht, dass du mich geheiratet hast, weil Paula dich nicht wollte? Glaubst du, ich sehe nicht, wie du sie anschaust, wie du an ihren Lippen hängst, wie du dich darum reißt, ihr zu helfen? Ich bemerke das alles, Harry, und ich weiß auch, dass du deshalb nachts so selten zu mir kommst. Du willst kein Kind mit mir. Du wolltest eines mit Paula.«

»Hanna, das ist doch …«

»Nein, sag nicht, es ist Unsinn – beleidige uns nicht beide. Ich habe es immer gewusst. Schon vor dem Krieg. Im Krieg habe ich mir geschworen: Wenn du nur lebst, wenn du nur heil nach Hause kommst, will ich nie mehr missgünstig sein, sondern dich Paula gönnen. Dass Paula sich gegen dich entscheiden könnte, erschien mir unmöglich, wohl weil ich nie begreifen werde, wie eine Frau, die dich haben könnte, stattdessen an Clemens hängenbleibt.«

»Das begreifst du nicht?«

»Nein«, sagte Johanna. »Der schöne Clemens ist ein Stern, der aus der Ferne schillert, nach dem man aber besser nicht greift.«

Harry staunte. Er selbst hätte besser nicht ausdrücken können, was er von Clemens dachte. »Sind solche Sterne für Frauen nicht unwiderstehlich?«, fragte er.

Johanna zuckte mit den Schultern. »Will eine Frau in ihrem Haus einen schwarzen Panther haben oder einen Schäferhund? Ich habe mir immer einen Schäferhund gewünscht, einen verlässlichen Gefährten, bei dem ich weiß, ich kann nicht tiefer fallen als in seine Arme. Ich war der glücklichste Mensch auf der Welt, als du mich gefragt hast, ob ich deine Frau werden will, und ich habe mir wieder etwas geschworen. Zwei Dinge diesmal. Willst du sie hören?«

Harry nickte. Vor Erschütterung hatte er den kostbaren Pfeifentabak über den Tisch verstreut.

»Ich habe mir geschworen, mich nicht zu beklagen, sondern damit, dass du mich nicht liebst, zu leben. Auch wenn es heißt, dass ich das Kind, das ich mir von dir wünsche, nicht haben kann. Und ich habe mir geschworen, dir keinen Stein in den Weg zu legen. Wenn du mir einmal sagst, dass es Paula ist, mit der du gehen musst, dann lasse ich dich gehen, und ich werde selbst wissen, wann dieser Zeitpunkt gekommen ist. Nach all diesen Schwüren habe ich eigentlich kein Recht, dich zu bitten, mich über Paula zu stellen und ihr wegen Stefanie abzusagen. Ich habe es nur getan, weil mir vor dieser Stefanie graut, weil ich sie nicht in deiner Nähe wissen mag und weil ich …«

»Sag nichts mehr!«, rief Harry, sprang auf und nahm sie in die Arme. »Ich will nichts mehr davon wissen, hörst du? Die grausige Stefanie stelle ich nicht ein, und heute Nacht machen du und ich ein Kind. Du bist doch meine Frau, meine Hanna, du Dummchen.

Einen Jungen wünschst du dir, ja? Hättest du denn allzu viel dagegen, wenn wir nun ein Mädchen bekämen? Ich wünsche mir nämlich sehr ein Mädchen, muss ich dir gestehen, ich hatte ja schon darauf gehofft, dass Ruben ein Schwesterchen wird.«
Zitternd und schluchzend schmiegte sie sich an ihn. »Ich wollt gern einen kleinen Harry, weil ich dich so liebhab, aber Mädchen oder Junge, mir wären beide willkommen.«
Und ich wollte eine kleine Paula, erkannte Harry und hätte sich dafür gern einen Tritt versetzt. Aber Johanna in den Armen zu halten und sie zu küssen war wichtiger. Seine Tochter, so beschloss er, sollte so keckes rotes Haar bekommen wie seine Frau.

41

1925

Am 28. Februar starb Friedrich Ebert. Er hatte sich wochenlang krank gefühlt, sich jedoch keine Zeit genommen, einen Arzt aufzusuchen. Als er zusammenbrach, kam jede Hilfe zu spät. An einer Blinddarmentzündung, die auf das Bauchfell übergriff, starb der Reichspräsident mit vierundfünfzig Jahren.
Zu seiner Überraschung fühlte Clemens sich von seinem Tod betroffen. Als junger Mann hatte er Ebert verachtet, er hatte ihm die Schuld an der Spaltung der Partei und auch an den Morden von 1919 zugeschrieben. Jetzt erkannte er, dass der Reichspräsident, den keine Seite gewollt hatte, die Klammer war, die die zerrissene Republik zusammenhielt. Der Mann, dem die Rechte wie die Linke vorwarf, er habe die Macht an sich gerissen, hatte bescheiden, geradezu spießbürgerlich gelebt und wie eine Ameise seine Arbeit getan. Der charmelose Sattler hatte den Kopf hingehalten, und jetzt war niemand bereit, es ihm nachzutun. Friedrich Ebert hatte eine Lücke hinterlassen, die sich nicht schließen ließ.
Als der Parteivorstand Clemens bat, auf dem Begräbnis in Heidelberg eine Rede zu halten, sagte er, ohne zu zögern, zu. Erst später fragte er sich, ob er damit gegen das Versprechen verstieß, das er Paula nach dem Streit über den Hitler-Prozess gegeben hatte. »Dein bester Freund ist Jude«, hatte sie damals gesagt, »und mein Bruder ist Kommunist. Du aber schreibst solche Artikel und machst dich mit Leuten gemein, die allen Juden und Kommunisten ans Leben wollen!«
Es hatte keinen Sinn gehabt, ihr zu erklären, dass der Artikel lediglich zur Ruhe mahnte. Wie anders als durch solche Auf-

tragstexte sollte er versuchen sich ins Gespräch zu bringen? Ohne das würde er noch in tausend Jahren auf keinen grünen Zweig kommen. Er war so schwer gestartet, nicht als Sohn aus proletarischer Familie, sondern als Spross eines Industriellen und einer Junkerstochter, der sich jeden Zoll Vertrauen erkämpfen musste. Paula verstand ihn nicht. Sie schlug ihm die Zeitung ins Gesicht, in der der Schmierfink GS sich über ihn lustig machte. »Roter Ritter bricht Lanze für Hitler«, lautete die Schlagzeile.

»Hat er nicht recht?«, schrie Paula und schlug ihn mit der Zeitung hart übers Ohr. »Hat der verdammte GS nicht recht?«

Die Demütigung brannte, als wäre die Zeitung eine Peitschenschnur. Er hatte sich umgedreht und war gegangen. Dass er ihr nichts entgegenzusetzen wusste, machte alles schlimmer.

Dieses eine Mal war sie ihm nachgekommen. Stunden später hatte sie ihn im Restaurant des Reichstags aufgestöbert, wo er allein am nachtschwarzen Fenster saß und versuchte sich gegen den Widerstand seines Magens zu betrinken. Sie sah so verheult aus, wie er sich fühlte. »Ich liebe dich«, sagte sie. »Ich bin eklig zu dir, weil ich nicht ertrage, dass der wundervollste Mann, den ich kenne, sich zu so etwas hergibt.«

Ach Gott, Paula Klein, hatte er gedacht. Und wenn die Welt voller Frauen wäre, ich habe nur mit einer am Wannsee sandigen Bienenstich gegessen. In dieser Nacht hatte er ihr versprochen, mit den zweifelhaften Aufträgen Schluss zu machen. Er hatte es ernst gemeint, und sie hatte ihn dafür innig und ohne Rückhalt geliebt. Alles an Paula war echt. Alles an Paula barst vor Kraft. Und wenn er sich hundertmal sagte, dass ihm in einem Leben ohne Paula die ewige Scham und die Schläge auf den Stolz erspart bleiben würden, es nützte nichts. Paula Klein war das Mädchen, das ihren Namen über seinen Lebensplan gekritzelt hatte. Er hatte sie sich nicht ausgesucht, und sie hätte unendlich viel klüger wählen können. Aber sie kamen voneinander nicht los,

und nach der Nacht des Versprechens hatten sie es miteinander auf lange Zeit gut.
Auch noch in diesem Februar. Sie bringt mich zu mir selbst zurück, hatte Clemens zu denken begonnen. Er war entschlossen, den hart erkämpften Frieden zwischen ihnen nicht aufs Spiel zu setzen. Wenn es ihm nicht gelang, ihr die Sache mit dem Begräbnis von Ebert zu erklären, was sollte er tun?
Er hätte sich nicht sorgen müssen. »Ich packe dir deinen Koffer«, sagte sie und legte ihm ihre Hand an die Wange. »Bitte sei mir nicht böse, wenn ich um Ebert nicht trauern kann. Ich sehe noch immer Karl Liebknechts misshandelten Leichnam vor mir. Und die zwei Gräber, seines und Rosas.«
»Ich auch«, erwiderte er. »Hasst du mich, weil ich um sie alle traure? Auch um einen Mann, der vielleicht nicht gewieft genug war, in solcher Lage die richtige Entscheidung zu treffen?«
Sie streichelte sein Haar und lehnte den Kopf an seine Schulter. »Sag das den Leuten, Liebster. In deiner Rede. Dass er sich in einer Lage schlagen musste, um die ihn niemand beneiden sollte.«
Clemens fuhr nach Heidelberg und hielt eine kurze Rede auf Ebert, den Sattler, der sich in einen Sattel gesetzt hatte, in dem kein anderer hätte sitzen wollen, der sich im Sattel gehalten hatte, während der Gaul sich bäumte, und der sich am Ende den Hals brach, um das gezähmte Tier den Hinterbliebenen zu übergeben.
»Reiten wir es weiter – mit der Umsicht und der Liebe, die wir dem schulden, der es uns gesattelt hat«, rief er in die Menge der Trauergäste, ehe die Stimme ihm versagte. Weit und breit war kein Mensch zu sehen, der nicht weinte. Dass Clemens ging, ohne den Trauerempfang zu besuchen, nahm ihm niemand übel. Es war März, aber der Frühling schien unendlich weit. In den Straßen überfroren graue Reste vom Schnee. Drei Tage später klopfte es an der Tür seines winzigen stickigen Büros im Reichstagsgebäude. Robert Schmidt trat ein. »Nicht eben schön

hier«, sagte er. »Zumindest ein Fenster wird man Ihnen zugestehen müssen, wenn man Ihnen ein Büro in der Zentrale einrichtet.«

Clemens mochte den Mann. Schmidt war sechzig Jahre alt und ein besonnener Politiker von bemerkenswerter Seelenruhe. Schmidt war es aber auch, den der Parteivorstand vorschickte, wenn er von Clemens etwas wollte, das gegen seine Prinzipien verstieß. »Geben Sie sich keine Mühe«, sagte Clemens, als Schmidt hinter sich die Tür zuzog. »Meine Antwort lautet nein.«

»Sie haben doch die Frage noch gar nicht gehört.«

»Ich schätze Sie. Ich will nicht, dass Sie Ihren Atem verschwenden.«

»Dann lassen Sie mich endlich meine Frage stellen: Gehen Sie mit mir essen?«

Sie gingen in das Restaurant des Reichstags, wo Schmidt Rheinwein und Kartoffelsuppe und Clemens Pfefferminztee bestellte.

»Ist das etwas Ernstes mit Ihrem Magen?«, fragte Schmidt. »Wir beobachten das seit einiger Zeit, und seit der Sache mit Ebert machen wir uns natürlich Sorgen.«

»Es ist nichts Ernstes.«

»Freut mich zu hören. Sie sparen nicht an Arztkosten, nicht wahr? Ein guter Arzt kann lebensrettend sein. Und gute Ernährung ist ebenso wichtig. Essen Sie regelmäßig, kaufen Sie das Beste, was sie bekommen können.«

»Hat jemand Sie beauftragt, mich über meine Gesundheit zu beraten?«

»Nein«, erwiderte Schmidt, »aber wie gesagt, seit der Sache mit Ebert sorgen wir uns um unsere Leute. Ich soll Ihnen übrigens ausrichten, dass Ihre Ansprache auf dem Friedhof zu Tränen gerührt hat. Selbst Anverwandte ließen fragen, wer der bezaubernde Mann mit den traurigen Augen sei. Sie haben da ein Talent, Genosse, mit dem Sie, wenn Sie wollten, wuchern könnten.«

»Ich will nicht.«

»Wissen Sie, was mir in diesen Jahren klargeworden ist? Ein jeder ist käuflich. Es ist nur eine Frage des Preises.«
»Wenn mich Geld interessieren würde, hätte ich meine Seele bereits meinem Vater verkauft«, entgegnete Clemens. »Ich denke, ein besseres Angebot werden Sie mir kaum machen.«
»Nicht, was Geld betrifft«, stimmte Schmidt ihm zu. »Aber mit dem Talent, das da in Ihnen brachliegt, könnten Sie ganz nach oben kommen. Und zudem könnten Sie schützen, was Sie lieben. Die Freiheit, die so vielen in diesem Land längst selbstverständlich ist. Unsere Republik.«
Als Clemens nichts erwiderte, sagte Schmidt auch nichts mehr, sondern aß seine Suppe. Schließlich verlor Clemens die Geduld.
»Jetzt sagen Sie schon, was Ihnen auf der Zunge brennt.«
Schmidt legte den Löffel beiseite. »Sie wissen, dass die Partei des Adolf Hitler, die NSDAP, sich vor vierzehn Tagen neu begründet hat? Und dass Hitler zusätzlich zu dieser Schlägertruppe SA eine weitere Schutzstaffel gründen will, gegen die unsere Leute in einer Saalschlacht wenig aufzubieten hätten?«
»Ich begreife nicht, weshalb das gestattet worden ist«, fuhr Clemens auf. »Und ich begreife schon gar nicht, weshalb man diesen Hitler nach sechs Monaten Haft auf freien Fuß gesetzt hat. Es ist doch bekannt, was er will, er macht keinen Hehl daraus.«
»Ach, kommen Sie, mein Guter, jetzt den wilden Mann zu spielen ändert auch nichts mehr. Sie haben die lasche Haltung im Hitler-Prozess schließlich mehr als jeder andere geduldet.«
»Und deshalb werde ich in Zukunft nichts mehr dulden«, versetzte Clemens und stand auf.
Schmidt erhob sich ebenfalls, legte Clemens die Hand auf die Schulter und drängte ihn, sich wieder zu setzen. »Gerade darum geht es. Diese NSDAP mag zum größten Teil aus harmlosen Geisteskranken bestehen, aber sie verbreitet gefährliches Gedankengut. Und sie bedient sich dazu ganz neuer Wege – modernster Mittel zur Einwirkung auf die Massen. Rundfunk und

Film spielen dabei eine Rolle, doch ich spreche vor allem von psychologischen Methoden. Gehen Sie gelegentlich ins Kino, haben Sie damals das *Kabinett des Dr. Caligari* gesehen?«

Clemens nickte. Das war 1919 gewesen. Er und Paula hatten den neuen Lichtspielpalast am Kurfürstendamm ausprobieren wollen, aber sie hatten den Saal vor Ende des Films verlassen, weil sie keine Bilder vom Morden mehr ertrugen.

»Nun, solche Art, Menschen zu manipulieren, sie gar zum Mord zu treiben, könnte bald Wirklichkeit sein«, fuhr Schmidt fort. »Wie wir aus zuverlässiger Quelle wissen, beabsichtigt die Partei des Hitler, eine eigene Propagandaleitung einzurichten, um die Beeinflussung der Massen im großen Stil zu steuern. Sie sind ein intelligenter Mann, Kamphausen, Sie wissen, dass dem mit Verboten nicht beizukommen ist. Man muss ihm mit Gleichem begegnen. Und etwas Gleiches haben wir nicht.«

»Ich weiß nicht, ob ich Sie richtig verstehe.«

»Doch, doch, Sie verstehen mich schon richtig«, sagte Schmidt. »Wir brauchen ebenfalls eine Propagandaleitung, auch wenn wir uns hüten werden, ihr in aller Offenheit diesen Namen zu geben. Wir brauchen jemanden, der uns im Umgang mit der Öffentlichkeit Impulse verleiht – Feuer, Funken, Zauber. Etwas, das die Menschen zu uns zurückholt, statt sie dem Blendwerk der Hitler-Partei zu überlassen. Das ist eine Aufgabe, die angepackt werden muss, und eine, die einen Mann aus besonderem Holz erfordert.«

Clemens sagte nichts. Abwechselnd fühlte er sich wie als Junge im Schwitzkasten seines Vaters und dann wieder wie vor dessen Silbertablett mit Belohnungen.

»Wir wollen niemanden anders für diese Arbeit«, erklärte Schmidt. »Wir wollen Sie. Deshalb ist es nur recht und billig, dass Sie uns Ihren Preis nennen. Es ist ja nichts Geringes, was wir von Ihnen erwarten.«

»Was erwarten Sie denn?«, versuchte Clemens mit letzter Kraft der Versuchung auf dem Silbertablett zu widerstehen. »Dass ich

Ihnen Wahlkämpfe organisiere, Reklame wie für Autos von Horch und Amol-Kopfschmerzmittel? Wissen Sie, dass in dieser Stadt ein Viertel aller Zwölfjährigen nicht die altersgemäße Größe erreichen, weil sie zu wenig zu essen bekommen? Wissen Sie, dass die Zahl der Arbeitslosen von Woche zu Woche ansteigt? Sollte die Partei ihre Kraft nicht lieber auf die Lösung dieser Probleme verwenden statt auf Propaganda?«

»Mehr Macht bedeutet mehr Möglichkeiten«, erwiderte Schmidt. »Und ist der Kampf gegen die Hitler-Partei kein wichtiges Problem? Sie haben jüdische Freunde, heißt es. Ihr Schwager ist Kommunist …«

Was war gegen Schmidts Vorschlag zu sagen? Es wäre der Schritt nach vorn, auf den er so verzweifelt gewartet hatte, und es gäbe ihm Waffen in die Hand, um die rechte Pest zu bekämpfen. Nicht einmal Paula würde dagegen etwas vorbringen können.

Schmidt lächelte und schob seinen leeren Suppenteller von sich. »Ein Mann wie Sie könnte diese Partei eines Tages führen, wie Bebel sie geführt hat«, sagte er. »Wer weiß, vielleicht gelingt es Ihnen sogar, die Bewegung wieder zu vereinen. Gingen SPD und KPD wieder zusammen, hätte kein Hitler eine Chance gegen sie.«

»Ich habe Sie immer für einen stillen Mann gehalten«, sagte Clemens.

»Für einen blassen Mann, meinen Sie.«

»Ja, wenn Sie so wollen, vielleicht auch das. Jedenfalls überrascht es mich, dass Sie zum Verführer taugen.«

»Ich tauge nicht dazu«, erwiderte Schmidt schlicht, »ich meine es ernst. Nach Eberts Begräbnis hat man mir den Auftrag erteilt, bei Ihnen vorzusprechen, und ich habe angenommen, weil die Idee mich überzeugt. Es macht mir Angst, was da von rechts auf uns zukommt, es macht mir Angst, weil wir darauf keine Antwort haben. Sie könnten das ändern, Kamphausen. Wenn Sie sich nicht missbrauchen lassen, könnten Sie diese Antwort sein.«

42

Du musst mal raus«, sagte Klara. »Und ich genauso. Heute Abend schmeißt du dich in deinen frivolsten Fummel, und wir gehen in diesen neuen Nachtclub in der Martin-Luther-Straße. Die ganze Stadt spricht davon.«

»Ich weiß nicht, Klärchen – passen wir beide denn in einen Nachtclub? Und die frivolen Fummel sind mir, fürchte ich, ausgegangen.«

»Soweit ich weiß, bist du die Geliebte eines gutbezahlten Parteifunktionärs«, versetzte Klara. »Geh dir was kaufen, gönn dir ein bisschen Luxus. Zur Not kann ich dir aber gern einen Fetzen borgen, auch wenn mein Liebster nur ein armer Kirchenmäuserich ist.«

Klara hatte recht. Warum sollten sie nicht feiern? Sie hatten zwei weitere Wohnungen anmieten und ausstatten können. Dass der monarchistische Kriegsbefürworter Hindenburg als Nachfolger Eberts zum Reichspräsidenten gewählt worden war, kam einem Skandal gleich, aber man durfte sich schließlich nicht das ganze Leben von der Politik vermiesen lassen. Paula, die mit Mode keine Übung besaß, kaufte auf gut Glück eins der neuen taillenlosen Kleider aus blauem Samt, dessen Saum nur knapp übers Knie reichte. Klara lieh ihr ein Stirnband und eine Federboa. »Das Blau bringt deine Augen zum Schillern«, sagte sie. »Du bist eine Hübsche, Paulchen. Weißt du das manchmal?«

»Ach was, eine Alte bin ich. Nächstes Jahr im September bin ich dreißig. Wir müssen die Zeit gewaltig erschreckt haben, dass sie uns so davongerannt ist.«

»Dann muss ich ihr einen Todesschrecken eingejagt haben.« Klara küsste Paula auf die Wange. »Ich bin zweiunddreißig und zupfe mir morgens im Bad die grauen Haare aus. Jetzt komm,

schöne Schwester. Auch wenn wir Knitterfalten kriegen, unsere flotten Beine bleiben ungeschlagen.«
Das Lokal hieß Eldorado, lag an einer belebten Straßenecke und lockte mit Leuchtreklame und grellen Plakaten. Den Tresen der Garderobe schmückte ein Schild mit der Aufschrift: »Hier ist's richtig«, und dahinter saß eine üppige rotgekleidete Schönheit, der kugelige Brüste aus dem Dekolleté quollen. »Bisschen früh dran, die Damen«, bemerkte sie mit einer rauchigen Altstimme. »Das Programm beginnt erst um zehn.«
»Wir machen unser eigenes Programm«, rief Klara fröhlich, gab der Üppigen ihre Mäntel und zog Paula mit sich in den Saal. Dort standen von der Tür zur Bühne zwei Reihen weiß eingedeckte Tische, von denen nur wenige besetzt waren. Paula war froh, das neue Kleid zu tragen, denn die Gäste in dem schummrig beleuchteten Raum waren sämtlich in Abendgarderobe. Am Flügel vor der Bühne saß eine Pianistin und spielte leisen, weichen Jazz.
»Die Damen haben reserviert?« Ein zierliches Mädchen mit schwarzem Bubikopf vertrat ihnen den Weg. Ihrer Stimme haftete etwas seltsam Künstliches an.
»Leider nicht«, antwortete Klara. »Aber es ist doch wohl noch etwas zu haben?«
Die Schwarzhaarige warf einen Blick auf ihr Klemmbrett. »Eine Stunde lang kann ich Ihnen einen Tisch anbieten, aber zu Programmbeginn sind wir wie jeden Abend ausgebucht. Doch wer weiß, vielleicht haben die Damen bis dahin ja eine Bekanntschaft gemacht, die ihren Tisch mit Vergnügen teilt?«
Vielsagend schürzte das Mädchen die rotgeschminkten Lippen. Klara lachte, ließ sich an einen Tisch in der Nähe der Bühne führen und bestellte, noch ehe sie sich setzte, zwei Martini Dry.
»Was ist das? Das neuste Modegift?«
»Gin und trockener Wermut. Muss man heutzutage trinken.« Klara entnahm ihrer Tasche eine glitzernde Spitze und steckte

sich hingebungsvoll eine Zigarette an. »Ist nur Strass«, beteuerte sie. »Sieht aber echt aus, oder? Komm, Süße, heute Abend benehmen wir uns mal wie zwei richtig dekadente Mädchen.«

Paula lachte mit. Klara, die bei der Arbeit in Manfreds ausgefransten Knickerbockers herumlief, konnte, wenn sie wollte, einen hinreißenden Vamp abgeben. Eine hochgewachsene Kellnerin brachte ihre Getränke, zwei vor Kälte beschlagene Gläser, in denen zerstoßenes Eis und Oliven schwammen. »Wohl bekomm's, meine Verehrtesten.«

Paula schrak zusammen. Bei der Garderobiere und der Empfangschefin hatten die Stimmen sie bereits stocken lassen, aber bei der mit Perlenschnüren behängten Kellnerin bestand überhaupt kein Zweifel. »Das ist doch ein Mann!«, rief sie, sobald die Hochgewachsene sich mit wiegenden Hüften entfernt hatte.

Klara musste so sehr lachen, dass sie um ein Haar ihr Glas umstieß. »Du Unschuldsengel«, rief sie prustend. »Hier gibt es nur Männer – die einzigen Weibchen im Saal sind du und ich. Hast du das wirklich nicht gemerkt?«

Verstört schüttelte Paula den Kopf und sah sich um. Die Pianistin lächelte ihr mit klimperndem Wimpernschlag zu und zeigte ein bestrumpftes Bein, das einem Preisringer Ehre gemacht hätte. »Transvestiten«, erklärte Klara, um Paula aus ihrer Verwirrung zu helfen. »Erlaubt ist, was gefällt. Das hier ist das Eldorado der freien Liebe.« Mit dem Kopf wies sie auf das Paar am Nebentisch, er im Frack, sie im schwarzen Spitzenkleid, die die Köpfe zärtlich zueinandersteckten. Jetzt, da Paula Bescheid wusste, war unverkennbar, dass es sich um Männer handelte. »Um diese Zeit sind nur Leute hier, die zur Szene gehören. Aber nachher zum Programm kommen jede Menge Schaulustige – Männer, die Männer lieben, Frauen, die Frauen lieben, und normale Langweiler wie wir.«

»Und woher weißt du das alles?«, fragte Paula perplex.

»Ich war mit Ilse und Frieda hier«, antwortete Klara.

»Mit Ilse und Frieda?«
Wieder lachte Klara. »Na, die beiden passen doch hierher wie die Faust aufs Auge. Oder hast du etwa auch nicht gewusst, dass deine feiste Frieda ein kesser Vater ist?«
»Ein was?«
»Eine Lesbe, Schätzchen. Erinnerst du dich an ihr verstorbenes Kusinchen Kiki? Die war so wenig ihre Cousine, wie es Ilse ist.«
»Aber Ilse hat doch ihren Heinz geliebt!«
»Und jetzt liebt sie eben ihre Frieda«, erwiderte Klara gelassen. »Sie ist aus ihrem kleinen Loch in Friedas Dachwohnung gezogen, sie haben drei halbwüchsige Blagen, die sie zusammen aufziehen, und vielleicht müssen sie sich ja weniger ärgern als wir mit unseren Herren der Schöpfung. Johanna sagt, sie hat ihre Schwester nie so zufrieden erlebt. Johanna wollte ich heute Abend übrigens mitbringen, aber sie packt sich ja bis oben hin in Watte, aus Angst, dem Kleinen könnte was passieren.«
Das erschien Paula nur verständlich, nachdem Johannas letzte Schwangerschaft in einer Fehlgeburt geendet hatte. Dieses Mal hatte sie alles getan, um sich zu schonen. Die Geburt stand in wenigen Wochen bevor, und Johanna und Harry freuten sich unendlich auf ihr Kind. »Ich bin froh, dass du sie nicht mitgebracht hast«, gestand Paula. »Ich glaube, das selige Lächeln einer Schwangeren hätte ich im Augenblick nicht gut ertragen.«
»Ach, mein armes Paulchen.« Klara beugte sich zu ihr. Sie verschränkten ihre Arme miteinander, tranken einen Schluck und küssten sich. Das Paar am Nebentisch applaudierte. »Ich habe mir auch ewig gewünscht, mit Manfred noch ein Kind zu bekommen«, sagte Klara. »Aber die Natur hat es anders gewollt, und manchmal denke ich, es war besser so. Wie uns Rieke bei dem verrückten Leben, das wir führen, so gut gelungen ist, frage ich mich ohnehin.«
»Weil ihr gute Eltern seid«, erwiderte Paula. Rieke war klug, selbstbewusst und frei von Angst. Mit ihren zwölf Jahren wusste

sie bereits, was sie vom Leben wollte – Medizin studieren und Krankheiten wie Tuberkulose bekämpfen, die vor allem die Ärmsten der Armen befielen.

Klara streichelte ihren Arm. »Du wärst auch eine gute Mutter, Süße. Aber sag mal, wenn dich der Wunsch nicht loslässt, solltest du Clemens nicht endlich einmal fragen, warum er so partout kein Kind will?«

»Glaub mir, das habe ich versucht. Aber es gibt ein paar Themen, denen er konsequenter ausweicht als der Teufel dem Weihwasser.«

»Was für Themen?«

»Sein Vater. Seine Mutter. Und die Möglichkeit, Vater zu werden.«

»Feigling«, zischte Klara.

»Bitte nicht. Ich habe das auch schon zu ihm gesagt, aber es ist nicht gerecht, und ich kränke ihn viel zu oft. Er ist so einsam, Klärchen.«

»Unser Clemens? Der strahlende Mittelpunkt jeder Gesellschaft?«

Paula nickte. »Weißt du, wie oft ich mir wünsche, ich könnte die Zeit zurückdrehen bis zu diesem verfluchten Januar 1919?«

»Bitte dreh sie nicht zurück«, rief Klara. »Ich flehe dich an, noch einmal halte ich das nicht aus.«

»Ich auch nicht«, gab Paula zu. »Deshalb haben wir ja damals alles falsch gemacht – weil wir's nicht ausgehalten und nie geredet haben. Ich wünschte mir nur so sehr, ich könnte Manfred dazu bringen, Clemens zu verzeihen. Das beides – dass er von seiner Mutter und von Manfred keine Verzeihung erlangen kann, lastet auf ihm wie ein Bleigewicht, das mit den Jahren schwerer wird.«

»Und deshalb will er kein Kind?«

»Ich glaube, er ist überzeugt, ein Kind genauso zu enttäuschen wie seine Eltern und Manfred. Er denkt von jedem Menschen, dass er ihn enttäuscht. Im Krieg hat er einem sterbenden Kameraden versprochen, sein Medaillon seiner Mutter zu bringen. Jahrelang hat er versucht sie zu finden, aber die Frau ist nicht aufzutreiben. Seither trägt Clemens das Medaillon um den Hals – um sich tagtäglich daran zu erinnern, wie tief er diesen Sterbenden enttäuscht hat.«

»Aha«, sagte Klara. »Und um das auszugleichen, enttäuscht er auch noch dich.« Ehe Paula etwas erwidern konnte, winkte Klara der männlichen Kellnerin und bestellte noch zwei Martini. »Nein, erklär mir nichts, Paulchen«, bat sie. »Ich will Clemens nicht schlechtreden, ich kann deinen dunklen Charmeur gut leiden, auch wenn er eine Seite an sich hat, die mir Angst macht. Dass er mich damals in die Schweiz geschickt hat, vergesse ich ihm nie, und eigentlich bin ich ihm dafür etwas schuldig, oder?«

»Ich wüsste nicht, was.«

»Nun, vielleicht gibt es ja doch noch Wege, unsere beiden Herzliebsten wieder zusammenzubringen. Ich wollte mich nämlich heute mit dir betrinken, weil ich etwas zu feiern habe. Manfred ist auf einen Nachrückerplatz gewählt worden. Wenn alles gutgeht, zieht er zum September in den Reichstag ein.«

Manfred als Reichstagsabgeordneter! Ihr stiller, schüchterner Bruder, der nie heuchelte und niemandem schöntat, hatte allein durch seine Arbeit einen solchen Sprung geschafft. Schwungvoll stieß Paula ihr Glas gegen das von Klara. »Das ist großartig, Klärchen, das ist einfach wundervoll! Auf Manfred – und auf seine Familie, auf Rieke und dich.«

Klaras Augen leuchteten. »Vielleicht müssen unsere zwei Kampfhähne in Zukunft ja zusammenarbeiten«, sagte sie. »Und vielleicht stellen sie dabei fest, dass das, was sie gemeinsam haben, viel wertvoller ist als das, was sie trennt – so wie die beiden blöden Parteien es eigentlich auch feststellen sollten. Vor allem, wenn sie sich mit der bräunlichen Jauche vergleichen, die da aus Bayern zu uns herüberschwappt.«

»Klärchen, ich liebe dich.«

»Ich dich schon lange. Was meinst du, warum ich dich in diese Spelunke entführt habe?«

»Im Verdacht hatte ich dich immer!« Spaßhaft drohte Paula ihr mit dem Finger. »Ich habe sogar mal geglaubt, du wärst eifersüchtig auf Stefanie.«

Schlagartig verdunkelte sich Klaras Miene. »Bitte nicht heute. Irgendwann werde ich dich sowieso damit überfallen müssen, aber heute Abend mag ich nicht an Probleme denken.«

»Probleme mit Stefanie? Wenn etwas vorgefallen ist, musst du es mir sagen, Klara. Heute, nicht irgendwann.«

Klara stöhnte. »Es tut mir wirklich leid, aber ich will sie bei uns nicht mehr haben. Sie ist nicht geeignet. Wir kommen ohne Hilfe besser klar als mit ihr.«

»Aber warum denn?«, rief Paula. »Eine derart vielseitige Sekretärin ist für das Geld, das wir zahlen, doch gar nicht zu bekommen.«

»Paula«, sagte Klara und fasste sie ins Auge, »die Arche braucht keine vielseitige Sekretärin, sondern einen Menschen mit Herz, das weißt du so gut wie ich. Sie braucht kein aufgetakeltes Püppchen in Unschuldsweiß, sondern eine Frau, die sich nicht zu fein ist, einem Kind die Nase zu putzen oder eine Weinende im Arm zu halten. Stefanie schreit die Frauen an, verpasst den Kindern Backpfeifen und wäscht sich in einem fort die Hände. Sie vergiftet die Stimmung. Die Leute sind zu uns gekommen, damit sie ohne Angst leben können, doch inzwischen haben sie Angst vor Stefanie.«

»Aber wo soll sie denn hin?«

»Weshalb ist das deine Sorge? Sie ist erwachsen, lass sie gehen und sich eine andere Stelle suchen.«

»Es gibt doch keine«, fuhr Paula auf. »Warst du in letzter Zeit mal in der Sonnenallee, hast du gesehen, wie die Leute vor dem Arbeitsamt Schlange stehen?«

»Das habe ich allerdings. Unsere Frauen gehen nämlich auch dorthin, um sich anzustellen, und viele von ihnen kommen irgendwo unter. Aber Stefanie nicht. Die, die da stehen, sind Pack, sagt sie, und mit Pack macht sie sich nicht gemein.«
»Klara, wenn du wüsstest, was sie durchgemacht hat …«
»Ich weiß, was sie durchgemacht hat«, versetzte Klara mit blitzenden Augen.
»Du kennst nicht einmal die Spitze des Eisbergs«, gab Paula zurück. »Trotzdem urteilst du Stefanie ab. Du hast sie doch nie gemocht.«
»Ich werde sie auch nie mögen«, erwiderte Klara mit Bedacht. »Und zwar nicht wegen der Sache mit ihrem Bruder.«
Paula erschrak. »Für die Sache mit dem Bruder kann doch Stefanie nichts.«
»Verkauf mich nicht für dumm«, fiel Klara schneidend ein. »Die Polizei war zweimal bei uns, und wenn sie ein bisschen mehr Zeit auf Mordfälle statt auf kommunistische Flugblattverteiler verwenden würde, hätte sie gewiss so schnell nicht aufgegeben. Die Leiche des Bruders wurde an dem Tag gefunden, an dem Stefanie blutüberströmt bei dir vor der Tür stand. Ich kann zwei und zwei zusammenzählen, Paula. Und ich habe dir schon einmal gesagt, ich verurteile keine Frau, die ihren Peiniger irgendwann tötet, weil sie die Qual nicht mehr erträgt.«
Paula starrte auf ihre Hände. Klaras Worte beschworen jene Nacht in der Corneliusstraße noch einmal herauf, die grauenhaften Details, die Stefanie ihr damals anvertraut hatte und die sie nie vergessen würde. »Bitte, können wir noch einen Martini trinken?«, fragte sie. »Du weißt nicht alles, Klara. Und ich muss es einmal jemandem erzählen.«
Wortlos bestellte Klara die Getränke. »Stefanie war verlobt«, begann Paula. Der Alkohol machte die Worte leichter, so dass sie sie über die Lippen bekam. »Ausgerechnet Stefanie, für die Männer nur taugten, wenn sie Geld besaßen, hatte sich in einen netten

Jungen namens Volker verliebt, der auf dem Bau den Laufburschen machte. Sie hatten beide denselben Traum. Auch Volker wollte sich aus dem Elend herauskämpfen, besuchte Abendkurse, lernte wie ein Besessener. Als er Stefanie traf, verdoppelte er seine Mühe, um seiner Liebsten ein sorgenfreies Leben zu bieten. Er war der Einzige, den ich hätte lieben können, hat Stefanie gesagt. Jetzt weiß ich von der Liebe nichts mehr, und das ist gut.«

»Volker ist gestorben?«

Paula nickte. »Er kam voran, sparte jeden Pfennig und plante, mit Stefanie nach Südamerika auszuwandern, sobald er das Reisegeld zusammenhatte. Aber dazu kam es nicht. Stefanies Bruder holte sie sich zurück. Kurz darauf stürzte Volker von einem Baugerüst und brach sich das Genick. Stefanie ist sicher, dass er von ihrem Bruder verlangt hat, sie freizugeben, und dafür sterben musste. Die Polizei hingegen entschied auf Unfall. Was der Bruder Stefanie danach angetan hat, ist unaussprechlich. Ich habe ihre Verletzungen gesehen, Klara. Was hätte sie tun sollen? Sie hatte keinen Menschen mehr und keinen Ort, an den sie fliehen konnte.«

»Sie hatte dich«, wandte Klara behutsam ein. »Und sie hatte die Arche. Versteh mich nicht falsch. Ich habe dir vorhin gesagt, dass ich keine Frau für eine solche Tat verurteile. Ich will dich nur daran erinnern, dass eine solche Tat nie die einzige Möglichkeit ist.«

»Was willst du damit sagen? Dass Stefanie eine Mörderin ist?«

Klara legte einen Finger auf die Lippen. »Nein. Nur dass es wenig gibt, vor dem sie zurückschreckt. Erinnerst du dich an den Tag, als sie zu uns kam? Ich weiß, auch für den Tod ihrer Nachbarin konnte sie nichts, doch wo immer Stefanie auftaucht, ist Blut. Trotzdem verstehe ich, dass du sie liebhast und versuchst ihr zu helfen. Bitte verstehe du auch, dass ich sie nicht in meiner Nähe haben will, nicht in der Wohnung, in der meine Familie lebt.«

»Und wohin soll sie dann? Auf die Straße? Wenn sie keine Arbeit mehr hat, kann sie ja nirgendwo ein Zimmer bezahlen.«
Mittlerweile strömten Menschen in Scharen in den Saal. Im Hintergrund summten und zwitscherten ihre Gespräche, und ein Sitzplatz nach dem anderen füllte sich. Klara musterte Paula.
»Ich hoffe, ich begehe jetzt keine Riesendummheit«, sagte sie.
»Aber hast du Clemens schon mal gefragt, ob er nicht helfen kann?«
»Wieso Clemens?«
»Er hat jetzt ein großes Büro in der Parteizentrale, oder? Und auch wenn mir nicht völlig klar ist, was er da eigentlich macht, wird er ja wohl eine Sekretärin brauchen.«
Warum bin ich nicht selbst darauf gekommen?, durchfuhr es Paula. Dort hatte Stefanie den Arbeitsplatz, den sie sich wünschte – Ruhe, Sauberkeit und Männer in gediegenen Anzügen. Gerade wollte sie Klara für ihren Einfall danken, als eine Frau in elegantem Schneiderkostüm und Topfhut an ihren Tisch trat. Zu Paulas Verwunderung entpuppte ihre Stimme sich als weiblich.
»Es tut mir ja herzlich leid, aber ich fürchte, Sie sitzen an unserem Tisch.«
»Lass mich das regeln, Herzelein«, machte sich hinter ihr ein älterer Herr in Frack und weißer Weste bemerkbar. »Ich habe dir ja gleich gesagt, in solchen Lokalen ist man vor unschönen Überraschungen nie gefeit.«
Die Frau beachtete ihn nicht, sondern schlug sich eine Hand vor die Stirn. »Ist das wirklich wahr? Paula Bienenstich? Die Schwester von Manfred Nickelbrille?«
»Clivia Meyer zu Köcker«, platzte Paula heraus.
Clivia lächelte mild. »Inzwischen Clivia von Waldeck. Aber was tut das schon zur Sache?«
Der ältere Herr, der offenbar mit ihr verheiratet war, empörte sich weiter darüber, dass Paula und Klara seinen Tisch nicht räumten, und wollte einen Saaldiener holen, aber seine Frau

schnitt ihm kurzerhand das Wort ab. »Warum sagst du nicht Max, er soll dich nach Hause fahren, Bodo? Es war reizend von dir, mit mir hierherzugehen, aber du hast Glück, meine Freundinnen aus meiner wilden roten Zeit können mich unterhalten, und du brauchst dich nicht zu quälen. Ich lasse mir später ein Taxi rufen.«
»Bist du sicher, Herzelein? In solchen Lokalen kann doch allerhand geschehen, und dann mit diesen Damen, ohne männliche Begleitung …«
Clivia lachte und brachte ihn mit einem Kuss auf den verkniffenen Mund zum Schweigen. »Geh nach Hause, Bodochen, lass dir ein schönes Fußbad machen und lies die Landpost.«
Sie ist nett, dachte Paula. Als wir jung waren, habe ich sie so grässlich gefunden. Während Bodo brummend den Rückzug antrat, bestellte Clivia eine Flasche Champagner. »For auld lang syne, sagt man in Schottland«, bemerkte sie. »Auf die alten Zeiten.«
Die erste Programmnummer nahm ihren Lauf. Drei als Hawaii-Mädchen gewandete Männer schwangen ihre athletischen Körper zu schmissigen Rhythmen im Tanz. Dabei war Paula nie sicher, ob ihre Oberkörper nackt oder bekleidet, ob ihre Brüste echt oder künstlich und ob sie ganz Mann oder ganz Weib waren. Anschließend gingen männliche Blumenmädchen mit Körbchen umher und boten Münzen feil, auf denen ein lesbisches Liebespaar abgebildet war. Für die Münzen konnte man sich einen Tanz mit den Darstellern ersteigern, und im Nu war die Fläche zwischen den Tischreihen gefüllt. Der Pianist mit den Preisringer-Beinen warf die Mähne zurück und hieb in die Tasten. Paula, benebelt vom Alkohol, fand alles schön und wunderbar frei. Die Blumenmädchen hatten etwas von den schlanken Knaben auf den Fresken in Pompeji.
»Und?«, fragte Clivia. »Was macht Berlins entzückendster Mann? Trinkt er noch immer Kaffee mit Ei?«

»Mit Eierschale«, entfuhr es Paula. »Aber das meinen Sie doch nicht ernst – so wie Clemens Sie behandelt hat, können Sie ihn unmöglich entzückend finden.«
»O doch«, erwiderte Clivia, »das meine ich so ernst, wie es mir überhaupt möglich ist. Clemens Kamphausen ist ein entzückender Mann, einer von wenigen, die es wert sind, dass man sich für sie das Herz bricht, weil sie für Augenblicke Glück schenken können. Und was bleibt am Ende des Lebens schon übrig, wenn nicht Glück? Dafür, dass Sie ihn immer noch am Zügel halten, gebührt Ihnen übrigens Bewunderung.«
»Woher wissen Sie denn das?«, fragte Paula.
Clivia lächelte. »Ich lese Zeitung. Ab und an sogar den Herrn GS, der sich über Ihre wilde Ehe ebenso ereifert wie über die Unmoral, die in Ihren Frauenhäusern Blüten treibt.«
»In meinen Frauenhäusern?«
Glockenhell lachte Clivia auf. »So nannte man im Mittelalter ein Bordell. Machen Sie sich keine Sorgen. Die Hasstiraden von GS sind unterhaltsam, sonst nichts. Warum er sich auf Sie und Clemens so eingeschossen hat, weiß ich zwar nicht, aber dieser braune Haufen ist doch viel zu unappetitlich, um ihn ernst zu nehmen. Sprechen wir lieber von den spaßigen Seiten des Lebens. Um ehrlich zu sein, hätte ich gewettet, dass Sie für Clemens nur eine in einer endlosen Reihe von Eroberungen wären. Aber ich habe mich getäuscht. Sie hatten das, was mir fehlte.«
»Es tut mir leid.«
»Das braucht es nicht. Und nur falls Sie ihn loswerden wollen – besten Dank, ich nehme ihn nicht zurück. Bodo hat Hühneraugen und chronische Blähungen, aber er ist vollkommen harmlos, und ich habe zwei kleine Söhne, denen ich sämtliche Sterne vom Himmel holen würde. Wenn man sehr jung ist und noch die ganze Unverwüstlichkeit der Jugend besitzt, kann man für einen Mann tausend Tode sterben und kommt am Ende mit dem Leben davon. Aber in unserem Alter bleibt ein Teil von uns tot, und

dann müssen wir sehen, wie wir uns als halbe Leichen bis zum Ende schleppen.«

Auf die Bühne trat ein ausgesprochen schöner Mann, der mit Hochfrisur und Tournüre auf dem Hintern als Gräfin daherkam und im Falsett ein schmachtendes Walzerlied sang.

»Lieber Freund, man greift nicht nach den Sternen,
Die für uns in nebelhaften Fernen.«

Er hatte den Text umgedichtet, aber Paula hörte nur die Melodie.

»Bitte entschuldigen Sie. Ich wollte nichts sagen, das Ihnen den Abend verdirbt.«

»Das haben Sie nicht«, erwiderte Paula. »Ich freue mich, dass wir uns getroffen haben, und das, was ich früher über Sie gedacht habe, tut mir leid.«

»Mir auch.« Clivia lachte. »Vor allem in diesem Strandbad. Ich hätte Ihnen Ihren Bienenstich an den Kopf klatschen wollen.«

Sie lachten alle drei.

»Grüßen Sie den verrückten Herrn Kamphausen«, sagte Clivia. »Und hüten Sie ihn. Dass ein Mann uns treulos in die Hölle stürzt, heißt ja nicht, dass er kein Stück vom Himmel wäre.«

Das letzte Wort war nicht mehr zu verstehen. Zum Applaus für die Gräfin gesellten sich das Getrippel der Blumenmädchen und das Geschrei der Tanzwilligen, die einander überboten. Gleich darauf folgten Türenschlagen und die Tritte schwerer Stiefel. Der Applaus versickerte. »Ich bedaure von Herzen, meine Herren«, hörte Paula die schwarzhaarige Empfangsdame flöten. »Heute Abend ist dieses schlingernde Boot leider voll, aber für morgen nehme ich mit Freuden Ihre Buchung entgegen.«

Paula fuhr herum und sah, wie ein Uniformierter dem Schwarzhaarigen das Klemmbrett aus der Hand schlug. Dann gab er ihm eine Ohrfeige, die in der Stille widerhallte. »Du Drecksau wagst es, mit mir zu reden? Ich kehre als anständiger Deutscher hier ein, weil ich meinen Kameraden aus München ein wenig Berliner Unterhaltung bieten will. Und was finde ich?

Sittenverfall. Perversion. Verderbtheit, vor der man sich übergeben möchte!«

Er wollte den Schwarzhaarigen noch einmal ohrfeigen, doch der war kein hilfloses Mädchen, sondern ein durchtrainierter Mann, der ihn am Handgelenk packte und mit einer Drehung zu Boden warf. Der Blick auf den Gang wurde frei, und Paula entfuhr ein Laut. Die Uniformierten, die im Halbdunkel warteten, griffen nach ihren Waffen. Paula sah Schlagstöcke in die Höhe schießen und vorn eine Klinge blitzen. »Raus hier!«, rief der Mann im Frack am Nachbartisch. Sein Begleiter im Spitzenkleid griff schon nach Clivias Arm. »Kommen Sie, meine Damen. Es gibt einen Hinterausgang.«

»Was sind denn das für Gestalten?« Clivias Stimme schraubte sich hoch wie früher, wenn Clemens sie außer Fassung gebracht hatte.

»SA«, erwiderte der Mann im Spitzenkleid. »Oder weiß der Geier, wie diese Vandalen sich jetzt noch nennen. In jedem Fall ist mit denen kein Kirschenessen.« Der erste Schmerzenslaut schnitt ihm das Wort ab. »Los, raus«, rief der Spitzenbekleidete resolut und begann Clivia an der Bühne vorbeizudrängen. Schläge hallten, Schreie gellten auf, und mit Gepolter stürzten Möbel um. Klara und Clivia schoben sich durch die Hintertür, als das Geräusch schneller Schritte Paula herumfahren ließ. Zum Greifen nah stand der Anführer vor ihr und hielt den Schlagstock erhoben. Es war ein Tag des Wiedersehens, einer, an dem die Vergangenheit aufstand. Der Mann trug keinen verschossenen Pullunder mehr, sondern eine bräunliche Uniform mit breitem Koppel und kniehohen Stiefeln. Sein teigiges Gesicht hatte sich gestrafft, und über einem der Rosinenaugen klaffte eine Narbe. Dennoch hätte Paula ihn unter Hunderten erkannt. Er war der Junge vom 1. Mai, dem Clemens jeden Funken Stolz aus dem Leib geschüttelt hatte. Der Junge vom Kriegsausbruch, dem sie Joachim entrissen hatte.

»Georg«, stammelte sie.
Sie hatte rasenden Ehemännern und wütenden Straßenkämpfern gegenübergestanden, aber einen Hass wie diesen hatte sie nie gesehen. Es war mehr als Hass. Mordgier. Aus seinem Mund kam nicht mehr als ein Flüstern. »Verrecke«, zischte er. »Rote Hure, verrecke.«
Paula erstarrte. Sein Hass lähmte sie. Er würde sie zu Boden schlagen, und sie konnte nichts tun, um sich zu wehren. Aber der Mann schlug nicht zu, und im nächsten Augenblick fühlte sie sich am Arm gepackt und aus der Tür gezerrt. »Bist du verrückt?«, schrie Klara sie an. »Sollen diese Barbaren dich umbringen?«
Noch immer war Paula nicht fähig, sich zu rühren.
»Wir müssen die Polizei rufen«, murmelte die in sich zusammengesunkene Clivia, die im leichten Regen zitterte.
»Das erledigen wir.« Der Mann im Spitzenkleid streichelte ihr tröstend den Rücken. »Leider ist es nicht das erste Mal. Und das letzte, fürchte ich, schon gar nicht.«
»Kann man dagegen nichts machen?«, fuhr Clivia auf. »Ich dachte, diese Spinner in ihren scheußlichen braunen Joppen wären harmlos.«
»Fahren Sie nach Hause, und versuchen Sie sich zu beruhigen«, sagte der Spitzenbekleidete. Das Licht der Straßenlaterne fiel auf sein altes Gesicht, die Falten, von denen die Schminke bröckelte. »Wenn Sie in der Wahl Ihrer Lokale künftig vorsichtiger sind, ist gut möglich, dass Sie verschont bleiben. Harmlos ist schließlich alles, solange nicht wir es sind, denen es die Nase bricht.«

ALEXANDRA

Berlin-Lichtenberg

Weihnachten 1989

*»Wir woll'n es nicht verschweigen
In dieser Schweigezeit.«*

Wolf Biermann, »Ermutigung«

43

Harmlos ist schließlich alles, solange nicht wir es sind, denen es die Nase bricht. Hätte er mir nicht in dieser Nacht schon ins Gesicht gezischt, was sie bald unserer ganzen Welt entgegenwerfen würden, *verrecke, verrecke,* vielleicht hätte ich auch versucht sie für harmlos zu halten. Schließlich hatten sie im Reichstag nur zwölf Sitze und traten auf wie halbgare Flegel. Und wir hatten so viel anderes zu tun, so viele andere Sorgen. Das wäre ein Zeichen für eine Welt, die in Ordnung wäre, nicht wahr? Dass ein Mensch am Ende in der Lage wäre zu sagen: Ich hatte Zeit, mich um meine eigenen Sorgen zu kümmern.«

»Ihr hattet die Zeit nicht?«, fragte Alex.

Die Geste, die Momi vollführte, war weder ein Kopfschütteln noch ein Nicken. Sie saß halb aufrecht, Rücken und Nacken durch Kissen gestützt. Das Abendessen des Krankenhauses hatte sie wie üblich nicht angerührt, aber von dem Hagebuttentee, den Alex ihr aus der Kantine geholt hatte, hatte sie getrunken, und an dem Thermobehälter, den Meike extra im Westen gekauft hatte, hatte sie immerhin gerochen. »Das ist Unsinn, was du da gemacht hast, Süppchen. Bratkartoffeln kann man nicht warm halten. Die werden schlaff, wer will die dann noch?«

Alex hatte gelacht. Ohnehin hatte sie nicht zu hoffen gewagt, dass Momi essen würde. Morgen früh würden die Ärzte ihr wieder einen Tropf legen. Sie zwangen sie zu nichts mehr. Die Bratkartoffeln hatte Alex zubereitet, weil Weihnachten war. Meike hatte ihr sogar ein winziges Weihnachtsbäumchen in einem Topf mitgebracht. »Mit Schmuck aus dem Erzgebirge. So was Hübsches kriegst du nicht mal im Westen.« Die Freundin hatte sie geradezu bekniet, Weihnachten nicht allein bei Momi in der Klinik zu verbringen. »Das hältst du nicht aus – schon gar nicht, wo sie das Brandenburger Tor geöffnet haben und die Stadt eine einzige Weihnachtsparty ist. Gönn dir eine Pause, komm zu uns oder geh zu deinem Oliver.«

Alex aber war entschlossen, auch diesen Abend bei Momi zu verbringen und ihre Geschichte zu Ende zu hören, so hart es sie ankam. Momi kam es noch härter an. Sie durfte jetzt, da das Ventil geöffnet war, nicht mit der Geschichte allein bleiben. Zudem konnte niemand ihnen sagen, wie viele Abende sie noch übrig hatten.

Sie hatte das Weihnachtsbäumchen mitgenommen, sich dann aber entschieden, es nicht zu Momi ins Zimmer zu tragen. Der Duft von Bratkartoffeln mochte gerade noch angehen, doch ansonsten vertrug der Rest von Momis Geschichte kein Feiern.

Während sie hilflos durch das Foyer gewandert war und überlegt hatte, was sie mit dem Bäumchen anfangen sollte, war die Drehtür in Schwung geraten, und gleich darauf stand schwer atmend Oliver vor ihr. »Das geht doch nicht«, hatte Alex gestammelt, bemüht, ihre Erleichterung zu verbergen.

»Ich setze mich ins Wartezimmer«, sagte er. »Ich habe gefühlte achtzig Bücher und etliche Seiten meiner Magisterarbeit in der Tasche und kann mich zur Not ein halbes Jahr lang beschäftigen.«

»Das kannst du nicht machen, Oliver, nicht an Weihnachten.«

»Was soll ich stattdessen denn machen, meine Traumfrau? Mich bei meinem Vater unter den Tannenbaum setzen?«

»Und was ist mit deiner Großmutter?«, fragte sie. Er hatte ihr erzählt, dass die Großmutter für ihn da gewesen war. Ihn gegen den Vater in Schutz genommen und ihm gesagt hatte, dass er in Ordnung war, sooft der Vater ihm das Gegenteil hatte eintrichtern wollen. Alex mochte seine Großmutter noch immer nicht, aber dafür, dass Oliver sie mochte, mochte sie ihn.

»Über das, was mit ihr ist, müssen wir beide reden«, sagte Oliver. »Aber nicht heute. Heute kümmerst du dich um Momi und um dich, und ich bleibe mit meinem Kram im Wartezimmer sitzen, bis du kommst – egal, wann das ist. Mach dir keine Gedanken.«

»Aber es ist doch Weihnachten.«

»Ich habe ja den hier.« Lächelnd nahm er ihr den Topf mit dem Bäumchen aus den Armen. »Derart zauberhafte Holzengel gibt's bei uns nicht mal am Leopoldplatz.«

Mit seinem Lachen im Ohr war sie zu Momi gegangen und hatte festgestellt, dass es leichter war als befürchtet. Dass es sich richtig anfühlte, in der dunklen Wärme des versickernden Tages bei ihr zu sitzen und mit ihr auf den Rest zu warten.

»Nein, für unsere Sorgen hatten wir keine Zeit«, sagte Momi unvermittelt. »Aber das eigene Leben steht ja nicht still und hält den Atem an, damit die Welt um einen herum verrücktspielen kann. Unseres jedenfalls preschte unentwegt voran. Die arme Johanna – der kleine Junge, den sie sich so sehr gewünscht hat, kam mit einem offenen Rücken zur Welt und lebte keine fünf Tage. Was aus uns geworden wäre, wenn dieses Kindchen am Leben geblieben wäre, werde ich nie erfahren. Nachdem es begraben war, begann Harry zu trinken. Er war ein so feiner Mensch, er hätte nie einem anderen geschadet. Nur sich selbst. Den meisten von uns fiel nicht auf, dass er trank. Und auch nicht, dass er litt. Mir jedenfalls nicht.«

Alex hob Momi die Tasse an den Mund. Sie trank nichts mehr, verteilte jedoch mit der Zunge Tee auf den trockenen Lippen.

»Dass die Nazis von unserer Stadt Besitz ergriffen, war nicht mehr zu übersehen«, fuhr Momi fort. »›Juda, verrecke‹, schmierten sie an Häuserwände. Joachim machte in diesen Jahren oft seinen Laden in der Leipziger Straße über Mittag zu, um alle Kinder von der Schule abzuholen – Ruben, Frieder, die Söhne von Kiki und Rieke. Er brachte die ganze Schar zu seiner Mutter, wo sie genudelt und verwöhnt wurden. Rieke war längst zu groß, um abgeholt zu werden, aber sie ging trotzdem mit, weil jeder sich gern von Frau Deborah bemuttern ließ und weil sie Joachim mochte. Einmal sah sie, als sie mit Joachim von der Schule kamen, das blutrote ›Juda, verrecke‹ an einer Häuserwand. Dieses beherzte Mädchen fackelte nicht lange, sondern lief hin und stellte sich davor, damit Joachim die Schmiererei nicht las. Erst später fiel ihr ein, dass Joachim ja nichts sehen konnte. Wir kamen abends am Wannsee zusammen, da erzählte sie es mir, und Kutte hörte zu. Als die Saison zu Ende war, begleitete Kutte Joachim auf allen Wegen. Joachim und Kutte wurden ein Gespann, bis Kutte im Mai zurück in seine Bude musste.«

Alex legte Momi das einzige Foto aus der Kiste in die Hände. Es war verblichen und zerknittert, aber die Gesichter der kleinen Schar, die sich mit dem Riesen in der Mitte für die Kamera aufgestellt hatte, ließen sich noch erahnen. »Ist das Kutte?«

Momi sah das Bild nicht einmal an, aber in ihren Mundwinkeln zuckte ein Lächeln. »Ja«, sagte sie. »Da stehen wir an der Siegessäule und sehen dem Zeppelin zu, wie er über uns hinweg in Richtung Atlantik schwebt.«

»Wann war das?«

»Ich weiß nicht mehr genau. 1928, glaube ich, in einem der letzten üppigen Jahre. Sind wir berühmt für unsere schlimmen Zeiten, Süppchen? Wir hatten so viele gute. Tage wie diesen, an denen wir glaubten, wir wären letzten Endes unschlagbar. Wir, die Luftschiffe in den Himmel sandten und einen Kaiser in die Wüste geschickt hatten. An solchen Tagen waren wir sicher, die Nazis würden wieder verschwinden, wie Ludendorff verschwunden war. Ich hatte Sorgen. Ich hatte auch Alpträume. Da, wo Menschen sich ballten und den Ausgang versperrten, ging ich nicht mehr gern hin. Aber das alles ließ sich verdrängen. Die Männer gingen trotzdem zum Fußball in die Plumpe, und wir Frauen verspotteten Joachim, weil seine Hertha immer im Endspiel um die Meisterschaft verlor. In unseren Wänden knackte es. Aber wir hatten es so satt, darauf zu hören. Wir haben uns Watte in die Ohren gesteckt.«

Alex öffnete eine Dose mit Vaseline und rieb Momis Lippen damit ein. Für Momi war das inzwischen ein Zeichen, eine Pause einzulegen und Kraft zu schöpfen. Alex war aufgefallen, dass sie manche Namen – Rieke, Frieda, Kutte, Joachim – frei und häufig benutzte, andere hingegen nur, wenn Alex sie drängte. »Hat Manni sich auch Watte in die Ohren gesteckt?«, fragte sie, sobald Momis Atem wieder ruhig ging.

»Manchmal habe ich mich das selbst gefragt«, antwortete Momi. »Hat er wirklich niemals seine Ohren zugeklappt? Es waren ja gute Jahre. Die Wirtschaft stabilisierte sich, eine kleine Weile gab es sogar weniger Arbeitslose, und ich glaube, in dieser kurzen Zeit sah die Welt auf Berlin und beneidete uns. Wir waren die Stadt der unbegrenzten Möglichkeiten, wir hatten Brecht und die Dietrich, Einstein und das Sechstagerennen, Fritz Langs Filme, den Wintergarten und die Weltbühne, Nacktbadestrände, Kleider ohne Taillen und verrauchte Nächte im romanischen Café.«

»Die Goldenen Zwanziger?«

Momi lächelte müde und schenkte sich eine Sekunde des Schweigens. »Manni hatte sein Mandat bekommen«, erzählte sie dann weiter. »Er zog mit seiner Familie aus der Arche aus, in zwei enge Zimmer, aber für Klara war es das Paradies. Ihre Ehe wurde geschieden, die beiden konnten heiraten, und Manni nahm Rieke als sein Kind an. In diesen Jahren hatte er so viel Freude an ihr. Die Genossen lästerten darüber. Rieke mit ihrer Kurzsichtigkeit und ihrer in Falten gelegten Denkerstirn war so viel mehr Mannis Tochter als die von Hotte Mundt. Er wäre gern mit ihr nach Griechenland gefahren, dorthin, wo die großen Philosophen herkamen. Davon haben die beiden in einem fort gesprochen. In ihrer Küche steckten Bilder von Griechenland an den Wänden, die Rieke und Manni aus Zeitungen ausgeschnitten hatten.« Sie unterbrach sich und hustete, ehe sie fortfuhr. »Aber um deine Frage zu beantworten: Nein, Manni hat nicht weggehört. Dazu

war er nicht gemacht. Er fuhr nicht mit Rieke nach Griechenland, und wenn wir am Wannsee saßen oder den Zeppelin bestaunten, schnappte er sich einen von uns und träufelte ihm ins Ohr, wo demnächst Nazi-Aufmärsche stattfinden würden und wo wir uns einfinden müssten, um dagegen anzumarschieren. Seit seiner Verletzung war er nur noch sehr schlecht zu Fuß, er hinkte, und sein Arzt hatte ihm verboten, lange Strecken zu gehen. Manni aber ging überallhin. Er war unermüdlich. Trotz des zerstörten Knies hatte er sich beigebracht, wieder Rad zu fahren. Und wenn er zu Hause war, saß er nächtelang über Papieren.«
Sie hielt inne und überlegte, wohl um den einen Namen zu vermeiden, den sie auch nicht auf Drängen benutzte. Alex und Oliver kannten ihn aus den Artikeln mit dem Kürzel GS, dessen Verfasser sie noch nicht ermittelt hatten.
»Bei uns in der Corneliusstraße war es dasselbe«, sagte sie endlich. »Ich sah all diese Stapel von Papieren, diese Artikel und Aufrufe zum Kampf gegen die Nazis, aber das eine schien keiner von beiden zu begreifen – dass ihre Kräfte nicht genügten. Dass sie sie hätten vereinen müssen, um standzuhalten.« Ob sie zwei Männer oder zwei Parteien meinte, sagte sie nicht. Vermutlich meinte sie beide.
Vor dem Fenster war es stockdunkel. Sehr leise hörte Alex Töne eines Weihnachtsliedes, die von der Feier der Patienten herüberdrangen.
»Das, was alt ist, kann ich ums Leben nicht vergessen«, sagte Momi kurzatmig. »Aber das, was neu ist, vergesse ich jetzt so schnell. Ich habe vergessen, warum ich dir das alles erzählen soll. Damit du dich von den Schramms fernhältst? Ist das wahr, Süppchen? Versprichst du mir das?«
Sekundenlang war Alex in Versuchung zu lügen. Lügen wäre einfach gewesen, hätte keine kostbare Zeit vergeudet und den zerbrechlichen Fluss der Geschichte nicht gefährdet. Die Versuchung verflog aber, weil sie Momi die Wahrheit nicht mit Lügen

vergelten konnte und weil unten im Wartezimmer seit Stunden Oliver mit einem Weihnachtsbäumchen saß. »Ich möchte mit niemandem zusammen sein, der dir etwas Unverzeihliches getan hat«, sagte sie. »Aber Oliver hat dir nichts getan. Und was seine Großeltern dir getan haben, wirst du mir erzählen müssen.«

»Muss ich das wirklich? Bis zum Schluss?«

»Ja, Momi.«

»Ich erzähle dir etwas anderes!«, fuhr sie gequält und mit jäher Wildheit auf. »Ich habe ein halbes Jahrhundert ohne Menschen gelebt, ohne Familie, ohne Freunde. Sie waren alle fort, und ich hatte Angst, noch einmal einen Menschen in meine Nähe zu lassen. Ich habe mir so sehr ein Kind gewünscht, und als ich es endlich bekam, war ich zu zerstört, um es in den Armen zu halten. Als junge Frau hat sich meine Tochter wahllos mit irgendwelchen Fremden eingelassen, hat ein Kind bekommen, das sie so wenig lieben konnte wie ich meines, ist vor eine U-Bahn gefallen und war tot. Ihre Ärzte haben versucht mich einzulullen: Sie sei von klein auf depressiv gewesen, dagegen sei man machtlos, und bei Emigrantenkindern komme das häufig vor. Ich aber denke: Meine Tochter hat den Friedhof in meinem Herzen nicht ertragen. Wer neben einem Friedhof aufwächst, wie soll der nicht depressiv sein? Das war mein Leben, Alex. Ich habe alles daran verpfuscht, und jetzt sag mir: Ist das verzeihlich? Lässt sich das versöhnen?«

Momis Lippen zitterten, und Alex glaubte auch ihre zittern zu fühlen. Zum ersten Mal war die Angst vor dem Rest der Geschichte größer als der Wunsch, das Bild zusammenzusetzen.

»Das mit dir will ich nicht auch noch verpfuschen«, wisperte Momi mit zitternden Lippen. »Was wir angerichtet haben, darf nicht auch noch dich zerstören.«

Fieberhaft suchte Alex in ihrem leergefegten Hirn nach einer Antwort. Der Schlag der Tür versetzte ihr einen unangemessenen Schrecken. Sie fuhr herum und erschrak noch mehr. Im Türstock

stand Oliver mit dem Weihnachtsbaum. »Guten Abend, Frau Liebermann«, sagte er auf seine Oliver-Weise, an der sich nicht rütteln ließ. »Ich hatte Alex versprochen, unten zu warten, aber ich dachte, ich sollte Ihnen beiden wenigstens frohe Weihnachten wünschen und fragen, ob Sie auf den Anlass anstoßen wollen.«
Im unpassendsten Moment und ohne Grund fiel Alex auf, wie gut er aussah. Sehr groß, sehr schlank und in den Schultern breit, was der übergroße Mantel unterstrich. Das Haar fiel ihm weich ins Gesicht, und die Augen hatten die wärmste Farbe der Welt. Er stellte den Weihnachtsbaum auf den Rolltisch und zog aus der Tasche, in der angeblich achtzig Bücher steckten, eine dunkle Flasche. »Ich weiß, es ist nicht ganz angebracht, und ich komme mir auch wie der typische protzige Wessi vor, aber ich konnte es mir nicht verkneifen. Außerdem habe ich die Kühltasche vergessen, und warm macht die ganze Protzerei schon kaum noch etwas her.«
Statt sich um Momi zu kümmern, starrte Alex die grüne Flasche an und fragte: »Was ist das?«
»Champagner«, sagte Oliver. »Sei mir nicht böse. Ich kneife den Schwanz ein und verziehe mich, wenn du mich hier nicht willst.«
»Ich habe das noch nie getrunken«, stammelte Alex.
»Ach, Süppchen«, vernahm sie Momis Stimme. »Mein armes Süppchen. Ich will, dass du lebst. Champagner trinkst. Dass unsere Geschichte nicht auch noch an dir klebt. Sie hat mit dir nichts zu tun.«
Oliver stellte die Flasche neben den Weihnachtsbaum und holte aus der Tasche drei Sektflöten aus Plastik, deren Stiele er mit einem Klicklaut auf die Gläser steckte. Was es im Westen alles zu kaufen gab, war unglaublich. Brauchte tatsächlich jemand das ganze Zeug, und wo kam all das hin, wenn es niemand mehr benutzte? Oliver gab ihr eines der Gläser. Ein zweites stellte er Momi hin. »Sie darf das doch nicht trinken!«, rief Alex erschrocken.

Das krächzende Geräusch, das von Momi kam, klang beinahe wie ein Lachen. »Quark«, brummte sie. »Was soll mir denn passieren? Hast du etwa Angst, ich könnte mit meinen jungfrischen dreiundneunzig Jahren sterben?«

»Aber du isst doch nichts!«

»Na und?«, versetzte Momi. »Gibt es eine Vorschrift, die besagt, dass Leute, die nichts essen, auch nichts trinken dürfen?«

»Ich schlage vor, Sie lassen die jeweils andere selbst entscheiden«, sagte Oliver. »Frau Liebermann entscheidet, ob sie Champagner trinken möchte, und Alex entscheidet, ob die Geschichte ihrer Familie mit ihr zu tun hat.«

Keine von beiden gab ihm Antwort. Momi sah Oliver an. Unverwandt, nicht frei von Misstrauen, aber frei von Feindseligkeit. »Ihr Großvater hieß Georg Schramm?«, fragte sie schließlich.

»Ja«, sagte Oliver. »Und auf die anderen Fragen, die Sie mir gleich stellen werden, lautet die Antwort auch ja. Er war Mitglied der NSDAP seit ihrer Neugründung 1925. Erst in der SA, dann Sturmbannführer der Waffen-SS. Dass er nicht noch höher aufstieg, verdankte er vermutlich seinem Mangel an Geistesgaben.« Als Alex merkte, wie schwer er schluckte, trat sie neben ihn und tastete nach seinen Händen, die er fest im Rücken verschränkt hielt. »Mein Vater, der 1933 geboren ist, hat es zu seinem Bedauern nur noch bis ins deutsche Jungvolk geschafft.«

»Dafür kannst du nichts«, begehrte Alex auf.

»Nein«, entgegnete Oliver, ohne den Kopf zu heben. »Das sage ich mir auch immer wieder. Ich habe es mir gesagt, als ich in der achten Klasse in Dachau war und später mit dem Seminar in Auschwitz. Meine Großmutter hat es mir gesagt, als ich aus Auschwitz zurückkam und mit mir nicht mehr fertigwurde: Es ist nicht deine Schuld, es hat mit dir nichts zu tun, egal, was dir irgendwer erzählt. Meistens weiß ich's inzwischen. Aber das heißt nicht, dass es immer leicht ist, es jemandem einzugestehen. Schon gar nicht jemandem, der zu den Opfern gehört.«

Alex hatte noch nie auf solche Weise daran gedacht, aber jetzt begriff sie, dass es so war. Wie es auch immer dazu gekommen war, Momi hatte ihre Heimat verlassen müssen und ihre Welt verloren. Sie gehörte zu den Opfern.

»Jetzt setzt euch mal hin, ihr beiden«, sagte Momi. »Diesen Champagner, den ich wohl leider wirklich nicht hinunterbekomme, habt ihr schlecht behandelt. Er ist warm und schal. So was tut man ihm nicht an, so wie man edlen Kaffee, heiß und bitter wie Liebe und Tod, nicht kalt werden lässt.«

»Darum tut es mir auch leid«, murmelte Oliver.

»Trinkt ihn aus«, befahl Momi harsch. »Ihr habt ihn nötig. Sieht Ihr Vater Ihnen ähnlich, junger Mann?«

»Nicht auf den ersten Blick«, rief Alex dazwischen, »aber ein bisschen, um die Augen.«

»Und Ihr Großvater?«

»Ich weiß nicht«, gestand Oliver. »Wir haben nirgendwo ein Bild von ihm.«

Momi schnaufte und verzog den Mund. »Ihre Großmutter hält es wohl nicht für nötig, ein Bild des teuren Verstorbenen aufzustellen.«

»Sie spricht nicht darüber«, murmelte Oliver. »Ich glaube nicht, dass ihre Ehe glücklich war, und er ist auch schon mehr als vierzig Jahre tot.«

»Soso«, bemerkte Momi. Dann räusperte sie sich gründlich und schnauzte ihn an: »Ich hatte Ihnen übrigens gesagt, Sie sollen sich setzen und Alkohol trinken.«

Oliver setzte sich und tastete nach dem Plastikglas, ohne den Blick von Momi zu wenden.

»Wenn Sie Alex' Hand halten wollen, werde ich nicht gleich zum Riechsalz greifen«, sagte Momi. »Ihr habt mich also überzeugt, dass ihr wahrhaftig den Rest dieser verfluchten Geschichte braucht. Ich kann sie nur noch in Brocken erzählen, in groben Klumpen und Sprüngen. Um den Sand Korn für Korn rinnen zu lassen, bringe ich die Kraft nicht mehr auf, aber das, was ich aushalte, bekommt ihr.«

»Danke«, murmelte Alex.

»Du hast keinen Grund, dich zu bedanken. Nach wie vor bin ich sicher, du wärst ohne besser dran gewesen. Du ja. Aber er nicht.« Sie wandte sich wieder Oliver zu. »Ihnen sind Lügen genug aufgetischt worden. Und wenn irgendwer ein verdammtes Recht auf die verdammte Wahrheit hat, dann Sie.«

PAULA

Berlin-Tiergarten

Mai 1928

»Das Fleisch schlägt auf in den Vorstädten
Die Trommeln schlagen mit Macht
Gott im Himmel, wenn sie etwas vorhätten
Wäre es heute nacht.«

Bertolt Brecht, »Ballade von der ›Judenhure‹ Marie Sanders«

44

Dir sind Lügen genug aufgetischt worden«, sagte er. »Und wenn irgendwer ein verdammtes Recht auf die verdammte Wahrheit hat, dann du.« Damit hob Manfred den kaum handtellergroßen Gegenstand in die Höhe und schleuderte ihn vor Paula auf den Boden. Der Gegenstand schlitterte über das Parkett, bis der Fuß des Sofas ihn aufhielt. »Hör endlich auf, die Augen zu verschließen, und sieh sie dir an – die Wahrheit über den großen Clemens Kamphausen.«

»Glaubst du, das alles weiß ich nicht?«, schrie Paula zurück. »Deine sogenannte Wahrheit hallt mir bei Tag und bei Nacht in den Ohren, aber wenn du glaubst, du kannst hierherkommen und mich gegen meinen Mann aufhetzen, dann hast du dich getäuscht. Ich habe ihn geliebt, als du dich vor Bewunderung für ihn nicht halten konntest und ihr alle ihn am liebsten in den Himmel heben wolltet. Damals war es leicht, ihn zu lieben, und jetzt, wo es schwer ist, soll ich die Liebe wegwerfen? Soll ich Clemens fallenlassen so wie ihr, die ihr ihm nicht einmal das Recht einräumt, sich zu verteidigen?«

Sie warf die Girlanden, die sie von der Wand genommen hatte, auf den Teetisch. Die Dekorationen hingen vom gestrigen Umtrunk zur Feier der Wahlen dort. Clemens hatte darauf beharrt, ein paar Leute einzuladen, und sie hatten sich betragen, als hätten sie etwas zu bejubeln. Wand- und Tischschmuck waren in einer seltsam blassen Farbe geliefert worden, viel eher Rosa als Rot, wie ausgebleicht.

Manfred war von seiner Wohnung in Neukölln bis hierher geradelt, und jetzt bereitete das Stehen ihm Schmerzen. Er ging zu einem der Sessel und ließ sich hineinfallen. »Heb's auf, Paula«, sagte er müde. »Es ist noch schlimmer, als du denkst.«

Ihr Stolz verbot es ihr. Sie tat es trotzdem. Der kleine Gegenstand war ein Stück verpackter Toilettenseife. Auf der Verpackung standen in dem seltsam blassen Rotton vier Zeilen:
»So nimm dies Stückchen Seife,
Auf dass es dich erfreu.
Und schenke deine Stimme
Der SPD-Partei.«

»Dieses Schandzeug hat der Mann, der angeblich Aufklärungsarbeit gegen die Gefahr von rechts betreibt, in den Arbeiterbezirken verteilen lassen. Die Arbeiter haben es ja nötig, nicht wahr? Die brauchen keinen Schutz, keine höheren Löhne – alles, was sie brauchen, ist Seife von der SPD, garniert mit den possierlichen Schüttelreimen von Clemens Kamphausen! Dazu gibt er sich her, während die Stadt um uns in Flammen steht.«

»Hör auf zu dramatisieren«, rief Paula. »Die Stadt steht nicht in Flammen, sondern sitzt in der Volksbühne und trinkt im Prinzengarten Weiße mit Schuss. Es ging uns nie zuvor so gut, Manfred. Nie zuvor!«

»Sind das die Parolen, die dein Wahlkampfbeauftragter dir beibringt?«, höhnte Manfred. »Dein Propagandaleiter? Die Stadt um uns steht also nicht in Flammen – höchstens ein Zeltdorf von Arbeitslosen, das Nazis in Treptow versucht haben anzuzünden, höchstens der Trödelladen eines galizischen Juden im Scheunenviertel. Wen kratzt das schon? Uns doch nicht! Wir machen Wahlkampf und verschenken Seife.« Manfred war nie ein begabter Sänger gewesen. Jetzt legte er den Kopf zurück und sang das beißende Spottlied, das Paula bereits in den Straßen gehört hatte:
»Wir haben unsere Brüder mit Wahlkampfseife bedacht.
Das machen wir nächstes Jahr wieder, es hat sich bezahlt gemacht.
Wir schlagen Schaum.
Wir seifen ein.

Wir waschen uns're Hände wieder rein.«
»Hör auf!«, schrie Paula.
Manfred nahm die Brille ab und sah sie an. »Der Kerl, dem diese Seifenidee zu verdanken ist, war der Begabteste von uns allen, der Mann mit den schönsten Gedanken, die mir je begegnet sind. Und was hat es ihm gebracht? Wofür habt ihr hier überall diesen rosa Firlefanz aufgehängt?« Er sprang auf und riss eine Papierrosette vom Spiegel. »Für lachhafte drei Prozent! Schlag deinem Clemens auf die Schulter heute Abend. Seine mutige Entscheidung, nicht die Nazis zu bekämpfen, sondern im Wedding Seife zu verteilen, hat zum fundamentalen Zugewinn von drei Prozent geführt!«
Paula hob die Rosette auf und stopfte sie zu den Girlanden in den Papierkorb. Tränen der Wut nahmen ihr die Sicht.
»Schön wohnst du übrigens.« Manfred strich über den vergoldeten Rahmen des Tisches. »Ich wette, die Frau des Nazi-Propagandaleiters ist auch nicht eleganter eingerichtet.«
»Bist du jetzt das Echo von deinem Parteivorsitzenden?«, herrschte Paula ihn an. »Sind wir für dich die Sozialfaschisten, musst du uns bekämpfen, ehe du die Nazis bekämpfst?«
»Nicht euch, Paula!«
»Nein«, erwiderte sie resigniert und ließ die Arme hängen. »Nicht uns, sondern nur Clemens. Den du lieber in Grund und Boden stampfen würdest, als ihm zu verzeihen, dass er nicht der strahlende Held war, den du als Schuljunge in ihm sehen wolltest.« Sie konnte nicht mehr. Mit Clemens stritt sie wegen der Kampagne beinahe täglich, und jetzt stand sie hier und verteidigte ihn gegen ihren Bruder, von dem sie sich Verständnis erhofft hatte.
»Ich wäre für ihn durchs Feuer gegangen!«, rief Manfred. »Ich dachte, du wüsstest das.«
»Das weiß ich in der Tat«, erwiderte Paula. »Aber das hilft ihm nichts. Er hätte keinen Freund gebraucht, der absurde Feuer-

proben für ihn besteht, sondern einen, der ihm von mir aus das Fell über die Ohren zieht, aber dabei sein Freund bleibt. Einen, der ihn behandelt wie einen Menschen, der sich verrannt hat, nicht wie einen Aussätzigen, mit dem man nicht einmal spricht.«

»Aber ich spreche doch …«

»Mit mir«, beendete Paula seinen Satz. »Du stürmst in meine Wohnung und schreist auf mich ein, dass ich Clemens niedermachen soll, bis er nicht mehr aufsteht. Als würde ich das nicht Tag und Nacht tun, als hätte ich ihm wegen dieser Seife nicht mehr an den Kopf geworfen, als du dir vorstellen kannst. Nein, wir sind nicht einig, was seine Arbeit betrifft, aber eines wirst du mir, solange ich lebe, nicht ausreden: Ich liebe ihn. Und ich sehe in ihm noch immer den Mann, der in ihm steckt. So zu tun, als würde er sich am Geld des Volkes bereichern, weil er mir einen kleinen italienischen Tisch geschenkt hat, ist lächerlich. Clemens liegt überhaupt nichts am Geld, er gibt alles mir, damit ich es in die Arche stecken kann. Was er braucht, ist etwas völlig anderes.«

»Den Glanz«, sagte Manfred. »Die Bewunderung. Ganz so, wie Vater es damals gesagt hat.«

»Nein, überhaupt nicht so, aber das verstehst du nicht. Und es geht dich auch nichts an.«

»Warum denn nicht? Ich bin dein Bruder.«

»Aber du bist kein Mensch, der Clemens wohlwill.« Sie weinte so sehr, dass ihr das Sprechen schwerfiel. »Vielleicht müsste er weniger verzweifelt um Anerkennung ringen, wenn ihm die Menschen, die er liebt, nicht so gnadenlos deutlich machen würden, dass er in ihren Augen nur Verachtung verdient. Sein Freund Manfred zum Beispiel. Aber das wolltest du ja nicht hören. Du wolltest nur deiner Wut Luft machen, und das hast du getan, also kannst du gehen.«

Sie verbarg ihr Gesicht in den Händen. Geht alle, dachte sie, lasst mich mit ihm allein. Sie wurde in einem leerstehenden Laden erwartet, den sie zur Notwohnung umgestalten wollte, doch stattdessen wollte sie zu Clemens in die Parteizentrale fahren und ihm sagen, dass es ihr leidtat – die durchkämpfte Nacht, die Worte wie Schläge, der Abschied, ohne ihm die Augen zu küssen. Auf ihren Schultern fühlte sie Manfreds Hände. Er stand hinter ihrem Sessel und lehnte sein Gesicht an ihres. »Bitte weine nicht, Zwerg. Es tut mir leid.«

»Ja, um mich. Aber um Clemens tut es dir nicht leid, und was nützt es uns also?«

»Doch«, erwiderte Manfred leise. »Doch, Zwerg, es tut mir um Clemens leid. Was du vorhin gesagt hast, stimmt nicht. Für mich seid ihr keine Sozialfaschisten. Ich will, dass wir miteinander reden, unsere Gegensätze überwinden und gegen die Nazis eine Front bilden, ehe sie uns überrennen. In diese Wut bin ich nur geraten, weil wir Leute wie Clemens dringend dazu brauchen. Er muss doch sehen, was in diesem Land vor sich geht. Für solchen billigen Leutefang darf er sich nicht hergeben!«

Paula hatte genauso gedacht. »Siehst du eigentlich, was in diesem Land los ist?«, hatte sie Clemens in der Nacht gefragt.

»Was willst du?«, hatte er zurückgeschossen. »Die Nazis haben zwei Sitze verloren, nicht gewonnen. Nach der nächsten Wahl sind sie vom Erdboden verschwunden, und du musst dir etwas anderes suchen, um es mir um die Ohren zu dreschen.«

Zu Manfred sagte sie: »Denkst du eigentlich jemals an etwas anderes als an Politik? Hast du jemals Gefühle, die nicht mit deiner politischen Haltung im Einklang stehen?«

»Ja«, antwortete Manfred. »Clemens fehlt mir.«

Paula schoss herum. »Herrgott, dann geh zu ihm. Hau ihm eine runter, wenn's dich freut, und dann sag ihm: So, damit ist das, was du vor bald zehn Jahren vergeigt hast, abgegolten. Manfred, du schickst einen Mann, der dein Freund war, seit zehn Jahren durch die Hölle, weil er für einen Augenblick leichtfertig war und zuerst an sich gedacht hat. Er hatte den Kopf voller

Schreckensbilder aus dem Krieg und wollte mit deiner Schwester ein paar Wochen jung sein, das ist sein ganzes Verbrechen. Clemens ist nicht Noske, er hat nicht auf dich und deine Genossen schießen lassen, und er hat Karl Liebknecht und Rosa Luxemburg genauso betrauert wie du. Wir alle waren damals stumm vor Schrecken, und der Schrecken ist in uns erstarrt. Betragt euch endlich wie Männer und schlagt diesen starren Schrecken klein.«

Eine Weile schwiegen sie beide. Manfred strich ihr Haar hinters Ohr, und Paula starrte auf ihre Hände. »Ich glaube, ich haue ihm doch keine runter«, sagte Manfred dann.

Als Paula aufblickte, sah sie sein Lächeln. »Und warum nicht?«

»Ich habe Angst, Kutte treibt sich in seiner Nähe herum.« Sie nahmen sich in die Arme. »Ich hab dich lieb, Zwerg.«

»Ich dich auch, Manni. Fährst du jetzt wirklich in die Lindenstraße? Und setzt deinen Fuß in die SPD-Zentrale?«

Manfred nickte. »In die Höhle des Löwen, ja. Sag bloß, du hast keinen mutigen Bruder?«

»Ich habe den mutigsten Bruder der Welt«, rief Paula. »Manni, kannst du bitte Clemens etwas von mir sagen?«

»Natürlich, Zwerg. Wenn der blöde Kerl das nicht selbst weiß, sage ich ihm, dass meine Schwester ihn bis zum Irrsinn liebt.«

»Wer von uns weiß das schon selbst«, sagte Paula. »Wir gebärden uns erhaben und abgeklärt, aber tief drinnen schlottern wir vor Angst, wir könnten dem, den wir lieben, nicht gut genug sein.«

»Clemens auch? Ich dachte immer, der stünde meilenweit über solchen kindischen Ängsten, mit denen ich mich plage.«

»Weil er aus Stahl ist? Lieber Bruder, lass dir von einer, die es wissen muss, versichern: Er ist aus Fleisch. Wenn er sich beim Rasieren schneidet, blutet er, er kocht mit Wasser, pinkelt im Stehen und hat Angst vor weißen Mäusen.«

»Das Letzte hast du dir ausgedacht.«

»Frag ihn selbst.«
»Das werde ich tun«, sagte Manfred und küsste ihren Scheitel. »Und wenn ich schon einmal dabei bin, sage ich ihm auch gleich, dass er dich gefälligst endlich heiraten soll. Ich habe euch beiden die netteste Nichte aller Zeiten geschenkt. Wird es nicht langsam Zeit, dass auch ich eine Nichte oder einen Neffen bekomme?«
Paula drückte ihn noch einmal an sich, ehe sie ihn auf den Weg schickte. Als er fort war, stopfte sie den Rest der Dekoration und die bedruckte Seife in den Papierkorb und trug alles in den Hof.

45

Sie hatte sie ihm zu einem säuberlichen Stapel sortiert. Kante auf Kante, wie es ihre Art war. Ohne ein Blatt zu verschieben, legte sie sie vor ihn hin. »Die Artikel, um die ich mich kümmern sollte.«

»Werfen Sie sie weg«, sagte Clemens.

»Alle? Es sind die gesamten Beiträge, die aus den letzten neun Jahren aufzutreiben waren.« Ihrem Gesicht war nie Bewegung anzusehen, nicht einmal eine Spur von Empörung, weil er ihre Arbeit geringschätzte. Nur ab und an ein verächtlicher Zug.

»Werfen Sie sie weg«, sagte er noch einmal. »Wir haben eine Wahl gewonnen, Stefanie, wir werden, wie es aussieht, die Regierung bilden und haben jetzt anderes zu tun als dieses Zeug.«

»Ihre Vorgesetzten wollen aber, dass die Sache aus der Welt geschafft wird«, entgegnete sie. Mit den Vorgesetzten meinte sie die Parteiführung. »Bei uns ist keiner dem anderen vorgesetzt«, hatte er ihr zu erklären versucht, aber sie weigerte sich standhaft, dem Rechnung zu tragen. So wie sie sich standhaft geweigert hatte, ihn zu duzen, bis er aufgab und zum Sie zurückkehrte. Auf die Weise handhabte sie alles, was ihr nicht passte: Sie widersprach ihm nicht, sie verweigerte sich.

»Lassen Sie das meine Sorge sein«, verwies er sie und riss ihr die Artikel weg. »Und jetzt lassen Sie mich bitte meine Arbeit tun, und kümmern Sie sich um Ihre.«

Auf ihrem weißen Gesicht erschien der verächtliche Zug. Sie trieb ihn zur Weißglut. An Tagen wie heute, wo hinter seinen Schläfen die Höllennacht mit Paula wütete, mehr denn je. Mit einer unwirschen Armbewegung wischte er die Artikel vom Tisch. Nicht einmal die Hälfte landete im Papierkorb. Als er wieder aufblickte, stand Stefanie noch immer neben seinem Tisch und hatte die Arme vor der Brust verschränkt. Wie immer waren Rock und Bluse, die sie am Leib trug, makellos weiß. Stets waren ihre Blusen bis über den Hals geschlossen, und sie war gewiss die einzige Frau Berlins, die in einem Humpelrock mit Grazie zu gehen verstand.

Stefanie mochte vieles sein, aber lächerlich war sie nie. Wer ihr gönnerhaft kam, den legte sie mit einem Handschlag aufs Kreuz. Einmal, in der Anfangszeit, hatte sie ihm zu verstehen gegeben, wie wenig sie von seiner Arbeit hielt. »Hätten Sie bei den hohen Tieren in der Industrie nichts finden können? Sie haben diesen pompösen Namen, Ihre Aussprache ist noch zehnmal pompöser, und wenn Sie einen ordentlichen Smoking tragen würden, sähen Sie vermutlich pompöser als Rothschild aus.«

Er hatte gelacht. »Und was bringt dich auf die Idee, ein Mensch könnte den Wunsch hegen, pompöser als Rothschild auszusehen?«

»Sie wissen, was ich meine, auch wenn ich die falschen Worte benutze«, hatte sie scharf versetzt. Nach ein paar Tagen hatte sie die Zusammenhänge erfasst und sagte: »Es ist die Macht, nicht wahr? Sie alle, die sich in diesen muffigen Büros herumdrücken, tun es, weil der Geruch der Macht Sie wie die Motten anzieht.«

Er hatte noch immer gelacht. Behutsam hatte er ihr zu erklären versucht, dass die Männer und Frauen in der Parteizentrale ihre Arbeit in den Dienst des Volkes stellten. Mitten im Wort hatte er innehalten müssen, weil er sich albern vorgekommen war. Ihm war zumute, als stünde Paula hinter ihm und werde jeden Augenblick seine Behauptungen ad absurdum führen.

»Wer soll denn das sein, das Volk?«, fragte Stefanie.

»Was das Volk sein soll?« Dieses Mal klang sein Lachen gezwungen. »Das Volk sind wir alle, aber uns geht es vor allem um die Arbeiterklasse, um deren Rechte sich jahrhundertelang kein Mensch gekümmert hat. Du bist das Volk, Stefanie.«

»Ich will aber nicht das Volk sein«, entgegnete Stefanie.
»Was willst du dann?«
»Strümpfe haben«, sagte sie. »Strümpfe, die ich, wenn sie mir zerreißen, nicht flicken muss, sondern wegwerfen kann.« Als er sie verständnislos anstarrte, zog sie mit einem Ruck ihren Rock hoch und entblößte ihre schlanken Beine, von den Knöcheln in Schnürstiefeln bis hinauf zu den Strumpfbändern. Clemens verstand noch immer nicht, da packte sie sein Handgelenk und verdrehte ihr Bein, so dass die Innenseite des Schenkels sich zeigte. Grob stieß sie seinen Zeigefinger auf die Naht, mit der sie den Strumpf geflickt hatte. »Jetzt verstanden?«, fuhr sie ihn an und wirkte auf einmal vulgär.
Er kam mit ihr nicht zurecht. Sie tat ihre Arbeit, doch ihr ganzes Wesen war Provokation. Wäre sie eine beliebige Frau gewesen, hätte er sie entlassen. Aber sie war Paulas Schützling, an dem sie einen Narren gefressen hatte. Wie konnte er Paula, der er ohnehin nichts recht machte, noch diesen letzten Gefallen verweigern?
»Ich hatte Sie gebeten, an Ihre Arbeit zu gehen«, sagte er zu Stefanie. »Wenn Sie keine Post zu erledigen haben, können Sie anfangen dieses Büro zusammenzupacken. Wir ziehen heute Nachmittag in ein größeres um.«
»Ach, sind Sie aufgestiegen? Weil Sie die Wahl gewonnen haben?«
Clemens gab ihr keine Antwort. Er hatte sich in der Frühe mit den Genossen vom Vorstand getroffen. Hermann Müller, der vermutlich eine große Koalition bilden und als Reichskanzler anführen würde, hatte ihm den Posten eines Staatssekretärs praktisch in die Hand versprochen. Es war seine Hoffnung, den zermürbenden Kampf mit Paula zu beenden, ihr doch noch zu beweisen, dass etwas in ihm tauglich war. Übernächtigt war er in Müllers Büro gestürmt und von der gesamten Führungsriege empfangen worden. Wie ein Mann waren sie aufgestanden und

hatten ihn mit ihren Komplimenten überschüttet. »Großartige Arbeit, Genosse! Alle Ziele sind auf einen Schlag erreicht, und von nun an geht es nur noch aufwärts.« Beim Geräusch des Korkens, der aus der Flasche knallte, war Clemens übel geworden. Alle Ziele waren keineswegs erreicht. Weder hatte die SPD eine Mehrheit erreicht, mit der sie stabil hätte regieren können, noch waren die Nazis aus dem Parlament verschwunden. Er hatte nicht mehr als ein paar kümmerliche Schritte in die richtige Richtung vorzuweisen, aber damit musste es genug sein. Sowohl Schmidt als auch Müller hatten ihm versichert, dass er seinen Posten hinwerfen konnte, sobald der Wahlkampf vorüber war.
»Ja, natürlich, Genosse, als Staatssekretär stehen Sie ganz oben auf der Liste. Nur nicht sofort, darum bitten wir Sie. Wir werden ja Maßnahmen durchzusetzen haben, die wir den Leuten verkaufen müssen, und wer verkauft besser als Sie? Ein halbes Jahr brauchen wir Sie noch auf Ihrem Platz, auf dem Ihnen einfach niemand das Wasser reichen könnte. Und Sie haben es doch nicht eilig, Sie sind ja noch so herrlich jung. Ihre Vergütung muss natürlich aufgestockt werden, und außerdem machen wir aus Ihrem Büro eine Abteilung und verlegen Sie sozusagen in die Chefetage.«
Sie verpassten seinen Schultern neckische Klapse und nötigten ihm Sekt auf, doch sie hatten ihm nie angeboten, sie zu duzen. Er blieb der Fremdkörper, dem sie Honig ums Maul schmierten, den sie aber nie als einen der Ihren anerkennen würden. Warum gehe ich nicht?, fragte er sich, während er wie mit Blei in den Schenkeln in sein Büro zurücktrottete, warum lasse ich das alles nicht hinter mir? An einem Fenster blieb er stehen und sah hinaus auf die Lindenstraße, wo am Tag der Revolution die Militärkraftwagen gestanden hatten. Nebenan lag das *Vorwärts*-Gebäude. Durch diese Tür hatte er als Achtzehnjähriger tolldreist seinen ersten Text getragen und hätte die Welt umarmen wollen, weil der Redakteur zu ihm gesagt hatte: »Das ist gut, Junge. Machen

Sie weiter, und bringen Sie uns mehr – Sie können nämlich schreiben.«
Er konnte nicht gehen, weil dies das einzige Pferd war, auf das er je gesetzt hatte. Er hatte seine besten Kräfte hier verschleudert, alles hineingegeben, was in ihm gut und aufrichtig gewesen war. Mit dem, was übrig blieb, konnte er nirgendwo anders hin. Die Partei und er waren aneinandergebunden, ob sie einander noch wollten oder nicht. Wenn er nach Hause kam, würde ihm Paula von neuem in den Ohren liegen, er müsse sich lösen, und er würde von neuem dasitzen und wissen, dass er sich von der Partei so wenig lösen konnte wie von sich selbst.
Vielleicht war ja auch Paula nicht mehr da, wenn er nach Hause kam, vielleicht hatte sie getan, was er ihr im Morgengrauen geraten hatte: »Warum gehst du nicht? Habe ich dir nicht vor Jahren am Wannsee schon gesagt, ich bin für eine, die so heil ist wie du, nicht gut genug? Nicht ich bin dir nachgelaufen, sondern du mir. Warum läufst du jetzt, wo du es begriffen hast, nicht den Weg, den du gekommen bist, zurück?«
Wenn er an die Worte dachte, verkrampfte sich sein Magen zu einem schmerzhaften Ball, und seine Hände schlossen sich zu Fäusten. Stefanie stand noch immer mit verschränkten Armen vor ihm. »Diese Artikel, die Sie weggeworfen haben, soll ich die nicht auch packen? Ihre Vorgesetzten wollen doch herausfinden, wer es ist, der solche Dinge über Sie schreibt.«
»Aber ich will es nicht herausfinden. Lassen Sie es damit jetzt bitte genug sein, Stefanie.«
»Wie Sie wünschen. Wenn Sie Ihre Meinung ändern, geben Sie mir Bescheid, denn ich habe es herausgefunden. Es war nicht einmal schwierig.«
Sie hatte herausgefunden, wer GS war, der Mann, der seit bald zehn Jahren eine Hetzkampagne gegen ihn betrieb? Schmidt hatte erst vor ein paar Tagen gesagt, man wolle die Suche fallenlassen, weil die Zahl der Artikel abnahm. Offenbar hätten die

Hintermänner inzwischen erkannt, dass der Mann nicht schreiben konnte und niemand sein Geschmiere ernst nahm. Clemens hatte zugestimmt. Seine Gedanken aber waren zu dem Menschen zurückgekehrt, der das Geschmiere ernst genommen hatte und der daran gestorben war. Seine Mutter. Vielleicht war es gut, nicht zu wissen, wer GS war. Vielleicht hätte er ihn umgebracht. Stefanie wartete nicht länger auf eine Antwort. Unvermittelt wechselte sie das Thema. »Wenn Sie jetzt aufsteigen, dann verdienen Sie ja wohl mehr Geld«, sagte sie.

»Wohl«, brummte Clemens kaum verständlich.

»Und Sie können Ihrer Verlobten ein richtiges Haus kaufen – im Grunewald oder in Friedenau.«

Clemens sagte nichts.

»Werden Sie sie heiraten?«

»Nein«, antwortete Clemens. Dann sprang er auf. »Herrgott, Stefanie, Sie sind hier, um Ihre Arbeit zu tun. Wenn Sie das nicht wollen, dann packen Sie Ihre Sachen und gehen.«

Sie wartete eine Weile. »Wollen Sie das?«, fragte sie schließlich und setzte einen Schritt auf ihn zu. Ihre Augen waren klar und blau wie Puppenaugen und so ausdruckslos wie ihr Gesicht. Auf einmal wünschte er sich mit irrwitziger Kraft, diesem Gesicht ein Gefühl zu entlocken, sei es Angst oder Zorn, sei es Liebe oder Hass. Sie setzte einen weiteren Schritt auf ihn zu. Ihr Duft benebelte ihn, zart und eindringlich wie zerbrechliche, exotische Blüten. Er hatte sie mehrmals gebeten, ein anderes Parfum aufzulegen, aber ohne Erfolg. »Ich flicke meine Strümpfe immer noch«, erklärte sie, griff sich mit beiden Händen an den Rock und zog ihn bis auf die Schenkel hoch. Die geflickte Naht saß über dem rechten Knie. Für seinen Blick hätte er sich ohrfeigen wollen. »Ich will auch eine Villa im Grunewald«, sagte sie. »Jetzt. Nicht erst, wenn ich alt und hässlich bin und mich niemand mehr darum beneidet.«

Sie ließ den Rock wieder fallen, machte noch einen Schritt auf ihn zu und küsste ihn auf den Mund. Ihre Lippen fühlten sich an, wie sie aussah – trocken und beherrscht. Zum Teufel, durchfuhr es ihn, ich will, dass du ein einziges Mal dein verdammtes Puppengesicht verziehst, dass du weinst, schreist, irgendetwas Lebendiges tust. Er schloss die Arme um sie und küsste sie, wie er als junger Mann geküsst hatte, mit der wilden Lust am Erobern, dem Lachen des Siegers, dem Gefühl, unschlagbar und unsterblich zu sein.

Der Rest geschah von allein und ging unglaublich schnell. Während er sich mit ihr drehte, löste sie die Schnallen des Rocks und den Strumpfgürtel, streifte sich alles hinunter und begann seine Hose aufzuknöpfen. Wann hatte er das letzte Mal eine Frau geliebt, ohne sich vorher abkanzeln zu lassen, ohne sich kleinzumachen und zu Kreuze zu kriechen? Er war in ihr, ehe er zum Denken kam, er nahm sie im Stehen, und nicht minder gewaltsam nahm sie ihn. Sooft er sich tiefer in sie stieß, stieß sie nach, hart und gierig, getrieben von schierem Verlangen, ohne Rücksicht und Zartheit. Als sie beide kamen, schrie sie und biss ihn in den Hals. Ihre Zähne ließen nicht los, bis er sie packte und wie ein tollwütiges Tier von sich wegriss. Dann hielt er sie in den Händen, schlaff wie eine zerbrochene Puppe, und es tat ihm leid. Vorsichtig legte er sie auf dem Boden nieder. Da er die komplizierten Teile ihrer Kleidung nicht in Ordnung bringen konnte, breitete er den Rock über ihre Scham. Ihr Haar hatte sich gelöst und bildete in blonden, dicken Strähnen einen Kranz um ihr Gesicht. Ihre Züge hatten sich wieder verschlossen, der Mund war gespitzt, und dennoch schien sie ihm nicht mehr abgeklärt und kalt, sondern jung und zutiefst verletzlich.

»Stefanie«, sagte er, musste sich überwinden, sie noch einmal anzufassen, und strich ihr eine Strähne aus der Stirn. Die Kraft, mit der er sich plötzlich nach Paula sehnte, überwältigte ihn. Er hätte zu ihr kriechen, seinen Kopf in ihrem Schoß verbergen und sie anflehen wollen, ihn vor sich selbst zu schützen. »Stefanie, es tut mir leid. Ich hätte das nicht tun dürfen, und wir dürfen es nie wieder tun.«

Sie fuhr hoch wie eine Schlange. »Was bildest du dir denn ein? Dass ich mir das Herz gebrochen habe, weil ich in dich verliebt bin? Vergiss es, Clemens Kamphausen. Du hast einen schönen Namen, und du bist der einzige Mann, den ich kenne, der ein wenig Macht hat. Macht gefällt mir. Aber von der Liebe weiß ich nichts. Einmal hat mich einer geliebt, der hat eine Versicherung für mich abgeschlossen, bei der Victoria, weil das doch auf den Plakaten an den Litfaßsäulen steht. ›Bewahren Sie die, die Sie lieben, mit der Victoria-Versicherung.‹ Er hat mich geliebt und wollte mich bewahren. Aber als er gestorben ist, hat die Versicherung nichts bezahlt, weil ich von der Liebe nichts beweisen konnte. Jetzt kann die Liebe mich kreuzweise. Kauf mir Strümpfe. Das genügt.«

Wie im Taumel stand er auf. Im Abwenden tasteten seine Finger nach dem Hosenbund, versuchten die Knöpfe zu schließen, ohne dass er dabei zusehen musste. Wie eine Woge Schlamm schwappte die Scham über ihm zusammen.

Das kleine Geräusch drang kaum in sein Bewusstsein. Dass es ein menschlicher Laut war, wurde ihm erst klar, als er aufblickte und den Mann sah, der die Tür einen Spalt weit aufgeschoben hatte und mit totenbleichem Gesicht darin stand. Sein Mund war aufgesperrt, aber es kam kein weiterer Laut. Es war Manfred.

46

1929

»Das war ein schöner Tag«, sagte Paula und lehnte sich an Clemens' Schulter. Sie saßen am Rand der Holzbohlen, mit denen die Promenade des Strandbads ausgebaut worden war, und blickten über den Strand, der sich jetzt eilig leerte. Die Abendkühle und die schneller sinkende Sonne verrieten den nahenden Herbst, und als Paula fröstelte, schloss Clemens den Arm um sie. Sie legte eine Hand auf seine Brust und streichelte die bloße Haut. Damals, als das Strandbad eröffnet worden war, hatten Männer noch Badeanzüge tragen müssen, die sich um Schmerbäuche schmiegten und selbst schönen Männern nicht schmeichelten. Heutzutage durfte ein schöner Mann zeigen, was er hatte. Paula musste lachen und reckte den Kopf, um Clemens zu küssen.

»Es ist schön, wenn du lachst«, sagte er. »Es ist auch schön, wenn du mich küsst. Einfach so, ohne Grund.«

»Aber Clemens, ich habe doch immer einen Grund. Wir vergessen ihn nur zu oft. Es ist, als ob die Hektik uns leer frisst und wir alles vergessen. Aber sobald wir hierherkommen, fällt es mir wieder ein.«

Clemens zog sie fester an sich. »Es tut mir leid, Paula Klein.«

»Das hast du auch so lange nicht mehr zu mir gesagt. Paula Klein. Was tut dir leid?«

»Wenn ich alles aufzählen würde, säßen wir morgen früh noch hier. Im Moment tut mir am meisten leid, dass der Sommer zu Ende ist und wir nur dieses eine Mal am Wannsee waren.«

»Aber das eine Mal ist besser als nichts.«

Sie wären auch das eine Mal um ein Haar nicht gekommen. Klara hatte sie überredet. Sie war dazu eigens hinunter in eins der blauen Telefonhäuschen gelaufen, um Paula und Clemens auf deren neu gelegter Telefonleitung anzurufen. »Bitte kommt, wir gehen doch heute das letzte Mal«, hatte sie gesagt.

»Will Manfred das auch?«

»Manfred vermisst dich, Paulchen. Und er ist ein bisschen beleidigt, weil du dir nicht anschaust, wie phantastisch Rieke schwimmen kann.«

»Klara, du weißt, worum es geht!«

»Ja, das weiß ich«, erwiderte Klara traurig. »Bitte kommt trotzdem. Manfred hat mir versprochen, dieses eine Mal die Politik Politik seinzulassen und den letzten Sommertag zu genießen.«

Paulas Hoffnung, die beiden Männer könnten sich einander wieder annähern, hatte sich auf grausame Weise zerschlagen. Lange waren sie einander ausgewichen, und wenn sie einen von ihnen zur Rede gestellt hatte, war die Antwort Schweigen gewesen. Dann aber begannen Vertreter der beiden Parteien mit äußerster Vorsicht Gespräche aufzunehmen. Paulas Hoffnung erwachte von neuem. Wenn sich doch noch ein Weg fand, eine Einheitsfront gegen die rechte Gefahr zu bilden, mochte auch das Eis zwischen ihrem Bruder und ihrem Geliebten schmelzen.

Die Hoffnung starb in den Kugeln des Blutmai, als bei einer Kundgebung der KPD wiederum ein sozialdemokratischer Polizeipräsident auf Kommunisten schießen ließ. Mehr als dreißig Menschen kamen ums Leben, unter ihnen Anwohner, die nur nach Hause wollten. Der Höhepunkt des Blutbads fand im Neuköllner Rollbergviertel statt, praktisch vor der Tür des Hauses, in dem Manfred mit seiner Familie wohnte. Glücklicherweise hatte Rieke mit einer Ohrenentzündung im Bett gelegen, und Klara war bei ihr geblieben, so dass Manfred allein auf die Straße ging. Als die ersten Schüsse fielen, geriet er in Panik. Die Erinnerung an die Schrecken des Spartakusaufstands übermannte ihn, und er floh kopflos in den nächsten Hauseingang. Das hatte sein

Leben gerettet, doch Paula kannte ihren Bruder gut genug, um zu wissen, dass er sich für seine Flucht einen Feigling schimpfte. Für die sinnlose Gewalt wurde niemand vor Gericht gestellt. Stattdessen gab es von Seiten der Regierung Versuche, die KPD zu verbieten. Selbst der friedliche Harry zeigte sich diesmal verständnislos. »Die deutsche Justiz misst mit zweierlei Maß«, ereiferte er sich. »Und wenn wir dem keinen Riegel vorschieben, könnten bald wir es sein, die mit dem falschen Maß gemessen werden.«

Clemens kam kaum noch nach Hause, wich Paula aus, bis sie ihn im Gang der Parteizentrale stellte. »Zum Teufel, was glaubst du denn von mir?«, schrie sie ihn an, ehe sie die Arme um ihn legte. »Dass ich dir für einen Befehl den Kopf abreiße, den der Polizeipräsident gegeben hat? Ich will doch nur mit dir reden. Wie soll ich denn begreifen, wenn du mir nichts erklärst?«

»Ich kann nicht ständig alles erklären«, erwiderte er müde. »Das Ganze begann als Missverständnis. Der Präsident hat die Kundgebung verbieten lassen, weil er verhindern wollte, dass Kommunisten und Nazis aufeinander losgehen. Als der Marsch trotzdem stattfand, haben ein paar Befehlshaber den Kopf verloren.«

»Und warum ist hinterher nichts geschehen, warum ist niemand dafür belangt worden?«

»Weil wir nicht frei sind zu tun, was uns einfällt«, sagte Clemens. »Wir stecken in einer großen Koalition, einer Brücke aus Streichhölzern, die an jedem Streit zerbrechen kann. Tag für Tag müssen wir Kompromisse erkämpfen und bis zum Erbrechen Kröten schlucken.«

»Wäre es dann nicht besser, diese Koalition aufzulösen?«

»Ja, vielleicht wäre es besser«, versetzte er. »Vielleicht wäre es besser, die ganze Republik aufzulösen und eine viel schönere zu gründen, wie Manfred und alle anderen edlen Menschen sie wollen. Ich weiß es nicht, Paula. Diese ist auch nicht die Republik, die ich wollte, aber vielleicht sind das von Menschen geschaffene Welten nie. Sie ist die einzige, die ich habe, ich habe in sie gesteckt, was ich hatte, und ich gebe sie nicht auf.«

Sie haben beide recht, dachte Paula. Wenn doch nur der eine begreifen würde, dass der andere genau wie er selbst um jede seiner Entscheidungen ringt.

Der Sommer war vorübergegangen, ohne dass von dem meterdicken Eis etwas schmolz, aber heute waren sie zusammen am Wannsee gewesen. Sie hatten Rieke zugesehen, die schwamm wie die Athleten der Arbeiter-Olympiade, und Ruben, der rückwärts die neue Wasserrutsche hinunterschoss. Er war zehn Jahre alt und mächtig gewachsen, doch auf seiner Decke am Strand saß unverändert die blankgewetzte Eule.

»Wirst du für das Vieh nicht langsam zu groß?«, hatte Harry ihn gefoppt. »Demnächst hast du ein Mädchen hier sitzen, das du in den Arm nehmen kannst.«

»Ich hab ja zwei Arme«, erwiderte Ruben gelassen und baute ein Brett auf, um mit Joachim Schach zu spielen.

Kutte half ihm mit den Figuren. »Wie die jezogen werden, weiß ick nich', aber welcher der mit dem Pferdekopp is', dit kann ick dir sajen.«

Johanna war schweigsam und in sich gekehrt, Manfred und Clemens wechselten kein Wort, und Frieda und Ilse kamen mit den Kindern vom Ballspielplatz zurück, weil dort ein Haufen Braunhemden Parolen grölte. Dennoch war der Tag schön gewesen, der schönste des ganzen Sommers. Hier draußen ist immer noch etwas übrig, dachte Paula. Hier scheint es leicht, über die Steine im Weg und die Fußangeln hinwegzukommen, weil das, was wir miteinander hatten, so stark und lebendig war.

Ihr Strandbad hatte sich verändert. Die Umkleidezelte waren festen Holzaufbauten gewichen, und zu Kuttes Bude hatten sich etliche neue gesellt, die von Sommerspielzeug über Zeitungen bis zu eisgekühltem Sekt alles anboten, was das Herz begehrte.

Aber das Blechschild war noch da, und der See blitzte in der Sonne, und dahinter lag der Wald wie eh und je. Als die anderen zum Aufbruch rüsteten, bat Clemens Paula, noch sitzen zu bleiben. »Ich hätte gern dich und das Strandbad eine kleine Weile für mich allein.«
So schlimm kann es mit uns gar nicht kommen, dachte Paula. Solange wir dies hier haben, haben wir uns. »Kommst du im nächsten Sommer wieder mit mir her? Versprichst du's mir?«
Seine Haut hatte Sonne abbekommen, und sein Lächeln verriet etwas von dem alten Übermut. »Wenn es allzu übel um uns steht, könnten wir auch im Winter herkommen. Einmal haben wir das gemacht, erinnerst du dich?«
»Und ob!« Paula lachte.
»Damals hast du mir versprochen, wenn du mit neunzig oder hundert Jahren stirbst, weißt du noch, wie ich ausgesehen habe.«
»Und ob«, sagte Paula noch einmal.
»Ich weiß es auch noch, Paula Klein. Selbst wenn ich tot bin. Wie du hier am Wannsee ausgesehen hast, vergesse ich nie.«
Sie schmiegte sich in seinen Arm, und als es zum Sitzen zu kühl wurde, gingen sie dicht aneinandergedrängt zu ihren Kleidern. Auf seiner Brust glänzte das silberne Medaillon des toten Kriegskameraden. Paula hätte es ihm gern abgerissen und in den See geworfen, sie wusste nicht, warum.

Die heilsame Kraft des Wannsees hielt an. In den folgenden Wochen gaben sie sich alle Mühe, sorgsam miteinander umzugehen. Clemens kam abends nach Hause, damit sie zusammen essen konnten, und sie vermieden Gespräche über Politik. Eines Abends, Ende Oktober, sagte Clemens: »Denkst du immer noch, es wäre in Ordnung zu heiraten? Würdest du es immer noch wagen?«
Paula wollte die Ruhe bewahren, doch das Herz schlug ihr bis in den Hals. »Eine alte Jungfer bin ich sowieso schon«, sagte sie.

»Wenn es dir lieber ist, kann von mir aus alles bleiben, wie es ist.«
»Und wenn es mir nicht lieber ist?«
»Clemens, bist du dir sicher, dass du mich das fragen willst? Wenn ich ja sage, bist du dir dann immer noch sicher?«
»Ich bin mir nicht sicher, dass ich dich das fragen darf«, erwiderte er. »Dein Vater würde mich totschlagen und dein Bruder vermutlich auch. Aber ich hätte dich in diesem letzten Jahr fast verloren, und das will ich nicht noch einmal riskieren.«
Du hättest mich nie verloren, dachte sie. Mein Vater, wenn er nicht gestorben wäre, hätte gelernt, dich zu schätzen, und Manfred, wenn die Welt nicht kopfstünde, hätte nie damit aufgehört.
»Ich möchte ein Kind von dir«, entfuhr es ihr, obwohl sie ihn nicht mehr damit hatte bedrängen wollen.
»Muss es von mir sein?«, fragte er mit einem Funken Schalk in den Augen. »Können wir nicht Ruben stehlen?«
»Ich fürchte, das haben Harry und Johanna auch schon versucht. Frau Deborah bewacht ihn schärfer als die Bank von England. Und Clemens – können wir nicht aus dieser Wohnung weg? Ich bin hier nie angekommen, mir fehlt der Leopoldplatz. Wenn wir wieder etwas Kleineres hätten, etwas, das nicht so viel kostet, dann könntest du …«
»Was?«, fuhr er ihr ins Wort. »Meine Arbeit hinwerfen, damit meine eigene Frau mich nicht verachtet?«
Sie hätte hundert Antworten bereitgehabt, doch sie wusste, wie schnell sie im alten Fahrwasser landen würden. »Lassen wir all das auf uns zukommen«, sagte sie und küsste ihn.
Augenblicklich zog er sie an sich und hielt sich mit aller Kraft an ihr fest. »Es dauert doch nicht mehr lange, Paula. Ich gehe in die Regierung, ich habe mein Leben lang darauf gewartet, ich kann doch jetzt nicht loslassen. Bitte hör noch nicht auf, daran zu glauben.«
»Aber ja doch. Quäl dich nicht so.« Sie küsste ihn wieder. »Hier

hast du meine Antwort, mein Liebster: Ja, ich will dich heiraten, heute so sehr wie 1912 am Wannsee, und ich will, dass Kutte unser Trauzeuge wird.«

Am nächsten Abend zog Paula ihr taillenloses Samtkleid an und deckte den Tisch mit Kerzen und den ersten Astern. Statt Clemens kam Kutte und nahm Paula noch in der Tür in die Arme. »Nich′ weinen, Paulinchen. Aufjeschoben is′ nich′ aufjehoben. Der Kleene kann nich′ kommen, weil der Reichstag koppsteht und heute Nacht keen Mensch nach Hause jeht.«
»Was ist denn passiert? Sind wieder Kämpfe in der Stadt? O Gott, nicht die Nazis, Kutte. Haben die Nazis Ernst gemacht, steht die Stadt in Flammen?«
»Ach wo.« Kutte winkte ab. »Mit die Nazis is′ nischt. In Amerika is′ die Börse zusammejekracht, und wat dit mit uns hier zu tun hat, darfste mir nich′ fragen.«

47

Juni 1930

Der Zusammenbruch der amerikanischen Börse ließ den Aufschwung in Europa wie eine Seifenblase platzen. Harry verstand genug von der Materie, um zu wissen, dass der künstlich erzeugte Wohlstand auf tönerne Füße gebaut war, doch wie so viele hatte er sich einlullen lassen. Jetzt schoss die Lawine ins Tal, und keine menschliche Macht besaß die Kraft, sie aufzuhalten. Ausländische Banken zogen ihre Kredite aus Deutschland ab. Im Frühjahr waren bereits drei Millionen Menschen ohne Arbeit, und die staatlichen Kassen waren nicht mehr in der Lage, ihnen Unterstützung zu zahlen. Unter dem Druck brach die Regierung des SPD-Kanzlers Müller zusammen. Nach tagelangem Ringen bildete sich ein neues Kabinett, das im Reichstag keine Mehrheit besaß. Dass die SPD sich auf eine Duldung einließ, versetzte ihre Anhänger in Zorn. Lohnkürzungen und Steuern, die den Menschen die Luft abdrückten, wurden den Sozialdemokraten angelastet, weil sie den Beschlüssen ihren Segen gaben.

An den Häuserwänden tauchten die alten Parolen auf:

»Wer hat uns verraten?
Sozialdemokraten.«

Als Harry im Mai nach Neukölln fuhr, um sich in einer Kneipe mit Manfred zu treffen, klebte dem Freund rote Farbe an der Hose. »Gehörst du auch zu denen, die Wände beschmieren?«, fragte Harry. »Bist du dazu nicht zu alt, Manne?«

»Irgendetwas müssen wir doch tun!«, begehrte Manfred auf.

»Die einen schreiben ›Nieder mit den Sozialfaschisten‹, und die anderen schreiben ›Rotfront, verrecke‹«, gab Harry zu bedenken. »Und in der Mitte zerrieben wird unsere Republik.«

»Seit wann verteidigst du Entscheidungen, die die Rechte der Arbeiter mit Füßen treten?«

»Ich verteidige gar nichts«, erwiderte Harry. »Ich möchte dich nur daran erinnern, dass wir Neuwahlen bekommen werden, wenn die SPD diese Regierung nicht stützt. Und Wahlen inmitten der tiefsten Krise können nur die Ränder stärken, nicht die Demokratie.«

»Mit den Rändern meinst du uns?«, konterte Manfred verletzt.

»Ich meinte vor allem den Rand auf der Rechten«, entgegnete Harry. »Den, der ›Juda, verrecke‹ an Hauswände schmiert. Aber wenn du mich auf Herz und Nieren fragst, dann ja, ich meine alle Kräfte, die die Demokratie zerschlagen wollen. Ich war immer der Ansicht, du gehörtest zu den Leuten, denen die Herrschaft des Volkes über alles geht. Falls ich damit richtiglag, solltest du dir überlegen, ob nicht beide Parteien alle klugen Köpfe zur Vermittlung brauchen – und ob du gegen die Sozialdemokraten oder in Wahrheit gegen deinen Freund Clemens kämpfst.«

»Clemens ist nicht mein Freund!«

»Ach, Manne«, seufzte Harry, »weißt du, dass ich auf euch beide einmal eifersüchtig war, weil euch so viel verband? Du kannst deine Freundschaft zu Clemens so wenig aus deinem Leben löschen wie deine Liebe zu Klara, und weißt du, was ich mich seit langem frage? Warum du das um jeden Preis willst.«

»Hast du etwa vergessen, was damals geschah?«, begann Manfred hilflos.

»Im Januar 19? Das ist doch wohl nicht dein Ernst. Im Gegensatz zu dir habe ich Clemens nie für einen Heiligen gehalten, aber daran trifft ihn wahrhaftig keine Schuld.«

»Und am Blutmai?«

»Gib dir keine Mühe, Manne. Mir gefällt so wenig wie dir, was Clemens tut, aber wenn wir ehrlich sind, wissen wir alle nichts Besseres. Ein jeder stochert auf seine Weise herum, und das macht keinen von uns zu einem Schwein.«

»Ich betreibe nicht Wahlkampf für Leute, die Arbeiter ermorden! Ich stimme nicht im Reichstag dafür, den Menschen, die nichts zu essen haben, die Unterstützung zu kürzen.«
»Ich auch nicht«, gestand Harry zu. »Man könnte uns aber entgegenhalten, dass man nichts anpacken kann, ohne sich die Hände schmutzig zu machen.«
»Weshalb schwingst du dich eigentlich zu Clemens' Anwalt auf?«, unterbrach Manfred ihn scharf. »Er hat dir Paula weggenommen. Hast du ihm das verziehen?«
»Was redest du denn für einen Unsinn?« Besorgt musterte er das Gesicht des Freundes, in dem vor Anspannung die Adern schwollen. »Er hat mir Paula nicht weggenommen. Paula hat ihn geliebt, seit sie ein Kind war, und außerdem bin ich verheiratet. Manne, sag mir, was mit dir los ist. Ich mache mir Sorgen um dich.«
»Er betrügt sie«, brach es aus Manfred heraus. »Ich wollte es niemandem sagen, aber ich ersticke daran. Er hat ein Verhältnis mit diesem Mädchen, das Paula aus dem Dreck gezogen hat. Sie arbeitet bei ihm im Büro. Ich habe ihn einmal zur Rede gestellt, im letzten Frühjahr, und er hat mir geschworen, es kommt nicht wieder vor. Seither beobachte ich ihn wie ein heimlicher Spion, ich schleiche ihm hinterher und werde daran verrückt. Eine Zeitlang habe ich gehofft, er würde sich an sein Versprechen halten. Paula schien glücklich, sie hat mir sogar erzählt, sie würden heiraten, wenn die Wirtschaftskrise überstanden ist. Vor ein paar Wochen aber, nachdem die Regierung zusammenbrach, hat es wieder angefangen. Ich kann ihn nicht noch mal zur Rede stellen, Harry. Ich habe Angst, ich bringe ihn um.«
Harry leerte sein Weinglas, ließ sich ein neues bringen und gab sich alle Mühe, seiner Erschütterung Herr zu werden. Dann legte er so ruhig, wie er konnte, seine Hand auf die von Manfred. »Hör damit auf«, sagte er. »Du machst dich kaputt, und Paula hilfst du nicht. Sie ist dreiunddreißig. Sie muss ihr eigenes Leben führen und könnte dir das, was du da tust, bitter übelnehmen.«

»Aber ich bin doch ihr Bruder! Ich kann sie doch nicht diesem Kerl überlassen, der sie von vorn bis hinten betrügt!«

»Dieser Kerl ist immer noch Clemens«, sagte Harry. »Ein Mann, der einmal mein Leben gerettet hat. Dass er zur Treue nicht gemacht ist, hast du von Anfang an gewusst.«

»Aber ich dachte, er liebt Paula!«

»Ich bin sicher, das tut er. Ich bin auch sicher, er leidet unter dem, was er ihr zufügt. Aber er hat etwas in sich, etwas Unersättliches, das eine Frau allein nicht befriedigen kann. Wäre sein Leben anders verlaufen, hätte er den Erfolg gehabt, der ihm in die Wiege gelegt schien, wären sie vielleicht glücklich geworden. Manfred, tust du mir einen Gefallen? Überlass diese Sache mir, ich bitte dich. Du kannst hier nur euch allen dreien schaden, und ich habe zu dem Ganzen mehr Abstand als du.«

Manfred sträubte sich eine Zeitlang, doch am Ende stimmte er Harrys Vorschlag zu. Harry brach auf, da er noch einmal zurück in sein Büro musste. In der Kanzlei herrschte dieselbe Aufregung wie in seinem Inneren: Aron Kain hatte im vornehmen Kaufhaus Wertheim ein Geschenk für seine Schwester in London kaufen wollen, als eine Horde Nazis das prunkvolle Gebäude umstellte. Sie hatten sämtliche Schaufenster zerschlagen und waren anschließend in die Verkaufssäle eingedrungen, um Kunden und Verkäufer zu bedrohen. Kain hatte eine Platzwunde im Gesicht und einen Schrecken bis ins Mark davongetragen. Als Harry eintraf, schickte er die Sekretärin, die ihn verarztet hatte, aus dem Zimmer. »Ich möchte allein mit Ihnen sprechen, Harry.«

»Ich weiß nicht, was ich sagen soll«, bekannte Harry. »Sind denn die Täter verhaftet worden?«

»Nein, niemand«, erwiderte Kain. »Als die Polizei mit einem einzigen Mannschaftswagen einrückte, hatte sich der braune Mob längst aus dem Staub gemacht. Das Schlimmste aber waren nicht die Täter, es waren die Passanten, die stehen blieben und jedes Mal, wenn eine Scheibe zersplitterte, in Jubel ausbrachen. ›Da steckt es, das Geld, das man euch weggenommen hat‹, haben die Nazis diesen Leuten zugerufen. ›Der Jude hat es sich einverleibt, und er wird sich noch mehr einverleiben, wenn ihr es euch nicht wiederholt.‹ Wäre die Polizei nicht aufgetaucht, hätten die Leute das Kaufhaus geplündert.«

»Ich bin sicher, Wertheim ist ausreichend versichert«, entgegnete Harry lahm. In Gedanken war er bei seinem Vater, dessen Geschäft nicht weit von dem Kaufhaus entfernt lag.

»Ist das alles, was Sie dazu zu sagen haben?«

»Nein.«

»Hören Sie, Harry«, sagte Kain. »Sie wissen, dass ich große Stücke auf Sie halte, Sie wissen auch, wie sympathisch mir Ihre Gattin ist. Ich möchte Ihnen deshalb sagen, dass ich mich darauf vorbereite, dieses Land zu verlassen. Ich bin kein Zionist, ich habe mich immer mehr als Deutscher denn als Jude empfunden, und ein Leben in Palästina kommt für mich nicht in Frage. In einer Weltstadt wie London hingegen mag eine Eingewöhnung möglich sein. Meine Schwester ist, wie Sie wissen, dort mit einem Anwalt verheiratet, und mein Schwager hat mir angeboten, mich nicht nur in sein Haus, sondern auch in seine Kanzlei aufzunehmen. Ich werde ab sofort beginnen mein Englisch zu verbessern und meine Angelegenheiten zu ordnen. Es wäre mir eine Erleichterung, wenn Sie dasselbe täten, Harry.«

»Ich glaube nicht, dass ich Sie richtig verstehe«, erwiderte Harry. »Natürlich ist mir klar, dass Sie über den Anschlag entsetzt sind, aber hat es derlei nicht immer gegeben? Sooft es den Leuten dreckig geht, brauchen sie einen Sündenbock, und die Juden waren dafür von jeher erste Wahl. Lassen Sie uns nur erst die Krise meistern, dann geht den braunen Vandalen die Luft aus.«

»Sie glauben doch selbst nicht, was Sie da sagen, Harry. Sie sind zu klug, um nicht zu wissen, dass dies hier anders ist. Nicht nur,

weil die Braunen wie eine Seuche sind, die alles überrollt, sondern auch, weil wir ihr nichts entgegenzusetzen haben.«
»Aber so ist es doch nicht. Die Sozialdemokraten sind noch immer die stärkste Fraktion im Reichstag, wir stellen nach wie vor die preußische Landesregierung, und zusammen mit den Gewerkschaften …«
»Nein, sagen Sie jetzt nichts mehr.« Aron Kain hob die Hand. »Gehen Sie nach Hause, und genießen Sie den Feierabend mit Ihrer Gattin. Ich möchte lediglich, dass Sie mein Angebot im Gedächtnis behalten: Wenn Sie Deutschland verlassen wollen, ist für Sie und jeden, den Sie mit hinausnehmen möchten, gesorgt.«

All das Bedrückende, Beklemmende, das er an diesem Tag erlebt hatte, wollte er vor seiner Haustür hinunterschlucken, um Johanna nicht zu belasten. Es ging ihr elend, seit ihr kleiner Sohn gestorben war. Auf Harrys zaghafte Frage, ob sie nicht versuchen sollten, wieder ein Kind zu bekommen, hatte sie den Kopf geschüttelt. »Ich habe es einmal überlebt, ich habe für ein zweites Mal nicht die Kraft«, sagte sie.
Er hätte sich die Mühe sparen können. Seine Bedrückung löste sich von selbst, als die Tür aufflog und nicht nur Ruben, sondern auch Rieke ihm entgegenstürmte. Ein wenig gemächlicher folgte ihnen ein strahlender Joachim. Dem Himmel sei Dank, betete Harry stumm. Den glücklichen Gesichtern nach war seine Familie von den Unruhen am Kurfürstendamm verschont geblieben.
»Harry, Harry!«, rief Ruben und schwenkte seine Eule wie eine Fahne durch die Luft. Die habe ich damals bei Wertheim gekauft, fiel Harry ein. »Wir sind die größten Glückspilze von Berlin! Wir haben Karten fürs Endspiel! Für uns alle fünf!«
»Was denn für ein Endspiel, ihr Verrückten?«
»Hertha!«, riefen Ruben und Rieke wie aus einem Mund, und lediglich Joachim ergänzte: »Hertha spielt am Samstag gegen Holstein Kiel um die deutsche Meisterschaft.«

»Das machen die schon seit fünf Jahren«, erklärte Rieke altklug, »und dieses Jahr verlieren die wieder, aber wir gehen trotzdem hin.«
»Dir werde ich helfen, verlieren!«, rief Joachim selig. »Gewinnen werden wir, mindestens drei zu null.«
»Ich habe ja immer darauf gewartet, dass du aus diesem Tick mit der Hertha herauswächst«, sagte Harry, den die vertraute Woge der Dankbarkeit überrollte, »aber das wird wohl genauso wenig passieren, wie Ruben sich je von dieser Eule trennt.«
»Oder du alter Griesgram dich von deiner schlechten Laune«, rief Ruben. »Jetzt freu dich doch. Joachim hat fünf Karten ergattert, die Jungs in meiner Klasse werden grün vor Neid, und wir gehen alle zusammen, du, ich, Joachim, Rieke und Johanna.«
»Ich nicht, Ruben.« Unbemerkt war Johanna in die Tür getreten und hielt Vito, ihren Schäferhund, am Halsband fest. »Ich freue mich für euch – aber für mich ist ein Fußballstadion eher ein Alptraum als ein Ort zum Vergnügen.«
»Das kann doch nicht dein Ernst sein!« Ruben lief zu ihr, um sie nach allen Regeln der Kunst zu bestürmen, aber Johanna blieb bei ihrem Nein. »Dann nehmen wir eben Tante Paula mit«, gab er schließlich nach. »Tante Paula ist jetzt immer so traurig, den Spaß bei der Hertha kann sie gut gebrauchen.«
»Paula ist mir sowieso noch einen Besuch bei Hertha schuldig«, mischte Joachim sich ein. »Sie hat's mir versprochen, als ich nicht viel älter war als du.«
»Dann wird's ja Zeit!« Ruben grinste mit funkelnden Augen.
Harry wollte protestieren, doch Johanna gebot ihm Einhalt. »Ich denke, das ist eine gute Idee«, sagte sie. »Geht mit Paula.«

Seit die Not auf alle Bereiche des Lebens übergriff, kamen auch zu Fußballspielen immer weniger Zuschauer, da die paar Pfennige Eintrittsgeld für die meisten unerschwinglich wurden. Am Tag des Endspiels aber war die Plumpe, das Stadion in Gesundbrunnen, bis auf den letzten Sitz ausgebucht. Das Lied von der blau-weißen Hertha hallte über die Weite des Feldes, und über dreißigtausend Köpfen wehten blau-weiße Fahnen. Paula hatte nicht mitgehen wollen, doch Joachim hatte sie an ihr Versprechen erinnert, und Ruben vermochte sie ohnehin nichts abzuschlagen. Und das war gut so. In ihren müden Augen erkannte Harry das alte Leuchten.

»Gefällt es dir?«, fragte er.

»Es ist schön, einmal Menschenmassen zu sehen, die sich über etwas freuen und keinem anderen weh tun«, antwortete Paula. »Lieder zu hören, die nicht von blutspritzenden Messern handeln, und Fahnen zu sehen, auf denen kein Hakenkreuz prangt.«

Harry stellte fest, dass es ihm genauso ging. Der Verein, der sich inzwischen Hertha BSC nannte, war traditionell der Liebling der Arbeiter, und womöglich saßen auf den Holzbänken Kommunisten und Sozialdemokraten, die sich draußen als Todfeinde ächteten, traut vereint. »Und sonst?«, fragte er.

»Viel Arbeit«, murmelte Paula. »Wir nutzen die beiden Parterrewohnungen jetzt als Suppenküchen. Ein Tropfen auf den heißen Stein, aber besser als nichts. Die eine liegt hier in der Nähe, da muss ich nachher rasch wegen einer Lieferung vorbei.«

»Und wann heiratest du?« Harry biss sich auf die Lippe. Warum verlor er, sobald es um Paula ging, noch immer jedes Geschick? Paula, die Joachim, Ruben und Rieke in der Reihe vor ihnen zugesehen hatte, wandte ihm das Gesicht zu. Ihre Augen schillerten wie Sommernebel. »Es ist jetzt wohl kaum die passende Zeit, Harry. Nicht während um uns Menschen verhungern und die Regierung zusammenbricht. Der Reichstag ist aufgelöst, Hindenburg hat für September Neuwahlen angesetzt, und Clemens fürchtet, die Nazis könnten bis zu fünfzig Mandate erringen …«

»Und wann ist die passende Zeit?«, fuhr Harry ihr ins Wort. »Wenn ihr neunzig seid? Glaub mir, Paula, wenn ich dich hätte heiraten können, hätten mich keine Regierung, kein Hinden-

burg und nicht einmal Nazis und hungernde Menschen gekratzt.« Erschrocken verstummte er. Er hatte vor ihrem Aufbruch zwei Gläser Wein getrunken, er tat das manchmal und sagte dann Dinge, die ungesagt hätten bleiben müssen.
»Tor!«, brüllte Joachim. Harrys Blick fiel auf das Fußballfeld, wo die blau-weißen Spieler dem Tor des Gegners entgegenstürmten. Im nächsten Augenblick holte einer von ihnen zum Schuss aus, und gleich darauf landete der Ball im Netz. Wie ein Mann schossen die Zuschauer in die Höhe und brachen in ohrenbetäubenden Jubel aus.
»Wir schaffen's doch!«, johlte Ruben und warf Harry die Arme um den Hals. Erst jetzt wurde Harry klar, dass die Gegner bereits mit zwei Toren Vorsprung geführt hatten.
»Wie hast du denn das gesehen?«, fragte er seinen Bruder, als der ihn ebenfalls johlend umarmte. »Der Ball war ja noch nicht einmal geschossen, geschweige denn im Tor.«
»Ich weiß selbst nicht«, erwiderte Joachim. »Ich spüre wohl, wie sich der Boden bewegt.«
Ob Joachim wirklich ein Hellseher war und Tore seiner Hertha im Voraus spürte oder ob er eingesprungen war, um seinen Bruder aus der peinlichen Lage zu befreien, würde Harry nie erfahren.
Zu seinem Glück gab der Rest des Spiels Anlass zu reichlich Jubel, so dass er nicht noch einmal in Verlegenheit kam. Am Ende gewann die Hertha mit fünf zu vier und wurde vor der begeisterten Zuschauermenge zum deutschen Meister gekrönt. »Das ist der schönste Tag in meinem Leben«, sagte Joachim zu Paula. Über seine vernarbten Wangen liefen Tränen. »Weil das wahr geworden ist: Du bist mit mir hier, und prompt ist Hertha Meister geworden.«
»Wenn du so weitermachst, muss ich mitweinen«, drohte ihm Paula. »Und ich glaube, der schönste Tag in meinem Leben ist es auch.«

»Hoch die Hertha!«, rief Joachim hinunter auf den grünen Rasen. »Nie wieder Krieg!«
Auf allen Rängen nahmen Zuschauer den Ruf auf und gaben ihm ein Echo: »Hoch die Hertha! Nie wieder Krieg!«
Es war einer dieser Alles-wird-gut-Momente, in denen man spürte, wie tief man trotz allem dem Leben vertraute. Wie sehr man sich vor seinen Püffen und Schlägen fürchtete, jedoch vor keinem Untergang.
Arm in Arm verließen sie das Stadion, und obgleich Paula protestierte, bestanden alle darauf, sie zu der Ladenwohnung in der Ackerstraße zu begleiten. So war es unser Leben lang, dachte Harry später. Immer wenn es am hellsten war, wurde es kurz darauf am dunkelsten. Schrille Schreie gellten ihnen entgegen, noch ehe sie in die enge Sackgasse einbogen. »Ruben, Rieke, zurück!«, brüllte Harry geistesgegenwärtig und packte seinen blinden Bruder am Kragen, wie Kutte es tat, wenn er ihn führte. Joachim hielt Rieke fest, und Ruben, der keinerlei Erfahrung mit Gewalt besaß, erstarrte vor Schrecken. »Paula!«, riefen Joachim und Harry gleichzeitig, aber Paula lief weiter. Glas klirrte, Schläge dröhnten, und über allem hallten die Schreie.
»Paula, Paula, lauf weg!« Eine von Paulas Mitarbeiterinnen kam ihnen taumelnd entgegen. Sie brach in die Knie und hielt sich das blutüberströmte Gesicht. Paula packte sie unter den Armen und versuchte sie aufzurichten.
Im Bruchteil einer Sekunde sah Harry, was vor sich ging. Im Wendekreis, am Ende der Straße lag der einstige Laden, den Paula als Notwohnung und Suppenküche für Hungernde nutzte. Das Schaufenster war zerschlagen, das Schild der Arche, das Ruben gemalt hatte, heruntergerissen, und davor ballte sich ein Pulk von bestimmt zwanzig Braunhemden. Sie hatten die Frauen auf die Straße gezerrt und prügelten mit Schlagstöcken auf sie ein. Das blaue Telefonhäuschen auf dem Gehsteig war völlig zertrümmert.

»Holt die Polizei!«, zischte Harry Ruben und Rieke zu und stieß sie hinter sich in Richtung Hauptstraße. »Du bleib stehen«, beschwor er Joachim, dann lief er los und half Paula, die verletzte Frau in die Höhe zu stemmen. Halb trugen, halb schleiften sie sie auf die rettende Straßenecke zu. Als sie Joachim erreichten, packte Harry seinen Arm, da der blinde Bruder ohne Führung hilflos war. Zu viert stolperten sie voran. »Weiter!«, rief Harry Paula zu, als die Verletzte ihnen ohnmächtig in die Arme sackte. Hastig warf er einen Blick über die Schulter, um festzustellen, ob sie verfolgt würden. Zu seinem Entsetzen sah er, wie drei der Männer mit erhobenen Knüppeln zum Spurt in ihre Richtung ansetzten. »Schneller«, rief er, und ehe er sich wieder nach vorn wandte, erblickte er Clemens, der mit einem Satz über den Zaun hinter dem Wendekreis sprang. Mit drei langen Schritten war er bei den Verfolgern und warf einen von ihnen auf das Pflaster.
»Weiter! Nicht hinsehen!« Harry zwang sich, endlich den Kopf zu wenden, doch in diesem Moment hatte auch Paula sich umgedreht. Ein Laut entfuhr ihr. »Lauf weiter!«, schrie Harry. »Wir müssen Jo und die Frau in Sicherheit bringen!« Was sie sah, konnte er sich vorstellen. Eine Horde von Nazis, die den unbewaffneten Clemens niederrangen und mit Knüppeln auf ihn einprügelten. Dafür, dass sie es fertigbrachte, weiterzulaufen und die Verletzte außer Gefahr zu schleppen, würde Harry sie bis an sein Lebensende bewundern.

Erst Tage später gelang es Harry und Paula, den Hergang der Ereignisse zu rekonstruieren. Es war nicht das erste Mal, dass die Arche zum Angriffsziel der Nazis wurde. Im Mai war einer ihrer Lebensmittellieferanten überfallen worden. Mehrere Notwohnungen hatten Drohbriefe erhalten, die Paula und ihre Mitarbeiterinnen als rote Huren beschimpften. Sie würden anständigen Männern ihre Frauen entreißen und ebenfalls zu Huren machen, hieß es darin. In dem vor Wut geifernden, unbeholfenen Ton

glaubte Harry etwas wiederzuerkennen. »Das ist kein Zufall«, bestätigte Paula seinen Verdacht. »Ich weiß, wer dahintersteckt.«
»Wer?«
»GS«, sagte Paula.
»Dieses Phantom, das seit Jahren Schmähschriften über Clemens schreibt?«
»Er ist kein Phantom. Er heißt Georg Schramm und ist der Junge im verschossenen Pullunder, dem Clemens damals, am 1. Mai, den Kopf an die Litfaßsäule geschleudert hat.«
»Der mit dem teigigen Gesicht?«
Paula nickte. »Inzwischen sitzt er im Reichstag. Für die NSDAP.«
Harry musste sich eine Pfeife anzünden, um die Fassung wiederzugewinnen. »Woher weißt du das alles?«, fragte er endlich.
»Stefanie hat es herausgefunden«, antwortete Paula. »Das Mädchen, das du damals nicht einstellen wolltest. Sie arbeitet jetzt für Clemens, und der Parteivorstand hat sie beauftragt zu ermitteln, wer sich hinter GS verbirgt. Sie hat ihn aufgesucht, er hat sein Büro im Reichstag nur einen Gang weit von Clemens entfernt. Clemens wollte von alledem nichts hören, also hat sie es mir erzählt.«
»Und warum wollte Clemens von alledem nichts hören?«
»Weil es eben so ist«, stieß sie heraus und packte Harry am Revers. »Sag nichts gegen Clemens, oder ich drehe mich um und gehe weg, egal, wie sehr du uns geholfen hast. Ich erlaube es nicht. Wir sind geflüchtet und haben Clemens diesen Leuten überlassen. Das Bild bekomme ich nie mehr aus dem Kopf. Keiner von euch darf je wieder ein Wort gegen Clemens sagen.«
Auch an diesem Morgen hatte Harry zwei Gläser Wein getrunken, ehe er aufgebrochen war, um Paula im Krankenhaus zu treffen. Dennoch beherrschte er sich. Was hätte er gegen Clemens auch sagen sollen? Der lag mit drei gebrochenen Rippen, einem ausgerenkten Kiefer und mehr Schlagwunden, als er Glieder besaß, in einem von der Partei bezahlten Einzelzimmer. Sämtliche

Zeitungen von links bis zur Mitte waren voll von seiner Heldentat.
Ebenfalls gefeiert wurde die Frau, der es gelungen war, in das Telefonhäuschen zu flüchten und Clemens in der Parteizentrale zu verständigen. Seine Nummer hatte auf einer Liste gestanden, die Paula für Notfälle hinterlassen hatte. Clemens hatte keine Sekunde gezögert, sondern war wie von Sinnen in die Ackerstraße gerannt.
Warum er nicht die Polizei gerufen hatte, hätte Harry Paula fragen können, warum er GS nicht strafrechtlich verfolgen ließ und warum er allein, ohne Waffe, losgerannt war, obwohl er zweifellos gewusst hatte, wie sinnlos das war. Harry fragte nichts. Clemens war einmal mehr zum Volkshelden aufgestiegen und durfte, falls die SPD nach den Wahlen die Regierung bildete, mit mehr als nur dem Posten eines Staatssekretärs rechnen. »Ich will, dass du eines weißt«, sagte Harry und streichelte Paulas Haar.
»Nein, Harry, ich will es nicht wissen.«
»Du musst. Wenn du mich jemals brauchen solltest, bin ich für dich da. Auch wenn du dieses Land verlassen willst. Lass es mich wissen, Paula. Einerlei, was bis dahin zwischen uns geschehen ist.«

Als er an diesem Abend nach Hause kam, standen ein einzelner Koffer und das Fressgeschirr des Hundes im Flur. Ehe er nach ihr suchen konnte, kam Johanna in einem Schneiderkostüm, das ihr nicht stand, die Treppe herunter. »Sag nichts«, sagte sie.
»Hanna.«
Sie trat vor den Spiegel und richtete ihr Haar. »Ich habe dir versprochen zu wissen, wann ich gehen muss«, sagte sie. »Ich habe auch versprochen, dir nichts übelzunehmen, und ich werde dir wegen der Scheidung keine Schwierigkeiten machen. Pass auf dich auf, Harry. Du bist ein Mensch, der Glück verdient, und ich

mache mir Sorgen um dich.« Sie pfiff nach dem Hund, seinem Geschenk nach dem Tod ihres Jungen, und das Tier gehorchte.

»Wohin gehst du?«, fragte Harry. Noch lieber hätte er sie gefragt, woher sie wusste, dass dies der Augenblick zum Gehen war, doch er fand, er hatte kein Recht dazu.

»Zu Ilse und Frieda«, antwortete Johanna. »Sie holen mich mit einem Taxi ab.«

»Aber da ist doch kein Platz für euch alle! Bleib hier, Hanna. Wenn jemand gehen muss, dann ich.«

Sie trat vor ihn hin und küsste seine Wange. »Keine Sorge. Ich bin ohne etwas gekommen, ich kann ohne etwas gehen. Nur den Hund nehme ich mit, ein paar Kleider und das Geld für das Taxi, denn Ilse und Frieda haben ja selber nichts.«

Er sah ihr nach, während sie die Stufen hinuntereilte. Auf dem Absatz hatte sie oft Ruben mit einer Schüssel Kartoffelkuchen oder einem Blech voller Pfeffernüsse empfangen. Sie hatte sich ausgemalt, wie sie ihren eigenen Jungen nach der Schule hier empfangen würde, doch es war nur der Hund gewesen, der ihr die Stufen hinauf entgegensprang. Von jetzt an würde Harry allein hier stehen, und für die Schaukel im Garten war selbst Ruben zu groß.

Bei der Wahl im Dezember errangen die Nazis nicht die fünfzig Sitze, die Clemens befürchtet hatte, sondern hundertsieben Sitze, und in der Nacht nach dem Sieg warfen ihre Anhänger wiederum jüdischen Kaufhäusern die Schaufenster ein. Die SPD verlor mehr als fünf Prozent ihrer Stimmen, und es gab keine Regierung, in die Clemens hätte einziehen können. Unermüdlich kämpfte er weiter, hielt flammende Reden gegen den Nazi-Terror und erinnerte Harry an den jungen Mann, der auf Obstkisten gestiegen war, damit ihn niemand übersah. Er hatte kein Gramm Fett mehr am Körper und war sichtlich nicht gesund, aber er sah noch immer unverschämt gut aus, und die jüngst erworbene Narbe, die sich von der Schläfe bis zum Kiefer zog, verlieh ihm markante Glaubwürdigkeit.

Durch ein Bündnis mit der KPD hätte die SPD auch jetzt noch Macht genug besessen, das Ruder herumzureißen, doch eine solche Verbindung schien ebenso unerreichbar wie der neu entdeckte Zwergplanet Pluto. Die beiden Bruderparteien bekämpften einander, als würde eine von ihnen errettet, wenn die andere unterginge.

Im Folgejahr erreichte die Wirtschaftskrise ihren Höhepunkt. Sechs Millionen Menschen waren ohne Arbeit, und manch einer stellte sich als lebendes Schild auf die Straße, auf dem »Mache alles, was bezahlt wird« stand. Familien mussten ihre Wohnungen räumen und zogen in Bretterhütten in Elendsquartieren. Harry aber wohnte allein in seinem Haus, das er gekauft hatte, um eine Schar von Kindern darin aufzuziehen.

48

Juli 1932

»Sag ihm, dass du gehst. Sag es ihm heute noch.«
»Und was mache ich dann?« Sie ließ ihr glockenhelles Lachen ertönen, das sie geübt hatte, bis es klang wie frisch poliert. »Sorgst dann vielleicht du für mich? Kaufst du mir Strickstrümpfe, die mir die Haut zerkratzen, holst du mir aus der Suppenküche einen Napf mit Rübeneintopf?«
Er fuhr herum und packte sie bei den Armen. »Warte die Wahl ab«, zischte er zwischen den Zähnen hindurch. »Dann kaufe ich dir alles, was er dir kauft, dreimal oder hundertmal.«
»Lass mich los«, fuhr sie ihn an. »Du tust mir weh.«
Augenblicklich gab er sie frei und ließ die Hände sinken. Für einen Mann hatte er winzige Hände, die wie mit Kissen gepolstert waren. »Ich bin dir verfallen, Prinzessin«, stöhnte er. »Ich würde für dich sterben und töten – was willst du mit ihm?«
»Was ich mit ihm will? Nun, da fiele mir einiges ein.« Sie legte den Kopf schräg und senkte wie in Träumen die Lider. »Er hat seiner Verlobten ein Grundstück am Wannsee gekauft, um eine Villa drauf zu bauen. Seine Verlobte will es nicht, also lässt er diesen Kaffee kochenden Elefantenmenschen darauf hausen, aber mir täte eine Villa am Wannsee schon gefallen.«
»Ich baue dir eine. Am Wannsee oder sonst wo. Ich baue dir ein Schloss, viel größer als er.«
»Und wovon bezahlst du mein Schloss? Von den Groschen, die dir im Höschen klimpern?«
»Dein roter Windhund ist auch nicht so reich, wie er tut!«
»Vielleicht jetzt noch nicht. Aber ich habe meine Ohren überall. Er ist ein Volksheld, und weil seine Partei einen Volkshelden

braucht, machen sie ihn zum Innenminister, wenn sie die Wahl gewinnen. Meinst du nicht, ich wäre recht kleidsam als Frau des Innenministers? In meiner Villa am Wannsee?«

»Er wird aber kein Innenminister!«, schrie ihr Gegenüber. Sein Gesicht war rot angelaufen und von einer Schweißschicht bedeckt. »Und seine verdammte Partei gewinnt nie wieder eine Wahl! Wir sind's, auf die du setzen musst, wenn du auf der Seite der Sieger stehen willst. Nach deinem roten Windhund wird kein Hahn mehr krähen. Was sehen die Frauen überhaupt in einem Wüstling, der keinen Anstand kennt, wenn sie stattdessen einen braven Mann haben könnten, der ihnen in Treue ergeben ist?«

Wieder lachte sie auf, aber diesmal tat das Lachen weh. »Hast du ihn angeschaut? Und danach dich? Nenn ihn nur weiter meinen roten Windhund, das klingt so schlank und geschmeidig, und es macht mir Lust auf ihn. Die meisten Männer sind ekelhaft, aber mein roter Windhund ist schön, und du, mein Schorschie, bist ein kleines Schweinchen. Mit Schweinsrüssel und Schweineborsten und einem geringelten Schweineschwänzchen.« Als er zuschlug, hätte sie um ein Haar aufgelacht. Stattdessen schlug sie zurück, so saftlos wie er. »Tu das nie wieder, Schweinchen. Wenn du mich schlagen willst, wirst du mir sehr viel mehr kaufen müssen als dünne Ringlein aus billigem Silber. Nimm den nur wieder. Ich trage geflickte Strümpfe, aber ich mag nichts Billiges an mir.« Sie warf ihm den Ring hin und wandte sich ab. »Jetzt muss ich gehen. Meine Arbeit wartet.«

»Stefanie!« Er fing sie an der Tür und stieß ihren Namen wie einen Hilfeschrei aus. »Stefanie, Stefanie, geh nicht wieder zu ihm, ich flehe dich an. Was immer du dir wünschst, bezahle ich, aber der Gedanke, dass du zu ihm gehst, bringt mich um den Verstand.«

»Weshalb denn, Schweinchen? Weil er so hübsch ist und du so hässlich? Weil in seinem Kopf etwas funkelt, während in deinem

Leere gähnt? Weil die Leute sich nach ihm umschauen und nach dir Schweinchen kein Schwein pfeift?«

»Warum bist du so grausam, Stefanie?«

»Weil es mir Spaß macht. Weil Grausamkeit Macht ist. Weil ich nie wieder der sein will, der ganz unten liegt und dem die Victoria-Versicherung nichts bezahlt.«

»Von da kommen wir her«, murmelte er. »Von ganz unten, wo einem niemand was bezahlt.« Erneut packte er sie und zwang sie, ihm in die verquollenen Augen zu sehen. »Du und ich, wir sind aus einem Holz, Stefanie, wir sind aus dem Dreck gekommen, in dem Gewalt regiert. Wir wissen, was Armut heißt. Glaubst du, er hat auch nur die geringste Ahnung davon? Glaubst du, er hat je gefroren, mehr Schläge als Brot bezogen, je ein Kleidungsstück getragen, das nicht auf seinen edlen Leib geschneidert war?«

»Im Leben nicht. Er denkt, er kann das Volk mit seinen verschrobenen Ideen glücklich machen, weil er das Volk nicht kennt. Aber mir gefällt das. Es klebt kein Schmutz an ihm, und wenn er isst, tropft ihm nichts aus dem Mund.«

»Er versteht nichts von dir. Er wird dich nie verstehen.«

»Nein, das wohl nicht«, murmelte sie. »Aber das tust du auch nicht. Du glaubst, wir sind von einer Art, weil wir aus derselben Jauche stammen, aber ich bin eine Nummer zu groß für dich, mein Schweinchen.«

»Warte die Wahlen ab«, blaffte er zurück, verschwitzt und rotgesichtig, als würde er gleich zu weinen beginnen. »Wir haben einen Wahlkampf geführt wie keine Partei zuvor, wir haben Millionen investiert, und unser Sieg wird dieses Land aus den Angeln heben. Hast du nicht gesehen, wie wir die verdammten Roten von der preußischen Landesregierung aus dem Amt gejagt haben?«

»Ach, das habt ihr getan?«, versetzte Stefanie spöttisch. »Ich dachte, Hindenburg und Reichskanzler von Papen hätten die Regierung Preußens abgesetzt.«

»Hindenburg ist ein hohler Tattergreis und Papen eine Marionette!« Vor Erregung kreischte er. »Dahinter stehen wir. Wir stoßen jeden einzelnen Sessel um, auf dem noch ein roter Arsch sich wärmt. Die Partei von deinem Windhund ist bald nur noch ein zitterndes Häuflein, das wir mit dem Fingernagel zermalmen. Du hast recht, Stefanie, Grausamkeit ist Macht. Ich werde deinen Windhund zermalmen, hörst du? So langsam, dass ihm jedes Glied einzeln verreckt und er bei jedem Tod vor Schmerzen winselt wie ein Vieh.«
»Tu das, Schweinchen. Aber jetzt lass mich gehen.« Sie zupfte sich die Kleidung zurecht und griff nach ihrer Tasche.
»Wann sehe ich dich wieder?«
»Nicht am Samstag, da habe ich zu viel Arbeit. Und am Sonntag nehmen mich Bekannte mit ins Lichtspielhaus.«
»Bekannte, von wegen – deinen roten Windhund und seine Rotte meinst du. Allen voran die sogenannte Verlobte, dieses Hexenweib, das Frauen dazu verführt, ihre Familien im Stich zu lassen. Durch die Straßen gepeitscht gehört die, wie man's früher mit solchen Weibern gemacht hat.«
»Wenn du mich wiedersehen willst, lass sie in Ruhe«, fiel ihm Stefanie ins Wort. »An meinem Windhund beiß dir die Hauer aus, aber von Paula lass die Finger. Die hat keine Bosheit verdient, die weiß nicht einmal, was das ist.«
»Und das sagst du mir?«, fragte er verblüfft. »Sie hat keine Bosheit verdient, aber du gehst hin und umgarnst den Kerl, mit dem sie lebt?«
»Ich bin ja nicht Paula«, erwiderte Stefanie. »Ich weiß, was Bosheit ist. Aber dass du ihr ein Leid tust, will ich trotzdem nicht.«
»Sobald wir am Ruder sind, wird mit ihren verdammten Hurenhäusern kurzer Prozess gemacht«, knurrte er.
»Das ist mir egal. Die verprügelten Weiber, die heulen, statt zurückzuschlagen, sind mir selbst ein Graus. Aber Paula rührst du nicht an. Die ist zu gut für dich und mich.«

Ehe er noch etwas sagen konnte, schlug sie ihm ihre Tasche vor den Bauch und ging. Vor der Tür atmete sie mehrmals durch, dann zog sie ihren Spiegel aus der Tasche und schminkte sich. Er ekelte sie. Aber ihn in der Hinterhand zu halten verschaffte ihr ruhige Nächte. Sie verstand zu wenig von Politik, um die Zukunft ohne Zweifel vorauszusehen, und in einem hatte er recht: Sie wollte am Ende auf der Seite der Sieger stehen.

49

August

Wenn sie geglaubt hatten, es könne schlimmer nicht kommen, so waren sie dem fundamentalsten Irrtum ihres Lebens aufgesessen. Die Wahl war keine Niederlage, sondern ein Fiasko. In einem Land, in dem ein Drittel aller erwerbsfähigen Menschen keine Arbeit hatten, stießen die dumpfen Parolen der Nazis auf offene Ohren. »Das deutsche Volk braucht einen starken Mann«, hatte Hitler gebrüllt, und fast vierzig Prozent hatten ihn gewählt. Und wir haben geglaubt, es brauchte Frieden und Freiheit, dachte Paula wehmütig.

Nicht einmal gemeinsam hätten SPD und KPD nunmehr gegen Hitler eine Mehrheit aufgebracht, doch an Gemeinsamkeit war ohnehin nicht zu denken. In den Straßen tobte Krieg. Die SA umfasste an die dreihunderttausend Mann und lieferte sich mit ihren Gegnern blutige Schlachten. »Rotfront, verrecke«, hallte es durch das erstarrte Berlin. Wäre sie in der Arche nicht mehr denn je gebraucht worden, hätte Paula sich in ihrer Wohnung verkriechen, alle Vorhänge schließen und die Tür verrammeln wollen.

Zwei Tage nach der Wahl war Harry zu ihr gekommen. Er sah elend aus. Seit Johanna ihn verlassen hatte, wirkte er jedes Mal, wenn sie ihn traf, älter. Er kam mit schlimmen Nachrichten. Joachims Geschäft in der Leipziger Straße war überfallen und völlig zerstört worden. Joachim war den Steinwürfen unverletzt entkommen, weil Kutte mit einer Art sechsten Sinn seine Bude geschlossen hatte und zu ihm geeilt war. Kuttes schiere Größe hatte mehrere Angreifer in die Flucht geschlagen, so dass er Joachim in Sicherheit bringen konnte.

»Von den Passanten hat niemand geholfen«, sagte Harry. »Auch nicht von denen, die seit Jahren bei Joachim Klaviernoten und Maultrommeln für ihre Kinder kaufen. Sie hätten meinen Bruder auf offener Straße steinigen können, ohne dass jemand eingeschritten wäre.«

Es gab keine Worte. Sie umarmten sich und hatten auch zum Weinen keine Kraft.

»Ich bleibe nicht hier, Paula«, erklärte Harry. »Aron Kain geht im Dezember nach London, und ich löse die Kanzlei auf und folge ihm im März. Ich habe mit meiner Familie gesprochen, aber sie sind sämtlich so blind wie Joachim, der trotz allem glaubt, der Nazi-Wahn werde schon vorübergehen. Mein Vater glaubt es auch, und meine Mutter sagt, sie ist hier geboren worden und wird hier sterben. Ruben trabt mit Eule zum Zeichenunterricht und hört und sieht nichts um sich herum.«

»Er ist so begabt«, murmelte Paula.

»Und so gefährdet!«, versetzte Harry. »Ich weiß nicht, wie ich ohne sie leben soll, aber ich kann sie nicht zwingen, mit mir zu kommen. Vielleicht begreifen sie ja irgendwann, was ihnen hier bevorsteht, und folgen nach.«

»Aber du kannst doch aus Berlin nicht weggehen!«, rief Paula. »Clemens sagt, wenn wir jetzt alle Kräfte vereinen, haben wir die Chance, bei der Neuwahl im November ein besseres Ergebnis zu erzielen. Die Krise beginnt doch abzuflauen, zwar langsam, aber schneller kann auch Hitler den Leuten keine Arbeit beschaffen.«

»Wenn wir alle Kräfte vereinen«, wiederholte Harry mit zynischem Unterton. »Wie oft haben wir das eigentlich schon gehört? Soll ich auf diese vereinten Kräfte warten, bis ich auf der Straße totgeschlagen werde? Ihr könnt mich nicht schützen, Liebes. Und euch selbst auch nicht. Wir Juden mögen ganz oben auf der Abschussliste stehen, aber die gesamte Linke des Landes steht gleich darunter. Und du hast in GS einen speziellen Feind.

Der Mann mag ein Idiot sein, aber das hindert ihn nicht, in seiner Fraktion den Stimmführer zu markieren. Wir haben dieses Spiel verloren, Paula, und du bist genauso in Gefahr wie ich. Ich will, dass du mit mir kommst. Du bist noch immer ein blitzgescheites Mädchen, ich wette, du lernst Englisch schneller als ich.«

»Bist du verrückt?«, entfuhr es Paula. »Wie kann ich denn aus Berlin weggehen – weg von Clemens, weg von Manfred, weg von der Arche?«

»Die Nazis werden die Arche schließen. Und Manfred geht besser heute als morgen, um ihn mache ich mir mehr Sorgen als um uns. Ich habe schon mit ihm gesprochen, aber wie ich befürchtet hatte, ist er nicht zu bewegen. Er sagt, die beiden Parteien seien schuld, dass es mit Deutschland so weit gekommen ist, und jetzt dürften sie Deutschland nicht im Stich lassen. Er ist aus seiner Partei ausgetreten, weißt du das?«

»Manfred? Aus der KPD?« Das war unvorstellbar.

Harry nickte. »Stattdessen kämpft er jetzt in einer neuen Organisation, die es sich zum Ziel gesetzt hat, doch noch die Einheitsfront zu schaffen, die Adolf Hitler aufhält.«

»Das ist gut!«, rief Paula. »Das ist das Beste, was ich seit dieser unglaublichen Wahl gehört habe.«

»Es ist zu spät«, erwiderte Harry. »Komm mit mir nach London. Gut möglich, dass wir den anderen helfen können, wenn wir uns dort ein neues Leben aufbauen.«

»Was redest du denn? Selbst wenn ich es wollte, mein Leben ist da, wo Clemens ist.«

»Clemens heiratet dich nicht«, sagte Harry. »Heirate mich, Paula. Dass du mich nicht liebst, weiß ich, und ich werde es nie von dir verlangen. Aber wir beide verstehen uns und können einander helfen, nicht vor Heimweh und Einsamkeit wahnsinnig zu werden.«

Paulas Kehle wurde so trocken, dass das Schlucken schmerzte.

»Verlass meine Wohnung«, brachte sie krächzend heraus. »Dass deine Welt aus den Fugen ist, erkenne ich an, und meine ist es auch. Aber dass du die Lage ausnutzt, um deinem Freund die Frau zu stehlen, hätte ich von dir als Letztem gedacht.«

»Das ist doch Unsinn«, sagte Harry müde. »Wir kennen uns unser ganzes Leben, und ich habe deine Liebe zu Clemens immer respektiert. Ich will nur nicht, dass du an dieser Liebe zugrunde gehst. Clemens wird seine Partei nicht verlassen. Er wird sich wie immer ins Feuer werfen, auch wenn nicht die geringste Aussicht besteht, dass das irgendwem nützt.«

»Hör auf!«, schrie Paula. »Ich habe geglaubt, du wärst sein Freund.«

»Ich bin sein Freund. Aber deiner auch.«

»Ich habe keine Freunde, die schlecht über Clemens reden.«

»Herrgott, er betrügt dich!« Harry schrie jetzt auch. Dann hielt er inne. Ein wenig unsicher schwang er herum und ging aus dem Zimmer. In der Tür drehte er sich noch einmal um. »Du weißt, wo du mich findest«, sagte er. »Ich liebe dich.«

50

September

Seit den Wahlen arbeitete Clemens auch sonntags. Wenn Paula ihn zwischen Tür und Angel zu Gesicht bekam, sah sie einen Mann, der am Ende seiner Kräfte war und sich doch keinen Augenblick Ruhe gönnte. Mit ihren eigenen Anliegen wollte sie ihn nicht auch noch belasten. Nie zuvor, nicht einmal während des Krieges, hatte sie sich so einsam gefühlt.

Als sie am Samstagabend von ihrem Schreibtisch aufstand, um in ihre leere Wohnung zurückzukehren, vertrat ihr Klara den Weg. »Ich weiß, es klingt grotesk«, sagte sie, »aber morgen ist wieder der letzte Sonntag.«

»Was für ein letzter Sonntag?«

»Der Sommer ist zu Ende. Wir fahren morgen zum letzten Mal zum Wannsee. Manfred war kaum je da und Harry so gut wie gar nicht, aber morgen wollen sie beide kommen. Kommt ihr auch, Paulchen? Ich habe das Gefühl, dieser Winter wird endlos, ich möchte euch vorher noch einmal nass und sandig an mich drücken. Kutte wäre so froh, dich zu sehen. Und Rieke! Sie fängt im Oktober an zu studieren, sie möchte dir gern davon erzählen.«

»Wir kommen«, versprach Paula und dachte: Wird es noch einmal einen Sommer geben, den wir nicht versäumen?

Statt nach Hause fuhr sie in die Parteizentrale und marschierte schnurstracks hinauf zu Clemens' Büro. Sie hatte ihn nie zuvor hier gestört. Jetzt riss sie die Tür auf, ohne anzuklopfen. Er saß allein in dem riesigen Raum, hinter Bergen von Papieren. Als er sie sah, ließ er den Federhalter fallen. »Paula Klein«, sagte er leise und voll Sehnsucht. Dann schrak er zusammen, und viel zu spät versuchte er sein Geheimnis vor ihr zu verbergen.

Sie liefen einander entgegen, als hätten sie sich seit Wochen nicht gesehen.
»Woher wusstest du das?«, fragte er, als ihre Lippen sich voneinander lösten.
»Was? Dass du zum Lesen eine Brille brauchst?«
»Nein, dass ich auf einmal so verloren war ohne dich.«
»Ich war auf einmal so verloren ohne dich. Eigentlich hätte ich dir eine Nachricht auf den Küchentisch legen können, dass wir uns morgen am Wannsee treffen, aber ich musste zu dir.«
»Am Wannsee, mein Herz?«
»Sag nicht nein!« Sie drohte ihm mit dem Finger. »Du weißt, was den Wannsee betrifft, bist du mir im Wort. Und es ist wieder der letzte Sonntag.«
»Ich will ja nicht nein sagen«, rief er. »Ich weiß auf der Welt nichts Schöneres als Wannsee und Paula Klein, aber ich ersticke in Arbeit, und für morgen habe ich jetzt extra Stefanie bestellt ...«
Seine Verzweiflung tat weh, seine Erschöpfung, sein Kampf gegen Windmühlenflügel. Sie streichelte seine Wange. »Komm nach der Arbeit. Pack Stefanie auch ein. Wir hatten sie früher manchmal mit, vielleicht freut sie sich.«
»Muss ich?« Erleichtert begrub er sein Gesicht an ihrer Schulter.
»Stefanie mitbringen? Nein, aber ich finde, es wäre nett von dir.«
»Wenn du es nett findest, bringe ich sie mit. Aber ich will dich für mich allein.«
Sie küsste seinen Hals. »Ich dich auch.«
»Paula?«
Einen Augenblick lang glaubte sie, er wolle ihr gestehen, dass er Angst hatte. Wenn er es tut, sage ich ihm, dass ich auch Angst habe, beschloss sie, ich sage ihm, er soll alles hinwerfen und mit mir nach London gehen, egal, was aus uns wird.
»Findest du sie sehr schlimm?«, fragte er.
»Was?«
»Meine Brille.«

Sie musste lachen. Die Angst setzte aus. »Du bist das eitelste Stück Mensch, das auf diesem Planeten herumläuft«, sagte sie und verpasste seiner Hüfte einen Klaps. »Nein, ich finde sie nicht sehr schlimm, ich finde, du siehst damit noch ein bisschen mehr aus wie die vollkommene Mischung aus Geist und Sex. Zufrieden, mein Herr Narziss?«
»Nur, wenn du mir sagst, dass du mich manchmal noch liebhast, Paula Klein. Dass du nicht die Zeit zurückdrehen möchtest und mich aus deinem Leben werfen.«
Sie konnte ihm gar nichts sagen. Nur ihn halten und ihm kleine Küsse in seine Ohrmuschel setzen, bis sein Herzschlag sich beruhigte. »Ich nehme dich jetzt mit nach Hause«, bestimmte sie dann. »Du bist vollkommen fertig und brauchst dringend ein paar Stunden Schlaf. Von mir aus fahr morgen noch vor Sonnenaufgang her, aber jetzt kommst du in meine Arme und mein Bett.«
Sie liebte ihn, bis er über ihr einschlief. Zärtlich schob sie ihn von sich und löste die Kette des verhassten Medaillons in seinem Nacken, damit es ihn im Schlaf nicht drückte. Als sie es ihm abnahm, sprang es auf, und eine metallene Kapsel fiel heraus. Sie erschrak bis ins Mark. Sie hatte davon gehört, dass Offiziere im Krieg solche Kapseln bei sich getragen hatten, aber wusste Clemens, was sich in dem Medaillon befand? Sie schloss es und schob es auf den Nachttisch. Morgen würde sie ihn bitten, es wegzuwerfen, es war kein Glücksbringer, sondern brachte den Tod.

Als sie später als geplant erwachte, war Clemens schon fort. Auf dem Küchentisch standen die Dosen mit seinen Kaffeezutaten, und dabei lag ein Zettel. »Heute Abend bei Kutte. Du bist mein Segen, alles andere ist Kaffee ohne Salz. Deine Dich liebende Brillenschlange. C.«
Es war ein trüber, herbstlich kühler Tag, kein Wetter zum Baden.

Die Straßen wirkten leer gefegt, und in der S-Bahn saß Paula allein. Am Wannsee waren nur wenige der neu aufgestellten Strandkörbe besetzt, und ihre Freunde lagerten wie immer auf Decken im Sand. Ruben, Rieke, Frieder und die Kinder von Kiki hockten im Rudel beieinander, so weltvergessen, wie sie selbst hier gesessen hatten. Ruben sah Paula dennoch und lief ihr entgegen wie als kleiner Junge. Er war vierzehn, bekam schon ein Kreuz und würde sich zu einem hinreißenden Mann auswachsen. Dort, wo er aufgesprungen war, sah sie zwischen den Jugendlichen die zerschlissene Eule. »Kommst du mit mir rutschen, Tante Paula? Den anderen ist es zu kalt.«

»Beim Himmel, Ruben, dir ist ja die Stimme gebrochen! Wenn du mich mit diesem Bass weiter Tante nennst, komme ich mir vor wie neunzig Jahre alt.«

Ruben spreizte die Hände und grinste. »Rutschen oder Tante – du hast die Wahl.«

Sie ging mit ihm ins eiskalte Wasser und schwamm, bis ihr die Haut am ganzen Körper prickelte. Dann begrüßte sie die Freunde, Manfred und Klara, Frieda und Ilse, Joachim und Harry, dessen Blick sie mied. Manfred umarmte sie. »Ich habe dir so viel zu sagen, Zwerg. Warum haben wir uns nur so ewig nicht gesehen?«

»Ich weiß nicht, Manni. Was hat das alles aus uns gemacht?«

Er nahm ihre Hände in seine. »Weißt du, was es gerade mit mir macht? Es zeigt mir, dass ich euch liebe und nicht verlieren will.«

»Euch, Manni?«

Er nickte. »Kommt Clemens?«

»Heute Abend nach der Arbeit. Manni, was willst du damit sagen? Doch nicht, dass du, dass ihr …«

»Doch«, erwiderte Manfred. »Ich will, dass wir reden, Clemens und ich. Ich weiß, was er in seiner Partei für einen Einfluss hat. Wir brauchen Leute wie ihn, um ein Bündnis zu gründen und zu retten, was von unserer Welt noch übrig ist. Aber das ist nicht alles, Zwerg. Ich will ihm sagen, dass ich ihm das, was gewesen ist, verzeihe. Ich habe endlich begriffen, was du mir erklären wolltest: Ein Mensch wird kein Unmensch, weil er einen Fehler macht.«

»Weißt du, was so hart daran ist?«, fragte Paula. »Dass ein lächerlich kleiner Fehler genügt, um schuldig zu werden.«

Manfred nickte. »Ich bitte ihn, mir auch zu verzeihen. Wir hauen uns gegenseitig eine runter, und dann ist Schluss mit dem Quark.«

»Nehmt aber vorher die Brillen ab«, sagte Paula. »Und jetzt brauche ich einen Kaffee von Kutte, ehe ich anfange zu heulen.«

Als sie loslaufen wollte, hielt Manfred sie fest. »Paula, Kutte baut seine Bude ab. Er kann die Miete nicht mehr zahlen. Harry hat angeboten, ihm zu helfen, aber dazu ist er zu stolz. Das Einzige, was er annimmt, ist die mietfreie Hütte auf Clemens' Grundstück. Mach ihm ein bisschen Mut, ja? Wir kommen aus diesem Loch wieder raus. In ein paar Jahren, wenn meine neunmalkluge Tochter ihren Doktor hat, will ich euch hier zum Feiern einladen – zu Kaffee bei Kutte, wo auch arme Schlucker welchen kochen dürfen.«

Ohne Atem zu holen, lief Paula hinauf zur Promenade. Kuttes Bude war bereits in Bretter zerlegt, das Häuflein Gerät drängte sich traurig daneben. Er selbst stand auf seiner Leiter und schraubte liebevoll sein Schild von der Wand.

»Kutte!«, rief Paula. »Du blöder, liebster Kutte, komm sofort da runter und sprich mit mir!«

Er drehte sich um, und sein Gesicht hellte sich auf. »Meen Paulinchen. Is' der Kleene auch da?«

»Noch nicht.«

»Sach's ihm nich'«, bat Kutte. »Der hat jenuch, wat ihn traurich macht, der arme Kerl.«

»Der arme Kerl wird dir was husten«, fuhr sie ihn an. »Wenn er von irgendwas genug hat, dann ist es Geld, und wenn er's mir für die Frauen in der Arche gibt, wieso darf er es dann nicht dir geben? Weißt du, wie lieb er dich hat, weißt du, wie viel es ihm bedeutet, dass du ihn nicht fallenlässt?«

»Fallenlassen? Eher lass ick mir selber fallen, hier von die olle Leiter. Der Kerl hat mein Leben jerettet, und vorher hat er mir die Seele jerettet mit seine große Klappe. Den Hausmeister mach ick ihm auf seinem Land, aber seine Kohle nehm ick nich'. Bei Jeld hört die Freundschaft auf, kapiert?«

»Aber Kutte«, rief Paula, »wie soll das denn werden, der Wannsee ohne dich?«

Kutte stieg mit dem Schild von der Leiter und hielt es ihr feierlich entgegen. »Hier, Paulinchen. Da passte mir druff auf, wie du's schon mal jemacht hast. Und wenn der janze Humbug vorbei is', wer weiß, vielleicht miet ick mir dann 'ne neue Bude, und wir hängen's wieder auf.«

Paula stellte das Schild beiseite, umarmte seine mächtigen Schultern und kämpfte löwenhaft, um nicht zu heulen. »Dieses Grundstück, auf dem du Clemens den Hausmeister machst«, fragte sie schließlich, »wie ist es denn?« Sie hatte es nur einmal gesehen, als Clemens es ihr gezeigt hatte. Damals war sie außer sich gewesen und hatte auf dem Absatz kehrtgemacht. Ich will es nicht, hatte sie gebrüllt und bei sich gedacht: Noch mehr Kosten, noch mehr Abhängigkeit, noch mehr Wahlkämpfe mit Seifen, und das alles für ein Leben wie die Junker. Jetzt stellte sie es sich paradiesisch vor, fern der Stadt, wo sie am glücklichsten gewesen waren, mit Clemens und Kutte zu leben.

»Na, prima isses«, antwortete Kutte. »Paulinchen, da muss ein Mann ein Meechen schon dolle lieben, damit er ihr so'n schönet Fleckchen Erde kooft.«

»Und wie lange würde es dauern, dort ein Haus zu bauen? Ein kleines nur – Clemens und ich, wir haben ja keine Kinder.«

»Wer weiß, wat ihr allet habt, wenn ihr erst hier draußen unter die Kastanienbäume wohnt«, sagte Kutte. »So 'n Häuschen stellt

euch einer in fünf, sechs Monaten hin. Die suchen doch jetz' alle Arbeit, die vom Bau, und icke kann schließlich ooch mit anpacken.«
Sie lehnte sich gegen seine Brust, mit der kein Kissenpolster mithalten konnte. »Bitte lass uns das machen, Kutte. So schnell wie möglich.« Clemens konnte morgens in die Stadt fahren, und wenn er abends zurückkam, wäre er bei ihr, unter den Kastanien in Sicherheit. Auf einmal träumte sie von einem Haus, in dem all ihre Freunde Platz fanden. Hier draußen am Wannsee zu überwintern, bis der Spuk vorüber war und wieder Grün aus den Zweigen brach, war besser als das, was Harry vorgeschlagen hatte. Berlin verlassen. Ihr Leben verlassen. Aufgeben und den Nazis überlassen, wofür sie zwanzig Jahre lang gekämpft hatten.
Als Clemens kam, hatte es leicht zu regnen begonnen. Paula sah ihn auf dem Absatz der langen Treppe, wie sie ihn hundertmal gesehen hatte, nur in Hemd und Hosen und mit Kuttes Mantel über einer Schulter. Der Wind hob sein schwarzes Haar, das wie üblich geschnitten gehörte, und Paula liebte ihn ein bisschen wilder und gieriger, als es sich für eine Sechsunddreißigjährige in einem öffentlichen Strandbad gehörte. Aber Wannsee war *ihr* Strandbad. Ihr Stück Paradies. Vedi Wannsee e poi muori.
Stefanie führte er am Arm. Von weitem erschien es Paula, als würde sie nur ein Bein belasten und den Rest ihres Gewichtes auf ihn stützen. Erst jetzt bemerkte sie, dass die anderen – Manfred, Harry und der lachende Trupp aus Frauen und Kindern – auf die Promenade heraufgekommen waren. Erst jetzt bemerkte sie, dass außer ihnen kein Gast mehr im Strandbad war.
Klara winkte.
Ruben rannte.
Harry wandte sich ab.
Manfred schrie.
»Das ist nicht wahr«, schrie Manfred. »Ich dachte, das mit dieser Person wäre vorbei!« Mit seinem steifen Bein sprang er dem

sportlichen Ruben hinterher, packte ihn am Hemd und riss ihn zurück. »Geh nach unten. Zu deinen Brüdern.«
Ruben war so perplex, dass er gehorchte und die Treppe wieder hinunterlief. Manfred sprang noch drei Stufen hinauf, und Clemens und Stefanie kamen drei Stufen herunter. Dann blieben alle stehen.
»Nein«, brachte der schwer atmende Manfred noch einmal heraus, »das kannst du nicht machen. Du kannst doch sie nicht hierherbringen!«
Der Rest vollzog sich innerhalb von Sekunden. Harry stürmte die Stufen hinauf und rief: »Halt den Mund, Manne!«, und in Paulas Kopf rumorte etwas, das Harry vor Wochen gesagt hatte, Anfang August, drei Tage nach den Wahlen. Sie starrte Stefanie an, die sich an Clemens schmiegte.
Clemens sagte etwas zu Manfred, das Paula nicht verstand, und Manfred rief dagegen: »Du betrügst meine Schwester mit ihr. Ich war sicher, du hättest jetzt, in der Gefahr, damit aufgehört, aber du bringst sie hierher! An unseren Wannsee!«
Geschrien wurde noch mehr, aber Paula vernahm nur Bruchstücke, weil durch ihren Kopf die Handvoll Worte gellte: Clemens und Stefanie. Clemens und Stefanie. Es war so albern, so schrecklich kindisch. Die Nazis überrannten ihr Land, sie hätte alle Kraft, alle Gedanken darauf konzentrieren sollen, sie aufzuhalten. Stattdessen stand sie hier und war blind und taub wegen einer Lappalie, konnte an nichts mehr denken als an Clemens, der sie mit Stefanie betrog.
Als Kutte an ihr vorbeiging, streifte er liebevoll ihre Schulter. »Jetz' mal halblang«, sagte er, stieg die Stufen hinauf und zog Manfred zu sich. »Ick hab dir bis heute für 'nen netten Kerl jehalten. Aber damit is' Schluss, wenn du solche Lügen erzählst. Ick hatte hier zwanzig Jahre lang meine Kaffee-Bude, und in die zwanzig Jahre sind mein Freund Clemens und mein Paulinchen bei mir ein und aus jejangen und hatten sich lieb wie Grütze und

Vanillesauce. Darauf lass ick nischt kommen, kapiert? Dit macht mir keener kaputt, kein Nazi und auch nicht du.« Er packte Manfred am Schlafittchen und schüttelte ihn.
»Hör auf!«, rief Clemens. »Lass ihn los.« Dann löste er sich von Stefanie und tastete auf der anderen Seite nach dem Geländer. »Er lügt nicht«, sagte er. »Er ist ja nicht fähig zu lügen.«
Mehr wollte Paula nicht hören. Solange sie lebte, nicht. Wie sie es schaffte, Kuttes Schild aufzuheben und sich die Promenade entlang bis zum hinteren Ausgang des Strandbads zu schleppen, würde sie sich später fragen, ohne eine Antwort zu finden.

51

Januar 1933

Die staatlichen Zuschüsse wurden der Arche gestrichen. Von nun an mussten sich die sieben Notwohnungen durch Spenden erhalten, die aufgrund der Wirtschaftslage immer knapper wurden. Als Clemens' Verdienst wegfiel, war es Paula nicht länger möglich, die Wohnungen zu halten. Er schickte ihr Geld. Sie schickte es zurück. Er schickte es erneut. Sie schickte es zurück. Er gab auf.

Die beiden Parterrewohnungen, die ohnehin gefährdet waren, wurden aufgelöst und die dort untergebrachten Frauen und Kinder auf die übrigen Wohnungen verteilt. Es wurde eng, vor allem in der Charlottenburger Wohnung, in der Paula jetzt wieder lebte. Samt Büro zog sie sich in die kleinste Kammer zurück. Kuttes Schild und der Vater-Arm aus Pompeji lagen auf ihrem Bett, weil sonst in dem engen Raum kein Platz war.

Klara und Manfred hatten ihr mehrmals angeboten, zu ihnen zu ziehen, aber Paula ertrug keine Nähe. »Komm zu mir«, sagte Harry. »Mich macht der viele Platz in meinem Haus verrückt, und nebenbei kann ich dich überreden, mit mir nach London zu gehen.«

»Ich glaube nicht, dass das gut wäre«, erwiderte Paula. »Und dass ich aus Berlin nicht weggehe, hatten wir geklärt.«

»Was hält dich jetzt noch?«

»Der Hilfsdienst, den ich aufgebaut habe«, gab sie zurück, »und den ich halten werde, bis er mir vor den Augen zerfällt. Meine Erinnerungen. Die Tatsache, dass dies hier meine Heimat ist. Ich weiß, es freut dich, dass Clemens und ich uns getrennt haben, aber zwischen uns ändert das nichts.«

»Clemens und du, ihr habt euch nicht getrennt«, sagte Harry. »Du hast ihn von einem Tag zum anderen verlassen, und nein, es freut mich nicht. Wie soll es das, wenn es dich so verzweifelt macht? Du hast den Mann, den du liebst, aufgegeben, weil Manfred und ich etwas Unbedachtes gesagt haben. Manfred bereut es genauso wie ich, er hat schon versucht mit Clemens zu reden, aber der ist für ihn nicht erreichbar.«
»Meinetwegen braucht er mit Clemens nicht zu reden.«
»Er tut es seinetwegen, Paula. Weil er sich schuldig fühlt – an dem, was dein Leben betrifft, wie an dem, was in diesem Land geschieht. Ich fühle mich auch schuldig. Diese Stefanie hatte sich den Fuß verstaucht, wusstest du das? Deshalb hat Clemens sie gestützt, aber die Affäre mit ihr war längst vorbei.«
»Ich will nicht darüber sprechen, Harry.«
»Herrgott, du musst! Irgendwie müsst ihr diese Sache bereinigen, damit ihr euch aus dieser Lähmung lösen könnt. Du stehst bei Georg Schramm, der eine SA-Einheit befehligt, auf der schwarzen Liste, dein Leben ist in Gefahr! Und seines erst recht. Glaub mir, ich würde dich tausendmal lieber samt Clemens hier herausholen, als euch beide eurem Schicksal zu überlassen.«
Paula brach das Gespräch ab. Wie groß die Versuchung war, seinem Rat zu folgen, sollte er nicht wissen. An manchen Tagen wünschte sie sich nichts, als sich in Clemens' Arme zu werfen, auch wenn sie sich fühlte wie ausgespuckt, als hätte eine Frau keinen Wert mehr, weil sie einem Mann nicht genügte. »Geh aus meinem Leben weg und komm nicht mehr zurück«, hatte sie ihm ins Gesicht geschrien, um ihren Stolz zu bewahren. Jetzt war ihr Leben leer. Sie war mit dem Stolz darin allein.
Nach der Wahl im November versiegte eine Spendenquelle nach der anderen. Es war, als wollten Unternehmer, die sich früher ihrer Beiträge für die Arche gerühmt hatten, mit dem Hilfsdienst nichts mehr zu tun haben. Die NSDAP hatte vier Prozent ihrer Stimmen verloren, aber das genügte nicht, um die Republik zu

retten. »Abwärts mit Hitler«, titelte der *Vorwärts,* doch die schlaffe Schlagzeile änderte nichts daran, dass KPD und SPD einander als Feinde gegenüberstanden und dass der Versuch, eine Mitte-Links-Koalition zu bilden, kläglich scheiterte. Auch der Plan, sämtliche Parteien an der Regierung zu beteiligen, war zum Scheitern verurteilt. Als das Jahr zu Ende ging, war das Land mit seinen sechs Millionen Arbeitslosen noch immer ohne Führung.

Weil Joachim und Ruben sie bestürmten, verbrachte Paula den Silvesterabend bei Frau Deborah und Herrn Jakub. Manfred und Klara kamen mit Rieke, doch die Übrigen blieben fern. Sie waren still wie niemals zuvor. Herr Jakub spielte in einem fort Platten, »weil man so still doch kein Jahr willkommen heißen kann«.

»Das arme Fräulein Paula heißt es ja gar nicht willkommen«, sagte Frau Deborah, deren schwarze Haarpracht grau geworden war. »Sie wünscht sich ins alte zurück. Habe ich recht, meine Liebe? Sie waren so gut zu uns, und nur deshalb sage ich es Ihnen: Der Mann, den Sie mit so schwerem Herzen zum Teufel geschickt haben, gehört da nicht hin. Er war von klein auf ein Schlawiner, dem ein Klaps auf die Finger guttat, aber er hat mehr Wärme in sich als so mancher Säulenheiliger, und er hat nie eine andere geliebt als Sie. Wenn Sie es sich erlauben, wissen Sie das selbst, oder nicht? Ist es nicht unerträglich, in einer solchen Zeit allein im kalten Bett zu liegen?«

Herr Jakub legte die Platte von den nicht zu greifenden Sternen auf, aber Paula schüttelte mit mühsamem Lächeln den Kopf. Um Mitternacht stießen sie auf das neue Jahr an und sprachen jeder einen Wunsch aus. Ruben wollte zum Zeichnen nach Florenz, und Rieke fieberte ihrem ersten Examen auf der Universität entgegen. »Dass meine Hertha noch einmal Meister wird«, wünschte sich Joachim. »Und dass wir im nächsten Jahr, wenn wir wieder hier sitzen, nicht weniger sind, sondern mehr.«

Als sie nach Hause kam, fand Paula in ihrer Tasche einen Scheck

von Herrn Jakub, an dessen Rand er geschrieben hatte: »Auf einen guten Anfang im neuen Jahr.« Die Summe aber war kleiner als in den Vorjahren. In letzter Zeit blieben ihm Stammkunden weg, die seit Jahren bei ihm gekauft hatten.
Zwei Wochen hielten sie mit eiserner Verbissenheit durch, dann sagte Klara zu Paula: »Es hilft nichts, Paulchen, wir müssen noch eine Wohnung aufgeben, und diesmal eine von den großen.«
Die beiden Freundinnen sahen sich an. Bin ich so bleich wie du?, fragte sich Paula, so dürr, so abgespannt? Großer Gott, was wird aus uns? Dass etwas in der Luft liegt, spürt jeder, aber niemand wagt es auszusprechen.
»Wir lösen diese Wohnung auf«, sagte sie zu Klara. »Es ist die teuerste von allen, und sie ist nicht einmal günstig geschnitten.«
»Aber sie ist dein Zuhause!«, rief Klara. »Du hast doch sonst nichts mehr, wo willst du denn hin?«
Paula zuckte mit den Schultern. »Ich komme schon irgendwo unter.«
»Du kommst zu uns.«
»Vielleicht. In jedem Fall kündige ich zum ersten Februar.«
Damit, die Wohnung aufzulösen, das Mobiliar zu verkaufen und die Frauen umzusiedeln, hatte Paula alle Hände voll zu tun. Während sie die Bücher ihres Vaters in Antiquariate schleppte, entdeckte sie, dass der Gedanke, fortzugehen, seinen Schrecken verlor. Auf einmal erschien ihr London, die Stadt, in der nicht einmal die Sprache sie an sich selbst erinnerte, wie eine Erlösung. Aber die Arche braucht mich noch, beschwor sie sich. Solange nicht alles verloren ist, kann ich mein Schiff nicht verlassen.
Sie igelte sich ein und gab sich Mühe, an nichts als ihre Arbeit zu denken. Des Nachts träumte sie vom Knacken in den Wänden, doch das mochte an der jähen Leere in der großen Wohnung liegen. In drei Tagen, am Letzten des Monats, würde Manfred kommen und sie abholen. Bis sie über ihre Zukunft entschieden hatte, blieb ihr nur, bei ihm und Klara unterzuschlüpfen.

Manfred kam nicht am Morgen des Monatsletzten, sondern bereits am Abend davor, und hämmerte an ihre Tür wie der Feldpostbote mit einer Todesmeldung. »Mach die Tür auf, Paula! Wir müssen etwas tun!«

Als sie ihn sah, glaubte sie, Klara oder Rieke müssten gestorben sein. Er war weißer als die Wand, die Augen unstet und vor Angst geweitet. »Hitler ist Reichskanzler, Paula. Hindenburg hat Adolf Hitler zum Reichskanzler ernannt.«

52

Gleich darauf vernahmen sie das Lied. Trommeln donnerten, dass Paula glaubte, das Haus bebe, und darüber dröhnte der Gesang:

»Die Fahne hoch! Die Reihen fest geschlossen!
SA marschiert mit ruhig festem Schritt.«

Sie lief zum Fenster. Kolonne um Kolonne im Gleichschritt marschierender Braunhemden tauchte aus den Seitenstraßen auf und zog mit Fahnen und Fackeln den Fahrdamm hinunter.

»Die gehen zum Brandenburger Tor«, sagte Manfred. »Und von dort zum Reichstag. Es sind so unglaublich viele. Wir müssen ihnen zeigen, dass wir mehr sind, wir müssen uns alle sammeln und dagegen anmarschieren.«

»Wer ist alle?«

»Alle, die diesem Wahnsinn Einhalt gebieten wollen. Wir treffen uns in einem Vereinsheim, jeder ruft zusammen, wen er auftreiben kann, und von dort ist es nicht weit bis in die Lindenstraße.«

»Was wollt ihr in der Lindenstraße?«

»Die Genossen holen«, sagte Manfred. »Die Genossen von der SPD.« Tief atmete er ein. »Wir müssen das Streiten vergessen, Paula. Wenn wir alle an einem Strang ziehen, können wir morgen einen Generalstreik ausrufen.«

»Aber nicht heute Nacht!«, rief Paula. »Die da draußen sind außer sich. Das sind bewaffnete SA-Leute. Du weißt, wozu die fähig sind.«

»Hinausgezögert haben wir es schon zu lange«, erwiderte Manfred bitter. »Jetzt zählt jede Sekunde. Wir haben verloren, Paula, wir dürfen doch nicht verloren haben!«

»Ich flehe dich an, geh nicht in der Nacht. Warte bis morgen früh.«

Er schüttelte den Kopf und schloss auf seine typische umständliche Weise die Fahrradklammer um sein Hosenbein. »Wenn du dich fürchtest, bleib hier, mein Zwerg«, sagte er. »Mein lieber kleiner Zwerg.«

»Wenn du gehst, gehe ich auch.«

Er blickte auf. »Zur SPD, Paula? Kommst du mit uns zur SPD?«

Paula nickte. Keinen Herzschlag später liefen sie aus der Wohnung, in der sie zusammen aufgewachsen waren, hinaus in die Nacht. Manfred stieg auf den Sattel des Fahrrads, und Paula setzte sich auf den Gepäckträger, wie sie als junge Leute zum Wannsee gefahren waren. Die Trommeln der feiernden Nationalsozialisten durchschnitten die klirrend kalte Nacht.

»Die Straße frei
Den braunen Bataillonen,
Die Straße frei
Dem Sturmabteilungsmann.«

Manfred fuhr wie der Teufel, nahm Seitenstraßen, um den marschierenden Kolonnen auszuweichen, und erreichte außer Atem das einstige Sportlerheim an der Prinzenstraße, in dem die Genossen sich sammelten. Aus den Fenstern fiel Licht auf den Gehsteig, und um das niedrige Gebäude scharten sich Menschen. Einige trugen rote Fahnen bei sich, andere flugs gemalte Transparente. »Es lebe die Republik«, las Paula und spürte den Klumpen in ihrer Kehle. Beklommenheit erfasste sie und wuchs sich beim nächsten Geräusch zu nackter Angst aus. »Wir sind hier nicht allein«, stieß sie heraus und griff nach Manfreds Hand. »Jemand beobachtet uns.«

Auf Manfreds angespanntem Gesicht erschien ein Lächeln. »Gott sei Dank«, sagte er. »Gott sei Dank sind wir nicht allein.«

»Das meine ich nicht!«, rief Paula. Sie meinte nicht einmal die Trommeln, die ohne Unterlass weiterschlugen, sondern das Gefühl, umstellt zu sein, als hätte jemand auf ihre Ankunft gewartet. Die Genossen formierten sich zum Aufbruch. Es mochten zweihundert oder dreihundert Menschen sein, und aus mehreren Richtungen strömten weitere hinzu. »Eines noch«, sagte Manfred und hielt sie zurück.

»Mach schnell.«

»Die Sache mit diesem Mädchen, Stefanie …«

»Großer Gott, das tut doch jetzt nichts zur Sache.«

»Doch, das tut es«, erwiderte Manfred unbeirrt. »Ich habe versucht mit Clemens zu sprechen, aber er lässt mich nicht vor. Hätte ich mit ihm sprechen können, vielleicht hätten wir dies hier aufhalten können.«

»Aber Manni, an dir und Clemens hängt doch nicht die Welt!«

Manfred hörte nicht hin. »Du musst für mich mit ihm sprechen, Zwerg, du musst ihm sagen, dass er mir verzeihen soll.«

»Er dir?« Bitter lachte sie auf.

»Ich habe ihn nicht zu Wort kommen lassen.« Manfred senkte den Kopf. »Damals nach dem Spartakusaufstand nicht und an dem Tag am Wannsee auch nicht. Dabei weiß ich jetzt, dass er die Sache mit dieser Stefanie beendet hatte. Wäre sie noch seine Geliebte gewesen, hätte er sie doch nicht mit zu uns an den Strand gebracht. Und wenn er jetzt wieder mit ihr schläft, dann nur, weil er ohne dich das Leben nicht erträgt.«

Der Zug hatte sich in Bewegung gesetzt. Wie um ihn zu begleiten, drang der Rhythmus der Trommeln herüber. Angst, allein zurückzubleiben, erfasste Paula. Sie riss Manfred mit sich fort. »Komm jetzt, lass diese sinnlosen Gedanken.«

»Sie sind nicht sinnlos. Bitte, Paula, ich muss mit Clemens sprechen.«

»Jaja, nur komm.«

Sie ließen das Fahrrad an einer Laterne stehen. »Ich kann nicht mehr treten«, bekannte Manfred. Er konnte auch nicht mehr gehen, stellte Paula mit Entsetzen fest. Das kaputte Bein schleifte mit jedem Schritt stärker, und vor Schmerz biss er die Zähne zusammen. Er gehörte nach Hause, nicht in diese eisige,

wahnwitzige Nacht. Wut auf Clemens überkam sie. Warum beherrschst du noch immer unser Leben?, hätte sie ihn anschreien wollen, warum bist du noch immer so wichtig, dass mein Bruder nicht klar denken kann? Hättest du ihn empfangen, ehe der Irrsinn losbrach, dann liefen wir jetzt nicht durch die Finsternis, und Manfred würde nicht glauben, die Rettung der Welt hinge von eurer Versöhnung ab.
Aber vielleicht tat sie das, durchfuhr es sie. Hing nicht die Rettung der Welt immer und überall davon ab, dass Menschen sich versöhnten?
Diese Nacht macht dich kirre, Paula Thomas, schalt sie sich. Sei wachsam. Denk klar. Immer wieder ließ das Geräusch von Schritten sie herumfahren, doch natürlich waren es nur die Schritte der Genossen, die als Nachhut folgten. Hinter ihnen im Dunkel flackerten nichts als Schatten. In nächster Nähe, höchstens zwei, drei Straßen entfernt, hallte wieder das Lied der Nazis auf.
»Wollen wir auch singen?«, rief einer, der weiter vorn im Zug ging. »Uns Mut machen?«
Paula wollte nicht singen, sie wollte so wenig Aufsehen wie möglich erregen. Die Genossen aber hatten bereits das neue Lied angestimmt, das Bertolt Brecht für einen Film geschrieben hatte:
»Vorwärts und nicht vergessen,
Worin uns're Stärke besteht!
Beim Hungern und beim Essen
Vorwärts, nicht vergessen,
Die Solidarität!«
Es half tatsächlich. Das Lied war schön, und es machte Paula ein bisschen warm. Hinter der nächsten Biegung sah ihnen schon der Gebäudekomplex um den *Vorwärts* entgegen. Dort war sie zur Parteischule gegangen, dort waren sie nach dem Krieg von den Soldaten begrüßt worden, hatten Feste gefeiert und nach Niederlagen neu angefangen. Dort würden sie in Sicherheit sein.
Dass ihnen eine Marschkolonne der Braunhemden die Linden-

straße hinauf entgegenkam, entdeckten sie erst, als sie bereits in die Straße eingebogen waren. Grell brach das Licht der Fackeln durch die Schwärze, und der Rhythmus der Trommeln hämmerte sich Paula ins Hirn. Die Kolonne war breit. Sie nahm die gesamte Weite der Straße ein.

»Los, weg hier!«, rief der Sänger, der vorn lief. Sie waren hoffnungslos in der Unterzahl und völlig unbewaffnet. Wenn es zur Schlägerei kam, hatten sie nicht die geringste Chance. Die Ersten drehten um und flüchteten den Weg zurück, vorbei an Paula und Manfred, die unbewegt auf der Straße standen. Sie mussten laufen, wenn sie nicht überrannt werden wollten, schon stießen Leiber gegen sie, ertönten Flüche. Manfred zögerte noch immer, als hielte ihn eine Hand gepackt und zöge ihn in Richtung des Parteigebäudes. »Zum Teufel, lauf!«, schrie Paula, packte seinen Arm und rannte mit ihm los.

Sie waren erst ein paar Schritte vorangestolpert, als sie die Umrisse der Männer ausmachte, die sie die ganze Zeit über in ihrem Rücken erahnt hatte. »Stehen bleiben! Kontrolle!« Einer nach dem anderen stieß aus dem Dunkel zwischen zwei Häusern. In den Händen des Vordersten sah Paula einen Gewehrlauf blitzen. Sein Gesicht sah sie auch und war nicht einmal überrascht. Es war GS. Georg Schramm. Er war nicht zufällig hier, sondern hatte darauf gelauert, dass sie, Paula und ihr Bruder, diesen Weg nahmen.

Der erste Schuss löste Panik aus. Auf einmal schien die schmale Straße bis zum Rand voll Menschen, die kopflos durcheinanderjagten. Sie kamen nicht schnell genug weiter, vor ihnen liefen andere, und hinter ihnen donnerte von neuem ein Schuss. Paulas Herz raste, und an den Schläfen hämmerte das Blut. »Schneller, Manni, schneller!« Aber ihr Bruder wurde immer langsamer, er stolperte mit seinem steifen Bein voran, und sosehr sie auch an seinem Arm zerrte, es nützte nichts.

Als der nächste Schuss fiel, stürzte Manfred neben ihr nieder.

Paula wollte ihn halten, doch die Menschenmenge schob, trieb und drängte sie weiter. Verzweifelt reckte sie sich und sah zwei Männer, die nicht anhalten konnten und über Manfreds Körper hinwegtrampelten. Ein weiterer stolperte und stürzte kopfüber auf ihn. »Manfred«, brüllte Paula aus Leibeskräften und versuchte stehen zu bleiben, aber einer der Genossen riss sie weiter. »Komm weg, hier hilfst du niemandem mehr!«
Paulas Schrei gellte durch die Nacht, lauter als das Lied der Nationalsozialisten, lauter als die Gewehrkugeln und die Schreie ihrer Genossen: »Manfred!«

53

In den Zeitungen stand später kein Wort von Übergriffen. Die Nacht der nationalen Erhebung, die Feier des Sieges sei friedlich verlaufen, und eine unerlaubte Demonstration habe aufgehalten werden können, ehe es zu Ausschreitungen kam. Von Verletzten oder gar Todesopfern war nirgendwo die Rede.

Paula sah Klara noch zweimal. Das erste Mal trafen sie im Krankenhaus zusammen, wie damals, 1919, als Manfred mit dem zerschossenen Knie in Gips gelegen hatte. Nur ging diesmal Klara auf ihre Tochter gestützt. Miteinander zu reden brachten sie nicht fertig. Ob Klara ihr Schuld zusprach, wusste Paula nicht. Was spielte das noch für eine Rolle? Der Oberarzt, dessen Station hoffnungslos überfüllt war, schüttelte bedauernd den Kopf.

Einen Augenblick lang verlor Paula die Beherrschung. »Ich flehe Sie an«, rief sie, »lassen Sie mich zu meinem Bruder. Ich will ihn nur sehen, sonst nichts!«

Der Arzt gab ihr eine Karte, auf der die Adresse des Charité-Gebäudes in der Hannoverschen Straße aufgedruckt war. Handschriftlich hatte jemand Etage und Raumnummer dazugekritzelt. Paula besann sich. Als sie sich umdrehte, waren Klara und Rieke gegangen. Ins Leichenschauhaus der Charité, wo der tote Körper ihres Bruders lag, fuhr sie allein.

Manfred war nicht erschossen worden. Die Kugel hatte ihn in den Schenkel des verletzten Beins getroffen, und ob er hinterher verblutet oder zu Tode getrampelt worden war, würde Paula nicht erfahren. Kein Arzt hatte Zeit, mit ihr darüber zu sprechen.

»Wissen Sie, was derzeit hier los ist?«, fragte einer der Aufseher. Paula wusste es und ging.

Zum zweiten Mal sah sie Klara auf Manfreds Begräbnis, an einem Tag im Februar, an dem es heftig regnete. Inzwischen hatte

Hitler den Reichstag auflösen lassen und für den 5. März Neuwahlen anberaumt. Bis dahin aber wäre Paula nicht mehr hier. Sie und Harry würden am Abend des 1. März einen Zug nach Hamburg nehmen und im Morgengrauen nach Harrow übersetzen. Ihr bisschen Eigentum hatte Harry in sein Haus geholt. Eine Tasche mit Kleidern. Eine Handvoll Erinnerungsstücke, die niemand wegwerfen konnte und die Harry in einer seiner Tabakskisten verstaute. Den Vater-Arm aus Pompeji. Und Kuttes Schild. Gerümpel, das von ihrem Leben übrig blieb.
Harry hatte auch versucht die Umstände von Manfreds Tod gerichtlich klären zu lassen, aber er war dabei gegen Mauern gerannt. Georg Schramm habe mit seinen SA-Männern die Gebäude der SPD bewacht, damit sie im Taumel der Siegesfeier nicht zu Schaden kamen. Von nennenswerten Zwischenfällen sei nichts bekannt. Mit Paulas Zustimmung hatte Harry seine Bemühungen aufgegeben, weil sie nicht nur sinnlos, sondern gefährlich waren. Und weil sie niemandem nützten.
Sie standen alle zu weit auseinander, um zu reden. Harry hatte Paula in den Kreis seiner Familie ziehen wollen, aber sie hatte ihn gebeten, sie allein zu lassen. Sie gehörte nicht zu seiner Familie. Ihre Familie war Manni gewesen.
Paula weinte nicht. In all den Tagen und Nächten seit Manfreds Tod hatte sie nicht weinen können. In der Menge der Trauergäste nahm sie nur zwei Menschen wahr. Klara, die am Grab in die Knie brach und einen Armvoll nasser Erde hinunter auf den Sarg warf. Und Clemens, der am Rand stand und in Kuttes Mantel fast verschwand.
Wir sind beide schuld, dachte sie. Ich genauso wie du. Ich kann nie wieder mit dir leben. Aber ich kann auch nicht leben und dich sterben lassen.
Dass Menschen verschwanden, die den neuen Machthabern ein Dorn im Auge waren, war längst ein offenes Geheimnis. Man fand sie Tage später erschlagen, zuweilen bis zur Unkenntlich-

keit entstellt. Paula hatte niemanden mehr, mit dem sie über das, was in ihr brodelte, sprechen konnte. Vielleicht hatte sie auch keine Worte mehr. Aber sie hatte Harry, der nach dem Begräbnis mit ihr in dem leergeräumten Haus saß und ihr Schweigen ertrug. Zwei Tage vor ihrer Abreise warf er ihr eine Schiffspassage auf den Tisch und sagte: »Geh zu ihm, Paula. Sag ihm, er soll mit uns nach Harrow fahren. Dass du es erträgst, ihn hier zurückzulassen, glaubt dir nicht einmal meine alte Tante aus Schmöckwitz. Wir wissen beide, dass er hier das Ende des Jahres nicht erlebt.«

Es war längst dunkel, als Paula aufbrach. Harry hatte sie mit dem Auto fahren wollen, aber sie bestand darauf, allein zu gehen. Auch die Straßenbahn benutzte sie nicht. Sie würde in ihrem Leben keine Straßenbahn mehr benutzen, sich nirgendwo hineinwagen, wo Menschenkörper ihr den Ausgang versperrten. Sie war so tief in sich versunken, dass sie den Geruch erst bemerkte, als sie die Abzweigung zur Corneliusstraße schon erreicht hatte. Im nächsten Schritt wurde er so beißend, dass er ihr den Atem nahm. Paula blickte auf. Über den sternenklaren Himmel zog sich ein leuchtend goldroter Schein, als ginge mitten in der Nacht die Sonne auf. Ins Rot ragte die Kuppel des Gebäudes, über dessen Westportal doch noch der Schriftzug angebracht worden war: *Dem deutschen Volke.* Fast fünfzehn Jahre lang hatte das Gebäude dem deutschen Volk gehört, doch jetzt wurde es ihm geraubt.

Auf der Treppe fiel ihr ein, dass sie ihren Schlüssel noch immer in der Tasche trug. Ihn ins Schloss zu stecken war leichter, als zu läuten und zu warten.

In der Wohnung schien kein einziger Gegenstand umgestellt, als hätte, seit sie gegangen war, kein Mensch darin gewohnt. Clemens stand auf dem Balkon, an der Balustrade, wo das Zitronenbäumchen gestanden hatte. Er sah hinaus auf das Feuer und hörte sie nicht kommen. Durch den dünnen Hemdstoff zeichneten

sich seine Schulterblätter. Sie hatte ihn nie mehr beim Namen rufen wollen, doch im letzten Schritt tat sie es.
Er drehte sich um. Ihren Namen, den, den er ihr am Wannsee gegeben hatte, flüsterte er.
»Unser Reichstag brennt«, sagte Paula. Dann lagen sie sich in den Armen.
Seit Manfreds Tod hatte sie keinen Menschen mehr berühren können und hatte ohne Unterbrechung gefroren. Jetzt löste sich an seiner eiskalten Haut, an seinem durchgefrorenen Körper etwas von dem Eis. Weinen konnte sie immer noch nicht, und Clemens konnte es auch nicht, aber sie zitterten, als würden sie Sturzbäche heulen. Irgendwann hoben sie beide die Köpfe und drehten sich, ohne sich loszulassen, wieder dem brennenden Himmel zu. Die ganze Zeit über, während sie dort standen und blicklos ins Feuer starrten, sprachen sie kein Wort, und auch als sie, noch immer aneinandergeklammert, den Balkon verließen, sprachen sie nicht.
Noch im Gehen begann Paula ihm das Hemd aufzureißen, ohne Scham, ohne Rücksicht, Liebe gegen Tod. In der Tür des Schlafzimmers, als sie ihm die Hose von den Hüften zerrte, hielt er ihre Hände fest und sagte: »Manfred wollte mich sprechen, aber ich hab ihn nicht vorgelassen. Ich war zu feige dazu.«
»Ich weiß«, sagte Paula.
»Und dein Vater …«
»Vergiss es.«
»Ich darf dich nicht haben. Ich schlafe wieder mit Stefanie.«
Es war ihr egal. Sie trieb ihn weiter, wollte nur Wärme, die das Eis brach. Er stöhnte und warf sie mit sich auf das Bett, das sie am Leopoldplatz zusammen gekauft hatten. Sie biss sich in ihn, um ihn beim Lieben nicht zu verlieren. Wie oft sie sich liebten, zählte sie nicht. Nur nicht aufhören, nicht loslassen, während draußen unser Reichstag brennt und unsere Welt zu Eis gefriert.
Sie schliefen nicht. Auch nicht, als sie zum Lieben keine Kraft

mehr hatten. Jedes Gefühl für Zeit war ihnen verlorengegangen. Ob der schwache Lichtschein, der durch den Türspalt fiel, noch vom Feuer stammte oder ob schon der Morgen graute, wussten sie nicht. An Clemens' Hals sah Paula das Silber des Medaillons blitzen, und auf dem Nachttisch lag ebenfalls ein Gegenstand, der durchs Dunkel blitzte. Die Mundharmonika. Er musste sie damals aufgehoben haben, auf dem Bahnhof, als sie aus Pompeji kamen.

Er sah, wohin ihr Blick schweifte. »Kannst du sie mitnehmen?«, fragte er.

»Wohin?«

Er küsste sie. »Du musst jetzt gehen. Du und Harry, ihr fahrt heute Abend, nicht wahr?«

Sie setzte sich auf. »Wir nehmen dich mit. Harry hat eine Passage gebucht. Was immer wir hinterher tun und was aus uns wird, ist egal, aber ich lasse dich nicht hier.«

»Ich kann nicht«, sagte er.

»Clemens, sie bringen dich um! Sie zerren dich in einen Keller und schlagen dich mit Stahlruten tot. Sie werfen deine Leiche irgendwohin, wo kein Mensch sie jemals findet.«

Er küsste ihre Wange. »Aber du weißt, wenn du neunzig bist, noch, wie ich ausgesehen habe«, sagte er und schob sie aus dem Bett. »Ich kann nicht mit dir gehen, liebste Paula Klein. Stefanie bekommt von mir ein Kind.«

ALEXANDRA

Berlin-Lichtenberg

Weihnachten 1989

»Das Grün bricht aus den Zweigen,
wir woll'n das allen zeigen,
dann wissen sie Bescheid.«

Wolf Biermann, »Ermutigung«

54

Stefanie bekommt von mir ein Kind.«
Fassungslos blickte Alex auf Momis Lippen, die die letzten Worte formten, und dann auf Olivers Gesicht. So viel Tod hatte sich in dem engen Raum geballt, und jetzt stand mit einem Schlag so viel Leben darin. In der Tat, dachte Alex, du weißt mit neunzig noch, wie er ausgesehen hat, und ich weiß es auch, obwohl wir kein anderes Bild haben als das verschwommene vor dem königlichen Schloss. Meike hatte recht gehabt, sie hatte die Liebe von Momi geerbt, und es war überhaupt nichts Erschreckendes daran. Es war schön. Über das Bett hinweg streckte sie die Hand aus und berührte Olivers Gesicht.
Zu erschüttert, um zu sprechen oder auch nur den Kopf zu wenden, hob er eine Hand an seine Wange, dorthin, wo ihre schon lag. So als müsste er sich betasten, um zu begreifen, dass er noch immer derselbe war.
In diesem Augenblick traf Alex eine Entscheidung. Sie wollte es dabei nicht belassen. Vor ihr, von Kissen gestützt, saß Momi, die ein Jahrhundert in sich trug, noch immer zu stark, um zusammenzubrechen, und noch immer zu schreckstarr, um zu weinen. Momi würde sterben. Sie sollte im Sterben nicht glauben müssen, dass das, was ihr Leben ausgemacht hatte, vergessen war.
»Sie sind alle tot.« Alex musste sich vorbeugen, um Momis Stimme zu verstehen. »Harrys ganze reizende Familie, seine Eltern, bei denen wir zu Hause waren, und Joachim, der das Leben so unverbrüchlich liebte – ausgelöscht. Unser Sonnenkind Ruben mit der Eule ist nie ein Mann geworden. Ilse und Frieda, die nur ihr Essen auf dem Tisch und ein bisschen Frieden wollten, wurden als Politische verhaftet, und den armen Kutte, der bereits eine Kriegshölle hinter sich hatte, haben sie an ihrer Ostfront

verheizt. Verstehst du jetzt, dass man nicht daran rühren darf, dass nichts Verzeihliches, nichts Versöhnliches daran ist?«
Alex hatte darauf keine Antwort geben können, und Momi erwartete auch keine. Es war Oliver, der ihr mit unsicheren Händen Tee einflößte. Gleich darauf sprach sie weiter.
»Und die, die am Leben blieben, können uns auch nicht verzeihen. Dem armen Harry hätte ich zumindest dankbar sein müssen, aber ich konnte nie mehr einem Menschen etwas Gutes tun. Als wir nach London kamen, war Aron Kain einem Herzschlag erlegen, und sein Schwager legte keinen Wert darauf, irgendwelche zerrupften Bekannten in sein Leben aufzunehmen. Harry hatte sich mit seinem Englisch solche Mühe gegeben, aber ihm fehlte die Begabung für Sprachen, und in England hatte sowieso kein Mensch auf einen deutschen Anwalt gewartet. Er fand uns ein Zimmer und Arbeit als Schuhverkäufer. Hätte ich ihm nur einmal gesagt, dass ich zufrieden war, vielleicht wäre er es auch gewesen.«
»Er hat sich ein Kind gewünscht, oder? Sie haben ihm seinen Wunsch erfüllt.«
Freudlos lachte Momi auf. »Ich habe Ihnen doch gesagt, ich habe keinem Menschen mehr etwas Gutes getan. Meine arme Ruth hat kein einziges Mal vor Seligkeit gegluckst wie Frau Deborahs Kinder. Und Harry blieb nichts übrig, als sich auf seine stille, rücksichtsvolle Weise zu Tode zu saufen. Einmal noch hat er sich an einen Strohhalm zur Rettung geklammert – als der Krieg zu Ende war, als es hieß, in der ärmeren Hälfte von Deutschland würde ein neuer Anfang gemacht. Ob außer Harry jemand daran geglaubt hat, weiß ich nicht. Harry aber konnte nicht aufhören zu hoffen, es wäre noch etwas übrig. Er hat gehofft, es gäbe in den Trümmern etwas wiederzufinden, einen Rest von den Fäden unseres Lebens, die uns zerrissen sind.«
»Also sind Sie zurückgegangen?«
Momi nickte. »1949.«

»Hatten Sie keine Angst?«
»Ich habe ihm zwei Bedingungen gestellt«, erwiderte Momi. »Ich will irgendwo leben, wo wir niemanden kennen, und ich will so leben, dass ich meine Wohnung nie verlassen muss. Wie üblich war Harry einverstanden, also gingen wir zurück in unsere Welt, die es nicht mehr gab. Nach sechs Monaten hatte er begriffen, dass sich aus zertrümmerten Träumen kein Haus bauen ließ. Und nach einem Jahr streckte seine Leber die Waffen, und er starb.«
»Und Sie waren allein. Mit Ihrer seelisch kranken Tochter und dem Land, in dem Ihre Angst zu Hause war. Ich finde, Sie sind ziemlich tapfer gewesen.«
Sie horchte auf. Flüchtig verzog sich ihr Mund. »Und Sie glauben, damit können Sie mich trösten, junger Mann?«
»Nein«, sagte Oliver. »Ich glaube nicht, dass irgendein Gerede Sie trösten kann.« Im Aufstehen wirkte er nicht sicher auf den Beinen und stützte sich am Bettgestell ab. »Darf ich das Gerümpel, das von Ihrem Leben übrig ist, anschauen?«
Momi nickte. Ihr Blick folgte ihm. Er nahm die letzten drei Dinge aus der Kiste, die sich jetzt problemlos zuordnen ließen. Eine eingerissene, nicht mehr leserliche Eintrittskarte, die zum Meisterschaftsspiel von Hertha BSC gehören musste, eine Grundrisszeichnung für das Land am Wannsee und einen metallenen Gegenstand. Als er sich wieder zu Momi setzte, trat Alex hinter ihn und sah ihm über die Schulter. »Vier Kastanienbäume«, hatte jemand mit schwungvoller Handschrift an eine Längsseite des Grundrisses geschrieben. Auf der anderen Seite bezeichnete ein Quadrat ein Gebäude. »Kutte«, stand darin. Oliver nahm den Gegenstand, die Mundharmonika, und legte sie Momi in die Hände. Sie zuckte zusammen, aber er schloss ihr die Finger darum und hielt sie fest, bis sie sich beruhigte.
»Wenn Sie sie nicht mehr brauchen«, begann er.
»Sie meinen, wenn ich sterbe?«
»Ja«, sagte er. »Darf ich sie dann haben?«

»Ihr Erbe.« Momi schnaufte und wies mit einer mühsamen Kopfbewegung auf den Grundriss, der zu ihrem Grundstück am Wannsee gehören musste. »Das da ist auch Ihres. Sie sollten es einklagen, es war ein so schöner Ort.«
»Hätte ich denn ein Recht darauf?«
»Wer wohl sonst?« Momis Stimme klang bitter, trotz der Schwäche. »Er und ich hatten ja nie ein Kind, und er hatte auch sonst keines. Ihr Vater ist sein einziger Sohn, und den hat Schramm Sigmund genannt und in Hitlers Jugend gesteckt. Muss man einem Mann, den man aufs grausamste ums Leben bringt, das auch noch antun? Dass man ihm sein Kind verdirbt?«
»Das hat Schramm ja nicht gewusst, oder?« Olivers Hände hielten die von Momi um die Mundharmonika fest. »Er ist geheiratet worden, weil er auf einmal doch wie der aussah, der das Schloss bauen konnte, und er hat dafür weder Liebe noch Achtung erhalten. Ich hätte nie geglaubt, dass mir Schramm einmal leidtun könnte, aber er ist seinen verschossenen Pullunder nie losgeworden und war vielleicht der Einsamste von Ihnen allen. Sie alle tun mir leid. Jeder Einzelne.«
Alex hatte dasselbe gedacht. Aber Momi mit den Händen um die Mundharmonika tat ihr mehr leid als jeder andere.
Momis Blick jagte an Oliver hinauf und hinunter. »Sparen Sie sich Ihr Mitleid für Leute auf, die es verdienen«, sagte sie. »Es ist auch euer Jahrhundert, das wir verpfuscht haben. Die Chance, die wir hatten, die haben wir auch für euch verspielt.«
»Wie es aussieht, bekommen wir unsere eigene«, erwiderte Oliver und wies mit dem Ellbogen nach dem Fenster, als verliefe da draußen, neben dem Krankenhaus, die einstürzende Mauer, auf der noch immer Menschen feierten und tanzten. »Und Alex' Großvater Harry hat recht, glaube ich: Man kann nichts anpacken, ohne sich die Hände schmutzig zu machen.«
Alex sah in Momis Augen, die vor Trockenheit gerötet waren, und sagte: »Du spinnst außerdem. Natürlich hast du einem

Menschen Gutes getan. Mir. Ich fand's schön bei uns. Auch wenn wir kein kitschiges Bilderbuch vom ersten Schultag hatten.«
Die Decke, die wieder verrutscht war, zog Oliver ihr hoch. Dann stützte er ihr mit dem Arm den Rücken, nahm die zwei großen Kissen weg und bettete sie auf das flache letzte. »Mir haben Sie auch Gutes getan, Frau Liebermann. Können Sie jetzt schlafen? Alex und ich kommen morgen früh zurück.«
»Liebermann, Liebermann«, blaffte Momi und kämpfte trotzig darum, die Lider offen zu halten. »Harrys Mutter hat sich nie so anreden lassen. Und wie soll ich Sie nennen? Nicht Schramm. Ganz bestimmt nicht Schramm.«
Oliver nahm Momis Hand, ohne sie von der Mundharmonika zu lösen. »Ich bin Oliver«, sagte er. »Gute Nacht, Frau Paula.«

Auf dem Gang, mit Meikes Weihnachtsbaum im Arm, erzählte Alex ihm, was sie vorhatte, noch ehe er sie küssen konnte. Ihr Plan war von solcher Dringlichkeit, dass alles andere warten musste, selbst die Sehnsucht nach ihm.
»Es macht mir ein bisschen Angst«, gestand er, als sie fertig war.
»Ein bisschen?«
»Okay, es macht mir ganz fürchterliche Angst.«
»Tun wir es trotzdem?«, fragte Alex.
»Und wenn es schiefgeht? Wenn es für eine von beiden zu viel ist?«
Jetzt küsste sie ihn. »Ich hab dich lieb, weil du darüber nachdenkst«, sagte sie. »Dein Großvater hätte es nicht getan, aber du bist der eine Großvater so wenig wie der andere. Sondern du.«
Alex sah die Spur von Rot, die ihm in die Wangen stieg, und wünschte sich, mit ihm zu schlafen. »Und was machen wir jetzt?«, fragte er.
»Ich glaube, wir haben keine Wahl.«
Am nächsten Abend fuhren sie direkt vom Krankenhaus nach Buckow, um herauszufinden, ob ihr Plan eine Chance hatte. Vor

der Tür kamen Alex Zweifel. Durfte sie der Fremden trauen, durfte sie eine derart zerbrechliche Hoffnung in die Hände eines Menschen legen, der ein solches Zerstörwerk hinterlassen hatte?
»Sie wollte eigentlich nur Strümpfe«, hatte Oliver gesagt. »Das, was wir alle wollen, was Leute dazu gebracht hat, gegen die Mauer anzurennen: In ihrem einen Leben ein bisschen Glück.«
Sie waren das Wagnis eingegangen. Als sie jetzt den Gang zu Momis Zimmer durchquerten, kam ihnen Dr. Gerlach entgegen. Furcht packte Alex. Was, wenn er ihnen ihr Vorhaben verbot?
»Wir wollen tun, was Sie mir geraten haben«, platzte sie ohne Begrüßung heraus. »Sie haben gesagt, meine Großmutter könne das Leben nicht loslassen, weil sie etwas zu Ende bringen muss. Wir wollen ihr dazu die Möglichkeit geben.«
Der Arzt nahm die Brille ab und musterte sie. »Frohe Weihnachten«, sagte er und trat aus dem Weg. Alex' Herz begann zu hämmern. Hinter dem Rücken der Frau, die sie zwischen sich führten, berührte Oliver ihre Hand. Dann zog er die Tür auf und schob die Frau behutsam hindurch. Momi saß wieder in die Kissen gebettet. Ich hätte erst allein zu ihr gehen sollen, dachte Alex, aber dazu war es zu spät. Auf wackligen Beinen tappte die alte Frau in den Raum. Alex' Furcht wuchs, doch zugleich dachte sie: Wie viele solcher Versuche finden nicht statt? Wie viele Menschen bekommen nie zu sehen, dass die, die sie für ihre Feinde hielten, alt und müde geworden sind wie sie selbst? Sie würde Meike bitten, den Anstecker mit der Aufschrift »Nimm Zwei« nicht mehr zu tragen. Zweimal Deutschland wieder aufeinanderprallen zu lassen war ein unerhörtes Risiko, aber das Leben nicht anzupacken war keine Alternative. 1918 so wenig wie 1989.
»Stefanie«, sagte Momi.
Olivers Großmutter blieb stehen.
»Stefanie«, wiederholte Momi, wie um es sich glauben zu machen.

Olivers Großmutter entdeckte das Schild, das hinter der Wachskerze stand. »Strandbad Wannsee«, murmelte sie. »Das würdest du nicht wiedererkennen. Aber die lange Treppe und die blöden Holzbuden, die sind immer noch da.«
Oliver, der Alex zurückgehalten hatte, legte eine Hand auf ihr rasendes Herz. »Da fahre ich mit dir zum Baden hin«, flüsterte er ihr ins Ohr. »Wenn der Sommer anfängt, nicht, wenn er zu Ende ist.«
Momi starrte Olivers Großmutter an und sagte noch einmal: »Stefanie.« Dann begannen erst ihre Lider und gleich darauf ihre Lippen zu flattern. Dreimal versuchte sie dasselbe Wort zu formen, doch ihre Kehle versagte ihr den Dienst. Alex und Oliver aber hatten das Wort von ihren Lippen gelesen. Oliver half seiner Großmutter, sich auf einen Hocker zu setzen, und sagte: »Frau Paula fragt dich, warum.«
»Warum«, murmelte Olivers Großmutter. »Warum, warum.«
»Warum?« Jäh brach der Schrei aus Momis Kehle. »Warum, Stefanie? Ich hab geglaubt, ich kann ihn zurücklassen, weil du ihn beschützt. Aber das hast du nicht getan! Du bist gegangen und hast Schramm geheiratet, und dann hast du Schramm erlaubt, ihn umzubringen.«
Olivers Großmutter verbrachte Minuten damit, auf dem Hocker hin und her zu rutschen und an Strähnen ihrer blondierten Haare zu zupfen. »Ich hatte nicht deinen Schneid, Paula«, sagte sie dann. »Und ich hatte die Angst so satt. Angst, dass einer mich totschlägt, Angst, dass sie mich holen und aufhängen, weil ich zurückgeschlagen hab. Für den Rest meines Lebens wollte ich weiße Kleider und eine Villa am Wannsee. Bekommen hab ich die nie, und für den Tod vom Schorsch hat auch keine Versicherung was bezahlt.«
»Und das war es dir wert? Dafür hast du ihn totschlagen lassen? War es wirklich so, wie du gesagt hast, hast du von der Liebe nichts gewusst?«

Olivers Großmutter zuckte mit den Schultern. »Mich hat er ja nicht geliebt. Und um das klarzustellen, Schorsch hat ihn nicht totgeschlagen.«
»Was soll das heißen?«
»Was es eben heißt. Ich habe Schorsch gesagt: Wenn du ihn anrührst, siehst du mich nicht wieder, und Schorsch, das arme Schweinchen, hat ihn von irgendeiner Liste streichen lassen. Er hat Gift genommen, Paula. Zyankali aus dem blöden Ding, das er immer um den Hals trug. Nach dem Krieg hab ich eine Ärztin gefragt, und die hat gesagt, dabei stirbt man in Minuten, und es tut nichts weh. Dieser große, schöne Kerl ist einfach umgefallen und erstickt.«
Alex wollte Momi nicht anstarren, sie fand, sie habe kein Recht dazu, doch sie konnte ihren Blick nicht lösen. Aus Momis linkem Auge trat unendlich langsam eine Träne. Die zweite formte sich schneller, und die, die folgten, waren nicht mehr zu zählen.
»Der hat ohne dich das verdammte Leben nicht ertragen«, sagte Olivers Großmutter, deren Gesicht Alex nicht sehen konnte.
»Ich hab nach ihnen suchen wollen«, murmelte Momi. »Nach ihren Gräbern. Aber ich hab's nie gewagt. Sie sind alle tot. Ich wollt nicht auch noch wissen, dass sie irgendwo verscharrt sind.«
»Clemens liegt auf dem Friedhof Ruhleben«, bekundete Olivers Großmutter. Es war das erste Mal, dass jemand seinen Namen aussprach. »Da kannst du jetzt, wo die Mauer weg ist, hinfahren. Dein Bruder liegt auch da, oder?«
Momi nickte. Dann wandte sie ihr nassgeweintes Gesicht Oliver zu. »Fahren Sie mal hin? Wenn Sie Zeit haben?«
»Und ob«, sagte Oliver.
Über Momis Gesicht glitt eine Bewegung. »Wer hat dafür bezahlt? Für das Begräbnis, meine ich. Wer zahlt für das Grab?«
»Ich«, sagte Olivers Großmutter. Das Schweigen dauerte lange, und als Olivers Großmutter schließlich wagte, wieder das Wort zu ergreifen, klang ihre Stimme gedämpft. »Übrigens sind auch

nicht alle tot. Deine Rieke, die du so angehimmelt hast, die lebt. Chefärztin am Tropeninstitut war die, ist erst letztes Jahr in Rente gegangen.«

Momis Körper spannte und bäumte sich noch einmal auf. »Rieke«, flüsterte sie. »Mannis neunmalkluge Tochter.«

»Fünf Kinder und zwölf Enkel hat die. Und sie war's auch, die mir das mit dem Zyankali erklärt hat.«

»Wie hast du sie gefunden?«

»Ich hab nach ihr gesucht«, sagte Stefanie. »Nach dem Krieg. Als Schorsch tot war.«

»Weil du wieder einen brauchtest, der dich aus dem Schlamassel zieht?«

»Weil ich einen brauchte, der mit mir redet, glaub ich.«

»Worüber?«

»Über dasselbe, was wir reden«, sagte Stefanie. »Schuld. Tod. Liebe.«

»Hast du Clemens geliebt?«

Stefanie zuckte mit den Schultern. »Weiß man das immer so genau – erst recht, wenn man jung und voller gieriger Wünsche ist? Im Alter ist es leichter, finde ich. Dass ich Oliver liebe, das weiß ich.«

Momi schluckte, dann holte sie rasselnd noch einmal Atem. »Und ich liebe meine Alex«, sagte sie und wandte sich Oliver zu. »Meine Alex ist ein famoses Mädchen. Unterstehen Sie sich, sie je Alex Klein zu nennen.«

»Das fiele mir nicht ein«, erwiderte Oliver. »Für mich ist sie Alexandra die Große.«

Momi hatte den Kopf wieder Stefanie zugedreht. »Wirst du Alex helfen?«, fragte sie. »Ich will, dass sie Rieke kennenlernt. Dass sie mit alledem nicht allein bleibt. Harrys Familie ist enteignet worden. Alex muss Wiedergutmachung beantragen – es ist unser Recht, auch wenn es nichts gibt, das wiedergutgemacht werden kann.«

Stefanie winkte ab. »Das mit diesen Anträgen können die jungen Leute doch besser als wir. Aber Rieke hat sowieso schon zu mir gesagt: Jetzt, wo die Mauer auf ist, müssen wir doch mal sehen, was aus Paula geworden ist.«

Alex sah, dass Momis Kräfte zu Ende gingen. Nicht nur die Hände, auch Arme und Schultern begannen zu zittern, und bei dem Versuch zu sprechen konnte sie die Bewegung ihrer Lippen nicht mehr steuern. Sie setzte sich auf ihr Bett und wickelte die alte Frau in ihre Decke. Momis Zähne klapperten. Am eigenen Körper spürte Alex, wie der ausgelaugte Leib die letzte Reserve zusammenraffte. »Steffi, das schaffen wir nicht«, presste sie zwischen pfeifenden Atemzügen heraus. »Das mit dem Verzeihen, mit dem Versöhnen, dazu ist doch keine Kraft mehr da. Aber wie können wir denn sterben und es den Jungen überlassen, das verfluchte Jahrhundert, das wir nicht gerettet haben?«

Oliver setzte sich auf ihre andere Seite und legte ebenfalls den Arm um Momi, um den schlotternden Körper zu wärmen. »Lasst es uns versuchen«, sagte er. »Wir versprechen, wir tun unser Bestes – so wie ihr es getan habt. Mit schmutzigen Händen, aber auch mit viel Glück in dieser seltsamen, wilden, überbordenden Zeit.« Er beugte sich zu ihr und sang leise in ihr Ohr:

»Wir sind die junge Garde
Des Proletariats.«

Momi ließ sich fallen. Oliver stieß die Kissen weg, und er und Alex hielten Momis Fliegengewicht in den Armen, während es zur Ruhe kam.

»Von dem politischen Zeug hab ich nie was verstanden«, murmelte Stefanie auf ihrem Hocker. »Aber das Schild da kenn ich noch. Das war nichts Politisches. Es hing neben der Bude, wo ihr euch euren komischen Kaffee mit Salz gekocht habt.«

Glossar

Alldeutscher Verband radikal nationalistische, antisemitische Organisation, die 1891 gegründet wurde und ein koloniales deutsches Weltreich zum Ziel hatte. Im Ersten Weltkrieg setzte der Verband sich für größtmögliche Eroberungen ein, die sogenannte »Erweiterung des deutschen Lebensraumes«.

Armierungssoldat Soldat, der zum Dienst ohne Waffe eingezogen und im rückwärtigen Bereich beispielsweise mit dem Bau von Verteidigungsanlagen betraut wurde

Bimmel-Bolle Berliner Spitzname für die Milch-Verkaufswagen der Meierei C. Bolle, so benannt, weil die Jungen auf den Wagen ihren Kunden durch das Läuten einer Glocke – »Bimmel« – ihr Kommen ankündigten

Blau-weiße Hertha Lied der Hertha-Fans, das einem populären Schlager nachgedichtet wurde. In Wirklichkeit verbreitete es sich jedoch erst einige Jahre später, als ich es im Roman verwende.

Chose im Berliner Dialekt häufig benutzte Verballhornung aus dem Französischen – Sache, Angelegenheit

DDP Deutsche Demokratische Partei, Weimarer Nachfolgerin der Volkspartei

Eldorado Nachtclub/Transvestitenlokal in der Berliner Martin-Luther-Straße, das sich sensationeller Beliebtheit erfreute. Tatsächlich wurde das fragliche Eldorado, das mehrere Schwesterlokale hatte, erst 1926 gegründet, ein ganzes Jahr später, als von mir im Roman behauptet.

Entente Militär-Bündnis, bestehend aus Großbritannien, Russland und Frankreich. Aus der 1904 zwischen Großbritannien und Frankreich geschlossenen Entente cordiale wurde durch den Beitritt Russlands die Triple Entente; eine der Kriegsparteien des Ersten Weltkriegs, Gegnerin der *Mittelmächte.*

Etagere mehrstöckiges Gestell, auf dem unter anderem Gebäck zum Verzehr ausgestellt wird

Etappe veralteter Begriff für den Bereich hinter der Front in Kriegszeiten. In der Etappe befanden sich Verwaltung, Lazarett,

Reparatur- und weitere Versorgungsdienste. Der Dienst in diesem Bereich galt als Zuflucht vor der Gefahr an der Front.

Freikorps Bedeutung des Wortes nach dem Ersten Weltkrieg: militärische Verbände, die ausschließlich aus Freiwilligen gebildet wurden und sich rechtlich in einer Grauzone befanden; bestanden mehrheitlich aus ungedienten Freiwilligen und oft sehr jungen ehemaligen Frontoffizieren und Soldaten

Grabenfuß Erkrankung, die durch die hohe Feuchtigkeit in den Schützengräben des Ersten Weltkriegs häufig vorkam; entsteht bei überlanger Lagerung der Füße im Wasser

Hintze-Garde berufsmäßig organisierte Gruppe von Streikbrechern, wegen ihres besonders brutalen Vorgehens gegen Streikende von der Polizei während der Moabiter Unruhen von 1910 eingesetzt. Aus dramaturgischen Gründen habe ich den Höhepunkt dieser Unruhen in den Winter 1912/13 verschoben.

Humpelrock langer Rock, der unten so eng abschloss, dass die Trägerin sich nur in winzigen Schritten – »humpelnd« – fortbewegen konnte

Kalkmörtel zu Beginn des 20. Jahrhunderts noch häufig zum Wohnungsbau verwendeter billigerer Mörtel, der bei seiner Aushärtung große Mengen Wasser freisetzt, so dass die Wohnungen erst nach Monaten austrocknen und bewohnbar werden

Korporalschaft kleinste, von einem Unteroffizier geführte Heereseinheit

Kraftdroschke Anfang des 20. Jahrhunderts bereits mit einem Taxameter ausgestattetes Motortaxi

Kreissäge flacher Strohhut für Herren

Krumme Lanke Berliner Havelsee im Bezirk Zehlendorf

Lady Curzon klare Schildkrötensuppe, englische Variante aus dem 18. Jahrhundert

Löhnung dreimal monatlich (in »Dekaden«) ausgezahlter Lohn der Mannschaftssoldaten. Betrug im Ersten Weltkrieg ein Tagesgeld von etwa 70 (Gemeiner) bis 75 (Gefreiter) Pfennigen pro Tag und genügte kaum zur Deckung des täglichen Bedarfs. Ein monatlich ausgezahltes (und sehr viel höheres) Gehalt erhielten erst die Unteroffiziere.

Messter-Wochenschau erste größere deutsche Wochenschau, begründet durch den Filmpionier Oskar Messter. Während des Ersten Weltkriegs produzierte sie Dokumentationen über das Kriegsgeschehen.

Mittelmächte Militär-Bündnis, bestehend aus dem Deutschen Reich und Österreich-Ungarn, später auch noch aus Bulgarien und dem Osmanischen Reich; eine der Kriegsparteien des Ersten Weltkriegs, Gegnerin der Entente

Mobilmachung Versetzung der Truppen eines Landes in Kriegsbereitschaft, einschließlich der Einberufung von Reservisten

Monismus philosophisch-metaphysische Richtung, die sämtliche Vorgänge der Welt auf ein einziges Grundprinzip zurückführt. Dem 1906 gegründeten deutschen Monistenbund gehörte u.a. Carl von Ossietzky an.

Odeon deutsches Plattenlabel, unter dem ab 1904 die ersten beidseitig bespielten Schallplatten erschienen

Pamphlet Schmähschrift

Plumpe Fußballstadion im Berliner Stadtteil Gesundbrunnen mit 35 000 Sitzplätzen. Das Stadion diente seit 1924 Hertha BSC als Spielstätte. Das von mir dort verortete (und von den genannten Mannschaften auch mit diesem Ergebnis ausgetragene) Endspiel von 1930 fand allerdings in Wahrheit nicht in der Plumpe, sondern im Rheinstadion in Düsseldorf statt.

Reichsbanner Schwarz-Rot-Gold 1924 gegründeter Verband von Kriegsteilnehmern, die demokratischen Parteien angehörten, de facto von den Sozialdemokraten dominiert. Mit der Gründung des Reichsbanners reagierten die demokratischen Kräfte auf die wachsende Gewalt des politischen Kampfs, die nationalsozialistische Organisationen bewusst in Straßen und Säle trugen.

Roter Frontkämpferbund in der Struktur dem Reichsbanner ähnlicher paramilitärischer Verband unter Führung der KPD, der vor allem in den rechten Kampfverbänden (SA, Stahlhelm) seine Gegner sah, sich aber auch als Gegner des Reichsbanners verstand

SAPD Sozialistische Arbeiterpartei Deutschlands. 1931 aus Resten der USPD und einer Abspaltung der SPD gegründet: setzte sich kurz vor der Machtergreifung der Nazis zum Ziel, die zersplitterten Kräfte der Arbeiterbewegung doch noch zu einer Einheitsfront gegen Hitlers NSDAP zusammenzuführen. Der SAPD gehörte der junge Willy Brandt an.

Schebera-Platz Fußballplatz mit kleinem Stadion, den der aus dem Wedding stammende Berliner Verein Hertha (damals noch nicht BSC) in seinen Anfangsjahren (bis 1923) für seine Spiele benutzte

Schneeballwalzer häufig als Brauttanz eingesetzter Gesellschaftstanz, den ein einzelnes Paar eröffnet, um sich dann zu teilen und einen weiteren Herrn bzw. eine weitere Dame zum Tanz aufzufordern. Dies wird fortgesetzt, bis die gesamte Gesellschaft tanzt.

Solidarität 1896 schlossen sich zahlreiche Radfahrergruppen zum Arbeiterradfahrerbund Solidarität zusammen. Die Bewegungsfreiheit, die das Fahrrad bot, übte großen Reiz auf die Arbeiter aus.

Sozialfaschismustheorie von dem sowjetischen Kommunisten Sinowjew entwickelte These, nach der die Sozialdemokratie den linken Flügel des Faschismus darstellt; von Stalin und zeitweise auch von Ernst Thälmann, dem Vorsitzenden der KPD, vertreten, was eine Annäherung der Parteien zur Bekämpfung der NSDAP erheblich erschwerte

Sperrfeuer konzentrierter Artilleriebeschuss eines bestimmten Gebietes, dient in der Regel dazu, einen feindlichen Vorstoß zu verhindern oder aufzuhalten

Tante Voss Berliner Spitzname für die *Vossische Zeitung*, eine der wichtigsten Tageszeitungen der Hauptstadt, die 1933 eingestellt werden musste

USPD Unabhängige Sozialdemokratische Partei Deutschlands; 1917 gegründete Partei, die durch den Ausschluss von kritischen Mitgliedern aus der Mehrheits-SPD entstand

Volkspartei eigentlich Fortschrittliche Volkspartei; liberale, links stehende Partei des Kaiserreichs, die nach der Novemberrevolution in die DDP – Deutsche Demokratische Volkspartei – überging und Bestandteil der Weimarer Koalition war

Weimarer Koalition Mitte-Links-Koalition aus SPD, DDP und Zentrum, die in den Anfangsjahren der Weimarer Republik sowohl auf Reichs- wie auf Landesebene die Regierung stützte

Wintergarten Varietébühne in der Nähe des Berliner Bahnhofs Friedrichstraße. Auch erste Filmvorführungen fanden hier statt.

Zentrum mächtige katholische Partei des Kaiserreichs und der Weimarer Republik; vertrat das mittlere Spektrum und gehörte der Weimarer Koalition an

Um meinen Traum von diesem Buch zu verwirklichen, bedurfte ich der Hilfe vieler Menschen, die ich sehr genossen und bei denen ich mich persönlich bedankt habe. Einige von ihnen gehören außerdem zwingend in dieses Buch. Sie sind ein Teil davon.

Ich danke Cyril, Sam und Nick, die mir die Lebensgeschichte ihrer wundervollen Großmutter – samt Bergen von Material – für diesen Roman zur Verfügung gestellt haben. Es war und ist mir eine Ehre, und es war und ist mir ein Privileg, Margarethchen, unsere kleine Große, gekannt zu haben.

Ich danke Christine Steffen-Reimann. Vor dem Thema dieses Romans würden Verlage zurückschrecken, wurde ich gewarnt. Du aber bist standhaft geblieben und hast ihn gekauft.

Ich danke meinen Kolleginnen Jennifer Benkau und Sabrina Qunai, die diesem Roman Sprungfedern verpasst haben. Wer wissen will, wie toll die zwei mir geholfen haben, hat Pech, denn ich schweige. Wer aber wissen will, wie toll die zwei sonst sind, der sollte ihre Bücher lesen.